포스트 문화대혁명

포스트 문화대혁명

번성(樊星) 지음

유영하 옮김

지식산업사

世紀末文化思潮史
樊星 著
武漢: 湖北敎育出版社, 1999.

포스트 문화대혁명

초판 제1쇄 인쇄 2008. 10. 15.
초판 제1쇄 발행 2008. 10. 22.

지은이   번 성(樊星)
옮긴이   유영하
펴낸이   김경희
펴낸곳   ㈜지식산업사
          본사: 경기도 파주시 교하읍 문발리 520-12
          서울사무소: 서울시 종로구 통의동 35-18
          전 화   본사: (031)955-4226~7   서울사무소: (02)734-1978
          팩 스   본사: (031)955-4228   서울사무소: (02)720-7900
          인터넷한글문패 지식산업사
          인터넷영문문패 www.jisik.co.kr
          전자우편 jsp@jisik.co.kr
          등록번호 1-363
          등록날짜 1969. 5. 8.

책값은 뒤표지에 있습니다.

ISBN 978-89-423-7557-8 93820

이 책을 읽고 문의하고자 하는 이는 지식산업사 전자우편으로 연락 바랍니다.

옮긴이 서문

2006년은 중국에서 문화대혁명이 일어난 지 40년이 되는 해였다.
1976년 9월 9일에 국가주석인 모택동(毛澤東)이 사망하고 한 달 뒤에
'4인방'이 체포됨으로써 문화대혁명이 막을 내렸다고 보면, 2006년은 문
화대혁명이 끝난 지 30년인 셈이었다. 문화대혁명이 끝난 1976년 이후
중국은 최고 지도자 등소평(鄧小平)의 지휘에 따라 '중국 특색의 사회주
의' 건설을 목표로 한 개혁개방의 길로 매진하여 왔음은 잘 알려진 사실
이다. 1949년의 중화인민공화국 수립부터 따진다면 중국은 약 30년 동안
사회주의 단계를 운용했던 것이고, 그 가운데서 '10년 동란'이라고 불리
는 문화대혁명 10년은 시간적으로도 매우 큰 비중을 차지하고 있다. 사
회주의 30년을 '홍(紅: 사상성)'의 시대라고 한다면 문화대혁명 10년은 초
특급 '홍'에 해당한다. 그리고 개혁개방이 '전(專: 실용성)'의 서막이라면,
이제 '전'은 중국을 지배하는 기호가 된 지 오래이다.

사실 문화대혁명을 어떻게 평가할 것인가 하는 문제는 지금까지도 현대 중국을 연구하는 학자들의 총체적 쟁점이 되고 있다. 문화대혁명에 대한 평가는 학자마다 자신의 경향성에 따라 큰 편차를 보인다. 전반적 부정이 있고 전반적 긍정이 있다. 전반적 긍정이라고 함은 말 그대로 완전한 긍정을 뜻하는 것이 아니고, 모든 역사 행위에 대한 평가가 그러하듯이 70퍼센트의 긍정을 말한다. 그러나 정치적 동기를 제외한 기존의 의식 형태를 벗어난다는 순수한 측면에서, 아직도 상당수의 이른바 진보적 지식인들은 문화대혁명의 시도 의의에 얽매이곤 한다. 모든 기존 이념이나 체제 그리고 유·무형의 역사적 잔재와 제도적 구속으로부터 완전히 자유로워지고 싶다는 생각은 누구나 한 번쯤은 해보았을 것이다.

그래서 문화대혁명 초기에 사르트르를 비롯한 몇몇 좌파 지식인들은 이 사건이 인류의 위대한 실험이라고 찬양한 적이 있었다. 또 문화대혁명이 중국 공산당의 민주화와 관료적 지배구조 타파를 이룩했다는 주장이 제기되기도 했다. 1970, 1980년대 한국 대학생들의 필독서였던 《전환시대의 논리》에서 이영희는 문화대혁명을 "새로운 인간형을 만들기 위한 인간개조 실험"이라고 평가하기도 했다.

이 책 《포스트 문화대혁명》에서 문화대혁명에 대한 지은이 번성(樊星) 교수의 태도는 명확하다. 그는 "문화대혁명은 큰 재난이었다"는 결론에서 시작하면서 문화대혁명 전체를 "권력 투쟁에서 시작하여 유토피아적 환상과 현대 미신의 반응을 타고 절정에 이른 것"이라고 정의한다. 이 책은 제목처럼 문화대혁명 뒤의 역사에 대한 기술이지만 아울러 문화대혁명에 대한 뼈아픈 반성의 기록이다. 우리는 이 책을 통하여 문화대혁명 뒤 '탈'문화대혁명을 위한 노력이 얼마나 치열했는지 알 수 있다. '탈'문화대혁명의 노력을 통해서 문화대혁명을 돌아보고 반성하는 것이 이 책의 핵심이다.

물론 그동안 중국 학계에서는 알게 모르게 문화대혁명에 대한 정리

작업이 추진되어 왔다. 예를 들면 문화대혁명이 일어난 지 20년, 끝난 지 10년인 1986년에 작가 소연상(邵燕祥)은 '문화대혁명학'의 수립을 제안하였다. 대작가 파금(巴金)은 문화대혁명에 대한 성찰적 역작인 《수상록(隨想錄)》을 완성한 뒤, 문화대혁명을 깊이 새기는 사람이라야 그것이 역사에서 재연되는 것을 막을 수 있다며, 문화대혁명 박물관의 건립을 호소하였다. 무엇보다 그는 '합의 독재'라는 개념을 인용하여, 대중은 문화대혁명의 희생자였지만 또한 공범자였다는 사실을 시종일관 제기하면서 대중의식을 일깨운 바 있다. 같은 맥락에서 시인 고벌림(高伐林)은 '문화대혁명 국치일' 선정을 공개적으로 건의하기도 했다. 한편, 2005년에 민간 차원의 소형 문화대혁명 박물관이 광동성 산두시(汕頭市)에 세워졌으며, 사천성의 정협위원인 번건천(樊建川)은 30만 점에 이르는 기념품을 수집하여 문화대혁명 예술품 진열관을 열었다고 한다.

하지만 중국 정부는 문화대혁명 발발 40년, 종식 30년을 맞이하는 2006년까지 공식적으로 어떤 기념행사도 열지 않았다. 언론매체도 이에 대해 언급하지 않고 있다. 여러 기념 시기에 민감하게 대응해 관련 도서를 무더기로 출간해 온 중국의 출판계 또한 매우 조용했다. 그 이유는 그저 중국 정부가 최근 가장 중시하는, '(문화대혁명의 언급은) 대내외 정세의 안정을 해칠 수 있다'는 측면에서 짐작할 뿐이다. 문화대혁명은 개혁개방 뒤 중국 공산당, 더 나아가서 중국 정부가 꺼려온 사상논쟁의 불을 지필 수 있는 가장 강력한 불쏘시개임이 분명하다. 중국 공산당에게는 문화대혁명 논의가 모택동에 대한 논의와 연결될 수밖에 없고, 그것은 바로 국가와 정권의 정통성 시비와 직결되는 문제이기 때문이다.

1999년에 출판된 번성 교수의 이 책 《포스트 문화대혁명》(원제 世紀末文化思潮史)은 중국의 신시기(新時期)[1]에 대한 고민의 총체이다. 이 책

---

1) 일반적으로 중국학 연구 분야에서는 아편전쟁이 일어난 1840년부터, 1919년 5·4운동까지를 '근대', 1949년 중화인민공화국 건국까지를 '현대', 1979년 개혁

은 중국 현대문학, 무엇보다 신시기문학을 전공하는 엘리트 학자의 사상적 일기에 해당한다. 그는 20세기 중국 지식인의 여러 가지 담론을 직·간접으로 인식하면서, 동시에 20세기 후반 중국에서 벌어진 여러 사상운동의 실제 체험자로서, 개혁개방 뒤 중국 지식계가 보여준 여러 문제의식에 대한 분석을 시도했다. 따라서 그가 인용한 각종 사건이나 사조, 작가나 사상가는 매우 다양하면서도 적절하다고 하겠다. 이 책에서 언급되고 있는 한 사람 한 사람 그리고 그들의 한 마디 한 마디는 모두 한 시대를 대표하기에 조금도 부족하지 않다. 이런 측면에서 본다면 앞날을 경계하는 역사적 경험을 남기고, 오늘을 살아가는 지식인의 의무를 다하자는 지은이의 목표는 성공적이다.

지은이는 1957년생의 중견학자로서 지금 무한대학(武漢大學) 중문과 교수로 재직하고 있다. 1986년, 화중사범대학(華中師範大學)의 대학원에서 중국 당대문학을 전공하여 석사·박사학위를 취득했다. 1991년에 화중사범대학의 교수로 임용되었고, 1999년에 부교수 승진 2년 만에 파격적으로 정교수가 되었다. 2001년에 무한대학 중문과로 적을 옮겼으며, 같은 해 박사연구생 지도교수 자격을 얻었다. 주요 저서로는 1997년에 호북성 문예최고상을 수상한 《당대문학과 지역문화(當代文學與地域文化)》와 2001년에 나온 《고별, 20세기(別了, 20世紀)》 등이 있다. 지금까지 100여 편의 논문을 발표했으며, 특히 논문 〈전지구화 시대의 문학 선

개방 선포 때까지를 '당대', 그 이후를 '신시기'로 구분하고 있다. 하지만 어떤 이는 '신시기'도 '당대'에 포함시키기도 하는데 이 책의 지은이 번성 교수가 그에 해당한다. 특히 번 교수는 이 책에서 '당대'를 매우 포괄적으로 사용하고 있는데, 오늘날 우리 한국인이 '지금 이 시대'로서 사용하고 있는 '당대'와 같다고 할 수 있다. 따라서 이 책에서는 번 교수의 개념대로 '당대'를 쓰고자 한다. 또한 '신시기'라는 용어도 '새로운' 시기라는 개념과 혼용하고 있는데, 적절하게 옮기고자 했음을 밝혀둔다. 또 '현대의식'이나 '현대파', '현대화' 같은 용어를 총동원하고 있는데 '근대화'라는 의미가 분명한 '현대화'를 '근대화'로 옮긴 것 말고는 그대로 살리기로 했다.

택(全球化時代的文學選擇)〉은 2001년에 중국문련(中國文聯)의 우수 논문 1등상을 받은 바 있다.

지은이는 세기말이라는 시간에 주목해서 제목을 정한 것으로 보이는데, 사실상 이 책은 '후'문화대혁명 또는 '탈'문화대혁명의 내용으로 일관하고 있다. 곧 문화대혁명 이후를 뜻한다고 할 수 있는데, 문화대혁명 뒤에 나타나는 '탈'문화대혁명 담론들에 대한 사상적인 포착이 그 중심을 이루고 있다. 물론 논지 전개를 위한 소재 하나하나가 문화대혁명에 연결되어 있다. 오늘까지도 문화대혁명은 중국에서 거대한 영향을 미치고 있다는 측면에서 현재 진행형이다. 개혁개방 뒤의 정신사적 역사 자체가 '포스트' 문화대혁명의 역사라고 해도 지나친 말이 아니다. 앞으로 이에 대한 학문적 반성 작업이 중국 지식인들에게 맡겨진 중요한 짐이 될 것임을 의심하지 않는다.

따라서 '세기말 문화사조사'라는 다소 모호한 제목보다는 비교적 널리 알려진 '문화대혁명'이라는 말이 들어가는 것이 바람직하다고 보았다. 더욱이 1949년 이후의 중국 당대문화 특히 문화대혁명, 그리고 개혁개방 뒤의 '신시기' 문화에 대한 '종합적'이고 '객관적'인 소개 책자가 거의 전무한 국내 실정을 감안할 때, 앞에서 말한 지은이의 내용과 의도에 더 어울리는 제목이 '포스트 문화대혁명'이 아닐까 하여 《포스트 문화대혁명》으로 감히 고친 것이다.

책을 옮기면서 가장 곤혹스러웠던 점은 옮긴이의 주(註)가 곳곳에 필요했다는 것이었다. 중국의 현대사는 한국의 독자들에게 여전히 낯선 대상이기에, 이 책을 읽으면서 넓고도 깊은 배경지식이 필요할 때가 많을 것으로 보아 그때마다 주를 덧붙이니 배보다 배꼽이 더 커지게 되었다. 그래서 타협할 수밖에 없었는데, 앞부분에서는 비교적 충실하게 옮긴이의 주석을 달았고 뒷부분부터는 글의 흐름에 따라 깊어질 독자들의 식견을 기대하기로 했다. 책을 옮기면서 나는 줄곧 '억지 번역[硬譯]'을 꿈꾸었다. 우리말로 매끄러운 것보다는 중국어를 '그대로' 살리는 '옮기기'를 견지했다. 그동안 옮긴이는 그냥 우리의 입이나 눈에 편하고 익숙하게 번역해 버리는 풍조에 대해 노신(魯迅)만큼이나 불만이었다. 그리하여 '잘못된' 옮김을 '그대로' 옮김이라고 얼렁뚱땅 넘어간 곳은 없는지 두렵다. 이 점, 강호제현의 가르침을 바란다.

끝으로 그동안 옮긴이의 게으름을 너그럽게 지켜보면서 필요한 조언을 아끼지 않은 번성 교수에게 미안함과 고마움을 한꺼번에 표현하고 싶다. 지식산업사 김경희 사장님의 혜안과 격려가 없었다면 이 책은 한국 사회에 이렇게 당당한 모습을 드러내지 못했을 것이다. 이 자리를 빌려 경의를 표한다.

2007년 12월

화이당(和而堂) 유영하(柳泳夏)

한국어판 서문

《세기말 문화사조사(世紀末文化思潮史)》의 한국어판이 《포스트 문화
대혁명》이라는 이름으로 간행됨에 앞서 먼저 나의 친구 유영하 교수에
게 감사한다. 몇 년 전 유 교수를 중국에서 열린 국제세미나 자리에서
처음 알게 되었다. 그때 막 세상에 나온 《세기말 문화사조사》 한 권을
선물했는데, 유 교수의 견해를 듣고 싶었기 때문이었다. 뜻밖에도 유 교
수는 바로 이 책을 한국어로 옮기고 싶다는 의향을 보였다. 몇 년의 시간
이 모르는 사이에 흘러갔고, 그의 꾸준한 노력 덕분에 이 책이 마침내
한국에서 나오게 되었다. 당대 중국 문화사조에 대해 흥미를 가지고 있
는 한국의 독자들에게 작게나마 도움이 되기를 진심으로 바란다.

　나의 전공은 '중국 당대문학'이지만, 순수문학에 대한 흥미가 그다지
크지 않았다. 나 같은 1950년대에 태어난 문학애호자는 대부분 문화대혁
명부터 신시기 사상해방운동을 경험했고, 모두 자신의 흥미와 거대한 시

대적 주제를 결부시켰다. 따라서 중국 당대문학 연구에는 자연스럽게 사상사 연구라는 의미가 더해졌다(이것도 아마 당대 중국 문학연구의 특징 가운데 하나일 것이다).

이 밖에도, 나는 수많은 사상사 관련 저작물에서 문학가가 쓴 것이 없다는 데 주목했다(작가의 시각과 지식구조의 제한 때문이 아닐까?). 하지만 사실 많은 문학가는 사상사의 발전을 위해 중요한 공헌을 해왔고, 문학가와 사상가라는 이중 신분을 지닌 문화적 거인(공자, 장자, 노신 등등)이 결코 적지 않다. 따라서 문학사론과 사상사론의 결합에 대한 시도가 가능하지 않을까? 많은 작가가 자신의 작품에서 사상가가 주목하지 못한 사회 문제와 인생 과제에 주목하였고, 또 많은 작가가 현실의 사상문화 운동에 대하여 어떤 사상가와도 견줄 수 없는 거대한 영향을 주었기에, 이런 상상은 이루어질 수 있는 것이다.

이런 관점에서 힘을 얻은 나는 1993년 이후 '당대사상사 단편(當代思想史片斷)'이라는 주제로 일련의 논문을 발표하고 있다. 거의 20여 편의 논문 가운데 일부는 1996년에 '세기말 문화 소용돌이(世紀末文化漩流)'라는 제목으로 묶어져, 섬서교육출판사가 기획한 '제5세대 학자 총서'에 포함될 예정이었다. 하지만 최종 교정을 본 뒤 갑자기 사고가 터졌다. 책임편집자가 그 가운데 〈'문혁' 기억('文革'記憶)〉이라는 논문이 문제를 일으킬 수 있다고 보았고, 그래서 태어는 세상의 빛을 보기도 전에 뱃속에서 죽고 말았다. 당시 《세기말 문화사조사》의 출판 또한 난관에 부딪혀 있었는데, '청감람(青橄欖) 총서'의 책임자 왕선패(王先霈) 선생의 용기로 그나마 원고를 넘긴 지 5년 만에 세상에 나오게 되었다.

이렇게 지나간 일을 회상하면서 감회를 표현하고 싶다. 사상해방이라는 대세를 막을 수 없는 오늘날임에도, 지금 중국에서 당대사 연구에 몸담는다는 것은 여전히 쉽지 않은 일이다. 하지만 나는 적지 않은 학자가 이런 연구의 위험성을 충분히 알면서도 여전히 연구에 힘쓰고 있다는 것을 알고 있다. 그들 가운데는 학술적으로 훌륭한 가치가 있는 연구 결과를 얻었음에도 적당한 발표 수단을 찾지 못하고 있는 사람이 많지만, 우직하게 연구를 계속한다. 이런 현상 또한 당대문화 판도에서 큰 미스터리라고 하지 않을 수 없다. 서정(舒婷)의 시 〈나의 동시대인에게 바친다(獻給我的同代人)〉의 솔직한 내용은 내게 큰 감동을 준다.

> 영혼의 처녀지를 개척하기 위해
> 금지된 구역으로 들어간다. 아마—
> 그곳에서 희생될 것이다
> 흐트러진 발자국을 남기고
> 뒤에 오는 사람을 위해
> 통행증에 서명한다.

살아 있는 사람들은 희생된 세대를 위하여, 역사를 기록해야 할 책임이 있다. 이 역사적 책임감과 견주어볼 때, 모든 것은 미미하기 그지없다.

2006년은 '문혁' 발발 40년이자 종식 30년이 되는 해였다.

이러한 때 《세기말 문화사조사》가 《포스트 문화대혁명》이라는 이름으로 한국에서 출판되는 것은 정말 공교롭고도 의미 있는 일이다. 더불어 위안이 되는 것은 '당대사상사 단편'이 여전히 계속해서 발표되고 있다는 점이다. 예컨대 《상해문화》 2006년 2기에는 〈혁명 낭만주의의 정령(革命浪漫主義的精靈)〉이 실렸다. 《세기말 문화사조사》는 1999년에 호북교육출판사에서 출판된 뒤 특별한 문제를 일으키지는 않았다. 어쨌든 신시기인 것이다!

나는 늘 마음은 있으나 힘이 따르지 못함을 느낀다. 능력이 모자라고 또 자신의 지식도 유한하여, 머릿속에 있는 '당대사상사'의 복잡하고도 장려(壯麗)한 그리고 미묘한 내용 전부를 표현해 내지 못하고 있다. 그럼에도 나는 '당대사상사 단편' 시리즈를 계속해서 써나갈 것이다. 마음속

에서 늘 용솟음치는 사상문화 발전에 대한 열정을 위해서, 늘 나를 격려
해 주는 선배 · 동료 · 학생들을 위해서, 그리고 유영하 교수 같은 외국
의 지음(知音)을 위해서.

2006년 7월 4일

무한(武漢)대학 구구(九區)에서

번성(樊星)

차 례

서설: 중국의 당대사를 쓴다

1

때가 되었다. 중국인들이 한 발 한 발 20세기의 종점을 향해 나아갈 때, 역사에 대한 강한 영감이 점점 그들의 가슴을 가득 채운다. 돌이켜보면, 중국인들은 자국의 험난한 근대화 역정에 만감이 교차할 뿐 아니라, 100년 동안 이 작고 작은 지구에서 일어난 변화에도 만감이 교차한다. 더욱이 현대 중국인들이 몸소 경험한 열광, 피로, 당황, 각성, 초조와 비애에 대하여 만감이 엇갈리고 가슴이 두근거린다. 정말 헤겔이 말한 대로, 어둠 속에서 간교한 이성이 사람의 운명을 희롱하고 있다면, 중국인들은 스스로 직접 경험한 옛일을 돌아보면서 그 간교한 이성으로부터 어떤 가르침을 얻을 수 있을 것인가?

때가 되었다. 중국의 당대사(當代史)를 써야 할 때가 온 것이다.

모든 시대에는 스스로 벗어날 수 없는 한계가 있음을 나는 안다. 누구나 시대를 초월할 수는 없다. 하지만 물결치는 대로 표류해야 한다고 해서 이른바 '공정한 결론'을 아득히 먼 미래로 기약 없이 밀어놓을 수 있겠는가?

돌아보건대 역사는 특정 세대가 지켜본 그것의 진면목을 세대마다 끊임없이 재인식하고 재발견하고 재평가하는 사이에 변화무쌍해지는 법이다. 게다가 오직 그 변화야말로 영원히 사람을 매혹시키는 매력을 내뿜는다. 더 이상 무엇을 바라겠는가?

어느 세대에게나 그 한계가 있다. 아울러 그 세대는 다음 세대가 가질 수 없는 장점도 있다. 해당 세대가 경험한 모든 친근감 그리고 그 친근감에서 나오는 현실감·책임감을 다음 세대는 영원히 공유할 수 없다. 중국 '문화대혁명 세대'들이 직접 경험한 모든 것이 '문화대혁명' 이후 태어난 신세대에게는 그처럼 멀고 그처럼 신비하고 그처럼 불가사의하게 변했다는 것을 발견했을 때, '문혁 세대'는 거대한 변화에 놓인 사회가 고속으로 미래를 향해 달리고 있음을 의식한다. 아울러 '문혁 세대'가 겪어온 모든 것이 시간이란 망각의 강물 속에 던져졌음을 깨달았을 때, '많은 일들은 언제나 급박했다. 천지의 변화는 순간이 결정한다. 만 년은 너무 길고, 아침과 저녁만을 다툴 뿐이다'라는 긴박감은 그들로 하여금 당대사를 쓰는 펜을 들도록 내몰았다. 그들이 겪었고 마땅히 잊어서는 안 될 많은 일들을 기록하는 것은, 역사에서는 안 될 공백을 없애기 위해서이다. 또한 이 세대에게 하나의 이정표를 세워주기 위해서이다. 정말이지, 독일 철학자 딜타이(W. Dilthey)의 말과 같다. "인간이란 무엇인가, 오직 인간의 역사만이 그것을 확실하게 말해줄 수 있다."[1]

---

1) *Dream*(〈夢〉), 田汝康·金重遠 選編, 《現代西方歷史學流派文選》, 上海人民出版社, 1982, 9쪽.

2

사실 그동안 당대사의 연구에 애쓴 사람들이 있었을 뿐만 아니라, 나름대로 귀중한 성과가 나왔다. 1986년에 고고(高皐) 등이 저술한 《'문화대혁명' 10년사('文化大革命'十年史)》가 나왔고, 1991년에 고명로(高名潞) 등이 쓴 《중국당대미술사 1985~1986(中國當代美術史 1985~1996)》가 나왔다. 1992년에는 화목(火木)이 저술한 《영광과 몽상 – 중국 지식청년 25년사(光榮與夢想 – 中國知靑二十五年史)》가 출판되었다. 이런 역사 서적들은 당대문화의 발전 과정에서 매우 중요한 자리를 차지하고 있다. 그것들은 당대인이 당대 역사를 쓰는 하나의 기준을 제시한다. 하지만 곤혹스럽게도 그 성과들은 역사학계에서 마땅히 받아야 할 관심을 받지 못했다. 1988년에 사학자 구림동(瞿林東)은 〈다음 10년의 사학을 전망하다(展望下一個十年的史學)〉라는 글에서 "당대사 연구는 당대를 위한 역사를 연구해야 하고 역사학 발전에서 대세가 되어야 한다"[2]고 호소했다.

같은 해, 나는 잡지 《서림(書林)》 2월호에 〈우리의 당대사를 쓴다(寫我們的當代史)〉는 글을 발표하여 연구 방향을 '시대정서', '정신사', '사상사', '영혼사'로 확정했다. 눈 깜짝할 사이에 10년이 지났다. 몇 년 동안의 탐구와 연구를 거쳐 마침내 제목을 '당대사상사 단편'으로 붙인 일련의 논문을 발표했고,[3] 이 책 《포스트 문화대혁명》을 출판했다.

---

2) 《光明日報》 1988년 5월 4일자.

3) 〈這一代人的犧牲意識〉·〈這一代人的分化〉는 《文藝評論》 1993년 제3기·제6기 참고; 〈世紀末的流浪與求索〉은 《當代作家評論》 1994년 제1기 참고; 〈從吶喊到冷嘲〉·〈新生代的崛起〉·〈'57族'的命運〉·〈'文革'記憶〉·〈當代新道家〉·〈世紀末的文化漩流〉·〈'五四情結'與當代思想〉은 각각 《文藝評論》 1994년 제6기, 1995년 제1기·제2기, 1996년 제1기·제2기·제5기, 1997년 제1기 참고; 〈'知靑族'的旗幟〉는 《當代作家評論》 1995년 제6기 참고; 〈90年代的思想裂變〉은 《華中師範大學學報》(人文社會科學版) 1999년 제1기 참고.

나는 정서사, 즉 시대정서 변천의 역사를 쓰고자 했다. 그리하여 본의 아니게 사상가의 역사를 쓰게 되었다. 당대 서양 역사학의 이론적 발전을 지켜보면서, 프랑스 '신역사학(아날학파 – 옮긴이)'의 '전체사("역사는 바로 전체 사회의 역사이다")'에 관한 것,[4] "역사를 전체 생명의 부활, 관념과 습관 및 민족정신이 내재한 위대한 진보운동으로 보는 것",[5] "철학적 성찰 명제를 회복하는 역사학(恢復哲學反思命題的歷史學)"[6]과 같은 일련의 독특한 개념에 주의를 기울이게 되었다. 이런 개념은 내가 몇 년 전부터 지기처럼 여기는 영국 철학자 콜링우드(R. G. Collingwood)의 "역사 과정은 바로 사상의 흐름이다. …… 그것은 정신생활 그 자체이다"[7]라고 한 개념과 일치하는 것으로, 내가 당대 역사를 연구하는 데 이론적 바탕이 되었다. 역사는 살아 있는 사람들이 공동으로 창조하는 것이다. 역사 사건의 배후에는 인간의 욕망과 열정이 활활 타오르고 있으며, 그것은 일련의 우연적인 요소가 배열 조합된 것이다. 나는 노신(魯迅)의 명작 〈위진 풍조 그리고 문장과 약 및 술의 관계(魏晉風度及文章與藥及酒之關係)〉와 미국 학자 딕스타인(M. Dickstein)의 저작 《에덴동산의 문 – 1960년대 미국 문화(Gates of Eden – American Culture in the Sixties)》에서 영혼사 · 정서사 · 정신사를 쓰는 본보기를 찾았다. 사상의 높은 봉우리는 어쩌면 넘기 어려울 수 있다. 하지만 나의 욕망은 복잡한 문화 현상에 대한 귀납과 정리를 통해 세기말 정서의 거대한 변화를 한 폭의 그림으로 그리는 것이다. 물론 나는 자료의 나열에 그치지 않을 것이다. 내 눈으로

---

4) Jacques Le Goff 등 主編, *Faire de L'histore, Nouvelle Histoire*, 《新史學》, 上海譯文出版社, 1989, 5~6, 22쪽.

5) 위와 같음.

6) Philippe Ariès, 〈心態史學〉, *Faire de L'histore, Nouvelle Histoire*, 《新史學》, 上海譯文出版社, 1989, 181쪽.

7) R. G. Collingwood, *The Idea of History*, 《歷史的觀念》, 中國社會科學出版社, 1986, 257쪽.

본 당대 역사에 사상의 빛을 도금하려는 것이다. 신시기의 정신사를 쓰는 것은 신시기의 거대한 변화에 대한 이해를 쓰는 것이다.

여러 가지 복잡한 원인, 무엇보다 정치운동이라는 거센 바람이 사상이라는 꽃을 유린하였기 때문에 중국 당대 사상가의 터전에는 '선천적으로 이미 부족하고, 후천적으로도 영양이 실조된' 문제가 오랜 시간 존재했다. 오늘까지도 중국 사상계에 세계적인 사상가들이 부족하고, 뛰어난 인재들로 이루어진 사상학파가 없다는 것은 잘 알려진 사실이다. 19세기 후반 이래 대부분의 문화인들이 '서역에 불경을 가지러 갔다'는 사실을 알았을 때, 중국인들은 말할 수 없는 비애를 느끼지 않았는가?

하지만 역사적으로 사상가의 공백은 한 민족이나 몇 세대의 영혼의 공백과 대등한 것은 아니다. '문화대혁명' 이래 20여 년의 험난한 역정만 하더라도 얼마나 많은 문화사 · 정신사적 연구 과제를 제시하고 있는가!

나의 본업은 중국의 당대문학을 연구하는 것이다. 문학 연구를 하면서, 사상가가 부족한 시대에는 문학가들이 사상가의 사명을 짊어졌다는 점을 주목했다. 1930년대에 노신이 '민족혼'이 될 수 있었던 이유는 바로 그가 '문명 비판'과 '사회 비판'8)적 문장으로 꾸준히 '사상 혁명'9)을 추진한 공적 때문이 아니겠는가?

19세기 러시아에서도 한 무리의 문학가들이 사상가의 무거운 책임을 떠맡았다. "사회적 자유가 없는 인민은, 문학이란 유일한 강단이 생기자 이 강단에서 자신의 분노와 내심에서 우러나오는 부르짖음을 들을 수 있게 되었다", "이런 사회에서 문학의 영향력은 유럽 여러 국가에서는 볼 수 없는 그런 정도까지 이르렀다"10)고 게르첸(A. I. Gertsen, 1812~1870)은 지적했다. 《18~19세기 러시아 철학》이란 책에 정리된 것 전부가 그

---

8) 〈兩地書 · 一七〉, 《魯迅全集》 제11권, 人民文學出版社, 1981, 63쪽.

9) 〈華蓋集 · 通訊〉, 《魯迅全集》 제3권, 人民文學出版社, 1981, 22쪽.

10) 〈論俄國革命思想的發展〉, 《文藝論叢》 제19집, 上海文藝出版社, 1984.

런 문학가들의 사상이었다. 벨린스키(V. Belinskuy), 게르첸, 체르니셰프스키(N. Chernyshevsky), 도브롤류보프(N. Dobrolyubov) 등은 이 때문에 러시아 사상사에서 매우 뚜렷한 자리를 차지하게 되었다.

러셀도 《서양철학사(A History of Western Philosophy)》에서 루소와 바이런이라는 두 문학가에 대해 특별한 평가를 하지 않았던가? 그는 "어떤 사람— 예컨대 루소와 바이런 — 은 학술적 의의에서는 철학자라고 할 수 없지만, 철학사조에 깊은 영향을 주었기 때문에 그들을 소홀히 대한다면 철학의 발전을 이해할 수 없다"[11]고 썼다. 루소는 "낭만주의 운동의 아버지로서, 인간의 정서로 인간적 범위 밖의 사실을 예측하는 사상체계의 창시자"[12]이다. 바이런의 의의는 그가 바로 세상의 모든 불합리한 것을 증오하고 절망 속에서 투쟁한 하나의 기치라는 데 있다. 때문에 러셀은 그를 "일종의 역량으로, 사회구조와 가치판단 또는 이성적 판단의 변화 원인으로 삼고 고찰했다." 또 니체에 관해서는 "문학적 철학자로서 철학자의 전형이라고 할 수 없다. …… 그의 중요성은 우선 논리학 방면에 있고 그 다음은 그가 예리한 역사비평가라는 데 있다"[13]고 평가했다. 러셀이 철학사를 독특한 분위기로 쓸 수 있었던 것은 그의 넓은 시야와 철학자다운 안목과 매우 큰 관련이 있다.

이로써 나는 사상가가 부족한 시대에 문학사조와 사상가적 문학자 연구를 통해 시대심리의 깊은 뜻을 엿볼 수 있다는 귀중한 계시를 얻게 되었다. 나는 덴마크의 문학사학자 브란데스(G. Brandes, 1842~1927)가 명시한 "한 국가의 문학은, 그것이 완전무결한 것이라면 그 국가의 사상과 감정의 역사를 표현할 수 있다. 영국이나 프랑스의 경우처럼 위대한 문학은 무수한 증거를 보존할 수 있고, 이것으로 각각의 역사적 시기에 그

---

11) 해당 저서의 '미국판 서문', 商務印書館, 1963, 5쪽.
12) A History of Western Philosophy, 《西方哲學史》下卷, 商務印書館, 1963, 225쪽.
13) 위의 책, 295, 311쪽.

국가의 사상이 어떠했고 조류가 어떠했는가를 추측할 수 있다"[14])라는 진리를 믿는다. 20세기 중국 문학도 이와 같이 관찰할 수 있다.

문학사조의 변화 흐름 속에서 심리 변화의 맥을 짚는 것은 정신사 연구에서 중요한 일면이다. 하지만 나는 또 자신의 안목을 더욱 넓혀서 문학 외의 중대한 사회 사건과 문화 현상 속에서 정신사 연구의 자료를 얻어야 한다고 생각한다. 전자는 '홍위병 운동', '지식청년 대도망(知靑大逃亡)'과 같은 것이고, 후자는 '별 미전(星星美展)', '록 음악 열풍'과 같은 것들이다. 나는 신시기의 정서 변천은 전 방위적인 것으로서, 생활방식의 거대한 변화가 가치 관념의 거대한 변화에 미치고, 문화 엘리트의 거대한 변화가 서민들의 거대한 변화에 다다른 것이라고 느꼈다. 나는 최선을 다해서 중대한 사회 사건과 중요한 문화 현상에 대해 서술함으로써 비교적 넓은 사회 배경 속에서 정신사 변천의 장려한 경관을 펼쳐 보이고자 한다.

3

정신사 작업에 대한 나의 목표를 확인한 뒤, 최후의 이론 문제는 요점의 실마리를 찾는 것이었다. 이론의 요점을 파악해야만 사료(史料)가 쓰레기로 전락하는 것을 피할 수 있다. 역사 사건은 복잡하며 변화무쌍하다. 또한 역사 발전에서 나타나는 이성은 넓은 시야를 통제하는 봉우리이다. 정신사의 임무는 역사 사건 깊은 곳에 숨어 있는 역사 의지와 이성의지를 찾아내는 것이다.

20세기 중국의 거대한 변화를 말하면서 많은 학자들은 동서 문화 대격돌의 문화적 배경을 지적했고, 그래서 많은 담론들이 나타났다. 근대

---

14) *Preface of 'Main Currents in Nineteenth Century Literature'*, 〈'十九世紀文學主潮' 序言〉, 伍蠡甫 等 主編, 《西方文論選》下卷, 上海譯文出版社, 1979, 472쪽.

화와 중국 특색에 관하여, 국민성 개조에 관하여, 비교문화·비교철학·비교문학을 비롯한 정신사에 관하여 연구하는 것도 이런 문화적 배경에서부터 전개해야 한다. 하지만, 정신사 연구는 또 새로운 이론 모델을 찾을 수 있다.

정신사 연구는 시대정신의 변천 과정에 대한 연구이다. 근대화가 1840년 이래 중국에서 거대한 변화의 기본 주제라고 말한다면, 이 과정이 20세기에 전쟁과 정치운동의 간섭으로 중단되었던 몇 차례의 특수한 역사 시대와 단계에서 어떠한 시대정신을 낳았는가? 구체적으로 말하면 이 책에서 연구하려는 '문화대혁명' 이래 세기말 정신사 여정에서 어떤 시대정신을 낳았는가? 이 시대정신은 또 어떻게 여러 우연한 요소와 교차하면서 뜻밖의 거대한 변화를 일으켰는가?

간략하게 역사를 돌아보기로 하자.

'문화대혁명'은 큰 재난이었다. 그것은 권력 투쟁에서 시작하여 유토피아적 환상과 현대 미신에 편승해 절정에 이른 것이다. 원래 목적은 그저 '부르주아 사령부'를 타도하려는 것이었으나 우연한 잘못으로 무수한 사람들의 순결한 신앙을 파괴하고 심각한 '신앙 위기'를 일으켰다. 사회적 광기로 수천·수백만의 사람들이 눈 깜짝할 사이에 갈피를 잡지 못하게 되었다. 많은 사람들은 속세의 부질없음을 알아차리고 '어리석은 척'하는 것을 처세 철학으로 삼았다. 또 많은 사람들은 위기 속에서 깨어나 새로운 탐색의 길로 나아갔다. 이런 견지에서 볼 때 '문화대혁명'은 한 시대의 끝일 뿐만 아니라 또 다른 시대의 시작이라고 할 수 있다. 암흑 속에서 어떤 '절대정신'이 인간을 이끈다고 하면, 대비극인 동시에 대희극인 '문화대혁명'이 '이성의 교활함'이라는 면에서 하나의 걸작이라는 거침없는 가설을 세울 수 있다. '절대정신'은 '문화대혁명'을, 중화 민족을 깨우쳐 유토피아적 환상에서 벗어나게 하고 멈추었던 근대화의 위대한 발전 과정을 계속해 나가게 하는 계몽수업의 하나로 바꾸었다. 이런 의미에서 '문화대혁명'은 신시기를 위한 최소한의 정신적 기반을 닦았다고 본다.

신시기는 유혈 투쟁이 없는 평화적인 싸움에서 시작되었다. 또 정세를 바로잡아 정상으로 되돌려놓는 대회에서 시작되었으며 사상계몽의 대논쟁에서 시작되었다. 1970년대 말의 이 거대한 변화는 전대미문의 변혁을 일으켰다. 아울러 근대화에 안간힘을 쓰고 있던 중국은 거대한 대가를 치르지 않을 수 없었다. 예컨대 문화의 낙후, 물가, 분배의 불균형 문제와 체제개혁 문제 들이다. '이성의 교활함'은 다시 경박한 정서를 조롱했고 동시에 세기말적 비애의 구름이 가득 몰려오게 했다.

정치와 경제의 유토피아적 환상에서 빠져나온 뒤에야 민족은 비로소 구체적인 사업 수행에 힘쓸 수 있는 발판을 찾게 되었다. 하지만 하늘과 땅을 뒤엎는 거대한 변화가 일으킨 정신적 균형의 상실 때문에 짧은 시간에 합리적인 조절을 할 수 없었다. 경박함은 20세기 중국의 주요 정서로서, 20세기 중국인의 불안정했던 심리 상태의 체현이다. 20세기 80년 동안 한 세대 또 한 세대의 사람들이 초조하게 이상적 정치제도를 찾았다. 신시기가 되자 사람들은 다시 경제 건설의 큰 물결 속에서 이상적 생활방식을 찾기 위하여 들떴다.

위에 서술한 인식을 바탕으로, 나는 신시기의 정신사를, 중국인들이 유토피아적 환상에서 깨어난 뒤 '다시 생존의 절정을 선택하는' 한 편의 정신 여정으로 쓸 수 있을 것이라고 생각했다. '새로운 생존의 절정을 선택하는 것'은 세기말 정신사의 기본 주제가 되었다. 이 주제는 '문화대혁명' 속에서 싹트고 '문화대혁명' 이후의 신시기에 번창했을 뿐만 아니라 곧바로 21세기까지 연결되었다.

날씨는 맑을 때도 흐릴 때도 있으며, 초목 또한 마르기도 무성하기도 한다. 시대의 대조류는 성하고 쇠할 때가 있으며 사람의 정서도 기쁘고 우울할 때가 있다. 정신사도 당연히 시대정신의 변천과 사람들의 정서적 기복에 바탕을 두어야 한다. 20여 년의 정신 여정을 돌아보면, 자연히 시대정신의 거대한 변천과 국민 정서의 기복에 눈길이 간다.

'문화대혁명'이 시작된 1966년부터 지식청년들이 대량으로 하방(下放)되던 1968, 1969년은 사람들이 미친 듯이 유토피아적 환상을 추구하던 시기였다. 현대 미신으로 크나큰 흥분에 이른 정서는 대비판, 대파괴, 대내전 속에서 극단으로 내달렸으나, 흥분이 여기에 이르자 완전히 녹초가 되어 탈진 상태가 되지 않을 수 없었다. 더욱이 '홍위병 운동'이 토사구팽이라는 결과로 나타나 권력 재분배에서 어떤 이익도 얻지 못하고 농촌으로 추방되었을 때, 홍위병들은 불만으로 가득 찼다. '세기말 정서'는 '문화대혁명'의 흥성이 쇠망으로 뒤바뀌는 과정에서 싹트기 시작하였다.

이것이 신시기 심리사조의 첫 번째 부침(浮沈)이다.

1969년에 열린 제9기 인민대표대회에서 임표(林彪)는 공식적으로 모택동(毛澤東)의 후계자로 인정되고 범국민적으로 축하를 받았다. 하지만 1971년에 그는 반(反) 모택동 쿠데타를 꾸몄고, 그것이 실패하자 전용기로 도망가다가 외몽골 사막에서 추락, 사망했다. 이 사건은 범국민적 토론을 이끌었고, 중국인 스스로 '문화대혁명'의 희극성을 깨닫게 했다. '임표 사건'은 '문화대혁명'이라는 큰 속임수의 절묘한 상징이 되었다. 국민 경제의 정체와 국민 생활의 고난에 덧붙여 속임수에 빠졌음을 깨달은 뒤, 분노한 정서는 조용히 움직이기 시작했다. 반역 정서의 전형적인 상징인 '지하문학'은 '세기말적 정서'가 이미 지배적 분위기를 이루고 있음을 상징했다. 이때부터 '문화대혁명'의 조종이 울리기 시작한 것이다.

이것이 신시기 사조의 두 번째 부침이다.

1976년의 '4 · 5 운동'15)부터 1979년의 '지식청년 대도망'에 이르는 시

---

15) 1976년 초에 주은래(周恩來) 총리가 사망하자 대학생들의 주도로 천안문 광장에서 민간 차원의 추모식이 이어졌다. 그것이 문혁의 종결을 요구하는 민주화운

간은 사람들이 자발적으로 불만을 털어놓고 자유를 쟁취하는 항쟁시기였다. '4·5 운동'의 항쟁은 잔인한 진압으로 끝났으나 신시기가 시작된 1978년에 마침내 누명을 벗었다. '지식청년 대도망'은 몇 차례 난관을 겪고 나서 큰 성공을 거두었다. 다만 이 성공 또한 고통스러운 눈물로 얼룩졌으니 '대도망'의 성공으로도 수천·수백만의 평범한 지식청년들이 헛되이 낭비한 청춘을 되돌릴 수는 없었다. '4·5 운동'의 명예회복과 '지식청년 대도망'의 성공은 민심을 우롱해서는 안 된다는 것을 증명한 것으로, 민중이 자신의 운명을 장악하기 시작한 이정표가 되었다. 무엇보다 눈여겨보아야 할 것은, '4·5 운동'의 항쟁이 중재할 수 없는 정치적 감정을 나타냈다고 한다면 '지식청년 대도망'의 항쟁은 상당히 짙은 자아구제의 색채를 띠는 것이다. 바로 청춘을 무상으로 바쳐 현대 미신의 제물이 된 한 세대가, 자신의 생존권과 독립적인 인격을 쟁취하기 위하여 투쟁한 현대의식의 뚜렷한 표현인 것이다. 하지만 시대는 안정과 단결을 필요로 한다. 개혁의 기수가 국가를 평화적인 건설의 항로로 이끌려고 할 때 항쟁의 흥분도 자연히 역사의 저류 속에 가라앉게 된다. 1980년대 초, 개혁의 급속한 진전과 잇단 성과는 민중의 상처를 어느 정도 치료했다.

이것이 신시기 사조의 세 번째 부침이다.

1985년은 근대화 과정의 전환점으로 공식 인정된 해이다. 개혁이 심화되면서 부딪힌 여러 가지 어려움은 경박한 정서가 퍼져나가는 여건을 창조했다. 다원화 문화, 다원화 가치체계의 충돌은 새로운 우려를 낳았다. 문학은 전에 없는 발전을 했고 동시에 경박한 정서가 댕긴 불에 부채질을 했다. 이성의 소리는 경박한 정서의 흐름을 막지 못했다. '신생대(新生代)'는 놀라운 기세로 역사 무대에 등장했으며 거센 문화사조를 일

_____

동으로 발전하자 4인방은 탄압으로 대항했다 — 옮긴이.

으켰다. 그들이 중국 문화를 향해 일으킨 집단적 돌격은 중국 문화의 전
환 과정을 채찍질했다. 또 '세기말 정서'가 절정에 이르도록 했다. 이런
사조는 1989년 이후에도 여전히 유행했는데, 왕삭(王朔)의 소설, 최건(崔
健)의 록 음악, 장원(張元)의 영화는 그 전형적 상징이다.

이것이 신시기 사조의 네 번째 부침이다. 이런 비이성적인 문화사조는
21세기까지 지배할 것 같다. 그것은 지나치게 격렬하면서도 솔직한 것이
었다. 또 다분히 고집스러운 것으로, 자유분방하며 목적지가 없는 비애
로 가득 차 있다. 이 시기는 고민을 털어놓고 세상 이목을 두려워하지
않는 시기이다.

이상은 나의 눈에 비친 세기말 심리 상태에 대한 대충의 그림이다. 다
음의 문제는 세기말 심리사조 속에서 어떠한 암시를 얻을 수 있는가 하
는 것이다.

먼저 나는 경박함은 청춘의 상징이라고 말하고 싶다. 중국은 오랜 문
명국으로서, 5천 년의 문명사는 중국을 오늘날 지구 위의 숱한 민족 사
이에서 늙은 호랑이가 되게 했다. 중국의 황금기는 일찍이 한당(漢唐)시
대의 기억 속에 남아 있는 것 같다. 근대 중국의 흥망성쇠는 아주 뚜렷하
다. 독일의 역사학자 슈펭글러(O. Spengler, 1880~1936)의 지적에 따르면
모든 문화는 유기체다. 뿐만 아니라 어떠한 유기체든 할 것 없이 운명적
인 생명 주기를 가진다. "모든 문화는 각기 자신의 관념이 있으며 자신
의 욕망과 자신의 생활, 염원과 감정이 있으며 자신의 종말이 있다."16)
전란으로, 자연재해로, 후세 사람들이 알 수 없는 일부 사연으로 말미암
아 역사상 얼마나 많은 문명이 종말을 맞는 비극이 있었던가! 비록 운명
론자 슈펭글러도 "노쇠하지 않는 '인간'은 없으며, 모든 문화는 자아 표
현의 새로운 가능성이 있고, 발생에서 성숙 그리고 다시 쇠망에 이르는

---

16) *The Decline of West*, 《西方的沒落》, 商務印書館, 1963, 39쪽. 강조는 원문에
따름.

반복되지 않는 과정을 지닌다"[17]고 말했다.

하지만 이런 '새로운 가능성'이 세계적으로 많은 민족들에게 그저 '서구화'를 대가로 해서야 이루어진다는 것을 목격했으며, 유네스코는 '문화보호'와 '경제발전'을 지금 세계가 서둘러 해결해야 할 두 개의 큰 난제라고 하였다. 이때 '서구화'라는 '새로운 가능성'은 사실상 고루한 문명이 이미 만회할 수 없을 만큼 쇠퇴했음을 확실하게 증명하고 있음을 알 수 있다. 당대의 선택은 근대화를 거절하느냐 아니면 근대화의 보폭을 서양 문화와 같이하느냐에 있다. 고루한 중국 문화가 19세기에서 20세기의 거대한 변화에 이른 하나의 뚜렷한 표지 또한, '새로운 것을 이방(異邦)에서 추구하지 말자'던 사람들이 서양으로 나아가고, 서양에서 근대화의 불씨를 가져다 중국의 근대화에 불을 댕겼다는 것이다. 중국은 근대화의 도전을 받아들이는 과정에서 여러 차례 좋은 기회를 놓쳤지만, 깊이 반성했을 즈음에 분발하여 문화 기적(奇蹟)을 창조했다. 1930년대의 상해와 1960, 1970년대의 대만과 홍콩, 1980년대의 중국 대륙 모두가 이런 문화 기적을 확실하게 증명해 준다. 다양한 원인 가운데 중요한 것은 어쩌면 청년 세대라고 할 수 있다. 생기 넘치는 청년은 100여 년 동안 줄곧 중국 사회의 거대한 변화를 추진하는 강력한 신예부대였다. 청나라 말기부터 중화민국 초기까지의 강유위(康有爲)·양계초(梁啓超)·엄복(嚴復)·손중산(孫中山), 그리고 '5·4 운동' 시기의 진독수(陳獨秀)·호적(胡適)·노신(魯迅)·모택동(毛澤東), '문화대혁명' 중의 반역자('4·5'세대), 신시기의 주류들…… 이 모두가 청년이다. 청년들은 청춘의 활기와 새로운 사상으로써 민족문화의 갱신을 위하여 끊임없이 활력을 불어넣었으며, 마침내 고루한 민족이 경박한 정서에서 벗어나도록 했다.

때문에 '경박'이란 글자로 20세기 중국의 정서를 총체적으로 개괄할

---

17) 앞과 같음.

때, 그것은 사실 청년문화를 20세기 중국 문화 발전의 주류로 삼은 것이다. 청년문화는 실제 발전하면서 다른 문화 요소의 제약을 받을 뿐만 아니라, 때로는 중단되고 때로는 연속되며 때로는 흥하고 때로는 쇠하는 기복을 피할 수 없다. 그리고 청년문화 자체는 다원적이고 다변적이며 끊임없이 분화하는 본질을 가지고 있기에 일률적으로 논할 수 없다. 하지만 20세기 중국 문화의 몇 차례 고조된 발전이 모두 청년들의 열정으로 새로운 장을 열었다는 것은 논쟁의 여지가 없는 사실이다. 20세기 중국의 변화가 이전의 다른 세기보다 거대하고 격렬한 것도 청년 문화사조가 20세기에 중국 문화의 주요 흐름이 된 점과 매우 큰 관련이 있다.

양계초는 격앙된 어조로 역사를 날카롭게 분석한 〈소년중국설(少年中國說)〉에서, "오늘의 책임은 다른 사람에게 있는 것이 아니라 우리 청소년에게 있다. 청소년이 지혜로우면 국가가 지혜롭게 되고 청소년이 부유하면 국가가 부유해지고 청소년이 강하면 국가가 강해지고 청소년이 독립하면 국가가 독립하고 청소년이 자유로우면 국가가 자유롭게 되고 청소년이 진보하면 국가가 진보하고 청소년이 유럽을 이기면 국가가 유럽을 이기고 청소년이 지구에서 강력하면 국가가 지구에서 강력해진다"[18)고 힘껏 제창했다. 지난 세기말에 쓴 기백 넘치는 이 문장은 20세기 청년운동의 흥망을 예언하듯 내다보고 있었다! 이런 인식을 근거로 나의 신시기 정신사는 당연히 청년문화를 주요 흐름으로 하는 발전사가 되어야 한다.

그 다음, 나는 중국이 20세기에 근대화의 험한 길은 빈곤으로부터 의식주 해결로 나아가는 여정일 뿐만 아니라, 또한 '종법-전제사회 구조의 이론-정치형 문화'[19)에서 현대 상품경제 사회구조의 다원화 문화로 전

---

18) 《飮氷室合集》 文集, 第二冊, 《歷代文選》 下冊, 中國靑年出版社, 1963, 338쪽에서 재인용.

19) 여기서 풍천유(馮天瑜) 선생의 말을 취했다. 馮天瑜·何曉明·周積明, 《中華

환하는 여정이라는 것을 느꼈다. 전통적인 윤리-정치형 문화의 장기적인 영향 아래에서 '정치 정서'는 20세기 문화 심리의 주요 정서가 되었다. 20세기의 풍운은 거의 모두가 정치 풍운이며, 이는 20세기 국민들이 이상적이고도 건전한 민주와 법제의 정치제도를 찾기 위하여 분투해 왔기 때문이다. 하지만 '문화대혁명'이란 거대한 기만은 결국 민중을 일깨웠다. '문화대혁명' 후기의 '신앙 위기'는 '세기말 정서'의 첫 번째 조류일 뿐만 아니라, 대중의 '정치 정서'가 약화된 상징이기도 하다. 신시기의 민주와 법제는 민중의 참여와 감독을 받았다.

그러나 개혁개방의 열풍, 문화생활의 다원화는 더욱더 대중의 흥미를 끄는 동시에 고질적인 '정치 정서'를 약화시켰다. 이는 분명 중국 사회의 일대 진보인 것이다. '정치 정서'의 약화는 근본적으로 정치운동이 악순환하는 사회적 심리 토대를 약화시켰다. 상품경제의 신속한 발전은 국민성의 변화, 국민 자질의 진보에 거대한 추동력이 됐다. 창조의식 · 개성의식 · 경쟁의식 · 위기의식은 현대의식의 주요 내용이 되어 1980년대의 사회생활에 융합되었을 뿐만 아니라, 청년문화의 터전에서 독특한 꽃을 피웠다. 당대의 청년들이 심천(深圳), 해남(海南)을 개발하면서 창조한 기적, 그리고 '특구문학', '유학생문학', '문화 자영업자', '자유기고가' 등 신기한 사건과 사람들 모두가 상품경제의 땅에서만 자라날 수 있는 것이다.

또 다른 측면에서, 상품경제는 전통적 가치관에 큰 충격을 주었고 확고부동한 경제적 법칙이 문화사업에 가차 없는 공격을 했다. 그것이 '세기말 정서'의 유행을 이끌었다. 1980년대 말의 '문화 침체'는 교육 위기와 배금주의의 성행, 이로 말미암아 생긴 사회문제의 부작용으로 나타난 것이다. 당대의 청년들이 근대화 과정에서 보여주는 분화와 탈피는 신시

文化史》上册, 上海人民出版社, 1990, 231쪽.

기 문화 경관의 가장 매력적인 부분이다. 왜냐하면 그것은 21세기 중국 문화사조 발전의 기본 구도를 펼쳐 보이기 때문이다. 이 책에서 나는 이 부분의 문화 경관을 연구할 뿐만 아니라, 나아가 청년문화의 앞날을 예측하고자 한다.

마지막 계시는 신시기의 심리사조에 오르내림이 있을 뿐만 아니라, 이런 부침의 주기가 사회의 비약적인 발전에 따라 자주 바뀐다는 점이다. 또 이런 리듬이 상당히 긴 규칙성을 나타낸다. 때문에 이런 세기말적 비애의 안개가 널리 퍼질 즈음, 나는 여전히 미국 작가 포크너(W. C. Faulkner)가 노벨상 수상 소감으로 한 말을 되뇔 것이다.

"나는 인류의 종말을 받아들이는 것을 거부한다. …… 시인은 그저 인간 생명의 편년사를 저술해서는 안 되며, 그 작품은 마땅히 인간을 지지하고 도와 스스로 승리를 거두어들이는 받침과 기둥이 되어야 한다."[20]

심리 상태가 건강한 사람은 양호한 자아심리 조절 기능을 가지고 있다. 생명력이 강한 민족도 남다른 활력을 지니고 있다. 중국은 역사적으로 수많은 천하대란을 겪어왔기에 아무리 큰 재난도 그 대들보를 꺾지 못하였다. 세기말의 거대한 변화를 보면, 1960년대의 천하대란부터 1970년대 말의 대평화, 1980년대의 경제발전에 이르기까지는 전후 20여 년도 안 되는 세월이었다. 중국의 미래가 순풍에 돛단배라고 말하기는 쉽지 않다.

하지만 근대화 과정에 바친 가혹한 대가는 당대인을 점차적으로 지혜롭고 성숙하게 했다. 설사 '세기말 정서'가 급속히 팽창하고 퍼질 때라 하더라도, 사람들로 하여금 이성적 힘이 민족 심리의 균형을 유지함을 느끼게 했다. '문화대혁명'이 유린하지 못한 양심과 이성은 상품경제 대조류가 석권하는 세기말에 와서도 소멸되지 않았다. '새로운 이성'에 대

---

20) 《美國作家論文學》, 三聯書店, 1984, 367~386쪽.

한 지식인들의 대대적인 홍보와 청년문화의 건강한 요소는 사람들에게 세기말의 위안과 신시기에 대한 희망을 안겨주었다. 따라서 나는 이 세기말 정신사를 절망과 희망이라는 이중주의 소나타로 쓰려고 했다. 이 소나타를 쓸 때 양심과 이성 그리고 끓는 피와 격정은 줄곧 나와 동행했다. 나는 끊임없이 질문을 했다. 양심·이성과 격정은 세기말의 차가운 안개 속에서 어떻게 빛나고 활활 타오르는가? 나는 굳게 믿고 있다. 이 세상의 어떤 것들은 "부귀에도 현혹되지 않고 가난에도 뜻을 바꾸지 않으며 권세에도 굽히지 않는다[富貴不能淫, 貧賤不能移, 威武不能屈]"(《맹자》). 이런 것은 바로 인류가 생존 발전하는 데 의지하는 받침돌과 기둥이다. 당대사를 쓰는 것은 물론 당대인의 양심·이성과 격정을 널리 홍보하는 것을 뜻한다.

그러므로 비록 여러 가지 여건의 제약이 있고 신시기 심리사조의 과정이 아직 끝난 것은 아니지만, 그래도 펜을 들게 되었다.

때가 된 것이다.

제1장 사상해방의 서곡

신시기 정신사 연구는 반드시 '문화대혁명'에서 시작해야 한다. 세상 사람의 기억에도, 신시기 사상해방이라는 파도의 기세는 '황하의 물은 하늘에서 온다'는 말을 방불케 하며 하룻밤 사이에 중국 대지를 휩쓸었기 때문이다. 하지만 '문화대혁명'의 사료에 주의를 기울이면서, 나는 신시기 사상해방의 많은 명제가 '문화대혁명' 가운데, 심지어 '문화대혁명' 훨씬 이전에 이미 성립되고 또 평민사상가[1]의 독립적인 사색 속에서 싹텄음을 발견했다. 신시기 호풍환우(呼風喚雨)하는 많은 문화 엘리트도 '문화대혁명' 가운데 또는 그 이전에 그들의 문화활동을 시작했다. 역사는 기나긴 강처럼 오랜 옛날부터 지금까지 흐르면서 수많은 전환점을 지나왔으며 끊임없이 흘러드는 문화의 새로운 조류와 합류했다. 하지만 사람들은 강의 근원지를 찾을 때 여전히 상류로 거슬러 올라가 인적이 드문 곳까지 가곤 한다.

'신시기 사상 조류의 근원' 탐구는 의심할 바 없이 매우 의미 있는 문화 연구 과제이다. 유구한 인문정신을 가지고 있는 중국이 어느 때부터 인문정신을 잃어버렸고, 그 정신의 불씨는 어떤 사람들의 심혈로 보존되어 왔고 오늘까지 지속되어 왔는가? '5 · 4' 정신의 세례를 받은 중국 지식인들은 어디에서 '5 · 4'의 전통을 잊었고, 에너지 같은 '5 · 4' 전통은 또 어떻게 암흑 속에서 칩거하다 사상해방의 봄이 찾아들자 다시 생기를 되찾았는가?

예를 들어 역사학의 대가 진인각(陳寅恪)은 평생 학자의 양심에 충실하여 절대로 '곡학아세'하지 않았다. 1958년에 불공정한 비판을 받았을 때에도 '좌'경 사조에 머리를 숙이지 않았다. 《오복일기(吳宓日記)》(1961. 8. 30)에는 "인각 형의 사상과 주장은 추호도 변하지 않았고 여전히 왕년의 '중국학을 몸으로 삼고, 서양학을 도구로 삼는 중체서용설(中體西用

---

1) 나는 '평민사상가'란 개념을 '사상가'라는 개념과 구별했다. 세기말의 중국은 여건의 제약으로, '평민사상가'가 많았고 대가급의 '사상가'는 비교적 적었다.

說: 중국 문화 본체론)'을 고수하고 있다. 내 동년배 사람 가운데 인각 같은 이는 절대로 시류에 따라 움직이지 않는다"[2]고 씌어 있다. 그의 생명은 '문화대혁명'의 소용돌이 속에 끝났지만 그의 정신은 오히려 저술을 통해 전해왔으며, 1980년대에 이르러 후학들에게 연구되고 계승되었다. 1990년 탄신 100주년에 즈음하여 그의 문화사상, 학술품격과 청교도적 정신에 이르기까지 독서계의 '이슈'가 되었다. 이전에 그를 '크게 비판했던 글'은 역사의 웃음거리가 되었다.

또 청년시인 유사하(流沙河)는 1957년에 그의 산문시 〈초목편(草木篇)〉에 대한 '집중 공격'에 맞서 "나 유사하는 '집중 공격'을 두려워하지 않으며 들판에 서서 폭풍을 기다린다"고 말했다. 뿐만 아니라 중국 지식인의 운명에 대한 그의 생각을 표현했다. "지식인에 대한 사상개조는 잘못된 것이다. 나는 개조할수록 더욱 나빠졌다." "중국 지식인의 연약함에 수치를 느낀다."[3]

이런 논의는 신시기 사상계·지식계가 '중국 지식인의 운명', '중국 지식인의 인격 독립'에 관해 벌인 열렬한 토론의 관점과 얼마나 비슷한 점이 많은가! '살아서 때를 만나지 못하고' 유사하의 항쟁은 결국 강권에 밀려 실패했다. 하지만 1950년대 중국 지식인의 운명에 대한 그의 생각은 사상사적으로 매우 중요한 가치를 지니고 있다. 그것은 중국인들로 하여금 1957년의 '백화제방, 백가쟁명(百花齊放 百家爭鳴)'[4]과 '문화대

---

2) 余英時, 〈陳寅恪的學術精神和晩年心境〉, 《明報月刊》 1983년 1월·2월호에서 재인용.

3) 沈澄, 〈'草木篇'事件是一堂生動的政治課〉, 《文藝學習》 1957년 제8기에서 재인용.

4) 최근까지 '백화제방, 백가쟁명'(이하 '쌍백')부터 '반우파 투쟁'에 이르는 과정에 대한 모택동(毛澤東)의 의도를 분석하는 작업이 다양하게 진행되고 있어 확정적 결론을 내리기에는 시기상조인 것 같다. 1956년 2월, 소련에서 새로 집권한 흐루시초프가 스탈린 격하 운동을 전개하면서 폴란드와 헝가리에 자유화운동이 시작된다. 그 사건을 전후하여 중국 공산당 안에서 언론자유화 운동에 대한 검

혁명' 이후의 사상해방운동의 정신적 연관 등을 연구·토론하도록 일깨웠다.

유사하의 친구이자 시 평론가인 석천하(石川河)도 1950년대에 용감하게 직언을 했다. "호풍(胡風)은 우리 앞에서 전진한 사람이다. 그가 넘어졌다고 해서 비웃지 말아야 한다. 중요한 것은 경험과 교훈을 섭취하여 다른 새로운 세상을 개척하는 것이다."5) 그의 과감한 의견에 선견지명이 있었음을 역사는 이미 증명했다. 호풍이 노신에게서 계승한 '강직'한 전투정신은 1950년대 후기의 석천하를 비롯하여, 1980년대의 학자들 사이에서 눈부신 빛을 발했다.

또 곽말약(郭沫若)의 아들 곽세영(郭世英)은 1962년에 북경대학 철학

토 작업이 이루어진다. 초기 기록에는 모택동이 추진을 강하게 주장한 반면, 기타 지도자들은 반대를 했다는 의견이 많이 남아 있다.

하지만 운동이 확대되는 과정에서 보여준 모택동의 행태로 말미암아 이 시기 그의 정치적 행태에 대한 평가가 대체로 부정적이다. 심지어 모택동의 의도를 '음모(陰謀)'에 빗대서 '양모(陽謀)'라고 일컫는 경우까지 있다. 원래 '음모'의 사전적 의미는 '(좋지 못한 일을) [몰래] 꾸미는 것'이나, 반우파 투쟁 전에 제기된 쌍백 방침은 처음부터 우파적 또는 체제비판적 지식인을 끌어내리는[引蛇出洞] 의도로 공공연하게 진행되었다는 뜻에서 '양모'라고 빗대어 이르는 것이다.

모택동의 지시를 받고 중국공산당 중앙선전부장 육정일(陸定一)은 1956년 5월 26일에 중국과학원과 중국문학예술연합회가 공동 개최한 회의에서 문학·예술·과학 부문의 언론 자유 지침인 논문 〈쌍백 방침〉을 발표했다. 정부 차원에서 자유로운 비판을 적극적으로 유도했음에도 비판이 나올 때까지는 시간이 걸렸으며, 다른 공산당 지도자들은 이듬해까지도 모택동의 발언 내용을 그대로 되풀이하기만 했다. 일반 국민들이 공산당을 공공연히 비판하기 시작한 것은 거의 1년 뒤인 1957년 봄이 되어서였다. 이 지침을 믿고 사회 전체가 공전의 비판 흐름에 싸이면서 비판의 수위와 범위는 이미 국가의 수용 한계를 벗어나게 된다. 분위기는 바로 뒤바뀌어 1957년 6월 《인민일보》에 〈반우파 투쟁을 전개하자〉는 사설이 발표됨과 동시에 전국적으로 우파에 대한 비판운동이 펼쳐졌다. 쌍백 방침 당시 자신의 사상을 자유롭게 발표한 지식인들은 그 뒤 불어닥친 반우파 투쟁에서 우파로 분류되어 혹독한 비판과 숙청을 당했다. 무려 55만 명에 이르는 지식인과 젊은이들이 우파분자로 몰려 가혹한 정치적 박해를 받았으며, 이들 대부분이 혹독한 비판 가운데 반우파 투쟁 기간을 가까스로 넘겼을지라도 문화대혁명 때 다시 비판과 숙청을 당한다 — 옮긴이.

5) 沈澄, 앞의 글에서 재인용.

과에 입학해서 3개월 동안 헤겔의 명저를 탐독했다. 그리고 당시 전국적으로 불고 있던 철학 학습 열풍 속에서 '엑스(X) 조'라는 이름의 팀을 조직했다. 그것은 철학적으로 민감한 문제를 연구·토론하는 데 취지를 둔 학술단체였다. "그들이 연구한 주요 과제는 '사회주의의 기본 모순은 계급투쟁인가? 대약진은 성공했는가, 실패했는가? 모택동 사상은 이분법으로 볼 수 있는가? 권위란 무엇인가? 최정상은 존재하는가?' 등을 포함했다."[6] 오늘날의 사람들이 보기에는 전혀 문제가 되지 않는 이런 것들도 당시에는 무서운 '금기' 사항이었다. 그들은 학교와 경찰의 주목을 받았다. 편지와 인쇄물은 압수되었고 그들은 소환되었다. 강력한 정치적 압력 때문에 팀원들은 잇달아 '문제'를 고발했다. "오직 세영만이 이치를 따지면서 끝까지 굽히지 않았는데 그에 대한 심문은 매번 격렬한 논쟁으로 바뀌었다. 마침내 세영은 '반당·반사회주의자' 그리고 '적대적 모순에 속하는 자'로 결론이 났고, 또 '인민 내부의 모순에 따라 처리'되었다."

1966년 말의 암흑 속에서 곽세영은 만리(萬里)의 아들 만백고(萬伯翱)에게 말했다. "너의 부친 같은 노(老) 간부는 절대로 그런 사람들이 말하는 반당·반사회주의자가 아니라는 것을 나는 믿는다. 그는 해방될 것이다. 소동을 일으키는 야심가들은 머지않아 거꾸러질 것이다!"[7] 그의 예언은 이미 실현되지 않았던가? 그저 그는 기를 펴는 날까지 버티지 못하고 가버린 것뿐이다.

위 사례들은 '문화대혁명' 이전에 양심적이고 굳센 기개를 가지고 독립적인 사고를 하며 용감하게 '금기'에 맞섰던 용사들이 많았음을 보여준다. 비록 몇 년 뒤에 불어 닥친 정치운동은 뒤집을 수 없는 기세로 민

---

6) 萬伯翱, 〈你, 一顆劃破夜空的流星〉, 周明 主編, 《歷史在這里深思》(5), 北岳文藝出版社, 1989, 125, 129쪽.
7) 위의 글.

족 전체를 '문화대혁명'의 심연으로 끌어들여, 진리를 위하여 투쟁한 사
람들 하나하나를 지옥에 처넣었지만, 언제나 뒤에 뒤를 이어 정의의 불
씨를 보호하고 전파한 사람이 있었다. 어쨌든 '문화대혁명'에 이르러서
야 전에 없이 격화된 여러 사회모순이 비로소 평민사상가를 일깨우는
경종이 되었다. 그리고 이 급속히 뒤바뀌는 역사 풍운은 비로소 사상해
방으로 나아가는 사람들의 앞날에 방향을 제시했다.

'문화대혁명'은 전례 없는 재난이었다. '문화대혁명'은 전례 없는 기만
이었다. '문화대혁명'은 봉건적 파시스트 독재를 절정까지 끌어올렸으나
동시에 문화대혁명 자체는 쇠퇴의 내리막길로 밀려나버렸다. 이런 의미
에서 본다면 '문화대혁명'은 민족의 각성을 위한 선결 조건을 제공한 것
이다. 그러므로 이 책에서 신시기 심리사조에 대한 근원을 찾는 것 또한
'문화대혁명'에서 시작해야 할 것이다.

1. 열혈 반역자

현존하는 사료로 볼 때, 가슴 가득 끓는 피로 넘치는 평민사상가들의
'문화대혁명'에 대한 의심과 저항은 현대 미신이 한창이었던 '문화대혁
명'의 발발 시기와 거의 동시에 시작되었다. 흥미로운 것은 의심, 반역과
옹호, 투신은 모두 가장 소박한 감정인 충성을 바탕으로 했다는 것이다.
그렇다면 충성은 어떻게 저항으로 변했는가? 그런 저항자들이 걸었던
길을 간단하게 돌아보기로 하자.

1937년에 혁명에 가담한 원로 간부 서새(舒賽)는 '문화대혁명' 이전에

보여준 그의 강직함 때문에 몇 차례 타격을 받았으며 심지어 당적을 빼앗겼다. 그는 1966년 12월 2일에 북경에서 대자보를 붙여 임표를 공격하였다. "임표가 제창한 '4개 제일',[8] '4개 암기'는 실제와 맞지 않는다. 사람은 모두 사상·잡념이 있고 개인 사정도 있으니 한결같이 열심히 하고 전념할 수는 없다. 이런 구호는 보기에는 매우 '좌'답지만 사실 겉치레일 뿐 실사구시는 아니다." "임표는 음흉 교활하고 아첨을 잘하며 개인적 미신을 최대한 조장했다. …… 이는 정치·사상, 심지어는 조직상의 혼란을 조성한 다음 기회를 잡아 어부지리를 차지하려는 것이다." 서새는 체포된 뒤에도 더욱 과감하게 주장했다. "나는 우리 당 안에 그렇게 많은 사람들에게 문제가 있다는 것을 믿지 않는다. 내가 보건대 이는 모두 임표가 만든 것이다. …… 이것은 충정을 박해하는 것이 아닌가?" "나는 모 주석께서 임표의 속임수에 넘어간 것이라고 믿는다."[9]

사상해방의 선구자 우라극(遇羅克)은 출신 배경이 '우파' 가정이었지만 그것을 벗어나고자 적극 노력했다. 그는 '문화대혁명' 이전부터 '반우파 투쟁', '강철연마', '우파사상과 전문기술 논쟁'에 대해 남다른 견해를 가지고 있었다. 뿐만 아니라 마르크스 저작과 《자치통감(資治通鑑)》, 《신구약전서(新舊約典書)》를 포함한 수많은 명저를 연구했다. 그는 '공산주의 사상체계 가운데 유물변증 관점을 견지하여 완벽한 인간이 되고자' 결심했다. 하지만 출신 성분의 어두운 그림자 때문에 멸시와 타격을 받은 그는 대학에 진학할 수도 없고 입대할 수도 없었다. 그는 고민했다. "마르크스, 모택동, 노신은 모두 프롤레타리아 계급 출신이 아니었지만 프롤레타리아 계급 혁명가·사상가로 성장했다. 그들이 주로 낡은 시대

---

8) 임표가 1960년 전군고급간부회의에서 제기한 군대·정치·사상 업무의 규칙을 말한다. '인적 요인 제일, 정치 업무 제일, 사상 업무 제일, 살아 있는 사상 제일'이 그것이다 — 옮긴이.

9) 東方人, 〈第一個炮轟林彪的人〉, 《記者文學》 1992년 제10기.

에 살았다지만 그럼에도 가정의 영향은 적게 받았다고 말한다. 그렇다면 새로운 사회가 찾아왔는데도 왜 이처럼 출신 성분을 중시하는가?"

1966년 1월의 일기에 그는 이렇게 썼다. "오늘의 학설은 신비주의로 나아가고 있다." 같은 해 2월의 일기에서는 진백달(陳伯達)이 봉건적 통치계급적 수사로 모택동을 신격화하고 애써 추켜세운 데 대해 비판하면서 이렇게 지적한다. "《홍기(紅旗)》의 주필 자리를 진백달에게 주고도 교조적이 안 되기를 바랐으니, 이것은 그야말로 큰 재난이 아니겠는가!"

5월의 일기에서는 이렇게 밝힌다. "공산주의 청년단 중앙에서 모 주석을 무한히 숭배하고 그에게 무한한 신뢰를 보내라고 호소하여 진리를 종교로 만들었다. 어떤 이론이든지 모두 절정이 있는데, 이른바 영원이라는 것은 아무런 근거도 없는 것이다." "탁구 팀이 승리한 이유가 모택동 정치사상을 우선했기 때문이라고 한다면 사람들은 의문을 금치 못할 것이다. 그렇다면 농구 팀은 모택동 저서를 학습하지 않았다는 말인가? 러시아 선수단은 (모택동 저서를) 배우지 않았다. 그런데 왜 중국 팀이 러시아 팀에게 패했는가? 설명할 수 없는 것이다. 이는 정치로 통할 문제가 아니다. 길을 잘못 든 것을 알면서도 돌아서려 하지 않는 사람은 반드시 왜곡된 논리로 진리를 해석하려고 한다."

6월의 일기 가운데서 그는 냉정한 태도로 '문화대혁명'을 보았다. "열정은 지극히 큰 맹목성을 띠고 있다. …… 이른바 북경대학 7인의 대자보도 그저 속임수에 지나지 않는다." 7월의 일기에서는 '문화대혁명'의 정곡을 사정없이 찔렀다. "이것은 근본적으로 계급투쟁이 아니다." "이것은 문화와 아무런 관련이 없으며 계급과도 아무 관련이 없다."

온 사회가 '혈통론'을 외치던 시절에 그는 비판적 글인 〈출신론(出身論)〉을 써냈고 자신의 견해를 논증했다. "실천은 공교롭게도 완전히 상반되는 결론을 얻어냈다. 사회적 영향은 가정적 영향을 훨씬 넘어섰으며 가정적 영향은 사회적 영향에 복종한다." "구경한 사람이 받은 영향이 좋고 나쁜가 하는 것은 오직 실천 속에서만 검증할 수 있다. 여기에서 말한 실천은 한 사람의 정치적 표현이다." "표현 앞에서 모든 청년은 평등하다."

그의 이 유명한 논문은 10여 년 뒤에 '실천은 진리를 검증하는 유일한 기준이다'라는 대토론의 불씨를 지폈고, 루소의 《인간 불평등 기원론 (*Discours sur l'origine et les fondements de l'inegalite parmi les hommes*)》(이 책이 우라극에게 준 영향은 매우 크다)의 사상을 빛냈다. 〈출신론〉의 논지는 '정상궤도를 벗어나 도리를 어기지 않았으며' 공산당이 '교육할 수 있는 자녀'에 대한 정책과 완전히 부합한다. 하지만 그것은 여전히 중대한 이론적 의의가 있다. 그것은 이론적 자질이 남다른 우라극이란 평민사상가의 역사적 안목을 드러낸다. "역사는 나의 생활을 해석해 줄 것이다. 그것은 나의 공로와 과실을 평가할 것이다. 역사는 시대를 지배한 사회주의 사회에서 봉건적인 의식형태가 얼마나 넓은 시장을 가지고 있으며, 그것과 싸우는 것에 얼마나 큰 희생이 필요한가를 보여줄 것이다."

이런 사색과, '문화대혁명' 이후 사상계가 기치를 높이 들던 반봉건의 계몽적 역사 조류 사이에는 서로 통하는 곳이 확실히 있다. 투옥된 뒤 그는 진리에 대한 태도를 굳게 지켰고 이렇게 썼다. "나는 과거에, 1959년부터 1963년까지 만약 착오가 없었더라면 그처럼 곤란하지는 않았을 것이라고 여겼다." 그가 1960년대부터 이미 역사에 대한 독립적인 성찰을 시작했다는 것을 알 수 있다.[10]

1970년에 우라극은 살해되었다. 그의 희생은 친구였던 조진개(趙振開)에게 너무나 큰 충격을 주었다. 조진개는 뒤에 '북도(北島)'란 필명으로 '지하문학'의 창작에 몸담으면서 냉정하고 고고한 작품을 창작했다.[11]

---

10) 王晨 · 張天來, 〈劃破夜幕的隕星〉, 《光明日報》 1980년 7월 21~22일자.

11) 宋耀良, 《十年文學主潮》, 上海文藝出版社, 1988, 48쪽 참고.

공산당원 주수중(朱守中)이 걸어온 인생 역정도 우라극과 비슷하다. 그는 부르주아 가정에서 태어났으나 진보를 추구했다. 1957년에 '반우파 투쟁'의 확대를 반대한 것 때문에 당에서 제명당하고, 1965년에는 공직에서 밀려났다. 그는 놀라운 의지로 무거운 짐을 지고 힘차게 일했으나 '문화대혁명' 속에서 '지주계급'·'악질'이라는 오명을 덮어쓰지 않을 수 없었다. 그는 '한평생 노동개조'할 것을 결심하여 거의 자학에 가까운 열정으로 죽도록 일했다. 그리고 다른 한편으로는 '문화대혁명'에 대한 불만을 공개적으로 밝혔다.

"나는 당 중앙에 두 개의 사령부가 있다는 말에 줄곧 동의하지 않았다. 당의 조직규율성은 매우 엄격하다. 유소기(劉少奇) 동지 한 사람이 그 많은 일들을 다 책임질 수는 없다. 그의 모든 행위는 사전에 중앙정치국의 토론을 거친 것이다." "이번 문화대혁명은 당 안팎의 소수 야심가와 나쁜 놈들이 높은 서열, 그리고 승리의 열매를 독점하기 위하여 꾸몄다. 문화대혁명은 그들이 이견(異見)분자 배척, 공신살육, 군(軍)·정(政) 찬탈, 분서갱유 등 비열한 수단을 가리지 않고 꾸민 대음모이자 대비극이다." "혁명의 목적은 생산력을 높이고 인민들이 더 좋은 생활을 하게 하는 것이다. 전체가 허리띠를 졸라매고 서로 죽이면서 날마다 계급투쟁을 하는 데 있는 것이 아니다." "팽덕회(彭德懷)가 여산(盧山) 회의에서 제출한 '의견서'에 대해 나는 갈채를 보내고, 그가 털어놓은 것 전부가 충언임을 인정한다. 그의 주장은 결코 지나친 것이 아니다. 팽덕회의 파직은 매우 불공평한 것이다." "마인초(馬寅初)의 신인구론(新人口論)[12]

---

12) 중국에서 사회주의 정권이 수립된 1949년부터 1953년까지 중국 인구가 5억 4천만에서 5억 8천만으로 급증했다. 이것은 사회 안정과 '사람을 곧 생산력'이라고 보는 공산당이 이론적으로 뒷받침한 결과였다. 자식을 많이 낳은 여성에게는 '어머니 영웅'이라는 영웅 칭호까지 수여했다. 아편전쟁 이후 100년 동안 평균 증가율의 여덟 배나 되는 엄청난 기록이었다. 정부 일각에서 증가 속도에 주목했고 〈피임 및 인공 유산 방법〉을 공포하는 등 대책을 마련하기도 하지만 지속적으로 관리하지는 못했다.

은 충분한 근거가 있다." "1959년부터 1962년까지 국민경제가 심각하게 균형을 잃은 주요 원인은 인재이지 천재가 아니다. 인민공사(人民公社)는 시기상조였고 실수였다. 지나치게 '일대이공(一大二公)'[13]을 강조했고 맹목적으로 '무료식사' 따위를 제창했다. 이런 거친 방법은 당시 수많은 농민의 사상적 궤도와 농촌 생산력의 현실에서 심각하게 벗어난 것이다." "세상에서 가장 복잡한 '만물의 영장'은 바로 지식인이다. 그들을 대할 때는 반드시 논리로 설득하고 성의로 감동시키며 인정으로 움직이고 차근차근 이끌며 인내심을 가지고 세밀하게 개조해야만, 비로소 그들의 특기를 발휘하도록 할 수 있다. 한마음 한뜻으로 공동 전진해야 한다. 단순하고 야만적인 수단과 위선적인 속임수를 쓰면 반드시 상반되는 결과를 얻게 된다. 배를 띄우는 물은 배를 전복시킬 수도 있다. 이런 역사 교훈을 절대로 잊어서는 안 된다."

1970년 초에 '끝까지 완강하게' '정의를 위해서는 죽음을 두려워하지 않을 것'을 결심한 주수중은 떳떳하게 목숨을 바쳤다.[14] 여러 차례 정치활동의 교훈을 돌이켜 사색하고 '문화대혁명'의 허구를 폭로하는 점에서 그와 우라극의 견해는 약속이라도 한 것처럼 완전히 일치했다.

공산당원 진수도(陳壽圖)는 '문화대혁명'이 시작되자마자 "공산당원

그때 중국의 유명한 경제학자 마인초(馬寅初)가 1980년대가 되면 중국 인구가 12억이 되어 국가 경제발전의 발목을 잡을 것이라고 경고하고 나섰다. 하지만 시대를 앞서 가는 그의 탁견은 인구 절대자원화 시각으로 무장한 자들에게 거의 1년 동안이나 비판당한다. 그를 향한 비판은 학술적 차원을 넘어 우파에 대한 정치적 투쟁으로 여겨져 1950년대 중반 중국을 휩쓸었다. 결국 모택동까지 나서 마인초를 부르주아 계급적 인구학자로 비판하고, 중국의 인구가 얼마가 되든지 간에 중국 사회주의는 인민의 행복을 보장할 수 있다고 언명하는 차원까지 발전하게 되어 그 뒤 개혁개방 시기까지 중국에서 인구 억제를 말하는 것은 금기시되었다 — 옮긴이.

13) 인민공사의 조직화의 주요 방침인데, 대(大)는 대규모적인 생산과 건설이 행해지는 것을 말하고, 공(公)은 사회주의화와 집단소유화를 말한다 — 옮긴이.

14) 李邦禹·馮劍華, 〈要爲眞理而鬪爭〉, 《劃破夜幕的隕星》一書, 群衆出版社, 1981.

이 어찌 공산당의 권력을 빼앗을 수 있단 말인가!"라고 말했다. 그는 모 택동의 〈우리의 말과 행동의 시비를 판단하다〉에 제시된 여섯 가지 기 준을 가지고 현실과 비교했다.

"제1조, 국내 각 민족의 단결에 도움이 되어야 하고 인민을 분열시켜 서는 안 된다 — 해방된 후 10년 남짓 일어나지 않았거나 매우 적게 일어 났던 인민 무력투쟁이 왜 지금 가는 곳마다 일어나고 있는가? 제2조, 사 회주의 개조와 사회주의 건설에 유리한 것이다 — 왜 사회주의 건설을 파괴하고 학교는 휴강하고 공장은 휴업하고 사회주의 건축물은 파괴당 했는가? 제3조, 인민 민주정권을 공고히 하는 데 유리한 이 정권을 파괴 하거나 약화시켜서는 안 된다 — 왜 행정·검찰·법원 등 세 부문을 접 수·관리하는가? 제4조, 민주집중제를 공고히 하는 데 유리한 것이고 이 제도를 파괴하거나 약화시켜서는 안 된다 — 왜 민주적이 아닐뿐더러 집 중적이지도 않게 되었으며 당에 분열이 생겼는가? 제5조, 공산당의 영도 를 공고히 하며 이 영도를 벗어나거나 약화시켜서는 안 된다 — 왜 지금 공산당의 단일 영도가 시행되지 않는가?……"

진수도는 모택동 사상에서 출발하여 '문화대혁명'의 사악한 기풍을 꿰뚫어보았다. 그는 "임표가 이렇게 정변을 일으키는 것은 당의 단결과 통일을 파괴하는 것이라고 생각[15]"했다. 그 역시 1970년 초에 정의를 위 하여 용감하게 희생되었다.

19세의 고등학생 오효비(吳曉飛)도 '문화대혁명'의 혼란 때문에 깊이 생각하게 되었다. "임표는 무엇 때문에 안간힘을 다해 모 주석의 권위를 세우려 하는가. 나는 임표가 아마 권력 탈취를 위하여 자신에게 유리한 여론을 준비하는 것이라고 생각한다." 하지만 "절대적인 미신은 사람을 속이는 저속한 수작에 지나지 않는다." "절대 미신론의 가면은 언젠가

---

15) 福建省 蒲田地區 福淸縣 調査組, 〈爲眞理而獻身的忠誠戰士〉, 《劃破夜幕的隕 星》一書, 群衆出版社, 1981.

폭로되고야 만다." "강청(江靑)은 문화대혁명 때 무정부주의가 넘쳐나게
한 사실상의 근원이다." 오효비는 자신의 생각을 20여 만 자에 이르는
《문화대혁명》이란 책으로 펴냈다.16) 이 때문에 그도 목숨을 잃는 대가
를 치렀다.

21세의 농촌 여성 지식청년 정조효(丁祖曉)도 '문화대혁명' 속에서 사
색하기 시작했다. "그들(타도된 원로 혁명가)의 역사에 문제가 있다고 말하
는데 그들은 수십 년 동안 혁명을 하지 않았는가? 한 명의 붉은 사령관이
일부 '반역자', '비적', '군벌'에 의지해서 신중국을 건설할 수 있는가?!"
그는 소박한 언어로 '현대 미신'의 황당함에 대한 불만을 나타냈다—
"날마다 7억이나 14억의 목소리가 '모 주석 만수무강'을 외친다고 하더라
도 모 주석은 들을 수도 없거니와 진짜 만 세까지 살 수도 없다." "이는
봉건사회에서 임금이 정무를 보는 것과 같이 모 주석을 봉건제왕으로 받
들어 알현하는 것이다." "이 '충(忠)'자는 철두철미한 노예주의이다. ……
그들은 '충'자를 이용하여 사람의 사상을 통치하고 수많은 인민 군중들
의 민주와 자유를 박탈했다."

'진정한 민주와 자유를 쟁취한다'는 그녀의 전투 구호였다. 이 구호와
'문화대혁명' 이후 민주 조류가 높아져가던 기간과는 정신적으로 관련
이 있다. 정조효도 목숨으로써 자신의 신념을 지켰다.17)

공산당원 장지신(張志新)은 '문화대혁명' 초기에는 적극적으로 운동
에 참여했으나, 혼란과 무력 투쟁은 그에게 견딜 수 없는 고통을 주었
다. 그의 오빠는 사소한 일로 '현행 반혁명범'으로 몰리고, 여동생은 악
기를 남달리 잘 다루는 것이 죄가 되어 '악질'로 몰렸다. 성(省)위원회
서기를 비판하는 대회가 열린 뒤 그녀는 대성통곡하면서 분노를 토했

---

16) 王嵐君·黃象滋, 〈吹盡狂沙始到金〉, 앞의 책.

17) 吳兆麟·田大業, 〈巾幗雄傑〉, 《劃破夜幕的隕星》一書, 群衆出版社, 1981.

다. "당신들은 '문화대혁명'이 모 주석의 혁명노선을 지킨다고 말하는
데 지금 모 주석의 주위에 몇 사람이나 남아 있는가? …… 나는 이해할
수 없다! …… 중앙문혁소조에 음모가 있다!" 수감이나 잔인한 형벌도
그녀를 굴복시키지 못했을 뿐만 아니라 그녀는 파시스트 폭정 공범자들
의 정체를 알아차렸다. 1975년에 그녀도 동트기 전의 암흑 속에서 고꾸
라졌다.[18]

또 22세의 공산주의 청년단원 이정생(李鄭生)을 언급해야 한다. 그는
1971년의 '임표 사건'으로 '당의 노선에 문제가 나타나는 데는 주요 지
도자에게 책임이 있다'는 것을 더욱 깊이 인식하게 되었다. 하지만 그는
비교적 일찍 '문화대혁명' 속에서 각성한 사람들 가운데 한 사람이었다.
그는 〈혁명 선언〉에서 "실천은 진리를 검증하는 유일한 기준이다. '실천
제일'은 혁명의 최고 권위이다. 유물변증법은 가장 유력한 혁명 무기이
다. 과거에 노선 착오를 저지르지 않았다고 해서 영원히 노선 착오를 저
지르지 않는다는 것은 아니다. 정신적 속박을 타파하고 혁명의 현실을
직시해야 한다"고 지적했다. 이정생은 또 "(문화대혁명 때) 당의 노선은
모택동 사상의 민주집중제 원칙에 부합하지 않으며, 기회주의와 종파주
의의 경향이 있다. 당정 기관은 모두 마비되었으며 무정부 상태가 되었
다. 무력 투쟁은 수많은 사람을 죽음으로 내몰았다. …… 인민의 생명과
재산은 큰 손실을 보았으며 적지 않은 지방은 부르주아 지주계급의 파
시스트 독재정권으로 변했다. 과거의 혁명 투쟁 경험이나 눈앞의 사회주
의 혁명 경험 할 것 없이 문화대혁명을 해석할 방법이 없다", "절정론은
잘못된 것으로 변증법을 위반했다"라고 했다.

놀라운 사실은 그가 〈혁명 선언〉에서 제시한 6개 조의 정치 기준 가운
데 네 가지가 신시기 '4개 기본원칙'과 서로 일치한다는 것이다(그 밖의

---

18) 張書紳, 〈正氣歌〉, 《鴨綠江》 1979년 제5기.

두 가지는 '혁명 단결을 강화' — 곧 안정단결 — 와 '프롤레타리아 계급 국제주의'이다). 체포된 뒤 강권의 압력으로 이정생은 한동안 흔들리기도 했으나 최후에 그는 결연하게 '역사의 오해와 역사의 억울함을 받아들여' 장렬하게 희생되었다.[19]

또 길림성의 청년 사운봉(史雲峰), 산서성의 청년 교사 등사경(鄧思京), 청해성의 청년 교사 가정옥(賈正玉), 감숙성의 청년 사병 왕독량(王篤良), 하북성의 중년 노동자 이부원(李富元), 귀주성의 여자 기술자 마면정(馬綿征), 하남성의 청년 간부 이신하(李新夏), 호북성의 중년 교사 손백영(孫伯英), 북경의 청년 간부 두장서(杜長緒), 청해성의 청년 농민 안문충(安文忠), 하북성의 청년 노동자 장곤호(張坤豪), 귀주성의 청년 교사 증경화(曾慶華), 흑룡강성의 청년 직원 곽유빈(郭維彬)……. 그들은 전국이 광기에 휩싸였을 때 정의를 위하여 입을 연 사람들이다. 곽유빈이 구사일생으로 살아남은 것 빼고 그 밖의 사람들은 양심과 이성을 위하여 박해받고 죽어갔다.[20]

호남성의 고등학생인 소서이(蕭瑞怡)는 '대약진과 공산주의 바람으로 말미암은 3년 동안의 가혹한 생활'에 불만이 자라기 시작한다. 그는 장성한 뒤 많은 책을 읽어 웅대한 포부와 이상을 세웠다. 그는 "사회개혁가가 되어 인민을 행복하게 할 뜻을 세웠다." 그리하여 '문화대혁명' 때 개인 숭배에 반대하여 죽음을 무릅쓰고 '토지제도 개혁', '인위적인 계급투쟁 청산', '개인 숭배 활동 청산, 인민 사상해방'에 관한 정치적 견해를 모택동에게 올렸으나 '현행 반혁명범'으로 몰려 처형당할 뻔했다. 1978년에 누명을 벗은 그는 다시 농촌의 파산 현황을 우려하여 대담하게 《광명일보(光明日報)》에 투고를 했다. 단도직입적으로 〈생산 관계 개혁

---

19) 祖慰 · 節流, 〈線〉, 《長江文藝》 1980년 제12기.
20) 《劃破夜幕的隕星》一書 참고.

에 대한 견해〈生產關係改革淺見〉를 진술하여, 공상(空想)사회주의를 비판하고 '3자 1포(三自一包)'[21]를 인정했다. 1979년에는 중앙·전국정치협상회의에 〈공산진의설(共產眞義說)〉을 건의했다. 그는 이 안건을 11년 동안 세 번 건의했으며 시종일관 국가 운명에 관련된 문제를 사색했다. 역사는 마침내 그의 탁월한 식견을 증명해 보였다.[22]

북경의 대학생 왕용분(王容芬)도 1966년 9월에 모택동에게 상서(上書)했다. "당신께서 중국 인민의 이름으로 생각해 보십시오. 당신은 중국을 어디로 이끌고 나가려 합니까?" 이 편지 때문에 그녀는 14년 동안 감옥살이를 했다. 감방에서 그녀는 마르크스주의를 연구하여 '우주와 세계에 대한 자기의 체계적인 견해'를 세웠다. 출옥 이후에는 사회학자로 성장했다.[23]

왕용분과 거의 동시에 북경농업대학 부속고등학교의 두 학생도 이림(伊林)·조서(滌西)라는 필명으로 청화대학에 〈임표 동지에게 보내는 한 통의 공개 서한(給林彪同志的一封公開信)〉을 부쳤다. 임표의 '절정론'을 반대하고 "중국의 당은 파시스트 당이 될 위험에 처해 있다"고 경고했을 뿐만 아니라, "무정한 변증법은 당신을 무력화할 것이다"라고 단언했다. 이 때문에 그들은 체포, 수감되었다.[24]

그리고 또 서북공업대학의 학생 강명량(姜明亮)과 그의 친구 문복중(聞福衆)·오소림(吳小林)·호청량(胡淸亮)도 1968년 초에 1만여 자에 이르는 글을 써서 당 중앙과 모택동에게 올렸다. '임표의 형이상학적인 어리석은 충성을 대대적으로 행하는 방법과 화법'을 반대하고, '모든 말

---

21) 유소기가 추진한 농업 정책. 자경지, 자유시장, 자영기업을 활성화시키고 농업 생산을 농가에 청부하는 제도 — 옮긴이.

22) 余習廣 主編, 《位卑未敢忘憂國—'文化大革命' 上書集》, 湖南人民出版社, 1989 참고.

23) 위와 같음.

24) 위와 같음.

씀이 진리', '이해한 것을 실행해야 하며 이해 못하는 것도 실행해야 한다'는 표어를 반대했으며, '정치는 모든 것을 공격할 수 있다'는 것도 반대하면서 "수많은 정치운동, 복잡한 정치, 대규모 토목공사, 백성의 재산 피해, 유명무실, 내부 분쟁 쇄도는 나라가 망하는 상징이 아니란 말인가?" 하고 경고했다. 이 때문에 그들은 강제노동을 했고 누명을 벗은 뒤에는 굳세고 진취적인 개혁가로 자라났다.[25]

광서성의 고등학교 교장 유진무(劉振武)도 1968년에 '중국인민보당반파벌위원회(中國人民保黨反派委員會)'의 명의로 지역 주둔군에 '파벌적인 당 중앙'을 비판하는 장문의 편지를 보내 '전국적으로 진행 중인 대분열, 대유혈, 대내전'을 반대했다. 체포된 뒤에도 "중국이 복벽(復辟)된다면 바로 봉건주의가 복벽되는 것이다. 자본주의는 중국에서 아직 완성되지 않았다"[26]고 직언했다. 이 단언은 '문화대혁명' 이후 사상계의 반봉건적 사상 주류와 일맥상통하는 것이다.

사천성의 이천덕(李天德)은 대학교 재학 시절인 1957년에 '우파'로 낙인 찍혔다. 1958년에 수감되어 감옥에서 많은 책을 읽었을 뿐만 아니라 '대약진'에 대해 반성하기 시작했다. '문화대혁명' 때 다시 충격을 받았으나 우국지심(憂國之心)은 변하지 않았다. 1975년에 이르러 《국책 헌상(獻國策)》이라는 제목의 책을 중공 중앙과 전인대 상무위원회에 보내, "3면 홍기, 문화대혁명, 지식청년 하방, 교육 혁명 등의 제기는 역사 발전의 필연적인 산물인가? 아니면 중앙의 소수, 심하게 말하자면 주석 한 사람이 제기한 것인가?"라는 질문과 아울러 "중앙 주석은 20년을 연임해서는 안 된다"라는 건의를 올렸다. 또 "가족계획, 인구 통제"에 대한 회의와 "문예는 계급투쟁의 무기인가? 그저 감상품인가?"라는 의심을 제

25) 앞과 같음.
26) 위와 같음.

기했다. 그가 내 놓은 일련의 견해는 모두가 '문화대혁명' 이후 '문화대혁명' 부정, 지도간부의 종신 임기제 폐지, 가족계획, '문예의 참 모습을 위하여'와 같은 새로운 사조의 시작을 열었으며 비범한 담력과 식견을 보여주었다.[27]

봉건적 파시스트 독재가 전국을 휩쓸던 세월 속에서 나라 전체가 미치고 흥분하며 '여론이 일률적'이던 시기에, 중국인들은 과감히 나선 용사들을 돌아보면서 어떤 가르침을 얻었는가?

그들의 독립적인 사고가 '문화대혁명' 이후 사상해방 대조류의 기원이 되었음을 역사는 확실하게 증명했다. 그들은 서로 다른 장소에서 서로 다른 시간에, 저마다 독립적인 관찰과 사고로 '문화대혁명'에 대해 역사적 의미가 있는 비판을 가했다. 그들의 사고는 시대를 초월하는 의의를 가지고 있으며 중국의 양심을 대표했다. 하지만 그들의 역량은 철저히 제한되었고 이미 잘못되어 허망하게 된 것을 만회할 수 없었다. 정의의 소리를 내자마자 광기에 사로잡힌 사람들과 잔혹한 강권에 질식하고 말았다. 하지만 그들은 마침내 자신의 노력과 희생으로 가장 어두운 시기에도 양심과 이성은 소멸되지 않는다는 것을 후세 사람들에게 알려주었다. 인류는 늘 비이성적인 진창에 빠지게 되나 동시에 명석한 두뇌를 가진 자도 나타나서 불굴의 의지로 뒤에 뒤를 이어 용감하게 이성의 존엄을 지킨다. 많은 인물들이 절망하거나 시류에 흔들릴 때에도 평민사상가들은 죽음을 무릅쓰고 정의의 기치를 높이 들었다. "하늘이 무너지려 하니 그 사이를 받쳐서 지탱한다[天欲墮, 賴以拄其間]!"

'문화대혁명'은 중화 민족의 비이성적인 열광이었다. '문화대혁명'은 건국 후 여러 차례의 정치운동이 끊임없이 격상되어 나타난 필연적인 결과이다. '계급투쟁 이론을 해마다 강조하고 달마다 강조하며 날마다

27) 余習廣 主編, 《位卑未敢忘憂國—'文化大革命' 上書集》, 湖南人民出版社, 1989 참고.

강조한' 것에 대한 결과이며 '현대 미신'이 갈수록 격렬해지면서 나타난 필연적인 결과이다. 또한 각종 사회 모순이 장기적으로 쌓이고 끊임없이 악화된 필연적인 결과이다. 평민사상가들이 작은 일에서 모든 것을 꿰뚫 어보고 시비를 명확히 가를 수 있었던 것은, 동란 속에서도 명석한 이성 을 지켜온 탓에 광적인 분위기를 벗어날 수 있었기 때문이기도 하지만 그 밖에 또 하나의 중요한 원인이 있다. 그것은 그들이 오랜 기간 받은 혁명교육에 힘입어 자각적으로 인민의 근본 이익에서 출발하여 극'좌' 의 기만을 알아차릴 수 있었기 때문이다. 광적인 사람들이 붉은 책자를 휘두르면서 모든 것을 파괴할 때 그들은 본능적으로 광기를 의심하고 파괴를 반대했다.

어떤 이는 당의 결의, 마르크스-레닌주의 원리로 '문화대혁명'의 황당 무계함을 분석했다(예를 들면 진수도 그러했다). 어떤 이는 단순한 감정만 으로도 '문화대혁명'의 광기를 받아들일 수 없다고 했다(예를 들면 장지 신 · 정조효). 또 일부는 깊은 생각을 거쳐 이성의 권위만으로 '문화대혁 명'의 정곡을 간파했다(예를 들면 우라극 · 이천덕). 그들은 모두 양심과 이 성에 충실했고 다 같은 '문화대혁명'의 반역자이지만 사상적 관점에서 는 차이를 보인다. 이 점은 연구할 가치가 크지만 끄집어내어 연구 · 토 론하는 사람은 아직 없는 것 같다.

이성은 사상해방의 큰 동력이다. 다른 측면에서 보면 국가와 민족에 대한 근심도 자신의 직접적인 체험이나 사회적 실천에서 나온다. 안문 충 · 소서이 모두 1950년대 말 대기근과 1960년대 초 '3자 1포(三自 一包)'가 가져온 풍족한 생활로부터 독립적 사고를 시작한 것이다. 우라극 · 장지신도 억울하게 당한 가정 불행에 대하여 항의의 목소리를 낸 것이다. 이런 사례들은, 사상해방은 우국우민의 사명감에 있을 뿐만 아니라 또한 개인의 각성에서 일어난다는 것을 충분히 드러낸다. '사적 인 것과 투쟁하고 수정주의를 비판'한 결과는 기만과 속임수에 빠졌을 뿐만 아니라 스스로를 속이는 웃음거리가 되었다. 아울러 박탈할 수 없는 자존심·자신감도 옳고 그름을 가리는 기준이 될 수 있다. 이후 분석에서 이런 인식이 끊임없이 강화될 것이다. 이를테면 수많은 '홍위병', 지식청년이 행한 순간적인 뉘우침은 모두 개성·자의식의 소생에서 시작되었다. 신시기 사상해방 대조류의 기본 주제도 개성의 기치를 높이 제창하는 것이 아니었던가?

사회심리학의 이론에 비춰보면 "개인은 강요에 따라 어쩔 수 없이 군중과 일치된다. …… 왜 이성과 사고력이 매우 완벽한 개인이 직접 체험한 증거를 버리고 그들이 전혀 알지 못하는 사람들의 것에 동의하게 되는가?" 왜냐하면 "사람들은 다수가 믿는 쪽으로 쏠리고" "이탈자나 단체에 적응 못하는 자로 공인되는 것을 싫어하기 때문이다."[28] 하지만 앞서 언급한 반역자들은 광적인 조류를 거슬러 용감하게 행동하며 놀라운 목소리를 냈다. 일부는 강권 아래 충분히 이해할 수 있는 자아비판을 했지만 대다수는 꺾일지언정 굽히지 않았다. 그들은 또 진리를 외면하고자 머리를 숙이지 않았고, 머리가 잘리고 피를 흘리더라도 진리는 버릴 수 없다는 숭고한 기개를 보여주었다. 아울러 굳센 의지는 섬멸될 수 없다는 것을 보여주었으니 이것을 인격의 기적이라고 말하지 않을 수 없다. 신앙만을 위하여 살고 진리만을 위하여 살며 이를 위하여 어떤 것에도 아랑곳하지 않는 개인의 저력은 말 그대로 천지를 흔들고 귀신을 울릴 만했다.

그들 가운데 대다수가 희생되었다. 하지만 그들이 주장한 정의는 신시기에 거대한 발전을 했다.

---

28) K. W. Back, ed., *Social Psychology*, 《社會心理學》, 南開大學出版社, 1986, 188~189쪽.

2. 홍위병의 절망과 저항

발단을 제공한 자의 복잡한 동기 그리고 야심가의 간교한 계략과 음모를 빼고 말하면 '문화대혁명'은 전례 없는 위대한 군중운동이다. '문화대혁명'의 선봉대는 홍위병이며 최초의 홍위병들은 대다수가 당 간부의 자녀들이었다.[29] 아버지 세대의 영웅적인 업적으로 말미암아 그들은 큰 뜻을 갈망하게 되었고 스스로를 훌륭하다고 생각하였다. 그들의 성격은 오만방자하고 아집에 싸여 기세등등하면서도 지극히 천진난만하기도 했다. 사회에 대해 아는 것이 매우 적은 탓에 생활을 지나치게 이상화했으며, 하루 종일 혁명적 몽상에 빠졌으나 혁명이 무엇인지를 몰랐고 허황된 진리를 추구하는 그들의 광기는 자신의 무지를 부추겼다. 그들의 사명은 파괴였다. 이 사명을 완수하기 위하여 그들은 늘 세 가지의 조건이 필요했다. 즉 충성과 반역 그리고 증오였다.[30] 재난이 지나가고 고통이 가라앉은 다음 그들 가운데 심각하게 반성을 한 사람이 있었다.

"당초에 장춘교(張春橋)는 우리 1세대 홍위병을 '데카브리스트'[31]에 비유했는데 어쩌면 정말 그가 한 말이 맞는지도 모른다." "사회적인 사건을 우리는 잘 알지 못했다. 하지만 국제적인 큰 사건이나 정치판의 투쟁을 우리는 적지 않게 알고 있었다. …… 단순함·열렬함·우월감, 게다가 크게 해보려는 웅대한 포부 때문에 우리는 '문화대혁명'의 선봉대와 투사가 되었다."[32] 그들은 우월감으로 포장되어 오만방자하고 지나치게 과격했고 안하무인이었다. 그 뒤 자신의 부모가 '문화대혁명'의 공

---

29) 馬里,〈老紅衛兵風雲夢嚱錄〉,《中外文學》1989년 제2기.

30) 陳凱歌,〈我們都經歷過的日子〉,《中國作家》1993년 제5기.

31) 제정 러시아 시대의 정치 결사인 '12월당' 사람들을 가리킨다. '12월당'은 농노제도와 전제정치의 폐지를 요구하면서 1825년 12월에 청년장교·귀족들을 중심으로 봉기한 바 있다― 옮긴이.

32) 馬里, 위의 글.

격을 받게 되자 '중앙문혁소조'를 반대하는 저항의 길을 걷게 되었다. 그
들은 반역자로 몰려 무자비하게 진압을 당했고 그들 가운데 선각자는
'지하문예 살롱'을 조직하는 길로 나아갔다. '지하문예 살롱'에서 그들은
'문화대혁명' 이전에 출판한 '내부 독서물'(이 활동은 '이단문화' 영향을 받
은 색채를 뚜렷하게 띠고 있었고 '지하문학'의 출현을 위한 발판을 마련했다)을
돌려보았을 뿐만 아니라 '사회주의는 어떻게 꾸려나가야 하는가, 또 중
국의 운명은 어떤가'를 연구·토론하기 시작했다.33)

　'홍위병' 이후에는 순수한 감정 또는 복잡한 동기를 가지고 '문화대혁
명'에 뛰어든 수천수만의 평민청년들이 등장했다. 그들 가운데는 건국
이후 여러 차례 전개된 정치운동의 직접적인 피해자의 후손들이 적지
않았다. "그들은 아버지 세대와 함께 당과 국가의 내재적 기제의 심각한
결함과 소수인의 '특권'에 대해 극도로 증오하고 있었다!"34) 수년 동안
억압받아 온 굴욕감은, 일단 '대민주'의 분출구를 만나고 "반항에는 충
분한 이유가 있다[造反有理]"는 '모택동의 최고 지시'의 격려를 받자 맹
렬하게 터져나왔다. '문화대혁명' 이전에는 극'좌' 노선의 피해자였던 사
람들이 '문화대혁명'의 진행 단계에서는 오히려 모택동 주석의 '프롤레
타리아 계급 독재 아래에서 영구적으로 혁명하는' 이론의 지지자가 되
었던 것이다.35) '중간계층' 출신인 어떤 학생은 저항의 동력을 언급할
때 이렇게 말했다. "학생들 속에는 잠재적인 불만이 오랫동안 쌓여 있었
다. …… 그때 사람들의 감정은 매우 복잡했다. 어떤 사람은 국가를 위하
여 일한다는 마음을 먹었으나 무엇을 할 수 있을지 몰랐고 스스로도 자
신의 운명을 파악할 수 없었다. 예를 들면 더 배워 국가에 더 많이 공헌
하려고 생각했으나 애국할 방도가 없는 것이다. …… 남을 위해 무엇인

---

33) 楊健, 《文化大革命中的地下文學》, 朝華出版社, 1993, 74쪽.

34) 胡平·張勝友, 〈歷史深思錄〉, 《中國作家》 1987년 제1기.

35) 위의 글.

가를 하려고 했으나 공산주의 청년단 조직에도 가입하지 못했다. ……
많은 사람들이 자신의 적극성이 억압을 받았다고 느꼈다." 분명히 "압제
를 받은 이런 불만은 뒷날 운동의 촉매가 되었다. …… 불만과 봉사정신
은 함께 뒤섞여" 기이한 문화 현상이 되었다.36)

　이로써 '홍위병'과 서민 출신의 저항자 사이에는 비록 넘을 수 없는
벽이 있었지만 혁명에 헌신하려는 점만은 비슷했음을 분명히 알 수 있
다. '문화대혁명' 초기에 크게 유행하던 '혈통론'("아버지가 영웅이면 아들
도 사나이이고 아버지가 반동이면 아들도 어리석은 놈이다")은 계급투쟁 이론
의 장기적인 영향을 받아 '홍위병'들이 거둔 괴상한 열매일 뿐만 아니라,
서민 저항자들을 자극하여 차별대우에 저항하고 불만을 터뜨리게 한 도
화선이었다. 두 부류 사람들이 다투어 혁명적 속내를 표현하고자 했고
그것 때문에 비극적인 대학살이 일어났던 것이다. "대부분의 청년들은
어떤 계급적 배경을 가지고 있든 간에 이런 편집광적 신념, 곧 독재주의
적 변태성을 지니고 있었다."37)

　'나 혼자만 좌익'이고, '나 혼자만 혁명을 추구'한다는 것이 '문화대혁
명' 참여자와 순교자의 전형적인 심리 상태였다. 하지만 정치 풍운의 변
화무쌍함 때문에 그들은 비정한 타격을 받았다. 이것은 시대의 비극이자
한 세대의 단순과 몽매, 충성과 열광과 환멸의 시작이었다. 이 점 또한
'문화대혁명'을 일으킨 이와 참여한 이들이 예상하지 못했던 것임이 분
명하다!

　'문화대혁명'의 참여자는 물론 앞서 말한 두 부류만 있었던 것은 아니
었다. 하지만 이 두 세력의 궐기와 쇠퇴는 지극히 풍부한 의미를 담고
있다. 서로 다른 진영에 속한 열혈청년들은 같은 이상과 목표를 위하여

---

36) Anita Chen, 《毛主席的孩子們》, 渤海灣出版公司, 1988, 164~165, 175쪽.
37) 위와 같음.

서로 싸우고 죽였다. 최후에는 결국 양측 모두가 패하고 상처를 입었으며 모두가 배신당했다. 따라서 양측 가운데 생각 있는 자와 그 추종자들이 잇달아 반역의 길로 나아간 것은 필연적이다. 그들은 역사라는 것이 그들의 진심과 노력에도 바뀌지 않을 수 있음을 드디어 깨닫기 시작했다. 선량한 소망과 편집증적 격정은 사람들을 유혹하여 지옥에 떨어지게 한다.

'홍위병' 몇 명이 걸어온 길을 살펴보기로 하자.

홍위병의 발원지는 청화대학교 부속고등학교였다. 1966년 5월 29일 저녁에 복대화(卜大華), 왕명(王銘), 낙소해(駱小海), 광도생(曠濤生), 도정(陶正), 장효빈(張曉賓), 장승지(張承志) 등은 문화유적지인 원명원에서 비밀리에 중국의 첫 번째 홍위병 조직을 만들었다. 그들의 최초 소망은 학교 측의 탄압에 저항하여 적극적으로 '문화대혁명'이라는 대세에 뛰어드는 것에 지나지 않았다. 그들의 '반항 선언'이 바로 모택동의 지지를 받으리라는 것을 그들이 어찌 예상이나 했겠는가. 그들은 그 뒤 전국적으로 재산을 차압하고, 사람을 구타하는 광란의 세태가 나타나리라는 것을 감히 생각지도 못했을 것이다. 혼란·선혈은 그들의 초기 소망과는 너무도 동떨어진 것이었다. "갈수록 많아지고 갈수록 치열해지는 구타와 강탈 사건들로, 나이가 비교적 많고 얼마간의 유교적 정신을 가지고 있거나 머릿속에 얼마간의 정치적 질서가 있는 사람들은 그야말로 안절부절못했다."

그들은 "중앙에서 발표한 '16개 조항'[38])에서는 95퍼센트의 간부가 좋은 사람이라고 했는데 왜 95퍼센트의 간부들이 나쁘다는 것으로 바뀌었는지 이해할 수 없었다." 순식간에 그들과 '중앙문혁(소조)' 사이에 대립과 충돌이 일어났다. 1966년 12월 26일, '수도홍위병 연합행동위원회'가

---

38) 1966년 8월 8일의 중공 제8차 11중전회에서 통과된 〈프롤레타리아 문화대혁명에 관한 중국공산당 중앙위원회의 결정〉—옮긴이.

소집한 대회에서 "결연하게 당 중앙의 정확한 지도를 옹호하자!", "혁명 지도간부를 박해해서는 안 된다!", "혁명청년들을 박해해서는 안 된다!", "척본우(戚本禹)를 타도하자! 강청을 공격하자! 사부치(謝富治)를 태워버리자!"라는 구호 소리가 울렸다. '홍위병'들은 이 때문에 진압을 당했으며 이 때문에 저항의 길로 나아가게 되었다.[39] '홍위병'이 저항의 길로 나아가게 된 계기는 '문화대혁명'의 불길이 그들의 혁명 가정을 태워버린 것에서 시작되었다. 이런 의미에서 말하면 자의식이 그들의 각성을 다그쳤다고 할 수 있지 않은가?

'홍위병'이 저항할 때부터 '문화대혁명'을 배반하기까지는 앞뒤로 겨우 7개월밖에 안 되는 시간이다!

다시 복단대학 '홍위병 사령부' 사령원 안문강(安文江)의 회고와 사색을 살펴보기로 하자. 1966년 6월, 안문강 등은 저항의 길로 나아갔다. 한편으로는 당시 '2보 1간(二報一刊)'[40] 사설의 강력한 영향이 있었고 다른 한편으로는 억압된 고민이 너무 오래 누적되었던 것이다. "1957년부터 학교는 마치 교회 같았고 교사는 목사 같았으며 학생은 양 같았다." "나와 나의 동년배들의 중·고등학교 시절은 사상적으로 억압되고 천성이 억눌리고 개성이 왜곡되고 영혼이 세뇌된 고통의 시기였다. 어떤 의미에서 이런 어긋나는 인성 교육이 없었더라면 수백만에 이르는 야수 같은 홍위병을 탄생시키지 못했을 것이다. 홍위병운동은 바로 이런 비정상적 교육에 대한 징벌인 것이다!"

11월에 와서 '홍위병 사령부'는 거의 10만 명에 이르는 대군으로 성장했다. 하지만 1967년의 '1월 폭풍' 가운데 "저항파는 권력 쟁탈 단계에 들어서고 도장 빼앗기, 파벌 깃발 꽂기, 서열 가리기 등의 내분도 점차

---

39) 秦曉鷹, 〈紅衛兵之旗〉, 《傳記文學》 1990년 제2기.
40) 두 가지 신문, 한 가지 간행물로서 《인민일보》와 《해방군보》 그리고 잡지 《홍기》를 가리킨다 — 옮긴이.

가열되었다." '홍위병 사령부'는 권력 투쟁에서 왕홍문(王洪文)의 '노동자 사령부'와 충돌했고, 장춘교가 왕홍문을 지지함으로써 장춘교에 대한 '홍위병 사령부'의 불만은 드높아진다. 이 사건은 1967년 1월 28일에 복단대학에서 일어나 전국을 뒤흔든 '장춘교를 공격한 사건'의 도화선이 되었다. 하지만 장춘교에 대한 '중앙문혁소조'의 지지는 '홍위병운동'을 마침내 절망의 나락으로 밀어넣었다.

"홍위병과 중앙문혁소조 등에 속한 사람들의 눈에 대학 홍위병은 이미 '역사적 사명'을 완수했으며 이용가치를 잃었고, 심지어 걸림돌이 되었던 것이다. 그리하여 '2보 1간'에서 '노동자·농민·병사는 혁명학생을 단호하게 지지해야 한다', '우리의 홍위병에게 경의를 표한다'는 구호를 더 이상 볼 수 없었다. 오히려 '사적인 것과 투쟁하고 수정주의를 비판하자', '노동자 계급을 따라 배워야 한다'는 가르침이 실렸다. 다시 말하면 그들은 자신의 운명을 혁명하는 단계에 이른 것이다. 무질서하게 시작해서 나중에는 버림을 받은 대학 홍위병들의 처지는 비참했다. 하지만 이런 정치적 배신 때문에 극좌의 길로 깊이 빠져들지는 않았다. 그 가운데 일부는 반성하기 시작했는데 이는 홍위병의 큰 행운이었다."

"나는 자신이 봐왔던 정치 투쟁을 돌아보면서 반성했다. 반우파 투쟁부터 '사청(四淸)운동'과 '문화대혁명'에 이르기까지 실사구시적 태도를 줄곧 견지했던가? 여론이 천편일률이 아닌 적이 한 번이라도 있었던가! '나를 따르는 자는 흥하고 나를 거역하는 자는 망한다'는 분위기가 약했던 적이 있었는가! …… 가슴이 차가워지자 머리도 맑아졌다. 이것은 '자아 회귀'의 시작이었다."

그래서 그들은 산수경치를 감상하는 길로 나아가게 되었다. 하지만 곳곳에서 눈에 띄는 빈곤과 처참한 광경은 그들을 더욱 깊은 방황에 빠지게 했다.

1966년 6월의 저항에서 1967년 1월의 실망에까지 이르는 기간은 기껏해야 7개월밖에 안 되었다! "열광 - 곤혹 - 경악 - 억압 - 반성 - 각성 - 항쟁……. 이 모든 것은 대다수 홍위병이 겪은 심리적 여정이었다."[41]

안문강의 전향은 매우 대표적인 것이다. '홍위병' 저항파가 '주자파(走資派)'의 손에서 대권을 빼앗은 뒤 그들은 권력 재분배를 위하여 격렬한 투쟁을 했다. 이 권력 투쟁과 이익 쟁탈이 일으킨 전면적 '내전' 때문에 모택동은 '노동자 선전대'와 '군인 선전대'를 파견하여 정세를 조정했다. 이치대로 말하자면 "홍위병은 모 주석의 말을 가장 잘 들었다."

하지만 미래와 운명에 관련된 중대한 일에서 홍위병은 로봇이 아니었다. 어떤 '홍위병'은 이렇게 회고했다. "우리의 생각이 아직 모호하던 시기에 중앙에서는 16개 조항을 통하여 우리에게 '군중을 믿고 군중에게 의지하라'고 호소했다. 우리가 마침내 이것이 진정한 사회주의 혁명의 관건이라는 것을 인식했을 때, 갑자기 중앙에서는 다시 우리에게 그렇게 하지 말라고 했다. 우리들이 어찌 이 원칙을 포기할 수 있겠는가? 하지만 우리는 중앙에 복종하는 수밖에 없었다! 이는 정말 불가능한 것이었다. …… 이 점에서 모든 사람들은 자신들이 다소 반동적이라고 느꼈는데, 그것은 결국 중앙의 지휘를 따르지 않았기 때문이다."[42]

이 말은 홍위병이 '혁명의 동력'에서 '혁명의 대상'으로 돌변했을 당시의 정신적 고통과 심리적 방황을 매우 진실하게 표현하고 있다. 곧 "많은 사람들의 정서가 실망·분노·고통·초조 쪽으로 빠르게 변하기 시작했다. …… 세상에 대해 진지하지 못한 태도와 그냥 운명을 따르자는 소극적인 태도를 가지게 되었다. …… 담배를 피우고 술을 마시는 것으로 현실에 대항했는데, 이런 것들은 문화대혁명 전에 그들이 '타락'이라고 심하게 질책했던 것이다."

---

41) 이상의 인용문은 모두 安文江, 〈我不懺悔〉, 周明 主編, 《歷史在這里深思》(5), 北岳文藝出版社, 1989 참고.

42) Anita Chen, 《毛主席的孩子們》, 渤海灣出版公司, 1988, 188~189쪽.

그들은 마침내 자신들이 선택의 여지가 없이 타락했음을 발견했다. "우리는 거의 미쳐버렸다. 그야말로 모든 것이 변했다. 우리는 거리에서 할 일 없이 빈둥거렸다. 아! 우리도 우리 자신이 무엇을 하는지 몰랐다. 우리는 구실을 찾아 불만을 하소연하려 했으나 하소연할 수도 없었다. 우리는 자신이 모든 것을 잃었다고 느꼈다. 예전의 그런 희망과 열정을 모두 잃었다고 느낀 것이다. 이런 것들은 환상이었고 진실하지 못했다. …… 나는 자신이 모든 사람을 증오한다고 느꼈다. …… 모든 것이 의미를 잃었다."[43] 이 몇 마디 자백이 홍위병에게서 나온 특별한 말이 아니었다면 서구 모더니즘 문예가의 펜 끝에서 나오는 '쓸모없는 사람', '퇴폐자'의 심리적 독백과 무슨 차이가 있겠는가? 1985년, 서성(徐星)의 유명한 소설《무주제 변주(無主題變奏)》에서 표현한 퇴폐적 정서와 무슨 차이가 있다는 말인가?

이것은 얼마나 황당하면서도 진실한 것인가. 홍위병이 일단 운명의 버림을 받게 되자, 자연스럽게 그들 사이에 괴롭고 무료하며 맥 빠진 '세기말 정서'가 생겼다. 우라극 · 장지신 같은 사람들이 벌인 '문화대혁명'에 대한 항쟁이 신시기 사상해방운동의 기원을 열어놓았다고 한다면 홍위병의 고민, 무료, 의기소침은 '문화대혁명'에 '세기말 정서'의 씨앗을 심어놓은 것이다.

다시 〈어느 홍위병 1세대의 자백〉을 읽어보자.

"'문화대혁명'이 막 시작되었을 때 당의 호소에 응하여 대자보를 붙이고 학과 주임이 선생님을 탄압하는 일에 대항했다가 비판을 받았다. '16개 조항'이 하달되고 반란의 대조류는 기세가 더욱 사나워져서 '반동 학생'이 순식간에 '좌파'로 변했다. 천안문에서 모 주석의 사열을 받고 우리는 더욱더 혁명적 결심을 확고히 했다. 하지만 '경험 대교류[大串

---

43) Anita Chen, 《毛主席的孩子們》, 渤海灣出版公司, 1988, 189~190쪽.

聯]' 도중 산서성부터 섬서성에 이르는 길의 인민들은 너무나 가난하다
는 것을 알았다. 우리의 마음이 달라졌다. …… 인민들은 전혀 기뻐하지
도 않았고 그냥 굴종하고 있었다. 연극무대에서 붉은 띠를 두르고 춤추
던 것과는 완전히 달랐다. …… 이것이 무슨 혁명이란 말인가. …… 중국
인을 왜 이 모양으로 만들었는가. 나는 가슴이 몹시 답답했다."

1967년 말이 되자 홍위병은 내리막길을 걸었다. 군인 선전대, 노동자
선전대는 난폭한 방법으로 학교를 통치하고 학생들을 제멋대로 비판하
고 무질서하게 투쟁하여, 대부분의 학생들이 '문화대혁명'에 대해 혐오
감과 반감을 가지게 되었다. 1971년에 일어난 '임표 사건'은 전국과 전
세계를 뒤흔들었다. "과거에 그렇게 많았던 신성한 것들과 지극히 숭배
하던 것들이 원래는 가짜였다." 그들은 비로소 환멸을 느끼고 철저히 각
성하게 된다.[44]

가슴 가득했던 청춘의 격정이 가져온 것은 실망과 곤혹이었다. 환멸을
피할 곳이 없었다. '신앙 위기'의 발생도 필연적인 추세였다. 후안무치한
사기와 추악한 현실은 뜻밖에도 강대한 힘을 가지고 있어 그 일격에 격
정과 이상은 쉽사리 버텨내지 못한다! 유토피아에 대한 환멸은 이미 운
명적으로 결정되어 있었다. 우라극·장지신 등의 순교에는 비장한 색채
가 가득했고, 신시기에 와서 누명을 벗은 뒤에는 역사의 기억 속에 깊이
각인되었다. 앞장서 남을 해치다가 나중에는 배신을 당한 홍위병의 비극
은 그야말로 거대한 열기가 되어 흘렀다. 그처럼 활기차던 생명들은 '문
화대혁명'의 제물이 된 뒤 아직껏 돌아갈 곳 없는 영혼이 되어 있다. 그
들은 역사에 의해 잊혀졌다. 심지어 그들 가운데 생존자들의 절대 다수
가 청춘에 대한 기억을 묻어버렸다. 이런 면에서 보면 홍위병의 비극은
중국인들을 울려고 해도 더 이상 흘릴 눈물이 없어 울 수 없는 지경에

---

44) 〈一個紅衛兵的自白〉, 馮驥才, 《一百個人的十年》, 江蘇文藝出版社, 1991, 참고.

빠지게 한다! 어떤 사람은 그들을 '현대 미신'의 추종자라고 비유했다.
사실 그들에게 종교 신자들처럼 영원한 안식이 보장되었던가? 그들은 1
년이 채 안 되는 시간만 행복했을 뿐 어쩔 수 없이 시간의 순장품으로
전락하였다.

"데카르트는 진리에 이르기 위해서는 반드시 그가 이전에 품었던 여
러 가지 견해들을 모두 버리고 새롭게 체계적인 지식을 얻어야 한다고
주장했다."[45] 이 인생의 법칙은 홍위병 세대를 통해서도 검증을 받았다.
특별히 문제 삼을 것은, 이 세대의 변신은 인류가 역사 이래 가장 비극적
이고 가장 막무가내이고 가장 막대한 대가를 치른 사건인지도 모른다는
점이다. 열광적인 홍위병들이 잇달아 저항의 길로 걸어갈 때 '문화대혁
명'의 조종도 함께 울렸다. 사실 '4·5 운동'이나 신시기 사상해방운동
은 여전히 홍위병 출신들이 영웅적 역할을 했다. 이 점에 대해서는 뒤에
서 설명할 것이다.

이제, 외국으로 도망간 홍위병들을 알아보자.

홍위병이 탄압을 받자 많은 사람들은 사태를 파악하고 재빨리 위험한
정치 풍파를 모면했다. 또 수백 명의 사람들은 위험에 굴하지 않고 목숨
을 내걸고 국경을 넘어 타국 인민의 해방사업에 몸을 바쳤다. 진효응(秦
曉鷹)의 《몰래 국경을 넘은 홍위병(偸越國境的紅衛兵)》은 이 홍위병들
이 가슴에 지녔던 한 선생의 말을 기록하고 있다. "선배 세대들이 28년
의 시간을 들여 붉은 신중국을 건설했다. 이제 위대한 수령 모 주석의
지도 아래 우리는 다시 28년이란 시간을 들여 전 인류를 해방해야 한
다!" "임표 부주석은 세계의 농촌으로부터 세계의 도시를 포위해야 한다
고 말하지 않았던가?" 그들은 선배들을 모범으로 삼아 포화초연(砲火硝
煙) 속에서 공을 세우려고 결심했으며 적지 않은 이들이 이국 변방에 피

---

45) Rousseau, *Emile*, 《愛彌儿》下卷, 商務印書館, 1978, 378쪽.

를 뿌렸다.[46]

서강(徐剛)도 〈파리를 꿈꾸다(夢巴黎)〉에서 파리의 어떤 유랑자를 기술했다. 그는 홍위병 출신으로 미얀마에 밀입국한 뒤 공산당 유격대에 들어간다. 그 뒤 전투에서 공을 세우고 단장으로 임명된다. 그가 병사들을 이끌고 전투를 하는 전술 원칙도 홍군들이 쓰던 '16자 전법'이다["적이 진격하면 아군은 후퇴하고, 적이 후퇴하면 아군은 진격하고, 적이 지치면 아군은 공격하고, 적이 주둔하면 아군은 교란한다(敵進我退, 敵退我進, 敵疲我打, 敵駐我擾)"]. 뒷날 그는 내부 파벌싸움으로 밀림을 떠나 여러 곳을 전전하다가 파리에 도착하여 거리에서 종이를 잘라 실루엣을 만드는 것으로 생계를 유지한다.[47] 왕정(王靖)의 영화 시나리오 〈사회의 자료 속에서(在社會的檔案里)〉와 장승지의 장편소설 《황금목장(金牧場)》에서도 이런 홍위병의 그림자가 나타난다.

이런 희생과 방랑을 어떻게 평가해야 하는가? 천진함, 유치함? 또 무엇이 있는가? 무엇 때문에 그들의 이야기는 오늘날까지도 여전히 사람들의 심금을 울리는가?

실망·당혹·환멸을 느낀 뒤, 유유자적할 뜻이 없이 또다시 목숨을 내건 도박을 하는 것도 노신이 말하는 '절망 속의 항쟁'이라 할 수 있는가? 홍위병은 역사의 흔적이 되어버렸다. 하지만 그들의 격정은 지금까지도 사람들에게 영향을 주고 있다.

격정으로 가득 찼던 시대에, 그 격정은 운명에 조롱받고 낭비되었다. 오늘날 사람들이 다시 그것을 부르려 하나, 그 원기는 아직 회복되지 않고 있다. 이것은 한 세대의 비애인가, 시대의 불행인가?

---

46) 秦曉鷹, 《偸越國境的紅衛兵》, 工人出版社, 1988.

47) 《人民文學》 1993년 제2기.

3. 지식청년의 저항

1968년 12월 22일, 《인민일보》는 모택동의 '최신 지시'를 발표했다. "지식청년들은 가난한 농촌에서 재교육을 받는 것이 필요하다." 그래서 수백만 명의 지식청년들이 농촌으로 내려가는 사태가 발생하였다.

"1, 2년이라는 짧은 시간 사이에 몇 백만의 홍위병들은 농민으로 변신했다. 위대한 수령의 호소에 따르는 수많은 사람들은 그처럼 경건했다. …… 어떤 지식청년은 그들이 예전의 혁명가와 같다고 생각하고 농촌에 내려가서 저항의 불씨를 뿌리고 '수천만의 노동자·농민대군을 조직'하려 했다. 그들이 문화대혁명의 희생양에 지나지 않는다는 것을 감지한 지식청년은 아주 적었을 것이다." "1960년대 말 농촌으로 내려간 큰 물결은 거시적으로 보면 어쩔 수 없는 임시방편이었다. …… 정치와 취업 문제를 해결할 경제적 수단이 없었지만 그렇다고 수천수만의 홍위병을 백수로 만들 수도 없었다. 강제적인 정치 수단은 당시 내놓을 수 있는 유일한 방안이었다."48)

하지만 이것도 실패한 시도였음을 역사는 말한다. 지식청년들이 행한 10년 동안의 분투를 그저 '무(無)'로 치부할 수는 없다. 적어도 지식청년 출신의 학자가 말한 것처럼 "우리 세대가 10년 동안에 얻은 가장 큰 수확은, 우리가 윗세대와 아랫세대를 뛰어넘을 수 있었던 중요한 원인인데, 이를테면 우리가 중국의 하류층으로 살면서 학교와 기존의 이데올로기가 전수해 주지 못한 것들을 배운 것이다. …… 우리는 압박과 저항을 알았으며 교환과 타협을 배웠다."49)

하지만 수많은 지식청년들이 '문화대혁명'에서 청춘을 허비하고 미래

---

48) 火木, 《光榮與夢想―中國知靑二十五年史》, 成都出版社, 1992, 120쪽.
49) 鄭也夫, 〈'上山下鄕運動'給了我們什麽?〉, 《大學生》 1992년 제10기.

를 상실하며 이상에 환멸을 느끼고 영혼에 큰 상처를 받은 것에 견주면, 인격과 의지 차원에서 얻은 이러한 수확은 대단한 것인가? 역사가 1978년에서 1979년에 이르는 사이에 전국적으로 '지식청년 대도망'의 비극을 연출했을 때, 역사는 지식청년 운동의 철저한 실패를 선포한 것이다.

여기서 흥미를 자아내는 문제는 지식청년들이 어떻게 저항의 길을 걷게 되었는가 하는 것이다.

먼저 이상과 현실의 큰 괴리가 사람들을 갑자기 깨우치도록 했다. 이상은 언제나 아름다운 것이다. 하물며 그 세대의 열광적인 이상주의자에게는 정말 아름다운 것이다! 처음에 그들은 '반기를 드는 것'으로 아주 쉽게 '낡은 세계'를 없애고 새로운 천지를 개척할 수 있다고 여겼으나, 권력 투쟁의 소용돌이가 순식간에 그들을 삼켜버릴 것이라고는 생각지도 못했다. 새롭게 나아갈 길을 찾기 위하여 그들은 농촌으로, 변방으로 향했다. 일찍이 모택동이 상산하향(上山下鄕) 동원령을 내리기 전에 '1세대 홍위병'들은 이미 그쪽으로 여정에 올랐다. 그들은 가슴에 넘치는 뜨거운 피로 세계관을 잘 개조할 수 있었을 뿐만 아니라, 대자연을 정복할 수 있고 사회주의 신 농촌의 지상낙원을 건설할 수 있으며, '3대 차별(三大差別: 노동자와 농민의 차이, 도시와 농촌의 차이, 육체노동과 정신노동의 차이)'을 축소시키는 역사적인 공헌을 할 수 있을 것이라 믿었다. 그들 가운데 소수는 확실히 대자연 정복의 모범이 되었다. 하지만 "재교육에서 성공적으로 만들어진 적극 분자는 하향(下鄕)한 지식청년의 10퍼센트도 못 되었다."[50] 많은 사람들은 빈곤한 현실에 절망하고 갖가지 고난에 시달리다가 침체·도피·저항·괴멸의 길을 걷게 되었다.

등현(鄧賢)의 장편실록인 《중국 지식청년의 꿈(中國知靑夢)》은 지식청년들이 열광에서 대도망으로 나아간 고난의 여정을 기록했다. 그 가운

---

50) 火木, 앞의 책, 173쪽.

데 '북경 55'[51]에 관한 서술의 의미는 본보기가 될 만하다. 그들은 1966
년 초겨울에 '홍위병운동은 어디로 나아가야 하는가?' 하는 문제를 가지
고 운남성 서쌍판납(西雙版納)을 답사했다. 뿐만 아니라 충분한 준비를
거치고 1968년 2월에 운남성 변경에 이르렀다(이는 모택동의 동원령이 발
표된 시기보다 정확히 10개월 빨랐다). 하지만 몇 개월 만에 그들은 의기소
침해졌다. 지나치게 곤궁한 생활, 지나치게 원시적인 노동, 지나치게 부
족한 수확을 확인하고 그들은 이상에만 의지해서는 빈곤한 현실을 개조
할 수 없다는 뼈저린 진리를 깨닫게 되었다. 얼마 안 되어 그들은 슬그머
니 운남성을 떠났다.

홍위병의 발기인 가운데 한 사람인 복대화도 1968년에 섬서성 북쪽의
농촌으로 내려갔다. 그는 뒷날 이렇게 회고했다. "당시 우리는 '하늘'에
서 세계를 내려보았다. 섬서성 북쪽 산골의 낡은 토굴집에 살면서, 나는
처음으로 중국에 아직도 이처럼 낙후하고 가난한 곳이 있다는 것을 알
게 되었다! 일찍이 혁명을 위하여 선혈을 뿌린 홍군과 빈농들은 여전히
변변치 못한 식사를 하고 있었다. 이런 것을 본 나는 눈물이 쏟아졌다!
아직도 이른바 '문화대혁명'을 하는 것이 인민의 소망과는 10만 8천 리
나 동떨어지지 않았는가! 이때서야 비로소 나는 땅 위에 발을 딛고 세계
를 보았다. 그곳에서 나는 도시인의 열광적인 숭배와 대조되는 평범한
정서를 발견했다. 농민들은 미신 속에서 인내하고 보수 속에서 침묵을
지키고 있었다. 이것이 바로 우리 민족의 정신적 명예가 아닌가? 어지러
운 시대에는 명석한 이성이 얼마나 많이 필요하겠는가! 나는 허황된 하
늘에서 내려왔다. …… 나는 생산대장을 찾아가서 가난에서 벗어나려면
'대량으로 크게 하는 것을 추진'하는 데 기댈 것이 아니라 기계화해야

---

51) 당시 북경 소재 중·고등학생 55명이 '상산하향(上山下鄕)'을 적극적으로 제
창하고 주도한 일. 하지만 그들은 곧 그것이 낭만적인 몽상일 뿐이라는 사실을
깨닫는다 ── 옮긴이.

하며 산림 지역에서는 임업을 발전시켜야 한다고 말했다. 이것은 내가 스스로 고민한 끝에 얻어낸 결론이었다."[52]

이 말 속에는 이상과 현실의 괴리, 민족의 정신적 명에, 이성적 계몽의 필요성, 농촌 발전의 관건은 근대화이지 '혁명화'가 아니라는 것 등 일련의 시대적 과제가 포함되어 있다.

빈곤한 현실은 지식청년의 환상을 깨뜨렸을 뿐만 아니라 심지어 그들의 생존을 위태롭게 했다. 1972년, 가장인 이경림(李慶霖)은 죽음을 무릅쓰고 모택동에게 글을 올려 지식청년의 어려움을 하소연했다 — "분배받은 식량으로는 부족해서 해마다 반년이나 그 이상을 암시장 식량을 사다 먹으면서 버팁니다. …… 배불리 먹을 수 없을뿐더러 이익 배당을 받은 적도 없고 한푼의 노동 수입도 없습니다. 돈이 없어 반찬이나 옷을 살 수 없고 병원에 갈 수도 없으며 이발도 할 수 없습니다. ……"

모택동은 편지를 읽고 "전국에 비슷한 일들이 너무 많으니 하루빨리 통일적으로 해결하라"[53]고 지시했다. 비록 1973년에 모택동의 '통일적인 해결' 지시가 공포된 뒤 지식청년의 생활이 조금 나아졌다지만, '문화대혁명'처럼 국민경제를 붕괴 직전까지 몰고 간 역사적인 상황에서 지식청년의 생활이 근본적으로 개선될 수는 없었다. 게다가 지식청년 하향 운동이 일으킨 잇따른 사회 문제는 생활 여건의 개선으로 해결될 수 있는 것이 아니었다.

예를 들면 지식청년과 농민의 관계 문제이다. 〈남경 지식청년의 노래(南京知靑之歌)〉의 작가 임의(任毅)는 당시 상황을 이렇게 회고한다. "하향한 지 얼마 안 되어 현지 농민들이 그들을 그다지 환영하지 않는다는

---

52) 黃際昌 · 張平力, 〈第三次抉擇〉, 周明 主編, 《歷史在這里深思》(5), 北岳文藝出版社, 1989, 95~96쪽.

53) 余習廣 主編, 《位卑未敢忘憂國—'文化大革命' 上書集》, 湖南人民出版社, 1989, 172~177쪽.

것을 알게 되었다." 1969년 여름, 지식청년들 사이에 실망이 나타나기 시작했다. 이런 정서는 〈남경 지식청년의 노래〉의 주제가 되었다. "아, 앞으로의 길은 얼마나 힘들까. 곡절은 얼마나 많을까. 생활의 발자국은 외진 타향에 깊이 찍혔노라. 해가 뜨면 나갔다 달이 뜨면 돌아온다. 신중하게 지구를 개조하는 것은 영광스럽고도 신성스러운 천직이며 나의 운명이다."

이 노래는 순식간에 전국으로 퍼져나갔다. 또 신기하게도 모스크바 텔레비전 방송국을 통하여 전 세계에 전해졌다. "여기에는 장엄한 포부가 없을뿐더러 웅대한 이상도 없다. 그것은 그저 사고와 정서를 표현했으며, 비노동자·비농민·비군인·비학생인 특수 계층으로서 지식청년의 강렬한 상실감을 표현했을 뿐이다."[54] 감상과 탄식 같은 일찌감치 매장된 것이라 여겨졌던 '프티부르주아 계급 정서'는 재빨리 지식청년들의 마음속에서 되살아났고, 강렬한 상실감은 '세기말 심리 상태'의 상징이 되어 청춘의 사색 속에서 싹을 틔웠다.

환영받지 못하는 것만이 문제는 아니었다. 중국 농촌의 뿌리 깊은 종속적 인간관계는, 지식청년들의 입단, 입당, 승진, 진학, 노동자 모집, 도시 귀환의 운명을 장악한 '토황제(土皇帝)'[55]들이 수중의 권력을 이용하여 끝없는 욕심을 부리며 지식청년들을 겁탈하게 만들었다. 봉건적 특권의 인성에 대한 유린은 지식청년들에게 치명적인 상처를 주었고, 보복적인 변태 심리를 일으켜 그들을 반사회라는 막다른 길로 내몰았다. 그들은 때리고 싸우고 도둑질과 강도질을 하면서 미친 듯이 울분을 풀었고, 마침내 수천수만 가지 도피의 길 — 꾀병, 자학, 뒷거래에 폭력을 행사하는 지경까지 이르렀다. 잇따른 사회문제와 상호작용으로 지식청년 운동

---

54) 任毅, 〈一首知靑歌, 九年鐵窓味〉, 《海南紀實》 1989년 제7기.
55) 농촌의 향신계급 — 옮긴이.

은 사회 불안정 요인으로 변질되었다. 더욱 철저하게 계획을 세우고 세심하게 준비하여 '토황제'들에게 좀더 강한 공격을 가했지만 이미 뒤집힌 상황을 만회할 수는 없었다. 각자 자기 길을 찾아가는 도피는, 마침내 1978년의 운남성 서쌍판납 8만 지식청년의 대청원(大請願), 대파업 등 성공적이고도 비장한 장면을 연출했던 것이다. 뿐만 아니라 한 걸음 더 나아가서 전국의 엄청난 지식청년들이 도시로 돌아오는 열풍을 일으켜, 이윽고 1979년에 지식청년 운동은 대단원의 막을 내리게 된다.

"입고 먹는 것이 풍족한 상태에서 혁명하는 것은 다른 사람을 위한 혁명이다." "입고 먹는 것이 부족해서 혁명하는 것은 자기를 위한 혁명이다."《중국 지식청년의 꿈》의 작가 등현이 쓴 이 두 마디 말은 '홍위병-지식청년' 세대의 운명에 대한 진지한 개괄이다. 홍위병들이 대대적으로 '네 가지 구태[四舊] 파괴', 대교류, 대조반(大造反)을 하던 때부터 지식청년들의 대청원·대도망에 이르기까지, 시대를 질타하던 혈기왕성한 청년에서 가진 것 하나 없는 고아로 주저앉은 운명이 이 세대에게 얼마나 잔인했는가를 보여준다. 잔인한 운명으로 말미암아 이 세대의 허황한 이상은 파괴되었고, 이들은 세상에 유토피아가 없다는 것을 자각하게 되었다. 험난한 현실 때문에 사람들은 스스로 노력하고 스스로 속죄하는 새로운 인간이 되었다.

지식청년 운동은 수많은 지식청년들의 청춘을 헛되이 낭비하게 했다. 아울러 현대 미신에 대한 수많은 반항아를 만들어냈다. 운동이 끝난 뒤 지식청년 출신 작가들은, 과거의 아픔을 되새기고 실패를 반성하면서 지식청년들이 유토피아를 추구하던 때부터 새롭게 자아를 찾게 되는 과정을 써 냈다.

한소공(韓少功)의 《메아리(回聲)》, 주효평(朱曉平)의 《상수평 이야기(桑樹坪紀事)》, 육천명(陸天明)의 《상나 고지의 태양(桑那高地的太陽)》은 지식청년들이 농민들의 어깨에 놓인 무거운 짐을 그대로 짊어질 수

밖에 없는 비애를 기록했다. 아Q의 자손들은 면면히 이어졌던 것이다. '현실 속의 농민'과 '영화와 화보 그리고 소설 속에서 보아왔던' '이미지 속의 농민'은 완전히 달랐고, 책에서 배웠던 그런 '시(是)와 비(非), 선(善)과 악(惡)의 경계선'은 현실의 시련 앞에서 모호해졌다.

양효성(梁曉聲)의 《여기는 신기한 땅이다(這是一片神奇的土地)》, 공첩생(孔捷生)의 《큰 숲(大林莽)》은 지식청년의 순교라는 비극을 그렸다. 무엇 때문에 "방향은 늘 옳은데, 길은 늘 잘못되었다는 것인가?" "천하의 근심 걱정이 도대체 몇 가지나 되는지 모르겠지만, 사람들을 가장 당황하게 하고 절망하게 하는 것은 이 세계에서 자신의 위치를 전혀 모른다는 것이다." 이리하여 사람들은 다시 '천인합일'이라는 옛 가르침을 인정하게 되었다.

유의해야 할 것은 개성 회귀라는 심리적 여정이다. 서내건(徐乃建)의 《양백의 '오염'(楊柏的'汚染')》에서는 지식청년이 생활방식을 바꾸어 자유·경쟁으로 나아가고 각자 갈 길을 가는 필연을 서술했다. "지옥에 갈 수 없으면 천당에도 갈 수 없다." "생존경쟁이란 바로 이런 것이다. …… 어떤 사람이든지 그가 원하기만 한다면 물건을 상품으로 바꿀 수 있고 교환할 수 있다. 20세기는 정말 상품경제 시대이다." 이것은 적나라한 '사회다윈주의'이다. 모든 문제는 "시대가 우리를 이런 원시적이고 저속한 경쟁으로 내몰았다. 먹을 죽은 적은데 달려드는 중[僧]은 많으니 무슨 방법이 있겠는가?" 하는 데 있다.

작가 왕안억(王安憶)은 하향한 지식청년 가운데서도 우수한 인물이었다. 자전적 색채를 띤 장편소설 《69학번 중학생(69屆初中生)》에서 그는 새롭게 자아를 발견한 인생 체험을 진솔하게 기록했다. 하향할 때 '끝없이 큰 희망'을 품었다면, 생존의 고난은 그를 핍박하여 이상주의에서 현실주의로 나아가게 했다. 어떤 일이든지 '이것이 무슨 쓸모가 있을까?' 하고 번번이 물어보아야 하는 현실주의 말이다. "쓸모가 있어야 하고 쓸모가 없으면 하지 않았다." 하지만 아무리 노력해도 그는 언제나 곤경에 빠졌다. "설 자리가 없다." 하향한 지 몇 년 만에 결국 광활한 대지에 대고 하소연했다. "어쩔 수 없다. 우리는 모두가 하찮은 사람이라 당신을 위하여 행복을 만들기는 정말 어렵고 그저 자신을 위하여 조금이라도 무엇을 하기 위해 노력할 뿐이다. 우리는 매우 이기적이다. 하지만 우리는 아주 진실하게 생활했다." 여기에는 초조한 '사회다원주의'가 없고 다만 '합리적 이기주의'만 있을 뿐이다.

아성(阿城)의 《기왕(棋王)》도 《69학번 중학생》과 요지가 비슷하다. 자신의 지식청년 경험을 언급하면서 아성은 이렇게 말했다. "지식청년들의 하향운동은 특수상황에서 일어난 왜곡된 현상으로서, 어떤 사람은 미치게, 어떤 사람은 의기소침하게, 어떤 사람은 의기투합하게, 어떤 사람은 안정되게 했다. …… 하지만 그 시절의 경험으로 나는 인생을 진지하게 바라보고 성실하게 생활하게 되었다."56)

고난 때문에 이 세대는 천진함과 이별하고 성숙함으로 나아가게 되었다. 신시기 청년들의 심경 속에 보편적으로 존재하는 '사회다원주의', '합리적 개인주의' 같은 주장도 원래 지식청년 문화 속에서 잉태되고 성숙된 것이다.

다른 측면으로, 숭고한 것을 모독하고 세상 모든 것을 하찮게 보는 정서도 지식청년 문화 가운데 상당한 비중을 차지하고 있었다. 이런 여러 가지 변태적 정서는 신시기 '히피 문화'의 기원을 열었다.

교유(喬瑜)의 소설 《불량배들의 노래(孼障們的歌)》는, 지식청년들이 답답하고 단조로운 생활에 못 이겨 〈혁명가곡(革命歌曲)〉 심지어 〈모택동 어록 노래(語錄歌)〉의 곡에 저속하고 무료한 가사를 붙이는 기형적 문화를 기록했다. '불량배'들의 난폭함을 생생하게 표현하고, 운명의 유

---

56) 阿城, 〈一些話〉, 《中篇小說選刊》 1984년 제6기.

린을 받은 동시에 운명을 조롱하는 미묘한 심경을 표현했다. 이 현상은 문화전제 시대에서는 큰 해프닝이 아닐 수 없다. 그것은 전제권력이 미치지 못하는 현장과 길들여지지 않는 서민문화를 뚜렷하게 보여주었다. 또한 사람들의 불만을 간접적으로 표현한 절묘한 '블랙유머'였다. 이 현상은 신시기에 와서 더욱 사람들의 관심을 끌었다. 수천만의 '문혁 유머'로부터 왕삭의 펜 끝에서 나온 '히피'가 말하는 미묘하고 근원을 알 수 없는 유머에 이르기까지.

노귀(老鬼)의 '뉴저널리즘 장편소설' 《혈색황혼(血色黃昏)》도, 한 지식청년이 더러운 것을 아름다운 것으로 여기고 거친 것을 영광으로 여기고 야만을 낙으로 여기고 자학을 쾌락으로 여기는 변태적 심리를 서술했다. "노귀 …… 파도를 숭배하고 폭력을 숭배하는 이것도 신앙의 일종이다." 왜냐하면 "시대는 거칠다. 나도 자연스럽게 거칠고 야만적으로 변한다. …… 동물처럼 솔직하게."

이런 심경은 홍위병의 유물이다. 또한 노귀 본인이 마음속으로 무협문화와 선비철학을 흠모한 결과인 것이다. '록 음악 열풍'부터 문화인들이 유랑을 유행으로 여기는 현상까지, 청년시인과 작가들의 적나라하고 폭력적인 작품부터 〈북경잡종(北京雜種)〉처럼 세상을 놀라게 한 영화에 이르기까지 신시기와 연결된 저속문화는 빠르게 발전한다. 불만·분노·저속의 정서가 '세기말 정서'의 중요한 구성 요소가 되었으며, 아울러 멸시받는 지식청년 문화 속에서 그 분위기가 생겨났음에 주목할 필요가 있다. 황당하다 또는 불공정하다고 배척하는 것보다 더욱 중요한 작업은, 저속한 유행이 어찌하여 '문화대혁명' 중에 생겨났으며, 그것이 현대 신화의 파멸을 다그치는 데 어떤 문화적 의의를 가지고 있는가를 살피는 일이다. 요컨대 역사적으로나 사회적으로 어떤 수수께끼가 숨어 있는지를 연구해야 한다.

이 절의 끝으로 지식청년 사상가를 위하여 몇 마디 쓸까 한다.

《혈색황혼》에서는 사상가인 서좌(徐佐)의 이미지를 부각시켰다. "그는 진심으로 마르크스 - 레닌주의를 사랑하고 공산당을 사랑한다. 사물에 대해 독특한 견해가 있으며 시류에 흔들리지 않는다. …… 자신은 한 푼도 가진 게 없고 그냥 땅을 일구고 있지만 국가의 흥망성쇠에 대해서는 강력한 책임감을 가지고 있다. …… 우리 세대에는 그와 같은 사람들이 있다." 그는 수녀처럼 마르크스-레닌주의 대본을 읽고 영원히 발표할 수도 없는 논문을 쓰면서 독자적으로 사회주의 이론 문제를 탐구한다. 국가제도상의 결핍으로부터 인민민주의 이상까지.

《중국 지식청년의 꿈》에서도 능위민〔凌衛民=정혜민(丁惠民)〕이란 지식 청년 지도자의 특이한 이론을 써 넣었다. 1972년의 '임표 비판' 운동대회에서 그는 청산유수같이 '영웅이 역사를 창조한다'는 것과 '인민이 역사를 창조한다'는 것이 모두 진리임을 논증했다. 당시로서는 분명히 대역무도한 일이었다. 그는 '정신노동자는 사람을 치료하고 육체노동자는 사람에게서 치료를 받는다'라는 옛 교훈을 좋아하고, 나폴레옹의 '장군이 되려고 하지 않는 병사는 훌륭한 병사가 아니다'라는 명언을 좋아한다. 뿐만 아니라 대청원 때 서민의 총명 · 교활 · 의리와 민주기풍에 기대어 두각을 나타내었으며, 운남성 지식청년 대청원의 지도 인물이 되었다. 하지만 그는, 1980년대에 들어와 사상계에서도 '누가 역사를 창조했는가?'라는 주제로 열띤 토론을 벌이고, '영웅과 인민이 공동으로 역사를 창조한다'는 자신의 사상이 많은 학자들의 인정을 받게 될 줄은 생각지도 못했을 것이다.[57]

지식청년 출신의 작가 장승지는 지식청년들의 기억 속으로 다시 돌아

---

57) 유명한 사상가 여주(黎澍) 선생은 '인민군중은 역사의 창조자이다'는 러시아적 사고라고 지적했는데 마르크스 · 엥겔스의 생각은 '사람들은 자기의 역사를 창조한다'이다. 丁守和 等, 〈黎澍學術思想述略〉, 《中國社會科學》 1989년 제3기에서 재인용.

온 격정으로 세기말 이상주의자들의 심금을 울렸다. 그의 유명한 소설 《황금목장》은 이렇게 말한다. "인간에게는 언제나 실패를 두려워하지 않는 피가 흐르고 있어 죽을 때까지 자기의 황금목장을 찾아 헤맨다." "이상은 아름답다. 불완전한 청춘의 꿈은 가장 감동적이며 영원히 잊을 수 없는 아름다운 것이다."

지식청년에 대한 기억 때문에 그는 세기말 세속화 조류의 비판자가 되었다. 비록 논조가 과격해서 받아들이기 어렵긴 하지만, 그는 여전히 지식청년의 방식으로 신앙에 관한, 지식인의 인격에 관한, 인민에 관한, 인생의 '아름다운 순간'에 관한 철학 명제 같은 중요한 시대적 과제들에 대하여 문제를 제기했다.

그렇다. 지식청년의 행렬에서 걸어 나온 작가들은 신시기 문학계 선봉대의 주요 세력이 되었다. 이 사실은 신시기 문화와 지식청년 문화의 깊은 정신적 연대를 드러낸다. 1990년, 각 지방 지식청년들은 '상산하향운동' 20년을 기념하여 여러 회고전을 열었다. 이 회고전이 불러온 문화적 화두도 지식청년 문화가 신시기 문화를 결정하고, 이 세대의 운명과 공존함을 나타내는 것이 아니겠는가?

4. '4 · 5 운동'의 광풍

1976년 청명절을 전후해 고(故) 주은래(周恩來) 총리를 위한 추모운동으로 시작, 나중에는 '문화대혁명'에 대한 전 국민적인 강렬한 불만 정서로 승화하여, 시대 흐름에 역행한 '4인방'의 악행을 공개적으로 규탄한 역사적 움직임을 '4·5 운동'이라 부른다. '4·5 운동'은 우연한 사건으로 촉발된 뒤 전 국민이 자발적으로 참여한 정치운동이다. 자발적이기 때문에 더욱더 '문화대혁명'의 운명이 끝났다는 대세를 확실하게 보여주었다. 자발적이기 때문에 더더욱 사회 각 계층 사람들의 마음속에 억눌려 있던 불만이 분출되기만 하면 세계를 놀라게 하는 요원의 불길로 타오른다는 것을 보여주었다.

양광만(楊匡滿)·곽보신(郭寶臣)의 중편 보고문학 《운명(命運)》은 '4·5 운동'의 비장한 장면을 기술한 역작이다. 주은래 총리가 마지막으로 외빈을 접견한 뒤 주위 사람들에게 "당신들은 이후 나의 얼굴에 ×표를 하지 말아주시오"라고 한 말에서, 한평생 굴욕을 참으며 중책을 짊어지고 혼신의 힘을 다해 국사에 전념했지만 끝내는 불운을 피할 수 없었던 주은래의 처량함을 쉽게 느낄 수 있다.58)

자발적으로 주은래를 조문한 민중들도 당국으로부터 황당한 괴롭힘을 당했다. 1976년 1월 14일자 《인민일보》는 '청화대학 교육혁명 대토론'에 관한 보도한 기사 〈대토론이 가져온 큰 변화(大辯論帶來大變化)〉에서 민심을 짓밟은 대목 — "최근, 전국 인민 모두가 청화대학의 교육혁명에 관한 대토론에 관심을 가지고 있다" — 은 바로 민중을 분노하게 한 첫 번째 계기가 되었다. 《인민일보》는 이 때문에 하루에 300여 건의 항의 전화를 받았다.

이로써 죽음을 각오한 민중항쟁의 서막이 열렸던 것이다. 북경의 민중들은 금지령을 아랑곳하지 않고 잇달아 천안문 광장에 화환을 바쳤고, 상해 민중들도 금지령을 무릅쓰고 잇달아 자동차 경적 소리를 울리고

---

58) 주은래 만년의 처량한 신세에 대해서는, 사동병(師東兵)의 다큐멘터리 〈九大風雲錄〉(《時代文學》 1989년 제3기), 유아주(劉亞洲)의 '비소설' 작품인 〈恩來〉(《解放軍文藝》 1988년 제8기), 권연적(權延赤)의 장편 다큐멘터리 〈走下聖壇的周恩來〉(《時代文學》 1993년 제1기)에 생동하는 묘사가 있어 참고할 수 있다.

방송국에서는 조가를 틀었다. 뿐만 아니라 3월 25일자《문회보(文匯報)》
에 주은래 총리를 중상모략하고 공격하는 글 〈주자파가 여전히 횡행하
고 있고 우리는 그들과 싸워야 한다(走資派還在走, 我們就要同他鬪)〉가
실리자 수천수만 통의 항의 편지가 신문사로 날아들었다.

항주의 청년노동자 이군욱(李君旭)은 '주 총리 유서'를 가짜로 작성하
여 주 총리에 대한 존경을 나타냈고 '등소평(鄧小平) 비판' 운동에 대해
강력한 불만을 표시했다. 이 '유언'은 한두 달 사이에 중국 대륙의 절반
까지 알려졌다. 남경대학의 교수와 학생들도 '침묵 속에서 폭발하지 않
으면 침묵 속에서 멸망한다!'는 기개로 거리로 나와, '흐루시초프 식의
인물이 당과 국가의 최고 지도권을 찬탈하는 것을 경계하자!', '《문회
보》의 배후 조종자를 붙잡아 오자!'는 표어를 붙이고, 이 표어를 남북으
로 오가는 열차에 붙여서 전국으로 퍼뜨렸다. 남경 경비구의 청년군인
서동흥(徐同興)도 거리에 '흐루시초프 식의 야심가, 음모가, 기회주의자
장춘교를 잡아 공개적으로 심판하자!'는 전단을 붙였다. 하나의 화산이
터지고 4월 5일 청명절에 이르러 전례 없는 절정을 이루었으며 그와 동
시에 피비린내 나는 진압이 있었다.[59]

'4 · 5 운동'의 의의는 거대하다.

그것은 1970년대 민중이 일으킨 '문화대혁명'의 암흑에 대한 저항이
고 봉건 파시스트주의에 대항하는 시위였다. 또한 중국인들이 '국가 대
사에 관심을 갖는' 정치 정서로부터 해방되는 사건이었다. '문화대혁명'
초기의 천진과 열광은 민중이 속았음을 표시하고 '4 · 5 운동'의 우환과
의분은 전 민족의 각성을 나타냈다. 이런 각성은 주로 두 가지 면에서
체현되었다.

---

59) 楊匡滿 · 郭寶臣, 〈命運〉,《當代》 1979년 제2기.

하나는 진짜와 가짜 마르크스-레닌주의에 대한 식별이다. '4인방'의 악행은 천인공노를 일으켰다. "마르크스-레닌주의를 거세한 그런 수재들더러 뒈져버리라고 하라! 우리가 요구하는 것은 진정한 마르크스-레닌주의이다." "세 사람[강청·장춘교·요문원(姚文元)]의 '공산주의'는 전 세계 30억 인민의 행복인가?"[60] 수많은 사람들이 알고 있는 이런 전단지, 소자보(小字報)의 강렬한 언어는 극'좌' 정치에 대한 민중의 강한 불만을 표현했다. '흐루시초프 식의 인물들이 당과 국가의 최고 지도권을 찬탈하는 것을 경계하라!'는 이런 표어도 국가의 앞날에 대한 민중의 깊은 우려를 드러낸다. 이런 불만과 우려도 '문화대혁명'의 풍상을 겪은 사람들이 오랫동안 탐색해 온 결과이다.

1978년 12월, '4·5 운동'이 마침내 누명을 벗은 뒤 삼련서점(三聯書店)은 《양미집(揚眉集)》이라는 책 한 권을 출판했다. 그 속에는 '4·5 운동'의 영웅적 이야기를 기술한 30편의 기사가 수록되었다. 당시는 아직 철저하게 '문화대혁명'을 부정하지 못한 탓으로 불가피하게 유감스러운 기사도 있다. 하지만 글 가운데, '4·5' 영웅들이 평소 마르크스-레닌주의를 학습하고 사회 문제를 독립적으로 사색하여 추호의 두려움도 없이 진리를 추구한 부분에 대해 쓴 것은, 사상사적 자료 가치를 가지고 있음이 틀림없다. 이런 사료는 '문화대혁명' 초기 사상해방 선구자들의 일부 사색과 일치하며, 당대인들은 그 뒤를 이어 깜깜한 하늘에 한 폭의 이상적인 그림을 완성한 것이다. 여기서 그들 사상의 진수 몇 가지를 기록하여 전하고자 한다.

"임표는 이미 죽었는데도 왜 임표의 그런 극'좌'적인 것을 아직도 적극 확장하려는 사람들이 있는가? 과거 임표와 한패가 되어 나쁜 짓을 대량으

---

60) 楊匡滿·郭寶臣, 〈命運〉, 《當代》 1979년 제2기.

로 한 사람들이 왜 여전히 중요한 자리 곳곳에 도사리고 있는가?"[장신신 (張辛辛)]

"모 주석과 공산당이 지도한 17년을 왜 온통 암흑이라고 말하는 사람이 있는가? …… 문화대혁명을 추진하는데 왜 무력투쟁이 끊이지 않았는가?" [주천검(周千儉)]

"어떤 사람은 부정적 문장을 긍정적으로 왜곡하기를 좋아하는데, 위로 는 노인들과 아래로는 어린이들을 기만하니 임표보다 '선견지명'이 있다. 그들은 힘을 쌓아놓으면서 '큰 나무'가 쓰러지면 풍파를 일으키려고 한다. 혁명에 해를 끼치는 이런 '혁명가'에 대해 우리는 주의를 기울이지 않을 수 없다."[주금다(朱錦多)][61]

'4·5 운동'에서 주목해야 할 또 다른 측면은 바로 현대의식의 소생이 다. 청년시인 북도(北島), 고성(顧城)은 모두 '4·5 운동'의 세례를 받았 다. 북도의 유명한 시 〈회답(回答)〉은 1976년 4월에 쓴 것이다[듣건대 〈회 답〉도 '천안문시초'이나, 그것이 주은래를 추모하고 '4인방'을 성토하는 울분을 훨씬 넘어섰다는 것 때문에 뒤에 공개 출판된 《천안문시초(天安門詩抄)》에 수 록되지는 못했다].

〈회답〉은 "비열함은 비열한 자의 통행증 / 고상함은 고상한 자의 묘비 명"이란 시구로 '문화대혁명'의 죄악을 고발했으며, "너에게 알린다, 세 계여 / 나는 믿지 않는다"를 사람들이 '문화대혁명'과 현대 미신에 도전 하는 외침으로 삼았다. "바다가 제방을 무너뜨릴 운명이라면 / 쓴 물 모 두를 나의 마음속에 부어라 / 육지가 상승할 운명이라면 / 인류더러 다시 생존의 정상을 선택하게 하라"는 시구에서는 처절한 사명감과 새로운 역사 시기에 대한 예언을 표현하고 있다. 사실 중국의 신시기에 발생한 거대한 변화는 '다시 생존의 절정을 선택하는' 것이 바로 신시기 문화의

---

61) 《揚眉集》, 三聯書店, 1979, 112, 252, 277~278쪽.

기본 주제임을 드러냈다. 북도도 1980년대에 '몽롱시(朦朧詩)'의 대표 시인이 되었다.

고성도 '4·5 운동'에 적극적으로 뛰어들었다. 분노한 사람들과 함께 환호하였고 폭력의 재미도 맛보았다.[62] 《상해문학》 1979년 12월호에 고성의 시 〈대낮의 달빛(白晝的月亮)〉이 발표되었다. 그는 이렇게 썼다. "나는 대낮의 달이 되려 한다 / 눈부신 영화를 바라지 않고 / 세속에 물들지 않는 파도로 / 영원히 충성하리라— / 1월 8일의 비탄이여 / 4월 5일의 그리움……"

북도와 고성은 1970년대 초에 자아를 향한 문학 창작을 시작했다. 그들은 작품 속에 민족의 고난에 대한 독특한 감정과 깨달음을 표현했으며 자신의 목표와 민족의 운명을 연결시켰다. 또 마르크스-레닌주의의 이론을 비판 무기로 삼은 열혈청년들과는 달리, 그들은 예리하게 세기말적 비애를 느꼈으며 일련의 작품에서 시대의 황당함·환멸감을 간파하는 데 힘을 다했고 더 나아가 20세기와 전 인류의 비극적 운명에 대해 끝없는 탄식을 했다. 북도가 '시는 반드시 자아로부터 시작되어야 한다'를 자신의 기치로 삼았을 때, 고성도 "새로운 '자아'는 한 조각의 파편에서 탄생한다"고 했다. 그는 그를 변하도록 강요하는 틀을 부수고 따뜻함이 없는 바람 속에 자신의 몸을 내맡겼다.

"……자신은 당연히 자신의 주인이 되어 살아야 한다는 것을 믿어야 한다"고 확인했을 때,[63] 그들은 심미적 영혼, 창조적 영혼을 되찾았을 뿐만 아니라 '새로운 미학 원칙'을 찾았으며, 더욱이 도전자의 자세로 현대 미신의 파산, 당대 유토피아적 신화의 파산을 선고했다. 또한 자아 속죄를 새로운 인생 목표로 정하였다. 이렇게 북도, 고성의 탐구도 신시기 문

---

62) 宋耀良, 《十年文學主潮》, 上海文藝出版社, 1988, 49~50쪽.
63) 위의 책, 53, 75쪽.

화에 담긴 인생관에 관한 대토론, 자아 구제에 관한 화두와 연결되었다.

현대의식에는 경박한 심경, 저속한 풍기도 포함한다. '4·5 운동' 중에 나타난 모순의 격화는 일부 청년들의 과격한 행위와 관련이 있다. 이에 대해 장승지의 《황금목장》에는 독특한 논평이 있다. "어쩌면 악동·반항아·불량배들이 거칠고 몰상식하게 역사의 낡은 한쪽을 찢어버렸다.……그 쪽은 곰팡이가 끼고 썩었으나 지금까지 그것을 감히 벗긴 사람이 없었고 그것을 찢는다는 것은 더욱 말할 필요가 없었다.……당신은 겨우 비애를 털어놓았을 뿐이었다.……그러나 악동들은 위대했다. ……혁명운동이란 무엇인가? 인민이란 무엇인가? 역사란 무엇인가?"

'4·5 운동'을 겪은 사람은 이에 대해 완전히 새로운 인식을 하게 되었다. 어린 청년들의 극단적 행위로 말미암아 모순은 격화되었고 아울러 '4인방'의 악랄한 진면목이 철저하게 폭로되었다. '골목 불량배'의 폭력에는 지식청년 문화의 저속화라는 경향이 숨어 있고 절망 속에서 죽을 때까지의 항쟁이라는 의의를 지닌다.

솟구치는 정의의 불길과 현대의식의 각성은 '4·5 운동'의 정신적 구도를 이루었다. 비록 이상주의적 항쟁과 모더니즘적 비애 사이에는 수많은 산과 강이 가로막혀 있지만 양자는 기적처럼 '4·5 운동'에서 만났고, 온갖 시련을 겪은 천안문 광장에서 만났다! 그렇다. 바로 '중화 민족이 가장 위급한 시기에 처했을 때'라는 위기감은 위대한 사상해방운동의 도래를 위해, 이 두 가지 사조가 서로 격려해서 장엄한 리허설을 하게 했다!

'4·5 운동'은 전 국민적 자발운동이었으나 호풍환우한 영웅은 뜻밖에 청년들이었다는 점은 주목할 만하다. 그 가운데는 옛날의 '홍위병'들도 적지 않았다[예를 들면 이서녕(李西寧)]. 예전의 '홍위병운동'은 청년운동이었다. 10년 뒤의 '4·5 운동' 또한 청년운동이었다. 당시 '홍위병' 반란은 사령부를 공격하는 것이었고 10년 뒤 청년들의 반란은 '4인방'을 공격하는 것이었다. 이 모든 것이 얼마나 의미심장한가! 서로 다 알고 있는 것 같지만 분명히 달랐다. 비슷하다는 견해에서 보면, 청춘의 격정은 언제나 초조하고 불안하게 질주하면서 하나 또 하나의 기적을 창조했고 한 차례 또 한 차례의 비극을 연출했다. 서로 다르다는 견해에서 보면 어떤가? '홍위병' 반란은 위대한 수령의 호소에 따른 '친위적' 사건이었지만 '4·5 운동'은 '문화대혁명'의 조종이 이미 울렸다는 것을 상징한다!

역사는 이렇게 비슷하지만 서로 완전히 다른 비극과 희극의 교차 연출 속에서 '이성의 교활함'을 과시하고 신비한 자연의 이치를 보여준다!

5. '지하문학'의 저류

'문화대혁명'과 신시기의 관계를 탐구하는 데 '지하문학'은 최고의 텍스트가 된다. '지하문학'은 특정한 역사적 상황 때문에 주류 문화에 수용되지 못한 문학이다. 따라서 조용히 나타났을 뿐만 아니라 나름의 매력을 지니고 조용히 전파된 문학이다. 주류 문화에 대한 반항과 보완이자 가장 일찍 각성한 사람들의 고민하는 영혼의 상징으로서, 당대문학사와 영혼사에서 중요한 자리를 차지한다. 러시아에서는 유명한 작가 솔제니친의 《암 병동(Cancer Ward)》, 《제1원(The First Circle)》, 《수용소 군도(The Gulag Archipeligo)》 등을 대표작으로 하는 '지하문학'이 출현했다. '문화대혁명' 시기 중국의 대지에도 '지하문학'이라는 저류가 흘렀다.

양건(楊健)의 《문화대혁명 중의 지하문학(文化大革命中的地下文學)》

이 제공한 사료들을 보면 반항적 경향의 '지하문학'은 1967년에 기원을
둔다. 바로 '문화대혁명'이 전면 내전에 접어든 때에 시작된 것이다. '홍
위병 1세대' 일부는 유유자적의 길로 나아가기 시작했고, 정신적인 황량
함 속에서 그들은 '붉은 책'과 고별하고 '내부 독서물', 러시아 문학작품
《제41(第四十一)》, 《한 치의 땅(一寸土)》, 《흰 배(白輪船)》, 《낭자곡(娘
子谷)》과 유고슬라비아의 사상가 델라스의 《신계급(新階級)》 등으로 방
향을 돌렸다. 러시아 문학은 1950년대에 성장한 세대들의 정신적 양분이
었다. 러시아 문학의 이상주의적 격정은 1950년대 중국 청년작가의 낭만
주의적 정서와 '생활 참여'라는 바른 기풍을 이끌었다.

하지만 중국-소련 양국의 반목과 중국에서 일어났던 정치운동들의 영
향으로 러시아 문학 역시 '수정주의 문학'으로 몰렸다. 뿐만 아니라 '문
화대혁명' 때 비판의 중요한 대상[문화대혁명 후기, 상해의 '파벌문예 간행
물' 《아침노을(朝霞)》은 '러시아 수정주의 문예 비판'이란 특집코너를 개설했고
상해의 이론잡지인 《학습과 비판(學習與批判)》도 '러시아 수정주의 문예'를 비
판하는 여러 편의 글을 발표했다]이 되었다.

'홍위병'들은 '봉건주의, 자본주의, 수정주의'를 비판한 뒤 다시 '러시
아 수정주의 문예'로 되돌아왔다. 정말 의미심장하다. 그 청년들은 정신
적 황량함 속에서 가야할 길을 찾으며, '산에 호랑이가 있는 줄 뻔히 알
면서도 기어이 호랑이가 있는 산으로 향하는' 단호한 태도를 표명했을
뿐만 아니라 주류 문화에 대한 도전적 자세를 나타냈다. 아울러 '러시아
수정주의 문예'의 유구한 현실 비판 정신, 인도주의 정신과 '벗어날 수
없는 애수'[64]라는 정신적 특징도 갈팡질팡하는 '홍위병'에게 따뜻한 위
안과 깊은 감동을 주었으며, 그들의 기나긴 밤에 등불을 밝혀주었다. 최
초의 '지하문학' 작품 〈9급 파도(九級浪)〉[필여협(畢汝協) 지음]가 그들에

---

64) V. Woolf, *The Current Literature*, 〈當代文學〉, 《英國作家論文學》, 三聯書店,
1985, 439쪽.

게서 탄생된 것은 절대 우연이 아니다. 러시아 문학은 이 때문에 '지하문학'의 산파가 되었고 '지하문학'과 신시기 문학을 잇는 교량 구실을 하였다.

〈9급 파도〉는 1970년에 필사본 형식으로 나와 북경 지식청년들 사이에서 유행했다. 소설의 주인공 사마려(司馬麗)는 천성이 착하나 출신 성분 문제로 멸시를 받을뿐더러 미술 선생에게 속아서 유린당한 뒤 욕망의 늪에 빠져 고민을 해결한다. 이렇게 "〈9급 파도〉는 '인생을 직시'하는 냉혹함으로 …… 청년들이 문화대혁명 속에서 겪는 곤혹·환멸·왜곡과 타락에 대해 정확하고 냉철하게 써서 …… 청년들이 운동의 충격, 정신적인 스트레스로부터 겪었던 분열·와해·이탈의 '심적 여정'을 재현"했다. 유의해야 할 것은 작가가 소설에서 단편적으로나마 '실존주의'를 제기했다는 것이다.[65] 용감하게 '붉은 태양'의 기만을 찢고 참담한 인생을 당당하게 직시했다. 〈9급 파도〉는 1970년에 서양 비판현실주의 문학 전통으로 용감하게 복귀했을 뿐만 아니라 신시기 '상흔문학'의 선구자가 되었다.

'상흔문학'에서 순결한 소녀가 유린을 당하고 타락에 빠지는 식의 이야기는 흔하게 볼 수 있는 것이다. 노용상(盧勇祥)의 소설《흑장미(黑玫瑰)》, 왕정의 영화 시나리오 〈사회의 자료 속에서〉와 영화문학 시나리오 〈여자 도둑(女賊)〉은 모두 이런 이야기를 썼다. 이런 유형의 이야기도 '아름다운 것이 괴멸되고 순수가 괴멸되는' 상징적 의미를 갖춘 것으로 인심을 뒤흔들었다.

조진개(趙振開, 북도)의 소설《파동(波動)》에도 비슷한 줄거리가 있다. 이 소설은 1974년에 쓴 것으로 지식청년의 굴욕과 항쟁, 곤혹과 이상 추구를 썼으며 '문화대혁명'이 청년들의 가슴에 새겨놓은 상처, 문명이 야

---

65) 楊健,《文化大革命中的地下文學》, 朝華出版社, 1993, 78~79쪽.

만을 이겨내지 못하고 순수가 거짓을 이겨내지 못한 마음속 상처를 폭로했다. 여주인공 초릉(肖凌)의 순결한 영혼이 폭력과 거짓으로 뒤틀린 뒤 그녀는 실존주의적 의미가 담긴 한탄을 한다.

"우리 세대의 꿈은 너무 힘들다. 또 너무 길어 언제나 깨어날 수 없다. 깨어난다 하더라도 어김없이 또 다른 악몽이 당신을 기다리고 있음을 발견하게 된다." "위대한 20세기는 광분·혼란만이 가득하고, 이성이라고는 찾아볼 수 없는 세기이며 신앙이 없는 세기이다······." "나는 환락을 피하고 아름다운 것을 피하며 광명을 피한다. 나는 명석한 것도 피한다. 이 세계가 너무 분명하기 때문이며 분명하기가 너무 역겨울 지경이기에 나는 자신의 눈을 가리려고 한다······." 초릉이 체험한 황당함·비이성, 그녀의 쌓이고 쌓인 울분은 분명히 '문화대혁명'을 고발하는 단계를 넘어 심오한 철학적 의미를 지닌다. 이 철학적 의미는 1980년대 사상계의 '실존주의 열풍'과 '신조(新潮)문학 열풍'까지 연결되었다. 다른 측면에서 비합리를 증오하는 정서와 진실한 마음을 끝까지 잃지 않는 정서가 합쳐져 생긴 초릉·백화(白樺)의 분열된 인격은 수많은 고난을 겪은 청년들에게 하나의 전형으로서 의의가 매우 풍부했다.[66]

또 다른 측면에서, 청년들 가운데 일부는 유토피아적 환상을 버린 뒤 타락하지 않으려고 이성주의라는 위대한 목표를 추구하는 새로운 여정을 시작했다. 1972년 근범(靳凡)의 소설 〈공개하는 연애편지(公開的情書)〉도 필사본 형식으로 퍼져나갔다. 이 소설은 청년지식인들이 '문화대혁명'을 비판하고 정신적 사막에서 진리의 감로수를 찾는 정서를 기록했다.

"나에게는 매우 강렬한 신념, 즉 우리 세대 가운데 우리 시대에 손색없는 정치가·사상가·과학자와 예술가가 나올 것이라는 신념이 있다."

---

66) 《波動》은 수정을 거친 뒤 《長江》 1981년 제1기에 발표되었다.

"비록 우리들이 폐쇄되고 억압되고 여러 가지 세력에 포위되었어도 우리는 여전히 안간힘을 다해 눈을 크게 뜨고 세계에서 우리 동시대인들이 자연과학과 사회과학 영역에서 얻은 역사적 의미가 있는 발전을 관찰하고 발견할 것이다. 그 다음으로 우리는 인류가 몇 천 년 동안 쌓아온 지식 문명의 괴력과 능력을 계승하고 이용할 것이다. …… 가장 중요한 것은 우리는 탐구자라는 것이다. 다시 말해서 한평생 걸친 자신의 노력과 창조적인 사업으로 새로운 세계를 개척한다는 것이다." "우리는 현실의 잔혹함을 두려워하지 않는다. 또 인심을 잃은 위대한 인물들의 칭찬을 바라지 않는다. 우리가 신뢰하는 것은 과학의 힘이기 때문이다." "진정한 인간은 당연히 자기의 이상, 자기의 길, 자기의 애정이 있어야 한다. 외부에서 우리의 가치를 낮게 평가할 때 우리는 마땅히 자신의 힘을 살펴보아야 한다." "의지로 볼 때 나는 우리 세대가 아버지 세대보다 강하다는 것을 느꼈다. 나 역시 이 때문에 조국과 민족에 대해 짊어진 우리 세대의 책임을 생각했다." "우리가 깊이 고민하는 것은 왜 젊은 사람들의 사상이 이렇게 혼란한가 하는 것이다. …… 우리는 이론 위기의 근원이 한 시대의 철학 속에 있다는 것을 잘 알고 있다." "우리에게는 최초의 보루이자 최후의 보루인 건실한 이론적 바탕과 견고한 내적 세계가 있다." "우리는 …… 두려움 없고 헌신적인 나 자신의 일생으로 이런 기념비를 세우기를 희망한다. 인류의 위대한 분투정신은 영원히 중단되지 않는다."

어두운 현실은 결코 이상주의자의 의지를 꺾지 못했다. 새로운 역사 시기를 위하여, 민족의 미래를 위하여, 그들은 헤겔 철학·마르크스-레닌주의·실존주의를 연구했고 아인슈타인의 과학사상을 깊이 연구했다. 양자역학·생물공학(Design Bionics)·사이버네틱스를 깊이 연구했으며 더욱 나아가 새로운 역사관·인생관·정치관과 논리학을 연구·토론했고 '새로운 사상'을 세워 분투의 지침으로 삼았다. 그들의 연구·토론은 분

명히 비이성주의자의 고민과 곤혹, 세속의 비합리에 대한 증오와는 달랐
다. 그들은 강한 사명감으로 과학과 철학에 관하여, 세대 차·자아의식
에 관하여, 중국 지식인의 운명에 관하여, 탐구정신에 관하여 매우 새로
운 시대적 과제를 제기했다. 작가의 탁월한 식견을 보여주는 이런 주제
는 신시기에 다시 사상이론 분야, 문학 분야의 뜨거운 화제가 되었다.67)

그렇다. 비록 세기말적 비애의 분위기가 이미 생겨났으나 이상주의와
이성주의의 분투정신은 질식되지 않았다. 〈공개하는 연애편지〉와 신시
기 이상주의적 명작《북방의 강(北方的河)》,《황금목장》,《영혼사(心靈
史)》,《예배일(禮拜日)》, 〈나와 지단(我與地壇)〉,《포군(炮群)》사이에서
사람들의 마음을 뜨겁게 하는 사상을 분명하고도 쉽게 찾아볼 수 있다.

〈9급 파도〉,《파동》과 〈공개하는 연애편지〉는 '문화대혁명'에 대한
항쟁의식으로 가득 차 저항정신이 풍부하다. 아울러 그것들은 또한 '새
롭게 생존의 절정을 선택'하는 측면에서 전혀 다른 가치관(비이성과 이성
적 영역)을 나타내었으며 더 나아가 동시대 사람들의 분화를 널리 알렸
다. 물론 "일체의 현실적인 것은 모두가 합리적이다." 변증법적으로 볼
때 세계와 인생에 대한 비이성과 이성의 해석은 저마다 엄청난 차이가
있다. 사마려, 초릉, 백화처럼 유린당하고 상처 받은 고통스러운 영혼은
원래 비이성을 인정하는 경향이 있다. 노구(老久), 노사문(老邪文), 노알
(老嘎)처럼 '작은 건물에 숨어서 한패가 되어 여름과 겨울, 그리고 봄과
가을을 다루던' 엘리트들은 이성의 힘으로 고루하지만 변함없는 인문이
상(人文理想)을 다시 세우게 된다.

이성과 비이성의 주제 말고도 세상을 대하는 태도에서 유유자적함 또
는 분노와 자강불식(自强不息)이라는 두 가지 대조적인 주제가 있다. 유
유자적의 주제는 예를 들면 고성 등의 '동화시(童話詩)'에 잘 나타나 있

---

67) 〈公開的情書〉는 수정을 거쳐《十月》1980년 제1기에 발표되었다.

다. 고성은 어려서부터 환상에 탐닉했는데, 동란으로 학업을 중단하고
"읽어볼 만한 책이 거의 없었다. 내가 가장 많이 읽은 책은 바로 대자연
이다"[68]라고 했다. 대자연은 그가 자연 그대로의 아름다움과 진실에 귀
착하게 했으며, 그가 15세에 사람들의 입에 널리 오르내린 시 〈생명환상
곡(生命幻想曲)〉을 써내게 했다. "나의 환상과 꿈을 / 좁다란 조가비에
담아 / ……나는 출항했다 / 목적 없이 / 푸른 하늘 속에서 출렁거린다
/ ……자거라! 두 눈을 감고 / 세계는 나와 무관하거니……." 이런 시구
는 아득한 어둠 속에서 도가 문화정신의 초월적 회귀를 나타냈다. 고성
은 또 〈좌우명(銘言)〉을 썼다. "잠시의 결렬을 귀중한 휴식으로 여기라
/ 물결 따르고자 파도를 내쫓지는 말라."[69]

　이런 소극적이고 무위적인 인생 태도는 '문화대혁명'의 소란스러움
속에서 냉정과 초탈을 표현해 내었다. 이것 역시 황당한 세월 속의 기이
한 경관이라고 할 수 있다. 다른 측면에서 이런 유유자적의 인생관도 유
미주의와는 "마음에 감응이 있어 통한다." 고성은 이렇게 말했다 "나도
요원하지만 뚜렷한 자신의 꿈이 있다. 그것은 하나의 세계일 뿐만 아니
라 세계보다 높은 천국이다. 그것은 가장 순수한 아름다움이다."[70] 현실
속에 위선, 죄악, 추악한 것이 가득할지라도 자아의 양심은 무력함과 사악
함이라는 강권과 맞선다. 그렇다면 환상에 뛰어들고 꿈속에 들어가고 미
의 상아탑에 들어가는 것 역시 훌륭한 선택이다. 동란 속에서 항쟁한 자는
희생되었고 소요(逍遙)한 자는 오히려 자신의 '열매'를 거두어들였다.[71]

68) 宋耀良, 《十年文學主潮》, 上海文藝出版社, 1988, 63쪽에서 재인용.

69) 公劉, 〈新的課題〉, 《文藝報》 1980년 제1기에서 재인용.

70) 楊健, 《文化大革命中的地下文學》, 朝華出版社, 1993, 98쪽에서 재인용.

71) "사람마다 모두 미쳐 날뛸 때 유독 소요파(逍遙派)만이 미치지 않았다. ……
　이리하여 그들은 여건과 시간이 있어, 남으로 북으로 명산대천을 유람하거나 혹
　은 집에 숨어서 책을 읽고 외국어를 공부했다. …… 동란이 지나간 후 '두 개 파
　모두가 부정해야 할 점이 있었는데', 소요파만이 부정할 문제가 존재하지 않았

울분이 가득한 북도까지도 아름다운 은둔시 〈미로(迷途)〉를 쓴 적이 있다. "비둘기의 지저귀는 소리를 따라서 / 나는 너를 찾는다 / 높디높은 밀림은 하늘을 가렸다 / 작은 길 위에 / 길 잃은 민들레 하나가 / 나를 푸르스름한 잿빛 호수로 이끌어간다 / 잔잔히 흔들리는 호수에 비친 그림자 속에서 / 나는 너를 찾았다 / 그 깊이를 알 수 없는 눈을" 세상의 모든 비합리에 분노한 북도도 소요(逍遙)에 대한 갈망이 있었고, 바로 유유자적한 고성도 '4·5운동' 때 투사가 되었듯이 이 모든 것은 사람들의 이중적 성격을 보여준다.

양건은 사람들에게 다음과 같은 사실을 알려주었다. 1972년에 하향한 지식청년들은 매우 가혹한 생활환경에 처해 있었고 수많은 지식청년들이 도시로 돌아와 물러섰다. 도시에서 지식청년들은 자신들이 창조한 '소(小)환경' 속에서 정치운동의 충격을 피했다. 안정을 갈망하고 단순하게 살기를 원했다. 바로 이런 갈망이 '동화시'와 같은 시를 창조해 냈다.[72] 그리고 이런 시구가 창작되었다. "내가 흰 구름 위에 누워서 꿈꾸게 해다오."[〈꿈의 섬(夢之島)〉] "물론 누구도 내일을 모른다 / 내일은 또 하나의 아침에서 시작될 것이다 / 그때 우리는 깊이 잠든다."[〈무제(無題)〉][73] 이런 '동화시'는 추악한 폭력도 순진한 영혼을 정복하기에 무기력하다는 것을 보여준다.

뿐만 아니라 '동화시'에 나타난 도가문화 정신, 유미주의 정신 또한 20세기 문화 현상의 일종이다. 벨기에 작가 마테를링크(M. Maeterlinck)의 명극 〈파랑새(L'Oiseau bleu)〉, 일본 작가 우에다 빈(上田敏)의 소설 《소용

다 하여 조사하면 그들이 제일 깨끗하다. 간부 승진, 외국 파견에서 그들은 가장 이상적인 사람으로 간주되었다"(安文江, 앞의 글, 周明 主編, 앞의 책, 317쪽 참고).

72) 楊健, 《文化大革命中的地下文學》, 朝華出版社, 1993, 99, 98, 100쪽에서 재인용.
73) 위와 같음.

돌이(漩渦)》, 구미와 러시아를 풍미한 '예술을 위한 예술' 사조와 1930년
대 중국의 '신월파(新月派)', 이 모두는 20세기 인류가 상아탑을 난세 속
의 방추로 삼는 것을 필요로 함을 증명했다.

신시기에 이르러 상흔을 폭로하고 고난을 반성하는 대조류의 기세가
지나간 뒤 왕증기(汪曾祺)는 '꿈을 찾는' 신천지를 열었다. 이어서 가평
요(賈平凹), 종아성(鍾阿城), 이항육(李杭育), 한소공, 정만융(鄭萬隆), 장
승지 등은 잇달아 순수로 되돌아가는 길을 걸었다(비록 '옥석'과 '진실'에
대한 그들의 인식이 서로 달랐지만 말이다. 예컨대 왕증기가 지킨 것은 담담함
이고 가평요가 취한 것은 고요함이고 이항육이 아낀 것은 활달함이고 장승지가
찬미한 것은 굳은 인내였다). 아울러 주작인(周作人), 임어당(林語堂), 양실
추(梁實秋)의 한가롭고 정교한 소품(小品)도 다시 유행했으며 대륙의 젊
은 청소년들은 앞 다투어 홍콩·대만의 애정소설, 인생수필, 철학적 의
미의 시, 유행가곡에서 인생의 시적 의의와 꿈의 따뜻함을 섭취했다. 이
로써 계급투쟁의 피비린내 나는 세월 속에서나 인간의 욕망이 난무하는
경박한 세상에서도, 상아탑과 따뜻함에 대한 꿈은 순수한 성정을 지니고
고고한 생활을 하는 자의 정신적 고향이 되었음을 알 수 있다. 여기서
인생의 진리를 만날 수 있다.

마지막으로 언급해야 할 것은 통속문학이다[추리소설·무협소설과 '성
(性) 문학'을 포함한다]. 통속문학은 대중을 향한 문학으로서, 대중의 취향
에 맞는 이야기가 주요 특징이고 결국 오락성·심심풀이에 목적을 둔다
고 말할 수 있으나 사상성·예술성을 추구하는 것과는 다른 우아한 문
학이다. 따라서 계급투쟁 이론이 지배적 위치를 차지하던 시대에는 충분
히 발전할 수 없었지만 소멸되지도 않았다. 대중은 문화적 사막에서도
은밀하게 통속문학을 찾고 또 그것을 창작한다.

필사본 〈매화당(梅花黨)〉, 〈꽃신 한 켤레(一雙綉花鞋)〉, 〈바다사나이
임강(林强海俠)〉은 널리 읽혔던 추리소설 특징을 띤 지하 통속문학 작품

이며, 〈소녀의 마음(少女的心)〉, 〈만나 회상록(曼娜回憶錄)〉은 바로 '성
문학' 작품이다. 전자는 '정치적 음모'나 '스파이 이야기'를 기본 모델로
하고 마음을 졸이는 생사격투의 이야기를 펼친다. 또 영웅을 이미지화하
여 작품을 '사립탐정 이야기'와 구별시켰다. 여기에서 '문화대혁명' 이전
에 두루 읽혔던 러시아 스파이 소설과 '스파이 이야기'[예를 들면 영화 〈철
도 보위병(鐵道衛士)〉·〈양성암초(羊城暗哨)〉·〈비밀도면(秘密圖紙)〉, 소설 《적의
심장에서 싸우다(戰鬪在敵人的心臟)》·《무형의 초병(無形的哨兵)》]의 그림자
를 희미하게 볼 수 있다. 따라서 이 작품들은 사실 이전 17년 문학 가운
데 '스파이 이야기'의 연장이다. 후자는 세상을 놀라게 할 만한 성 심리
분석과 성 묘사로 말미암아 근본적으로 사회주의 현실주의를 배반했다.
생생하게 성적 체험을 기록하고 대담하게 성애를 묘사한 작품들은 금욕
의 시대에도 인간의 욕망은 막아놓기 어렵다는 생명적 격정을 표현했으
니, 대담한 반역 의미를 가지고 있음은 의심할 바 없었다. 또 성에 대해
무지했던 청소년들이 금과를 따먹고 성 범죄의 잘못된 길로 나가게 하
는 지침이 되기도 했다. 사실 인간의 욕망은 억압될수록 더욱 커진다.
  '문화대혁명'은 금욕시대이기도 하지만 인간의 욕망이 넘쳐난 시대이
기도 하다. 청소년들 사이에 널리 퍼져나간 '선정적 가요', '선정적인 이
야기'와 성 범죄, '대비판(大批判)' 때 비판받는 자의 사생활과 '추문'을
들추어내고 폭로하는 문화적 심리 상태, 고전소설 《수호전(水滸傳)》과
《홍루몽(紅樓夢)》에서 따온 성적 묘사, 그나마 보존된 현대와 당대의
소설[예를 들어 모순(茅盾)의 《식(蝕)》·《무지개(虹)》, 욱달부(郁達夫)의 《타락
(沉淪)》, 풍덕영(馮德英)의 《영춘화(迎春化)》 등]에서 베껴온 성 묘사, 성 심
리에 관련된 부분……, 이 모두는 '문화대혁명' 때 사람들의 성 심리를
드러내는 것으로서 '지하문학'이 '성 문학'에 의지하면서 자생하고 퍼져
나가는 토양이 되었다. 이것은 차가운 밤중에도 성욕의 불길이 타오른다
는 것을 증명했다. 이런 인식을 바탕으로 나는 '문화대혁명과 성'은 당연

히 사회심리학자와 '문화대혁명학'74)을 연구하는 학자들의 주요 과제가 되어야 한다고 생각한다. '문화대혁명' 때의 광적인 심리 상태는 현대 미신이 인심을 현혹시킨 결과일 뿐만 아니라 또한 장기간 억압된 청년(그들은 '문화대혁명'의 선봉대이자 주력군이다)들의 성 심리가 해방된 결과임이 분명하다.75)

'성 문학'은 '문화대혁명' 후기에 유행했다. 이는 중국인들에게 '성 문학'의 출현과 유행은 변태적 성 심리가 해방된 청년들이 극도의 피로와 곤혹에서 다시 정상적인 삶과 자아로 돌아온 상징이라고 깨우쳐주는 듯하다. 이런 복귀는 신시기의 개방적이면서 자유로운 문화 분위기 속에서 매우 빠른 발전을 했다. 즉 '성 문학'은 신시기 문학 가운데 중요한 사조가 되었다. 이탈리아 작가 보카치오의 《데카메론(Decameron)》, 영국 작가 로렌스의 《채털리 부인의 사랑(Lady Chatterley's Lover)》이 번역되어 나왔다. 고전소설 《금병매(金瓶梅)》는 금지된 지 몇 십 년 만에 공개적으로 발행되었다. 당대 작가 가평요는 '당대 《금병매》'라 불리는 《폐도(廢都)》를 써서 한때 문단과 전 사회에 센세이션을 불러일으켰다. 이런 모든 것은 성적 억압의 철저한 붕괴를 상징한다. 중·고등학생의 조기 연애, 청소년의 성범죄, 청년남녀의 동거, 미혼 임신, 이혼율의 끝없는 상승, '애인 열풍'의 출현도 개방사회·자유사회의 상징으로서 예사로운 일이 되었다.

위의 서술을 종합하면 비판현실주의, 신이상주의, 도가정신과 유미주

---

74) 《文匯月刊》 1986년 제4기에 소연상(邵燕祥)이 〈建立'文革學'芻議〉를 발표하여 '문혁학'의 연구를 주창했다.

75) 오스트리아의 학자 라이히(W. Reich)는 "자유의지를 속박하는 성도덕 내지 권위주의 흥미에 순종하는 그런 역량은 억압받는 성적 활동 중에서 그들의 에너지를 얻었다"고 했다. 이는 파시스트적 사회심리가 지닌 토대의 중요한 일면이다. *The Mass Psychology of Fascism*, 《法西斯主義群衆心理學》, 重慶出版社, 1990, 27쪽.

의 및 통속문학은 '지하문학'의 기본 내용을 이루었다. 그것은 주류 문화의 꽃이 홀로 피어나는 전제시대를 겪으며 비주류 문화의 형태로서 '백화제방'의 정신적 불씨를 보존했다. 또 신시기 문예의 큰 번성을 위하여 필요한 사전 준비를 했다. 신시기 문학의 주력군 대다수는 '문화대혁명'을 경험한 작가로 이루어졌는데, 북도·고성 등도 '지하'에서 '지상'으로 올라와 신시기 문학의 대표 인물로 성장했다 이런 사실은 '지하문학'이 신시기 문학의 발원지라는 것을 나타낸다.

제2장 신시기의 외침

1. 사상해방의 조짐

'문화대혁명'의 봉건적 파시스트 문화가 자유의 꽃을 모두 시들게 할수는 없었지만 지식청년 운동, '4 · 5 운동'과 '지하문학' 같은 비주류 문화 현상도 당시 주류 문화에 대해 끊임없는 충격을 주었음을 많은 사료가 증명한다. 그래서 '문화대혁명'이라는 보루는 만신창이가 되어 무너지게 되었다. 하지만 그것이 완전하게 무너져 내리기까지는 1976년 10월, '4인방'의 소멸이라는 그 시각까지 기다려야만 했다. 정치권력, 오직 정치권력만이 다시 중국의 거대한 변화의 문을 여는 열쇠가 될 수 있었다. 왜냐하면 미국의 중국인 학자 추당(鄒讜) 선생이 지적한 것과 같이 "중국의 전통문화에서 정치는 매우 중요한 위치를 차지한다." "중국의 전통적 정치문화 형태로 말미암아 20세기 중국인은 정치가 문화 · 사회생활 가운데 중요한 위치를 차지한 것을 예사로운 일로 인식했다."[1]

'4인방'의 멸망은 정치적으로 '극좌' 노선을 비판하는 항로를 열었다. 1976년 10월, '4인방'이 제거되었다는 소식이 전해졌을 때 북경 거리 상점의 갖가지 술이 순식간에 다 팔렸다고 한다. 중국 사람들은 마음껏 마시는 전통적 음주 방식으로 10월의 승리를 경축했다. '4 · 5 운동'의 비장한 노랫소리가 아직도 귓가에 들려오는데 뜻밖의 10월의 승리는 우환이 가득했던 인민들에게 환희의 선물이 되었다. 1976년 4월 5일에 인민들이 궐기하고 6개월만에 승리한 것이다. 중국의 거대한 변화는 이렇게 빨랐다!

하지만 '극좌' 현상이 중국 정치에 오랜 기간 미친 영향을 하루아침에 없앨 수는 없었다. 정치권력이 거대한 변화의 문을 열어놓은 것과 동시에 또 다른 사상해방운동이 변화를 갈망하는 국민들의 손발을 얽매고

---

1) 薛涌, 〈政治與文化〉(鄒讜教授談二十世紀中國政治之一), 《讀書》 1986년 제8기에서 재인용.

있는 쇠사슬을 부숴버릴 필요가 있었다. 사실 당시 중국은 시비 문제에 관한 원칙에 직면해 있었다 — '등소평 비판' 운동은 계속 진행해야 하는가, '4·5 운동'의 복권이 필요한가, 계급투쟁적 이론을 신시기 각종 업무의 강령으로 삼아야 하는가?

1977년 2월 7일에 《인민일보》, 《홍기》, 《해방군보》가 공동으로 발표한 〈문건을 학습하고 강령을 틀어쥐자(學習文件抓住綱)〉라는 사설은, "무릇 모 주석이 결정한 정책을 우리는 끝까지 옹호해야 하고, 무릇 모 주석의 지시는 우리 모두 시종일관 따라야 한다[양개범시(兩個凡是) — 옮긴이]"는 권위적인 어조로 전당, 전군, 전국 인민에게 계급투쟁과 '등소평 비판'을 계속 진행해야 한다고 선언했다. '양개범시'를 견지한다는 것은 거대한 숨은 재난을 그 뿌리까지 제거할 수 없음을 뜻한다. 따라서 '양개범시'를 부정하는 것이야말로 중국의 근대화에 가장 중요한 일이 되었다.

당시는 우환을 겪을 대로 겪은 민중들이 다급하게 새로운 출발을 하려던 시기였다. 이런 초조함은 '가두정치(街頭政治)'(또 정치다!)와 자발적 개혁이란 두 가지 측면에서 나타났다.

> 1977년 1월 6일, 북경 왕부정(王府井) 거리와 천안문 광장의 벽에는 대표어, 대자보, 소자보가 붙었다.
>
> 사람들에게는 신문, 라디오, 텔레비전이 없었고 그저 필묵과 거리만이 있을 뿐이었다.
>
> 거리는 광범한 대중매체로서, '천안문 사건'에 대한 재평가를 요구하고 등소평 동지의 누명을 벗겨줄 것을 요구하는 사람들의 소망을 표현했다.
>
> 거리는 선전 기지가 되어 '문화대혁명'을 비판하고 '프롤레타리아 계급의 독재 아래 끊임없이 혁명하는 노선'을 비판하는 글이 처음으로 나타난 곳이다.[2]

'가두정치'는 '4·5 운동'의 여파로 보아도 무방할 것 같다. 왜냐하면 그것은 특정한 역사적 여건 아래 특정한 방식으로 민중의 목소리를 나타냈고, 미묘한 영향으로 중국의 정세를 좌우했기 때문이다. '가두정치'에도 잘못된 언론이 있었으나 역사적 공로는 있다. 이를테면 사상해방운동이 들어설 수 있도록 여론을 조성했고 '양개범시'를 부정하는 역사적 조류를 위하여 가장 먼저 파도를 일으켰다.

'가두정치'라는 과격한 언론은 그 지나침 때문에 대가를 치렀다. 과격한 언론은 사회 불안정 요소로 인식되어 끝내 금지되었다.

자발적인 개혁은 요원의 불길로 타올랐다. '가정연산승포책임제(家庭聯産承包責任制)'를 주요 표지로 삼은 농촌 경제개혁은, 사실 1960년대초 '3자 1포'의 형식으로 대기근 속의 수억 농민들을 구제하여 이미 역사적인 공헌을 한 바 있었다. '문화대혁명'에 이르러 중국 농촌경제가 다시 붕괴의 심연에 빠지게 되었을 때 '3자 1포'와 '가정연산승포책임제'는 또다시 중국 농민이 자신을 구원하는 유일한 선택이 되었던 것이다.

1977년 겨울, 안휘성 봉양현의 농민들은 비밀리에 '생사계약'을 체결하고 죽음을 무릅쓰고 '집집마다 도급생산을 하는' 길로 나아갔다. 이것을 '위대한 최초의 시도'라고 말하기보다는 '절망적 항쟁'이라고 부르는 편이 훨씬 타당할 것이다. '좌'라는 재난의 쓴맛을 본 뒤, 농민들이 생존의 방향을 새롭게 선택하고 '3자 1포'로 되돌아간 항쟁인 것이다. 당시 안휘성 서기였던 만리(萬里)는 농민의 개혁 시도를 대담하게 지지했으며, 사천성 서기였던 조자양(趙紫陽)도 적극적으로 개혁 노선을 보급했다. '잡곡을 먹으려면 조자양을 찾고 쌀을 먹으려면 만리를 찾으라'는 말은 한동안 전국적으로 유행했다.

개혁에 환호하는 민중의 다급한 소리는 새로운 시대정신을 나타내고

---

2) 蘇婭·賈魯生, 《坎坷十四年—中國改革回顧與展望》, 中原農民出版社, 1993, 4쪽.

있었다. 이때는 한 개비 성냥만으로도 온 천지의 마른나무를 태울 수 있었다.

이리하여 사상해방의 불은 때를 맞추어 일어나게 되었다.

도개(陶鎧) · 장의덕(張義德) · 대청(戴晴)이 함께 쓴 역사다큐 〈현대 미신을 벗어나다(走出現代迷信)〉[3]는 1977년 5월 24일, 금방 누명을 벗고 복귀한 지 얼마 안 된 등소평의 한 담화에서 언급된 바를 발표했다. " '양개범시'는 안 된다. '양개범시'대로 하면 나의 복권 문제를 해석할 수 없으며, 또 1976년에 광범한 인민대중이 천안문 광장에서 했던 활동이 '합리적이다'는 해석을 할 수 없게 된다. …… 이것은 매우 중요한 문제로서 역사유물주의를 견지하는가 하는 문제이다. …… 마르크스 · 엥겔스는 '진리'란 말을 하지 않았고 레닌 · 스탈린도 '진리'를 말하지 않았다. 모택동 동지 또한 '진리'를 말한 적이 없다." 이 말은 탁월한 식견과 선견지명을 가진 한 정치가의 예리한 역사 안목, 즉 개혁은 반드시 이론적으로 큰 시비를 해결해 놓고 해야 한다는 안목을 충분히 보여준 것이다. 다시 말하면 개혁은 반드시 사상혁명을 이끌고 나가야 한다는 것이다.

이와 거의 때를 같이하여 남경대학 철학과 청년 교수 호복명(胡福明)은 〈실천은 진리를 검증하는 기준이다(實踐是檢驗眞理的標準)〉는 글을 발표했다(1977년 9~10월). 오늘날 사람들이 너무나 잘 알고 있는 것이지만 당시에는 사람들을 분발하게 하는 의의를 가진 이론적 문제를 서술했다. 즉 자화자찬은 진리를 증명할 수 없으며, 대규모의 선전은 진리를 증명할 수 없고, 많은 사람들의 찬성은 진리를 증명할 수 없으며, 강대한 권력도 진리를 증명할 수 없다는 것이다. 지난날 실천에 따라 증명된 진리 역시 진리를 검증하는 기준이 아니다. 마르크스주의 원로들은 진리를

---

3) 《鐘山》 1988년 제3기.

검증하는 실천적 기준을 제기했을뿐더러 자각적으로 실천적 기준을 운용하여 자신의 이론을 검증하고 발전시키고 개별적인 결론을 수정했다. 과학적인 태도가 바로 실사구시적 태도이다. 마르크스주의는 어떠한 맹종이나 미신도 용납하지 않는다. 실천적 기준을 견지하는 것은 바로 과학적인 태도이고 실천적 기준을 부정하는 것은 바로 무지에 빠지는 것이다. '4인방'은 모 주석의 말과 모택동 사상체계를 분리시켰으며 임의로 부분적인 구절을 뽑아 그것을 종교적 교리로 만들어 곳곳에서 사람들을 위협하고 괴롭혔다. 이 글은 《광명일보》 이론 팀이 작성하여 다섯 차례나 수정한 뒤 발표한, 진리 기준 문제를 현실적으로 뚜렷하게 드러내 보인 글이다.

지금 '4인방'과 그 부르주아 계급 파벌체계는 철저하게 붕괴되었지만 '4인방'이 사람들의 몸에 얽어맨 정신적인 쇠사슬은 아직도 완전히 분쇄되지 않았다. '4인방'이 혁명대오 안에 조성한 심리적 공포 문제도 아직 완전히 해결되지 않고 있다. …… 때문에 우리는 마땅히 모 주석의 이론에 관해 복습해야 하고, 혁명 원로들이 문제를 관찰하고 해결하는 입지·관점·방법의 가르침에 치중하여 배워야 한다. 아울러 완전무결하고 정확하게 마르크스주의를 이해하고 운용하며 실천은 모든 진리를 검증하는 기준이라는 마르크스주의 기본원리를 견지하여, 점차로 철저하게 '4인방'의 주관적 유심주의가 낳은 여러 가지 영향과 독소를 제거해야 한다. 그리하여 긍정적이고 부정적인 두 방면의 실천적 경험을 진정으로 총괄할 수 있게 함으로써 신시기 총 임무를 다하기 위하여 분투해야 한다.

이 역사적인 문헌은 대중의 지혜와 의견을 널리 받아들이고, 거기에 다시 네 차례 수정을 가했다. 뿐만 아니라 '실천은 진리를 검증하는 유일한 기준이다'라는 표제를 정하고, 1978년 5월 11일에 '특별기고가'의 이름으로 《광명일보》 1면 첫머리에 발표했다. 이 발표까지는 호복명이

〈실천은 진리를 검증하는 기준이다〉라는 글을 쓰고 나서 8개월이란 시간이 걸렸다.

이 글의 수정·토론·발표에 이르는 세부 과정은 자못 의미심장하다. 첫 번째, 이 문장을 고쳐 쓰는 동안 《인민일보》가 1978년 3월 26일자 3면에 1천 자 정도의 정치 논평 〈기준은 오직 하나다(標準只有一個)〉[장성(張成) 씀]를 발표했다는 점이다. "진리의 기준은 오직 하나이다. 즉 사회적 실천이다." 하지만 "어떤 동지는 마르크스주의의 이 과학적 결론을 인정하려 하지 않거나 불만스러워하면서 늘 실천 말고 진리를 검증하는 기준을 따로 찾으려고 한다." 이 짧은 평론이 발표된 지면의 위치는 좋지 않았지만 그래도 독자의 관심을 불러일으켜 20여 편의 독자투고가 《인민일보》에 날아들었다.

이런 편지로 말미암아 철학자 형분사(邢賁思)는 〈진리의 기준에 관한 문제(關于眞理標準問題)〉라는 글을 1978년 6월 16일자 《인민일보》에 발표했다. 이와 동시에 철학자 손장강(孫長江)도 같은 주제의 글을 작성했고, 이 때문에 〈실천은 진리를 검증하는 유일한 기준이다〉에 대한 수정 작업에 부탁을 받아 참여하게 되었다. 이런 소식은 적지 않은 이론가들이 모두 약속이나 한 듯이 사상해방운동을 위하여 비판적 무기를 연마하고 있었음을 보여준다. 이로써 진리의 기준 문제는 사상해방·관념 변혁의 돌파구가 되어야 함을 알 수 있다.

두 번째, 이 글을 토론하는 과정에서 《광명일보》 이론 팀의 단 한 사람만 이 글의 발표에 동의하지 않았다는 사실은 매우 흥미롭다. "이 글의 관점에 나는 동의한다. 하지만 발표해서는 안 된다. 발표되면 예기치 못한 결과를 불러오게 된다." 이 의견은 비정상적인 정치생활이 사람들의 마음속에 던진 음영을 드러냈다. 진리는 진리다. 하지만 진리가 정치와 모순적 충돌을 일으킬 때 진리는 그저 침묵하게 된다. '정치 제일'의 관념은 분명히 오랜 동안 진행된 정치 투쟁의 영향으로 나타난 기형적

산물인 것이다. 진리를 희생하는 것으로 정치에 타협하는 이런 괴상한
논리는 레닌이 인용했던 한마디 명언을 떠올려준다. "기하법칙이라도
사람들의 이익과 상충될 때는 맹렬한 공격을 받게 된다." 이 견해도 '돌
멩이 하나가 걷잡을 수 없는 파문을 일으키는 것과 같은' 진리의 기준
문제가 낳을 심각한 결과를 정확하게 예견했다.

재미있는 것은 당시 《광명일보》의 주필 양서광(楊西光)도 〈실천은 진
리를 검증하는 기준이다〉의 교정쇄를 읽어보고 글의 중대한 현실적 의
의를 예리하게 알아차렸다는 점이다. 그리고 원래 철학전문란에 발표하
기로 했던 것을 다시 고쳐서 1면에다 내기로 결정하였다. 이렇게 되어
이 글의 영향력은 크게 늘어났다. 하물며 글이 공개적으로 발표될 때도
'본사 특별기고가'라는 다소 신비적 색채를 띤 명칭을 썼으니 더 말할
나위가 있겠는가. 발표를 반대한 사람과 지지한 사람들이 글이 발표되었
을 때 일어날 수밖에 없는 큰 파문에 대하여 밝혀놓은 견해는, 이 글이
중국 정치 또는 중국 당대사상사의 역사적인 문헌이 되리라는 점을 알
려준다.

세 번째, 〈실천은 진리를 검증하는 기준이다〉가 《광명일보》에 먼저
발표되고 나서 《인민일보》에 뒤이어 실린 다음, 《해방군보》도 재빨리
'특별기고가'의 이름으로 〈마르크스주의의 가장 기본적인 원칙(馬克思
主義的一個最基本的原則)〉이란 글을 발표했다는 점이다. 이 모든 과정
은 호요방(胡耀邦)·나서경(羅瑞卿)이 크게 지지한 결과이다. 동시에 수
많은 고위 관료들도 즉각 반응을 보였다. 그들은 군대를 출동시켜 죄를
따져 물었다. "이 글은 방향에서 착오를 범했다. 이론적으로 착오를 범
했고 정치적으로는 문제가 매우 크다." "이른바 금기를 깬다는 것은 모
택동 사상을 깬다는 것이다. …… 매우 분명하게도 작가의 의도는 바로
기치를 찍어 버리려는 것이다. …… 정치적으로 모택동 사상이란 이 붉
은 기를 찍어내려는 것이다."

사람들은 이런 '대비판'적 말투로 마음속 우려를 완전히 지울 수 없었다. '마음속에 아직도 공포가 남아 있는(心有余悸)' 신시기 초기 몇 년 동안 신문 간행물에서 가장 흔히 볼 수 있던 표어였다. '문화대혁명'이 신시기에 남겨놓은 그림자를 여기에서 어렵지 않게 알 수 있는 것이다. 다른 한 가지 반대 의견은 이론적 근거가 있다.

> 실천은 그 발전의 제한성으로 말미암아 기준의 상대성과 '불확정성'을 가져왔다. 이는 세 가지 상황으로 나타난다. 첫 번째, 실천은 일정한 여건 안에서 상대적으로 정확하게 진리성을 검증한다. 두 번째, 실천은 발전 단계에서 지금의 모든 이론과 관점을 정확하게 판단할 수는 없다. …… 세 번째, 실천 중에서 불가항력적 작용으로 말미암아 실천적 결과에 한계성을 가져오게 된다.

이런 이견은 매우 가치가 있다. 이론적 차원에서 이런 견해는 토론을 깊이 있게 이끌어갈 수 있다. 하지만 위의 작가 역시 토론 문제를 마르크스-레닌주의, 모택동 사상의 운명에 관계되는 높이까지 끌어올리면서, 진리의 기준 문제가 '마르크스-레닌주의, 모택동 사상의 궤도를 벗어나게' 될 것을 걱정하고 있다. 이런 의견은 사실 토론을 창고에 몰아넣자는 주장을 하는 것이어서 틀에 박힌 소리를 하거나 낡은 방법을 외치자고 주장하는 것이다. 정세가 발전하는데도 〈'실천론' 복습(重溫'實踐論')〉이라는 제목을 단 이 글은 끝내 보수적인 이론 잡지 《홍기》에 발표되지 못했다.

하나의 이론 문제도 강렬한 정치적 의의를 가질 수 있고 정치적 논쟁을 일으킬 수 있다. 이 현상은 중국 정치문화의 거대한 마력을 충분히 드러내는 동시에 근대화 과정의 중국이 여전히 전통적 정치문화의 그늘을 벗어나지 못하고 있음을 뜻한다. 과거 몇 가지 누명을 씌우고 몽둥이로 몇 대 때리는 것으로 사람을 사지에 몰아넣던 시대와는 다르다. 시대

는 변했다. 정치적 운동은 이미 인심을 얻지 못하게 되었다. 한마음 한뜻
으로 경제건설을 하는 시대에는 관용과 여유가 안정단결의 전제가 되었
다. 하물며 등소평도 1978년 6월 2일에 전군 정치업무회의에서 한 연설
에서, '실사구시적으로 일을 처리해야 하며 이론과 실천을 서로 결합해
야 한다'는 것이 '모택동 사상의 근본'임을 강조하여 《광명일보》 글에
대한 지지를 표시했으니 더 말해 무엇 하겠는가. 나중에 그는 "《광명일
보》에 글이 발표되었을 당시에는 주의하지 못했는데, 그 뒤 어떤 사람이
심하게 반대한다는 것을 알고서야 비로소 찾아보았다. 마르크스-레닌주
의에 부합하지 않는가, 거꾸러뜨릴 수 없지 않는가. 나는 6월 2일의 연설
에서 지지했다"라고 강조했다. 〈실천은 진리를 검증하는 기준이다〉에
대한 등소평의 지지는 다른 측면에서 보면 정치 역량과 진리 사이의 미
묘한 관계, 곧 정치문화가 주도적 위치를 차지하는 이런 고루한 중국에
서 정치는 진리 보급을 추진하는 가장 강하고 유력한 받침대라는 것을
증명했다.

　뒤이어 수많은 이론가·과학자들이 저마다 연구토론회를 열었으며
많은 자료로 실천은 진리를 검증하는 유일한 기준이라는 정확성을 논증
했다. 그 해 5월 중순에 중국과학원, 국가과학기술위원회, 중국과학협회
의 공산당 소조는 연석회의를 소집하여 진리 기준에 대한 대토론을 하
기도 했다. 7월에 중국 자연변증법 연구회, 중국과학원 이론 팀은 '이론
과 실천 관련 연구토론회'를 소집했고 뒤이어 중국과학원 철학연구소,
《철학연구》 편집부도 대규모 연구토론회를 열었다. 자연과학자, 사회과
학자와 철학자들이 공동 개최한 이 두 차례 성대한 모임은 중국 지식인
들이 '문화대혁명'의 폐허 위에서 허리를 펴고 신시기 선봉대의 자세로
사상해방의 첫 번째 조류에 뛰어들었음을 상징한다. 신시기에 호풍환우
하는 일부 사상가들이 바로 이 두 차례 회의에서 두각을 나타냈다.

　사상해방의 갑문이 열리자, 거대한 신시기 물길이 봇물 터지듯 쏟아져

그동안 여러 차례의 정치운동이 남긴 오물을 씻어냈다. 수천수만 사람들의 억울하고 잘못된 사례가 재평가되었다. 농촌의 경제 개혁은 전면적으로 이루어졌으며 도시의 경제 개혁도 긴박하게 진행되고, 굳게 닫혔던 나라의 대문 역시 일시에 세계를 향해, 현대문명을 향해 활짝 열렸다.

철학은 인류 역사에서 다시 한 번 청소부의 역할을 담당했다. 그것은 철학이 17세기 프랑스와 19세기 러시아에서 이미 발휘한 바 있는 거대한 역할과 비슷했다.

철학은 시대의 정신적 기치이며 이 큰 기치를 흔드는 사람이 바로 사상가인 것이다.

역사적으로 볼 때 진리의 기준에 대한 대토론의 사회적 의의는 그 이론적 의미를 훨씬 넘어섰다. 왜냐하면 그것은 새로 창조한 철학이 아니라 그저 하나의 진리를 거듭 천명하는 것이었는데, 극'좌' 노선에서 버림받은 진리이며 사상이 경직된 사람들에게 잊혀진 고루한 진리였기 때문이다. 그것의 혁명적 의의는 '사필귀정'에 있으나 '대담하게 혁신 창조'하는 것에 있지는 않았다. 사상해방의 갑문은 이미 열렸고 이제 '대담하게 혁신 창조'하는 광활한 천지도 사람들의 눈앞에 펼쳐졌다.

2. '사필귀정'의 큰 물결

진리의 기준에 관한 토론은 정치적으로 사필귀정을 위한 길을 열어주었으며, 학술계·사상계에 다시 '백화제방, 백가쟁명'의 봄날을 불러왔다.

먼저 철학계의 상황을 살펴보기로 하자.

1980년에 진행된 유심주의 평가 논쟁의 의의는 매우 크다. 잡지 《독서》는 그 해 1·2·3기에 김춘봉(金春峰)의 '유심주의를 정확히 평가하자(正確評價唯心主義)'를 큰 제목으로 삼아, 세 편의 논문을 연재했다. 각각 〈유심주의는 일정한 여건 아래 진보적인 구실을 한다(唯心主義在一定條件下起進步作用)〉, 〈유심주의에 대해 구체적으로 분석해야 한다(對唯心主義要具體分析)〉, 〈철학사상이 발전하는 한 갈래로서 유심주의(作爲哲學思想發展前進的一個環節的唯心主義)〉란 세 편의 논문이었다. 논문은 1957년에 북경대학 철학과에서 개최한 중국철학사 토론회에서 벌인 토론을 돌아보았다. 또 정흔(鄭昕) 선생이 당시에 쓴 〈유심주의 개방(開放唯心主義)〉이라는 글을 회고했으며, 다시 '유심주의의 명분을 분명히 하기 위하여'란 화두를 제기했다. 글은 중국철학사에 나타나는 수많은 사실로써 논증하는 방식이었다. 유심주의는 역사적으로 유물주의가 대체할 수 없는 진보적 역할을 늘 감당했다. 이지(李贄)는 '동심설(童心說)'로 자연과학을 반대하고 담사동(譚嗣同)은 회의론·상대주의·허무주의를 반봉건적 무기로 삼았으며 강유위(康有爲)는 대동사상으로 많은 지사와 의인들을 격려했다. 논문은 또 '똑똑한 유심주의는 미련한 유물주의보다 더욱 유물주의에 접근한다'는 레닌의 말을 인용함으로써 유심주의 각 유파를 구체적으로 분석하는 논증 근거로 삼았다. 이 밖에도 중국철학사에서 사상 발전의 여정에 대한 '2개 중심'에 따른 분석 또한 유심주의와 유물주의 사상의 상호보완 관계를 확실하게 증명했다.

김춘봉이 이 글을 발표함과 동시에 진준민(陳俊民)도 《섬서사범대학학보》 1980년 1기에 〈유심주의 논의(唯心主義平議)〉란 글을 발표하여, 유심주의와 유물주의의 상호의존, 곧 대립되면서도 통일되는 변증 관계를 논증했다. 아울러 유심주의의 그 사변적 능동성이 인류의 인식을 사변적 과학의 수준까지 발전시켰음을 논증했다.

얼마 지나지 않아 《인민일보》도 유심주의를 집중적으로 평가하는 문제를 주제로 토론회를 열었다. 《인민일보》는 잇달아 포준신(包遵信)의 〈역사에서 철학적 유심주의의 평가 문제(歷史上的哲學唯心主義的評價問題)〉(6월 6일자), 이지규(李志逵)의 〈실사구시로 역사상의 유심주의를 평가하자(要實事求是地評價歷史上的唯心主義)〉(6월 12일자), 방립천(方立天)의 〈사회사에서 유심주의 역할을 평가한다(評唯心主義在社會史上的作用)〉(7월 17일자), 왕수인(王樹人)의 〈특정 여건 아래서 유심주의가 진보적 역할을 하는 문제(關于唯心主義在一定條件下起進步作用的問題)〉(8월 18일자) 등의 글을 발표했다. 그래서 철학 문제와 정치 문제를 구분하고, 오랜 동안 극'좌' 사조가 철학 영역에 미친 저속화 · 단순화 경향을 복잡하고도 다채롭게 발전하는 철학과 사상의 본래 모습에 따라 바로잡고자 노력했다. 비록 유심주의를 부정하는 관점을 견지하는 일부 평론가도 있었지만[예컨대 이민생(李敏生) · 도덕영(陶德榮)의 〈역사상의 유심주의를 평가하는 문제에 관하여(關于評價歷史上的唯心主義的問題)〉4)] 유심주의가 진보적 의의를 가지고 있다는 것에 대다수 학자들이 동의했다.

오늘에 와서 보면 유심주의 재평가에 대한 토론은 중요한 의의를 가지고 있다. 그것은 진리의 기준 문제 대토론의 심화로, 당대 사람들이 시야를 넓히고 떳떳하게 인류가 창조한 온갖 정신적 보물을 발견하는 데 이론적 근거를 제공했으며, 현대사조를 지향하는 중국철학의 빠른 발전을 위한 사상적 등대를 제공한 것이었다.

따라서 잡지 《독서》가 1980년 제12기에 내놓은 〈외국 부르주아 계급의 계몽사상에 관한 좌담(座談外國資産階級的啓蒙思想)〉의 내용처럼 서양의 근대 계몽사상을 빌려 중국의 운명을 반성하는 훌륭한 논의가 있었다[좌담에서 무한대학 원로교수 오우근(吳于廑) 선생은 격앙된 어조로 호

---

4) 《人民日報》 1980년 7월 25일.

소했다. "우리는 구중국을 깊이 알면서도 병에 따라 약을 처방할 수 있는, 우리
중국의 새로운 계몽사상과 중국적 계몽사상가가 태어날 것을 긴박하게 요구하
며, 우수한 중년과 청년 가운데 신시대 신중국의 계몽사상가를 키워내는 것이
필요하다." 이것은 시대의 힘찬 함성이다].

이렇게 되어 새롭게 사르트르(J. P. Sartre), 니체(F. W. Nietzsche)와 같은
서양 유심주의 대가를 평가하는 열풍이 일어났다. 사르트르의 실존주의
는 "개체의 자유적 창조성, 주관적 능동성을 강조했다."5) 따라서 1980년
대 청년 세대가 열중한 '자아 설계', '자아 창조'의 새로운 시대정신과
들어맞았던 것이다. 1980년대 초에 대학생 독서 상황에 관한 조사보고에
서 사르트르의 《실존주의는 휴머니즘이다(L'Existentialsme est un humanisme)》
와 러셀의 《서양철학사》, 루소의 《인간 불평등 기원론》, 제임스의 《실용
주의(Pragmatism)》, 스피노자의 《윤리학(Ethica in Ordine Geometrico Demonstrata)》
은 대학생들이 가장 많이 애독하는 서양 철학 명저였다. 1981년, 유명구
(柳鳴九)가 편집한 《사르트르 연구(薩特研究)》가 나오자마자 한때를 풍
미하는 베스트셀러가 되었다. '사르트르 붐'이 일으킨 서양 철학 사조의
대규모 동진(東進)은 1980년대 독서 · 사상계의 특이한 현상이 되었던
것이다.

또 이로 말미암아 현대과학이 철학을 향해 보낸 도전적 사조를 새롭
게 인식하게 되었으며, '사회과학은 근대화 되어야 한다[社會科學要現
代化]'는 외침이 생겨났다.6) 《백과지식(百科知識)》은 1981년 11기에 큰
제목을 '현대 과학기술의 발전과 마르크스주의 철학'이라고 한 필담 시

---

5) 柳鳴九, 〈給薩特以歷史地位〉, 《讀書》 1980년 제7기에서 재인용. 지적해야 할
   것은 유명구가 1978년 10월에 쓴 〈西方現當代資産階級文學評價的幾個問題〉라
   는 논문에서, 사르트르의 실존주의를 적극적으로 평가할 것을 제창했다는 점이
   다. 柳鳴九, 《論遺産及其他》, 上海文藝出版社, 1980, 143~144쪽 참고.
6) 〈社會科學要現代化〉는 이택후(李澤厚)가 쓴 평론의 제목이다. 《讀書》 1981년 제
   11기에 실린 〈數學 · 自然科學與哲學 · 社會科學的相互結合〉의 좌담 기록 참고.

리즈를 내놓았다. 나가창(羅嘉昌)의 〈현대과학에 따라 살펴본 마르크스
주의 철학의 정확화 문제(從現代科學看馬克思主義哲學的精确化問題)〉
는 '철학의 현학화와 신학화(神學化)를 경계하는 것'과 현대과학은 이미
대립적 '양극화 모델'의 사고를 뛰어넘었음을 제기했다. 풍지준(馮之
俊)·장념춘(張念椿)의 〈철학이 상록수가 되게 하자(使哲學成爲常靑之
樹)〉는 1940년대 이래 현대과학의 새로운 성과가 철학의 근대화에 이바
지한 공로를 소개했다. 동천상(童天湘)의 〈'뇌의 설계', '기계사유', '인공
주체'('腦的設計'·'機器思維'·'人工主體')〉는 인공지능을 철학의 문제
로 삼아 '철학이라는 사회과학의 근대화'의 현실성과 가능성을 사고했
다. 구인종(邱仁宗)의 〈마르크스주의 철학의 예지력을 높이고 현대 자연
과학의 도전에 답한다(提高馬克思主義哲學的預見力, 回答現代自然科
學的挑戰)〉도 '철학을 근대화해야 한다'고 호소하였으며, 확률론과 구조
이론의 새로운 성과를 제시하여 고루한 결정론에 의문을 제기했다.

또 뇌 과학의 새로운 성과로 정신, 의식, 사유, 심리 활동을 새롭게 인
식하는 가능성이 제기되었다. 이수과(李秀果)의 〈자연과학이 철학을 향
해 제기한 새로운 문제를 과학적으로 풀어야 한다(科學地對待自然科學
向哲學提出的新問題)〉와 위굉삼(魏宏森)의 〈시스템 이론, 정보론, 사이
버네틱스가 과학에 제기한 새로운 과제(系統論·信息論·控制論給科
學提出了新課題)〉도 새로운 사유를 계발하는 창구를 열었다. 이어서
《백과지식》은 1982년 3기부터 5기까지 연속으로 양지학(梁志學)의 〈자
연과학과 사회과학을 바로잡는 것에 관하여(關于自然科學與社會科學的
整化)〉, 범대년(範岱年)의 〈당대 서양 사회과학의 동향(當代西方社會科
學的一些動向)〉, 이곤봉(李昆峰)의 〈강렬한 반향을 일으킨 사회생물학
(引起了强烈反嚮的社會生物學)〉 등의 논문을 발표하여 철학과 사회과
학의 근대화에 활력을 불어넣었다.

'실천은 진리를 검증하는 유일한 기준이다'로부터 '정확하게 유심주

의를 평가하자'와 또 '사회과학으로서의 철학의 근대화'에 이르기까지 중국사상계는 1979년부터 1981년의 짧은 3년 동안 비약적인 발전을 이루었다. 중국경제가 아직 세계경제와 궤도를 같이하기에는 훨씬 부족했던 1980년대 초에 중국 사상계는 현대사상으로 방향을 전환하는 데 성공했다. 추호의 과장도 없이 중국의 근대화는 사상해방, 관념의 근대화로부터 시작되었다고 말할 수 있다.

철학 분야 사상해방의 또 다른 주제는 '인도주의에 대한 재인식'이다.

1979년, 유명한 미학가 주광잠(朱光潛) 선생은 문예창작과 미학 가운데 일부 금지구역에 접근하여 인성과 인도주의 문제를 다시 제기했다. 잘 알려져 있다시피 1957년에 중국 문단의 일부 선각자는, '백가쟁명' 상황의 다소 여유 있는 분위기에서 문단의 빈혈증을 치료하기 위하여 인간미와 인성에 대해 쓰자는 주장을 제기한 바 있다. 파인(巴人)의 〈인정을 논한다(論人情)〉, 전곡융(錢谷融)의 〈'문학은 인간학이다'를 논함(論 '文學是人學')〉은 이 때문에 유명한 글이 되었다. 하지만 이로 말미암아 '우파'로 몰렸다. 중국 문예 역시 정치를 위하여 봉사하는 갈림길에서 막다른 골목으로 들어섰다.

'문화대혁명'이 지나간 뒤, 〈실천은 진리를 검증하는 기준이다〉의 출현과 거의 동시에 주광잠 선생은 《문예연구》 1979년 3기에 〈인성, 인도주의, 인간미와 공동미 문제에 관하여(關于人性·人道主義·人情味和共同美問題)〉란 글을 발표했으며, 마르크스의 《경제학-철학 수고 (Ökonomisch-philosophische Manuskripte aus dem Jahre 1844)》[7]의 관점을 인용하여 '인성과 계급성의 관계는 보편성과 특수성 또는 전체와 부분의 관계이다'라는 것을 논증했고, 문예창작의 공식화·개념화 문제를 타파하고 인성을 잘 써야 한다고 주장했다. 주광잠 선생이 이 글을 발표함과 동시

---

7) 이 책은 신시기 사상해방 학자들이 통상적으로 인용하는 경전이 되었다.

에 《상해문학》도 1979년 4기에 평론가의 글 〈문예의 참 모습을 위하여(爲文藝正名)〉를 발표했다. 글은 '문예는 계급투쟁의 도구'라는 논리를 강도 높게 반박했으며 문예창작의 비정치적 특성을 강조하고, '진선미적 통일'을 문예창작의 영혼으로 삼아야 함을 강조했다. 이는 사실 인성과 인도주의로 되돌아가자고 호소한 것이다.

여신(汝信)은 철학적 측면에서 인도주의를 재평가했다. 그의 유명한 논문 〈인도주의는 수정주의인가?(人道主義就是修正主義嗎?)〉의 서두에서 한 원로시인의 감개무량한 감정을 인용했다. "임표와 '4인방'의 봉건 파시스트 독재정치의 재난을 10년 동안 거치면서 수없이 쓴, '가장 가장 혁명적[最最革命]'이란 수식어로 장식된 잔인무도한 야만적 폭행을 목격했다. 이제 다시는 인도주의에 대한 어떠한 비판에도 참여하지 않겠다고 나 자신에게 맹세했다."

이 말은 여신의 깊은 반성을 끌어냈다. "인도주의에 대한 비판이 마지막에는 …… 중세식의 비인도성에 대한 긍정으로 변했다." "마르크스주의는 당연히 인도주의적 원칙을 포함해야 하며, 그것이 부족하면 이론은 반대 편으로 나아가게 되고 안하무인의 생기 없는 경직된 교조로 변하며 심지어 사람을 억압하는 새로운 이론이 될 것이다." 때문에 인도주의로의 회귀를 주장하고 "사람을 사람으로 대한다. 사람 그 자체가 바로 사람의 가장 높은 목적이고 사람의 가치 역시 그 자신에게 있다"는 것이 시대의 주제가 되었다.[8]

계속해서 설덕진(薛德震)도 〈마르크스 철학에서 '사람'의 위치('人'在馬克思主義哲學中的地位)〉란 글에서 "'사람'은 마르크스주의 철학의 출발점이며 동시에 그것의 목적이다", 또 '문화대혁명'의 비극도 "인민의 수령이 신으로 변질되고 광적인 현대 미신이 출현한 데에 원인이 있

---

8) 《人民日報》 1980년 8월 15일.

다. 인민의 권력은 인민을 진압하는 힘으로 변질되었으며, 사람은 사람으로서 최소한의 권리와 존엄도 잃게 되었다"9)고 했다.

원명(阮銘) 또한 〈인간의 이화에서 인간의 해방까지(人的異化到人的解放)〉란 글에서 "10년 재난이 인간의 권리, 인간의 수요, 인간의 자유, 인간의 존엄, 인간의 가치, 인간의 재능, 인간의 사상, 인간의 감정, 인간의 행복, 인간의 생명에 대해 행한 유린과 학살은 인간의 해방과 인도주의 문제가 오늘날 마르크스주의 이론 전선의 선두 진지에서 제기되지 않을 수 없게 했다", "이화(異化)를 소멸시키는 것은 바로 현대 미신을 타파하고 교조주의와 사상의 경직성을 타파하는 것이다"10)라고 했다.

인도주의는 이렇게 '문화대혁명', '극좌' 폭정을 청산하는 강력한 사상적 무기가 되었다. 그 결과 '마르크스주의적 인도주의'를 주장하는 이런 유형의 견해는 학구적 기풍에 넘치는 의문을 불러일으켰다. 하지만 사랑의 마음으로 헌신할 것을 제창하는 새로운 사회 풍조와, 문단에서 인성과 인도주의 도에 복귀하자고 부르짖는 수많은 작품이 일으킨 강렬한 반응은 새로움에 대한 사람들의 열망을 잘 보여준다. 인도주의를 제창하는 새로운 사조는 신시기 사람들의 심금을 울렸다. 고난을 맛보고 '이 세계를 사랑과 정으로 넘치게 하자'는 그들의 소원이 이론적으로 증명되었던 것이다.

새롭게 인도주의를 평가하는 사조와 새롭게 유심주의를 평가하는 것은 별개의 화두인 것 같다. 하나는 윤리학적 화두이고 다른 하나는 인식론적 화두이다. 하지만 그들은 여전히 새로운 시대정신을 공동으로 체현했기에 서로 통한다. 새롭게 인도주의를 평가하는 것은 인성의 존엄을 불러오기 위한 것이며, 새롭게 유심주의를 평가하는 발판 또한 인간학의

---

9) 《人民日報》 1980년 12월 25일.
10) 《新時期》 1981년 제1기.

복귀를 꾀하고 폐허 위에 인간의 숭고한 이미지를 새롭게 형상화하려는
데 두었다. 사상해방의 화제는 천만 가지이나 인간의 해방, 인성의 복귀
라는 한마디 말로 귀결된다. 현대 미신 속에서 방금 걸어 나온 국민들로
서는 인간의 해방은 우선 정치의 쇠사슬, 사상의 속박을 부수고 나아가
창조적 위력을 발산하는 것이다. 아울러 인성의 복귀는 인간 욕망의 배
설을 위하여 갑문을 열었다고 단언할 수 있다. '사적인 것과 투쟁하고
수정주의를 비판한' 결과는 인성의 소멸이었다면 인성을 긍정하는 결론
은 필연적으로 욕망을 긍정하는 것을 포함한다. 개방적 문화 분위기는
인성의 자유 발전에 적당한 기후를 제공했으며 생활수준의 향상도 거기
에 필요한 물질적 전제를 제공했다. 때문에 욕망의 난무를 피하기 어렵
다. 뿐만 아니라 어쨌든 욕망의 난무는 인성의 소멸보다는 역사적으로
큰 진보인 것이다.

　인도주의라는 화두는 1980년대 후반부터 1986년까지 지속적으로 등
장했다. 고이태(高爾泰)는 《사천사범대학학보》 4기에 장편논문 〈인도주
의－당대 논쟁의 비망록(人道主義－當代論爭的備忘錄)〉을 발표하여,
인도주의 논쟁의 역사적 의의는 '문화대혁명'을 철저하게 부정하고 경
제 개혁의 진전에 든든한 이론적 기초를 제공했다고 높이 평가했다. 《문
학평론》은 1988년 2기에 진연곡(陳燕谷)·근대성(靳大成)의 〈유재복 현
상 비판(劉再復現像批判)〉이라는 제목의 논문을 발표하여, 당대 중국에
서 인도주의 사조의 회귀는 사실상 '사상 발전의 물길을 서양의 19세기
로 돌리는' 의미가 있다고 하였다. 역사는 이미 '20세기는 인간 주체성의
승리가 가져온 악과를 감당하는 세기'라는 것을 증명하였으며, 이 세기
의 초조·곤혹·절망·당황은 인도주의 자체의 한계성을 드러낸다고
하였다. 이 견해는 신세대 학자들의 당대 의식을 집약적으로 표현하는
것으로, 이런 당대 의식은 1985년 이후 세기말 정서가 문화계에 널리 퍼
진 환경 속에서 나타난 것이다. 1980년대 초 고전적 인도주의 사조의 복

귀로부터 1980년대 말 모더니즘 정서의 만연에 이르기까지, 이 사상사 발전의 실마리는 중국 당대 사조가 빠른 교체를 겪고 있음을 분명하게 명시한 것이 아니란 말인가?

인도주의가 비록 이론적으로 치명적인 결함이 있고 이미 모더니즘 사조의 충격에 중심을 잃고 비틀거리지만 인류의 정신적 지주로서 붕괴될 수 없는 것이다. 사랑에 대한 외침, 이해에 대한 외침, 봉사정신에 대한 외침, 종교에 대한 외침은 신시기 사상문화계의 기본 주제였다. 이 사실은 역사적으로 계급투쟁 이론이 연출한 대 비극이 일어난 뒤, 이제 인도주의는 신시기 사람들의 필수적인 선택이 되었음을 나타낸다.

다시 역사학계가 1980년대 초에 펼친 사필귀정운동을 살펴보자.

신시기가 시작되자 역사학계의 사필귀정운동은 주로 '4인방'의 황당한 논리를 뒤엎는 것에 집중되었다. 《역사연구》 1979년 1기에 유명한 역사학자 여주(黎澍) 선생의 〈봉건 잔재의 영향을 소멸하는 것은 중국 근대화의 중요 조건이다(消滅封建殘餘影響是中國現代化的重要條件)〉라는 장편논문이 발표되고서야 비로소 깊이 반성하는 역사의 한 장이 열렸다.

이 논문에서 여주는 중국 봉건사회가 오랜 기간 정체된 원인을 깊이 있게 분석했으며, 이 원인 때문에 사실로 굳어진 문화 현상에 대해 중점적으로 연구했다. 전통사상의 영향은 깊고도 넓었다. 그는 "중국의 봉건적 전통은 엥겔스가 말한 것처럼 확실히 '역사의 타락'이어서, 극단적이고 완고하며 보수적이면서도 감지하기 어려운 습관적 세력을 이루어 군중 속에 없는 곳이 없고 혁명가 자신도 피할 수 없는 것이다"라고 밝혔다. 논문은 근대로 들어온 이래 중국의 반봉건적 사상혁명의 기나긴 과정을 돌아보았으며, "공자를 중심으로 한 봉건적 전통을 비판하고 철저하게 파괴하는 것은 근대 중국의 혁명에서 반드시 해야 할 근본적인 문제이다", "중국의 봉건적 사상 전통은 뿌리가 매우 깊어 사회와 인민군에게 미친 영향은 부르주아 계급의 사상보다 훨씬 광범하고 더욱 견고하다. 사상을 철저하게 해방하고 또 '5 · 4 운동' 시기에 시작한 반봉건적 사상혁명을 완성하는 것은 중국에서 근대화의 실현과 사회주의 제도의 승리를 위한 중요한 조건이다"라는 것을 확인했다.

이 논문은 당대사상가들이 '5 · 4 운동'의 반봉건적 혁명 전통을 계승하고 새로운 역사 조건에서 계몽주의운동을 펼치는 데 새 장을 열었다. 이때부터 극'좌' 정치에 대한 청산은 봉건주의 전통에 대한 청산의 심층으로 깊이 침투되었고, 사상해방의 외침은 계몽에 대한 외침으로 심화되었다. 역사 문제가 강렬한 현실적 의의를 두드러지게 나타내었던 것이다. 이 때문에 여주도 신시기에 매우 영향력 있는 사상가가 되었다.[11]

이어서 중국사회과학원 연구소《중국사 연구》편집부와《광명일보》이론 팀은 함께 '봉건주의를 비판하는 학술토론회'를 열었다. 토론회는 '봉건주의를 더욱 비판하고 봉건 여독을 철저하게 숙청하자'를 제목으로 하여《광명일보》1979년 11월 13일자에 실렸다. '봉건주의 비판은 우선 봉건 전제주의를 비판해야 한다'는 것이 토론회에 참가한 학자들의 공통된 인식이었다. 그들은 수많은 역사적 사실을 근거로, 문화 전제주의, 부패한 관료정치, 봉건적 등급제도와 봉건적 특권 등이 봉건주의의 특징이며 중국이 근대에 뒤떨어진 근본적 원인이라는 것을 증명했다.

---

11) 정태화(丁守和) 등이 공저한 〈黎澍學術思想述略〉에 근거한 발표는 이러하다. 여주(黎澍)는 일찍이 1950년대 말부터 극'좌' 노선을 의심하기 시작했기 때문에 '당내 민주인사'로 인정되었다. 만년에 그는 자신의 한평생 가장 중요한 실적은 "사상적으로 봉건주의를 반대하고 이론적으로 교조주의를 비판한 것이다"라고 말했다. 그는 러시아의 '마르크스 - 레닌주의'와 마르크스와 엥겔스가 창립한 '마르크스주의'를 구별하여 연구하고 이로부터 출발하여 "인민 군중은 역사의 창조자이다", "일체 역사는 모두 계급투쟁의 역사이다", "역사학은 프롤레타리아 계급정치를 위하여 봉사해야 한다" 등의 구호에 대해 날카로운 의문을 제기했다. 그가 쓴 논문 〈論歷史的創造及其他〉, 〈再論歷史的創造及其他〉, 〈辛亥革命幾個問題再認識〉 등은 당대사상사에 중요한 공헌을 했다.

"30년 동안 우리들은 부르주아 계급과 부르주아적 계급사상을 끊임없이 비판했다. 이것도 필요한 것이지만 봉건주의에 대해서는 체계적이거나 효과적인 비판을 가하지 못했다." "봉건주의는 오늘날까지도 우리들의 사회생활 가운데 여전히 무시할 수 없는 영향을 미치고 있다. 예를 들면 전제주의, 관료주의, 특권사상, 뒷거래, 법률 무시 등등이다." 이런 인식은 근대화 건설의 필요 전제가 봉건주의의 여독을 씻어버리는 것이며, 민주와 법제를 근대화 진행을 위한 열정을 이끌어내는 기본조건으로 삼아야 한다는 신시기적 시대정신을 강렬하게 표현한 것이다.

1980년에 와서 봉건주의를 비판하는 사조의 기세가 더욱 높아졌다. 사엽신(沙葉新) · 오이업(伍貽業)의 〈봉건주의의 유령을 축출하자(驅走封建主義的幽靈)〉, 원명의 〈사상전선의 한 가지 중요한 임무(思想戰線一個重要的任務)〉, 임춘(林春) · 이은하(李銀河)의 〈전통적 봉건문화와 고별한다(與傳統的封建文化告別)〉 등의 논문이 잇달아 발표되어,[12] 반봉건이라는 시대적 주제를 더욱 부각시켰다. 《인민일보》 8월 18일자에 실린 사법(史法)의 논문 〈독일 · 이탈리아 · 일본 파시스트와 봉건주의의 관계(德意日法西斯與封建主義的關係)〉는 혜안을 가지고, 독일 · 이탈리아 · 일본처럼 자본주의 제도가 이미 확립된 국가에 불가피하게 봉건주의의 변종인 파시즘이 탄생할 수밖에 없었던 원인을 분석했다. 이 논문은 읽으면 봉건주의의 폐해에 대하여 심사숙고하게 된다. 독일 · 이탈리아 · 일본 같은 봉건 세력이 뿌리 깊은 국가에서 봉건주의가 또 다른 형태로 부활할 경우 천하대란을 불러올 수 있다.

역사학계에서 반봉건적 조류에 대한 또 하나의 중요한 지원군은 '중국 봉건사회가 오랫동안 지속된 원인'에 관한 연구와 토론에 참여한 학자들이다. 원래 이 문제는 1930년대에 몇몇 학자들이 연구했고,[13] 1960

---

12) 위의 논문은 각각 《文匯報》 7월 10일자, 《理論與實踐》 제9기, 《人民日報》 10월 9일자, 《讀書》 제11기를 참고.

년대에 와서 범문란(范文瀾), 전백찬(翦伯贊), 등척(鄧拓) 등이 계속해서 연구했다. 이 연구는 '문화대혁명' 시기에 자연히 중단되었다. 이 과제는 '문화대혁명' 이후인 1980, 1981년 역사학계의 인기 화제가 되었다.

　주목할 만한 것은 신시기에 이 화제를 앞장서서 제기한 것은 바로 한 청년학생, 상해사범대학의 77학번 학생 유창(劉昶)이라는 것이다. 그가 《상해사범대학학보》 1980년 4기에 발표한 〈중국 봉건사회가 장기간 지속된 원인을 논한다(試論中國封建社會長期延續的原因)〉라는 논문이 《역사연구》 1981년 2기에 실린 뒤 거센 논쟁이 일어났다. 논문의 가장 큰 가치는, 아마도 동서 봉건제도의 서로 다른 역사적 운명에 대한 비교 연구를 통하여 중국봉건제에서 광범하게 존재했던 소농경제의 토대를 제시함과 동시에, 중앙집권제의 '만세일계(萬世一系)', '순환윤회(循環輪回)'라는 규칙적 현상을 제시한 것이다. 아마도 이것은 '진보설'을 넘어 '윤회설'로 역사 해석을 시도한 신시기 첫 번째 논문일 것이다. 이 논문은 당대인의 역사철학이 다원화로 바뀌는 징조를 밝혔으며, 이 징조는 바로 청년대학생에게서 체현되어 나온 것이다. 1985년 이후에 와서 '윤회설'은 수많은 청년학자, 청년작가들이 비관주의적 세기말 정서에 감염되도록 한 중요한 원인이 되었다.

　유창의 논문은 학술 논쟁의 계기가 되었다. 하지만 '중국의 봉건사회가 오랜 기간 지속된' 사실에 대한 인정은 반봉건적 시대 주제에 유력한 역사적 근거를 제공했고 그 의의도 과소평가할 수 없다.

　철학계에서 인도주의를 재평가하는 것과 역사학계의 반봉건적 화두에서 서로 통하는 시대정신은 바로 인성(人性)의 복귀이다. 왜냐하면 반봉건의 핵심 문제는 바로 과학과 민주로 몽매와 전제(專制)를 이기며 인간의 근대화로 인간의 이화(異化)를 대신하는 데 있기 때문이다.

---

13) 이 화두의 제기가 반봉건적 문화 배경을 갖추고 있는지는 연구가 필요하다.

3. 문학 — 다시 '5 · 4'로

덴마크의 위대한 문학사학자 브란데스는 "한 국가의 문학은 그것이 완전무결한 것이라면 그 국가의 사상과 감정의 역사를 표현할 수 있다"[14]고 말한 적이 있다. 신시기 중국 문학도 이런 관점으로 파악할 수 있다. 즉 신시기 문학은 신시기 사람들의 정서적 여정인 것이다.

1977년의 《인민문학》 11기는 눈에 잘 띄지 않는 지면에 중학교 교사 유심무(劉心武)의 단편소설 〈담임선생님(班主任)〉을 실었다. 당시는 편집부나 작가 자신이나 이 소설이 하나의 이정표가 되고 신시기 문학의 시작을 의미하게 되리라고는 생각지 못했다. 유심무는 책임감이 강한 장준석(張俊石) 선생님을 전체 소설의 주인공으로 부각시키려고 했지만, 이 소설에서 가장 혁명적 의의를 갖춘 인물은 마음이 순결하지만 사고가 경직된 사혜민(謝惠敏)이라는 것은 예상하지 못했다. 바로 사혜민이란 이미지가 '문화대혁명'이 청소년 가슴에 남긴 상처를 폭로했으며, 수많은 청소년들 속에서 엄청난 메아리를 불러일으켰다. 유심무가 소설 끝부분에 "'4인방'의 속임수에 넘어간 아이들을 구하라!"고 자연스럽게 호소한 구절의 외침은 '5 · 4' 시기 노신의 《광인일기(狂人日記)》 마지막 구절인 "아이들을 구하라"고 한 호소에서 근원을 찾을 수 있다. 때문에 신시기 문학과 '5 · 4' 문학, 신시기 정신과 '5 · 4' 정신은 확실히 서로 통한다.

뒤이어 왕몽(王蒙)의 《가장 귀중한 것(最寶貴的)》, 장결(張潔)의 《숲 속에서 온 아이(從森林里來的孩子)》, 노신화(盧新華)의 《상흔(傷痕)》, 왕아평(王亞平)의 《신성한 사명(神聖的使命)》, 공첩생의 《작은 강에서(在小河那邊)》, 종박(宗璞)의 《현 위의 꿈(弦上的夢)》 같은 작품들이 잇

---

14) *Preface of 'Main Currents in Nineteenth Century Literature'*, 〈'十九世紀文學主潮'序言〉, 伍蠡甫 等 主編, 《西方文論選》下卷, 上海譯文出版社, 1979, 472쪽.

달아 발표되어 '상흔문학'의 대세를 이루었다. '상흔문학'은 현실주의가
'참담한 인생을 직면하고' 나서 '사실을 쓰는' 전통으로 복귀함을 상징
하고, 분노한 화산의 재분출을 상징한다. 그리고 또 다른 측면에서는 '신
시기 정서'의 기원을 상징한다. 유심무의 《깨어나라, 동생아!(醒來吧! 弟
弟!)》에서 기만당하여 의기소침해지고 게을러진 동생, 종박의 《현 위의
꿈》에서 가정의 파멸로 세상에 불만이 가득한 인간으로 변한 양하(梁
遐)……, 이런 이미지의 개성과 특징은 《파동》의 주인공 백화와 일맥상
통한다. 또 1980년대 말 왕삭의 펜 끝에서 형상화된 '고무인간', '고집불
통' 인간들의 몸을 통해 계속 나타났다(비록 각기 다른 역사 시기이지만 세
상에 대한 불만은 하나하나 다 말할 필요도 없이 비슷한 문화적 의의를 가지고
있다15)).

'상흔문학'이 산을 밀어내고 바다를 뒤엎는 기세로 문단을 휩쓸 때 민
간의 간행물도 잇달아 세상에 나왔다. 북도·망극(芒克) 등이 창간한 잡
지 《오늘(今天)》, 무한대학 등 10여 개 학교 대학생들이 연합으로 창간
한 《이 세대(這一代)》, 난주대학 학생들이 창간한 《희망(希望)》……, 이
런 간행물들은 상당히 높은 수준에서 상처를 폭로하고 고난을 돌아본
작품들이다(당대문학사를 논할 때 이런 작품에 대한 소개가 부족하다면 당연히
완벽하지 못한 연구라고 해야 할 것이다16)).

역사적 안목으로 보면 '상흔문학'의 사회·정치적 의미는 그것의 예
술적 의미보다 훨씬 크다. 이유는 매우 간단하다. 사상해방의 문이 일단

---

15) '문화대혁명' 중의 불만은 소극적으로 '문화대혁명'에 반항하는 의의를 가진
 다. 《醒來吧! 弟弟!》와 《弦上的夢》은 모두 이런 의의를 표현하려고 매우 애썼
 다. 왕삭 소설 중의 "부랑자"가 가지고 있는 1980년대적 불만은 모든 것을 조롱
 하는 가운데서 알 수 없는 고민을 털어놓고 있으며, 이는 더욱 '세기말 정서'의
 의의를 띤다.

16) 《百家》 1989년 제1기에 게재한 진중의(陳仲義)의 논문 〈《今天》十年─兼爲今
 天派辯護〉는 중국 대륙에서 공개적으로 출판된 출판물 중에서 어렵게 볼 수 있
 는 관련 연구 성과이다.

열리자 오랫동안 억압되었던 사람들은 모든 것을 불사하고 문학을 빌려 단숨에 속내를 털어놓았다. 방금 폐허 위에서 일어선 사람들은 우선 고통의 부르짖음을 내질러야 했고 문학이라는 영혼에의 회귀도 '사실을 쓰는' 가장 기본적인 명제에서 시작해야 했다. 이렇게 되어 1970년대 말부터 1980년대 초에 이르는 문학 기풍이 생겨나게 되었던 것이다. 이것은 분노의 외침이지 예술적 창조는 아니었다. 작가들은 '소설의 예술' 같은 문제를 고려할 사이도 없이 바로 '문제소설'을 한 편 한 편 써냈다. 그것들은 억울한 사건과 비극을 다룬 것으로 '문화대혁명'의 재난에 대해 철저한 청산을 시도했으며 일부는 '반우파', '대약진'이라는 비극의 근원까지 거슬러 올라가서 돌아보기도 했다[예를 들면 노언주(魯彦周)의 《천운산 전기(天雲山傳奇)》, 여지견(茹志鵑)의 《잘못 편집된 이야기(剪輯錯了的故事)》 등].

외국의 중국 문학자들은 중국의 신시기 문학은 가치 있는 작품이 적지 않으나 대다수는 그저 문헌적 가치만을 가진다고 생각한다. 시인 백화(白樺)는 이에 대한 평론을 발표하면서, "이(신시기 문학)는 역사의 진실을 반영했다. 이는 장기적인 중국의 억압적 환경이 조성한 것이다. 이 환경은 10억 사람들을 놓고 말할 때 공통의 것이다. 작가의 분노와 근심, 환희와 위안은 중국 대다수 사람들의 보편적인 정서를 집중적으로 반영했다. 나는 이것을 단점이라고 생각하지 않는다"[17]라고 말했다. '상흔문학'은 바로 그 소박한 진실로 수만 명이 다투어 읽는 '광장효과[廣場效應]'를 일으켰으며, 작가들도 순수한 열정에 의지해서 1970년대 말부터 1980년대 초까지 중국 대륙 문단에서 공전의 눈부신 성과를 거두었다. '광장효과'의 견지에서 보면 '상흔문학'은 사실상 '4·5 운동' 정서의 재분출이다.

---

17) 白樺, 〈我們的自信〉, 《當代》 1987년 제1기.

유행하는 문학사 대다수가 '현실주의 정신의 회귀'라는 시각으로 '상
혼문학'을 논했으나 그것의 정신적 실체를 무시했다. '상혼문학'의 역사
적 의의가 '광장효과', '문헌적 가치'에 있다고 한다면 '광장효과', '문헌
적 가치'의 핵심은 어디에 있단 말인가?

그 핵심은 인도주의에 있다고 역사적 사실은 말한다. '문화대혁명'의
요점은 폭력으로 인성을 왜곡한 것으로서, 신시기 문학은 바로 인성에
복귀하자고 부르짖는 것부터 시작해야 한다는 것이 운명적으로 정해져
있었다.

왜 유심무가 '상혼문학'의 개척자가 되었는가? 어느 정도 우연인 것
같지만 우연 속의 필연인바, 유심무가 시대정신의 심금을 울리게 된 것
은 그가 신시기 작가들 가운데 인도주의 정신을 가장 유력하게 불어넣
은 사람이기 때문이다. 〈담임선생님〉의 '아이들을 구하라'는 외침으로
부터 《나는 모든 나뭇잎을 사랑한다(我愛每一片綠葉)》의 '개성에 확실
한 정책을'이라는 호소와 다시 《입체교차교(立體交叉橋)》의 '억압당하
고 고통 받는 영혼을 위로하자'는 주제에 이르기까지, 유심무는 자신의
문학관과 인생관을 표현했다. "나는 인도주의 정신을 존중한다." "나는
이 세계 절대다수 사람들이 아름답게 변하리라는 것을 확고하게 믿는
다."18) 1985년에 유심무는 〈문학 본성에 관한 사색(關于文學本性的思
考)〉이란 글에서 그의 인도주의 문학관을 체계적으로 논술했다. "인간
양심의 핵심은 바로 사랑이다." "일종의 새롭고도 강력한 인도주의는 세
계가 갈수록 작아지고 있기에……아울러 사람들의 의식 형태가 갈수록
개성화되고 있기에…… 이로 말미암아 형성된 이해·양해와 관용을 핵
심으로 하는 현대정신을 가진 사랑이 바야흐로 진보하는 새로운 작가들
의 펜 끝에서 용솟음쳐 나오고 있다." "우수한 문학은……또한 '사랑학'

---

18) 劉心武, 《如意·後記》, 北京出版社, 1982.

이다.”[19)

'투쟁철학'의 고통을 맛본 중국 사람들에게 인도주의는 상처를 치료하는 좋은 처방이 되었다. 인성에 복귀한다는 '상흔문학'의 수많은 외침은 사람들의 마음속에 새롭게 인간에 대한 사랑을 키워냈다. 비록 인도주의에 대한 학술상의 논쟁은 언제나 근거가 있고 각자 자기주장을 고집하고 있으나, 사실상 '이해 만세', '여유·관용', '이 세계를 사랑과 인정으로 충만하게 하자'는 구호와 노랫소리가 1980년대에 광범위하게 퍼져나간 것은, 이미 인도주의 사조가 사람들의 마음속에 깊숙이 침투했으며 신시기 시대정신의 하나가 되었음을 나타낸다. 이것은 '문화대혁명'에 대한 반발이기도 하지만 신시기에 사회 전반적으로 정신문명의 창조를 불러일으키기 위한 전제이기도 하다.

다시 각도를 바꾸어서 문제를 살펴보기로 하자. 신시기 문학의 연구자들은 거의 모두가 시작부터 신시기 문학을 '5·4' 문학과 관련하여 연구·토론했다. '1919년으로 1979년을 보고', '1979년으로 1919년을 보는' 접근법에 힘입어 학자 진평원(陳平原)과 황자평(黃子平)이 1981년부터 중국의 20세기 문학 법칙을 사고하기 시작했다.[20)

그들이 최종적으로 끌어낸 20세기 중국 문학의 기본 특징은 "문학이 자각적으로 '계몽'의 임무를 감당하기 시작했다는 것이다.……정치가 모든 것을 압도했으며 모든 것을 엄폐했고 모든 것을 약화시켰다. 문학은 줄곧 이 중심 고리를 둘러싸고 전개되었다.……문학 자신의 개성은 좋은 결실을 얻지 못했다.” "20세기 중국 문학은 '민족의 영혼을 개조'하는 것을 자신의 총체적 주제로 삼았기 때문에 사상성은 줄곧 문학에 대한 가장 중요한 요구였다.” 노신 식의 비판정신이든지 아니면 '중국인의

---

19) 劉心武, 〈關于文學本性的思考〉, 《文學評論》 1985년 제4기.
20) 陳平原·錢理群·黃子平, 〈'二十世紀中國文學' 三人談·緣起〉, 《讀書》 1985년 제10기.

정신'을 맘껏 표현한 것이든지 모두가 "다른 문화 배경과 사회·역사 배경이 '이상적 인성'에 대하여 각기 다른 이해를 낳았음을 나타낸다."[21) 이런 생각은 '인간의 문학'에 대한 '5·4' 선구자들의 외침과 일맥상통하는 것이다.

1981년, 때마침 노신 탄생 100주년을 맞아 '국민성 개조'에 관한 노신의 사상을 새롭게 제기하는 것은 그 활동의 주제 가운데 하나였다.

왕요(王瑤) 선생은 〈노신의 국민성 개조 사상을 논한다(談魯迅的改造國民性思想)〉라는 글을 발표했고, "노신의 국민성 개조 사상은 전기와 후기를 포함해서 한결같았다", "우리들이 심도 있게 노신의 국민성 개조 사상을 연구·토론하는 때, 노신의 '사람 세우기[立人]'사상과 그가 기대했던 '이상적 인성'은 오늘이나 미래할 것 없이 중요한 현실적 의의와 훌륭한 이론적 의의를 가진다"[22)고 강조했다.

전리군(錢理群)도 〈'민족 영혼 개조'의 문학('改造民族靈魂'的文學)〉이란 글에서 비통하게 말했다. "노신은 일찍이 자신의 것 그리고 그것과 비슷한 '민족 영혼을 개조하는' 문학이 민족의 신생에 따라 '광음(光陰)과 함께 사라질 것'을 희망했는데, 오늘까지 여전히 이처럼 '신선'하다. 이것은 역사적으로나 문학적으로 어떤 현상인가? 우리 민족과 문학의 행운인가 아니면 불행인가? 노신, 소홍(蕭紅) 및 그 동년배 작가들이 서장을 연 민족의 '인적이고 심적인 역사, 사회관계의 역사'는 어떤 방식으로 계속 써가야 하는가?……" "사람들이여, 깊이 사색해야만 한다!"[23)

학자들은 강렬한 현실감·사명감에 젖은 강한 감개무량을 '상흔문학' 가운데 '아Q의 자손'을 주인공으로 한 작품들[고효성(高曉聲)의 〈진환생이

---

21) 黃子平·陳平原·錢理群, 〈論‘二十世紀中國文學'〉, 《文學評論》 1985년 제5기.

22) 《文學評論》 1981년 제5기.

23) 《十月》 1982년 제1기.

시내로 들어가다(陳奐生上城)〉, 한소공(韓少功)의 《메아리》, 장복(蔣濮)의 《물거품(水泡子)》, 진건공(陳建功)의 《녹로파 골목 9호(轆轤把胡同9號)》, 사철생(史鐵生)의 《오찬 30분(午餐半小時)》, 오약증(吳若增)의 《비취 곰방대(翡翠烟嘴)》, 가평요의 《취임(上任)》 등]을 통하여 무거운 시대 주제, 곧 사상해방의 핵심은 국민성을 개조하는 것이며 국민성의 개조 목적은 인간의 근대화라는 것을 선명히 드러냈다. 이른바 신시기 문학의 인도주의 사조는 우선 인도주의로써 봉건주의를 비판하는 이런 사조를 가리키는 것이다.

하지만 이것이 문제의 전부는 아니다. 신시기 문학의 인도주의 사조에서 또 하나 중요한 측면은 개성주의이다. 이는 청년 시인들의 주장으로 강력한 사조가 되었다.

원래 인도주의는 개성주의를 포함한다. 유심무의 《나는 모든 나뭇잎을 사랑한다》에서 호소한 '개성에 정책 실현을'은 바로 인도주의가 앞장서 외친 사랑·이해·관용이 나중에 모두 개성에 대한 사랑·이해와 관용 위에서 실행되었음을 증명했다.

미학자 고이태는, 마르크스가 언급한 개인의 발전과 공동의 사회생산 능력은 이러한 바탕 위에서 그들의 사회적 부가 되어 그 결과 생겨난 자유와 개성이 마르크스주의 인도주의의 핵심이라고 보았다.[24] 학자 전리군은 〈5·4 시기 '인간의 각성' 시론(試論五四時期'人的覺醒')〉이라는 글에서 "의심할 바 없이 5·4 시대의 가장 강한 소리는 '나는 나 자신이다. 누구도 나의 권리에 간섭하지 못한다'이다.……이는 완벽하게 자각한 개성의식과 주체의식이다"라고 지적했다. 그는 또 호적·주작인이 앞장서 부르짖은 '개인 본위주의'에 대한 정의를 이렇게 내린다. "개체의 존재와 발전은 사회·민족·국가·가족이 존재하고 발전하는 전제이자 기초이다.……또한 바로 여기에서 5·4 신문화운동의 철저한 반봉

---

24) 高爾泰, 〈人道主義―當代論爭的備忘錄〉, 《四川師大學報》 1986년 제4기.

건성이 드러난다."[25]

이제껏 펼친 논술은 인도주의의 핵심은 개성주의라는 것을 밝히고 있다. 하지만 1970년대 말에 앞장서 인도주의를 크게 부르짖은 철학자·작가들은 이에 대한 자각적 인식이 결핍된 것이 분명했다. 이 측면은 당시 많은 문화인들이 '인민의 대변인' 신분으로 발언하는 데 길들여졌기 때문이고, 다른 측면에서는 오랫동안 개성과 '부르주아 계급적 개인주의'를 함께 비판하는 '부르주아 콤플렉스' 효과와 관련이 있을 것이다.

하지만 개성주의 사조는 '문화대혁명' 기간에도 조용히 살아 움직였다. 〈공개하는 연애편지〉는 바로 지식 엘리트의 '자아 설계' 소식을 전달했다. 1970년대 초, 북경에 있는 조일범(趙一凡)의 지하살롱에서는 나중에 유명한 작가로 성장한 사철생이 친구들과 함께 체르니셰프스키(N. G. Chernyshevsky, 1828~1889)의 '합리적 이기주의'[26]를 토론했다. 넓은 의미에서 논하면 홍위병들이 기만당하고 스스로 각성하는 무렵에 개성 의식은 조용히 되돌아오기 시작했다. 하지만 그들이 이에 대해 자각적 의식이 충분히 있었다고 할 수는 없다.

주목할 만한 것은 신시기에 일어난 개성주의의 첫 파문은 청년시인들로부터 시작되었다는 것이다. 북도·고성·서정(舒婷) 등은 1970년을 전후하여 '자아'를 주제로 한 '몽롱시'를 썼다. "자거라! 두 눈을 감고 / 세계는 나와 무관하거니"(고성, 〈생명환상곡〉, 1971) "해안으로부터 기암에 이르기까지 / 나의 그림자는 얼마나 고독한가 / 황혼으로부터 밤이 이슥할 때까지 / 나의 마음은 얼마나 교만한가"[서정, 〈바다에게(致大海)〉, 1973] "아, 아니, 나는 이처럼 미미하다 / 나를 새하얀 작은 새로 변하게 해 다오 / 자유를 부르짖는 당신의 사자가 되려니"[서정, 〈해변의 새벽 노

25) 《文學評論》 1989년 제3기.
26) 楊健, 《文化大革命中的地下文學》, 朝華出版社, 1993, 86쪽.

래(海濱晨曲)〉, 1975] "나는 사람이다 / 나는 사랑이 필요하다 / 나는 사랑하는 이의 눈 속에 있기를 소원한다 / 매일매일 평온한 황혼을 보내면서"[북도, 〈결말 혹은 시작(結局或開始)〉, 1975]

개성은 이렇게 고독하면서도 자유를 갈망하는 마음속에서 조용히 생겨난다. 비극적 의미가 있다면 개성이 '문화대혁명'의 억압된 분위기 속에서 되살아났다는 것이며, 이 세대의 개성의식이 시작부터 비애의 기운을 가지고 있었다는 것이다. 이 점에서 그들은 자신들의 선구자들보다 훨씬 못한 것 같다. 5·4 시대 사람들은 운이 좋았다. 그 세대는 시작부터 '오로지 개성만을 발휘하고, 최고 수준의 도덕을 위한다'[27]는 기치를 휘두르고 함성을 지르면서 역사 무대로 돌진했다.

사상해방의 신시기에 와서 사람들은 비로소 큰소리로 발언할 기회와 용기를 얻었다. 그래서 북도는 "시는 반드시 자아로부터 시작해야 한다"[28]라고 말했다. 고성도 말했다. "새로운 '자아'는 바로 폐허 위에서 탄생한 것이다. 그것은 이화(異化)되도록 강요하는 틀을 부셔버리고 꽃향기가 희미한 바람 속에서 자신의 몸을 폈다……자기가 당연히 자신의 주인이 되어 자유롭게 움직이리라는 것을 믿었다."[29] 양련(楊煉)도 선언했다. "나는 우선 인간이라는 것을 기억하고 노래하련다."[30] 바로 이런 선명한 자아의식이 그들로 하여금 신시기에 5·4 개성주의의 영광스러운 전통을 부흥시키게 했다. 또 이 세대가 문단에 등장하여 '새로운 시대정신'[31]을 퍼뜨리기 위한 첫 번째 신호나팔을 불었다.

유명한 평론가 손소진(孫紹振)은 그들의 '새로운 미학 원칙'을 개괄할

---

27) 魯迅, 〈墳·文化偏至論〉, 《魯迅全集》第1卷, 人民文學出版社, 1981, 51쪽.
28) 宋耀良, 《十年文學主潮》, 上海文藝出版社, 1988, 53쪽에서 재인용.
29) 顧城, 〈請听我們的聲音〉, 《詩探索》 創刊號.
30) 楊煉, 〈我的宣言〉, 《福建文學》 1981년 제1기.
31) 〈致讀者〉, 《今天》 創刊號; 宋耀良, 앞의 책, 51쪽에서 재인용.

때 '시대정신의 나팔이 될 가치가 없는', '자아의 정감 세계 말고는 위대한 공적을 내세울 가치가 없는' 것은 시인의 본질적 특징이라고 확신했다.[32] 유심무 식의 '나는 모든 나뭇잎을 사랑한다'라는 박애적인 감정이 '집체주의' 색채를 띤 것 때문에 강렬한 반향을 얻었다면, 북도 등의 '자아로부터 시작한다'는 것은 '집체주의'를 이탈한 것 때문에 근심걱정에 쌓인 시 평론가와 사람들의 맹렬한 비판을 받았다. '몽롱시'를 둘러싸고 전개된 대토론은 '이해할 수 없다'로 시작되었다. 그러나 핵심문제는 반대로 '새로운 미학 원칙'을 어떻게 보는가 하는 것이었다. 이것이 바로 개성주의적 문학관이다.

비록 이 대토론이 이론 단계에서는 손소진 · 서경아(徐敬亞) 등 '새로운 미학 원칙'의 설명자들이 비판을 받는 것으로 일단락을 맺었지만 창작 단계에서는 오히려 '몽롱시' 창작이 문학 청년들에게 유행했다. 더할 나위 없이 분명한 사실은, 서경아의 〈궐기한 시들(崛起的詩群)〉에 대한 원칙적인 비판을 한 것은 1984년인데, 이미 그 해에 수많은 문학 청년들이 자유결사의 방식으로 여러 시 동아리를 조직하여 '몽롱시', '신생대시'를 대대적으로 썼으며, 이 '몽롱시 열풍'은 직접적으로 1985년의 '문학 다원화 신조류'를 일으켰다는 것이다.

이와 선명한 대비를 이루는 것은 '나는 모든 나뭇잎을 사랑한다'는 식의 인도주의 사조가 1980년대 중반 이후에는 차츰 기세를 잃은 것이다. 1980년대 — 여기서 박애정신을 주요 내용으로 한 인도주의 사조가 사라지고 개성을 중심으로 한 인도주의 사조가 자라는 것은 시대정신 변천의 중대한 비밀임을 확실하게 보여준다(이 점에 관해서 나는 다음 장에서 논술할 것이다).

바로 이런 인식을 바탕하여 당대사상가 이택후(李澤厚)는 '몽롱시'를

---

32) 孫紹振, 〈新的美學原則在崛起〉, 《詩刊》 1981년 제3기.

'새로운 문학의 출발'이라고 했다.[33] 창작시간의 견지에서든 '새로운 시대정신'의 견지에서 보든 '몽롱시'의 개성주의 미학 원칙이야말로 1980년대 문학 다원화의 맹아였던 것이다.

'몽롱시' 작가들은 개성주의를 크게 선전했지만 개성주의에만 그치지 않았다는 것은 지적하고 넘어가야 한다. 그들의 작품을 하나하나 읽으면 강렬한 '이 세대'의 의식을 느끼게 된다. "검은 밤은 내게 검은 눈을 주었다 / 나는 그 눈으로 광명을 찾는다" — 고성은 이 시에 〈한 세대(一代人)〉란 제목을 달아주었다. "그들은 하늘에서 / 하나의 별이 되려 한다 / 그들은 땅에서 / 하나의 등불이 되려 한다 / 얼마나 미미하게 보일지 두려워하지 않는다 / 오직 될 수만 있다면" — 서정은 이 시에 〈나의 동시대인에게 바친다〉는 제목을 달았다. "나는 절대로 호소하지 않는다 / 내 개인의 불행을 / ……조국의 이 공백을 위하여 / 민족의 이 기구함을 위하여 / 하늘의 순결과 / 길의 정직을 위하여 / 나는 진리를 요구한다!" — 서정은 이 시 제목을 〈한 세대의 외침(一代人的呼聲)〉이라고 지었다.

북도가 〈회답〉에서 "바다가 제방을 터뜨리려고 한다면 / 모든 물을 내 가슴속에 쏟아 넣어라"고 할 때 그 또한 지극히 비장한 사명감을 표현하지 않았는가? 이렇듯 사람을 깊이 감동시키는 '이 세대'의 사회의식, 민족의식, 역사적 사명감은 5·4 시기에 개성 해방만을 위하여 노력한 그런 프티부르주아들이 도저히 따라갈 수 없는 것이다. 1980년대 중반에 힘차게 일어난 '신생대' 시인들도 도저히 따라갈 수 없을 것 같다. 확실히 '한 세대'의 의식은 과거 '집체주의'[34]의 흔적을 어느 정도 가지고 있

33) 李澤厚, 〈新詩史上的一頁〉, 《文匯報》 1985년 11월 26일.

34) '집체주의'란 이 단어에 대해서도 세밀한 분석을 해야 한다고 나는 생각한다. '문화대혁명' 중의 범국민적 열광은 비이성적 형태의 집체주의이며 사실상 맹종에 불과하다. '5·4 운동' 중에 표현된 민주 외침은 바로 현대의식 위에 건립된 이성적 집체주의이다. 때문에 이 세대 사람들의 정신적 특질을 식별할 때 그 경계를 '개성주의'로만 정하는 것은 사실과 들어맞지 않는다.

다. 이는 사람들이 경험한 '4 · 5 운동'이 규정한 것이기도 하지만 사람들의 과도기적 특징을 표현한다. 그들은 위로는 1960년대의 집체주의와 사명감을 계승했고 아래로는 1980년대의 개성주의와 다원화 사조를 열어놓았다. 이것이 '몽롱시' 작가들이 개성의 고민과 자존심을 표현[북도의 〈습관(習慣)〉, 고성의 〈좌우명〉, 서정의 〈시가의 십자가 위에서(在詩歌的十字架上)〉 등]하고 '4 · 5 정서'(민주 정서)를 표현한 비장한 시(예를 들면 북도의 〈회답〉, 고성의 〈대낮의 달빛〉, 서정의 〈한 세대 사람의 외침〉 등)를 쓴 근본 원인일 것이다.

전리군은 중국 현대 지식인의 특성을 이렇게 분석했다. "중국 지식인 자체는 이중적 지위를 가진다. 동방 봉건대국의 지식인으로서, 그들은 봉건사회를 중심으로 한 봉건 전제주의 사상체계가 인간의 개성과 사상의 자유에 미친 억압을 강렬하게 느끼고 있다. 그들은 '개인'과 봉건 전제주의 '국가' · '사회'의 대립을 느꼈을 뿐만 아니라 '개인'과 봉건 전제 사상 영향 아래의 민족 '대다수', 곧 '일반 대중'의 대립을 느꼈으며 서양을 통해 개성 해방과 자유의 길을 찾으려고 했다. 경제적인 낙후성이 낳은 물질적 궁핍으로 말미암아 중국 지식인들은 할 수 없이 강한 정신력과 의지력으로 어두운 현실에 저항했다. 이렇게 '오로지 개성을 발휘하고 최고 수준의 도덕을 위한다'는 인간의 주관 의지를 강조하고 '주관성은 바로 진리이다'라는 강렬한 '초인' 색채를 띤 니체 철학이 노신과 그 동시대 지식인들에게 미친 거대한 영향력은 이해할 만한 것이다. 다른 측면에서 반식민지 후진 민족의 지식인으로서 노신과 그 동시대인들은, 서양의 정치 · 경제 · 문화 침략이 가져온 민족적 고통을 강렬하게 느꼈으며 개인과 민족 대다수(하층 인민)의 운명적 일치를 느꼈다. 이리하여 일종의 사회적 책임감이 생겼으며 서양으로부터 민족 독립, 국가 부강, 인민 행복의 길을 찾으려 갈망하게 되었다."[35] 이것은 5 · 4 시대 지식인들의 정신 실체에 대한 정확한 개괄인바, '몽롱시' 작가들의 창작 역시 이 정신의 연속이다.

왕효명(王曉明)도 이렇게 말한다. "1977년 이후 중문학 전공에 응시한 대학생과 대학원생들, 또 문학 연구의 길에 들어선 젊은이들 가운데 많은 사람이 한을 가득 품고 문학을 통해 세상 사람들에게 하소연하려고 하지 않았겠는가? 그들은 얌전하게 문학 연구의 전당에 앉아 있지만 늘 바깥의 그 떠들썩하고 혼잡한 현실을 지켜보고 있었다. 그들의 습작 충동은 작가와 작품 자체의 흥미에서만 오는 것이 아니라 그들 자신의 인생 경험에서 비롯된다."36)

여기서 '현실'과 '자신의 인생 경험'은 '집체주의'와 '개성주의'의 동의어가 아닌가? 그것들은 이 세대 모두가 탐색하고 고민해 본 영혼 속에서 대립할 뿐만 아니라 일치하기도 한다.

4. '인도주의 미술'의 증명

다시 미술계의 풍조를 보기로 하자.

고명로(高名潞) 등이 저술한 《중국당대미술사(1985~1986)》는 이렇게 쓰고 있다. "1979년부터 1984년까지는 '인도주의 미술' 시기이다." 그러나 "이때 추구한 인간에 대한 존엄, 인간 가치의 숭상은 개인을 중심으로 한 것은 아니다.……우리가 이때 추구한 인성은 문예 부흥 초기의 인

---

35) 錢理群, 《心靈的探尋》, 上海文藝出版社, 1988, 104~105쪽.
36) 王曉明, 〈更爲艱難的選擇〉, 《讀書》 1987년 제6기.

문주의적이고 자기애적 인성이 아니라, 뒷날 나타난 '평등 · 박애'의 인도주의적 인성이다."37) 이는 '상흔문학'의 정신과 얼마나 비슷한가!

1978년, '상흔문학'이 바야흐로 힘차게 발전하던 때에 사천미술대학의 학생들은 '상흔'을 반영하는 작품을 만들었다.38) 곧이어 이 대학 학생 정총림(程叢林)의 유화 〈1968년 ×월 ×일 그림(一九六八年×月×日畵)〉, 고소화(高小華)의 유화 〈왜?(爲什麼?)〉가 건국 30년을 경축하는 전국미술작품전시회에서 센세이션을 불러일으켰다. 이런 작품들은 '문화대혁명' 때의 무력 투쟁과 홍위병 사이의 참살을 소재로 하여, 영혼을 뒤흔들던 당시의 장면을 재현해 냈다. 이어서 왕해(王亥)의 유화 〈봄(春)〉, 왕천(王川)의 유화 〈안녕, 작은 길이여!(再見吧, 小路!)〉, 하다령(何多苓) · 당문(唐雯) · 이소명(李小明) · 반령우(潘令宇)의 유화 〈우리는 이 노래를 불렀다(我們曾唱過這支歌)〉가 잇달아 출현했으며 화단에서나 사회에서 강렬한 반향을 불러일으켰다. 지식청년의 생활을 생생하게 그려낸 이런 감상적인 유화는 오늘까지도 여전히 불가사의하게 사람을 감동시키는 힘을 가지고 있다.

1981년, 사천미술대학 학생 나중립(羅中立)의 유화 〈부친(父親)〉은 '제2기 전국청년미술전'에서 1등상을 수상했다. 나중립은 "수령의 초상화 치수를 빌려와 농민을 그렸다." 거무스름한 피부, 이마의 땀방울, '고된 운명의 상처', '오그라진 귀', 거친 손에 들린 조악한 밥그릇……, 모두가 마음을 뒤흔드는 전형적인 세부 묘사들로 "농민의 천성적인 선량함과 굴종 그리고 반항할 줄 모르는 태도를 표현했다."39) "어떤 사람은 그것을 천안문 성루에 걸자고 제의하기도 했었다."40)

---

37) 高名潞 等,《中國當代美術史(1985~1986)》, 上海人民出版社, 1991, 26, 30쪽.
38) 〈創作需要勇氣—四川美院學生的幾件創作〉,《美術》1980년 제1기.
39) 夏航,〈四川青年畵家談創作〉,《美術》1981년 제1기.
40) 高名潞 等, 위의 책, 695쪽.

나중립의 〈부친〉은 고효성의 〈진환생이 시내로 들어가다〉와 마찬가지로 예술가의 인도주의 정신을 충분히 표현했다. 〈진환생이 시내로 들어가다〉라는 작품은 가련하면서도 우스꽝스러운 아Q를 연상시킨다. 나중립도 창작 충동을 언급할 때 양백로(楊白勞),[41] 상림수(祥林嫂),[42] 윤토(閏土),[43] 아Q의 형상이 그의 눈앞에서 어른거리는 느낌을 받았다고 이야기했다. "나는 그들을 위하여 부르짖을 것이다!"[44] 이 외침 속에는 인민의 대변인으로서 청년 화가의 불타는 열정이 나타나 있다.

나중립·정총림·하다령·고소화·왕해·왕천 등의 부상은 청년 화가를 주체로 하는 '사천화파'가 나오고 청년 화가들이 중국미술사에 참신한 한 장을 열었음을 상징할 뿐만 아니라 '인류의 가장 순박한 본성'[45]이 당대 중국 대륙 화단에 복귀했음을 뜻한다.

이 밖에도 흑룡강성의 청년 화가 진의명(陳宜明)·유우렴(劉宇廉)·이빈(李斌)이 청년 작가 정의(鄭義)의 동명소설을 바탕으로 개편한 그림책《단풍(楓)》, 진의명·이빈의 유화〈몸은 비록 능지처참을 당하더라도(捨得一身剮)〉역시 '상흔회화'의 명작이다.

위에 서술한 청년 화가들은 거의 모두가 홍위병, 지식청년을 경험했으며 그들 역시 지극히 강렬한 '이 세대'의 의식을 지니고 있었다. 정총림은 "우리 세대 청년들은 10년 동안 정서적으로 세 차례 큰 기복을 겪었다. 1968년에는 열광, 1970년에는 배회, 1978년에는 희망……

---

41) 賀敬之·丁毅가 집필한 5막극〈白毛女〉의 주요 인물. 지주계급에게 수탈당하는 빈농이며 근면하고 순박하지만 저항의 용기가 부족하여 죽음에 이르게 되는 인물로 그려지고 있다 — 옮긴이.

42) 노신의 단편〈祝福〉의 주인공. 선량하고 근면하지만 봉건사회의 압박 속에서 죽는다 — 옮긴이.

43) 노신의 단편〈故鄕〉의 주인공. 봉건사회의 계급제도 때문에 어릴 때의 총기와 패기를 잃어버린 이미지로 나온다 — 옮긴이.

44) 羅中立,〈'我的父親'的作者的來信〉,《美術》1981년 제2기.

45) 何多苓,《關于"春風已經蘇醒的通信》,《美術》1982년 제4기.

1978년 대학입시는 비로소 사람들에게 희망을 보여주었다. 나는 입
학하여 2개월이 지나도록 꿈인지 생시인지를 알 수가 없었다"[46]고
말했다. 그는 또 "나는 무슨 예술품을 그리는 것이 아니다. 내 영혼의 느
낌을 기록할 따름이다. 나는 어쩔 수가 없다"[47]고 밝혔다. '이 세대'의
의식은 '내 영혼의 느낌'으로 합쳐졌다. 정총림의 미학 관점은 전형적으
로 한 세대의 청년 화가가 민족과 환난을 함께하는 애절한 느낌을 체현
하고 있다.

1979년 말, '제1기 별 미전(星星美展)'이 북경 북해공원에서 열려 미술
계가 다원화로 나아가는 새로운 장을 열었다.

'별 미전'은 아마추어 미술가들이 자발적으로 조직한 민간단체인데
문학계의 '오늘(今天)' 시파(詩派)와 같다. '제1기 별 미전'의 서언은 이
청년 예술가들의 문화적 포부를 펼쳐 보인다. "과거의 음영과 미래의 광
명이 교차하며 오늘날 우리들의 복잡한 생활을 이루고 있다. 확고부동하
게 살아가야 할 뿐만 아니라 모든 교훈을 명심하는 것은 우리의 책임이
다." 이 진지한 문장은 고난을 기억하고 있는 사람들의 증언이다. 또 "세
계는 탐구자에게 무한한 가능성을 준다"는 말은 청춘의 생기발랄한 창
조적 활력과 다원화를 향한 선택이라는 현대의 개성의식을 나타낸다. 처
절한 기억과 탐구 정신이 함께 교차하고 있는 것이다.

이에 대해 전시회에 참여한 예술가 왕극평(王克平)은 두 마디 정련된
말로 생동적인 개괄을 했다. "콜비츠(K. Kollwitz, 1867~1945. 사회주의적 작
품들을 발표한 독일 판화가)는 우리의 기치이고, 보카치오(G. Boccaccio)는
우리의 선구자이다." 그는 이에 대해 좀더 자세한 설명을 했다 ── "우리
는 전자를 더욱 강조한다. 우리는 사회적 투쟁이 치열할 때 명청(明淸)

---

46) 夏航, 〈四川靑年畵家談創作〉, 《美術》 1981년 제1기 참고.
47) 程叢林, 〈由'夏夜'所想到的〉, 《美術》 1981년 제2기.

시대 일부 문인·문객처럼 숨어서 순수예술이라는 것을 할 수 없다."[48]

그의 목각작품 〈만만세(萬萬歲)〉는 머리에 자라난 팔로 구호를 외치는 이미지로써 직접 '문화대혁명'의 광기와 황당함을 지적했으며, 〈사회중견(社會中堅)〉은 입은 있으나 구멍이 없고, 눈은 있으나 눈동자가 없고, 코는 있으나 콧구멍이 없으며, 머리는 있으나 뇌가 없는 황당무계한 이미지를 표현하였다. 이는 되는 대로 지휘하는 관료주의자의 상징이다. 이런 작품들은 현실비판적 주제를 가지고 있으며, 새로움을 추구하는 현대예술의 정신이 넘친다.

마덕승(馬德升)의 목각작품 〈쉼(息)〉은 평생 과로에 지쳐 대지의 품에 쓰러져 고이 잠든 농민의 이미지인데 인도주의 정감을 짙게 표현했다. "그는 묵묵히 인간 세상에 왔다가 묵묵히 떠난다. 하지만 그는 대지에 천만 개의 땀방울을 남겼다." 왕극평·마덕승은 홍위병이자 지식청년 출신이다. 그들의 예술적 탐색에도 역시 인도주의 정신이 스며들어 있었다. 이런 '현실 참여'적 인도주의 정신은 관람자 대부분을 감동시켰다. 통계에 따르면 전람회 방명록 노트 14권에 기록된 글 중에 그들의 창작을 지지·찬양하는 태도가 70퍼센트, 기본적으로 긍정하는 것이 20퍼센트를 차지하며 반대자는 겨우 10퍼센트였다.[49]

1980년 8월, '제2기 별 미전'이 중국미술관에서 열렸다. 참가 작품은 계속하여 '현실 참여'적 태도를 유지했고 '자아 표현'적 기풍을 유지했다. 곡뢰뢰(曲磊磊)의 연작화 〈조국이여, 조국(祖國啊, 祖國)〉은 태양을 포옹한 사람을 내세워 가장 순수한 마음을 표현했다. 윤광중(尹光中)의 유화 〈만리장성(長城)〉은 무수한 해골 위에 건축된 만리장성의 공포감을 표현하여, 만리장성을 바라보는 이 세대가 지닌 독특한 시각과 인도

---

48) 栗憲廷, 〈關于'星星美展'〉, 《美術》 1980년 제3기에서 재인용.
49) 위와 같음.

주의적 감정을 표현했다. 모률자(毛栗子)의 아크릴 그림 〈10년 동란(十年動亂)〉은 두 세대 사람들을 괴멸시킨 '문화대혁명'의 비극적 주제를 사실적으로 표현하였다. 한 면의 벽에 "타도하자"는 조잡한 검은 붓글씨 사이로 "소성(小成)은 내 아들이다"라는 유치한 칼자국이 비뚤비뚤 새겨져 있었다.[50)]

하지만 '별 미전'이 낳은 더욱 큰 효과는 바로 1980년대 초 미술계의 '자아 표현'에 관한 논쟁이었다. 잡지 《미술》 1980년 3기에 발표된 율헌정(栗憲廷)의 〈'별 미전'에 관하여〉란 논문은 곡뢰뢰의 말 한마디를 인용했다. "유화예술의 본질은 바로 화가의 내적인 자아 표현이라고 생각한다." 이 말은 예술의 창작 범주를 훨씬 뛰어넘는 논쟁을 불러왔다는데 그 의의가 있다.

원운생(袁運生) · 문립붕(聞立鵬) · 주욱초(朱旭初) 등은 '자아표현설'을 지지했다. 원운생은 "예술은 바로 개성을 표현하는 것이다. 예술적 언어는 주로 예술가 개인의 느낌에서 온다. 요즈음 통일된 예술관, 예술 사상을 요구하는데 이것은 불가능한 것이다", "몇 백 년 이래 인문주의 발전의 역사는, 바로 인간 자신에 대한 의식과 자신의 가치에 대한 인식이 갈수록 능동적이 되고, 갈수록 자라나고, 갈수록 중시되고, 갈수록 일깨워지는 역사로서, 20세기 문화 발전은 주로 이것으로 표현된다"[51)]고 했다.

문립붕도 "예술적 개성을 발전시키는 것이 지금 문제의 관건이다"[52)]고 주장했다. 주욱초는 '자아 표현'이 문예의 신사조가 된 필연성을 지적했다. "새로운 세대가 일단 악몽 속에서 놀라 깨어나서 피눈물로 겪어온 고난의 역정을 돌아볼 때 고통스러운 회한에 빠지지 않을 수 없으며 자

---

50) 위의 작품은 모두 《美術》 1980년 제12기 참고.

51) 〈北京市擧行油畵學術討論會〉, 《美術》 1981년 제3기에서 재인용.

52) 위의 글 참고.

기 생활의 의의, 행위의 가치를 새롭게 다시 생각해 보지 않을 수 없다. 그뿐만 아니라 자기도 모르는 사이에 '이화(異化)'된 자신의 부분을 버리고 독립된 자아 존재의 권리를 제기하지 않을 수 없을뿐더러, 개성존중·자아 표현을 부르짖게 된다. 이런 사조는 신인들의 특징을 반영했다. 당연히 우리 예술에서도 반드시 표현해 내야 한다." "'자아 표현'에 관한 토론에서 이런 문제가 언급되었다. 한마디로 물질을 중심으로 해야 하는가, 아니면 사람을 중심으로 해야 하는가?"[53]

반대 의견을 가지고 있던 엽랑(葉朗)도 눈여겨보아야 한다. "'자아 표현'을 주장하는 많은 동지들은 직접적으로 철학(본체론과 역사관)의 관점에서부터 문제를 제기하고 논리를 전개했다." "현대에서 '자아 표현'설과 관계가 가장 밀접한 철학은 그래도 실존주의이다."[54] 이에 대해 그는 깊은 우려를 나타냈다.

양측은 논쟁을 거치며 시대적 움직임을 파악했다. 비록 이번 논쟁이 신시기 사상문화계의 수많은 논쟁과 마찬가지로 이론적으로 승부를 가려내지 못했지만(또 불가능하다), 청년을 주체로 하는 창작 신예 부대는 다수가 '자아 표현'의 기치 아래 집합했다. 모더니즘적 의의를 지니는 '1985 미술운동'은 이를 계기로 거센 파도를 이루었다. 이 현상은 '몽롱시'의 운명과 비슷하다. '새로운 미학 원칙'에 관한 이론 논쟁은 반대 의견을 가진 자가 많았지만 창작 분야에서는 '몽롱시'의 불길을 빠르게 치솟게 했으며 마침내 '1985~1986 현대시'의 장엄한 장면을 연출해 냈다.

'별 미전'의 센세이션 효과는 청년 화가 민간단체가 경쟁적으로 생겨나게 했다. 예컨대 곤명시의 '신사(申社)', 호남성의 '야초화회(野草畫會)', 요령성의 '자라란화회(紫羅蘭畫會)', 북경시의 '무명화회(無名畫

---

53) 朱旭初, 〈也談'自我表現'〉, 《美術》 1981년 제6기.
54) 葉朗, 〈'自我表現'不是我們的旗幟〉, 《美術》 1981년 제11기.

會)', '동시대인화회(同代人畵會)', 흑룡강성의 '북방예술군체(北方藝術群體)' 등이 있다. 청년 예술가를 주력으로 하는 '동시대인 유화 전시회', 합비(合肥)시의 '신인 신작 전시회', '서안시 제1기 현대예술 전시회' 등도 갖가지 아름다운 꽃이 앞 다투어 피어나듯 현대예술이 당대 중국에서 절정에 이르게 했다.

여기에서 특별히 제기할 가치가 있는 것은 1980년 11월에 연 북경유화연구회 제3차 전람회에 전시된 청년 화가 종명(鍾鳴)의 유화 〈그는 그 자신이다 — 사르트르(他是他自己 — 薩特)〉이다. 색채가 비교적 강렬하고 기풍이 소박하면서도 참신한 그 그림 속에서 화가는 사르트르에 대한 숭배와 존경을 표현했다. 뒷날 종명은 〈사르트르를 그리는 것으로부터 — 회화 속의 자아 표현을 논한다(從畵薩特說起 — 談繪畵中的自我表現)〉라는 창작 후기를 쓴 적이 있다. 그는 사르트르의 말을 인용하여 서술했다. "나와 작품의 관계에서 내가 본질적이라고 생각한다." 종명은 이 말과 고대 중국의 유명한 화가 석도(石濤)의 명언 '진정으로 나의 존재 가치가 있다고 함은 나 스스로 내가 되게 할 수 있을 때다'를 연결하여 예술의 참뜻을 제시했다. "예술가의 전제는 사람, 그 자신이다.……" "자아 표현과 자아 선택은 객관적으로 존재한다." "사르트르는 그의 이론에서 확고하게 지적했다. 인간의 본질, 존재 의의, 존재 가치는 인간이 자신의 행동으로써 증명하고 결정해야 한다." 때문에 "모든 예술가들은 그의 창작 동기와 행위 가운데서 그 자신을 설명한다."[55]

여기서 주의해야 할 것은 작가가 사르트르와 실존주의에서 섭취한 것은 창조적 자신감이지 '염세주의' 같은 소극적 정서가 아니라는 것이다. 이는 바로, 프랑스 문학 전문가 유명구(柳鳴九) 선생이 실존주의의 '자유 선택론'에서 "개체의 자유창조성, 주관능동성을 발견하고서, 이것이 사

---

55) 《美術》 1981년 제2기.

람의 존재를 충실하게 한 적극적 내용이라고 강조"[56]하였듯이 당대사상
가들이 사상해방운동 전기에 적극적으로 서양의 현대의식을 가져다 반
봉건·반경직화의 사상적 무기로 삼은 건강한 심리 상태를 나타낸다(이
런 건강한 심리 상태는 1985년 이후가 되자 차츰 '황당함'의 정서로 대체되었다).

'상흔회화'로부터 '미전'에 이르고 다시 '자아 표현'의 논쟁에 이르기
까지, 시대정신 또한 인도주의에서 개성주의로 나아가는 항로를 미술계
에 남겨놓았다.

5. 인생 의미 대토론

1980년 4월, 문학계는 '상흔문학'의 명작 〈여자 도둑(女賊)〉, 〈사회의
자료 속에서(在社會的檔案里)〉, 《내가 진짜라면(假如我是眞的)》을 둘러
싸고 격렬한 논쟁을 벌이고 있었다. 잡지 《미술》이 집중적으로 대량의
나체 예술작품을 발표하는 동시에, 청화대학 화학과 77학번 2반 동학들
이 내세운 구호 "사회주의 건설은 나부터 시작해야 하고, 지금부터 시작
해야 한다"가 전국적으로 널리 퍼지고 있을 즈음, 평범한 청년 노동자인
반위(潘煒)·황효국(黃曉菊)은 잡지 《중국청년(中國青年)》에 편지를 보
내어 "인생의 길이여, 왜 걸을수록 좁아지는가" 하며 깊이 탄식했다.

《중국청년》편집부는 이 두 통의 편지 속에서 시대적 과제를 예리하
게 간파했다. 10년 동란이 지나간 뒤 방황·고민의 정서는 청년들 사이

---

56) 柳鳴九, 〈西方現當代資産階級文學評價的幾個問題〉, 《論遺産及其他》, 上海文
   藝出版社, 1980, 143~144쪽 참고.

에 만연했다. "이상과 현실은 결국 이렇게 큰 거리가 있고 인생의 여정
은 결국 이렇게 험난하고 인생의 목적 또한 이렇게 아리송하고 종잡을
수 없는가?! 그들은 방황하고 고민하고 있다.……" "방황과 고민은 마비
나 정체보다는 역사적 진보라고 말해야 할 것이다.……인생의 의미에
대한 사색과 탐구는 젊은 세대들의 인생 여정에서 새로운 출발점이 될
것이다."

편집진은 반위·황효국의 편지를 기술적으로 조금 수정한 뒤 '반효
(潘曉)'라는 이름으로 《중국청년》 1980년 5기에 발표했다. "사회를 어떻
게 봐야 하나? 어떻게 인생을 살아야 하나? 이상과 현실이 모순될 때 어
떻게 해야 삶의 의미를 찾을 수 있나? 사람의 생명 가치는 어디에 있나?
청년들 스스로 이런 진지한 문제를 토론하자!" 의미심장한 것은 '이번
토론에서 청년들은 각자 인생이라는 길에서 자신을 이끌어나갈 이정표
를 찾을 것이다!'[57]라는 편집부의 확신이었다. 이는 나중에 대토론에서
발표된 다원화 인생관으로 증명되었다.

반효의 편지는 수많은 청년들의 복잡한 심리 상황을 정확하게 담았다.
"이제 막 생활에 뛰어들었다고 말해야 할 것이다. 하지만 인생의 모든
신비와 흡인력은 나에게 이미 존재하지 않는다.……내가 걸어온 길을
돌아보면 붉은색이 회색으로 바뀐 여정이었고 희망이 실망과 절망으로
변한 여정이었다."

그 가운데는 이상에 대한 환멸이 있었고 염세 정서가 있었으며 '자아
회귀'라는 새로운 사상적 씨앗도 있었다. 하지만 여러 가지 원인 때문에
'자아 창조'의 높이까지는 승화되지 못했다. 그렇다면 이 모든 것은 어떻
게 일어났는가? "내 눈에 보였던 사실은 언제나 머릿속에 받아들였던 교
육과 첨예한 모순을 이루었다.……나는 한동안 어리둥절했다. 나는 주

---

57) 해당 편지 '編者的話' 참고. 《中國靑年》 1980년 제5기.

위 세계가 예전에 읽어본 책에 묘사된 것처럼 그렇게 매혹적이지 않다는 것을 느끼기 시작했다. 나는 자신에게 물었다. 책을 믿어야 하는가 아니면 눈을 믿어야 하는가. 스승과 선배들을 믿어야 하는가 아니면 나 자신을 믿어야 하는가?” 동란의 사회, 불행한 가정, 독단적인 지도자, 위선적인 친구, 배신한 연인……, 위아래로 찾아보아도 결과는 가는 곳마다 벽에 부딪쳤다. 공허한 설교는 이미 효과를 잃었고 얼떨떨한 데다 마음도 불안했다. 그래서 책을 읽었다.

“나는 헤겔 · 다윈 · 오웬의 사회과학 저술을 읽었고 발자크 · 위고 · 투르게네프 · 톨스토이 · 노신 · 조우(曹禺) · 파금(巴金) 등의 작품을 읽었다.……대가들은 칼처럼 예리한 필치로 인간의 본성을 하나하나 벗겨내어 내가 인간 세상의 모든 추악함을 더욱 깊이 있게 꿰뚫어보도록 해주었다. 나는 현실 속의 인간과 사실이 정말 대가들이 쓴 것과 너무나 비슷하다는 것에 놀라움을 감출 수 없었다.……나는 차분해졌고 냉담해졌다. 사회다윈주의는 나에게 중요한 계시를 주었다.……인간은 누구나 이기적이다.……사리사욕을 위하여 투쟁한다는 이 원칙에서 과연 몇 사람이나 벗어날 수 있는가?……인생을 꿰뚫어본 나는 이중인격자가 되었다. 한편으로 이런 저속한 현실을 질책하고 다른 한편으로 시류에 따랐다. 헤겔은 말했다. ‘무릇 합리적인 것은 모두 현실적이고, 무릇 현실적인 것은 모두 합리적이다.’ 이것은 내가 자신을 위로하고 나의 상처를 치료하는 명언이 되었다.……어떤 사람도 생존이나 창조를 가릴 것 없이 모두 주관적으로는 자아를 위하고 객관적으로는 다른 사람을 위한다.……그러므로 나는 모든 사람이 할 수 있는 만큼 자아 존재의 가치를 높인다면 앞으로 전체 인류사회의 발전 역시 필연적이 될 것이라고 생각한다.”

하지만 무거운 번뇌 때문에 반효는 생존의 용기마저도 거의 잃게 되었다. “정말이다. 나는 몰래 천주교회당에 가서 예배를 보았으며 삭발하고 중이 되고 싶다는 생각까지 했다. 심지어 죽을 생각까지 했었다." 최후의 희망은, 청년들에게서 도움을 얻는 것이다.

돌멩이 하나가 천여 겹의 파문을 일으킨다. 반효의 외침은 바로 전국에 퍼졌고 수만의 동시대인들의 마음에 뜨거운 반향을 불러일으켰다. 동시대인의 이해 · 관심 · 지지로 한 통 한 통의 진실한 편지, 한 푼 한 푼의 성금, 한 가지 한 가지의 아름다운 예술품, 한 권 한 권의 서적, 한 무더기 한 무더기의 향기 그윽한 원고지들이 잡지사에 날아들었고 또 반효에게 날아왔다. 이 모든 것은 고생을 맛볼 대로 맛본 반효에게 한꺼번에 달콤함을 맛보게 해주었다. 반효의 정서는 한 순간에 '의심 · 곤혹'으로부터 '흥분 · 놀라움'으로 승화했다.[58] 이 대토론은 반효를 구했을 뿐만 아니라 그녀가 새로운 생활로 나아가도록 했으며[59] 수많은 청년들의 마음속에 분투의 횃불을 지폈다. 현실 속에서 고독하게 탐색하던 청년들은 이 대토론을 거치고서야 비로소 그들이 결코 고독하지 않다는 것을 알게 되었다.

정신사의 견지에서 보면 이 인생 의미 대토론은 인생관에 대한 당대 청년들의 탐구도 다원화 경향을 가지고 있음을 보여준다. '몽롱시' · '상흔문학' · '상흔회화'가 공동으로 신시기 문예사의 새로운 장을 연 것과 같이 인생 의미 대토론은 당대 논리학사의 새로운 장을 열었다. 원래 '문화대혁명'의 '지하문학' 가운데는 이미 낡은 논리에 대한 의문과 새로운 논리에 대한 추구가 있었다(예컨대 《파동》의 초릉이 설교에 대해 조소

---

58) 〈潘曉同志的來信〉, 《中國靑年》 1980년 8기.

59) 《中國靑年》 1992년 제11기는 위군(魏群)의 원고 〈從"人生的路越走越窄"到"米字路口"的選擇〉을 발표하여 황효국(黃曉國)의 이혼, 틈해남(闖海南)의 경력과 인생 체험을 기술했다. "인생의 길은 원래 길이 없는 곳에서 가시덤불을 밟아서 만드는 것이다.……길을 밟아 가는 과정이 바로 자아 가치를 체현하고 실현하는 과정이다.……그녀는 이미 자신이 성공자인가 아니면 실패자인가를 따져볼 새 없이 다만 끊임없이 앞을 향해 나가야 했다."

하고 행복에 대해 의심하며 동시에 새 희망을 탐구하는 도도함에 집착하는 것이
다[60]). 〈공개하는 연애편지〉에서 노구(老久)와 친구들은 함께 새로운 인
생관, 새로운 논리관의 성과를 연구하고 토론한다.[61] 하지만 사상해방이
시작된 1980년에 이르면 인생 의의에 대한 새로운 평가, 새로운 논리에
대한 자유로운 토론과 연구는 한 통의 편지, 한 잡지의 외침으로 말미암
아 변화무쌍한 정세, 힘찬 기세를 이루게 된다!

　수많은 편지, 원고 가운데《중국청년》은 50여 편을 골라 발표했다. 이
런 편지와 원고는 수많은 청년들이 저마다 다른 여건에서 인생을 탐구
하는 다원적 선택을 고스란히 보여주었다. 그들은 서로 다른 주장을 하
지만 이런 다른 선택은 모두 청년들이 진실하게 탐구한 심혈의 결정체
였다. 정의(鄭義)는 〈고맙다! 대지와 바다여(感謝你! 大地和海洋)〉라는
글에서 자신의 정신적 여정을 돌아보았다. "나와 나의 친구들은 농촌으
로 가는 운동에 깊이 감사한다. 그것은 우리들을 눈부신 이상주의의 공
중에서 냉혹한 현실의 지면으로 떨어지게 했다. 무엇보다 9 · 13 사건(임
표 사건 — 옮긴이)과 비행기 폭발에 우리는 소스라치게 놀랐다. 마치 번
개인 양 이 사건은 어떤 변명과 구실로도 사람들의 영혼을 떨리게 했던
그 섬광을 가릴 수 없었다! 심각한 정신적 위기가 닥쳤다!" 그래서 곳곳

---

60) 초릉(肖凌)은 "의의, 무엇 때문에 꼭 의의가 있어야만 되는가?", "나는 오직 체
　　면을 무릅쓰고 억지로 걸어갈 뿐이다. 차가운 바람의 냉혹함과 강하게 내리쬐는
　　태양의 위엄을 무릅쓰고 길가의 끝에 자신을 위하여 하나의 자그마한 묘비를
　　세운다……", "어쩌면 탐구 자체는 이미 이 세대 사람들의 특징을 개괄했을 것
　　이다. 나는 죽음도 원하지 않고 침묵도 원하지 않으며 정해진 결론도 원하지 않
　　는다!"라고 했다 — 이런 말은 반효의 탄식과 얼마나 상통하는가!

61) 노구는 "나는 낡은 도덕과 종교의 허위를 혐오한다. 우리들에게는 자기의 생
　　활준칙이 있다. 우리는 기만과 자아기만을 증오한다", "나는 혼자서 길을 가는
　　것에 익숙하다. 앞에 무엇이 있든지 나는 절대 두려움 없이 걸어간다", "과학의
　　진보는 — 지금 기계에 컴퓨터를 설치하고 있는데, 아직도 일부 사람들은 인간의
　　머리를 비틀어서 그들 같은 초인들이 비틀어 돌리는 나사못으로 변화시키는 것
　　에 전념하고 있다!"라고 했다.

에서 유랑하고 마르크스, 포이어바흐(L. Feuerbach)와 헉슬리(T. H. Huxley)의 책을 몸에 지니고……힘든 탐색을 거쳐 "새롭게 마르크스주의의 위대한 진리에 귀의했다."[62] 조림(趙林)은 자신의 처절한 체험으로 '오직 자아만이 절대적이다', '개인이야말로 세계의 중심과 기초다'라는 것을 증명했다. 사르트르의 실존주의, 사회다윈주의, 쇼펜하우어, 니체의 철학을 깊이 연구하는 것과 개인적 노력으로 성공한 체험을 통해 조림은 "사리사욕은 일종의 자아 발견이다. 개인이 자기의 가치를 의식하면 '나'의 중요한 의의를 의식하게 된다.……열광은 자아를 포기하는 데서 나타나고 비관과 실망도 자신감이 부족한 데서 나타난다"는 것을 믿었다. 그는 시류에 따르려는 뜻이 없이 '내가 바로 역사다'라는 것으로 자신을 격려했고, 헤밍웨이 소설에서 부각된 '대장부 성격[硬漢性格]'을 자신의 기준으로 삼았다. 그는 "빨리 자아를 발견하라. 빨리 개체의 에너지를 전부 내뿜어라!"[63] 하고 외쳤다.

정의는 정신적 위기에서 마르크스주의로 되돌아왔고, 조림은 개인적 노력을 통해 실존주의로 나아갔다. 당대 청년들이 선택한 인생의 길은 다르지만, 1980년대 초에 '하늘의 움직임이 건전하니 군자는 스스로 노력을 게을리 하지 않는다[天行健, 君子以自强不息]'는 진취적 정신이 넘쳤다. 정의는 나중에 유명한 소설가가 되었으며 조림은 뒷날 깊이 있는 청년학자로 성장했다.

많은 사람들은 그냥 사색하고 있었다. 사람들이 받아들일 수 있고 현 단계와 서로 적응할 수 있는 인생관을 어떻게 제창할 것인가?

마정영(馬定榮)은 "'사람이 사는 이유는 다른 사람들이 더욱 아름답게 살도록 하기 위하여서다'라는 견해는 물론 이상적 인생관이라고 볼

---

62) 《中國靑年》 1980년 제7기 참고.
63) 《中國靑年》 1980년 제8기 참고.

수 있지만 지금 대다수 사람들은 할 수 없는 것이다"라고 했다.[64]

설화(雪華)도 이렇게 말했다. "개인 이익을 향한 사람들의 추구는 역사 발전을 위한 전제의 하나이다." 그리고 "개인 이익을 억압하는 '공권력'은 변질된 '공권력'"이기에 "당연히 '합리적으로 자기를 위하는' 도덕관을 인정해야 한다." "이런 도덕관의 주요 조건은 사람을 해치지 않는 것이다."[65]

광양(曠洋) · 정녕(鄭寧)은 〈우리 사회 속의 사람은 어떻게 '형식화'되었는가(我們社會中的人怎樣被'模式化'了)〉에서 주장하기를 "미래로 현재를 국한하지 마라"[66]고 했고, 유송(柳松)도 '자아의 가치'를 적극적으로 평가했으며 반효의 '주관은 자아를 위하고, 객관은 다른 사람을 위한다'를 '주관은 사회를 위하고, 객관은 나를 완성한다'는 명제로 바꾸었다.[67] 상사풍(常謝楓)은 한 걸음 더 나아가서 '타인을 위하는 과정에서 자기를 위하고, 자기를 위하는 과정에서 타인을 위한다'는 구호를 제창했다.[68] 이런 '공과 사를 두루 돌보는' 도덕관은 더욱 현실적인 선택이고 또 '국가 · 집단 · 개인의 삼자 관계를 잘 처리한다'는 분배 원칙과도 서로 일치한다.

대토론은 다원적 주장이 서로 부딪힌 것이기에 통일로 귀결될 수는 없었다. 하지만 대토론에서 청년들이 보여준 적극적이고 진취적인 분위기는 '문화대혁명' 이후 닥친 '정신적 위기'의 고민과 당혹을 깨끗이 씻어냈고 나아가서 새로운 문화 창조를 갈망하는 사람들의 정신적 풍모를 보여주었다.

---

64) 〈可否提倡一種與現階段相適應的人生觀?〉, 《中國靑年》 1980년 제8기.

65) 《中國靑年》 1980년 제9기 참고.

66) 위의 책 참고.

67) 《中國靑年》 1980년 제10기 참고.

68) 《中國靑年》 1980년 제11기 참고.

반효의 편지와 조림의 글에서 이런 분위기를 어렵지 않게 느낄 수 있다. 1980년, 사르트르의 실존주의, 사회다윈주의, 쇼펜하우어, 니체의 유의지론(唯意志論) 철학은 이미 중국 청년들 사이에 상당히 유행했다. 사실 사르트르, 니체(또 프로이트까지)는 모두 1980년대 중국 청년들에게 지극히 큰 영향을 준 서양 철학가들이다. 그들의 철학 관점이 다 같은 것은 아니지만 그 가운데 드러난 정신은 일맥상통한다. 모두가 세기의 비애를 꿰뚫어본 비관론자로서, 절망 속에서 분투정신 · 초인철학을 선전한 용사들이다. 이 모든 것이 마침 신시기 중국 청년의 복잡한 사고와 서로 호응하는 것이 아닌가? 재미있는 것은, 반효는 거듭되는 실패로 비관주의로 빠져들고 조림은 성공적인 분투로 말미암아 초인철학을 선택했다는 것이다. 서양 현대철학의 똑같은 종자이지만 각기 다른 사상의 꽃을 피웠으니 이는 매우 주목할 만한 가치가 있는 사상적 현상이다.

자아를 숭상한 조림이나 공과 사를 고루 살펴볼 것을 제창한 설화나 할 것 없이 인생 의의를 논하는 대토론에서 모두 약속이나 한 듯이 새롭게 자아의 가치를 발견했다. 이는 전제적 시대에 개성은 필연적으로 위축되고 개성 해방의 시대에는 개성이 당연히 활짝 핀다는 시대정신의 변천이다. 이 세대는 광적으로 신을 만드는 운동의 제물로 자신의 자아를 바쳤으나 '만인이 한마음'으로 열광하는 과정 속에서 고통과 환멸을 충분히 맛보았다. 사실 역사가 당대인들에게 '다시 생존의 정상을 선택하는' 기회를 주었을 때 그들이 어찌 자아의 가치를 새롭게 발견하지 않을 수 있었겠는가? 수많은 고통은 이 세대에게 세상에는 유토피아가 없으며 구세주도 없다는 인생의 진리를 가르쳐주었다. 중국의 갈 길은 오직 개혁개방이라는 한 가지밖에 없었고 개인의 희망도 최종으로는 자력자강에 있는 것이다.

대토론의 영향은 지극히 깊은 것이었다. 《중국청년》이 1985년 10기에서 발표한 7만 부의 설문조사 결과를 보자. 당시 중국 청년들의 의식 상태를 엿볼 수 있다.

　　'나의 현재 수입에 불만족이다'(69.6%)
　　'내 업무가 내 취미에 부합될 수 있기를 바랄 뿐이다'(85.5%)
　　'내가 가장 관심을 기울이는 것은 내 능력을 발휘할 수 있는가 하는 점이다'(95.6%)
　　'내 업무가 자신의 문화적 소질을 제고시키기를 바랄 뿐이고 수입은 그다음이다'(89.6%)
　　'나는 목적을 이루기 위해서는 가장 큰 대가를 치르기를 원한다'(74.5%)
　　'사람은 노력하면 자신이 처한 환경을 개선할 수 있다'(86.3%)
　　'사람은 분수에 맞게 살아야 한다'(50.2%)
　　'사람은 분수에 맞게 살 필요는 없다'(49.4%)

　이 조사 결과는 새로운 계몽정신과 새로운 논리가 사람들의 마음속에 침투했음을 유력하게 증명하지 않는가? 한편으로는 사리사욕 없이 봉사하는 영웅적 모범 인물들이 끊임없이 나타나 공산주의 도덕에 대한 찬송가를 계속해서 쓴다. 또 한편으로는 착실하게 일하고 생활하면서 스스로 노력하여 자신의 인격을 끊임없이 완성하는 것이 청년들의 새로운 사상이 되었다. 수많은 청년들의 노력과 자강 정신으로 전체 사회에 거대한 변화가 생긴 것이다.

　물론 개성주의에도 위기가 숨어 있다는 것을 부인하지 않겠다. 영국의 철학자 러셀이 여러 차례 강조한 것과 같다. "낭만주의 운동을 본질적으로 말하면 인간의 인격을 사회 관습과 도덕의 속박으로부터 해방시키는 데 그 목적이 있다.……하지만 자아중심적인 열정이 한 번 방임되면 그것을 다시 사회적 요구에 복종시키기는 어렵다.……이 운동이 제멋대로 법을 무시하면서 새로운 자아를 격려하기에 사회와 협력할 수 없는 불가능을 불러온다. 그래서 그의 제자들이 무정부 상태 또는 독재정치라는 선택에 직면한다. 자아주의는 처음에는 사람들이 다른 사람에게서 부모와 같은 온정을 얻게 한다. 하지만 그들이 타인에게는 타인의 자아가 있다는 것을 발견하게 되면 분개하면서 온정을 바라는 욕망은 타인에 대한 증오로 바뀐다. 인간은 고독한 동물이 아니다. 사회생활이 하루라도 존재한다면 자아실현을 윤리의 최고 원칙이라고 할 수 없는 것이다."[69]

평론가 허자동(許子東)도 이렇게 말했다. "1966년 이후 중국의 혼잡한 현실은 파벨[70] 식의 영웅주의를 비웃고 공격을 가했다[먼저 뇌봉(雷鋒)[71]을 따라 배우는 첨병들이 잇달아 보황파(保皇派)가 되었고 나중에는 각파의 홍위병들이 다시 사회의 '처리 대상'이 되었다]. 이와 동시에 연쇄반응하듯 '악으로 악을 대처하는' 개성주의 항쟁에 적당한 온상을 마련해 주었다. 후자는 뜻밖에도 점차 우세를 차지했다." 문제는 "개성의 확장을 위하여 전체를 고려하지 않는 것 때문에 '자아를 잃지 않겠는가?'"[72]에 있었다.

스탕달(Stendhal)의 소설 《적과 흑(Le Rouge et Noir)》은 1980년대 청년들에게 널리 읽혔던 명저로서 원래 비극적 의미가 부여된 것이다. 소렐(J. Sorel)의 반역적 성격과 개인적 분투가 수많은 서민청년들의 입맛에 맞아 떨어진 것은 틀림없지만 소렐의 결말은 비극적 파멸이었다! 당대소설에서 그런 소렐 식의 청년 이미지들[노요(路遙) 《인생(人生)》의 고가림(高加林); 장신흔(張辛欣) 〈동일한 지평선에서(在同一地平線上)〉의 '벵갈 호랑이'; 장현량(張賢亮) 《남자의 반은 여자(男人的一半是女人)》의 장영린(章永璘); 방방(方方) 《풍경(風景)》의 일곱째 형; 왕삭 《허씨 영감(許爺)》의 허립우(許立宇) 등]

---

69) Russell, *A History of Western Philosophy*, 《西方哲學史》下卷, 商務印書館, 1976, 224~225쪽.

70) 니콜라이 오스트로프스키(Nikolai Ostrovskii)의 자전적 소설인 《강철은 어떻게 단련되었는가》의 주인공 파벨. 이상적인 사회주의 인간형을 가리킨다 ― 옮긴이.

71) 1940년에 태어나서 1962년에 군에서 순직한 노동영웅 ― 옮긴이.

72) 許子東, 〈當代中國靑年文學中的三個外來偶像〉, 《文藝研究》 1988년 제3기.

의 분투 여정은 괴멸이 아니면 실패라는 결과로 나타나 사람들을 깊이 반성하도록 한다. 개성주의가 천사에게는 스스로를 구하는 방패가 되겠지만 악마에게는 무서운 무기인 것이다. 개성주의라는 거센 파도가 낡은 도덕의 축대를 무너뜨리고 서둘러 요란한 욕망으로 바뀌는 것은 누구나 다 알고 있는 사실이다. 왜냐하면 '사적인 것과 투쟁하고 수정주의를 비판하는' 것과 물질적 빈곤으로 지나치게 억눌린 욕망은 일단 깨어나면 바로 빠르게 팽창하여 무시무시한 범죄적 에너지를 내뿜는다. 수많은 범죄 사례들은 이 점을 충분히 증명해 주었다. 이것 역시 역사가 전진하는 과정에서 치르지 않을 수 없는 거대한 대가인 것이다.

전제폭정은 반드시 개성의 반발을 불러온다.

개성의 반발은 화려한 문명의 꽃을 피우는 동시에 욕망이 넘쳐흐르는 쓴 열매를 맺는다.

이상을 추구하는 사상가들의 열성과 가혹한 현실 사이에는 언제나 건너기 어려운 큰 차이가 있었다.

하지만 역사에 아직 다른 선택이 남아 있는가?

유토피아적 환상이 깨지고 '신앙적 위기'의 떠들썩한 소리가 귓가에 끊이지 않는 시대에, 사람들이 설교와 빈말을 더 이상 믿지 않을 시대에, 하늘과 땅을 뒤흔드는 거대한 변혁이 사람들을 모두 경쟁과 자구(自救)의 제일선으로 내모는 시대에, 개성은 사람들의 최고 선택이 되었다. 당신은 이것이 하늘의 뜻이라는 것을 인정하지 않을 수 없다. 이것이 바로 역사의 주류이다. 이것이 시대정신인 것이다.

'하늘에 감정이 있다면 하늘도 늙을 것이다. 인간 세상의 정도(正道)는 변화무쌍하다.'

6. 이택후 현상

"이택후(李澤厚)는 청년 세대의 사상적 창고다."[73] — 어떤 문학평론가는 이렇게 말했다. "각 지역의 젊은 학자들과 대학원생들의 침대머리와 책상에서는 언제나 이택후의 철학 논저를 볼 수 있다. 그들이 논쟁하는 주제도 이택후가 관심을 가지고 있는 것이거나 이미 논했던 그런 문제들이었다."[74] — 이는 1980년대 중국 사상계의 모습이었다.

그렇다면 이택후는 어떻게 시대정신의 맥박을 짚었는가?

이택후는 1960년대에 이미 중국 대륙의 유명한 청년 미학자였다. 하지만 '문화대혁명'은 그의 학문을 중단시켰다.

1972년, '5 · 7 간부학교'의 어려운 환경에서 그는 《순수이성비판(Kritik der reinen Vernuft)》을 읽기 시작했다. 원래는 단지 칸트 철학에 대한 흥미 때문에 읽었으나 읽어 내려가면서 저술 충동이 생겼다. 저술 충동의 동기는 "칸트에 대한 수년 동안의 무시와 말살을 고쳐보자는 생각"[75] 과 "마르크스주의가 정말 형편없이 유린당한 것을 보았을 때 칸트 철학을 마르크스주의와 관련시켜서 연구하려" 했던 데 있었다.

"……나는 국내외의 마르크스주의 철학 모두가 당대에는 주관주의 · 의지주의 · 논리주의 사조의 유행에 휩쓸렸다고 생각했다.……이른바 혁명적인 '문화 비판', 자발적인 '계급의식' 등의 기치 아래 마르크스주의는 결국 주관적이면서 무모한 이론으로 변해버렸다. 이것이 바로 내가 이 책에서 '실천'을 되풀이해서 강조하고, 사용이나 제조 도구로써 실천을 규정하도록 강조하고, 역사유물론과 '서양 마르크스주의'를

---

73) 李黎, 〈青年一代的美學領袖與哲學靈魂〉, 《文學自由談》 1988년 제4기에서 재인용.

74) 李遥, 〈哲學, 她表達希望〉, 《讀書》 1985년 제9기.

75) 李澤厚, 〈再版後記〉, 《批判哲學的批判—康德述評》, 人民出版社, 1984, 440쪽.

비판할 것을 강조하는 이유이다. 대약진에서 시작된 '인간의 담이 큰 만큼 땅도 그만큼 크게 생산한다'는 주장이 문화대혁명의 '영혼 깊은 곳에서 혁명이 터진다'에 이르고, 또 '하나를 둘로 나누는 것'이 바로 변증법이고 수박을 먹는 것이 바로 실천이며 '투쟁'·'혁명'이 바로 철학의 일체라는 주장들을 보면 이론적으로 바르게 사색할 필요가 있지 않은가?"[76] 당대사에 대한 심각한 반성, 극'좌' 사조에 대한 심각한 회의는 이택후가 《비판철학의 비판 — 칸트 논평(批判哲學的批判 — 康德述評)》을 집필하는 강력한 동기가 되었다. 그는 1972년 가을부터 1976년 여름까지 저서의 초고를 완성했다. '문화대혁명'이 아직 끝나지 않았을 때였다. 이택후도 "이 책을 완성하고 넘겨준 지 겨우 1년 만에 '실천은 진리를 검증하는 유일한 기준이다'라는 대토론이 일어났다. 그리고 마르크스주의 철학에서 '실천'이라는 지위가 마침내 매우 뚜렷해졌다"[77]라고 하여 자신도 예상하지 못했음을 인정했다. 이택후는 이렇게 사상가의 예리한 안목으로 사상해방의 돌파구를 찾았다.

하지만 이것이 전부는 아니다. 그는 자신이 '실천은 진리를 검증하는 유일한 기준이다'라는 대토론의 학술 수준에 대해 태도 표명을 미룬 것은, 이 토론의 역사적 의의가 그것의 정치적 의의와 사상해방의 구실에 있다고 인정했기 때문이라고 강조했다.[78] 그 자신은 《비판철학의 비판 — 칸트 논평》으로 '주체성 건립'이라는 이론의 길로 나아갔다. 바로 이런 창조적인 이론 연구의 성과가 청년 지식인들의 눈을 뜨게 했고, 그들이 역사를 깊이 반성하고 발전을 추구하는 마음을 계발하는 데 사상적으로 훌륭한 무기를 제공했다. 이택후의 성공은 '신앙적 위기'라는 세기말의 차가운 안개가 청년 지식인들이 진리를 추구하는 열정을

---

76) 李澤厚, 《批判哲學的批判—康德述評》, 人民出版社, 1984, 441~442쪽.

77) 위의 책, 442쪽.

78) 위와 같음.

질식시킬 수 없음을 충분히 나타냈다.

시대적 한계 때문에《비판철학의 비판 ─ 칸트 논평》의 일반적 '서술' 부분은 상세하지만 자신의 관점이 담긴 '논평'은 매우 간략하다. 하지만 '논평' 가운데 이미 신시기 사상계 쟁점의 씨앗이 잉태되어 있다는 것은 놀랄 만하다. 여기서 몇 가지 예만 들어보기로 하자.

칸트 철학의 기원을 기술할 때 이택후는 이렇게 말하고 있다. "과학과 민주는 당시나 이후에도 양대 기본 문제였으며 칸트가 뉴턴과 루소에게 받은 거대한 영향의 흔적이 바로 여기에 있다."[79] 이택후는 칸트의 철학가적 특징을 말하면서 "그는 늘 근본적인 것 또는 인류 이해와 밀접히 연관된 과학적 과제를 파악하고 연구했다"[80]고 했으며, 칸트와 종교의 관계를 논하면서 "발달한 자연과학은 결코 사회문제를 해결할 수 없으며, 걸출한 과학자이면서 경건한 종교 신자는 근대 역사에서 자주 보인다"[81]고 지적했다.

독일 고전철학의 역사적 공헌을 기술하면서는, "독일 고전철학의 유심주의는 인간을 신(하느님)과 동등하게 보고 자아의식을 세계 인식(칸트)과 세계 개조(헤겔)의 원시 동력으로 삼고자 하기에 대대적으로 인간의 가치와 지위를 선전했다"[82]고 말했다.

실천 문제를 말하면서는 "실천을 규칙이 없는 주관적 활동으로 보아서는 안 되며, 그것을 구조적 규칙성으로 곧 역사의 구체적인 사회성으로 보아야 한다. 이것이야말로 진정한 실천적 관점이다. 이 책에서 도구의 사용과 제조를 반복 강조하는 이유가 바로 여기에 있다. 지금 마르크스주의의 실천론에 대해 말을 많이 하고 있지만 이 점에 대한 관심이 부

79) 앞의 책, 28, 31, 54쪽.

80) 위와 같음.

81) 위와 같음.

82) 李澤厚,《批判哲學的批判─康德述評》, 人民出版社, 1979, 189쪽.

족하다"[83]고 언급했다.

이택후는 인류의 운명을 이렇게 말했다. "사회 총체적인 물질문명과 소비생활은 신속하게 발전했다. 개인의 외로움, 우울함, 무료함, 초조함, 목적 없음, 두려움 등은 증가했고(현대예술도 바로 왜곡된 형식으로 이런 심리적 정서를 반영했다), 종교의 쇠퇴로 사람들은 정신적으로 기댈 곳을 잃게 되었으며 과학의 발달로 사람들은 노동과 생활 속에서 친밀한 상호관계를 점차 잃게 되었던 것 같다.……인간은 여러 형식의 이화(異化) 상태에 놓여 있다.……그래서 루소가 제기한 오래된 문제(문명·과학과 도덕의 '이율배반')가 '새로운' 형태로 하이데거·사르트르부터 마르쿠제에 이르기까지 끊임없이 제기되었다.……헤겔 총체주의에 따라 파묻힌 개체의식은 현대생활 여건에서 재빠르게 머리를 쳐들고 발전하게 되었고, 개인 존재의 거대한 의의가 날마다 두드러지게 되었다.……개체 속에는 사회가 가득 차게 되었는데 이것이야말로 참된 개성 의의가 존재하는 곳이다. 실존주의는 소극적인 비관주의의 부정적 형식으로 인간과 자연, 사회와 개체가 반드시 통일되는 중대한 시대적 과제를 표현한다."[84] 과학과 민주, 유심주의의 진보적 작용, 인간의 가치와 개체의식, 이화(異化) 문제, 실존주의, 종교와 이성……, 모든 것을 살짝 건드리기만 하고 지나갔지만 사람들을 깊이 깨닫게 한다. 그러므로《비판철학의 비판─ 칸트 논평》의 의의는 이미 칸트를 평가하는 차원을 뛰어넘었으며 중국 사상가들이 '문화대혁명' 후기에 사색하면서 중국인의 운명적 영혼을 탐색하는 기록이 되었고, 칸트를 빌려 인도주의를 드높이고 이성적 계몽을 앞장서 부르짖은 사상 기록인 것이다.

사상가로서 이택후의 현실적 기풍은 그의 기본 입지 가운데 하나임을

---

83) 李澤厚,《批判哲學的批判─康德述評》, 人民出版社, 1979, 189쪽.
84) 위의 책, 407쪽.

알 수 있다. 하지만 영혼을 팔아먹는 문화인들은 그렇지 않다. 현실적 기
풍은 이택후를 '정치를 위하여 봉사하는' 길로 이끌지 못했다. 이는 그가
지식 엘리트로서 이성적 정신을 유지했기 때문이다. 이런 이성적 정신에
힘입어 그는 '문화대혁명' 때 사상적 광기와 이성의 혼란을 꿰뚫어보게
되어 "이성의 안목으로 종교와 비이성의 색채를 뚜렷하게 띤 이 정치 소
란을 관찰했고", "독일 고전철학의 성찰 정신, 회의적 태도, 비판적 전통
과 자유의지로써 민족의 이성과 양심을 불러오리라"[85]는 뜻을 세웠다.

그 뒤 《중국 근대사상사론(中國近代思想史論)》이 잇달아 출판되었다.
이 책은 중국 근대사상사에 대한 서술을 통해 중국적 특징이 풍부한 일
련의 명제를 제기했다.

"사회정치 사상은 중국 근대사상사에서 가장 뚜렷한 자리를 차지한
다.……애국과 반제국주의는 시종일관 가장 중요한 주제였다. 이 주제
는 늘 다른 것을 약화시키고 가렸다.……부르주아 계급의 자유·평등·
박애 등 민주주의는 근대 중국에서 진정으로 선전·보급되지 못했으며,
지극히 광대한 농민 소생산자를 주춧돌로 삼는 사회에서 계몽사업은 매
우 부진했다."[86] "중국 근대사상의 중요한 특징은 사회 변동의 신속함
때문에 극히 짧은 시간 안에 서양 부르주아 계급이 몇 백 년 동안 거쳐
온 전 과정을 밟아야 한다는 것이다. 온화한 자유주의로부터 급진적인
혁명민주주의로, 계몽사상으로부터 사회주의까지 이 모두가 급박하고도

---

85) 李黎, 〈靑年一代的美學領袖與哲學靈魂〉, 《文學自由談》 1988년 제4기에서 재
인용.

86) 李澤厚, 《中國近代思想史論》, 人民出版社, 1979, 475, 479쪽. 이 사상은 나중
에 한층 더 발전하여 "계몽과 구국의 이중변주"란 유명한 명제(《走向未來》 創
刊號 참고. 후에 《中國現代思想史論》에 수록)를 낳았다. 또 전리군(錢理群)은
이택후의 이 사상을 논하면서 자신의 문학 연구에 중요한 동기를 주었다고 했
다. "나는 이 특징이 근대, 현대로부터 줄곧 당대에까지 이어졌다고 생각한다.
더욱이 문학의 발전에 대한 영향은 매우 컸다. 문학적 클라이맥스는 언제나 정
치였다."(陳平原·錢理群·黃子平, 〈'二十世紀中國文學' 三人談·緣起〉, 《讀
書》 1985년 제10기)

짧은 여정이다. 그것은 신속하게 바뀌고 복잡하게 뒤섞여서 근본적으로 충분한 시간과 여건을 가지고 비교적 완벽하고도 체계적인 철학 정치를 성숙시켜 나갈 수 없는 사상체계이다. 다른 측면에서는 사람들은 아침에는 봉건적 고서 더미에서 깨어나 양계초 식의 부르주아 계급사상의 세례를 받아들였으나, 저녁에는 반대로 양계초를 반대하는 급진적인 혁명 사상으로 완전히 넘어가지 않을 수 없었다."[87] "중국 혁명의 6세대 지식인……, 모두 각각 그 시대가 부여한 특징과 기풍, 교양과 정신, 장점과 한계가 있다."[88]

이 모든 명제 또한 중국의 사상 계몽이라는 곡절 많은 여정에 대한 독창적인 분석에 힘입어 큰 영향력을 발휘했다. '사상 계몽'은 이 책의 주제 가운데 하나이다. 《비판철학의 비판 — 칸트 논평》이 '사상 계몽'의 이론 핵심을 연구했다면 《중국 근대사상사론》은 중국의 근대적 '사상 계몽'의 여정을 연구했다고 말할 수 있다.

1981년에 출판된 《미의 역정(美的歷程)》은 이택후의 문학적 역량이 두드러진 미학사론이다. 그는 중국의 고전 문예를 감상하면서 예술의 영원한 수수께끼를 천착한다. 저자는 고전의 불후한 매력에서부터 접근하고 있다.

"이런 작품 속에 축적되어 나타나고 있는 인정구조와 오늘날 중국인의 심리구조는 서로 호응하는 관계와 영향 아래 있는 것은 아닌가? 인류의 심리구조는 바로 역사 축적의 산물이 아닌가? 어쩌면 그것이 예술작품의 영구적 비밀을 간직하고 있는 것은 아닐까? 거꾸로 보아 예술작품의 영구성이 인류의 심리적 공통 구조를 제공하는 비밀을 간직하고 있는 것은 아닐까?……심리적 구조는 응축된 인류 역사 문명이며, 예술작

---

87) 李澤厚, 《中國近代思想史論》, 人民出版社, 1979, 429~430, 470~471쪽.
88) 위와 같음.

품은 바로 시대 영혼의 심리학이다. 이것이 이른바 '인성'이 아닌가?"

이렇게 해서 《미의 역정》은 《비판철학의 비판 — 칸트 논평》의 인성에 관한 사색을 증명했다. "인성은 선험 주재적인 신(神)성이어서도 안 되며 관능적인 수(獸)성이어서도 안 된다. 그것은 감성 속에 이성이 있고 개체 속에 사회가 있으며 지각·정감 속에 상상과 이해가 있는 것이다.……그것은 이성적 감성을 축적했고 상상·이해적 감정과 지각을 축적했으며 내용적 형식을 축적한 것이다.……이것 역시 축적된 자유 형식이고 미의 형식이다."[89] 이런 사고는 중요한 이론적 의의[90]를 가지고 있을 뿐만 아니라 동시에 시대적 감정이 선명하다. 인성으로 복귀하기 위하여, 시대의 인도주의 대조류를 위하여 이론적인 기틀을 제공했다.

1981년, 마침 칸트의 《순수이성비판》 발표 200주년에 즈음하여 이택후는 〈칸트 철학과 주체성 건립 논강(康德哲學與建立主體性論綱)〉을 발표했다. 이 논문은 이택후 철학의 강령이 될 만한 저작으로 인정받았다. 그는 칸트에서 출발하여 당대 철학에 대한 심각한 반성을 통해 "인간학 본체론의 실천 철학은 역시 주체적 실천 철학이다"라고 말했으며 " '인성'과 '실천'은 마르크스주의 철학의 기본 관념이자 오늘날 철학의 중심과제"[91]라고 했다. "그러므로 마르크스, 공산주의를 간단하게 인도주의, 개성주의에 귀결시킨다면 천박한 것이다. 다른 측면에서 역사유물론을 고정불변의 통속결정론으로 여기고, 이에 따라 인간을 도구로 보는 것 역시 잘못된 것이다."[92] 시대에 대한 깊은 인식은 그로 하여금, "개체

---

89) 李澤厚, 《美的歷程》, 文物出版社, 1981, 213쪽.

90) 이택후의 '적정설(積淀說)'은 1980년대에 이미 문예계·학술계에서 사용 빈도가 가장 높은 개념이었다. 고명로(高明潞) 등이 저술한 《中國當代美術史(1985~1986)》는 '적정설'을 언급하면서, "미술계가 형식의 미를 탐구하는 근거가 되었다'고 지적했다(696쪽).

91) 《李澤厚哲學美學文選》, 湖南人民出版社, 1985, 155, 159쪽.

92) 위와 같음.

존재의 거대한 의의와 가치는 시대의 발전에 따라 더욱 뚜렷해지고 중요해지며, 또 '개체는 육체의 자연 존재로서 일정한 상태에서 자기 존재의 독특성과 반복할 수 없는 특성을 뚜렷하게 느낀다.……사실, 실존주의는 반대로 개체 자연의 풍부한 사회적 의의를 바르게 표현했다'"[93]는 점을 특별히 강조하게 하였다.

주목할 만한 것이 또 있다. 개성주의가 발달한 뒤 따라오는 현대병에 대해 그는 예견하고 있었다. 그러므로 "인류 가운데 어떠한 개체 자아의 실천이든지 모두 주동적으로 역사를 창조한 것이며, 그것에는 우연한 요소가 가득 차 있다"고 강조했고, 또 "논리적 주체성의 의의는 인간과 인간의 상호 교제와 조화 공존에 있다"[94]는 것을 강조했다. 따라서 사상계몽의 나팔수로서 그는 대담하게 공자학이 "부모와 자식 간의 사랑으로 중추적 윤리 관념과 실천적 이성을 비추는……앞으로 인간의 윤리적 주체성을 세우는 측면에서 여전히 제 구실을 다할 수 있거나 공헌할 수 있다"[95]고 밝혔다. 이 사고는 사상가의 탁월한 식견을 나타내며 중국 문화 전통의 창조적 전환을 추진하여 해외 '신유가(新儒家)'와 서로 호응하는 주장이 나오도록 했다.

〈칸트 철학과 주체성 건립 논강〉은 인문정신의 중대한 과제를 창조적으로 제기했기에 학술계에서, 무엇보다 청년 학자들 사이에서 큰 파문을 일으켰다. 뒤이어 〈주체성에 관한 보충 설명(關于主體性的補充說明)〉에서 그는 한 걸음 더 나아가 '자연성과 사회성, 생물과 역사, 군체와 개체, 이성과 감정 등의 융합 통일'[96]에 관한 가설을 제기했다.

"중국의 마르크스주의는 두 문명 가운데 미학 - 교육학, 곧 인간의 전

---

93)《李澤厚哲學美學文選》, 湖南人民出版社, 1985, 159, 160쪽.

94) 위와 같음.

95)《李澤厚哲學美學文選》, 湖南人民出版社, 1985, 160쪽, 각주①.

96) 위의 책, 166쪽.

면적 성장을 탐구하고 개성과 잠재 능력의 전면적 발전을 중심 과제의 하나로 삼을 것이다. 여기서 필연적으로, 총체가 주재하고 우연적 개체를 통제 또는 배척하는 것이 아니라, 우연적 개체가 주동적으로 찾고 건립하고 필연과 총체를 확정한다. 이렇게 우연과 개체는 황당함과 초조함을 벗어났고 초월을 추구하는 가운데 역사성을 얻게 되었다. 바로 이 역사성이 우연과 개체에 의의와 구조를 부여한다(또한 총체와 필연이기도 하다)."97) 이성에 대한 이런 상세한 해석은 이택후가 경직된 교조주의와 확실히 경계를 두게 했고 나중에 나타난 비이성주의 사상가와도 뚜렷한 차이가 있게 했다. 그는 가슴 가득한 격정으로 "철학은 어떠한 것을 허락하는 것은 아니다. 하지만 그것은 희망을 표현한다. 그것은 과학에 시(詩)를 더한 것이다. 하느님은 죽었으나 사람은 아직 살아 있다"98)고 말하면서 사상가의 이상주의적 감정을 표현했다. 이택후는 사상의 교량으로서 한쪽으로는 이성적 인문 전통으로 통했고 한쪽으로는 이상주의적 미래로 통했다. 이런 명석하면서도 낙관적인 학문 태도와 인생 태도는 1980년대 청년 학자들에게 얼마나 큰 힘을 주었는지 모른다! 더욱이 이 이성주의의 횃불은 세기말의 찬 기운이 차츰차츰 밀려올 때 활활 타오르고 있었던 것이다!

주체성 철학에 대해 사고하면서 이택후는 중국의 전통적 인문정신에 대한 사고 작업을 다시 시작했다. 〈칸트 철학과 주체성 건립 논강〉에서 이미 유가 윤리학과 '천인(天人)합일'관에 대한 현대적 해석을 했다.99) 심지어 1978년 12월에 쓴 〈공자 재평가(孔子再評價)〉에서 이택후는 공자의 '인(仁)'학 구조의 네 가지 요소("①혈연 기초, ②심리 원칙, ③인도주

---

97) 앞의 책, 177~178쪽.
98) 위와 같음.
99) 《李澤厚哲學美學文選》, 湖南人民出版社, 1985, 160쪽 각주①과 162쪽 각주① 참고.

의, ④개체 인격이며 그 총체적 특징은 바로 ⑤실천이성이다."[100]를 분석했다.

그는 " '인'이란 매우 높고 멀면서도 매우 가까워질 수 있으며, 역사적 책임감이면서도 또한 주체적 능동성에 속하며, 이상적 인격이면서도 또 개체적 행위로서" 갖는 적극적인 의의를 인정했다. 뿐만 아니라 "인생과 생활을 대하는 적극적인 진취 정신, 이성에 복종하는 명석한 태도, 실용을 앞세우고 사변을 피하며, 세상 일을 중시하고 귀신을 멀리하며, 사회와 잘 협조하고, 세상 일상사에서 정욕의 만족과 균형을 유지하고, 반이성적 혼돈과 무지와 맹종을 피하는 것……, 그것은 마침내 중화 민족의 집단적 무의식의 원형이 되었고 민족성의 문화 - 심리구조를 이루었다."[101] "육신을 바탕으로 하는 감성 심리 가운데 이성적 요소를 축적하고 심리학과 윤리학을 통일한 인학(仁學)구조는, 아마도 사람들을 고도의 물질 문명과 현실 정신이 공존하는 편안한 장소에서 유쾌하고도 화목하게 생활하도록 만든다는 측면에서 공헌을 한 것이 아닌가?"[102] 하는 점을 힘써 증명했다.

아울러 그는 "이 모든 것은 물질적인 면에서 중국이 빈곤과 후진에서 철저하게 벗어난 뒤, 제도나 심리적으로 인학(仁學)이 가지고 있는 소생산의 흔적과 봉건적 독소(이것은 당면한 주요 임무이다)를 철저하게 숙청할 때라야 비로소 가능하게 될 것"[103]이라는 점을 아주 명확히 알고 있다.

공자학에 대한 이택후의 재평가는 원래 그가 주체성 철학을 건립하는 또 하나의 중요한 면(중화 민족의 문화 전통, 중국인의 문화 - 심리구조를 연구하는 것부터 착수하여 이성적 실천과 윤리학 주체성의 가능성을 연구했다)이지만, 이런 사고로 그는 대륙사상계 '심근[尋根]' 사조의 선구자이자 '신유

---

100) 《李澤厚哲學美學文選》, 湖南人民出版社, 1985, 9쪽.

101) 위의 책, 23, 31쪽.

102) 위와 같음.

103) 《李澤厚哲學美學文選》, 湖南人民出版社, 1985, 31쪽.

가'의 대표적인 인물이 되었다. 이 때문에 그는 급진파의 호된 질책을 받았다.

〈공자 재평가〉 등의 논문을 한데 모은 《중국 고대사상사론(中國古代思想史論)》은 1985년에 세상에 나왔는데 마침 '문화열'이 고조되던 때와 시기를 같이했다. 고대 인문정신에 대한 이택후의 새로운 평가는 '뿌리를 찾는' 사람들에게 사상적 무기를 제공했다. 《중국 고대사상사론》과 《중국 근대사상사론》의 취지는 서로 다른 점이 있어 이택후 사상의 내재적 모순을 암시했다. 시대적 병폐를 꼭 끄집어내는 사상가로서, 사명감이 강한 지식 엘리트로서, 그는 중국의 갈 길은 개혁에 있고 개혁은 반드시 사상혁명, 이성적 계몽에서 시작되어야 한다는 것을 잘 알고 있었다. 그래서 그는 공자진(龔自珍)·강유위·담사동·엄복·양계초·노신의 반봉건적 계몽주의 전통을 계승해야 했다.

다른 측면에서는 과학주의에 충실한 학자이자 명석한 주체론 연구자로서 그는 민족의 문화-심리구조가 역사적으로 축적되어 해당 민족의 사상·행위방식에 운명적인 제약을 가한다는 것을 잘 알고 있었다. 바로 이런 변증법적 사유를 거쳐 자신의 탐구를 "전통사상에서 표현되는 문화적 심리구조에 어떻게 적응하고 전환하고 개조되어야 비로소 생존하고 발전할 수 있는가 하는 연구"[104]로 방향을 정했다. 뿐만 아니라 "중국의 전통사상과 심리적 구조는 어디로 갈 것인가? 보류할 것인가 아니면 포기할 것인가? 어떤 것이 미래의 길인가?"[105] 하는 과제에 대해 자신의 대답을 내놓았다.

"중국의 근대화 과정은 근본적으로 정치·경제·문화의 전통적 양상을 바꾸어야 할 뿐만 아니라 전통 가운데 생명력이 있고 합리적인 것들

---

104) 李澤厚, 《中國古代思想史論》, 人民出版社, 1985, 318, 317쪽.
105) 위와 같음.

에 대한 보존이 필요하다. 후자가 없다면 전자는 성공할 수 없다. 전자가 없다면 후자는 쇠사슬(속박)이 된다."[106] 이런 대답은 현대사상사에서 '중국학을 몸체로 하고, 서양학을 도구로 삼자'는 주장의 연속임이 틀림없는 것으로, 동서 문화의 대격돌 속에서 영혼의 분열에 놓인 사상가들의 방황하는 심리적 양상의 사상적 결정체인 것이다. 하지만 그것은 여전히 더욱 큰 질문을 남겨두었다. 전통문화의 심리구조가 중국의 근대화 과정을 더디게 하는 기본 원인의 하나라는 것은 역사가 이미 증명하였다. 그렇다면 그것은 근대화 발전 과정과 서로 협조할 수 있는가? 또한 근대화 과정은 필연적으로 전통문화의 심리구조를 맹렬하게 공격할 것이고 현대의식 또한 근대화 과정에 따라 현대 중국인들의 머릿속에 뿌리를 내릴 수밖에 없을 것이다. 현대 중국인의 문화적 심리구조 안에 있는 '전통 가운데서 생명력 있고 합리적인 것'은 현대의식과 충돌하고 서로 보완하면서 어떤 철학적 성과를 나타낼 것인가? ― 이런 문제는 오늘까지도 여전히 논의할 문제가 많아 일치된 결론을 내릴 수 없다.

1987년에 출판된 《중국 현대사상사론(中國現代史上論)》은 이택후의 '사상사론' 세 편 가운데서 가장 거칠면서도 가장 현실감 있는 것이다. 이 책의 주제는 원래 '6세대 지식인'에 대한 분석을 계속 진행하는 것이었다. 하지만 사명감의 부담과 시간의 급박함 때문에 책 가운데서 가장 큰 사회적 영향력을 미친 것은 〈계몽과 구망의 이중변주(啓蒙與救亡的雙重變奏)〉, 〈청년 모택동(青年毛澤東)〉과 〈'서체중용' 만평(漫說'西體中用')〉 등 세 편이다.

그 가운데 〈계몽과 구망의 이중변주〉는 5·4 이래 사상사 발전의 주류에 대해 독창적인 묘사를 했으며, 당대인이 5·4를 계승하고 그것을 뛰어넘기 위한 자신의 견해를 폈다. "우리는 오늘날 확실하게 5·4를 계

---

106) 李澤厚, 《中國古代思想史論》, 人民出版社, 1985, 317쪽.

승해야 하지만 그것을 반복하거나 그것의 수준에 머물러서는 안 된다. 전통을 대하는 태도 또한 이러하다. 5 · 4처럼 그렇게 전통을 내버릴 것이 아니라 전환을 위한 창조력으로 삼아야 한다."107)

'구망(救亡)'의 역사 사명을 완수한 다음에는, '구망'이란 긴박한 현실에 내몰렸던 '계몽운동과 자유이상'이 근대화 과정의 장애물을 제거하기 위한 강력한 조건으로 떠올랐다. 이렇게 이택후는 다시 계몽의 경종을 울렸다. 이 계몽의 전략이 바로 유명한 '서체중용(西體中用)'이다. 즉 '서체(西體)'를 중국에 '씀(用)'으로써 "새로운 사회 존재라는 본체의 바탕 위에서 새로운 의식으로 전통 찌꺼기 또는 문화적 심리구조에 대한 삼투를 진행하며 이로부터 유전자의 변화를 이루어낸다"108)는 것이다. 이로 말미암아 '전통의 창조적 전환'설은 1980년대 사상계를 풍미했다.

세기말의 안개가 밀려오는 시기에 이택후는 이성을 새롭게 세우기 위하여 유력한 무기를 만들었다. '학술을 위하여 학술을 한다'는 학자와 달리 이택후의 목표는 '나는 단지 나의 시대를 위하여 쓸 뿐이다'109)였다. 확 트인 사상적 시야, 웅대한 이론적 기개, 왕성하고 변혁적인 격정, 이 모든 것 때문에 이택후의 저술은, 사상변혁과 문화 모델 전환의 시대에 사상해방의 대조류를 타고 '청년 세대의 사상적 창고'가 되었다. 이택후의 이런 뛰어난 '경세치용(經世致用)'의 현실적 기풍은 중국 지식인의 '천하를 골고루 돌보는' 전통과 관련이 있음이 분명하다. 동시에 호남성 출신의 학자로서 사람들은 어렴풋이 이택후와 '호남 학풍' 사이의 정신적 연관성을 감지했다.110)

---

107) 李澤厚, 《中國現代思想史論》, 東方出版社, 1987, 42, 337쪽.

108) 위의 책.

109) 李澤厚, 〈"美的歷程指向未來"〉, 《文學報》 1988년 5월 19일.

110) 임증평(林增平)은 〈近代湖湘文化試探〉에서 "질박하면서도 견실하고, 경박함을 숭상하지 않고 용감하게 일을 담당하며, 꾸준히 진취적이다. 하지만 또한 아직 촌스러운 천성이 많이 남아 있는 문풍"은 근대 호남 사대부 '경세파'의 기본

다른 측면에서, 동시대의 현실적 기풍이 매우 두드러지는 일부 사상가
와 비교해 보면 이택후는 현대성이 조금 더 두드러진다. 그는 독일 고전
철학의 유산을 계승했을 뿐만 아니라 현대철학의 성과를 주체성 철학을
세우는 정신적 양분으로 삼았다. 실존주의, 논리실증론, 피아제(J. Piaget)
의 발생인식론……. 오랜 기간 독일 고전철학만을 알고 현대철학에 대
해 아는 것이 매우 적거나 편견을 가지고 있는 학자와 견주어보면 이택
후는 분명히 더욱 넓은 시야로 더욱 풍부한 이론을 축적했기에 현대의
복잡한 문화 현상을 자유롭게 해석할 수 있었다.

이택후는 시대에 크고 깊은 영향을 끼친 학자이다. "철학은 희망을 표
현한다", "미의 여정은 미래로 통한다"라고 선언할 때만 해도, 경박한 세
월의 풍운과 변화가 '세기말 정서'를 부채질하리라고 그는 어찌 생각이
나 했겠는가? 그는 이성적 사상가의 기풍으로 한 세대 청년 학자의 정신
적 풍모와 학구적 태도를 수립했다. 하지만 경박한 시대에 직면하여 그
리고 신생대(新生代)와 비이성주의의 궐기에 직면하여 근심걱정에 싸이
지 않을 수 없었다.

7. '총서 열풍'과 청년 학자군의 대두

소설가 가운로(柯雲路)는 당대 개혁 풍운을 묘사한 장편소설 《밤과 낮
(夜與畫)》에서, 청년 학자들이 자발적으로 조직하여 북경 경산(景山)에

품격이라고 인정했다. 《歷史硏究》 1988년 제4기 참고.

서 개최한 '중국의 대추세 그리고 우리는 어떻게 할 것인가?'라는 토론회에 대해 서술했다. 토론회에서 두 명의 학자가 자신의 생각을 제기했다. "10~20년 안에 한 세대, 두 세대 사람들이 모든 사상체계에서 — 세계관, 인생관, 윤리관, 역사관, 정치관, 방법론, 사유방식, 과학철학 등 — 전면적으로 새로운 시대로 나아갈 수 있는가 하는 점은 앞으로 중화 민족의 몇 백 년 또는 몇 천 년의 운명을 결정한다." "그러므로 자연과학이나 사회과학 각 부문의 새로운 성과를 전파하고 보급하는 것이 지금 가장 중요한 일이다."

이를 위하여 그들은 의기투합한 사람들과 함께 백과전서 식의 대형 총서를 편집하고 있었다. 이 때문에 그들은 '백과전서파'로 불린다. '대형 총서'란 총서 편집위원회가 편집하고 사천인민출판사에서 출판한 '미래를 향해 나아가다(走向未來)' 총서를 가리킨다. 이 총서의 출판은 1980년대 독서계의 일대 사건이었을 뿐만 아니라 중국 사상계·학술계의 대사(大事)였다. 왜냐하면 이 총서 편집위원회는 사상해방을 추구하는 청년 학자·문화인들로 이루어졌으며 당대 중국의 청년 학자 또는 문화인들이 처음으로 집단적인 태도를 밝힌 것이다. 그들은 당대 중국의 사상해방운동을 추진하는 데 중요한 공헌을 했다.

'미래를 향해 나아가다' 총서의 목표는, "당대 나날이 새로워지는 자연과학과 사회과학의 양상을 펼치고 인간의 인식과 진리를 추구하는 과정을 반영하며 조국의 운명과 인류의 미래에 대한 이 세대의 생각을 기록하는 것이다." 편집자는 "오늘 우리 민족을 밝게 비춰주는 사상은 바로 마르크스주의, 과학정신과 우리 민족의 우수한 전통의 결합 및 이로부터 시작된 새로움이다!"[111]는 것을 굳게 믿었다. 이런 목표, 이런 신념은 바로 '지하문학'의 명작 〈공개하는 연애편지〉에 담긴 과학정신과 이

---

111) 해당 총서 '편집자 헌사(編者獻辭)'(1983) 참고.

상주의의 연속인 것이다. 이렇게 마르크스주의, 과학정신, 민족의 우수한 전통이 결합하면서 새로운 세계관을 만들어내는 것은 이택후의 목표와 서로 통하는 것이 아닌가? '미래를 향해 나아가다', 이 책들의 표제는 사람의 마음을 흥분시킨다.

이 총서는 1984년부터 세상에 나오기 시작했으며 1988년까지 모두 74권이 나와 원래 계획한 출판 총수 100권의 4분의 3을 채웠다. 그 가운데 일부는 서양 현대 저작물의 번역본이고 일부는 서양 현대신학과 신사조를 소개하는 관련 텍스트이다. 예를 들면 《성장의 한계(*The Limit to Growth*)》, 《현대물리학과 동양 신비주의(*Doctrine of Physics*)》, 《인간의 근대화(人的現代化)》, 《새로운 종합(*Sociobiology: A New Synthesis*)》, 《체계적 사상(*System Concepts*)》, 《일본은 왜 '성공'했는가(日本爲什麽'成功')》, 《프로이트 저작선》, 《양계초와 중국 근대사상(*Liang Ch'i-ch'ao and the Mind of Modern China*)》, 《프로테스탄트 윤리와 자본주의 정신(*The Protestant Ethic and the Spirit of Capitalism*)》, 《막스 베버(*Max Weber*)》, 《근대화의 동력(現代化的動力)》을 비롯한 25권은 번역본으로서 전체 총서 가운데 이미 출판한 책의 3분의 1을 차지한다. 또한 후자의 텍스트들은 《언어학과 현대과학(語言學與現代科學)》, 《정량 사회학(定量社會學)》, 《인간의 창세기(人的創世記)》, 《제3차 수학 위기(第三次數學危機)》, 《인간 마음속의 역사(人心中的歷史)》, 《과학의 빛으로 자신을 비추어라(讓科學的光芒照亮自己)》 등 약 30권으로 출판된 총서의 2분의 1에 이른다.

또 일부는 젊은 학자들이 새로운 문제를 탐색하고 새로운 사상적 좌표와 이론 모델을 찾는 연구 성과를 담았다. 예를 들면 《역사의 표상 뒤에서(在歷史的表像背后)》, 《요람과 묘지(搖籃與墓地)》, 《예술 매력의 탐구(藝術魅力的探尋)》, 《유가문화의 곤경(儒家文化的困境)》, 《총체적 철학(整體的哲學)》, 《인간의 철학(人的哲學)》, 《인구: 중국의 칼(人口: 中國的懸劍)》, 《비이성의 세계 탐색(探索非理性的世界)》 등 10여 권으로 이미 출판된 책의 7분의 1을 차지한다.

이 총서 시리즈는 번역서가 절대적 비중을 차지함을 알 수 있다. 바꾸어 말하면 당대 청년 학자의 첫 번째 집단적인 태도 표시는 엄복·양계초 같은 사람들 뒤를 따른 것인데, '서양으로부터 진리를 찾고' '우리나라를 유신(維新)하려면 먼저 우리 민족부터 유신해야 한다'는 주장으로서 '인간의 근대화'를 근대화 추진의 가장 긴요한 임무로 삼는다. 비록 편집자가 의도적으로 민족문화의 우수한 전통을 계승하려 했지만, 이미 출판된 일부 중국 문화 연구서적을 고려할 때 주제는 중국 문화 위기에 대한 반성과 비판이다. 곧 《역사의 표상 뒤에서》는 중국 봉건사회의 극단적 안정체계가 사회 진보의 기제를 방해한다는 것을 제시했고 《유가문화의 곤경》은 5·4 공자 비판의 전통을 계승했으며 《대변동 시대의 건설자(大變動時代的建設者)》, 《요람과 묘지》는 중국 지식 엘리트들의 비극적인 운명에 대해 깊이 반성했다. 만일 이 현상이 순수하게 우연이라고 한다면 그 배후에는 적어도 시대 심리라는 오묘한 비밀이 숨어 있을 것이다. 이 세대 청년학자들은 모두 반전통(反傳統)을 근대화의 출발점으로 삼은 것 같다. 이 점에서 그들은 여주·이택후 등의 선배학자들과 같은 선택을 했다.

방향을 바꾸어보면 총서의 제재 선택은 매우 광범위하여 정치학, 경제학, 역사학, 철학, 사회학, 논리학, 언어학, 수학, 물리학, 민속학, 신화학(神話學), 심리학, 미학, 과학철학, 사회생물학 등 10여 개 분야에 관련되며 그 가운데 대다수는 인문학에 속한다. 수학, 물리학, 과학철학 같은 비인문학을 소개한 책이라 하더라도 주로 사유 공간의 확장, 사유방식의 새로운 창조에 바탕을 두었고 '민중의 지혜를 계발'하는 데 주력했다. 이로써 당대 청년학자의 주요 관심은 인간학에 있고 '인간의 근대화'에 있음을 알 수 있다. 1980년대 중국 청년들 사이에 고조된 '이론 열풍' 또한 다시 한 번 당대 청년들의 인간학에 대한, 그리고 이론에 대한 짙은 흥미를 증명했으며, 자못 시대의 심리적 사조를 나타낼 수 있을 것 같다. 인문학에 관심을 가지고 이론 문제에 관심을 가지는 조류는 1980년대 말에 와서야 여러 가지 원인으로 침체되었다.

'미래를 향해 나아가다' 총서는 새로운 사상의 회오리를 일으켰다. '진리 기준 대토론'의 혁명적 의의가 파사현정(破邪顯正)에 있고 '인생 의미 대토론'의 혁명적 의의는 5·4 회귀에 있다고 말한다면, '미래를 향해 나아가다'의 혁명적 의의는 사상 관념과 지식구조의 전면적 갱신에 있다. 바로 이런 관념 갱신과 지식 갱신이 현대의식을 당대 청년(더욱이 청년 학생)의 머릿속 깊숙이 심어놓았다. 이를 통해 새로운 인간의 성장을 위하여, 당대문화의 근대화를 위하여 탁월한 효과가 있는 사상적 준비를 했다.

이와 동시에 '미래를 향해 나아가다' 총서는 학술계의 베스트셀러가 되어 연쇄반응을 일으켰다. 여러 가지 총서가 세상에 나타나 전에 없던 '총서 붐'을 이룬 것이다. 그 가운데 영향이 큰 것으로 다음과 같은 책들이 있다.

- 《문화: 중국과 세계(文化: 中國與世界)》 계열 총서[삼련서점의 《현대서양학술문고(現代西方學術文庫)》, 《문화: 중국과 세계》 총간, 상해인민출판사의 《인문연구(人文研究)》 총서 등을 포함한 60여 종]
- 《20세기 서양 철학 번역 총서(二十世紀西方哲學譯叢)》[상해역문출판사, 10여 종]
- 《당대 학술사조 번역 총서(當代學術思潮譯叢)》(상해역문출판사, 20여 종)
- 《세계문화(世界文化)》 총서[절강인민출판사, 30여 종]
- 《홀연히 뒤돌아보다—중국 전통문화에 대한 반성(驀然回首—對中國傳統文化的反思)》 총서[국제문화출판공사, 30여 종]
- 《문화철학(文化哲學)》 총서[산동문예출판사, 10여 종]

- 《현대사회와 문화(現代社會與文化)》 총서[중국국제방송출판사, 8종]
- 《연구자(研究者)》 총서(삼련서점, 4종)
- 《외국 유명 사상가 번역 총서(外國著名思想家譯叢)》[중국사회과학출판사, 20여 종]
- 《문화인류학 명저 번역 총서(文化人類學名著譯叢)》[산동인민출판사, 10여 종]
- 《세계 문화 명인 전기 번역 총서(世界文化名人傳記譯叢)》[요령인민출판사, 거의 10종]
- 《당대 대학서림(當代大學書林)》[요령교육출판사, 13종]
- 《가져온 총서(拿來叢書)》[중국평화출판사, 7종]
- 《중국문화사(中國文化史)》 총서(상해인민출판사, 거의 20여 종)
- 《서양 학술 번역 총서(西方學術譯叢)》(상해인민출판사, 10여 종)

또 상무인서관(商務印書館)이 1981년부터 잇달아 재판 또는 새로 내놓기 시작한 훌륭하고 방대한 몇 백 종의 《중국어 세계 학술 명저(漢譯世界學術名著)》 총서가 덧붙여졌다. 이 모든 것은 서양을 이해하고 배우며 서양의 처방을 가져다 역사의 지병을 치료하고자 하는 1980년대 문화적 경관을 이루었다. 위의 총서 중 절대다수는 인문학 분야의 저작물이다.

1980년대 중국인들은 이렇게 놀라운 식욕으로 서양 문명이 천 년 동안 쌓아 올린 풍부한 영양분을 삼켰다. 서양의 문화사조를 쫓아가는 것은 당대의 새로운 흐름이 되었으며, 병이 위급하다고 제멋대로 의사를 찾는 경박한 정서도 이로 말미암아 생겨나고 퍼지기 시작했다. 이렇게 사상해방운동이 일단 보수의 질곡에서 벗어났을 때, 새로운 곤혹과 사상은 또다시 새로운 사조 사이에서 출현한다.

제3장 경박한 세월

제2장에서는 사상해방이라는 큰 강물이 바다로 흘러드는 장관을 구경
했다. 당연히 이 장관은 1980년대 심리사조사의 일부일 뿐이다. 지금부
터는 사색의 눈을 심리사조사의 다른 면으로 돌려, 사상해방의 대조류
가운데 경박한 정서가 어떻게 인성의 복귀, 주체성의 고양과 개혁이라는
평탄하지 않은 길을 따라 팽창하고 퍼져갔는지를 돌아볼 필요가 있다.

개혁은 전대미문의 위대한 사업이다. 따라서 징검다리를 더듬어가면
서 강을 건널 수밖에 없다. 개혁은 혁신을 원하지 않는 보수 세력의 이익
을 위협한다. 때문에 개혁의 발전 과정은 반드시 가혹한 투쟁으로 가득
차게 된다.

역사 발전의 변증법은 거대한 변화 가운데 다시금 나타났다. 금욕의
시대가 끝난다는 것은 욕망의 시대가 시작되었다는 뜻이다. 욕망은 금욕
에 대한 극단적인 반발로서, 제자리로 돌아온 정서는 이성적 구속에 쉽
게 복종하지 않는다.

초탈이라는 관점에서 볼 때 현실의 모든 것은 합리적이다.

우려의 눈길로 볼 때 경박한 정서는 '세기병(世紀病)'의 주요 증상이
다. '세기병'은 바로 현대의식의 촉진제이고 동시에 근대화의 장애이다.

이 모든 것이 어떻게 일어났고 변화·발전했는가를 보기로 하자. 바
람은 부평초 끝에서 인다.

1. '세기말 정서'의 범람

'세기말 정서'란 무엇인가?

서양에서 '세기말 정서'란, 19세기 말 이성에 대한 곤혹을 동반하여 나타난 이성에 대한 환멸감, 세계에 대한 황당함, 앞날에 대한 막연함을 가리킨다. 이런 '세기말 정서'는 니체의 명언 '신은 죽었다'는 말에서 집중적으로 드러나게 되었다.

20세기에 와서 러시아의 10월 사회주의 혁명이 이상주의·이성주의의 부흥에 희망을 가져다주었지만, 제2차 세계대전의 포화와 공산주의 운동 가운데 나타난 극'좌'폭정(예컨대 스탈린 시기의 '대숙청')은 여전히 '세기말 정서'의 연속과 만연에 적당한 환경을 제공했다. 프로이트가 제시한 인성의 불안한 면, 1930년대 대불황이 일으킨 대공황, 냉전시대 핵전쟁의 어두운 그늘, 서양의 문화 위기로 발생한 '서양 몰락'의 경고, 서양 문예의 심한 빈혈증……, 이 모든 것이 이 다사다난한 세기에 함께 부딪쳤다. 1950년대 독일 철학자 야스퍼스(K. T. Jaspers)는 이렇게 한탄했다. "오늘 우리는 가장 무서운 재난의 시대에 살고 있다. 우리에게 전해진 모든 것들이 바야흐로 사라져가는 것 같다. 뿐만 아니라 믿을 수 있는 현상이 없으며 새로운 구조가 형성되고 있다."1)

또 반세기가 지나갔다. 이 반세기의 시간에서 아인슈타인 같은 과학자, 솔제니친 같은 문학가, 러셀 같은 철학자, 토인비 같은 역사학자, 이케다 다이사쿠(池田大作) 같은 사회활동가, 투투 주교 같은 종교활동가들이 정의와 이상을 향해 끊임없는 노력을 했다. 하지만 100여 년의 험난한 여정을 되돌아볼 때 이것은 인정하지 않을 수 없다. "20세기는 문화적인 측면에서 우리 세대에게 유익한 것을 많이 남겨주지 못했다. 그

---

1) 〈人的歷史〉, 田汝康·金重遠 選編, 《現代西方史學流派文選》, 上海人民出版社, 1982, 42쪽.

것은 우리의 생존 열정을 북돋워주지도 못했거니와 우리에게 정신적인 안정과 만족을 가져다주지도 못했다. 20세기가 우리에게 남겨준 것이란 정치 · 사회 · 경제 · 군사상의 극심한 동요였다. 20세기를 관통하는 것은 잔혹한 전쟁, 끊임없는 혁명과 심각한 경제 불황 그리고 이런 것을 반드시 따라오는 비참한 교훈이다."[2] 20세기는 '회한의 세기'였다.

다시 중국을 보자. 중국은 1840년부터 열강들의 무력에 이끌려 근대화의 기나긴 노정으로 나아가기 시작했으며 반세기란 시간을 그냥 보냈다. 이 160년이라는 비바람 속에서 전란은 자주 일어났다. 다른 민족의 침입으로부터 군벌 혼전에 이르기까지, 농민 폭동으로부터 혁명전쟁에 이르기까지, 잦은 전쟁은 경박한 심리 상태를 낳았다. 이 경박함은 민족의 각성을 상징하며 거대한 대가를 치르게 했다. 1949년에 와서야 100여 년 동안의 전쟁이 가까스로 마침표를 찍었다. 하지만 '반우파 투쟁'이 확대되어 '문화대혁명'과 '전면적인 내전'에 이르게 되리라는 것을 그 누가 상상이나 했겠는가? 20세기 중국의 혼란은 운명적으로 정해져 있었다. 1980년대에 와서야 비로소 대동란 이후의 민심이 안정을 찾아, 마치 떠돌던 영혼이 수년 동안 억압되었던 고민을 털어놓은 뒤에야 고통을 되돌아보고 안정으로 돌아가는 듯했다. 하지만 개혁에 따른 고난, 새로운 욕망의 신속한 출현, 신생대의 궐기, 이 모든 것이 합쳐진 힘은 새로운 고민을 축적시켰고 조급한 움직임을 낳았다. 이 모든 것은 다 이해하기 어렵지는 않지만 사람들의 우려를 자아냈다.

1980년대 초에 '신앙의 위기'에 관한 논의가 있었다. 이 위기의 근원은 역시 '문화대혁명'이 일으킨 정신적 폐허에 있었다.

'문화대혁명'의 비바람이 몰려오기 시작할 때 탄압을 받은 문화인들은 절망 속에서 자살을 선택했다. 등척 · 노사(老舍) · 부뢰(傅雷) 등에게

---

2) 岡崎久彦, 〈從悔恨的世紀邁向充滿希望的世紀〉, (日本)月刊 《讀賣》 1994년 제1 기(《參考消息》 1993년 12월 23일에서 재인용).

자살은 마지막 저항이었다. 자살은 철저한 해탈이었다. 동시에 자살은 환멸의 상징이었다. 노사가 죽기 전날 밤에 홀로 태평호에서 무슨 생각을 했는지를 누가 알겠는가? 정직하고 솔직한 부뢰와 그의 아내가 함께 자살할 때 무슨 생각을 했는지 그 누가 알 수 있을까? 20년이 지난 1986년에 와서야 비로소 작가 소숙양(蘇叔陽)이 소설 〈노사의 죽음(老舍之死)〉에서 당시 노사의 심리 상태를 헤아렸다.

나는 한평생 혁명을 따랐다. 무엇 때문에 안팎으로 사람이 아니라고 욕하는가? 인간의 존엄을 함부로 모독할 수 있고 인간의 가치를 함부로 짓밟을 수 있는가? 이것을 참을 수 있단 말인가? 중국이 어떻게 이 지경이 되었는가? 앞으로 어떻게 지내야 하는가? 죽지 않고 무엇을 기다린단 말인가?!3)

같은 해, 작가 진촌(陳村)은 소설 〈죽음— '문화대혁명'에게(死—給 '文革')〉에서 부뢰의 절망적인 심경을 추측했다.

……모든 것을 서양의 탓으로 돌린 광기와 대립은 마침내 동방(東方)의 감성을 소탕하여 나란히 뒷간에 떨어지게 했고 모든 문명의 쇠함을 선고했다.……

그는 자신이 그럭저럭 살아가지 못함을 비웃었다.……

인격이 대가를 치르지 않고, 부담이 되지 않고 쓸모없는 것으로 되지 않게 하라. 인간의 이름이 더 이상 크나큰 치욕이 되지 않게 하라!4)

일반 사람에게 자살이 그저 현세에 겪는 고난의 종결을 뜻한다고 말

---

3) 《人民文學》 1986년 제8기.
4) 《上海文學》 1986년 제8기.

한다면, 문화적 사명을 짊어진 지식 엘리트에게 자살은 정신 붕괴라는 의미를 가지고 있다. 이는 진인각 선생이 〈왕관당 선생 만사(王觀堂先生挽詞)〉에서 지적한 바와 같다. "무릇 문화가 쇠망할 때 이 문화의 영향을 받은 사람은 필연적으로 고통을 느끼며, 그 문화의 정도가 클수록 받는 고통 역시 더욱 깊어진다. 가장 심한 단계가 되면 아마도 자살 말고는 자신의 심리적 안정을 구하고 정의를 찾는 방법이 없을 것이다."5) 이런 관점으로 보면 노사·부뢰의 자살은 지식 엘리트의 정신적 붕괴를 상징한다고 말할 수 있을 것이다. 또 여러 차례 정치적 풍랑의 '세례', '사상 전환'을 거쳤음에도 결국에는 인격조차 지키지 못하는 신앙적 위기에서 살아남기 힘들다는 것을 보여주었다!

굴욕적인 시절을 지나온 다른 문화인들도 지옥 같은 세월을 겪었다. 《고난을 향해 진군하다(向困難進軍)》를 쓴 곽소천(郭小川)은 '문화대혁명' 후기에 《단박와의 가을(團泊洼的秋天)》을 써냈으며, 참신하고 훌륭한 기풍을 추구하던 손리(孫犁)가 '문화대혁명' 이후 발표한 《운재소설(蕓齋小說)》은 그 내용이 얼마나 처량한가! 파금은 '문화대혁명' 이전에 진지한 찬양조의 작품을 다소 썼으나 '문화대혁명' 이후에는 오히려 '자신을 해부하고 자신을 비판하며', '자신의 영혼을 찾아내는' 것을 반복했다.6) 빙심(冰心)도 '문화대혁명'을 거치고 나서야 비로소 우아하고 아름답기만 하던 문체를 벗어나 강경하고 격앙된 글을 썼다. 그리고 애청(艾靑)·왕몽·총유희(叢維熙)·백화·공류(公劉)·소연상(邵燕祥)·우한(牛漢) 등도 모두 '문화대혁명'의 고난을 거치고 나서 예전에는 쓰지 않았던 울분과 우려에 찬 시를 썼다. 이로써 10년 대란은 수많은 선량한 자의 유토피아적 꿈을 산산조각 냈고 또 그들이 현실 비판이라는 가시

5) 《寒柳堂集·寅恪先生詩存》, 上海古籍出版社, 1980, 6쪽.
6) 巴金, 〈《隨想錄》日譯本序〉, 《1980~1984年散文選》, 人民文學出版社, 1985, 498쪽.

밭길을 걸어가도록 재촉했음을 알 수 있다. 이런 의미에서 본다면 '문화대혁명'은 거꾸로 늙은 세대 지식인들의 신속한 각성을 촉진한 것이다.

청년들은 반역과 침체의 길에서 비참한 환경의 더욱 깊은 심연으로 가라앉았다.

《파동》의 초룽은 온갖 고난을 맛보고 냉정한 눈으로 20세기를 바라보게 된다. "흥, 위대한 20세기, 광분, 혼란뿐, 이성이라곤 찾아볼 수 없는 세기, 신앙이 없는 세기……." 이 말투는 니체와 얼마나 흡사한가!

《영광과 몽상 — 중국 지식청년 25년사》에서도 "황당한 시대의 황당한 일"이란 구절로 지식청년들의 침체된 정서를 서술했다. "환상 같은 이상의 파멸에 따라 지식청년들은 매우 쉽게 다시 고삐 풀린 야생마가 되었다. 1970년대 초부터 시작해서 각 지방 지식청년들 사이에 도둑질, 소매치기, 사기, 패싸움, 도망, 도박, 음란 행위, 떼를 지은 소동 등 황당한 행위가 나타났으며 어떤 지방은 무정부주의가 활개를 쳐서 사회질서·일상생활에 심각한 위협을 주었다."[7] 유토피아적 꿈에 대한 환멸로부터 인격의 상실까지, 아무것도 가진 것 없이 무법천지처럼 제멋대로, 정치적 열광에서부터 광분한 범죄적 충동에 이르기까지 그 사이는 한 걸음 차이인 것 같았다!

지식청년 작가 양효성은 《오늘 밤에 폭설이 온다(今夜有暴風雪)》에서 지식청년의 대탈출이 낳는 파괴, 강탈의 죄악이 용서 받을 수 있다는 것을 서술했다. 지식청년 작가 등현은 장편 기록문학 《중국 지식청년의 꿈》에서, 지식청년들이 도시로 돌아가기 위하여 벌인 단식의 문제를 통해 지식청년의 문화적 품격을 생각했다. "우리는 지식청년들의 하방을 '전 영웅주의'와 '후 영웅주의'의 두 단계로 구분할 필요가 있다. '전 영웅주의'는 포부는 넓고 크나 실속이 없고 경박하여 스스로 세계를 정복

---

7) 火木, 《光榮與夢想—中國知靑二十五年史》, 成都出版社, 1992, 195쪽.

할 수 있다고 여긴다. '후 영웅주의'는 온 몸이 상처투성이고 버림 받은 아이와 같지만, 반대로 불굴의 의지가 생겨 셈을 깨달은 뒤에도 용감하며, 도시 프티부르주아 계급과 농촌 프롤레타리아 계급의 감정이 서로 결합된 복잡한 분위기가 매우 짙다."[8] 수단을 가리지 않는 항쟁은 오로지 가련한 목적을 위해서였다 ─ 도시로 돌아가는 것! 문제는 "지식청년들이 말썽을 일으키지 않으면 앞으로 하방을 계속하지 않을 것이라는 것을 누가 보증하겠는가?"[9]이다.

지식청년의 절망은 이렇게 두 가지 방식으로 사람들 앞에 나타났다. 하나는 스스로 타락을 자청하며 금욕의 시대에 마음껏 육욕에 빠지는 방식으로 자아의 가치를 실현하는 것이다. '상흔문학' 가운데 이런 유형의 작품이 적지 않다. 노용상의 소설 〈흑장미〉, 이극위(李克威)의 영화 시나리오 〈여자 도둑〉, 왕정의 영화 시나리오 〈사회의 자료 속에서〉 등에 나오는 여주인공의 타락과, 교유의 소설 《불량배들의 노래》에 보이는 '아름다운 것을 짓밟고', '권위를 짓밟고', '우아한 것을 더럽히는' 것을 쾌락으로 일삼는 지식청년 '불량배'는 그 시대의 피해자이며 희생양이다.

또 다른 방식은 말썽을 일으키고 항쟁하는 것이다. 사람들이 말하지 않고 침묵을 지키는 시대에 목숨을 내걸고 가장 큰소리로 고함을 질렀으며, 자기 이익을 위하여 청원, 단식, 철길에 드러눕기, 도망을 죽을 각오로 행하는 비장함이 있었다. 또 빈민무산자가 아무것도 가진 것이 없을 때 반기를 드는 단호함을 나타냈다. 이런 비장함과 단호함은 끝내 승리라는 성과를 거뒀기에 당대문화의 기이한 경관으로 불릴 만하다.

지식청년들이 세상을 향해 반항하는 기풍은 1980년대에도 여전히 계

---

8) 鄧賢, 〈中國知靑夢〉, 《當代》 1992년 제5기.
9) 위의 글.

속된다. 문학사조 가운데 '저속화', '세속화', '왕삭 열풍'은 그 정신의 표본이다.

말썽을 일으키는 지식청년의 전통은 1980년대에도 그 명맥이 남아 있다. '크게 말썽을 피우면 크게 해결되고, 작게 말썽을 피우면 작게 해결되며, 말썽을 피우지 않으면 해결되지 않는다'는 사회적 심리가 상당히 유행했다. 학생운동은 이런 심리의 집중적인 체현이다.[10)

'악으로 악에 대항하고' 비이성으로 어두운 현실에 항쟁한 그런 '불량배'들, 하늘을 두려워하지 않는 지식청년 용사들, 그들은 세상을 놀라게 하는 행동으로 고민을 털어놓고 청춘의 야성을 거칠게 표현할 때, 그들 가운데 대다수가 거친 말과 소란, 낭만과 폭력이 당대문화사에 매우 특색 있는 낙인을 찍어놓는다는 것을 생각지도 못했을 것이다. 지식청년 문화, 이는 매우 큰 파괴력과 창조력을 가진 기형 문화이며, 일정 부분은 조직폭력배 문화의 색채를 띤 반항자의 문화로서 결국 '문화대혁명'의 황량한 사막에서 건실하게 성장했는바, 이것이 문화의 기적이고 인성의 기적이라는 것을 인정하지 않을 수 없을 것이다. 사물은 절정에 이르면 반드시 변화한다. 극'좌'의 막바지는 바로 인성의 울부짖음이다.

---

10) 船夫, 《十年學潮紀實(1979~1989)》, 北京出版社, 1990, 45~46쪽. 이 책에서는 1979년 중국인민대학의 강의동 사건을 평하면서 이렇게 썼다. "(그것은) 처음으로 소란을 피운 선례로, 객관적으로는 '크게 말썽을 피우면 크게 해결되고 작게 말썽을 피우면 작게 해결되고 말썽을 피우지 않으면 해결되지 않는다'는 풍조를 부추겼다. 관료주의라는 장애물과 기타 요소의 영향으로 말미암아 당 중앙이 인민대학의 강의동 문제에 대해 내린 지시는, 신속하게 인민대학의 교수와 학생들에게 전해지지 못했으며 휴학 데모 사건이 나타난 후에야 문제 해결의 방법이 전달되었다. 이는 객관적으로는, 사전에 일부 교수들이 학생들의 사단이 상부의 주의를 불러일으킬 수 있고 문제 해결에 유리할 것이라는 판단을 중시하게 했으며 또한 기타 대학교 학생들에게 '문제를 격화시키지 않으면 해결할 수 없다'는 인상을 주었다. 때문에 인민대학 데모 이후 다시 중앙재정금융대학 학생들이 시(市) 위원회 문전에 가서 청원하고 임업대학 학생들이 우격다짐으로 사무실을 점거하는 사건이 발생했다. 이후 교사(校舍)·음식 문제 등과 기타 수업과 생활 중의 실제 문제로 일어난 대자보, 동맹휴학, 단식 등도 잇달아 발생했다."

역사의 시련을 되돌아보면 감개무량함을 금할 수 없다. 바르고 정직한 이성주의자들이 바른 말을 했기 때문에 박해를 받았고 신앙의 위기로 말미암아 자살했다. 뜻밖에 사납고 무지막지한 지식청년들이 일으킨 비이성적 폭풍은 고민을 털어놓는 동시에, 사람을 기만하는 설교와 인성을 왜곡하는 교조에 대해 현대적 의미로 넘쳐나는 도전이 되었다. 이로써 '문화대혁명'의 쇠망은 다그쳤다. 이런 의의에서 보면 지식청년 세대야말로 '문화대혁명'의 무덤을 팠다. 왜냐하면 지식청년의 절망과 항쟁은 '문화대혁명'의 신화를 깨뜨렸기 때문이다. 지식청년의 곤혹과 모멸은 '문화대혁명'의 권위를 무너뜨렸다. 지식청년 세대들을 놓고 볼 때 '세기말 정서'는 자아 마취의 아편이며 현대 미신의 해독제인 것이다.

'세기말 정서'는 이렇게 퍼져 왔다. 그것은 곤혹과 분노의 선율이 연주해 낸 사상해방운동과 마찬가지로 중대한 의의를 갖는 시대 주제이다. 중화 민족은 가장 위급한 시기에 놓이게 되었다!

2. '개혁을 제재로 한 문학'은 어떻게 쇠퇴했는가

개혁은 1980년대의 유일한 출로였다. 그러나 개혁의 어려움은 사람들의 예상을 크게 뛰어넘었다.

신시기 문학의 연구자들이 1979년에서 1984년을 휩쓸던 '개혁을 제재로 한 문학'을 예찬할 때, 사람들이 개혁가들에게 큰 박수를 보내며 좋아할 때, 그들은 보편성을 띤 하나의 사실을 무시한 것 같다. '개혁을 제재로 한 문학'이 개혁가들을 위하여 비석을 세우고 칭송할 때 슬픔의 안개에 휩싸이는 것은 피하기 어렵다. 이것은 도대체 어찌된 영문인가?

장자룽(蔣子龍)의 《교 공장장의 취임기(喬廠長上任記)》는 '개혁을 제재로 한 문학'의 첫 시작을 알리는 작품이다. 소설은 처음부터 주인공 교광박(喬光朴)의 '주인공이 되기를 좋아하는' 성격을 '한창 유행하고 있는 정치 기피증', '정신 위축증'의 포위 속에 배치했다. 오랜 전우인 석감(石敢)은 '사상적으로 불구자가 되었고' 애인 동정(童貞)은 '정치 기피증'에 걸린다. 적수 기신(冀申)은 '기껏해야 당 활동에 매인 평범한 정치사업 간부에 지나지 않으나' 관운은 형통하다.

"노동자의 사상이 혼란하고 대부분의 사람들이 과거에 숭배하던 우상을 잃었으며 신앙마저도 한꺼번에 잃게 되었다. 심지어 민족적 자존심, 사회주의적 자부심마저도 모두 사라졌다. 또한 군중들이 사상적으로 모래알처럼 흩어지는 것보다 더 무서운 것이 있는가? 요즘 노동자들은 기만당하고 우롱과 질책을 받아 육체와 영혼 모두가 퇴화했다."

교광박은 엄격하고 신속하여 첫 전투에서 승전고를 울렸지만 그는 "영원한 정치가는 아니었다." 때문에 대인관계에서는 크게 실패하고 돌아오게 된다. 《교 공장장 후 전기(喬廠長後傳)》에 와서 그는 이미 곤경에 처하게 된다. "그는 몰랐다.……더욱 큰 압박은 수년 동안 조성된 침체된 경제체제라는 것을. 어느 때 한 줄기 바람이 불어 닥쳐 그의 환상을 깨뜨릴지 모를 일이었다." 그는 공장에서는 일을 과감하게 처리할 수 있었으나 공장 밖에서는 속수무책으로 한탄할 뿐이었다. "무서운 것은 우리 경제가 빈혈증에 걸렸는데 혈액은 없고 눈물만 흘린다는 것이다." ― 보라. '개혁을 제재로 한 문학'은 시작부터 '비창 소타나'였다.

또 《개척자(開拓者)》의 주인공인 성(省)위원회 부(副)서기 역시 마음을 굳게 먹고 진보를 꾀했으나 사면초가에 부딪치지 않았던가? 그의 비서는 그의 끝이 좋지 않으리라는 것을 예감했다. 그의 경쟁 기제는 약자를 격노시켰고 불안정 요소를 부추겼다. 더욱이 유언비어가 터무니없이 돌아 그는 퇴직할 수밖에 없었다.

장결의 유명한 장편 《무거운 날개(深重的翅膀)》(이 표제는 개혁의 어려움을 상징한다)의 선언은 이러하다. "정말 사람을 지치게 하는 것은 앞에 놓인 넘어야 할 높은 산과 깊은 강이 아니라 발밑에서 시작되는 자질구레한 일들이다. 당신의 신발이 발을 조이는 것이다."

주인공 정자운(鄭子雲)은 개혁을 밀고 나갈 마음이 있으나 가는 곳마다 조심하지 않으면 안 되었다. 왜냐하면 정자운은 정부의 차관이기 때문이다. "사람들이 자신의 진실한 모습으로 생활할 수 있을까? 그러나 그것은 그와 그 시대 사람들이 소원하는 일이 아니었다." "그에게는 이 현실을 바꿀 능력이 없다. 거대한 사회조직에 비해 개인의 역량은 미미하기 그지없는 것이다." 그렇다고 해도 그는 개혁하려는 사람들을 최대한 지지하고 도와주었으며 이 때문에 정적에게 모함을 당했다. 결말에서 그 역시 퇴직을 고려한다.

또 가운로의 장편 《새 별(新星)》이 있다. 현(縣)위원회 서기 이향남(李向南)은 '강한 철완(鐵腕)'으로 개혁의 폐단을 제기하지만 겨우 몇 번 만에 비탄에 빠진다. "나는 나 자신이 정치를 하기에 적합하지 않다는 것을 알았다.……정치를 하려면 인내심이 있어야 하고 참을성이 있어야 하며 권모술수로 자신을 보호하는 데 정력을 써야 한다. 나는 그런 인내심이 없고 또 권모술수를 좋아하지도 않는다.……나는 나중에 정치학자가 되고자 한다.……중국 개혁가들의 고급 참모가 되고자 한다."

그는 아주 분명하게 알고 있다. "사업에 대한 절망, 생활에 대한 절망 ― 이것은 객관적 원인으로 조성된 것이다 ― 은 어떤 때는 가장 견고한 신앙마저도 붕괴시킬 수 있다. 역사적으로 이런 선례가 적다고 할 수 있는가?" 능력 있고 매력이 있으며 배경도 있는 그마저 이런 비명을 질렀으니 다른 사람들이야 말할 것이 있겠는가?

《밤과 낮》, 《쇠망과 영광(衰興榮)》에서 상황을 바꾸려는 이향남의 노력은 실패하여 마지막에는 실패를 인정하지 않을 수 없었다. "나는 정치를 하지 않겠다." " '하늘을 우러러 울부짖는다'는 건 일부러 비장한 척하는 것뿐이다!……나에게는 폭탄이 되어야겠다는 비분과 격한 정서가 없어졌다. 또 냉담해졌다." 작가 본인도 끝내 《경도 3부곡(京都三部曲)》의 마지막 한 부를 써내지 못했을 뿐만 아니라 그가 사랑하던 정치소설과 이별하고 바로 신비문화를 번역하는 일에 뛰어들었다.

위에서 말한 개혁을 맘껏 노래한 명작들은 여러 작가의 손에서 나왔지만 거의 모두가 약속이나 한 듯이 개혁가의 비참한 심경에 접근했으며, 개혁가들이 격류에 밀려 물러나게 되는 어쩔 수 없는 현실을 진솔하게 써냈다. 이는 우연인가 아니면 필연인가? 우연이라고 한다면 사회에서 '개혁을 제재로 한 문학'의 심화를 호소했을 때, 왜 새로운 《교 공장장 취임기》, 《무거운 날개》, 《새 별》 같은 작품이 나오지 못했는가? 장자룡은 나중에 전향하여 《기아 종합증세(飢餓綜合症)》를 썼고, 장결은 인간의 기본적 감정을 표현한 《그는 무슨 병에 걸렸는가?(他有什麽病?)》, 《상초열(上火)》을 썼고, 자기도 모르게 사회의 병적 상태를 훈계하는 길로 나아갔다. 약속이나 한 듯 이렇게 의견의 일치를 보인 것은 주목할 만하다!

물론 '개혁을 제재로 한 문학'은 비극만이 아니다. 장자룡의 《빨주노초파남보(赤橙黃綠靑藍紫)》, 가평요의 《소월전본(小月前本)》, 《계와와의 사람들(鷄窩洼的人家)》, 《섣달·정월(臘月·正月)》은 희극이다. 이것은 어떻게 해석할 것인가?

그렇다. 어떤 지방, 어떤 조직에서 개혁은 비극이다. 일부 지방, 일부 조직에서 개혁은 희극이다. 생활은 늘 이렇게 불균형적으로 각기 다른 희극을 만든다. 그러나 더욱 자세하게 더듬어보면 좀더 자세한 것을 알 수 있을 터이다. 《교 공장장 취임기》, 《무거운 날개》, 《새 별》처럼 정치와 조직의 측면에서 개혁파와 보수파의 충돌을 묘사한 작품은 대다수가 비극이다. 일상생활 면에서 서민의 관념 변화, 생활방식의 변천을 묘사한 작품은 대다수가 희극이다. 이런 비교는 개인을 중국의 개혁 과정에 쉽게 연결시켜 준다. 곧 정치체제 개혁의 어려움과 사회 생활방식의 큰 변화를 보여준다. '개혁을 제재로 한 문학'은 이렇게 개혁에 반응하고 개혁을 반영하는 현실적인 것이다. 모든 것이 결국 물샐틈없는 우연의 일치를 보았다.

1984년 이후 소설 분야에는 이미 '개혁을 제재로 한 문학'에 대한 호소가 없어졌다. 원인은 작가들이 새로운 돌파구를 찾기 때문만은 아닐 것이다. 사실 경제 개혁은 이미 1983년부터 낙후한 정치체제에서 오는 제약을 많이 받았으며, 중공 중앙이 그 해에 소집한 12차 2중 전회에서 '당의 정돈에 관한 중공 중앙의 결정'을 통과시키기까지 개혁파는 당내 부패 현상 그리고 관료주의와 격렬한 투쟁을 벌였다. 이 어려운 전쟁은 줄곧 끝을 보지 못했고 1993년까지도 계속되었는데 그때부터는 반부패의 시대로 들어선바, 1980년대 중후반은 '언제나 초전에서 이겨야만 하는' 시기였다. 또한 1984, 1985년 사이에는 "개혁파가 잇달아 낙마한다"는 소문이 나돌았다.

개혁은 물론 중단되지 않을 것이다. 개혁은 중국의 유일한 선택이다. 정치체재 개혁과 반부패, '깨끗한 정치 건설'의 어려움도 전 사회의 생활방식과 그 구성원의 의식이 크게 변화하는 세찬 대조류를 막아설 수 없었다.

'개혁을 제재로 한 문학'은 낙화유수의 봄처럼 가버렸고 대신 나타난 것은, 진조분(陳祖芬)의 보고문학 《도전과 기회(挑戰與機會)》(1984～1986)나 이유(理由)의 보고문학 《남방빌딩(南方大厦)》(1984)처럼 '전 국민이 상업을 중시'하는 세태를 쓰고, '새로운 관념─시장의 관념, 상품의 관념, 시간의 관념, 기회의 관념, 효율의 관념, 정보의 관념, 경쟁의 관념, 발전의 관념을 수립한다'는 문제를 썼다. 또한 '소비시장의 양상을 변화시키는 강력한 인물'을 쓴 작품, 전석창(錢石昌)·구위웅(歐偉雄)의 장편소설인 《상계(商界)》(1988)처럼 상업 전선의 풍운을 쓴 작품, 종도신(鐘道新)의 《주식시장의 신경(股票市場的迷走神經)》(1991)처럼 새로운 주식 투자자를 묘사하고 투기에 대해 쓴 작품 들이 있다. 하지만 설사 이런 작품들이라 할지라도 그 속에는 늘 우려하는 마음이 반짝이고 있다. "아직 얼마나 되는 손초(孫超)[11]가 나타나지 못할 것인가? 나타난 손초는 매몰될 가능성이 있는 것이 아닌가? 매몰되지 않은 손초는 얼마나 오래 생존할까?······개혁이 실패하면 어떻게 될까?"[〈경제와 인간(經濟和人)〉]

"경제는 저속한 정치이다.······경제가 정치와 충돌할 때 정치에 복종해야 한다"(《주식시장의 신경》). 개혁의 화려함에 대해 집필할 때에도 작가들은 무의식중에 유토피아를 다시 꿈꾼다. 그것은 현실적 도전이 고난의 길을 바로 보지 않을 수 없게 만들었기 때문이다.

또 다른 사례가 있다. 경제학자들이 부자가 되는 '온주(溫州) 모델'을 발견했을 때, 문학가들도 새로운 시대의 온주를 위하여 여러 곡의 찬송가를 썼다. 온주에서 출생한 작가 임근란(林斤瀾)은 연작소설 《왜등교정취(矮凳橋風情)》를 썼으며 온주가 고향인 작가 엽영렬(葉永烈)은 보고문학 《중국 개혁의 실험구 ― '온주 모델'(中國改革的試驗區 ― '溫州模式')》을 썼고, 보고문학 작가 진관백(陳冠柏)도 《중국의 첫 번째 농민도시(中國的第一座農民城)》를 썼다. 문단에 한 줄기 새로운 바람이 불어 온 것이다.

하지만 보고문학 작가 가로생(賈魯生)은 온주가 갑자기 부유해진 뒤의 또 다른 일면을 발견했다. 이리하여 그는 《금융대지진(金融大地震)》, 《심판 받은 금전과 금전의 심판(被審判的金錢與金錢的審判)》, 〈나오기 힘든 묘혈(難以走出的墓穴)〉, 〈남녀 성별 비극(性別悲劇)〉 같은 세상을 놀라게 하는 작품을 잇달아 발표했으며, " '자본'의 맹아 상태에 놓인(어

---

11) 진조분의 보고문학 〈經濟和人〉에 나오는 민간무역가. 《十月》 1985년 제6기 참고.

쩌면 이것은 상품경제 발달의 개념보다 더욱 정확할지 모른다) 온주"를 매정한 필치로 써냈다.

"사람들은 논밭을 제외한 다른 데서 벌어온 첫 번째 돈으로 사당을 수리하고 불상을 주조한다.……시골에서 앞장서 춤을 추던 처녀도 나중에는 강제 혼인의 악운을 벗어나지 못한다. 아내는 남편이 첩을 얻도록 도와준다. 모든 집마다 무덤을 지니고 있다. 노인은 문 입구에다 전자게임기를 놓고 한 손으로는 미신에게서 돈을 빌려오고 다른 손으로는 과학으로부터 돈을 빌려온다.……역사의 모든 것이 다 살아 있고 시체마저도 걸어서 돌아다닌다."12) "부유해지기 시작한 농민들은 아주 쉽게 '지주'가 되지만 '자본가'로 발전하는 것은 매우 어려웠다. 왜냐하면 폭군 같은 세력이 그들의 육체와 영혼을 통치하기 때문이다."13) 가로생은 이렇게 깊은 울분으로 문화 위기에 대하여 경종을 울렸으며 사상적 계몽의 필요성을 증명했다. 그의 글은 안정된 생활을 하거나 갑자기 부유해진다고 해서 잘 익은 수박이 그냥 땅에 떨어지듯 사상 계몽이 쉽게 되지는 않을 것임을 나타낸다.

잘 알려져 있다시피 중국의 개혁은 몇 번의 좌절과 성공이 있었다. 1984년에 출판된 《새 별》은 지식인의 감격을 기술했다. "중국의 개혁은 아직도 매우 겁이 많고 나약하다. 개혁을 하다가 멈추고 멈추었다가는 개혁을 하며 제지를 받으면 바로 타협·후퇴하여, 몇 년 안 되어 벌써 몇 번의 좌절이 있었다!"

이는 사람들을 슬프게 하나 이해하기에 어렵지 않다. 중국의 해묵은 폐단들은 너무 무겁고 깊어서 짧은 시간에 바꾸기는 무척 어렵다. 따라서 개혁은 거대한 대가를 피하기 어렵다. 이 어려움과 완만함은 중국적

---

12) 賈魯生, 〈性別悲劇〉, 《新觀察》 1988년 제19기.

13) 賈魯生, 〈難以走出的墓穴〉, 《當代'納妾'現象曝光》, 四川文藝出版社, 1989, 94쪽.

현실이 결정한 것이기도 하지만 개혁자의 열정을 소모시키기에 충분하였다. 이것이 바로 '개혁을 제재로 한 문학'이 쇠퇴하게 된 근본적인 원인일 것이다.

3. 문화 위기

굳게 닫혔던 나라의 문이 열리자 서양 문화는 파죽지세로 쳐들어왔다. 미국의 영화와 코카콜라, 프랑스의 패션과 향수, 일본의 가정용 전자제품 들이 몇 년 사이에 중국인의 생활 속으로 들어왔다. 서양의 문학·역사·철학에 관한 명저도 매우 빠르게 중국 지식인의 정신세계에 흘러들었다. 서구적 근대화는 수천수만 명의 중국 학생들이 고생을 마다하지 않고 먼 바다를 건너가서, 울분을 참고 품을 팔아 돈을 벌어서 '그린카드(영주권) 소지자'의 행렬에 끼어들도록 만들었다.

사람들이 20세기 문화 배경은 중국 문화와 서양 문화의 대격돌이라고 논쟁하고 있을 때, 그들은 당연히 '새로운 목소리를 이방에서 구하지 말라'고 한 세기 초 사람들의 충고든 세기 말 사람들의 '출국 열풍'이든 할 것 없이 더욱 본질적인 문화 특징, 곧 심리의 저울추가 서양 문화로 기울어졌음을 분명히 알아야 한다. 5·4 선구자들의 '공자를 타도하자', '중국 서적을 읽지 말자', '한자를 없애버리자'는 극단적인 외침 이후 1980년대 사상가들의 '시체중용'의 사고가 점점 강해지는 '세계가 하나로' 열풍은, 서양 문화가 중국에 더 일방적으로 작용한 색채를 띤다. 중국 문화와 서양 문화는 대등한 교류를 나누지 않았다. 보라, 항일구국이란 민족 자존심이 전례 없이 고양된 시대에도 중국 인민은 세계 반파시스트 전선의 결정적 지지자로 남아 있어야 했다. 쇄국이 가장 심하던 시절에도 중국 공산당이 그 모든 역경을 헤쳐가게 한 정신적 지주는 서양의 마르크스-레닌주의이다. 근대화는 중국 문화가 더욱더 서양 문화에 기울어지지 않을 수 없게 했고, 이것이 19세기 중엽 이래 중국 문화의 운명인 것이다.

이리하여 '문화 위기'의 외침이 나오게 되었다. 이 부르짖음은 지난 100년 넘게 늘 중국인의 귓가에 울렸다. 근대화는 중국에 대한 도전이며 100여 년 동안 중국의 개혁가들이 노심초사하던 난제이자 암적 존재였다.

1980년대의 사람들이 '반봉건', '계몽', '민주와 법제', '인성과 인도주의', '서체중용'의 화제를 논할 때 그들은 사실상 서양 문화로 중국 문화를 치료하는 시대적 주제를 토론한 것이다.

1980년에 청년 학자 임춘·이은하는 〈전통적 봉건문화와 고별한다〉는 글을 발표했으며 봉건문화의 금욕주의, 대통일사상, 옛것을 중시하고 현재의 것을 경시하는 관념, 폐쇄된 사회구조, 위선적인 인의도덕, 자아도취적 정신승리법과 인치(人治)의 폐단을 비판했다.14) 유명한 학자들도 서양 계몽주의에 관한 고견을 발표했다. 여이녕(厲以寧)은 경제학의 견지에서 시장 경쟁을 통한 봉건주의 숙청의 중요성을 언급했고 오우근(吳于廑)은 새로운 계몽사상가의 출현을 강하게 호소했다.15)

이와 동시에 청년 학생과 청년 학자들 사이에 '이론 열풍'이 거세게 일어났다. '프로이트 열풍', '사르트르 열풍', '니체 열풍'과 '청년 마르크스 열풍'이 여기저기서 일어나 그야말로 장관을 이루었다. 프로이트 정

---

14) 《讀書》 1980년 제11기.
15) 《讀書》 1980년 제12기 참고.

신분석학은 신시기 사람들이 개성을 드높이고 자유를 추구하는 이론 기치가 되었으며, 니체의 정신은 더욱 직접적으로 신시기 사람들의 조급한 정서를 선동했다. 신시기 사람들이 이 세 명의 비이성주의 철학자를 선택하여 새로운 정신적 우상으로 삼았을 때, 이는 서양의 비이성주의 문화를 빌려다가 중국 문화를 개조하고 중국 국민성을 개조하려는 의지를 표현한 것이다. 인성에 관한 청년 마르크스의 사상도 신시기 사람들이 인도주의 사조를 발전시키는 데 사용했다.

또 다른 면에서 노신은 신시기 청년들의 반봉건적 기치가 되었다. 1981년 탄생 100주년을 즈음하여 노신의 '국민성 개조'에 관한 사상은 사상·문학계의 화두가 되었다. '근대 중국에서 가장 위대하고 가장 강한 계몽사상가'[16]인 노신은 당대 청년들의 반봉건적 기치였으며, '현대 중국의 가장 고통스러운 영혼'[17]으로서 노신을 다룬 연구는 1980년대 중기에 유행했다. 청년 학자[예컨대 왕부인(王富仁)·전리군·왕효명·왕휘(汪暉) 등]들은 노신 연구를 통해 중국의 반봉건 사상혁명, 중국 지식인의 운명과 중국 문화의 출구를 놓고 심각하게 반성했다.

"허지산(許地山)·빙심·왕통조(王統照)·엽성도(葉聖陶) 등 '사랑'을 중심으로 하는 현실주의 작가들의 인도주의 사상과는 조금 다르게……개성주의의 항쟁을 더욱 강조"한 노신의 사상적 특징[18]은 마침 1980년대 개성주의 사조와 서로 일치한다. 노신의 '절망 속의 항전'이라는 인생 태도와 그 울분으로 가득 찬 가슴은 세기말의 비참한 정서와 통했다. 노신의 '가져오기 주의[拿來主義]'는 신시기 서양 문화사조

---

16) 李澤厚, 〈略論魯迅思想的發展〉, 《中國近代思想史論》, 人民出版社, 1979, 469 쪽.

17) 王曉明, 〈現代中國最苦痛的靈魂〉, 《所羅門的瓶子》, 浙江文藝出版社, 1989, 1~31쪽.

18) 王富仁, 〈'吶喊', '彷徨' 綜論〉, 《文學評論》 1985년 제3기.

를 수용하는 추세와 비슷하다. 노신의 " '자아 부정'에 대한 고도의 자
각"19)은 신시기 지식인의 심각한 자기 반성과 서로 부합한다. 20세기 초
에 노신이 쓴 고독한 울분의 책은 신시기에 와서도 여전히 불가사의한
현실감과 생명력을 나타내고 있는바, 이 현상 자체에는 비극적 의미가
적잖은 것이다. 이 세대가 계몽전도사로 노신을 선택한 것 또한 사람을
감동시키는 문화 현상이 아니겠는가? "마음은 끝없어 넓은 우주에 잇닿
다" — 지식 엘리트의 양심과 사명감은 대를 이어 사람들에게 전해지기
에 운명이 다할 수 없는 것이다!

20세기 초반에 강유위가 '옛것을 본받아 제도를 개혁하고[托古改制]'
'공자를 이용하여 정치 투쟁을 진행'20)한 것과 마찬가지로, 당대 계몽운
동의 투사들도 서양 근대 사조를 끌어들이고 노신 정신을 선양하는 것
에서 착수하여 중국 문화가 근대화로 나아가도록 했다.

하지만 이것은 문제의 한 면일 뿐이다. 문제의 다른 면은 근대화가 반
드시 '서구화'이며 또 반전통(反傳統)을 전제로 삼아야 하는가 하는 점
이다.

문제는 그렇게 간단한 것 같지 않다. 대만은 근대화 의의를 가진 경제
발전을 이룸과 동시에 유가사조(儒家思潮)도 크게 발전했다. 모종삼(牟
宗三), 두유명(杜維明), 여영시(余英時) 등을 대표로 하는 '신유가'들이
이미 대만 사상·학술계의 유명한 학파가 되어 세계 중국어 문화권에
큰 영향력을 끼치고 있다. 일본, 싱가포르와 같이 동아시아적 전통문화
의 뿌리가 깊은 나라 역시 근대화 과정에서 전통문화의 근대적 전환에
성공했다.

그렇다면 대륙의 상황은 어떠한가? '문화대혁명'을 거치고 더욱이

---

19) 錢理群,《心靈的探尋》, 上海文藝出版社, 1988, 143쪽.
20) 範文瀾,〈中國近代史的分期問題〉, 李澤厚,《中國近代思想史論》, 人民出版社, 1979, 170쪽에서 재인용.

1973년의 '비림비공(批林批孔: 임표 비판, 공자 비판— 옮긴이)' 운동을 거쳐 유학 부흥의 불씨는 어떻게 보존되어 왔는가?

1966년 9월 21일, '문화대혁명'이 한창일 때 칠순의 한 노인은 집을 수색당하고 장서가 불에 타버린 상황에서 기억에 의지하여 《유불 이동론(儒佛異同論)》을 썼으며 다음에는 또 《동방학술개론(東方學術槪論)》[21]을 썼다. 그가 바로 유명한 사상가 양수명(梁漱溟) 선생이다. 그는 문화를 괴멸시킨 큰 불길 속에서 중국 전통문화의 불씨를 보존하기 위하여 힘들게 노력함으로써, 하나의 영혼이 여러 차례의 정치적인 탄압에도 왜곡되지 않고 사상가의 양심이 현대 미신에 질식되지 않았음을 증명했다. '일관되게 공자를 존중하는〔一貫尊孔〕' 유파로서 양 선생은 정치협상위원회의 직속 학습 소조에서 긴 발언을 했으며, '비림비공(批林批孔)' 운동 중에 공개적으로 자신의 의견을 폈다.

"나는 지금 유행하고 있는 공자 비판 운동에 동의하지 않는다."[22] 그는 진솔하게 직언을 했다. "중국은 5천 년의 문화를 가지고 있으며 공자는 고대 문화를 받아들였고 또 그 뒤 중국 문화에 큰 영향을 주었다. 이런 측면에서 보면 중국 역사상 어떤 사람도 공자와 비교할 수 없는 것이다.……중국 사회의 발전, 민족의 확대, 역사의 유구함은 중국의 문화와 뗄 수 없는 관계에 있다. 중국 민족은 자기 문화의 도태를 받아들이면서 배양된 것이다! 중국 문화는 여러 가지 장점이 있는데, 바로 중국 민족이 부지런하고 선량하고 지혜롭고 강대한 응집력을 가졌다는 점이며 이는 오늘날처럼 큰 다민족 국가로 발전하는 데 없어서는 안 되는 것들이다. 중국의 전통문화는 유구한 역사를 가지고 있으며 세계에서 유일하며, 외래의 각종 문화사상을 모두 소화하고 제련시켜 중국 자신의 것으로 바

---

21) 汪東林, 《梁漱溟答問錄》, 湖南人民出版社, 1988, 172쪽.
22) 위의 책, 177, 178~179쪽.

꾸어 비로소 발휘할 수 있게 된 것이다."[23]

이 직언 때문에 양 선생은 거의 1년 동안 비판을 받아야 했다. 하지만 뭇 사람들의 비난의 대상이 되었을 때에도 그는 '군대의 장군을 빼앗을 수는 있어도 필부의 뜻을 빼앗을 수는 없다'는 옛 사람의 가르침으로 용감하게 반격했을 뿐만 아니라 다시 자신의 생각을 표현했다. "나는 공자 자체가 종교가 아니고 또한 사람들이 그를 신앙으로 생각해서도 안 되며, 공자 자신도 사람들이 자신의 이성을 믿기를 바란 것뿐이라고 생각한다. 나는 단지 자신의 이성을 믿을 뿐이고 경박하게 다른 무엇을 믿지 않는다.……이 '뜻'은 빼앗을 방법이 없는바 그 개인을 없앨 수는 있어도 뜻은 빼앗을 수 없는 것이다!"[24]

중국 전통 사대부의 강건한 품격은 암흑의 세월 속에서도 광채를 뿜었다! 이런 정신 때문에 그는 1980년대를 강인하게 살아냈으며 그의 저서 《동서 문화 및 철학(東西文化及其哲學)》, 《동방학술개관(東方學術概觀)》, 《중국문화요의(中國文化要義)》의 재판(再版)과 새로운 저서 《인심과 인생(人心與人生)》의 출판을 지켜보았고, 그의 학설이 나라 안팎에서 광범하게 전파되는 것을 볼 수 있었다.

양수명 선생은 5·4 시기에 이미 급진파의 서구화 주장을 반대했으며 문화철학의 각도에서 '동양 정신문명'으로 '서양 물질문명'이 낳은 정신적 상처를 치료하자고 했다. 또 유가의 '인생 속에서 인생을 위로하고 격려하는' 태도로써 적극 처세하여 '중국 문예 부흥'의 도래를 영접해야 한다고 했다.[25] 이런 견해는 5·4 시기에 급진파의 맹렬한 비판을 받았으나, '문화대혁명' 때 그리고 '문화대혁명' 이후에는 다시 주목을 받았

---

23) 汪東林, 《梁漱溟答問錄》, 湖南人民出版社, 1988, 177, 178~179쪽.

24) 위의 책, 185쪽.

25) 梁漱溟, 《東西文化及其哲學》, 李澤厚, 《中國現代史上史論》, 東方出版社, 1987, 285쪽에서 재인용.

으니 20세기 중국에서 그의 사상이 가지고 있는 독특한 의의를 알 수 있다. 이 현상은, 양 선생이 20세기 '신유가'의 대표 인물로서 유구한 역사를 가지고 있는 유가문화의 명맥을 줄곧 지켜왔으며 1980년대 중국 문화 열풍에 큰 공헌을 했다는 것을 알려준다.

물론 '신유가'의 대표는 양 선생 한 사람만은 아니다. 역경에 굴하지 않고 전통문화 정신을 수호하는 양 선생의 업적이 아직 신문 한 귀퉁이에조차 발표되지 않았을 때, 이택후도 1978년에 유가문화에 대한 반성과 재건을 시작했다. 이택후가 '비림비공' 운동을 청산하기 위하여 쓴 〈공자 재평가〉는 1978년 말의 논문이지만 《중국 사회과학》 1980년 2기에 발표했는데, 이것은 '문화심근(文化尋根)' 사조의 시작이었다. 논문은 '민족적 문화 - 심리구조'로서 유가문화가 지닌 이중성을 논증했다. 그것은 '중국이 공업화 · 근대화하는 데 커다란 장애'이면서도, "씨족 민주제의 인도 정신과 인격 이상에 바탕을 둔 현실 중시, 경세치용의 이성적 태도, 낙관적이고 진취적이며 다른 사람을 위하여 자기를 희생하는 실천 정신……중국의 유구한 역사에서 늘 진보적인 역할을 담당한 중요한 전통이다."

그 뒤 1981년에 출판된 《미의 역정》의 '선진 이성 정신'과 1985년에 출판된 《중국 고대사상사론》, 그리고 1987년에 《문화: 중국과 세계》 총서 3집으로 발표한 《현대 신유가를 논한다(略論現代新儒家)》 등에서 이택후는 반복적으로 '유학은 여전히 할 일이 있다'는 필요성과 가능성을 논증했다. "외래의 근대적인 것을 몸체와 동력으로 하고 전통을 창조적으로 전환시킴으로써 이것의 면모를 새롭게 한다."[26]

이택후 자신은 '신유가'[27]에 속하는 것을 부정했다. 그러나 그가 "오

---

26) 李澤厚, 앞의 책, 310쪽.

27) 龍柏文, 〈儒學與傳統文化〉, 《讀書》 1986년 제5기에서 재인용.

늘날 당연히 계승해야 할 것은 5·4 시기, 전통을 비판한 개혁 정신이다.
하지만 이것은 유가의 실용이성(實用理性)과 밀접하게 관련이 있다"는
그의 견해,[28] "인학(仁學)구조는 사람들을 유쾌하고 화해하도록 만들고
고도의 물질문명 속에서도 또한 현실 정신이 살아 있는 휴식 터에서 생
활할 수 있게 한다는 면에서 나름대로 기여를 한다"는 생각은[29] 모두,
"중국인이 서로 상대방을 중히 여기는 것, '나라를 위하여 겸손하게 사
양'하는 것은 미래 세계의 전도이다. 그것은 반드시 '개인 본위', '자기중
심'의 사상을 대체하게 될 것인바……세계의 앞날은 기필코 중국 문화
의 부흥으로 귀결될 것이다"[30]라는 양수명의 예언과 통하는 데가 있다.

또 당시 국가대표급 대가인 진인각 선생의 "화하(華夏) 민족의 문화는
수천 년 여정의 발전을 거쳐 송대(宋代)에 와서 정점에 이르렀고 그 뒤
점차 쇠락했으나 나중에 반드시 부흥할 것이다",[31] "중국의 미래를 가만
히 추측해 보면……그것은 정말 사상적으로 스스로 체계를 이루고 새로
운 성과가 있으면서도, 한쪽으로는 외래에서 들어오는 학설을 흡수하고
다른 쪽으로는 민족의 원래 위치를 잊지 않게 되는 것이다. 이 양자는
대립하면서도 서로 협조하는 구조인데 그것이 바로 도교의 참 정신과
신유교의 진리로서 2천 년 동안 우리 민족과 다른 민족의 사상이 접촉해
온 역사다"[32]라고 한 논의와 비슷하다.

양수명·이택후, 그리고 광아명(匡亞明), 풍우란(馮友蘭), 방박(龐朴),
장대년(張岱年) 등 유명한 학자들의 유학에 대한 새로운 해석과 해외
'신유가' 사상은, 1980년대에 대륙에 함께 전파되어 유학 부흥의 새로운

---

28) 龍柏文, 〈儒學與傳統文化〉, 《讀書》 1986년 제5기에서 재인용.
29) 《李澤厚哲學美學文選》, 湖南人民出版社, 1985, 31쪽.
30) 任華·馳方, 《梁漱溟先生訪問記》, (香港)《良友》畫報 1986년 8월호.
31) 《鄧廣銘宋史職官志考證序》, 《金明館叢稿二編》, 245쪽 참고.
32) 《馮友蘭中國哲學史下冊審査報告》, 《金明館叢稿二編》, 252쪽 참고.

사조를 이루었다.

그러나 이런 문화사조가 청년 학자들 사이에 반응을 일으키지 못했다는 것은 주목할 만하다. 이택후의 《중국 고대사상사론》이 출판된 뒤 청년들은 그가 계몽주의를 배반했다고 질책했다. 방박의 《중국 문화의 인문정신(논강)[中國文化的人文精神(論綱)]》이 1986년 1월 6일에 《광명일보》 '철학' 특간 318기에 발표된 뒤 마찬가지로 청년들의 반발을 일으켰다.[33] 중국 전통문화의 복잡성은 논쟁 쌍방이 저마다 주장을 고집하는 중요한 원인이기도 하지만, 더욱 심각한 원인은 청년 세대가 전통문화를 대하는 것이 순(純) 학술적 견지에 바탕을 둔 것이 아니라 현실 변혁의 급진적 태도에 기울어진 데 있다.

전통문화에 대한 청년 세대의 비판은 두 가지 노선으로 전개되었다. 하나는 '심근(尋根)' 노선이다. 하지만 이 '심근'은 유가문화의 근원을 찾는 것이 아니라 도가문화를 인정하는 것이었다.

당시 청년 작가 가평요는 도가문화에 관심을 가져 일찌감치 자신의 서재를 '정허촌(靜盧村)'이라고 이름 붙였다. 1983년에 수필 《상주초록(商州初錄)》을 발표하여, 의도적으로 상주(商州) 산촌민의 격언 '자연은 근본이고, 안팎은 하나'를 허무한 세상의 거울로 삼았다.

청년 작가 아성이 1984년에 발표한 소설 《기왕(棋王)》은 도가의 '무위무불위(無爲 無不爲)', '사람은 분수를 지키어 만족할 줄 알아야 한다'는 '참 인생'의 경계에 대해 공감하는 마음을 표현했다.

1985년에 와서 한소공은 '화려한 초(楚) 문화는 어디로 흘러갔는가?' 하는 물음을 제기했을뿐더러 "문학은 근원이 있고 문학의 근원은 당연

---

33) 《光明日報》는 1986년 3월 17일에 여명(黎鳴)의 〈中國傳統文化有'人文'主義精神嗎?〉, 백강(白鋼)의 〈中國文化的人文精神(論綱)'駁論〉 등의 글을 실어 방박과 논쟁을 부추겼다.

히 민족 전통문화의 토양 속에 깊이 뿌리박아야 한다. 뿌리가 깊지 못하면 잎이 무성해지기가 어렵다"는 견해를 제기했다. 또한 '심근'은 "우리 민족의 사상적 장점과 심미적 장점을 찾을 뿐이다. 한쪽으로는 전통문화 가운데 보수적이고 낙후한 의식에 대해 현실적인 영향을 주기 위해 폭로하고 비판하자는 것이다. 다른 쪽으로는 정기를 흡수하고 현실을 주입하여 더욱 크고 빛나게 일으켜, 당대인의 힘을 북돋아주고 기를 보충해주며 뿌리를 튼튼히 하자는 것이다"[34]라고 했다.

이항육은 규범 문화와 비규범 문화의 개념을 적용하여 중원 문화(유가 전통을 가리키는 것이 분명하다)는 "규범적이고 전통적인 '뿌리'로서 거의 다 말라죽었다"고 단언했으며, '규범 문화 이외의' 초(楚) 문화, 오월(吳越) 문화야말로 '우리가 필요로 하는 뿌리'라고 주장했다.[35]

정만융도 "흑룡강은 내 생명의 뿌리이다.……거기에는 독특한 생활방식, 가치관과 정서가 있다", '생과 사, 인성과 비인성, 욕망과 기회, 사랑과 성, 고통과 기대 및 자연에서 온 신비한 힘'이 '심근 소설'의 기본 주제가 되었다고 말했다.[36]

막언(莫言)도 《붉은 수수밭(紅高粱)》에서 의협심이 강하고 거침없이 행동하는 동북 지방의 선배들의 '디오니소스(Dionysos) 정신[酒神精神]'을 노래했을 뿐만 아니라 이것으로 자손들의 위축감과 측은함을 비춰냈다.

이 몇 명의 '심근파(尋根派)' 기질은 일치하지는 않지만 거의 모두가 유가의 전통을 멀리했으며, 마음은 낭만주의 색채가 농후한 도가 정신에 두어왔으니 의미심장하다. 그들이 추구한 것은 민간에서 떠도는 자유로운 영혼이었다. 그들은 이로써 중국의 문화전통에 대한 이해를 표현했으

34) 韓少功, 〈文學的根〉, 《作家》 1985년 제4기.
35) 李杭育, 〈理一理我們的'根'〉, 《作家》 1985년 제9기.
36) 鄭萬隆, 〈我的根〉, 《上海文學》 1985년 제5기.

며 그들의 자유롭고 대담한 성격을 암시했다. '심근파' 가운데도 유가문
화의 후계자가 적지 않았다. 예컨대 정의(鄭義) 같은 사람은 그의 작품
《옛 우물(老井)》에서 사실상 '우리 민족의 강인한 생명력'에 대해 자신
도 모르게 인정했다. 손왕천(孫旺泉)은 '전통에 깊이 빠져 스스로 떨칠
방법이 없었고' 아울러 막대한 희생으로 마을 사람들의 행복을 지켰다.
하지만 정의도 《옛 우물》에서 '자아 폐쇄의 보수적인 심리 상태를 비판'
하는 현대적 의식을 기술했다.[37]

특별히 주의할 필요가 있는 것은 '심근파' 청년들이 '문화대혁명'의
황량한 사막 속에서, 전통문화 교육과 단절된 상태로 청소년기를 보냈다
는 것이다. 그러나 '문화대혁명'이 그들과 전통문화를 완전히 떼어놓지
는 못했다. 하방의 실천과 독학 그리고 심사숙고 끝에 그들은 전통문화
의 뿌리를 찾았다. 그들은 당대인의 정서가 서양으로만 기울어지던 때,
5·4 정신을 널리 선전하는 시대의 대조류 속에서 용감하게 '문화의 차
이를 뛰어넘는' 목소리를 냈다. 마치 5·4 시기의 양수명처럼 말이다.
아성도 "동서 문화의 발생과 발전은 너무 달라 어떤 의미에서는 서로 이
끌어줄 수 없다. 5·4 운동은 사회변혁에서 부정할 수 없는 진보적 의의
를 가지고 있다. 하지만 전면적으로 퍼져 있는 민족문화에 대한 허무주
의적 태도와 중국 사회의 불안정으로, 민족문화의 단절이 오늘날까지 연
속되었다"[38]고 주장했다.

정의도 "매번 친구들과 심각하게 토론하기 시작하면 뜻밖에 약속이나
한 것처럼 늘 불손한 말로 5·4를 논하게 된다. 5·4 운동이 우리 민족
에게 생기를 가져다준 것은 사실이다. 하지만 그와 동시에 부정하는 것
이 많고 긍정하는 것이 적은바, 민족문화를 단절시킨 혐의 역시 사실인

---

37) 鄭義·施叔靑, 〈太行山的牧歌〉,《上海文學》 1989년 제4기.

38) 阿城, 〈文化制約着人類〉,《文藝報》 1985년 7월 6일.

것 같다. '공자를 타도'하는 것, 민족문화의 가장 풍부한 자산 가운데 하나인 공맹의 도(孔孟之道)를 땅바닥에 내팽개쳤는데 그것은 비판이 아니라 파괴였다. 지양이 아니라 포기였다", "한 세대 작가의 민족문화 수양의 결핍은 우리들이 세계를 정복하기 힘들게 했다"[39]고 했다. 이런 논의는 바로 일부 청년 학자의 반박을 불러왔다.[40] 그러나 아성 · 정의의 소설은 정말 강하게 문단을 뒤흔들었다. 《기왕》, 《옛 우물》은 그들의 대표작이 되어 멀리 해외로 전파되어 중국 당대문학의 영예를 떨쳤다.

하지만 비록 '심근 열풍'이 한때 큰 화제를 불러왔지만 처량한 분위기의 조성은 막을 길이 없었다. 심지어 시작부터 '심근문학'은 실망과 곤혹의 의미가 가득했다. 한소공은 '화려한 초(楚) 문화'를 위하여 호남성으로 달려갔으며, 그래서 나온 작품 《아버지, 아버지, 아버지(爸爸爸)》, 《여자, 여자, 여자(女女女)》는 사람들을 전율케 한다. 한소공은 이렇게 말했다. "《아버지, 아버지, 아버지》의 착안점은 사회 역사이다. 초 문화의 배경 아래 한 민족의 쇠락을 투시한 것이며 이성과 비이성은 모두 거짓말이 되었고 신당(新黨)과 구당(舊黨)은 모두 세상을 구할 힘이 없었다. 《여자, 여자, 여자》의 착안점은 바로 개인 행위이다. 선과 악은 서로 표리인데, 속박과 자유의 변형으로서 인류 생존에 대한 위협이다." "이런 소설은 내 곤경의 일부이다."[41] 뒷날 한소공은 마침내 호남성 서부를 빠져나와 해남으로 갔다.

이항육은 오월(吳越) 문화의 영혼을 찾았으나, 그런 '유머, 장난, 귀신놀이와 성(性) 의식의 개방, 거리낌 없는'[42] 영혼은 현대 문명의 힘을 이

---

39) 鄭義, 〈跨越文化斷裂帶〉, 《文藝報》 1985년 7월 13일.

40) 《文藝報》 1985년 8월 31일자에는 汪暉의 〈要作具體分析〉와 王友琴의 〈我只贊成阿城的半個觀點〉이라는 두 편의 글이 실렸다. 5 · 4 선구자들이 민족 전통 문화를 연구하고 정리한 면에서의 공적을 충분히 긍정한 내용으로, 주장에 근거가 있다.

41) 韓少功, 〈答美洲《華僑日報》記者問〉, 《鐘山》 1987년 제5기.

겨낼 수 없으며 '최후의' 외로운 후계자가 되어버렸음을 마침내 서글프게 발견했다[《마지막 어부(最後一個漁佬兒)》, 《모래 부뚜막 풍습(沙竈遺風)》, 《산호 모래밭의 파도타기(珊瑚沙的弄潮兒)》는 모두 오월의 정신을 이을 사람이 없음을 암시했다].

아성의 《수왕(樹王)》, 《해자왕(孩子王)》에서는 도가 정신의 계승자가 몽매와 전제로 말미암아 핍박받아 죽거나 막다른 골목으로 내몰린다. 아성은 '8왕' 시리즈 작품을 쓰려고 했지만, '3왕'까지 완성하고는 더 쓰지 못했다. 아성 본인도 '심근 열풍'이 지나간 뒤 미국으로 가버렸다.

가평요도 《상주초록》를 발표한 지 거의 2년 만에 아름다운 꿈이 깨진 것을 기술한 《상주세사(商州世事)》, 《먼 산의 야정(遠山野情)》을 써서, "현대의 추한 것"이 소박하면서도 고풍스럽고 조용한 기풍을 침식하는 사태에 어쩔 수 없는 탄식을 했다.

막언도 《붉은 수수밭》에서 '종의 퇴화'를 비탄하지 않았던가? 몇 달 뒤에 완성한 《개의 길(狗道)》에서 작가는 그가 숭배하는 토비(土匪) 영웅을 통해 '너무 지쳤다'는 긴 한탄을 했다.

'심근'의 성공과 실패는 결국 어둠 속에서 이런 '심근파'들이 거쳐온 마음의 여정이 되었다. 이 사실 자체가 전통문화의 위기를 암시하는 것은 아닌가? 중국 문화의 뿌리는 시들지 않을 것이다. 하지만 애써 '찾아' 가려는 이 현상 자체가 비애를 느끼게 하는 것은 아닌가?

'심근파'들이 쉬지 않고 전통문화를 연구하고 있을 무렵, 그들의 동년배 가운데 한 패는 그들에 대해 경멸을 나타냈다. 홍봉(洪峰)은 일부러 '심근'을 반대하고자 그의 성공작인 《고비 사막(瀚海)》을 쓴 것 같다. "나는 찾아볼 만한 '뿌리'를 보지 못했다. 허튼소리이다." 시적 정취라곤 아무것도 없는 고비 사막의 비정상적 인생은 사람들을 충분히 절망하고

---

42) 李杭育, 〈理一理我們的'根'〉, 《作家》 1985년 제9기.

저주하게 만든다.

또 청년 평론가 유효파(劉曉波)도 1986년의 '신시기 10년 문학 토론회'에서 '심근문학'은 "뒤를 보는 것이고", "뒤로 가면 중국의 문화는 폐쇄적 시스템 속에서 맴돌게 될 뿐이다", "전통을 깨뜨리지 않고, 5·4 시기처럼 철저하게 전통적 고전문화를 부정하지 않고, 이성화의 속박을 벗어나지 않고서는 위기를 벗어날 수 없다"고 강하게 비판했다.[43] 반전통에 대한 유효파의 격렬한 태도는 1986년의 대학생·대학원생 사이에서 매우 큰 호소력이 있었다.

이로써 1985, 1986년 문화사조의 소용돌이를 볼 수 있다. 중·노년 학자들이 유가문화의 정신을 널리 알리려고 할 때, 청년 '심근파'들은 단호하게 도가문화에 눈을 돌렸으나 청년 '현대파'의 강한 비판을 받았다. 신시기 문화사조는 일원화의 속박을 깨고 다원화의 광활한 대지 속으로 뛰어들어, 여러 사상 사이의 충돌·혼전에 따른 경박함과 곤혹의 분위기가 나타났다.

청년 문화사조의 또 다른 길, '현대파'가 걸어온 노선을 보기로 하자. 5·4 선구자들이 봉건 문화의 속박을 쳐부수고 앞 다투어 근대 서구 문화사조에 뛰어든 것과 마찬가지로, '4·5' 세대들은 '문화대혁명'의 생지옥을 벗어나자마자 서구 문화의 격류 속으로 뛰어들었다. 이는 서양의 선진 과학기술이 중국의 근대화를 건설하기 위하여 시급히 필요할 뿐만 아니라, 서양의 활력으로 가득 찬 문화사상이 중국의 사상해방운동을 위하여 강하고도 유력한 무기를 제공했기 때문이다.

플라톤·아리스토텔레스로부터 러셀·몽테스키외·디드로·볼테르를 거쳐 칸트·헤겔·포이어바흐 및 쇼펜하우어, 니체로부터 프로이트·사르트르·융에 이르는 사상가들, 셰익스피어·도스토예프스키·

---

43) 劉曉波, 〈危機! 新時期文學面臨危機!〉, 《深圳靑年報》 1986년 10월 3일.

발자크 · 스탕달 · 괴테 · 실러부터 카프카 · 포크너 · 조이스 · 헤밍웨이에 이르는 문학가, 그리고 아인슈타인 · 보어 같은 과학자, 토인비 · 슈펭글러 같은 역사학자, 헌팅턴 같은 정치학자……. 그들이 당대 중국의 대학생과 대학원생들에게 준 영향은 고염무(顧炎武) · 황종희(黃宗羲) · 강유위 · 양계초 · 담사동 같은 중국의 근대 계몽사상가들의 영향을 훨씬 넘어섰다. 중국의 현대사상가 가운데 오직 노신의 영향만이 서양 계몽사상가의 그것과 견줄 만한 것 같다. 따라서 조금도 과장 없이 말할 수 있는 것은, 1980년대 중국의 사상해방운동이 문화적 견지에서 볼 때 사실상 서구 문화의 대보급 운동이라는 것이다. 신시기 문화의 저울은 확실하게 서양 문화로 기울어져 시대의 정신적 요구를 드러냈으며 또 전면적 서구화 논의의 유행에 논거를 제공했다. 한동안 양복 · 양식, 서양식 호칭 · 예의, 서양의 명절 · 오락, 서양의 영화 · 텔레비전, 서양의 생활 연구……. 이런 것들이 밀물처럼 당대 중국인의 생활 속으로 밀려들어왔다. 서양 사람들의 가치관(예를 들면 개성의식, 경쟁의식, 민주의식, 개방의식, 변화를 추구하는 의식 등)도 서양 문화사조의 동진(東進)에 따라 청년 세대의 머릿속에 깊이 뿌리를 내렸다. 바로 이런 문화 배경 아래 중국의 '현대파'가 생겼다.

특별히 주의할 필요가 있는 것은, 지은이가 여기서 사용한 '현대파'는 문학 사조뿐만이 아니라 그것을 포함한 문화적 사조를 말하는 것이다. 하지만 이런 사조는 문학계에서 생겨나 최후에는 문화사상계에서 최고 수준에 이르렀다.

앞에서 서술한 바와 같이 '문화대혁명' 때 '지하문학'《파동》은 이미 세기말의 황당무계함과 절망감을 전달했다. 황당무계함과 절망감은 '현대파'의 가장 본질적인 특징이다. 신시기에 들어와서 '몽롱시'와 '상흔문학'에 황당무계함과 절망감을 표현한 작품이 적지 않다.

북도의 〈회답〉은 "비열함은 비열한 자의 통행증 / 고상함은 고상한 자의 묘지명"이라고 쓰고 있으며 〈이력서(履歷)〉에는 "만세! 나는 빌어먹을 한마디만 소리쳤다 / 수염이 자라났다"고 썼다. 서정은 〈담(墻)〉에서 "하나하나 주눅 든 눈길 / 하나하나 차가운 담"이라고 썼다. 고성의 〈눈을 깜박이다(眨眼)〉에서는 잘못된 시대의 황당함을 "착각—눈을 깜박이는 사이에 무지개는 뱀 그림자, 시계는 깊은 우물로, 붉은 꽃은 피비린내로 변한다"고 쓰고 있다. 차전자(車前子)는 〈사상가(思想者)〉에서 "오늘의 나는 수수께끼이다"라고 썼다. 서경아의 〈일대(一代)〉는 "나는 예측할 수 없는 사람이다", "나는 재생할 수도 없고 죽을 수도 없는 남자다"라고 말한다. 종박의 〈나는 누구인가?(我是誰?)〉는 "지식인은 벌레로 변해 땅에서 기어다닌다", "핏자국으로 얼룩졌는데 오히려 정색하고 긴다"고 쓰고 있다. 왕몽은 〈포례(布禮)〉에서 "상림(祥林) 아주머니! 사회주의 새 중국에서 생활하는 공산주의자로서, 생기발랄하고 열성적이고 올바른 한 젊은이의 운명이 왜 당신과 똑같은가?"라고 썼다.

인간과 요괴가 뒤바뀌고 옳고 그름이 뒤섞인 '문화대혁명'은 당대 최대의 당혹스런 사건으로 이런 상황에서 급속하게 황당함과 절망감이 자라나는 것은 이상할 것이 없다. 사상도 매우 재미있었다. '사람들의 영혼에 부딪치는 대혁명'이 이루어낸 것은 황당함과 절망감이라는 커다란 열매였다. 서양은 근대화 과정에서 비로소 모더니즘이 지닌 황당함과 절망감이 나타났고, 중국에서는 오히려 봉건의식이 지극히 강한 당대 신격화운동이 근대적 황당함과 절망감의 온상이 되었다. 중국에서 '현대파' 문화의 개화는 운명적으로 결정된 것이다.

그러나 1980년대 초의 황당함과 절망감은 아직 생명 본체의 그것이 아니다. 당시 '몽롱시'와 '상흔문학'의 기본 주제는 극'좌' 정치를 청산하는 것이었다. 다만 1985년 전후에 이르러 개혁의 어려움에 대한 뚜렷한 인식과 문화에 대한 강렬한 위기감이 날로 커짐에 따라, 사람들은 생명 본연의 황당함과 절망감에 대해 철저한 각성을 하게 되었다.

유색랍(劉索拉)의 《당신은 별다른 선택이 없다(你別無選擇)》는 대학생들이 경박하고 불안하나 이렇다 할 선택을 못하고 진부한 교육체제의 통제를 받는 슬픔을 표현했으며, "인생은 쇠락한 음악 부호처럼 영원히 자신의 내막과 가치를 알지 못한다"는 한탄으로 한 세대의 정서가 급격히 노쇠하고 황량해지고 있음을 상징했다. 서성의 《무주제 변주》는 '쓸모없는 사람'의 무료한 심정을 담담하게 서술했다— "나는 무엇인가? 더욱 무서운 것은 내가 아무것도 기다리지 않는다는 것이다." "나는 너무나 고독하여 죽을 지경이고, 시름에 겨워 술을 마실 생각이 전혀 없고, 취하는 것 따위를 생각하지 않는다." 마원(馬原)의 '티베트 이야기(西藏故事)'는 말한다— "신비는 어떤 분위기가 아니다.……신비는 추상적인 것이며 분명히 존재하는 것으로서 인류 이념 밖의 실체이다."[44] 사람은 다만 신비를 경외한다. 막언의 '동북향 이야기(高密東北鄕故事)'도 마르케스(G. G. Márquez) 식의 주제를 부각시켰다— "세상은 윤회하는데 넓고 뿌리가 없는 우주 속에서 인간의 존재는 아주 미미하다."[45] 심지어 인생 예찬을 일관되게 주장한 왕몽까지도 1985년에 영혼을 고문하는 황당하고 냉혹한 분위기의 작품 《활동 변신 인형(活動變人形)》을 썼다. 또 줄곧 깊은 감성으로 이상을 맘껏 노래한 장승지도 1985년에 광기 어린 《GRAFFITI—함부로 칠하고 지우다(GRAFFITI—胡塗亂抹)》를 발표했다— "마음은 1센티미터씩 타고 있다."

문학은 정치의 질곡에서 벗어난 지 몇 년 안 되어 귀신이 곡할 노릇처럼 신시기의 차가운 안개 속에 뛰어들게 되었다. 1980년대 초 문단의 분위기는 얼마 지나지 않아 경박함·피곤함·의기소침함·냉담함의 신시기 정서로 대체되었는데, 이 모든 것은 결코 우연이 아니다.

---

44) 許振强·馬原, 〈關于《岡底斯的誘惑》的對話〉, 《當代作家評論》 1985년 제5기.
45) 〈兩座灼熱的高爐〉, 《世界文學》 1986년 제3기.

하지만 '현대파' 문학도 청·장년 평론가의 의심을 받았다. 황자평은 "20세기 세계 문학은 인류가 보편적으로 놓인 환경에 대한 철학적 사고에 부딪쳤다.……중국 같은 국가의 문학, 그것이 주목하고 있는 문제는 또 다른 근심이다. 어떤 지식청년의 유명한 말, '시대를 느끼고 나라를 걱정하다'가 바로 그것이다. 이것은 물론 서구의 문학 주제와는 아주 다른 것이다. 중국 문학에서 관심의 초점은 일반적인 인간이 아니라 민족이다"[46]고 말했다. 계홍진(李紅眞)도 물질적 생활수준의 제한 때문에 모더니즘 문학이 나올 토양이 부족하고, 문화심리 기제의 장애 등 여러 가지 요소의 제한 때문에 중국에는 "정확한 의미의 모더니즘 작품이 나오기가 매우 어렵다.……장래에 나타날 수 있는가 하는 것도 의심스럽다"고 언급하였다.[47] 이타(李陀)도 이렇게 의심했다. "중국에 진짜 모더니즘이 있는가?……수입해 온 '주의'가 어떤 여건에서 중국화할 수 있는가? 이 '변화'의 과정에 어떤 질적 변화를 거쳤는가?……이런 변화를 거친 뒤 그것들은 여전히 명실상부할 수 있는가?"[48]

이 때문에 문단에 '가짜 현대파'에 관한 논쟁이 벌어졌다. 각자 고집하는 이유에는 당연히 깊은 이론적 의의가 있다. 하지만 부정할 수 없는 사실은, 1980년대 중국 문학이 서구 문화에 급속히 편향됨으로써 서구의 모더니즘 문화사조가 중국 청년에 미친 거대한 영향은 누구나 볼 수 있는 문화 현상이라는 것이다. 이것은 중국 문화 위기의 필연적인 결과이다. '심근파'들은 문화의 차이를 넘기 위하여 노력했으나 많은 청년들은 더욱 극단적인 자세로 그 차이를 확대했다.

한쪽으로는 전통을 격렬하게 반대하는 청년 학자들이 있었다. 이 학자들은 1986년, 그 예사롭지 않은 시기에 전통문화를 향한 맹렬한 공격을

---

46) 〈關于'二十世紀中國文學'的兩次座談〉, 《當代作家評論》 1989년 제5기.
47) 李紅眞, 〈中國近年小說與西方現代主義文學〉, 《文藝報》 1988년 1월 2일.
48) 李陀, 〈也談'僞現代派'及其批評〉, 《北京文學》 1988년 제4기.

시작했다. 소공진(蕭功秦)의 저서 《유가문화의 곤경》은 '미래를 향해 나아가다' 총서 가운데 하나로서 그 해 출판된 직후 대학생·대학원생들의 베스트셀러가 되었다. 이 책은 중국 근대의 실패와 굴욕을 유가문화의 실패라고 했을 뿐만 아니라 정통 사대부의 배척 심리를 비판했다. 여명(黎鳴)도 《중국 전통문화에 '인문'주의 정신이 있는가?(中國傳統文化有'人文'主義精神嗎?)》라는 책에서 지적했다. "양수명 선생이 일관되게 찬양한 '중용을 지향하는 조화', '예로써 양보하고 나라를 위하는' 민족의 우수한 문화 정신은, 2천여 년 동안 민중의 순종만을 천명으로 알던 중국 역사에서는 일종의 환상이 분명했고 따라서 중화 민족 문화의 참 정신이 아니었다."

황극검(黃克劍)은 잡지 《독서》에 잇달아 〈계몽사상가로서의 예지와 탁견(作爲啓蒙主義思想家的睿智與卓識)〉(1985년 11기), 〈진독수와 '동서 민족 근본사상의 차이'(陳獨秀和'東西民族根本思想之差異')〉(1986년 3기), 〈민족 정신과 시대정신의 십자가 앞에서(在民族精神和時代精神的十字架前)〉(1986년 4기), 〈가치취향과 문화총체(價値取向與文化整體)〉(1986년 9기), 〈'시대의 생명'과 '문화심근'('時代的生命'與'文化尋根')〉(1986년 11기) 등의 독후감을 발표했고, 근·현대 계몽사상가인 엄복·진독수 등의 저서를 복습했다. 그들의 '시대정신을 바탕으로 하여 서양의 것을 널리 알리고 중국의 것을 억제하는 경향'을 높이 평가했으며, 서양 문화 정신의 자유혼·인도주의·법치 정신·개인 본위주의를 널리 선전하기 위하여 급진적인 목소리를 냈다. 동시에 현대 '신유가'의 당군의(唐君毅)·여영시·모종삼의 학설에 대해 예리한 비판을 가했는데, '신유가'의 급소는 '시대정신을 떠난 촛불'에 있으며, 중국 철학이 미래 문화의 중심이 될 수 있다는 것을 부정했다는 데 있다고 했다. 왜냐하면 미래의 진보를 추구하지 않았기에 중국 문화가 장기적으로 침체되어 전진하지 못하는 결과를 낳았다는 것이다. 황극검의 이런 글은 '이성적 사고'가 풍부할 뿐 아니라 격앙된 청춘의 열정이 흘러넘쳐 당시 청년들에게 매우 큰 영향을 주었다.

1986년에 가장 격렬한 반봉건적 자세로 청년들에게 가장 열렬한 반응을 일으킨 이는 '광인(狂人)' 유효파이다. 이 박사과정의 학생은 '신시기 10년 문학 토론회'에서 '신시기 문학은 위기에 직면했다'는 과격한 논조로 좌중을 놀라게 했는데, 그 의도는 문학의 반성을 통해 전체 문화의 '위기감'과 '환멸감'에 대한 관심을 일으키려는 것이었다. 이런 반성과 관심은 직접적으로 "당대 중국 문화 전체의 발전에 관계되며, 당대 중국 지식인이 5 · 4 전통을 계승하여 국민의 저열한 근성을 개조하고 천 년 동안 내려온 봉건적 전통을 없애는 것을 목표로 하는, 광범하고도 깊이 있는 사상계몽운동을 진행하는 역사적 중책을 짊어지는 일과 관계된다"고 주장했다. 이를 위하여 그는 큰 소리로 말했다. "중국 문단에 도전적 자세를 가진 인물이 부족하다. 나는 중국에 사람이 없음을 통감한다!" "중국인의 비극은 바로 '위기감'과 '환멸감'이 부족한 데 있다." "중국 전통문화 가운데 감성과 오성을 기피하는 기풍이 중국인을 정신적인 불구로 만들었다." "전통을 깨뜨리지 않고, 5 · 4 시기처럼 철저하게 전통적 고전문화를 부정하지 않고, 이성화와 교조화의 속박을 벗어나지 않고서는 위기를 벗어날 수 없다."

그는 심지어 반전통을 위해서는 "감성, 비이성, 본능, 육체 등을 최고로 강조하여야 한다. 육체는 두 가지 숨은 뜻이 있는데 하나는 성이고 다른 하나는 금전이다"[49]라고 주장했다. 반전통을 위하여 육체를 강조하는 유효파의 태도는 1986년의 경박한 정서, 초조한 심리 상태를 한순간 절정에 이르게 했다. 세상을 놀라게 한 그의 논지는 일부 작가와 학자의 통렬한 비판을 받았다.[50] 하지만 일부 작가와 학자의 갈채를 받기도

---

49) 劉曉波, 〈危機! 新時期文學面臨危機!〉, 《深圳青年報》 1986년 10월 3일.

했다.[51] 청년 학생에게 유효파는 비이성의 폭풍을 불러온 기치가 되었으며 그들이 고민과 초조함을 털어놓는 정신적인 우상이 되었다.

여기서 반전통의 두 가지 분위기를 감지할 수 있다. 하나는 소공진·여명·황극검 등의 이성 반성으로서, 이런 반성은 서양의 이성비판 정신을 참고로 하여 이택후의 《중국 근대사상사론》의 계몽주의를 계승했다. 그들은 전통문화에 대한 반성과 봉건전제주의, 등급제도, 몽매한 정서, 경직화 기제를 비판하고 나아가서 중국 근대화의 길을 개척했다. 다른 하나는 유효파의 '비이성 외침'으로서, 이런 주장은 서양의 비이성적 사조를 국민성을 개조하는 정신 동력으로 삼고 전통문화에 대한 전면적인 부정을 통해 청춘의 정서를 한껏 선전하는 것이다. 이를 위하여 극단적으로 욕망의 난무를 부추기는 것을 아랑곳하지 않았다.[52]

이렇게 반봉건이라는 공동의 목표를 위하여 이성과 비이성은 함께 나아갔는바 이는 당대 문화사조의 기이한 모습이었다. 하지만 이성주의와 비이성 정서가 어울려 움직일 때도 그들 사이에는 어쩔 수 없이 마찰이 생겼다. 유효파의 감성과 욕망에 대한 숭배는 시대의 경박한 정서를 드러내면서 인문정신의 위기를 감추고 있었다. 이것이 바로 1990년대 초 이성주의 학자들이 '인문정신 위기'로 근심을 한 까닭이다(이에 대해 지은이는 4장에서 한 걸음 더 나아가 이야기를 전개할 것이다).

1980년대 '문화 열풍'을 돌아볼 때, 수많은 현상들은 심사숙고할 가치가 있으며 정리할 만한 경험과 교훈이 많이 있다.

문화를 파괴하는 한 차례의 대재난이 지나가고 '신유가'와 '심근파'들

---

50) 張汝倫, 〈思想的危機〉, 《書林》 1988년 제7기가 그 대표작이다.

51) 許起林, 〈我看‘狂人’劉曉波〉, 《書林》 1988년 제7기와 姜靜楠, 〈論劉曉波現象〉, 《百家》 1988년 제2기가 그 대표작이다.

52) 반봉건과 욕망의 난무는 필연적인 관계가 있을지도 모른다. 이탈리아 문예부흥운동과 중국의 5·4 운동 및 신시기는 모두 욕망의 난무라는 문화 경관이 나타났는데 이는 규칙성을 가진 문화 현상이다.

은 인문 전통을 다시 세우고 민족의 정기를 새롭게 드높이는 것을 자신의 임무로 삼았다. 그리고 인문정신으로 '신앙 위기'의 공백을 최대한 메우려고 했으며 극'좌' 폭정의 유린을 받을 대로 받은 인심을 위로하려고 했다. 하지만 중국 전통문화 자체의 풍부함과 복잡함으로 말미암아 '신유가'와 '심근파'의 가치에는 분명한 구분이 있었다. '신유가'가 지향하는 것은 자아를 새롭게 세워 인류질서와 우주질서 속에서 조화를 꾀하는 것이고, '심근파'는 도가의 자유로운 삶이라는 이상을 담은 민간문화의 활력으로 정통문화의 지체를 타파할 수 있는 가능성을 발견했다. 이렇게 민족문화를 다시 세우려는 사조 속에서 중국 문화전통의 내재적 모순이 다시 드러났다.

원래 '신유가'와 '심근파'의 주장이 신시기에 사람들의 주목을 받게 된 것은 근대적 의미를 띤 현상이다. '신유가'와 구미 사회의 보수주의 사조의 복귀 사이, 해외 '신유가'와 동아시아 근대화의 공존과 상호보완 사이에는 이미 신시기 문화사조의 주요한 비밀이 가물거리고 있었다. 인류를 지극히 실망시킨 세기는 실패의 골짜기에서 다시 이성과 아름다운 정신적 정원을 찾는 시도를 한다. '심근파'와 구미 사회의 '심근 열풍'에는 뚜렷하게 서로 통하는 곳이 있다. 굉장히 빠른 속도로 미래를 향해 질주하는 세기는 현기증이 나지만, 힘을 다해 역사를 잡으려 하고 문화의 뿌리를 파악하려 하며 나아가서는 영적으로 위안을 얻으려고 한다. 비록 이런 모든 것이 명백하지만 경박한 '현대파'는 아직도 극단적 자세로 철저하게 전통을 반대하려 하며 나아가 '전반서화(全盤西化)'를 꾀하고자 한다. 이는 청춘의 정서이며, 자아를 표현하려는 욕구가 학술연구보다 뚜렷하게 많은 경박한 정서이다. 또 개혁의 발걸음에 만족하지 못하여 극단적 격정으로 근대화를 추진하려고 결심하는 정서이다.

사람들의 관심을 더욱 끄는 문제는, '신유가'·'심근파'와 '현대파' 사이의 분열과 분쟁은 사상해방운동 내부에 일어난 일대 분화(分化)에 있다는 것이다. 똑같이 '다시 생존의 절정을 선택하는 것'이지만, '신유가'의 기치 아래 모여든 것은 중년이나 노년 문화인이고 '심근파'의 기치 아래 모인 것은 지식청년 출신의 작가들이다. 게다가 '현대파'의 주력은 '신생대'로 이루어졌다. '신유가'와 '심근파'는 우환을 겪을 대로 겪고 중국의 국정에 대해 더욱 깊이 있는 이해와 연구를 하게 되었으며, 그들의 문화관도 이 때문에 역사적 지식으로 더욱 풍부해졌다.[53] 하지만 그들의 주장은 '현대파' 청년들의 비웃음을 샀다. '현대파' 청년들의 경박한 정서는 욕망이 난무하는 대조류를 직접 다그쳤다. 감정기관의 자극을 추구하는 이런 큰 흐름 가운데 '세기말 정서'는 극에 이르렀다. 황당함과 절망감 때문에 인문정신은 전에 없던 위기 속으로 빠져들었다. 이 점은 아마 서양 현대문화로써 중국민족의 저열한 근성을 개조하려고 했던 사람들이 예상치 못했을 것이다.

'문화 위기'는 '인문정신의 위기'로 바뀌었는데, 이는 신시기 '신앙 위기'의 극치이다.

---

53) 영국 역사학자 토인비는 "동아시아에는 많은 역사 유산이 있는바, 이런 것들을 동아시아가 세계 통일의 주축이 되게 할 수 있다"고 인정했다. 이런 유산은 "중화 민족의 경험", "중화 민족이 점차 배양해 낸 세계정신", "유교 세계관 속에 존재하는 인도주의", "유교와 불교가 가지고 있는 합리주의", "우주의 신비성에 대해 민감함을 품은 동아시아인은, 인간이 우주를 지배하려고 들면 바로 좌절과 실패를 맛보게 된다고 인정하는" 등등을 포함한다.(二十一世紀への對話, 《展望二十一世紀—湯因比與池田大作對話錄》, 國際文化出版公司, 1985, 287쪽 참고) 또 미국 사상가 사무엘 헌팅턴도 《문명의 충돌》에서 지적했다. "문화와 문화의 충돌은 미래 전 세계 정치를 주도하게 된다." "문화 상쟁의 정치 속에서 비서구 문화의 민족과 정부는……서구와 함께 일제히 역사를 추진하고 주조하게 된다." "서구 문화가 절정에 도달한 것으로 말미암아 각종 문화의식이 크게 증강되고, 비서구 문화는 바야흐로 뿌리를 찾는 풍조가 대거 출현하고 있다" (《參考消息》 1993년 8월 20일, 22일자에서 재인용).

4. '신생대' 대두

'문화대혁명'은 중화 민족을 고난의 심연으로 밀어 넣었다. 동시에 두 세대에 이르는 반역자를 만들어냈다. 이 반역자들이 1980년대 초의 사상해방운동 시기 동안 호풍환우하면서 신시기 문화사조사에서 가장 휘황찬란한 장을 써갔다. 내가 가리키는 것은 '우파' 출신 세대와 '홍위병-지식청년' 출신 세대이다. 당시 '우파'는 비효통(費孝通)·손야방(孫冶方)·고이태·왕몽·백화·공유(公劉) 등이고 '홍위병-지식청년'은 장승지·왕안억·한소공·황자평·나중립 등으로, 모두 1980년대 초의 문화사상계에서 찬란한 장을 써냈다. 바로 그들이 강렬한 사명감으로 일련의 중대한 사회와 역사 명제를 제기했다. 그들은 절실한 인생 체험으로 이상주의와 민주주의 열풍을 일으켰으며 '문화대혁명' 이후 '신앙 위기'라는 어두움 속에서 정의와 이상의 횃불을 밝혔다.

하지만 1980년대 중기에 거대한 변화가 생겼다. 개혁의 어려움, '문화 위기'의 울부짖음, '현대파' 문화사조의 소란, 이 모든 것이 서로 어울려 세기말의 안개를 이루어 퍼져나갔다. 이로 말미암아 1980년대 초, 폭풍처럼 거세게 일어나던 인문정신은 몰락의 길로 나아갔다. 새로운 시대의 주제가 나타나는데 그것이 바로 경박한 정서, 비이성주의의 세계관이다. 새로운 시대의 주제는 주로 '신생대(新生代)'가 표현해 냈다.

'신생대'란 1960년대 중반 이후에 태어나 '문화대혁명'의 고난을 겪지 않은 사람들을 가리킨다. 정치적 고난을 겪지 않았기 때문에 그들은 과감하게 생각하고 행동한다. 그들은 사상해방운동에 힘입어 다원적 가치체계를 받아들였기에 더욱 복잡한 문화관을 가지고 있으며 더욱 다면적인 정신적 풍모를 가지고 있다. 또한 대외 개방을 하고, 중국 문화가 급속하게 서구 문화를 향해 기우는 시대를 맞이했기에, 그들은 서구 현대 문화에 대해 바로 호감을 표시했다. 그들이 크게 성장하고 사상의 틀이 형성되는 시기에, 앞서 서술한바 모든 것들은 그들의 마음에 결정적 의의를 가진 낙인을 찍어놓았다. 그들 부모·형제는 고난 속에서 그래도 이상과 양심을 얻었지만, 자신들은 오히려 다원 문화의 격돌 속에서 이상을 잃었고 이름 모를 고민을 안은 채 '감정을 따라나가는' 격류 속으로 뛰어들었다.

그 세대에게는 그 세대의 생활이 있다. 그 세대에게는 그 세대의 체험이 있다. 그 세대에게는 그 세대의 목표가 있다. 그러므로 중요한 것은 이해이다. '신생대'의 문화적 가치관이 지닌 합리성·필연성을 이해하고, '세기말 정서'가 필연적으로 퍼져나가는 비극의 바탕과 그 안에 포함되어 있는 새로운 문화정신을 이해해야 한다.

1978년 전국이 '과학을 향해 나아가는' 열풍 속에서 서지(徐遲)의 유명한 보고문학 《골드바하(C. Goldbach) 추측(哥德巴赫猜想)》은, 청소년들이 새로운 인생 목표를 세우게 한 동시에 새로운 고민거리를 제공했다. 뇌봉을 따라 배우는 것과 진경윤(陳景潤)[54]을 따라 배우는 것을 어떻게 통일할 수 있는가? 이런 것은 한때 중·고등학생들 사이의 '이슈'였다. 비록 사상 영역의 정치 사업에 몸담던 간부들이 '뇌봉을 따라 배우는 것과 진경윤을 따라 배우는 것은 모순되지 않는다'는 변증법을 논했지만 진학과 취업의 치열한 경쟁은 중·고등학생들에게 큰 스트레스를 주었다. 또 그들 마음에 개인주의의 싹을 틔웠다.

물론 그들에 대한 뇌봉과 진경윤이라는 두 세대의 영향을 무시할 수 없다. 아버지 세대의 고난은 그들의 현실과 너무나 동떨어졌고 아버지 세대의 설교는 그들에게 반항심을 불러일으켰다(그래서 '어떻게 사상 영역의 정치 사업을 추진할 것인가?' 하는 새로운 시대적 과제가 생긴 것이다). 때문

---

54) 1933~1996. 수학 가설 가운데 하나인 '골드바하 추측'의 미스터리를 어느 정도 밝혀낸 세계적 수학자. 1976년과 1982년 두 차례에 걸쳐 국제수학자대회로부터 특강 요청을 받았다. 당시 중국 청소년들의 우상이 된 바 있다— 옮긴이.

에 '세대 차'에 관한 논의가 생겼다. 아버지 세대의 고난은 그들에게 생소했으나 위 세대의 반역적 성격은 그들의 성급한 기질과 잘 부합했다. '몽롱시'·'상흔문학'의 괴로움과 신기함은 시야를 열어주었으며, 개성주의의 흐름은 마침 그들의 정신적 수요에 적합했고, '인생 의미 대토론'은 방관자라 할 그들에게 중요한 계몽이 되었다. 또한 '지식청년 부류'가 내놓은 《인생》·〈동일한 지평선에서〉 같은 문학작품은 그들이 진학·취업의 치열한 경쟁 속에서 받았던 스트레스와도 일맥상통했다. 아울러 그들은 각성된 의식으로 방관자에 만족하지 않고 주동적으로 자아를 표현했으며, 북적거리는 역사 무대에 비집고 올라가 시대의 새 주인공 구실을 성급하게 도맡았다. 그들의 등단과 연출로 말미암아 시대정신에도 큰 변화가 일어났다.

부모·형제인 '4·5' 세대와 마찬가지로 그들 또한 문학 창작으로 독특한 목소리를 내기 시작했다. '4·5' 세대는 '몽롱시'를 창조하여 자신들의 정신적 상징으로 삼았고 '신생대'도 '신생대 시'를 첫 번째 기치로 삼았다.

'몽롱시'의 엄숙하고 처량함과 달리 '신생대 시'의 기조는 깨끗한 진실과 아리송한 감상이었다.

"어쩌면 무엇을 잃어버렸다 / 하지만 나는 찾으려고 하지 않는다 / ……어쩌면 무엇을 얻었다 / 하지만 나는 모른다."[왕건(王健), 〈미소(微笑)〉]

"어린 나이는 마치 하나의 / 바람에 떨어진 사과처럼 / 시고 쓰다. 하지만 성숙되었다……"[(허덕민(許德民), 〈어린 나이(小小年紀)〉]

"그는 하나하나의 길과 아주 가까이 있다 / 하지만 하나하나의 길은 성공과 오히려 멀리멀리 떨어져 있다."[소박(邵璞), 〈그와 그들 사이의 거리(距離在他和他們中間)〉]

"우리는 역사책 한 권 한 권을 들여다볼 수 있다 / 어찌 추상적 성별 하

나를 가릴 수 없으랴."[소박, 〈주말, 우리는 여학생 기숙사에 갔다(周末, 我們去了女同學宿舍)〉]

"스무 살은 우리의 꿈 많은 시절 / 태양과 폭풍이 두 어깨로부터 탄생하기를 정말 바란다. / ……항상 도시를 멀리 떠나려 한다."[장소파(張小波), 〈꿈 많은 시절(多夢時節)〉]

"하얀 종이는 적막하고 우리 또한 고독하다. / 햇볕에 비친 우리의 길은 반짝이다가 마침내 사라졌다. / ……이미 우리는 우리의 초원을 잃었으니 하얀 종이 위를 걸어가자. / 한쪽 눈을 그리자. 한쪽이라도 괜찮다. / 비록 모자람은 있어도 매우 정겹다."[탁송성(卓松盛), 〈하얀 종이 여행기(白紙游記)〉]

"쓸데없는 말을 너무 많이 했기에 우리 모두 지쳤다. / 하지만 하려던 말을 끝내 할 수 없었다. / ……우리는 이해되면 우리는 곧 쾌활해진다. / 저 아이들을 배우라, 그들은 오락을 끝내고 모두 집으로 돌아갔다."[추진(鄒進), 〈고별(告別)〉]

"무엇이 일어날 것인가 정말 무엇이 일어날 것인가? / 기다리자 시간만 너무 길지 않다면, 우리의 인내심은 모자라니까 / 아무튼 무엇이라도 일어나는 것이 아무것도 일어나지 않는 것보다 나으니까. / ……우리는 지금까지 날개를 달아본 적이 없었다."[이홍빙(李泓冰), 〈여자의 날개(女人的翅膀)〉]

"아 / 난 아득히 먼 곳이 없다 ― "[주배배(朱蓓蓓), 〈나는 아득히 먼 곳이 없다(我沒有遠方)〉]

"앞날은 도대체 어떠할까. / 그들은 생각하려 하지 않는다. / 성숙은 연령의 나무 위에서 자란다는 것을 알고 있을 뿐 / 하나의 가을에 떨어질 것이다…… / '빵은 생길 것이다, / 모든 것이 다 생길 것이다' / 그들은 아직도 이 말을 믿는다."[명자(冥子), 〈여자 아이들의 노래(女孩子的歌)〉]

"누군가 이 도시에서 즐겁게 걸어가고 있다면 / 나는 그를 사랑할 것이다."[해자(海子), 〈도시에서(城里)〉]

"인간은 생명 회전의 터빈 / 매번 자아를 주시하면 현기증이 난다. / 맹목적인 힘은 무의식중에 너를 지배한다. / 하느님은 절대로 자유가 아니다. / ……우리는 낮은 소리로 절망의 노래를 흥얼거린다. / 우리는 태양처럼 더 이상 두려워하지 않는다. / 우리는 더 이상 어떠한 희망을 가지지 않는다. / 어떠한 고통을 막론하고 우리는 모두 당연한 것으로 여긴다. / 세계가 우리를 섬멸하려 하면 / 우리는 즐거운 먼지로 변한다."[계단(季丹), 〈먼지의 노래(飛塵之歌)〉][55]

1985년 이전에 쓴 이런 시작들은 정확하게 '신생대'[56]의 정신적 특징을 나타냈다. 그들은 끝없이 환상을 품으면서도 환상을 추구하고자 확고하게 분투할 뜻은 없다. 그들은 알 수 없는 고민과 걱정이 있으나 자아심리 조절에 능하다. 그들 가운데도 '반항정신과 희생정신이 풍부한 청년'이 적지 않다[예를 들면 원초(袁超), 〈신세계 교향곡(新世界交響曲)〉]. 하지만 '느낌을 따라가는 것'을 좋아하는 청년들이 더욱 많다.

이리하여 그들은 새로운 인생 풍모를 체현했다. 감성적이고 홀가분하고 향락적인 기운은 중국이 오랫동안의 고난과 무거운 부담에서 벗어난 신시기에 활발하게 성장했다. 그들은 당연히 '몽롱시'가 대표하는 세대들보다 행운아이기에 〈회답〉, 〈대낮의 달빛〉, 〈나의 동시대인에게 바친다〉, 〈중국, 나의 열쇠를 잃어버렸다(中國, 我的鑰匙丟了)〉처럼 이성적이고 엄숙하고 슬픈 시를 쓸 수도 없었고 써서도 안 되었다. 그들이 추구하는 바가 '유동적 어감, 시감, 리듬감, 텅 빈 말이라 할지라도' 밀고 나아가고 '우리는 서민 시인이 될지라도 귀족 작가는 되려고 하지 않는다'[57]라는 뜻을 굳혔을 때, 새로운 미학관이 나타났다.

---

55) 위의 시구는 모두 老愚 · 馬朝陽 編, 《再見, 20世紀(當代中國大陸學院詩選 〈1979~1988〉)》, 北方文藝出版社, 1991 참고.

56) 지은이는 위 시의 작자들이 1960년대에 출생했는지 다 확인할 방법이 없다. 하지만 시의 정서는 '신생대'의 것임이 틀림없다.

57) 程蔚東, 〈別了, 舒婷 · 北島〉, 《文匯報》 1987년 1월 29일.

1984년을 전후하여 '신생대' 시인들이 자발적으로 구성한 시 동인집단들이 전국에 우후죽순처럼 생겨났다. 대표적인 동인들로는 '그들 문학사(他們文學社)'(1984), '해상시군(海上詩群)'(1984), '난폭주의(莽漢主義)'(1984), '원명원 시군(圓明園詩群)'(1983), '총체주의(整體主義)'(1984), '신전통주의'(1986), '비비주의(非非主義)'(1986), '애교파(撒嬌派)'(1985), '대학생 시파(大學生詩派)'(1984) 등이 있다. 그들은 '시 자체……언어와 언어의 운동으로 생겨난 미감'58)에 관심을 두거나 "예술은 단지 '육체노동'일 따름이어서 예술가는 당연히 수공노동자로 인정되어야 하는바, 이런 생각은 그들을 차분하고 여유 있게 살도록 한다", "진실을 위하여 우리는 온갖 수단을 가리지 않을 수 있다"라고 선고했다. 또는 "폐쇄적이거나 거짓으로 개방된 문화심리구조를 교란시키고 파괴하고 폭파하자!",59) "반드시 인간의 정서에 강렬한 충격을 주자"60)고 부르짖었다.

또한 "신전통주의 시인은 탐험가, 편집광, 술주정뱅이, 망상병자, 현대 우화 제작자와 운명을 같이한다"61)고 단언하거나 "주관을 가지고 '시(是)'와 '비(非)'의 극단적 가치 평가를 초월하자",62) "하늘과 싸워서 이기지 못한다. 땅과 싸워서 이기지 못한다. 사람과 싸워서는 더욱 이기지 못한다", "초탈하고 싶지만 또 세상이 그립다"는 주장을 내놓았다. 그래서 '애교'63)를 부리게 되었다. 삽시간에 형형색색의 개성이 극에 달했고 별의별 시도가 절정에 이르렀다. 아울러 '신생대'의 문화 품격도 더더욱 눈부셔서 파악하기 힘들었다.

---

58) 韓東, 〈他們文學社 · 藝術自釋〉, 徐敬亞 · 孟浪 · 曹長春 · 呂貴品 編, 《中國現代主義詩群大觀(1986~1988)》, 同濟大學出版社, 1988, 52쪽 참고.
59) 劉漫流, 〈海上詩群 · 藝術自釋〉, 위의 책, 74쪽 참고.
60) 李亞偉, 〈莽漢主義宣言〉, 위의 책, 95쪽 참고.
61) 위의 책, 145쪽 참고.
62) 周倫佑 · 藍馬, 〈非非主義宣言〉, 위의 책, 35쪽 참고.
63) 京不特, 〈撒嬌宣言〉, 위의 책, 175쪽 참고.

경박한 화산이 마구 분출하게 되는 1986년에 이르러 《심천청년보(深圳靑年報)》, 《시가보(詩歌報)》는 황금빛의 10월에 성대하게 '신중국 현대시 역사상 최대 규모의 거시적 전시', 곧 " '중국시단' 1986년 현대시 군체 대전"을 내놓았다. 통계에 따르면 그 해에 "전국 2천여 개 시 동인과 이 숫자의 열 배, 백 배가 넘는 자칭 시인들이 수천수만의 시집, 시보, 시 간행물을 가지고 전통과 결별을 꾀했다.……1986년 7월에 전국에서 이미 비공식으로 출판·인쇄한 시집은 905종에 이르며, 비정기적인 시 간행물은 70종이고 비공식으로 발행한 시 간행물과 시보는 22종이었다. "100여 명의 '뒤에 솟아난' 시인들로 나누어 구성된 60여 개 자칭 '시파' "[64]는 이렇게 시를 쓰는 유행을 일으켰으며, 개성주의라는 대조류를 극단적으로 찬양했고 '세기말 정서'를 힘껏 크게 고취했다.[65] 이러한 대세는 1985년 '현대파' 문예탐색운동의 연장선이다. 동시에 이 대조류는 유효파가 그 해 9월 북경의 '신시기 10년 문학 토론회'에서 제기한 '문화위기론'과 약속이나 한 듯이 일치하여, 멀리서도 서로 호응하며 시대의 경박한 정서를 절정으로 밀어올렸다.

한꺼번에 이렇게 많은 시사(詩史), 시 간행물, 시보, 시인이 쏟아져 나온 것은 의심할 바 없이 신시기 문화의 일대 장관이다. 이 모습은 전례가 없었을 뿐만 아니라 앞으로도 보기 어려울 것이다. 정서가 마음껏 발산되고 나면 자연히 피로가 찾아오게 된다. 그렇게 많던 시 동인, 시 간행물, 시보, 시인들이 정치 풍파, 경제 대조류, 문화 위기의 여러 가지 무거운 파도의 충격 아래 눈 깜짝할 사이에 먼지와 연기처럼 사라져갔고, 운명적으로 문학과 갈라설 수 없는 인연을 가진 소수의 시인들[예를 들어

---

64) 徐敬亞·孟浪·曹長春·呂貴品 編, 《中國現代主義詩群大觀(1986~1988)》, 同濟大學出版社, 1988, 560~561쪽.

65) 徐敬亞는 이 시가 대전의 발기인 및 소집인의 자격으로 《深圳靑年報》 1986년 10월 24일의 '편집후기'에서 "이는 분명하게 초조, 울분과 민감성을 상징한다"고 했다.

'그들 문학사'의 한동(韓東)·우견(于堅), '해상시군'의 맹랑(孟浪)·진동동(陳東東), '비비주의'의 주륜우(周倫佑), '난폭주의'의 이아위(李亞偉) 등]이 '신생대'의 시 탐구를 계속했을 뿐이다.

'신생대' 시운동(詩運動)의 쇠망은 정치 풍파, 경제 대조류, 문화 위기가 번갈아 충격을 주지 않았더라도 필연이었다. 홍성이 있으면 쇠망이 있는데, 이것은 우주와 인생의 진리이다. '신생대'가 시를 신세 한탄의 수단으로 여겼을 때라도 거리낌 없는 자유분방함 그 자체가 시의 영혼에 타격을 주었다. "진리는 바로 똥 한 덩어리이다. / 우리는 아직도 죽어라 줍고 있다."[남작(男爵), 〈개똥철학을 논하다(和京不特談眞理狗屎)〉] "우리는 엉덩이를 세계로 치켜들고 / 노랫소리로 자신이 꿈속으로 도망치는 것을 엄폐한다."[묵묵(默默), 〈함께 취하고 함께 깨어나다(共醉共醒)〉] "비록 처녀들이 하나하나 너의 눈에서 처녀성을 잃어가도 / 너는 아직도 그녀들의 몸에 밴 냄새가 동양인의 것인지 서양인의 것인지를 묻고 있다."[가강(柯江), 〈고독(孤獨)〉] "여인의 젖가슴에 타버린 지문을 찍어놓는다. / 여인네의 동굴에 종유석을 만든다."[당아평(唐亞平), 〈흑색동굴(黑色洞穴)〉] "마귀의 아들이 환생했다. / 바로 우리들이다!"[해상(海上), 〈야실(野失)〉] "우리는 병에 걸렸다. 우리는 병에 걸렸다. 우리는 병에 걸렸다."[호강(胡强), 〈의대 부속병원에서 진찰하다(在醫學院附屬醫院就診)〉] 이렇게 적나라하게 욕망을 펼쳐 보이고 거리낌 없이 미친 듯이 조급한 심경을 털어놓은 '시'에는 시적 예술이나 미감은 이미 존재하지 않는다. 많은 청년들은 바로 이런 광란이 두려워 시를 회피했다. 그렇다. "뭐든지 다 가능한 것이 '시'"[66]일 때, 시 역시 존재하지 않는 것이다.

1980년대 초의 그저그런 진정성과 애매했던 정서가 1980년대 중기에 초조하고 불안한 정서, 미친 듯한 거칠음에 이르렀다. '신생대'의 정서도

---

66) 趙剛, 〈新口語體宣言〉, 앞의 책, 264쪽 참고.

불가사의한 변화를 일으켰다. 이런 변화는 당연히 전체 사회의 경박한 정서와 관련된다. 하지만 연약한 개체 의식이 극도로 팽창한 결과라고 하지 않을 수 있으랴? 개체 의식이 극단으로 나아가는 것 또한 정서에 손상을 주고 문화에 해를 끼치는 마약으로 바뀔 수 있다. 따라서 이해하기는 어렵지 않다. 한창 청춘의 활기로 가득 차 넘치는 이들에게 왜 '병실 의식'이 생기게 되는지를…… "병실의 냄새는 너의 사상과 부합한다. / ……너는 잠을 자려고 한다."[조한준(曹漢俊), 〈병실(病房)〉] 또 "무료함도 예술의 생명 요소이다"[67]라는 헛소리가 있고, "나는 이미 죽었다! / 살아 있는 것은 / 나의 몸뚱이일 뿐이다"[송지강(宋志剛), 〈안녕(再見)〉]라는 터무니없는 생각도 있었다. 때로는 남김없이 드러내놓고 미쳐 날뛰었다. 때로는 죽지 않으면 안 될 만큼 세상을 혐오했다. 이것이 바로 '신생대' 사이에 유행했던 정신적 전염병이었다. 광분으로부터 혐오에 이르는 급속한 전환은 그 자체가 '신생대' 문화의 심각한 위기로서, 경박함은 강인함이 결여된 품격이라는 것을 암시했다.

1986년의 '현대시 군체 대전람회'는 어쩌면 '신생대'가 문화 무대에 등단한 중요한 상징일지도 모른다. 하지만 이것은 아직 유일한 상징이 아니었다. 1986년은 운명적으로 경박한 해가 되었고 '신생대'가 전면적으로 자아를 표현하고 고민을 털어놓는 해가 되었다.

1986년 5월 9일, 트럼펫 연주자이며 대중가수인 최건(崔健)은 '국제 평화의 해'를 기념하는 중국 가수들의 북경 공연에서 〈가진 것 하나도 없네(一無所有)〉라는 노래 한 곡으로 대회장을 온통 뒤흔들었다. 1961년에 태어난 이 조선족 청년은 당시 중국식 긴 홑저고리를 입고, 낡은 기타를 메고, 바짓가랑이 한쪽은 높게 한쪽은 낮게 걷어 올려 '얼치기 불량배' 차림새를 하고 나타났다. 그는 허스키하면서도 거친 목소리로 완전히 새

---

67) 〈特種兵郭力家藝術宣言〉, 徐敬亞·孟浪·曹長春·呂貴品 編, 《中國現代主義詩群大觀(1986~1988)》, 同濟大學出版社, 1988, 293쪽.

로운 감정, 즉 록 음악의 거칠고 맹렬하고 산을 울리고 바다를 진동하는 듯한 감정을 끌어냈다. 1960년대에 '반문화(反文化)'의 상징이 되어 한 세대의 서구 청년들을 열광으로 몰아넣었던 감정은, 1980년대 중엽의 중국 대륙에서도 하룻밤 사이에 열광적인 반응을 불러일으켰다. 〈가진 것 하나도 없네〉는 중국 록 음악의 탄생을 상징한다. 하지만 이것이 다가 아니었다. 사실 청년 문제 전문가들은 〈가진 것 하나도 없네〉를 '신생대' 의 정신적 특징으로 파악하고 있었다.[68] 신시기는 깊이 잠든 생명 의지 를 눈뜨게 했다. 하지만 물질과 정신의 빈곤으로 말미암아 사람들, 무엇 보다 청년들은 스스로를 발견하게 되었다 — '우리에게는 아무것도 없 다!' 1970년대의 '신앙 위기'로부터 1980년대의 '인문정신 위기'나 '생존 위기'에 이르기까지 상실감은 한 차례 또 한 차례, 한 세대 또 한 세대 사람들을 기습했다. 최건의 노래는 때마침 이런 상실감과 방황을 표현하 고 있었다.

> 지나간 모든 행위에 대해 나는 좋고 나쁨을 알 수 없다.
> 지나간 세월의 연대(年代)를 나는 기억할 수 없다.
> 일찍이 내가 간단하다고 여겼던 일을 지금은 하나도 알 수 없다.
> 문득 눈앞의 세계는 내게 속하는 것이 아니라고 느꼈다.
> ― 〈내가 모르는 것이 아니다(不是我不明白)〉

> 나는 돈도 공간도 없다. 나에게는 과거만 있을 뿐이다.
> 나는 말도 생각도 많이 한다. 하지만 갈수록 생각이 없어진다.
> 나는 포기도 도피도 알고 있다. 하지만 떠날 방법이 없다.
> ― 〈다시는 숨기지 않는다(不再掩飾)〉

---

68) 유경(劉擎)은 〈顫動的象牙塔〉에서, "나는 믿지 않는다"로부터 "가진 것 하나 도 없네"에 이른 것은 1978년부터 1988년까지 10년 사이 대학생들의 정신적 여 정을 묘사한 것이라고 생각했다. 《當代靑年硏究》 1988년 제11~12기 참고.

나는 떠나기 힘들다. 나는 존재하기 힘들다.

나는 지나치게 성실하게 살기 힘들다.

나는 떠나려 한다. 나는 존재하려 한다.

나는 죽은 다음 처음부터 다시 시작하려 한다.

— 〈처음부터 다시 시작하다(從頭再來)〉

나는 남쪽에서 북쪽까지 가고자 한다.

나는 또 낮부터 밤까지 가고자 한다.

……

언제 어느 날이든지 나는 멀리 갈 것이다.

나는 한 곳에 머물려고 생각하지 않는다.

또한 다른 사람이 따라다니는 것을 원하지 않는다.

— 〈가짜 중(假行僧)〉

보라. 곤혹과 허무, 방황과 유랑, 고민과 경박함, 이 모든 '세기말 정서'의 주제가 다 이 안에 있다.

록 음악은 1986년의 '우연'으로 유행하기 시작하여 '신세대'가 문화 무대에 등장하는 중요한 상징이 되었다.

'신생대'를 볼 때 1986년은 그저 떠들썩한 시작에 지나지 않았다. 1988년에 이르러 '신생대'의 문화는 다시 고조되었다.

1988년이 밝자마자 바로 '사구풍파(蛇口風波)'가 일어났다.

이 해 1월 13일, 전국 사상·정치 사업의 유명인사인 이연걸(李燕杰)·곡소(曲嘯)·팽청일(彭清一)은 심천시 사구(蛇口)의 청년들에게 강의를 하다가 무의식중에 청년들과 사상 논쟁을 벌였다. 청년들은 한 발표자의 '돈벌이[淘金]하는 자'라는 표현에 불만을 품고 '돈벌이하는 자가 무엇인가?', '돈벌이하는 자가 왜 나쁜가?' 하며 논쟁을 벌였다. 뿐만 아니라 향락주의와 개인 가치를 반대하는 발표자의 주장에 맞서

"창업(創業)과 향유[享受]라는 이 두 가지는 갈라놓을 수 없는 것이다", "경직되게 '자본주의냐?', '사회주의냐?'로 나누는 것은 개혁의 심도 있는 발전에 불리하다", "당신들은 말뿐이고 허무맹랑하다. 우리는 현실적으로 말한다……"고 솔직한 표현으로 논쟁에 나섰다.[69]

이 풍파는 1980년의 '인생 의미 대토론'과 1986년의 '세대 차'에 관한 '화두'의 연장선이었다. 이 논쟁은 경제특구의 청년과 비경제특구의 사상·정치 사업 전문가 사이의 거대한 인식 차이와 개혁 심화에 따른 사상·정치 사업의 모순을 드러냈다. 이 풍파는 '세대 차'를 극복하기가 어렵다는 것을 보여주었다.

같은 해에 '신생대'의 이론적 선언이라고 할 수 있는 《제4세대(第四代人)》가 동방출판사에서 출판되었다. 작가 장영걸(張永杰)·정원충(程遠忠)은 이 책에서 1950년대 말부터 1960년대에 출생한 '제4세대'[70]의 문화적 특징에 대해 흥미 있게 서술했다.

(1) 제4세대 대학생: "이 세대 대학생은 서양 문화의 산물이다." 강렬한 "자아의식, 자주의식, 경쟁의식, 권위경시 의식"을 가지고 있으나 한편으로 "심리적으로 의존성이 강하고 독립성이 모자라며, 사치스럽고 안일하게 지내면서 고생을 두려워하고, 집단의식이 약하고 이기주의가 심각하다"(작가는 이것이 "무슨 '부르주아 계급사상의 부식'이 아니라 …… 정반대로 바로 봉건사상이며 또는 고루한 전통사상이 오늘 이 고학력의 폐품을 만든 것이다"라고 했다). "그들은 중국의 전통을 잘 알지 못하고 자기 생각대로 하기를 좋아한다." 그들은 "사회 발전과 자체 실천 능력을 앞질러나갔지만 의심할 바 없이 확실하게 우리 사회의 발전 방향을 집중적으로

---

69) 馬立誠, 〈'蛇口風波' 始末〉, 《文藝月刊》 1989년 제3기.

70) 이 책에서는 중국 공산당을 거느리고 정권을 잡은 세대를 '제1세대'라 하고 건국 후 성장하여 하루 종일 바쁘게 보내고 사소한 것에도 신경을 쓰는 세대를 '제2세대'라 하며, '문화대혁명'의 '홍위병'을 '제3세대'라 했다. 하지만 이 책이 각 세대의 문화적 특성을 분석한 부분은 개략적이라는 생각이 든다.

드러내고 이끌었는바, 적어도 사회의 가능한 발전방향 위에서 이상을 인도했다."[71]

(2) 제4세대 도시청년: 그들은 "끊임없이 단기적인 문화를 창조하는 것으로 사회의 발전에 영향을 주었다. 패션, 유행음악, 화장품, 새로운 유행어……, 흩어져 있는 무수한 역량이 사회에 온통 충격을 줬다."[72]

이 밖에도 제4세대와 관련해서 "하나의 '무주제 변주'이다. ……차이성과 변이성은 바로 이 세대의 기본 특징이다"라는 견해, 제4세대는 " '신앙위기'……의 신생아이고", "정신적인 유랑자"이며, " '자아 숭배'의 세대"라는 이 책의 분석은 모두가 상당 부분 정확한 것이다.[73] 다른 측면에서 작가는, 제4세대의 출구가 "그 사회화 과정의 완성을 가속화하며, 먼저 개인으로나 역할을 실천하는 방식으로 사회에 개입하는 것을 배우며……뿐만 아니라 우리의 오늘과 내일의 역사 발전이라는 목적에 걸맞은 영향력을 만드는 데" 있다고 했으며[74], "제4세대는 당연히 '정'적인 시대 상징을 갖춘 세대여야 한다"[75]고 했다. 이러한 이성적인 분석을 볼 때, 제4세대(즉 '신생대')의 경박한 사조에 대해 냉정한 심사가 진행되었음이 분명하다.

《제4세대》는 출판되자마자 베스트셀러가 되었다. 이 책은 비록 이론적 수준이 평범하다는 것이 불만스럽고 많은 논의가 더욱 세심하게 보충되어야 하지만, 당대 중국을 푸는 실마리인 문화연구 저서로서 공백을 메우는 의의를 가지고 있다. 적어도 오늘까지 앞의 3세대는 유사한 시대 문화연구 저서를 내놓지 못했다.

---

71) 張永杰 · 程遠忠, 《第四代人》, 東方出版社, 1988, 120~133, 137~138쪽.

72) 위와 같음.

73) 張永杰 · 程遠忠, 《第四代人》, 東方出版社, 1988, 188, 189, 214, 229쪽.

74) 위의 책, 386~387, 415쪽.

75) 위와 같음.

이 밖에 공인출판사(工人出版社)에서 1987년부터 내놓기 시작한 '21세기인(21世紀人)' 총서도 '신생대'의 문화 프로젝트였다. 총서의 〈총서언(總序)〉은 '신생대'의 격정으로 가득 차 있다. "생명은 시도하는 것이다." "자연, 순수, 건강, 자유, 소침, 심취, 다정, 이성은 바로 청춘의 품성이다! 규범과 가식은 청춘과 관계가 없다!" "우리는 무엇보다 생명적 이성이 필요하며 우리의 생명 여정에서 자라나기 시작한 건전한 지혜가 필요하다." 격정과 모순으로 가득 찬 이런(예를 들어 '광적'인 것과 '이성'의 병렬) 선언 속에는 '신생대'의 자유분방하고 경박한 생명 의지가 두드러졌다.

이 일련의 총서 가운데 조명화(曹明華)의 수필집 《한 현대 여성의 영혼 독백(一位現代女性的靈魂獨白)》(1988), 고효암(高曉岩) · 장력분(張力奮)의 구술 실록 《세기말의 유랑 ─ 중국 대학생의 자백(世紀末的流浪 ─ 中國大學生自白)》(1989), 노우(老愚) · 마조양(馬朝陽)이 편찬한 '당대 중국대륙 대학 시선'인 《안녕, 20세기여(再見 · 20世紀)》(1991)는 매우 전형적인 사례이다.

조명화는 1962년에 태어난 상해교통대학 80학번 출신이다. 1983, 1984년에 그녀의 산문 · 수필은 불가사의한 매력으로 상해 청년들 사이에 인기가 있었다. 그녀의 첫 번째 수필집 《한 여대생의 수기(一個女大學生的手記)》는 1986년에 출판된 뒤 5개월 동안에 네 번 인쇄되었으며 발행 총 부수는 55만 권에 이른다. 조명화는 이 덕분에 '대륙의 경요(瓊瑤)'로 불리게 되었다. 그것은 그녀의 수필이 새로운 감정과 청춘의 활력으로 넘치기 때문이다. 아울러 "신변의 사소한 생활 속에서……자신에게 속하는 '의의'와 색채를 찾아내고자 한다"[76]는 그녀의 인생관과 문학관이 일반 사람들의 질박한 소망을 표현했기 때문이다. 경박한 시대정서와 상

---

76) 陳先法, 〈紫羅蘭的芳香〉, 《文學報》 1987년 1월 8일에서 재인용.

대적으로 조명화가 가져온 청신한 기풍은 시적 정취를 지향하는 청년들 마음속에 따스한 정원을 가꾸어주었다.

《한 현대 여성의 영혼 독백》은 조명화의 두 번째 수필집이다. 이 수필집은 솔직하게 사는 것과 자아 조절에 능한 것, 이 두 가지 기본 주제를 다루었다.

먼저 솔직하게 살아가는 인생관을 보기로 하자. "해야 할 일을 하는 것이 아니라 내가 하고 싶은 일을 한다." "나의 판단은 지금껏 체험에서 나온다." "나는 고상한 이론에는 쉽게 피곤해진다."〔〈나와 동행할까?(與我同行麽?)〉〕 "나는 어떠한 '주의'에도 속하지 않는다. 나는 다만 인류의 진실과 자연적 생명의 힘을 신봉할 뿐이다."〔〈대륙은 경요를 배출하지 못한다(大陸不至于再出個瓊瑤)〉〕 솔직하게 사는 것은 인성의 해방, 개성의 자유, 생명 숭배, 감정을 따라가는 것을 뜻한다. 그러나 왜 이 모든 것은 고민과 절망을 해결해 주지 못하는가?

그녀는 자아 조절에 능하기 때문이다. "나는 영혼의 '득실 균형'을 신봉한다." "진실? 진실은 아주 좋다. 그러나 이런 진실이 우리에게 생활의 본질적인 것들, 평범함과 번거로움을 드러내 보일 때 나는 차라리 허황함을 사랑한다. 물론 미적 허황함이고 허황한 미이다. 이런 '아름다움'에서 그 창백하고 천박함이 나타날 무렵에 나는 다시 진실……생명을 추적한다. 바로 선회하면서 상승하는 하나하나의 순환들을 찾아간다!"〔〈나와 동행할까?〉〕 "일정한 시각이 되면 우리 생명 서열 중의 그런 부호들은 스스로 움직이게 된다." "나는 끝내 내가 나 자신을 지배했다고 감히 말하지 못했다. 나는 자아 의지의 힘이라고 말하며 나는 또 다른 신비의 자연력이라고 말했다."〔〈지배와 피지배(支配與被支配)〉〕

편집과 열광으로 말미암아 초조하고 고통스러운 그런 사람들과 견주면, 이런 자아 조절에 능한 '중용의 도'는 조명화로 하여금 성공적으로 '세기병(世紀病)'에 대한 면역력을 얻게 했다. 고집스러운 추구로 절명한 철학가·시인은 시대마다 많이 있었다. 그들의 자살은 문단에서 서글픈 반응을 일으켰다. 그러나 조명화의 수필은 수천수만의 평범한 사람들 사이에 즐거운 파문을 일으켰는바 이 현상은 심사숙고할 필요가 있다. 인생은 일부 비관적인 철학가들이 생각하는 것처럼 그렇게 암담하고 무서운 것이 아닐지도 모른다.

《세기말의 유랑 — 중국 대학생의 자백》의 기본 주제는 바로 행동하기를 갈망하고 유랑을 갈망하는 것이다. 공명심, 명예감, 아무 일도 하는 것 없는 고민, 체험을 숭상하는 마음……. 이 모든 것은 책 속의 대학생들을 자극하여 본성을 행동과 유랑에 자리 잡게 했다.

"주위의 이 조용한 세계는 마치 예술적이고 낭만적이어서 풍랑이 없는 것 같았다.……하지만 언제나 사람들을 불편하고 부자연스럽게 한다."[〈나의 세계는 적막할 수 없다(我的世界不能寂寞)〉] "나는 실천하러 가고자 한다." "나는 극락정토를 찾고자 한다."[〈티베트, 티베트, 정토의 선택(西藏, 西藏, 淨地的抉擇)〉] "내 생활의 구호는, 내가 하고 싶은 일을 할 뿐만 아니라 성공과 실패의 여부를 떠나서 끝까지 하는 것이다. 다만 이런 분투 과정이 있으면 되는 것이다."[〈욕망이라는 나의 차(我的欲望號街車)〉] "나는 한 곳에 오래 머무는 것을 좋아하지 않는다."[〈너는 나를 모를 것이다(你不會認識我)〉] "나는 목표를 혐오한다. ……난 정말 황량한 초원에 가서 유랑하고 싶다."[〈여성의 포위된 성(女性的圍城)〉] "나는 행동을 숭상한다. 나는 내가 행동할 때만 비로소 힘이 있다고 느낀다." "내가 바로 고가림(高加林)이다.……운명에 굴하지 않고 모든 기회를 잡고 자기의 가치를 실현하면서 영원히 가장 높은 곳을 향해 스스로 기어 올라간다." "나는 방향이 없는 생활을 몹시 그려왔다. 나는 무엇이든지 다 시도해 보고 싶다."[〈왜, 왜 방랑하는가?(爲什麼爲什麼流浪?)〉] "나의 생활방식은 바로 이동이다.……오직 이동하는 과정 속에서만 비로소 특별한 나를 찾을 수 있다." "나는 실존주의에 대해 호감이 아주 많다."[〈나는 붉은 코

어릿광대(我是紅鼻子小丑)〉] "많은 동년배들은 배회하다 자아를 잃는다. 나는 착실하게 일하다가 자아를 얻었다." "성공을 추구하는 나의 욕망은 물질에 대한 향유를 훨씬 넘어섰다."[〈사막과 환상: 학교 교정 유토피아의 실현(沙漠與夢想: 一個校園烏托邦的實現)〉]

　행동, 유랑―이 주제는 여러 성격의 사람들에 의해 무수하게 반복되고 있다. 행동은 타고난 활기로 자아를 실현하는 것을 뜻한다. 유랑은 초조·불안 그리고 자아를 방출하는 것을 뜻한다. '반성하는 세대'가 홍위병·지식청년 그 세대의 특징을 개괄한다고 말한다면 '행동하는 세대'를 '신생대'의 별칭으로 삼는 것 또한 자못 정확한 것이다.

　그렇다면 왜 행동을 숭상하는가? 또 왜 유랑하는가? 답안도 각양각색이다. 어떤 이들은 '문화대혁명'의 후유증 때문이라고 한다―"나는 세상의 모든 것을 쉽게 믿으려고 하지 않는다."(〈나의 세계는 적막할 수 없다〉) 또는 "독서를 많이 하면 무엇이든지 믿을 수 없다고 느끼게 된다. 이때 그대 자신의 관점이 나온다", "한 사람의 성장은 본인의 자질에 따라 결정되는데 중요한 것은 자기 자신의 본능에 따른 선택이기" 때문이라고 한다[〈기울어지지 않는 이성(不會傾斜的理性)〉]. 혹은 이성과 선택에 관련된 것 때문이라고 한다―"나는 선생님으로부터 답안을 찾지 못했다. 나는 스스로 선택한 것이다."(〈욕망이라는 나의 차〉) 아니면 "인간의 행위는 무수한 시각이 있으면 무수한 평론이 있다. ……무엇이든지 모두 확실하게 설명할 수 없고 이치를 말할 수 없기" 때문이라고 하고(〈여성의 포위된 성〉), 또는 간단명료하게 "내가 하고 싶으면 하는 것" 때문이라고 말한다[〈남자아이, 여자아이(男孩子, 女孩子)〉].

　이런 답안에서, 여전히 윗세대의 '나는 믿지 않는다'는 정서의 거대한 영향을 느낄 수 있다. 하지만 오히려 '신생대'의 독특한 문화적 품격을 느꼈다. 본성에 따르는 행동에서 자아를 발견하는 신생대의 이미지가 나타난다. 바로 이런 자유와 자신감으로 새로운 세기에 대한 희망의 빛을 보여주었다.

문제는 아직도 행동이 곧 전부라고 말한다면, 왜 아직도 "현실에 안주하지 못하고 또 바꾸기에는 무력하며 오로지 하루하루 이렇게 보낸다"는 이런 탄식이 있는 것인가?[〈원소정감(元素情感)〉] 왜 "생활에 사람을 상심시키는 그렇게 많은 일"이 있는가?[〈나는 먼 곳이 없다(我沒有遠方)〉] 왜 끝없는 실의와 오래도록 취하면서 깨어나기를 원하지 않는 처량함이 여전히 있는 것일까?

자아의 힘은 한계가 있다. 의지의 역할도 한계가 있다. 행동의 철학이 100가지 병을 다 고칠 수는 없다. 자유라는 학교의 교정은 낭만과 이상의 쉼터이며 복잡한 사회야말로 현실 인생의 시험장이다.

그래서 바로 '신생대'의 위기감이 생겼다. 《중국청년》 1987년 11기에는 대학 졸업생 여청(黎晴)의 편지 〈왜 나는 삶이 '재미가 없다'고 생각하는가?(爲什麼我感到活得'沒勁'?)〉가 실렸다. 편지의 내용은 이러하다.

> 개혁은 옆에서 진행되고 있는데 나는 오히려 '쓸모없는 사람'이 되었다. ……
>
> 우리를 바둑돌로 여기고 제멋대로 움직이는 그런 지도자들은 우선 우리를 독립적 의지, 독립적 인격, 독립적 가치를 가진 인간으로 보아야 하는 것이 아닌가? ……
>
> 나는 정말 우리 대학교 시절의 '소년 의지'에 비애를 느끼게 된다. 그때 우리는 생기가 넘쳤고 지나치게 자신을 과시했으나 근무지에 이르자 함부로 말하거나 행동할 수 없었으며 합리적인 요구를 제기하는 용기마저도 없었다. ……
>
> 우리는 대학에서 너무 많은 신사상을 받아들였는바, 그것이 사회적으로 실제 통용되는 가치관념과 전혀 맞지 않을 때 극심한 고통을 느끼게 되었다. 이는 거의 메울 수 없는 계곡이었다. 상당히 많은 사람들 심지어 적지 않은 개혁가를 포함하여, 30세 정도의 우리 처지와 비슷하나 경력이 다른

사람들 모두 우리에게 매우 큰 편견을 가지고 있었다. '내가 바로 나 자신이다'는 개성의 부르짖음은 현실에서는 통하지 않았고 우리는 한 걸음 한 걸음씩 후퇴하는 수밖에 없었다. ……

우리는 하루하루 자신을 잃어갔다. ……

우리는 우리 자신도 그 '추한 중국인'으로 재빨리 변하는 것을 발견했다.

여청의 체험은 상당한 보편성을 가지고 있음이 틀림없다. 《중국청년》의 편집자도 다시 '인생 의미 대토론'을 열어 "사회는 청년들의 개인 가치를 어떻게 다루어야 하는가? 청년들은 개인의 자아 가치를 어떻게 실현해야 하는가?" 등의 문제를 놓고 토론하고자 했다. 하지만 이번 토론에는 호응하는 이가 매우 적어, 7년 전 '반효' 편지를 둘러싸고 펼쳐졌던 토론처럼 기세가 드높지 않았고 열정적 진실이라고는 하나도 없었다. 혹시 '사는 것이 재미가 없다'는 생존 상황은 이미 1986년의 경박함 이후 유행병이 되지는 않았는가? 경박한 정서를 털어놓은 뒤의 피곤한 심경을 여기서도 볼 수 있다.

그래서 대학생들이 1986년 이후에 다음과 같은 시를 써낸 것도 그리 신기해 할 것이 못 된다.

"1년을 지내는 것이 하루와 다를 바 없고 / 이 하루는 또 다른 하루와 다를 바 없다."[아해(阿海), 〈책임(責任)〉]

"지혜는 재난이다…… / 얘야, 네가 평생 평범하기를 바란다."[황찬연(黃燦然), 〈하소연(傾訴)〉]

"원래 나는 의지할 곳 없는 / 작은 배 / 창백한 돛은 아득히 항만을 찾는다."[반진(潘眞), 〈아이를 위하여 울지 않는다(爲孩子不哭)〉]

"시간은 텅텅 비어 아무 것도 없어 지난 일을 말하기 어렵다."[엽주(葉舟), 〈1986년과 다시 안녕하다(再別1986)〉]

"당신이 평안무사와 공정함이 / 지나친 욕망이라는 것을 알게 되면 / 당

신은 살아서 비천하고 / 죽어서도 반드시 굴욕적일 것이다."[조야(趙野), 〈시인(詩人)〉]

"나는 끝끝내 알게 되었고 나는 인정하려 하지 않는다. / 우리가 운명적으로 실패하리라는 것을."[당흔(唐欣), 〈내가 난주에 있었던 3년(我在蘭州三年)〉]

"나는 어디서나 환영받지 못한다. / 나이는 언제나 나와 맞선다. / 나는 내가 혐오했던 성숙에 이르기를 갈망한다."[감위(甘偉), 〈술 마신 뒤(酒後)〉]

"우리는 하품을 하려 한다. / 일생은 지나가버렸다."[엽주, 〈눈(眼睛)〉]

"나는 일기에다 이런 말을 가득 썼다. 숲을 불태울 때 / 나는 진리가 가득 씌어진 신문을 / 불쏘시개로 쓴다. / 거짓을 다 벗겨냈을 때 / 꿈을 가지고 / 현실로 삼으며 / 어둠이 밀려올 때 / 애인을 데려다 / 가로등으로 삼는다. / 담장의 포위에 반항할 방법이 없을 때 / 과일 한 꼬치로 / 방패를 삼으며 / 청춘이 지나가버렸을 때 / 시를 가지고 / 유언으로 삼으며 / 피와 살이 이미 굳었을 때 / 세계를 가지고 / 무덤으로 삼는다."[평평(平平), 〈현생의 배치(今生的安排)〉]

피곤·당혹·실패와 모든 것을 하찮게 대하는 정서는 이렇게 '신생대'를 압도했는바, 이와 똑같은 정서가 '문화대혁명' 후기에 그 세대를 압도한 것과 마찬가지다. 윗세대는 현대 미신에 대한 피해 때문에 세상의 불합리에 분노하였고, '신생대'는 반대로 이상과 현실의 거대한 격차 때문에 비관하고 탄식했다는 점이 다른 것 같다.

이 때문에 '세기말 정서'는 운명적으로 유행하게 되었다. 운명의 힘은 이처럼 강대하다!

그러기에 '60점 만세!'[77]가 '신생대' 대학생들의 구호가 될 수 있었고, 새로운 '독서 무용론'이 전염병처럼 유행할 수 있었고, 홍콩·대만의 유행문화(무협소설, 순정소설, 유행가, 패션)가 '감정을 따라가는' 데 필요한 안내자가 될 수 있었다. 아울러 '노는 것이라면 그냥 가슴이 뛰는', '진지함이라곤 없는' 왕삭이 그들의 친구가 될 수 있었다.

5. 1986년: 초조한 해

'신생대'가 1986년의 문화 무대에 나온 것은 우연인 듯하지만 사실 필연이었다. 1986년은 경박한 정서가 최고조에 이른 해이기 때문이다. 1985년에 개혁의 어려움으로 출렁이기 시작한 경박한 정서는 1986년에 와서 알 수 없는 초조감으로 변하였다. 1986년을 돌아보면, 그 해가 그렇게 많은 문제를 농축하고 있음에 감탄하게 된다.

먼저 문학 사조를 보기로 하자. 1985년에 일어나기 시작한 '신조소설 (新潮小說)', '심근문학'이 위력을 다 발휘한 뒤, 1986년에는 '사회문제 보고문학'이 눈 깜짝할 사이에 광풍을 일으켰다. 비록 '신조소설', '심근문학'이 문학을 정치에서 독립시켜 새로운 장을 열어놓았지만,[78] '사회문제 보고문학'의 대두는 문학이 인생의 가혹한 도전을 벗어날 방법이 없다는 생각을 재확인하는 듯했다.

그래서 교통 문제에서 사회의 적폐를 엿보는 조유(趙瑜)의 《중국의 급

---

77) 60점만 받으면 낙제를 피할 수 있고 그것으로 족하다는 생각 — 옮긴이.

78) 비록 1979년에 "문예의 명분을 위하여"라는 강렬한 목소리가 있었지만 '상흔문학', '반사(反思)문학', '개혁을 제재로 한 문학'은 여전히 상당히 농후한 정치 색채를 띠고 있었다.

소(中國的要害)》, 개혁가와 봉건 유령을 쓴 가로생·정강(丁鋼)의 《'방 앗간'을 나오지 못한 공장장(未能走出'磨房'的廠長)》, 무명 경제이론가 의 고통스러운 영혼을 그려낸 진조분의 《이론광인(理論狂人)》, 외동아 이 교육에 경종을 울린 함일(涵逸)의 《중국의 소황제(中國的小皇帝)》, 중·고등학생의 정서를 자세히 분석한 맹효운(孟曉云)의 《생각 많은 시 절(多思的年華)》, 대학입시의 스트레스를 쓴 진관백의 《암흑의 7월(黑 色的七月)》, 당민(唐敏)의 《인공유산(人工流産)》, 소비자를 위하여 일할 것을 요구한 곽달(霍達)의 《집집의 근심과 기쁨(萬家憂樂)》, 유한태(劉 漢太)의 《중국의 거지군락(中國的乞丐群落)》, 물의 위기를 쓴 사청(沙 靑)의 《북경이 평형을 잃다(北京失去平衡)》가 잇달아 나왔다.

'사회 문제 보고문학'은 각계에 큰 충격을 주었고 문단이 사회를 조명 하게 만들었다. '사회 문제 보고문학'은 중국 작가들의 사명감과 양심의 증명이며 5·4 정신의 증명이다. 또한 문학은 시대정신의 상징으로서 여전히 '충격적 효과'를 갖는다는 증명이다. 그래서 그것은 세기말 문단 의 중요한 사조의 하나가 되었다.

1986년은 마침 '문화대혁명'이 일어난 지 20년, 끝난 지 10년을 기념하 는 해였다. 잡문(雜文) 작가 소연상은 그 해 《문회월간(文匯月刊)》 4기에 다 〈'문화대혁명'학을 세우는 소견(建立'"文革'學'芻議)〉이란 글을 발표 하여, '문화대혁명'에 대해 여러 단계의 비교·종합연구를 토대로 "문화 대혁명학을 '정치학, 경제학, 사회학, 문사철법(文史哲法)을 포괄한 민속, 관료 세계' 각 분야를 뛰어넘는 과학"으로 만들 것을 제안했다. 뒷날 파 금은 그의 성찰적 역작인 《수상록》을 완성한 뒤, 8월 26일의 《신민만 보》에 명작 〈'문화대혁명' 박물관('文革'博物館)〉을 발표하여 다시 호소 했다. ― "'문화대혁명' 박물관을 세우는 것은 절실한 일이다." "'문화 대혁명'을 깊이 인식하는 사람이라야 역사가 되풀이되는 것을 막을 수 있다." 이 글은 아주 깊고 넓은 반향을 일으켰다.

이 글을 발표한 것과 동시에 청년시인 고벌림(高伐林)도 《시간》 8기에 장편시 〈'문화대혁명' 국치일 선정에 관한 건의(關于設立'文化大革命'國恥日的建議)〉를 내어 구구절절 비통한 고함소리를 냈다.

> 국치를 기억하라! 조용히 그 침통한 깨우침을 들어라.
> "만일. 만일. 만일."
> 국치를 기억하라! 확고한 메아리는 대답한다.
> "절대로! 절대로! 절대로!"

이런 외침과 호응으로 '문화대혁명'이라는 비극을 돌아본 작품들이 잇달아 나타난 것이다. 후군(候軍)·장홍중(章鴻仲)의 《생애 마지막 순간의 유소기(劉少奇在他最後的日子里)》, 증지(曾志)의 《생애 마지막 순간의 도주(陶鑄在最後的歲月里)》, 엽자명(葉子銘)의 《10년 동란 중의 모순(十年浩劫中的茅盾)》, 엽영렬의 《불굴의 음표 — '문화대혁명' 중의 하녹정(不屈的音符—賀綠汀在'文革'中)》, 풍기재(馮驥才)의 《100명의 10년》 등이다. 호평(胡平)·장승우(張勝友)의 《역사회고록 — 정강산 홍위병 대교류 20년 기념 축제(歷史深思錄 — 井岡山紅衛兵大串連二十周年祭)》도 이 해에 탈고되었다.

이런 작품들과, 화하출판사(華夏出版社)에서 그 해에 내놓은 대형 실록집 《역사는 여기서 심사숙고한다(歷史在這里深思)》 1·2·3권[주명(周明) 엮음]은 모두 당대 사람들이 10년의 동란을 잊지 못한다는 증명이다. '문화대혁명'에 관한 실록 작품은 끊임없이 쏟아져 나왔고 그 양도 많아 작은 도서관을 만들기에 족했다. 이런 작품들은 귀중한 역사 자료가 되어 사람들이 '문화대혁명'을 연구하는 데 기초 자료를 제공했고 사람들이 문화의 위기를 반성하고 민족성을 반성하는 데 사상적 자원이 되었다.

1986년의 소설 창작 분야에도 사람들의 이목을 끄는 새로운 변화가 나타났다. '개혁을 제재로 한 문학'과 헤어진 장자룡은 이 해에, '문화대혁명' 기간 동안 일어난 인성의 변화를 자세히 살펴본 역작《뱀신(蛇神)》과 병태적 인성을 해부한《기아 종합증세》연작의 하나인《심판의 기록(收審記)》을 완성했다.《사랑, 잊을 수 없는 것(愛, 是不能忘記的)》,《조모록(祖母綠)》을 통해 아름다움을 써내고, 기백 있고 폭넓은《무거운 날개》를 쓴 장결은, 이 해에 추악함을 분석한 작품《그에게 무슨 병이 있는가?(他有什麼病?)》를 발표했으며 예리한 필치로 병적인 사회, 권세와 인심을 자세히 분석했다.《투명한 홍당무(透明的紅蘿卜)》로 문단에서 이름을 날린 막언도 같은 해에 기세등등하게《붉은 수수밭》을 내놓았다. 그는 대담하게 윗세대의 낭만적 정신에 대한 회상을 했으며 자손들의 '종의 퇴화'를 그려냈다. 소설 가운데 '야합'에 대한 시적 찬미와 혹형에 대한 상세한 묘사는 세상을 놀라게 했다. 이전에는 참신한 작품《목소리(聲音)》,《일담청수(一潭淸水)》를 발표했던 장위(張煒)는 무겁고 슬픈《옛 배(古船)》를 발표하여 민족의 고난이라는 역사적 수수께끼를 문제 삼았다. 1985년에는 아름답고 고요한 작품《유성(天狗)》을 발표했던 가평요도 그의 명작《경박함(浮躁)》을 완성했으며, 이로써 사회적 정서에 대한 이해와 우려를 표현했다. "몇 년 동안 우리나라와 사회는 경박해졌다. 이런 국가, 사회의 경박함은 우리를……모두 불안하고 경박하게 이끌어갔다. 경박함은 비록 성숙의 표현은 아니지만 싹이 트는 것이고 성장하는 것이며 생명의 힘인 것이다.……당연히 이는 아직 얕은 단계의 경박함으로서……사람들의 수준과 민족의 수준이 아직 낮아 겨우 배부름을 추구하는 정도이다. 이는 정말 우리의 타고난 부족함이다."[79]

경박함은 당대사회 정서에 대한 정확한 총괄이며 작가 정서의 간곡한

---

79) 金平,〈由《浮躁》延展的話題〉,《當代文壇》1987년 제2기에서 재인용.

표현이 아니라고 할 수 있겠는가? 유명한 작가들이 이렇게 모두 약속이나 한 듯이 1986년에 시적 정취와 고별하고 경박함, 변화 추구, 울분을 털어놓는 길로 나아간 것은 심사숙고할 필요가 있지 않은가? 1986년에 나타나는 작가들의 초조함은 1985년의 경박한 정서의 승화이며, 이는 또한 1986년 이후 '신사실주의' 작가들의 저속한 기풍, 냉담한 심경과 뚜렷하게 비교되었다.

'신사실주의' 기원을 열어놓은 유항(劉恒)의 명작 《개 같은 식량(狗日的糧食)》도 바로 1986년에 나오지 않았던가? 불량배들이 함부로 나대는 내용을 쓴 왕삭의 《고무인간(橡皮人)》도 1986년에 발표되었다.

소설계의 또 다른 동향은 '성(性) 문학'이었다. 장현량(張賢亮)의 《남자의 절반은 여자》가 1985년 말에 나와 큰 파문을 일으킨 뒤 1986년에는 '성 문학'이 왕성하게 발전했다. 왕안억의 《작은 도시의 사랑(小城之戀)》, 《황산의 사랑(荒山之戀)》은 동시에 발표되었고 철응(鐵凝)의 《보릿짚더미(麥稭垛)》도 잇달아 나왔다. 이런 '성 문학' 명작들은 성애 심리의 관점에서 인성과 운명의 신비하고 예측할 수 없음을 자세히 분석했다. '풋사랑'을 다룬 장현량의 장편소설 《밤새 안녕! 친구여(早安! 朋友)》도 이 해 10월에 탈고되었다.[80] 삽시간에 '성 문학'도 문단과 사회의 열띤 화제가 되었다. 이 화제의 출현은 사상해방의 상징일 뿐만 아니라 이혼율이 급증하는 '음양 대분열' 현상, 중학생의 조기 연애 현상, '성 해방' 조류 같은 사회 현상과 함께 당대 넘쳐나는 욕망의 중요한 상징이 되었다.

이 해, 시 분야의 화두는 《심천청년보》와 《시가보》에서 내놓은 《'중국 시단' 1986년 현대시 군체 대전('中國詩壇'1986現代詩群體大展)》으로서, 100여 명의 '후 궐기' 시인들이 60여 폭의 플래카드를 내걸고 앞

---

80) 이 소설은 《朔方》 1987년 제1기에 발표되었는데, 인쇄 후 발행이 금지되었다. 1988년 《小說月報 · 增刊 · 中長篇選粹》에 다시 발표되었다.

다투어 선언을 발표하고 열광적인 필치로 고민, 무료, 성과 죽음, 자아포기, 피로와 염세에 관한 주제를 논했다. 이 시가 대전의 사회적 의의는 그것의 예술적 의의보다 훨씬 크다.

이 해에 열린 문예계의 큰 대회는 '신시기 10년 문학 토론회'였다. 회의에 참석한 300여 명의 전문가, 학자, 작가들은 여유 있고 자유로운 분위기 속에서 자기 의견을 거침없이 얘기하면서 열띠게 논쟁했다. 문학의 주류인 다원화에 관한 공통 인식의 기반 위에, 인도주의 사조 논쟁에서는 서로 다른 이론의 비평 관점과 철학 관점이 격돌했다. 많은 대표들은 역사적 관점에서 "신시기 문학 10년의 기본 임무는, 일반 규칙에 맞지 않고 세상을 놀라게 하는 새롭고 신기하고 괴이함이 거짓과 크고 텅 빈 것을 주요 내용으로 하는 '반규범'에 대해 항쟁하는 것이다.······비판성은 신시기 문학 변화의 핵심이다"[사면(謝冕)의 말]라고 평가하고, "문학 비평은 이중적 사명을 감당하고 있다. 하나는 사회 · 철학적인 반사(反思) 사명이고 하나는 자기보호를 비평하고 예술 특징을 심화하는 사명이다"[송요량(宋耀良)의 말]라고 평가하며, "인도주의는 오늘날 우리 삶에서 아직 철저한 승리를 거두지 못했다"(왕효명의 말)고 평가함으로써 강렬한 사명감을 드러냈다.[81]

유효파가 이 토론회에서 "신시기 문학은 전면적 위기에 직면했다!"고 한 즉흥 발언은 과격한 투사적 태도로 전통문화에 도전을 선포한 셈이다. 이와 더불어 그는 《중국(中國)》 1986년 10기에 〈이택후와의 대화(與李澤厚對話)〉라는 장편 논문을 발표, 이택후의 '적정설(積淀說)'에 맞섰다. 유효파의 과격한 태도와 '감성적 생명'을 높이 산 발언은 청년 대학생들의 뜨거운 호응을 불러일으켰다. 한 차례 '반전통', '반문화'의 정신적 폭풍우가 일어나기 시작했다.

---

81) 〈歷史與未來之交: 反思, 重建, 拓展〉, 《文學評論》 1986년 제6기 참고.

문학은 다시 시대의 신호가 되었다.

이 해의 연극 분야 또한 매우 떠들썩했다. 소숙양은 소설 〈노사의 죽음〉을 발표한 동시에 같은 소재의 극본 〈태평호(太平湖)〉를 완성했는데, 그 처량한 정서가 사람들의 영혼을 감동시켰다. 면운(綿雲)의 명극 〈개 같은 영감의 열반(狗二爺涅槃)〉은 몇 십 년 동안의 정치운동으로 농민들이 고통 받은 비극에 대한 사실적인 묘사이며, 아울러 역사 순환에 대한 사색이 녹아 있다.

위명륜(魏明倫)의 앙티테아트르[(anti-theatre, 반(反)연극] 사천극(四川劇 〈반금련(潘金蓮)〉은 대담하게 반금련을 복권시켰다. 이는 현실 생활 속에서 "낡은 도의에 새로운 겉옷을 입혀 놓고……'문명'이라 부르는 것은 사실상 봉건적인 관념을 위한 것으로, 사회주의 정신문명을 제창하는 기회를 타서 변장하고 나타난다"[82]는 사회의 기이한 현상을 비판하려는 것이었다. 이 연극은 공연 뒤 전국을 뒤흔들었고 공전의 성황을 이루었다.

이와 호응한 것은 사엽신(沙葉新)의 명극 〈사나이를 찾는다(尋找男子漢)〉로서 이 단막극은 중대한 사회 문화의 주제, 곧 당대사회의 '음(陰)이 성하고 양(陽)이 쇠하는' 현상을 다루었다. '음이 성하고 양이 쇠하는' 현상의 이면에는 여성의 마음에서 벌어지는 소동 말고도 역사·문화적 수수께끼가 있다. — "혁명이라는 이름으로 시작하고 몇 년이 지나가면 또 찾아오는 운동은 남자들을 모두 무서움에 떨게 했다. 남녀의 비율을 따져보면 수차례의 운동 중에 박해를 받는 쪽은 늘 남성이었다. 주기적인 정치 질환과 장기적인 억압·왜곡은 사나이들의 등골뼈에 칼슘 부족을 가져왔고 정기의 모서리를 마모시켰으며 양의 강한 기운을 사그러뜨렸다. 내가 걱정하는 것은 민족 수준의 하강이다." 연극 분야에서 좋은

---

82) 魏明倫, 〈我做着非常'荒誕'的夢〉, 《戲劇界》 1986년 제2기.

극이 나오고 열띤 화제가 여기저기서 일어나는 것은 시대 정서가 경박하다는 또 하나의 증거인 것이다.

1986년의 미술계에도 초조한 정서가 꿈틀거리고 있었다. 1985년부터 발전하기 시작한 '신조미술(新潮美術)', 또는 1985년의 '신조문학(新潮文學)'은 다원적으로 탐구하고 개성을 높이 찬양하는 모습으로 나타났다.

천진의 '티베트 풍경화 전시회'에서 청년 예술가들은 이렇게 말했다. "일부 문화활동은 바다에 잠긴 돌처럼 아무런 반응이 없으니 차라리 부딪쳐 죽는 것이 낫다."[염병회(閻秉會)의 말] "나는 지금 오랫동안 억제되었던 감정을 토로할 생각뿐이다.……나는 지금 용솟음치는 구름과 마음대로 움직이는 대지를 즐겨 그리는데 이것으로 나의 정서를 표현한다."[손건평(孫建平)의 말]83)

'서주 현대예술전(徐州現代藝術展)'의 〈서언(前言)〉은 다음과 같다.

　　어느 날 아침에 우리는 신이 죽었다는 것을 알게 되었다. 각종 우상에는 시뻘건 '×'가 그려졌다. 어떻게 술렁이는 자신의 불안한 영혼을 구원해야 할까?
　　이번 예술전이 내건 펄럭이는 깃발 위에는 '파괴'라는 두 글자가 씌어져 있다. 동시에 우리는 이해할 수 없는 욕망에 쫓기게 되어 할 수 없이 앞으로 나아가, 예정대로 새로운 신을 찾아 그의 아름다운 얼굴을 쓰다듬은 다음에 총을 쏴서 그를 죽인다.84)

'하문(厦門) 다다이즘 ─ 현대예술 전시회'의 회원 황영빈(黃永砅)은 1986년에 혼란하고 갈피를 잡기 어려운 자신의 생각을 언급할 때 그 결론을 "강렬한 파괴욕, 이는 회화 매체에 대한 파괴이다"85)라고 말했다.

---

83) 高名潞 等, 《中國當代美術史(1985~1986)》, 上海人民出版社, 1991, 273, 275쪽.
84) 위의 책, 286쪽.

전시회가 끝난 뒤에 그와 그의 동료들은 작품을 불살랐는데, 이에 대해 "예술을 파괴하지 않으면 삶이 안정을 찾을 수 없다. 하지만 불안정은 안정에 비해 더욱 삶에 부합한다"[86]고 해석했다.

'노서남군체(魯西南群體)'의 선언은 이러하다. "우리는 이른바 '문화' 를 거절한다. 우리는 토지, 기백을 좋아하고 생명을 노래한다. 우리는 창조할 줄 모르며 자신의 성정에 따르는 것밖에 모른다."[87] 성급한 움직임, 파괴, 제멋대로 하는 것, 반문화, 반예술은 1986년에 청년 예술가들이 열광적으로 추구하던 주제였다. 이 모든 것은 '신생대' 시인들과 얼마나 흡사한가!

다시 사상계의 풍경을 보기로 하자.

1986년, '프로이트 열풍'과 '니체 열풍'은 청년 대학생·대학원생들 사이에 더욱 세차게 일었다. 그 해에 프로이트의 저작 《꿈의 해석(*Die Traumdeutung*)》, 《애정심리학(愛情心理學)》, 《일상생활의 정신병리학(*Zur Psychologie des Alltagsleben*)》, 《프로이트 저작선(弗洛伊德著作選)》, 《프로이트 후기 저작선(弗洛伊德後期著作選)》, 《프로이트 미학 문선(弗洛伊德論美文選)》, 《프로이트 창조력과 무의식 논평(弗洛伊德論創造力與無意識)》, 《프로이트 심리학과 서양 문학(弗洛伊德心理學與西方文學)》과 미국 작가 스톤(I. Stone)의 프로이트 전기소설 《영혼의 격정(*The Passions of Mind*)》, 미국 학자 프롬(E. Fromm)이 프로이트를 소개한 명저 《환상의 사슬을 넘어서(*Beyond the Chains of Illusion*)》·《프로이트의 사명(*Sigmund Freud's Mission*)》 같은 서적은 출판사마다 앞 다투어 내놓았을 뿐만 아니라 나오자마자 베스트셀러가 되었다. 프로이트의 정신분석에 관한 학설은 청년

---

85) 高名潞 等, 《中國當代美術史(1985~1986)》, 上海人民出版社, 1991, 345, 347쪽.
86) 위와 같음.
87) 〈新潮資料簡編〉(二), 《中國美術報》 1986년 제39기.

학도들이 인생의 비밀을 탐구하는 강력한 사상적 무기가 되었다. 또한 사람들이 심리의 암흑을 간파하거나 내심의 암흑을 변호하며 인성의 황폐화를 변호하는 이론적 근거가 되었다.

동시에 '니체 열풍'은 청년 사상계를 석권했다. 주국평(周國平)의 작품 《니체: 세기의 전환점에서(尼采: 在世紀的轉折點上)》는 출판되자마자 베스트셀러가 되었으며, 니체의 《이 사람을 보라(Ecco Homo)》, 《즐거운 지식(Die Fröhliche Wissenschaft)》, 《비극의 탄생(Die Geburt der Tragödie)》 등도 청년 학생들이 앞 다투어 사들였다. 니체의 '신은 죽었다'는 말은 반전통, 반우상숭배의 정서를 자아내어 불안한 중국 청년들을 전염시켰다. 니체의 '모든 가치를 다시 평가하는' 사상은 중국 청년들의 반전통·반문화의 충동에 이론적인 근거를 제공했다. 니체가 널리 선양한 '디오니소스 정신[酒神精神]'도 경박한 청년들의 마음에 꼭 맞았다. 심지어 니체의 갖가지 격언식 문체 또한 중국의 경박한 청년들의 글에 깊은 영향을 주었다. 니체는 지혜의 고통으로 말미암아 미치게 되었고 세기말의 중국 청년들도 니체 정신의 격려 아래 소란스럽게 되었다.

지식인의 운명에 관한 토론도 1986년의 화두였다.

계속되는 정치운동은 중국 지식인에게 심각한 재난을 가져다주었다. '4인방'의 봉건적 파시스트 전제정치의 종말은 오랫동안 억압을 받았던 지식인들이 비로소 허리를 펴게 했다. '피해자'의 신분으로 '4인방'을 고발하는 성난 외침이 천지를 진동했다. 이때 한 시인은 고통스러운 반성을 하기 시작했다. 장지신의 억울한 사건이 바로잡힌 시기에 군인 시인 뇌서안(雷抒雁)은 진실하게 자신을 해부했다.

나는 나 자신을 증오한다
어쩌면 그렇게 죽은 듯이 잘 수 있는지

마귀의 미혼탕을 마신 것처럼
덜커덩거리는 호송차가
내 경직된 심장을 깔고 지나가게 하라!
……
나는 나 자신이 부끄럽다
나는 공산당원이다
하지만 잡초보다 못하다
그녀의 피가 혈관에 흘러들게 하라
밤낮 없이, 그치지 않고 노래하게……
……
나는 고민도 했다
나는 실망도 했다
폭압 아래 혼비백산했다
폭풍 속에서 방향을 잃었다![88]

　이런 시 구절에서 시인은 중대한 사상 주제를 포착했다. '문화대혁명' 때문에 잘못을 한 사람들은 모두 심각하게 반성을 해야 한다. 스스로 '문화대혁명'에 대해 어떠한 책임을 져야 하는가?
　이후 소설가 장현량이 1981년 초에 발표한 역작 〈감옥의 밀어(土牢情話)〉는 비극적인 사랑 이야기를 통해 '되는 대로 살아온 연약하고 천박한 한 무신론자'의 '참회'를 표현했다. 1957년의 '반우파 투쟁' 이후 성품이 훌륭한 지식인들은 위축되었고 "그들은 비천한 지위에 만족하고 외부의 압력을 참고 견디며 자신의 독립적인 사고를 포기하는 것을 감수했다." 이런 정신적인 위축은 그들을 되는 대로 그럭저럭 살아가는 사람으로 퇴화시켰고 심지어는 자기를 보호하기 위하여 친구를 배신하게 했다. 〈감옥의 밀어〉는 문단에서 가장 일찍 피눈물을 흘린 '참회'의 목소

────────────

88) 雷抒雁, 〈小草在歌唱〉, 《詩刊》 1979년 제8기.

리, 억압에 따른 '사적인 것과의 투쟁과 수정주의에 대한 비판'이 아니라 지식인의 비극적인 운명에 대해 심각하게 반성했다. 이로써 '참회'는 신시기 사상사의 중요한 주제가 되었다. 물론 소설은 소설일 수밖에 없다. 다만 평론가들이 재빠르고 예리하게 이 주제를 붙잡았을 뿐만 아니라 여러 각도로 분석해서 사상사의 한 분야로 만들었다.

1984년에 황자평은 〈《녹화수》를 읽다(我讀《綠化樹》)〉에서 이렇게 말했다 — "장현량은 러시아 문학에서 많은 것을 계승했다.……러시아 문학에서 지식인의 참회는 아주 중요한 주제인데, 중국 당대문학 가운데 많은 작품에 영향을 주고 있다."[89] 황자평은 장현량이 《녹화수(綠化樹)》에서 고난을 '신성화'한 경향에 대해 회의적 태도를 가지고 있었다.

1985년 말에 와서 상해의 세 비평가는 약속이나 한 듯이 장현량의 소설과 '참회' 주제를 비평했다. 허자동(許子東)의 〈도스토예프스키와 장현량 사이에서(在陀思妥耶夫斯基與張賢亮之間)〉라는 글에는 "러시아와 중국의 근·현대문학에 나타나는 지식인의 '참회' 주제를 논함"이란 주목할 만한 부제가 붙어 있다. 이 글은 '참회'라는 주제에 대해 정밀한 분석을 했다. "유럽에서 사람들의 항의는 대담하고 철저했고(예를 들면 바이런, 위고), 참회도 늘 인문주의적 긍정을 포함했으며 늘 세속을 뛰어넘는 영웅적 기개를 갖추고 있었다[루소의 《참회록(Les Confessions)》이 그러하다]. 하지만 러시아와 중국은 상황이 좀 다르다." "민족 고난의 심각성은 러시아 작가들의 '참회'를 더욱더 엄숙하고 신중한 종교색을 띠게 했다." 중국에서 "계몽의식에 뿌리를 두고 자라난 부끄러움은 존경으로 변했고 숭배로 변했으며 심지어는 다시 '공포'로 변했다. '참회' 또한 내적 관조에서 자아비판으로 상승했고 다시 정신적 자살로 상승하는" 심경의 노정은 역사의 비극이었다. 허자동도 《녹화수》가 고난을 '신성화'한 경향

89) 黃子平, 《"深思的老樹的精靈"》, 浙江文藝出版社, 1986, 154~155쪽.

을 비판했다.[90]

《상해문학》은 1986년 2기에 진사화(陳思和)의 〈중국 신문학 발전 중의 참회의식(中國新文學發展中的懺悔意識)〉과 왕효명의 〈솔로몬의 병(所羅門的瓶子)〉이란 두 편의 글을 실었다. 진사화의 글은 중국 신문학에 나타난 '참회'라는 주제의 변천사를 그렸고 독창적으로 '인간의 참회'('인간의 결함 또는 이른바 악행을 대상으로 하는 참회')와 '참회하는 인간'('몽매와 미신으로 가득 찬 참회')의 의미를 구별할 것을 강조했다. 그는 《녹화수》의 '몽매와 미신의 참회' 경향을 비판했으며, 〈감옥의 밀어〉에 나타난 '인간의 참회' 의지에 대해 높은 평가를 했을 뿐만 아니라 '참회' 의식을 '중국 지식인이 스스로 가치 변화를 인식하는' 중요한 상징으로 보려고 했다. 왕효명도 "현대 중국에서 몸이 지옥에 빠졌으나 염라대왕에게 받아들여지지 않은 그런 사람들에게는 깊은 참회 의식이 나타난다"고 지적했다. 동시에 철저한 '자아 해부'는 자신이 지옥에서 가져온 '귀신의 기운'을 씻어버려야만 비로소 실현할 수 있음을 강조했다.

황자평·허자동의 '참회'에 대한 질의는 지식인의 인격 독립을 널리 강조한 사고에 바탕을 두었고, '인간의 참회'에 대한 진사화·왕효명의 확신은 바로 '지식인의 저열한 근성을 개조하는 것'에 대한 반성에 바탕을 두었다.

1986년의 '신시기 10년 문학 토론회'에 와서 '참회'라는 주제는 '민족과 함께 참회'라는 높이까지 승화되었다. 일부 참석자들은 '문화대혁명'이란 비극의 심각성을 표현하는 것은, 중화민족 스스로 만든 치부를 드러내는 데 있는 것이 아니라 이 재난에 휩쓸려 피해를 받은 몇 억 인민의 문화심리를 대변하는 데 있으며, 이런 재난을 문화의 관점에서 다루는 전제이자 기초라고 말했다. 모든 민족 구성원은 자신이 다치고 짓밟

---

90) 《文藝理論研究》 1986년 제1기 참고.

힐 뿐만 아니라 알게 모르게 다른 사람을 공격하고 모욕하며 인격을 빼앗는바, 자신이 비극적 인물이었을 뿐 아니라 비극의 제조자가 된다. 그러므로 "참회 의식을 강화하여 '원죄'에 가까운 의식으로 민족과 함께 고난을 감당해야 한다. 왜냐하면 중국 전통의 문화심리구조에는 참회 의식이 부족하다. 그리고 참회는 갖은 고난을 맛본 뒤에 하는 투철한 각성으로서 진실한 정감과 숭고한 인격의 승화이기 때문이다.……참회는 두 가지 측면을 포함한다. 하나는 '스스로 욕되게 하는 것'에 대한 참회이고 다른 하나는 '스스로 뽐내는 것'에 대한 참회이다."91)

이런 견해는 비록 논쟁을 불러왔지만 대회에서나 대회 후에 강렬한 반응을 불러일으켰다. 1980년대 초의 '문화대혁명'에 대한 성토가 정치적인 비판이었다면 1980년대 중기에 나타난 '민족과 함께 참회하는' 사조는 가장 진지한 문화심리적 반성이다. 이렇게 열린 '스스로 반성하는' 길은, 민족이 철저하게 몽매한 문화정서의 그늘에서 벗어나 자아갱신의 성숙한 길로 나아가게 하는 매우 깊은 의의를 가지고 있음은 의심할 바 없다. 적어도 이 길은 지식인들이 '저열한 근성' 문제에 대해 심각한 반성을 하도록 이끌었으며 '아버지 세대 심판하기[審父] 의식'과 '자아 반성 의식'의 성숙을 다그쳤다.

신시기에 가장 강렬하게 '참회'의 목소리를 낸 사람으로는 파금(巴金)을 들 수 있다. 파금은 1986년에 '진솔한 말을 한 책' 《수상록》을 완성했다. 원래 1980년 말에 쓴 《탐색집(探索集)》의 〈후기〉에서 파금은 이미 강렬한 '자아 검토'의 감정을 표현했다. 그는 "모든 것을 '4인방'에게 떠넘길 수는 없다. 나 자신이 '4인방'의 권위를 인정하였고 머리를 숙이고 굴복하고 그들이 짓밟는 것을 감수했는데 나에게는 책임이 없단 말인가! 다른 사람들은 책임이 없단 말인가!"92)라고 썼다. 1981년에 쓴 〈십년일

---

91) 〈歷史與未來之交: 反思, 重建, 拓展〉,《文學評論》 1986년 제6기.

몽(十年一夢)〉이란 글에서는 이렇게 반성했다. "나는 분명히 10년 동안 노예였다!" "나는 완전히 다른 사람의 머리로 사고했고 다른 사람들이 '파금을 타도하자'고 크게 외치면 나도 오른손을 높이 들어 호응했다." "다른 사람이 무엇을 말하면 나도 그것을 말했고 기꺼이 했다. 이것은 '노예의 마음'이 아닌가?" 원인은 '목숨을 가장 앞세우는 하나의 사고방식'에 있다.93)

1986년에 와서 파금은 다시 엄숙한 목소리로 자책했다. "비록 그 몇 년 동안 나는 갖은 모욕과 유린을 당했고 시달림을 받을 대로 받았지만 나는 아직도 자책하지 않을 수 없다. 무엇 때문에 머리로 사고하지 않았던가?! 지식인으로서 나의 지식은 어디에서 표현되었던가?"94) "다른 사람이 나에게 말을 시키면 나는 크게 외쳤다. 다른 사람을 믿는다고 말했지만 사실 자기를 보호하려는 것이었다.……'선을 긋는다'고 말했지만 '우물에 들어가 돌을 던지는' 격이 아니란 말인가? 나는 오늘도 여전히 이 몇 편의 글 때문에 수치를 느낀다.……끝내 문화대혁명이 일어났고 나도 '프롤레타리아 계급 독재의 원수'가 되었다. ……나는 마땅히 받아야 할 응징을 받은 것이다. 하지만 내가 진 빚을 갚았다고 말할 수 있을까?"95) "비록 '잘못은 당연히 책임져야 한다'고 나서는 사람은 보이지 않지만 내가 우물을 향해 돌을 던진 것에 대해 나 스스로 일말의 책임도 없단 말인가?……단지 그런 '본의 아닌 논조'를 위한 것이었다면 나는 절대 나 자신을 용서할 수 없다."96)

하지만 여러 가지 원인 때문에, 《수상록》을 탈고하고 편집·출판을

---

92) 巴金, 《隨想錄(合訂本)》, 三聯書店, 1987, 323쪽.

93) 위의 책, 377, 379, 381쪽.

94) 〈二十年前〉, 위의 책, 834쪽.

95) 〈懷念非英兄〉, 위의 책, 841쪽.

96) 〈懷念胡風〉, 위의 책, 887쪽.

준비하던 1986년에 와서야 비로소 이런 목소리가 문단에서 강대한 메아리를 일으켰다. 이 문화 노인이 행한 자신의 실수에 대한 통절한 자책, 루소 식의 진실한 참회는 무수한 사람을 감동시켰고, 동시에 책임을 짊어지기를 두려워하고 일부러 책임을 회피하는 사람들의 비열함을 비춰냈다. 하지만 파금 같은 고상한 풍모와 절개를 가진 용사는 얼마 되지 않았다.

이렇게 '아버지 세대 심판하기 의식'의 고양은 당연한 것이 되었다. 1986년, 왕몽의 장편소설 《활동 변신 인형》이 발표되어 강렬한 반향을 불러일으켰다. 이 책은 의기양양하던 한 늙은 지식인이 위축·타락으로 나아가는 인생 역정을 기술했으며 암흑의 강대함을 드러내 보였다. 암울한 환경과 지식인의 나약함·비겁함은 지식인의 인격을 굽히게 했다. 이 소설이 출판되자 유심무는 글을 통해서 흉금을 털어놓고 이야기했다. 다음은 그 가운데 한 단락이다.

> 오늘날 갈수록 많은 작가들이 아버지 동년배들을 주시하기 시작했다.
> 효도·순종과 거역을 초월하여 존경과 모독, 그것은 더욱 높은 단계의 정감과 사고이며 '아버지 세대 심판하기 의식'이다.
> 증오하기 때문이 아니라 사랑하기 때문이다.
> 아버지 동년배들이여! 당신들은 어떠한 길을 걸어왔는가? 당신들의 영혼은 아무리 발버둥친다 해도 깨끗해질 수 없는 것이다. 당신들에게는 말하기가 난처하고 인정하기가 난처한 비천함·비열함·저급함이 있지 않는가. 당신들은 얼마나 어렵고 얼마나 고통스럽고 얼마나 불행한가![97]

'아버지 세대 심판하기 의식'은 의심할 여지 없이 역사에 대한 반성이 심화된 것이다. 전통문화에 대한 비판, 지식인의 저열한 근성에 대한 비

---

97) 劉心武, 〈地球村·審父·自剖〉, 《當代》 1986년 제4기.

판에서 한 걸음 더 나아가 '아버지 세대 심판하기'로까지 발전시킨 것은 청년 세대의 각성을 잘 나타냈다. 그들은 이미 자업자득의 감옥에서 벗어났으며 5 · 4 시기 지식인들의 영광스러운 전통, '강철 같은 어깨로 도의를 짊어지고 훌륭한 솜씨로 글을 쓰는' 인격 독립으로 돌아왔다. 이것이야말로 지식인의 정신적 고향인 것이다!

바로 이런 분위기 속에서 《중국청년보》는 1986년 9월 25일부터 12월 말까지 칼럼에 '두 세대 지식인의 담화록'을 실었다.

9월 25일, 이 신문은 눈에 띄는 위치에 오늘날의 청년 지식인을 겨냥한 11명의 대기업 책임자, 원로지식인들의 평가 〈이 세대 청년 지식인을 어떻게 대할 것이며, 중 · 노년 지식인들은 어떻게 평가하는가를 듣기로 하자(怎樣看待這一代靑年知識分子且聽中老年知識分子如何評說)〉를 실었다. 원로지식인들의 결론은 (청년 세대들이) "정치적으로 원대한 이상이 부족하다", "업무적으로 눈앞의 이익에만 급급하고 실천을 가벼이 여기고 고난을 두려워한다", "일을 위하여 헌신하는 분투 정신이 날이 갈수록 위축되고 있다", "개인의 발전에서 '나'의 득실을 전제로 하고 사회적 책임감이 희박하다", 따라서 "총체적으로 그들은 실망을 한다"는 것이다. 그들은 청년 세대를 각박하게 대할 뜻이 없는 것 같다. 그들은 청년들의 문제를 '정책적이며 선전적인 실책' 탓으로 돌리려는 것 같다. 이로써 그들의 성의를 볼 수 있다.

하지만 청년 지식인들은 자아 변호를 하는 동시에 원로 지식인들의 급소를 향해 무자비한 비판을 가했다. 먼저 청년 비평가 진소천(陳小川)은 〈청년들을 이해해 주세요(請理解靑年)〉에서 보편적 의의를 가진 사회 문제를 지적했다. "자아 발전에 대한 청년들의 요구는 늘 제대로 이해되지 못하고 있다." "청년들의 개성의 다양화도 늘 이해되지 못하고 있다."98)

《중국청년보》는 1986년 10월 8일자에 〈당대 지식인의 수준은 어떠한

가. 청년들이 털어놓은 진솔한 고백 — '어린 세대들'의 자화상을 보라 (當代知識分子素質究竟如何 一批靑年襢露襟懷直陳心曲—請看'小字輩'的自畵像)〉를 특집으로 실었다. 청년들의 원망은 이러하다. "많은 기업의 청년 지식인은 쓰일 곳이 없고, 사업을 위하여 헌신하려는 그들의 정신은 위축된 것이 아니라 각기 다른 방향으로 발전하는 것이다." "개인의 노력, 개인의 미래와 기업의 운명은 연결하기가 어려우니 어찌 청년들의 희생정신을 불러일으킬 수 있겠는가?" "대학원 입시 열풍, 외국어 학습 열풍, 인재 이동은 모두 좋은 일인데 왜 늘 비난을 받는가?" "당대 청년 지식인은 정치적 이상이 풍부하고 대다수가 진보를 요구한다. 그저 표현 형식이 과거와 다를 뿐이므로 각 분야의 지도자들은 혜안을 가지기를 바란다."

이렇게 해서 '세대 차'는 두 세대의 눈앞에 나타났고, 집단의 이익을 위하여 개인의 이익을 희생시키는 1950년대 인생관과 1980년대 개성주의 인생관은 대변혁의 풍운 속에서 충돌했다. 인생관이 충돌한 곳에는 동서 문화 관념이 부딪히고 청년들이 드높여 알린 생명의지와 경직된 체제가 맞서 시대적 저류를 이루고 있었다. 논쟁에 참여한 사람들 가운데 청년들이 많았던 현상은 희극적인 의미를 띠고 있는 듯하다. 중년과 노년의 지식인 때문에 일어난 이 논쟁은 결과적으로 청년 지식인들이 '인생 의미 대토론' 이후 다시 멋있게 '태도 표명'을 한 셈이었다. 대변동의 시대에 다원적 가치관이 격렬한 충돌과 분화를 낳았다. 따라서 논쟁 가운데 각자가 자기주장을 고집하는 현상은 그리 신기할 것이 못 된다. 어쩌면 중요한 것은 이기고 지는 것이 아니라 논쟁이 당대 문화사조사를 위하여 얼마만큼의 사상적 사료를 제공했는가 하는 점일 것이다. 이런 사료는 거대한 변화가 낳은 시대정신에 대한 이해를 풍부하게 했다.

---

98) 《中國靑年報》 1986년 9월 27일.

청년 지식인의 처지에서 보면, 이 논쟁은 진지하게 '아버지 동년배들을 꼼꼼하게 심의'한 것이다. 무엇 때문에 그들은 중·노년 지식인들에게 곤혹과 실망을 느끼게 되었는가? "근본적 원인은 일부 중·노년지식인들의 가치관념과 사유방식이 상품경제의 발전과 근대화 조류의 충격에 적응하지 못한다는 데 있다."[99] "원로 세대 지식인에게는 하나의 치명적인 약점, 즉 이해를 잘 하지 못하는 약점이 존재한다."[100] "1930, 1940년대의 지식인들과 견주면 1950, 1960년대의 지식인의 색채는 조금 단조롭다."[101] "우리 주위에 있는 많은 선배들은 평범한 환경 속에서 평범한 삶을 살아왔다."[102] 중·노년 지식인들은 "세 가지 기본 약점, 곧 '진리'를 맹신하고 권력에 굴종하며 관심 분야가 좁은 이 세 가지 약점이 있다." — 이로써 '아버지 세대 심판하기'는 철저한 반전통이 아니라, 진지하게 반성하는 기초 위에서 시간을 뛰어넘어 '1세대 지식인'(즉 5·4세대)에 대한 독자적인 인식을 세우려는 것임을 알 수 있다.

중·노년 지식인이 몇몇 청년들의 비판에 따라 자신을 돌이켜보고 마음속에서 우러나오는 말을 한 것은 주목할 만하다. "현대 미신은 중국에서 십 몇 년 심지어는 수십 년 넘게 성행하였으며, 그렇게 많은 비극을 연출했고 그렇게 먼 길을 돌아오게 했다. 우리 세대(소수를 제외하고)는 얼마나 많은 항쟁을 해왔던가?······1950, 1960년대의 지식인들은 정치생활 속에서 대다수는 굴복하고 굽실거리고 다른 사람이 제멋대로 하고 부추기는 대로 내버려두었다.······우리는 왜 '약자'가 되었는가? 그 원인의 하나는 봉건사상 문화의 영향을 받았기 때문이

99) 周文彪·羅華平,〈爲什麼他們感到困惑和失望〉,《中國靑年報》 1986년 10월 22일.
100) 周紅軍,〈觀念更新─兩代知識分子的基礎〉,《中國靑年報》 1986년 10월 29일.
101) 張作義,〈和老師談談心〉,《中國靑年報》 1986년 10월 9일.
102) 冉杰,〈我們不怕艱苦, 只怕平庸〉,《中國靑年報》 1986년 10월 9일.

다. 다른 하나는 우리의 이상·신념 대다수가 소박한 감정의 바탕 위에 세워진 것이고 과학적인 이성의 주춧돌 위에 세워진 것이 아주 적었기 때문이다.……그런 이상이나 신앙은 얼마나 맹목적인가! 그런 정치 수준과 희생정신은 얼마나 보잘것없는 것인가!……후손들 앞에서 당연히 부끄러움을 느껴야 할 것이다."103) "우리 세대의 최대 약점은 바로 사상성의 취약함이다.……한 세대(소수를 제외하고)는 자기 사상이 없는 '로봇'이었다."104) 이런 심각한 반성은 각성한 중·노년 지식인들의 '자기반성 의식'을 드러냈다.

다른 측면에서 보면, 청년 지식인도 이 논쟁에서 '스스로를 심사[自審]'했다. 개성 의식의 성장에 힘입어 그들 가운데 일부는 "약간의 선전이 우리의 사상을 좌지우지 한다고 여겨서는 안 된다. 우리에게 약점은 있으나 그래도 발전했다!"105), "우리는 개척을 숭상한다.……이름을 날리고 학파를 이루는 것이야말로 우리의 목표이다.……우리의 자아의식은 선배들보다 강하다. 우리는 독립 선언을 하려고 하며 독립적인 의식을 찾고 독립된 인격을 찾으려 한다"106)는 목소리를 냈다.

자신의 사명감에 대한 그들의 자각은 청년 세대의 각성을 도왔다. 그리고 맞닥뜨린 위기에 대한 각성과 인식으로 말미암아 청년 세대가 '스스로를 심사하기' 시작했다. 바로 이런 청년들의 '스스로를 심사하기'는 이 세대 지식인의 마지막 성숙을 상징한다. 당시 《중국청년》이 시작한 '인생 의미 대토론'은 사람들이 새로운 인생관을 확인하고 독창적인 고민을 드러내고 기백 넘치는 '태도 표명'을 하는 흐름을 상징한다.

《중국청년보》가 시작해 내놓은 '두 세대 지식인의 대화록'은 한 세대

---

103) 沃土, 〈晩輩面前, 我們感到慚愧〉, 《中國青年報》 1986년 10월 16일.
104) 王貴庭, 〈政治上被'抱大'的一代〉, 《中國青年報》 1986년 10월 22일.
105) 張作義, 〈和老師談談心〉, 《中國青年報》 1986년 10월 9일.
106) 冉杰, 〈我們不怕艱苦, 只怕平庸〉, 《中國青年報》 1986년 10월 9일.

가 청년 문화의 새로운 국면을 의기양양하게 열어놓은 뒤 자아반성·자
아비판의 새로운 경지에 들어섰음을 상징하고 있다. '아버지 세대 심판
하기'(반전통)는 청년들이 내디딘 첫 발자국이며 '스스로를 심사하기'는
그 두 번째 발자국이다. 첫 발자국을 내딛는 것에는 거대한 용기가 필요
하다. 두 번째 발자국을 내딛는 것에도 마찬가지로 거대한 용기가 필요
하며 더욱 강한 주체의식이 필요하다. 청춘의 정서는 오직 이런 주체의
식의 심각한 반성을 통해서만 비로소 현실 변혁을 위한 이성적 태도로
승화될 수 있는 것이다.

청년들의 '스스로를 심사하기'는 마침 경박하고 초조한 기풍이 가득
하던 1986년에 나타났기에 더욱더 깊은 문화적 의의를 가지게 되었다.
이 현상은 현대적 인격으로 나아가는 여정에 있는 청년 세대 사이에 중
대한 분화가 생겼음을 뜻한다. '신생대' 시인, '신조 미술'가, 유효파와
그 추종자들을 대표로 하는 한 갈래는 비이성·반전통·반문화의 기치
를 크게 휘두르면서 세기말의 고민을 열광적으로 털어놓았다. 그리고 이
로써 자유로운 욕망이 난무하는 '낙원'을 열어놓았다. '스스로를 반성',
'스스로를 심사'하는 일부 사상가들은 사명감과 양심이 이끄는 대로
성실하게 사회 문제를 연구하고 이성과 강건한 인문정신을 다시 세우
기 위하여 노력했다. 그러면 이 사상가들의 사고방식은 어떠한 것인가
를 한번 살펴보자.

먼저 청년 자신의 약점을 분명하게 바라본다. "맹종성과 굴종성을 극
복했고……또 매우 소극적이며 제멋대로여서 현실과 정면으로 충돌하
기를 원하지 않는다."[107] "그들은 불평하는 것을 심리적 균형의 조절 수
단으로 삼아 사명감을 잃고 '쓸모없는 사람'이 되거나, 아니면 바람 부는
대로 노를 저으면서 지도자의 비위를 맞추고 매우 세속적이고 위선적으

107) 李肅, 〈惟一的出路在于推進改革〉, 《中國靑年報》 1986년 11월 12일.

로 변해갔다."108) "인생의 진리에 대한 추구는 먼저 향수를 추구하는 것으로 표현되며 그 뒤에 비로소 발전으로 표현된다." 한편으로는 "권위를 부정하고 자아를 숭상하는 것"이고 다른 한편으로는 "행위가 소심하고 처세에 매끄럽다."109) 다시 말하면 중·노년 지식인들의 불만은 빈 구멍으로 불어오는 바람과 같은 것이었다.

그렇다면 이 모든 것은 어떻게 탄생했는가?

문화심리 분석의 눈으로 보면 답안은, 봉건적 문화심리의 앙금이 청년 세대의 마음속에 여전히 깊이 남아 있어 "구문화의 표지가 깊이 박혀 있으면서도 구문화의 비판자가 되어야 하는 것이 바로 우리가 처한 두 가지 환경"110)이라는 데 있다. 이는 기이한 현상을 만들었다. 청년들은 격렬하게 전통을 반대하는 동시에 전통과 크게 타협했다. 예를 들어 "우월감이 극히 강한 데다가", 현실을 이탈하고 민중을 이탈한 것,111) "사상을 중시하고 기예를 경시하는 것"과 "'혼탁'을 특징으로 하는 '제도 문화'의 침식"112), "'선(善)으로 진실을 손상시키는' 사유 틀……지식 본위 정신의 부족함", "그 자리에 있지 않고, 그 정치에 참여하지 않는 '구경하는 손님' 심리……개인의 권리의식이 부족한 것"과 "'사회는 우리의 사회이고 정치는 우리의 정치이다'라는 식의 최저의 시민의식", "겸손한 군자 형의 인격상", 또한 "먼저 우리 자신이 너그럽게 용납하지 않는다"라는 독재 심리113) 등이다.

사회 비판의 눈으로 보면 더 큰 질병을 찾아낼 수 있다. "청년들의 소

108) 程虹, 〈中國當代靑年知識分子面臨的危機〉, 《中國靑年報》 1986년 12월 6일.
109) 孫長松, 〈封建意識與新觀念竝存〉, 《中國靑年報》 1986년 11월 5일.
110) 陳兵, 〈靑年知識分子的'兩難'處境〉, 《中國靑年報》 1986년 11월 25일.
111) 程虹, 〈中國當代靑年知識分子面臨的危機〉, 《中國靑年報》 1986년 12월 6일.
112) 楊東平, 〈我看靑年知識分子的弱點〉, 《中國靑年報》 1986년 11월 5일.
113) 王潤生, 〈當代知識分子的文化心理包袱〉, 《中國靑年報》 1986년 12월 20일.

극적인 요소는 청년들 자체에서 나온 것이 아니라 대부분 사회의 구조적인 문제가 조성한 것이다."114) "사회 현실을 이탈한 '장밋빛 교육'은 학생의 사회화 과정을 크게 지연시켰다." "원대한 교육"은 직접적으로 "문화와 인격 양성에 편파적인 기형을 조성……전문 지식과 기술의 편협한 단일화를 낳았다." 그래서 "참신한 교육제도(청년 지식인에 대한 영구적 교육을 포함)를 만드는 것은 의심할 바 없이 더욱 중요하다."115)

마지막으로 심리적 측면에서 나타나는 요인이 있다― "우리의 자아 기대치가 지나치게 높은 것이다." "이는 우리의 자아 인식이 불확실하고 자아 평가가 참모습과 어긋나고 사회 심리가 성숙하지 못한 것이다."116) 극도의 자아 팽창, 자아 확장은 전통문화 가운데 사대부의 '고결' 심리에서 비롯했을 뿐만 아니라 현실과 인생에 대한 모호한 인식에서 생겨났다. 적지 않은 청년들이 안하무인에서 시작하여 위축과 타락에 이르는 급격한 변화는 이와 아주 큰 관계가 있다.

중·노년의 각성한 자들이 자아의 상실에서 출발하여 '스스로를 심사하기'에 이르고 각성한 청년들이 자아의 들뜸으로부터 '스스로를 심사하기'에 이르자, 두 세대는 동일한 시대의 과제에 직면하게 되었다. 어떻게 '스스로를 심사하기'를 거치고 역사의 폐허를 뛰어넘어 지식인의 현대적 인격을 주조할 것인가?

염보극(閻步克)은 '지식인'이란 단어에 대하여 현대적 분석을 시도했다. 즉 '기술자', '정신노동자' 또는 '지식노동자'와 '문화 직책과 사회적 사명감을 가진 사람'과의 차이점을 부각하려는 시도이다. 현대 서양 사상에서 왔고 지식인을 널리 각인시키려는 의도에서 구분된 인문정신,

---

114) 陳爾平, 〈靑年的邊際地位應當改變〉, 《中國靑年報》 1986년 11월 15일.

115) 楊東平, 〈從靑年知識分子的弱點看現行敎育制度的危機〉, 《中國靑年報》 1986년 12월 17일.

116) 陳華, 〈我們的自我期待値過高〉, 《中國靑年報》 1986년 11월 12일.

"사상의 창조성·비판성에 대해 느끼는 흥미……진리에 대한 신앙
……과학으로 정의와 미적 지식 그리고 현실 개조……'사회비판 원칙'
을 옹호하는 것……과학과 인도적인 것에 대한 사심 없는 헌신……방
법으로서 과학주의와 목적으로서 인도주의의 일치성", 이 모든 것이
야말로 "지식인의 가장 본질적이고 가장 빛나는 것"이다.117) 이런 '지
식인(문화 엘리트)'과 '기술자'를 구분해 내는 사상은 1986년에 상당히 유
행했다.118) 지식인의 영광스러운 전통을 널리 선양한 이런 주장은 '세기
말 정서'에 대한 유력한 반발임이 틀림없다.

  이근(李瑾)도 현대 지식인의 의식과 인격 문제를 놓고, "이성과 과학
을 숭상하고 이끌며 개방적이고 강렬한 민주 의식이 있고, 강렬한 자아
완성과 자아실현 의식, 관용정신이 있으며 진부한 관념과 방식을 용감하
게 돌파하는 창조적인 사유와 행동……자아 계몽, 현대 지식인 의식과
인격 독립을 창조하는 일은 바로 우리 두 세대 지식인들이 직면한 현실
적 선택이다"119)라고 했다. 여기서 제기한 '자아 계몽'은 분명히 '계몽'
이라는 주제에서 한 발짝 더 나아간 것이다. 아울러 '자아 계몽'은 '스스
로를 심사하기'보다 더욱 현대적 의의를 가지는 개념인 것 같다. 비록
여러 가지 원인으로 그것이 광범위한 호응을 일으키는 구호가 되지는
못했지만, 사상사와 '지식인사(知識人史)'120)에서 여전히 독창적인 의의
를 가지고 있다.

---

117) 閻步克, 〈什麽是知識分子的主體意識〉, 《中國靑年報》 1986년 12월 10일.

118) 예를 들어 《文匯月刊》 1986년 제1기에 실린 대청(戴晴) - 설용(薛涌)의 대화
    록 〈知識分子·作家及文學〉에서 바로 이 논의를 지지했다.

119) 李瑾, 〈塑造現代知識分子意識和人格〉, 《中國靑年報》 1986년 11월 25일.

120) 이 개념은 지은이가 미국 학자 펠스(R. Pells)의 저서인 *Radical visions and
    American dreams*, 《激進的理想與美國之夢》, 上海外語敎育出版社, 1991에서 빌
    려온 것이다. 해당 저서의 '美以美會平裝版序' 참고. 중국에도 당연히 '지식인
    역사'가 있어야 한다.

주홍군(周紅軍)도 강조했다. "지식인은……현대와 비현대의 구분이 있으며", 현대 의식은 "현대 사유, 현대 민주, 현대 규칙과 현대 표현방식"을 포함한다. 현대 의식의 관건은 "인간의 고도의 내재적 수양에 있으며 그렇지 않으면 현대 의식은 이기주의미 대명사가 되고 만다."[121] 현대 의식을 가지고 있는가를 지식인을 평가하는 잣대로 삼는 것은 '세대 차'의 구분보다 더 정확할지도 모른다. 사실상 파금·여주 같은 원로 지식인들은 사상해방이란 대세에 적극적으로 뛰어들었기 때문에 자신의 사상과 인격의 청춘을 영원히 간직할 수 있었다. 어떤 청년들은 수단을 가리지 않고 투기하듯 권세에 빌붙어 살며 마음속에 '나쁜 영혼'을 품고 있기도 하다. 이와 같은 견해를 가지고 있는 사람으로는 곡배평(曲培平)이 있다. 그는 두 세대의 논쟁은 사실 "두 가지 부류 사회인의 마찰이다"라고 했다. "하나는 지금까지도 여전히 자기 몸에 밴 폐쇄적이고 보수적인 전통 심리와 행위방식을 심각하게 반성하지 못하고, 여전히 우상숭배, 훌륭한 임금이 모든 것을 알아서 하는 것, 정통과 원조를 벗어나지 못하는 그런 사람들이다. 다른 하나는 개혁·참여·경쟁에 열성적인 사람들이다."[122]

청년 지식인들은 이렇게 '아버지 세대 심판하기'와 '스스로를 심사하기'('자아 계몽')의 이중 비판을 하면서 중국 지식인의 운명에 대한 반성을 심화했다.

중국 지식인의 운명에 대한 반성은 세기말 사상·지식계의 큰 주제이다. 이는 분명히 지식인, 오직 지식인이야말로 중국 근대화운동의 주도적 역량이기 때문이다. 사상계몽의 사업은 그들이 해야 하고, 전 민족의 문화 교육 수준을 그들이 끌어올려야 하며, 사회 발전의 계획은 그들에

---

121) 周紅軍, 〈現代意識—衡量當代知識分子的標志〉, 《中國靑年報》 1986년 10월 29일.

122) 曲培平, 〈'兩代人'還是兩種'社會人'?〉, 《中國靑年報》 1986년 10월 24일.

힘입어 제정해야 한다. 하지만 장기적인 정치운동의 시달림 때문에 중국 지식인들의 인격은 위축되고 지식은 경직되어 근대화운동의 숨은 폐해가 되었다. 역사에 대한 심각한 반성은 정치적 반성을 제외하고는 자연히 지식인의 운명에 대한 반성을 '유일하고도 가장 큰' 것으로 꼽게 된다. 지식인은 사회의 문화 엘리트로서 반드시 자기가 짊어져야 할 책임을 지니고 전 사회 근대화의 선봉대가 되어야 하는 동시에, 자신의 운명에 대한 심각한 반성과 새로운 품격 제조를 통해 '자아 계몽'을 완성해야 한다.

이런 의의에서 보면 인기 화제는 지식인의 운명에 대한 반성과 연장이다. 근대화에 관하여, 현대 의식에 관하여, 문화 비판과 문화 위기에 관하여, 정보 혁명에 관하여, 신유가(新儒家)에 관하여……. 그렇지만 1970년대 말부터 새롭게 "과학을 향해 진군하자" "지식을 존중하고 인재를 존중하자"라는 호소와 1980년대 중기에 이르러 나타난 지식인의 '아버지 세대 심판하기'와 '스스로를 심사하기'는 얼마나 평범하지 않은 노정인가! 그 사이에 밀물·썰물이 뒤바뀌고 시간이 흐르면서 여러 변화가 있었지만 그것은 고작 몇 년의 세월에 불과했다.

지식 엘리트[123]들은 '아버지 세대 심판하기'와 '스스로를 심사하기'에 노력하면서 새로운 문화 클라이맥스로 나아갔다. 하지만 무정한 운명은 다시 그들을 우롱했다. 문화적 침체가 그들의 눈앞에 느닷없이 나타난 것이다!

1986년에 '역사학의 위기'에 관한 논의가 있었다.

역사학자 유택화(劉澤華)는 잡지 《서림》에 〈'역사학의 위기'와 역사의 재인식('歷史危機'與歷史的再認識)〉이란 글을 발표했다. 이 글에서

---

123) 나는 '지식 엘리트'란 이 개념을 일반적 의미의 '지식인'과 구별하고자 한다. 여기서 '지식 엘리트'는 'intellectual(지식인)'과 동등한 것으로 'mental worker(정신노동자)'와 구별된다.

그는 '역사학의 위기'는 '역사를 위한 역사'의 경직된 접근 방법에 있음을 지적했다. 그는 '진취적인 지식'을 호소했다. "역사학자는 역사에서 현실로 옮겨와야 하며 현실의 경제·정치·문화교육·군사·외교·민족·생활방식 등의 문제에 대해 논하고 생활의 탁류 속으로 뛰어들어야 한다. 역사학자는 당연히 역사에 대한 반성을 통해 민족·사회·인류의 진보를 위하여 사고할 만한 과제를 제기해야 한다." "삶은 역사학의 목적이 되어야 하고 오직 삶에 관여해야만 역사학이 생기를 얻게 된다."[124]

《광명일보》가 그 해 말에 발표한 연작 필담에서도 전통 사학에 위기가 닥쳤다고 다시 경종을 울렸다. 1987년에 와서 《중국인민대학학보》에 발표된 일련의 〈'역사학의 현황과 미래' 필담('史學的現狀與未來'筆談)〉에는 "역사학의 지위 하락은 불가피한 추세이다"는 처량한 단언이 있었다. 다시 말하면 경제가 발달한 현대사회에서 역사학은 당연히 경제학과 같은 신흥학과[125]에 자리를 내주어야 한다는 것이다. 청년 학자들이 역사철학·사학이론의 갱신을 위하여 많은 작업을 하고 있었지만[예를 들어 김관도(金觀濤)·유청봉(劉靑峰)은 사이버네틱스를 운용하여 중국 봉건사회사의 비밀을 연구했고, 유창·왕청가(王晴佳)·요몽(姚蒙) 등은 서양 사학이론에 대한 평가를 했다[126]], 역사학계 후학들이 부족한 상황은 점점 심각해져 갔다.

이론의 진부함, 사유의 경직성, 학술과 현실의 괴리, 이것은 과학의 위기이다. 이것을 '불치병'이라고 할 수는 없다. 왜냐하면 그것은 학자의 관념과 이론의 갱신을 통하여 새롭게 천천히 극복해 나갈 수 있기 때문이다.

---

124) 《書林》 1986년 제2기 참고.

125) 楊權, 〈史學地位的衰落是不可避免的趨勢〉, 《中國人民大學學報》 1987년 제3기.

126) 金觀濤·劉靑峰, 《興盛與危機》, 《在歷史的表像背后》二書 참고. 劉昶, 《人心中的歷史》一書 및 王晴佳와 姚蒙이 《讀書》에 발표한 여러 편의 글들을 참고.

더욱 심각한 것은 상품경제의 대조류가 인문과학에 미친 충격이다. 1985년에는 '문예 왕국은 쇠락할 수 있는가?' 하는 문제 제기가[127] 있었다. 통속 문예는 엄숙한 문예의 지반을 크게 침식했으며 텔레비전과 노래방은 청소년의 영혼을 차지하는 데 성공했다. 문인들은 책을 내놓기 어렵고 출판물 가격은 급속히 올라가고 연극은 불경기에 놓였으며 영화 관람권의 가격은 급격히 떨어졌다. '문화 침체'는 이렇게 상품경제 대조류의 고조에 따라 나타나게 되었고 "가난한 것이 교수 같고 어리석기가 박사 같다", "유도탄 만드는 것이 계란 팔기보다 못하고 메스를 드는 것이 이발기 들기보다 못하다"는 말이 유행했다. 새로운 '독서무용론'이 한동안 세상을 떠들썩하게 했다. '대학 강사가 책을 출판하기 위하여 거리에서 의연금을 모으는' 뉴스와 사진이 신문에 나타나기에 이르렀으며[128] 무시무시한 한기가 독자들의 가슴속에 들이닥쳤다.

1992년에 이르러 '대학교수가 호빵을 파는 것'이 CCTV 프로그램 〈관찰과 사색(觀察與思索)〉에서 뜨거운 이슈가 되었다. 1993년에 《문회독서주보(文匯讀書週報)》는 눈에 띄는 자리에다 연속으로 〈서점은 이제 황금옥이 되었다(書店今成黃金屋)〉, 〈남경동로 신화서점을 구하라(救救南京東路新華書店)〉, 〈호강서점이 긴급히 알림!(滬江書店告急!)〉 등의 보도를 했는데,[129] 읽으면 비탄에 빠지게 된다.

1993년에 평론가 왕효명은 단도직입으로 "오늘의 문화 위기는……대중문화 수준의 보편적인 하락을 상징할 뿐만 아니라 몇 세대에 걸친 정신 수준의 지속적인 악화를 상징했다. 문학의 위기는 사실 당대 중국인의 인문정신의 위기를 폭로했다. 문학에 대한 전체 사회의 냉대는 하나의 측면에서는 사실로 입증되었다. 우리는 이미 자기의 정신생활 발전에

---

127) 陳詔, 〈文藝王國會衰落麼?〉, 《社會》 1985년 제6기.

128) 《文藝報》 1989년 2월 11일.

129) 《文匯讀書周報》 1993년 제446, 450, 451호 참고.

대한 홍미를 잃었다"[130]고 했다. 오늘날까지도 '문화 침체'는 호전의 조짐이 보이지 않는다.

마지막으로 1986년의 정치 풍파를 보기로 하자.

일찍이 1980년 8월에 등소평이 정치 개혁의 임무를 제기한 것은 선견지명이었다. "지금 반드시 사상·정치적으로 봉건주의의 여세를 계속하여 숙청하는 임무를 제기해야 할 뿐만 아니라 제도적으로 일련의 절실한 개혁을 해야 한다." "지금 개혁과 함께 당과 국가의 제도를 완벽히 하는 임무를 제기하여 근대화 건설의 수요에 적응해야 한다. 그 시기와 여건은 이미 성숙되었다."[131]

1986년 5월에 중공 중앙은 등소평의 연설을 발표했다. 또 여론을 조성하기 위하여, 또 여러 의견을 모아 더 큰 효과를 거두기 위하여, 중앙은 사상이론 분야에 대해 '여유·관용·너그러움'의 정책을 펼쳤다. 이와 동시에 지식 분야에서 정치 개혁을 논의하는 열풍이 일어났다. "봄, 일부 청·장년 학자들이 북경에서 정치체제 개혁 토론회를 열었다." "초여름, 상해에서 소집된 문화발전전략 연구 토론회에서 정치체제 개혁은 회의의 주요 화제가 되었다." "여름, 중앙당교는 성대한 규모의 정치체제 개혁 전문 테마 토론회를 열었다." "철저하게 반전통을 맹세했던 청·장년 지식인들도 조상들의 방법을 배워 '상주서(上奏書)를 올리기' 시작했다." "당시에, 요즈음은 '상주서를 올리는 시대'라는 말이 유행했다."[132]

그 시기의 신문과 간행물에는 정치 개혁을 논의하는 글이 많이 나타났다. 〈정치체제 개혁은 권력이 지나치게 집중되는 이 질병의 근원을 없애는 것이다(政治體制改革應消除權力過分集中這個總病根)〉[풍수군(馮樹軍)][133], 〈근대화는 정치와 분리될 수 없다(現代化離不開政治建設)〉

---

130) 王曉明 等, 〈曠野上的廢墟〉, 《上海文學》 1993년 제6기.

131) 《鄧小平文選》第二卷, 人民出版社, 1983, 335, 342~343쪽.

132) 蘇娥·賈魯生, 《坎坷十四年―中國改革回顧與展望》, 12쪽에서 재인용.

[진실(陳實)]134), 〈중국 행정 개혁의 이론과 실천(我國當前行政改革的理論
和實踐)〉[우춘매(憂春梅)]135), 〈국가권력 통제 기제 비교연구(關于國家權力
制約機制的比較硏究)〉[호극홍(胡克紅)·정빈(鄭斌)·이용봉(李勇鋒)]136), 〈법제
부문의 직능은 정세의 발전에 따라 발전한다(政法部門的職能隨着形勢
的發展而發展)〉[왕계옥(王桂玉)]137) 등이 그 대표작들이다. 소군화(肖君
和)의 〈'사회정치 문명'에 관한 사고(關于'社會政治文明'的思考)〉는 "사
회정치 문명은 인류 문명의 핵심이며 물질문명과 정신문명은 그것의 양
쪽 날개이다"138)라고 했다. 이 사조는 중국 지식 엘리트들의 강렬한 사
명감을 드러내었으며 중국 정치 문화의 깊고도 큰 영향력을 명시했
다.139) 이런 영향력은 당대에서 '세기말 정서'의 해독제가 되어 사람을
격동시키는 작용을 했다.

　　하지만 하늘의 조화는 예측하기 어렵다. "무엇 때문인지는 모르지만
매번 정치체제 개혁은 시작되자마자 사회적으로 시끄러운 일이 나타났
다."140) 1986년 말, 학생운동은 합비·무한·상해·북경 등의 대도시에

133) 《光明日報》 1986년 9월 22일.
134) 《工人日報》 1986년 9월 18일.
135) 《社會科學戰線》 1986년 제1기.
136) 《中國社會科學院硏究生院學報》 1986년 제3기.
137) 《人民日報》 1986년 2월 14일.
138) 《學術硏究》 1986년 제4기.
139) 미국 국적의 정치학자 추당(雛黨) 선생은 "중국 전통문화 가운데서 정치는
　　매우 중요한 자리를 차지한다.……중국의 전통문화와 정치는 매우 긴밀히 결
　　합되었고 유학은 사상문화의 주류이자 정치적 의식 형태이다"라고 인정했다
　　(薛涌, 〈政治與文化〉, 《讀書》 1986년 제8기 참고). 미국 국적의 고고학자 장광
　　직(張光直) 선생은, 정치는 "당대 중국 사회의 결정요소의 하나"일 뿐만 아니
　　라 "고대 중국에 대해서도 마찬가지로 중요성을 가지고 있다"고 했다(《美術·
　　神話與祭祀》一書 '序言', 遼寧敎育出版社, 1988, 1쪽 참고). 대륙의 문화사학자
　　풍천유(馮天瑜) 선생은 이렇게 말했다. "2천여 년의 전제사회구조 중에서 중화
　　문화는 한결같이 강대한 중앙집권 정치 역량의 제압과 조종, 지배를 받았으며
　　이로부터 '다스리는 것'을 목표로 하는 선명한 정치 범례가 형성되었다."(馮天
　　瑜·何曉明·周積明, 《中華文化史》上, 上海人民出版社, 1990, 242쪽)

서 시작되었다. "집권당은 한창 진행되고 있는 개혁 조치를 그만두지 않을 수 없었다. 당의 지도적 위치를 반석처럼 공고히 하기 위하여 전국적으로 부르주아 계급적 자유화를 반대하는 활동을 펼쳤다."[141] 개혁과 안정이 충돌할 때 안정은 당연히 모든 것을 압도한다. 이는 안정이 전제된 상황에서만 비로소 인류사에서 유례 없는 힘든 개혁을 펼칠 수 있기 때문이고, 동란을 겪을 대로 겪은 민중은 안정을 생각하기 때문이다.

정치 개혁 임무는 여전히 힘들고도 방대했다. 1988년에 중앙은 정부 직능 변환을 목적으로 한 정부기구 개혁을 진행하기로 결정했다. 1993년, 중앙에서는 대규모로 "부패를 청산하고 청렴할 것을 제창했다." 이 모든 것은 1986년 정치체제 개혁의 연속이다. 수많은 난관과 풍랑을 겪고 나서 중국은 정치체제 개혁의 길에서 마침내 '돌다리를 두드리며 강을 건너는' 조심스러운 첫 발을 내디뎠다. "정치 발전의 첫 번째 목표는 질서와 안정이고 그 다음이 비로소 참여와 자유이다"[142] — 이 관점은 대다수 중국 사람들의 공통된 인식이 된 것 같다. 중국의 정치체제 개혁이 '한꺼번에 이룰 수 있다는' 천진한 생각은 이미 통하지 않는다는 것이 경험에 의해 증명되었다. 중국의 문화전통은 중국의 근대화 과정(정치 근대화)이 힘들고 긴 여정이라는 것을 예언했다.

1986년은 이렇게 당대 문화사조사와 당대 사회사조사에서 모두 특별한 의의를 가진 한 해였다. 1986년은 문제점이 집중된 격변의 한 해였다. 모든 것이 긴박한 위기를 알려주는 것 같았다. 동시에 모든 것이 다 격정과 희망의 상징인 것 같았다. 고난을 겪을 대로 겪은 중국이, 처량함을 이루 다 표현할 수 없는 세기말에 여전히 격조 높은 정감을 빛낼 수 있었다는 것 자체는 민족 부흥의 훌륭한 상징이었다.

---

140) 蘇娥·賈魯生,《坎坷十四年—中國改革回顧與展望》, 13, 14쪽.

141) 위와 같음.

142) 蘇娥·賈魯生,《坎坷十四年—中國改革回顧與展望》, 29쪽.

6. '생존 위기'의 경보

생존 위기는 20세기의 기본적 주제 가운데 하나이다. 20세기 상반기의 두 차례 세계대전이 인류의 생존을 근본적으로 뒤흔들었음에도, 세계 반 파시스트 전선의 최종적 승리는 여전히 정의의 철옹성을 증명했다고 말한다면, 1972년에 발표한 하나의 보고는 한 걸음 더 나아가서 인류의 생존 신념에 도전했다. 로마클럽의 연구보고서 《성장의 한계》는 인류 사회 경제 성장의 한계를 지적했으며 지구 에너지, 자원의 한계가 인류 사회 발전에 미칠 제약을 지적했다. 에너지와 자원 고갈이라는 잠재적 위기가 인류에 미칠 위협은 세계대전에 버금가는 것이다. 니체는 전통적 신앙을 타파했고(하지만 그는 여전히 '초인'의 신앙을 세우려 시도했다), 프로이트는 인간의 신화(그의 잠재의식설에는 인간의 나약함이 표현되었다)를 깨트렸으며, 세계대전이 과학의 신화(과학이 악마에게 장악되면 살인 기계로 전락한다)를 무너뜨린 뒤, 로마클럽의 이 보고서는 무한 발전이라는 신화를 타파했다. 위기감·우환의식은 이렇게 한 걸음 한 걸음씩 인류를 초조와 절망의 길로 핍박하여 몰아간다. 《성장의 한계》는 발표되자마자 어떻게 전 세계를 진동시켰는가? 그것이 시대정신을 드러냈기 때문이다.

1981년에 와서 미국 학자 리프킨(J. Rifkin)·하워드(T. Howard)가 쓴 《엔트로피: 새로운 세계관(Entropy: A New World View)》은 이러한 위기감·우환의식을 사회 현상에 대한 연구에 도입하여 모든 사회활동을 유효 에너지가 무효 에너지로 전환되는 과정으로 여겼고, 이로써 역사의 진화론을 부정하였다. 이런 견해는 사람들을 절망하게 한다. 그러나 의미가 매우 깊은 것이다. 만물은 모두가 하나의 과정이며 우주는 궁극적으로 '적막'의 끝날에 이를까? 인류 사회도 예외라 할 수 있겠는가? 인류 사회의 발전은 모두 '생존의 위기'를 거대한 대가로 하고 있으며,143) "우주 만물은 일정한 가치와 구조에서 시작하여 혼란과 황폐를 향해 발전한다."[144] 인류 사회와 우주는 이 점에서 동일한 법칙에 따른다. 《엔트로피: 새로운 세계관》은 1987년에 중국어로 출판되어 중국 사상계와 독서계에 만연해 있던 초조한 정서에 불을 질렀다.

그렇다. '신앙 위기' · '문화 위기'라는 주제 말고도 '생존 위기'는 세기말 심리 사조의 상징이 되었다.

가장 먼저 '생존 위기'의 목소리를 낸 사람은 총명한 상해 사람들이었다. 일찍이 1980년에 상해 《해방일보》는 〈열 개의 일등과 다섯 개의 꼴등은 무엇을 설명하는가? ─ 상해 발전 방향에 관한 연구(十個第一和五個倒數第一說明了什麼? ─ 上海發展方向的探討)〉라는 보고서를 발표했다. 보고서는 유력한 자료와 사실을 바탕으로 상해 경제 발전의 '빈혈증'을 낱낱이 폭로했다. 1988년, 상해의 잡지 《소설계》 4기는 특별 초안을 내놓았다. 〈만 개의 '?'에 직면하여 ─ 상해의 '엄청나게 큰 산사태'에 관한 보고서(面對一萬個'?' ─ 關于上海'大滑坡'的報告)〉는 "상해에 '큰 산사태'가 났다! 상해는 한 알의 보석인데, 오늘날 광택이 왜 약해졌는가? 상해는 한 필의 준마인데, 지금 걸음걸이가 왜 느린가?"라고 외쳤다. 원래 상해에는 '상해의 기개를 다시 떨치자'는, 사람을 격동시키는 구호가 있었다. 그런데 상해 사람들은 그것을 이제 '큰 빈혈', '큰 산사태'라는 위급한 말로 바꾸었다!

1981년, 북경 작가 장신흔(張辛欣)은 상해의 잡지 《수확(收穫)》에 〈동일한 지평선에서(在同一地平線上)〉를 발표했다. 큰 물의를 일으킨 이 소설은 '생존 위기'라는 시대주제와 부딪쳤다. "십 몇 년 동안 내가 몰래 어떠한 갈망을 품고 있었는지를 뒤로 한 채, 나는 자신도 모르게 보편적으로 퍼져 있는 생존무력증에 걸렸다.……무리 속에서 살고 있는 사람

---

143) Jeremy Rifkin, Ted Howard, *Entropy : A New World View*, 《熵: 一種新的世界觀》, 上海譯文出版社, 1987, 57, 4쪽.

144) 위와 같음.

으로서 가장 좋은 상태는 바로 묵묵히 먹고 자며 아무것도 하지 않는 것이다!"

정치적 억압과 사회적 정체가 낳은 '생존무력증'은 민족 자질을 퇴화시켰을 뿐만 아니라 사람들로 하여금 개혁개방이 이루어낸 경쟁 사회에 적응할 수 없게 했다. "천지를 뒤덮듯이 온 새로운 시대의 경쟁 바람은 두려움을 낳았다." 일단 "사람들이 인정하든지 말든지 관계없이, 모든 사람들이 어떤 속도와 리듬을 가지고 사는가에 관계없이, 전체 사회는 대자연을 따라 생물계와 마찬가지로 생존 경쟁의 조화 속에 배치된다"는 냉혹한 진리를 알고는 자기도 모르게 경쟁의 소용돌이에 말려들었고, 다시 배제할 방법이 없는 일련의 장애에 부딪히게 되었다. 비정상적인 배척, 무서운 관계망……, 이리하여 현실의 어두운 힘에 비틀려 고통스러운 느낌을 견디지 않을 수 없게 된다.

이렇게 '엄청나게 큰 산사태'에 관한 사회학자들의 놀란 부르짖음과 '생존무력증'에 대한 소설가들의 걱정은 함께 '생존 위기'에 처한 세상을 향한 경고의 목소리였다.

1986년, 북경의 문학평론가 이결비(李潔非)·장릉(張陵)은 《상해문학》 9기에 〈우환의식과 인간의 열정(優患意識與人的熱情)〉이란 글을 발표하여 당대 서양 문화사조 가운데 우환의식에 대해 의미심장한 순례를 했다. " '우환의식'……, 이는 인류 심리의 가장 본능적인 일면으로서 철학이 아직 추상적으로 의식하기 전에 그것은 우리 몸 안에 뿌리박고 자랄 뿐더러 각 시대의 가장 심각한 시인……의 신비한 직감 속에 포용된다."

쇼펜하우어·니체·프로이트·사르트르·하이데거 등은 인생의 비극적 기운의 존재를 명시했으며, 아울러 민감하고 예리한 시인들은 처량한 '세기말 정서'를 감지했다. " '세기말 정서'가 명시한 주제를 쉽게 알 수 있다. 지금 인류에게 사색하라고 요구하는 것은 생존의 '목적'이 아니라 생존의 '가능'이다. 역사는 한꺼번에 몇 만 년을 후퇴한 것 같이 다시 생명의 최초 시대로 돌아왔다. '이화(異化)'와 '죽음'은 20세기 예술가들이 가장 잘 표현하는 두 가지 개념이다." 하지만 두 평론가는 20세기에 새롭게 우환의식을 발견한 인문적 의의를 더욱 강조했다 — "'우환의식'의 제기는……현대 사상의 단계에서, 적극적이고도 능히 주체를 분발시킬 수 있는 우주적 생존 의식과 창조적 욕망의 사회에 뛰어드는 정신을 이끌었다."

북경의 청년학자 여명도 상해의 잡지 《서림》 1988년 8기에 〈당대 중국 문화의 위기(當代中國文化的危機)〉라는 글을 발표했다. "지금 중국 문화는 심각한 기형이다. 교사, 기술자, 과학자의 경제적 지위와 사회적 품위·명성은 작가, 시인, 영화배우, 가수, 바둑 스타보다 낮으며 관료 스타와는 더욱 비교할 바가 못 된다.……청년들은 붉은 길, 검은 길, 누런 길(벼슬, 출국, 큰 돈 벌기)을 동경한다." — 이 대목은 '지식 엘리트들의 빈곤한 생활수준은 문화 위기'임을 상징하고 있다.

상해의 청년학자 허기림(許紀霖)은 〈상품경제와 지식인의 생존 위기(商品經濟與知識分子的生存危機)〉라는 글에서 이렇게 말했다. "당대 중국의 지식인은 가혹한 생존 도전에 직면했다.……이렇게 큰 중국에 이제 평온한 책상 하나도 놓을 수 없다. 하지만 신성한 교정은 이미 예전의 고결함을 잃었으며 평안한 서재도 학자들의 적막한 마음을 위로해 주기 힘들다.……이 생존 위기는 더욱 정확하게 말하면 생존 방식의 위기인 것이다. '모든 국민이 다 상업에 종사하는' 압력의 물결로부터 지식인들은 어떻게 자기의 생존 상태와 심리 상태를 조정해야 하고 정부는 어떻게 전략적 결정을 해야 하는가는, 지식인들의 생사존망과 관계되는 것이다. 전체 민족의 생사존망에도 관련이 없다고는 할 수 없을 것이다."

그는 지식인의 인격 독립을 위하여 질타하는 동시에 지식인이 맞닥뜨린 이중의 생존 위기를 지적했다. 한 가지는 "중국의 상품경제가 여전히 발달하지 못하고 사회에도 지식인을 부양할 수 있는 중산계급이나 경제 실체가 결핍되어 있다. 지식인이 상품경제 속에서 스스로 출로를 찾게 내버려둔다면 이론형 지식인은 상품시장의 충격으로 자아가 위축될 것이고 심지어 소멸될 것이다. 이 같은 상황이 오랫동안 지속된다면 몇 년 뒤에는 엄격한 의미의 지식인은 더 이상 존재하지 않을 것이다!"라는 것이다. 다른 하나는 지식인이 직면한 도전은 물질적 의의만이 아니라 정신적 의의 위에 있는 것이다 — "인격 독립의 상실은 정치 관계에서 일어날 뿐만 아니라 상품 관계에서도 나타난다. 지식인의 통속화는 그들을 쉽게 또 다른 종류의 노예로 만들 수 있다. 곧 상품 만능의 노예로 만들 수 있다. 금전 앞에 무릎을 꿇는 노예근성과 권세 아래 굴복하는 노예근성은 마찬가지로 무서운 것이다."[145]

불행한 것은 이 이중의 위기에 대한 유력한 해결책을 찾지 못했다는 점이다. 인문학 후계자들의 결핍과 인문정신의 급속한 위축은 오늘까지도 누구나 다 알고 있는 문제이다.

중산대학의 청년학자 하박전(何博傳)은 거의 40여 만 자에 달하는 저서 《산골짜기의 중국(山坳上的中國)》을 1988년에 탈고, 1989년에 출판했는데 이 책은 세간에 큰 반향을 불러일으켰다.

---

145) 《讀書》 1988년 제9기 참고.

7. '중국문제학'의 탄생

1985년, 하박전은 《중국 미래교육 10대 위기(中國未來敎育十大危機)》라는 책(당시 교육 문제는 아직 사회의 관심을 끌지 못했다)을 발표했다. 1986년 말에 그는 또 《중국의 교통 위기(中國的交通危機)》(당시 보고문학 작가 조유의 명작 《중국의 급소》가 일으킨 반응은 그야말로 폭발적이었다)를 발표했다. 1987년에는 《중국의 생존 위기(中國的生存危機)》, 《중국의 또 다른 위기 — 심각한 환경오염(中國下一個要爆發的危機 — 嚴重的環境汚染)》을 발표했다. 이 일련의 '위기론'은 잇달아 찾아온 재난으로 모두 실증되었다. 이렇게 하박전은 사상계 학자들에게 '문화 위기'와 더불어 '사회의 전면적 위기'라는 경보를 울렸다. 사상계 학자들의 논쟁이 각자 개인 의견만을 고집하던 현상과는 달리, 하박전은 많은 수치와 자료를 가지고 말했다. 그리고 전면적으로 농업, 공업, 3차 산업의 숨은 폐해를 폭로했으며 인구 폭발, 생태 위기, 정치 위기, 교육 위기, 인재 위기 등 심각한 문제를 폭로했다. 그는 '두견새의 구슬픈 울음소리'로 국민을 향해 경고했다.

"한창 발전을 꾀하고 있는 중국에는 문제·난제·곤경과 위기가 가득 차 있다. 이런 상황은 마치 세계가 지구 관련 문제·난제·곤경의 위기에 맞닥뜨린 것과 마찬가지인 것 같다." "우리는 수많은 난제로 가득 찬 산골짜기에 서 있다.⋯⋯사방에는 뜨고 가라앉으면서 흔들리는 험준한 바위와 활석이 널려 있어 위태롭기가 그지없다.⋯⋯우리가 하는 새로운 선택은 고통스러운 대가를 치르게 된다." "우리는 오늘날 중앙지도부가 가슴에 큰 뜻을 품고 폐단에 대해 깊이 반성하기를 희망한다. 우리의 목적은 양호한 소망만으로는 부족하며 전체 국민의 분발과 노력을 더하는 것으로도 역시 부족하다는 것을 지적하려는 데 있다. 고질화한 습관은 고치기 힘들고 위기는 여전히 존재하고 있다."[146] 이런 구절을 읽으면서 당신의 귓가에는 〈의용군 행진곡(義勇軍行進曲)〉[147]의 그 슬픈 선율이 맴돌지 않을 수 없다. "……중화 민족의 가장 위급한 시기가 닥쳤다!"

《산골짜기의 중국》은 《성장의 한계》의 영향을 많이 받은 것이 분명하다. 책의 〈서문〉과 〈발문〉에서 로마클럽의 보고서가 당대 세계에 대해 갖는 중요한 의의를 언급했을 뿐만 아니라, 로마클럽의 '세계 문제' 개념으로 "'중국문제학'을 세우는" 구상을 이끌어냈고 '전 지구 문제'와 대응시켰다.[148]

《산골짜기의 중국》은 저자를 중국 지식 엘리트의 일원이 되게 했다. 하박전은 선현들의 '편안한 때에도 위험을 잊지 않는다〔居安思危〕', '태평성대에도 정직한 말을 잊지 않는다〔盛世危言〕'는 전통을 계승하여 사회를 주목하고 현 시대 인생의 산물에 주목했다.

책의 〈서문〉은 《논어(論語)》의 "나라에 도가 있으면 말과 행동을 높고 대담하게 할 것이요, 도가 없으면 행실은 높고 대담하되 말은 주의할 것이니라〔邦有道, 危言危行, 邦無道, 危行言孫〕"는 명언과 《삼국지(三國志)》에서 저자 진수(陳壽)가 쓴 "밝은 자는 화가 싹트기 전에 막고, 지혜로운 자는 우환이 닥칠 것에 대비한다. 득과 실을 알면 가히 사람을 도울 수 있고 생존과 멸망을 알면 족히 길흉을 구분할 수 있다〔明者防禍于未萌, 智者圖患于將來, 知得知失, 可與爲人, 知存知亡, 足別吉凶〕"는 맹자의 가르침을 인용하여 서술했다.[149]

---

146) 〈現代危機論與中國問題硏究〉, 《山坳上的中國》, 貴州人民出版社, 1989, 7, 5, 8쪽 참고.

147) 현 중화인민공화국의 국가(國歌). 지은이는 이 노래의 선율이 슬프다고는 하나, 가사는 서슬 시퍼런 애국주의의 상징을 담고 있다. "중화 민족의 가장 위급한 시기가 닥쳤다(中華民族到了最危急的時候)"는 이 노래 가사의 한 대목 ― 옮긴이.

148) 〈中國問題學〉, 위의 책, 556쪽 참고.

149) 〈現代危機論與中國問題硏究〉, 위의 책, 9쪽 참고.

책의 〈발문〉에도 양수명의 《중국문화요의(中國文化要義)》(1949)를 인
용하고 있다 — "나는 '순수학문을 위하여 학문을 하는 것'이 아니다. 나
는 중국 문제의 자극을 받아 중국 문제를 해결하려는 절박한 뜻을 가지
고 그 역사와 문화를 깊이 파고들었는바, 마음을 바꾸지 않고 끝까지 찾
아내지 않을 수 없다." 하박전은 자신의 책을 두고 "순수학문적 연구가
아니다. 살아 있는 문제와 살아 있는 재료이며 자나 깨나 작은 마음의
깨달음을 구하려 한다", "나는 중국 사람으로 태어나서 중국 문제의 심
각한 상황을 보았고 그런 중국 문제 때문에 곤혹을 느끼는 것은 당연한
일이다"150)라고 밝혔다. 그의 당당한 기세는 사람을 깊이 감동시킨다.

다른 측면에서 《산골짜기의 중국》은 저자가 역사를 반성하고 몇 십
년의 사연 많은 중국의 여정을 돌아보는 심혈의 결정체이다. 책의 기본
바탕은 몇 십 년 이래 맹목적인 낙관주의 정서와 이로부터 일어난 비과
학·반이성에 대한 맹렬한 질의이자 비판이다. "과거 우리에게는 선견
지명 아래 일체를 통찰한 것 같은 정책 결정자가 너무 많았다. 또 수많은
일방적인 이론과 선전기구의 선전이 있었다. 모두들 줄곧 깨진 독에다
물을 부었으나 언제나 그렇게 낙관적일 뿐 조심하는 것이 없었으며, 역
사 속에서 이렇게 맹목적이고 무지한 행위 때문에 얼마나 많은 대가를
치렀는가를 고려하지 않았다!" "몇 십 년 동안의 경험은 우리에게 알려
주고 있다. 원래 우리의 가장 큰 적은 자신이었다는 것을."151)

심각한 역사 반성은 다시 '자기 반성'이라는 주제를 이끌어냈다. 저자
는 여러 측면에서 동서 문화를 비교하면서 중국의 병태(病態)를 연구했
으며 넓은 문화적 시야를 보여주었다. 이는 1980년대 '문화 열풍'의 시대
적 특징을 뚜렷하게 띠고 있었다. "서양 사람들은 끊임없이 '위기', '말

---

150) 〈中國問題學〉, 《山岰上的中國》, 貴州人民出版社, 1989, 556~557쪽 참고.
151) 〈現代危機論與中國問題硏究〉, 위의 책, 7, 8쪽 참고.

일(末日)', '절망적 처지'를 외치기를 좋아하고 '성악설', '하늘이 사람의 모든 것을 결정한다'라는 식의 주장을 많이 하며 사회에 대해 늘 적의가 있고 늘 '만사가 갈림길에 들어섰다'고 한다." "역사는 증명하였다. 서양 사람들은 이론적으로는 실패하였다. 하지만 행동으로는 꽤 성공적이다. 미래가 영원히 밝을 것이라고 여기는 중국 사람들은 이론적으로는 '승리'했다. 하지만 행동으로는 늘 실패를 면하지 못했다. 서양 사람들은 까마귀 지저귀는 소리 속에서도 발전하였고, 중국 사람들은 까치 지저귀는 소리 속에서도 퇴보하였다."152) — 이런 비교는 사람들을 심사숙고하게 하며 깊은 이치로 가득 차 있다.

《산골짜기의 중국》은 출판된 뒤 바로 베스트셀러가 되었다. 잡지 《독서》는 바로 '위기 의식과 중국문제학'을 제목으로 하는 좌담회를 열었다. 좌담회에 참석한 전문가들은 이 책을 매우 높게 평가했다. 좌담회의 발언 요지를 보면 '중국문제학'의 연구 열풍은 이미 뜨겁다. 어떤 대학은 민간인이 운영하는 당대 중국 사회발전 연구센터를 세워 '중국 문제에 대해 종합적인 연구를 진행한다'는 목표를 세웠다. '중국문제학'을 연구하는 저서들이 머지않아 출판될 것이다[예컨대 《지구 국적(球籍)》, 《제3세대 사람들이 직면한 문제(第三代人面臨的問題)》, 《21세기가 직면한 문제(二十一世紀面臨的問題)》, 《중국의 위기(中國的危機)》]153).

이런 현상들은 '성장의 한계'와 하박전으로 대표되는 현대 우환의식이 이미 중국에서 사상의 꽃을 피웠으며, 오랜 기간 '기만'과 '사기'의 큰 수렁에 빠진 중국인들이 용감하게 인생의 가면을 찢어버리고 근대화의 도전에 정면으로 맞서기 시작했음을 잘 보여준다. 그 의의는 고개를 돌려 재빨리 각성한 데 있을 뿐만 아니라, '중국문제학'의 대두로 사람들

---

152) 《山崳上的中國》, 貴州人民出版社, 1989, 544, 545쪽.

153) 〈危機意識與中國問題學〉, 《讀書》 1989년 제4기 참고.

에게 중국 지식 엘리트가 고생을 겪을 대로 겪으면서도 끝까지 변치 않은 빛나는 양심과 신성한 사명감을 지녔음을 느끼게 해준다.

이 빛은 '먼저 천하의 근심을 걱정한다'는 우수한 전통이 끊어지지는 않았음을 암시했다. 동시에 또 '현대파'의 비애의 안개, 절망감과 황당무계함과 매우 뚜렷한 대조를 이루었다. 1980년대 초 '국민성 개조'의 제기로부터 1980년대 중기의 문화 논쟁에 이르고 다시 1980년대 말의 '중국문제학'의 수립에 이르기까지, 중국 지식 분야의 탐색과 끊임없는 발전의 맥락은 매우 뚜렷하다. 다만 세기말의 종점에 다가갈수록 비애적 분위기가 짙어지고 있다. '전면적 위기'의 울부짖음은 그 해 '국민성 개조'의 외침에 견주어 훨씬 초조한 감이 눈에 두드러졌다.

《산골짜기의 중국》의 영향은 거대했다. 그의 거대한 성공은 '중국문제학' 저서의 출현을 불러왔다. 예를 들면 소아(蘇婭)·가로생의 경제학 저서 《누가 청부를 맡는가? — 중국 경제 현황 투시(誰來承包? — 中國經濟現狀透視)》(1990)는 제때에 1989년의 중국 국민경제의 참담한 상황을 연구했으며 예리하게 긴박한 문제들을 제기했다. "죽기 살기로 얼마나 더 유지할 수 있을까?" " '안정 단결 비용', 내일의 혼란을 예약 구매하다." "앞은 향도(向導)를 잃었고 뒤는 의지를 잃었다." "우리는 돈을 버는 법은 배웠지만 아직 재부(財富)를 창조하는 법을 배우지 못했다."154)

《누가 청부를 맡는가? — 중국 경제 현황 투시》는 여기서 한 발 더 나아갔다 — "경제를 만회하는 유일한 출로는 효율을 높이는 데 있다." 하지만 가장 무서운 위기도 도사리고 있다 — "경제 효율이 계속 악화된다면 우리의 희망이 사라지게 된다!" "효율! 이는 인류의 가장 숭고한 사상을 대표하는 외침이다. 세계의 경제 발전은 20세기 1990년대에 이르렀는

---

154) 蘇婭·賈魯生, 《誰來承包?—中國經濟現狀透視》, 花城出版社, 1990, 67, 77, 164쪽.

데, 숭고한 사상은 아직도 끊임없이 시련을 겪고 있으니 이 얼마나 슬픈 일인가!……그러나 사회는 무엇 때문에 늘 인간 자체의 필요와 어긋나는가?"155)

그 뒤 2년도 못 되어 소아·가로생은 두 번째 공동저서 《흰 고양이, 검은 고양이 ─ 중국 개혁 현황 투시(白猫黑猫 ─ 中國改革現狀透視)》(1992)를 출판하였다. 이 책은 개혁을 호소하고 개혁 세력을 격려하였는데, 등소평이 1992년 초에 경제특구를 순시하면서 한 연설에 기대어 '나라와 국민에게 재앙을 가져오는 주의'를 비판하였다. 뿐만 아니라 신(新) '범시론(凡是論)'을 비판하고 '중국은 어디로 가야 하는가?'에 대한 독창적인 견해를 제시했다.

"자본가는 될 수 있어도 지주는 될 수 없다." "중국은……시대는 나를 기다리지 않는다는 긴박감이 부족하며 제도 개혁의 용기는 더욱 부족하다. 시장의 기본 법칙의 수립은 필연적으로 헌법에 영향을 미치게 되며 헌법을 수정하기란 어렵다!" "깊이가 있는 법률일수록 내놓기가 더욱 힘들고 실행하기가 더욱 어렵다." 하지만 시대는 나를 기다리지 않는다! "우리들은 기회를 놓쳐서 '강을 건너지 못하는' 일이 없도록 하자."156) 이 초조한 외침은 구구절절 피눈물을 쥐어짜는 듯하다!

약 1년 남짓 지나서 소아·가로생의 세 번째 공동저서 《고난의 14년 ─ 중국 개혁, 회고와 전망(坎坷十四年─中國改革回顧與展望)》(1993)이 출판되었다. 이 책은 14년의 정치 풍파와 경제 풍랑, 풍운 변화를 돌아보았으며 개혁의 발전을 위하여 계속하여 선동했을 뿐만 아니라 '미래의 번거로움'을 전망했다(자살률이 높아지고 역술원을 찾는 사람 수가 치솟으며 정신병이 사회의 '유행병'이 된 데다, 폭력배들이 조직화하고 마약을 하

---

155) 蘇婭·賈魯生, 《誰來承包?─中國經濟現狀透視》, 花城出版社, 1990, 209, 210쪽.
156) 蘇婭·賈魯生, 《白猫黑猫─中國改革現狀透視》, 湖南文藝出版社, 1992, 211, 234, 235쪽.

는 사람들이 날마다 늘어가는 추세, 성범죄·성매매·성병이 퍼져가는 속도가
점점 빨라지는 현상, 에이즈가 사회에 일으키는 공포, 조혼과 이혼의 급증, 생태
위기 등).[157] 소아·가로생의 이 세 번째 책이 출판된 뒤의 상황은 《산골
짜기의 중국》이 나온 뒤와 매우 비슷했다.

그 밖에 중국역사유물주의학회·국정조사사업위원회가 편집한 '국시
논형(國是論衡)' 총서[《중국을 다시 만든다 — 중국의 백년 대추세(再造中國—
中國百年大走勢)》, 《중국은 분열될 것인가?(中國會走向分裂嗎?)》 등의 책은 이
미 출판되었다]는 역시 뉴스성·정치성·자료성이 결합된 비교적 훌륭한
'중국문제학' 저서들이다. 위기의식이 넘쳐흐르고 정말 사람들을 감동시
킨다.

그리하여 대만 작가 백양(柏楊)의 책 《추악한 중국인(丑陋的中國人)》
이 1986, 1987년에 대륙에서 큰 파문을 일으켰지만(초조한 사람들은 그것
을 널리 탐독하고 현실 비판의 무기로 삼았다. 일부 민감한 사람들은 백양의 격
분과 절망을 받아들일 수 없었다), 상술한 '중국문제학' 저서의 출현은 여전
히 '태평성대에 대한 경고'의 외침에 합류했다. 《추악한 중국인》은 문학
적 색채가 짙은 문화 논평으로서 논쟁이 일어나는 것은 당연했다. 하지
만 《산골짜기의 중국》 같은 서적은 통계 수치, 신문·잡지 자료를 '태평
성대에 대한 경고'의 확증으로 삼았기 때문에 반박할 수 없는 힘을 가지
고 있었다. 최고 지성의 각기 다른 운명은 사람들이 심사숙고할 만하다.

사람들을 더욱 깊이 반성하게 하는 것은 아마도 다음과 같은 점에 있
을 것이다. 즉 '정치가 모든 것을 통솔하는' 시대에 거의 모든 사람들이
'국가 대사에 관심'을 가졌지만 영향력과 역사적 의의가 있는 정치평론
가·정치학자·정론명저(政論名著)가 나타나지 않았다. '경제가 모든
것을 압도하는' 시대에 와서 사람들의 흥미가 정치를 멀리 떠났을 때

---

157) 蘇婭·賈魯生,《(坎坷十四年—中國改革回顧與展望》, 中原農民出版社, 1993,
    274~279쪽.

'중국문제학'이 출현했다. 그리고 정치 논의, 경제 논의, 중국의 앞날과 운명을 사고하는 사상가·학자·논저들이 나타났다. 국민의 정치 문화 정서는 여기에서 그 한 면을 볼 수 있다. 유구한 정치 문화 전통, 강렬한 정치 참여 의식과 사명감으로 '강철 같은 어깨에 도의를 짊어진' 지식 엘리트들은 '정치가 모든 것을 통솔하는' 시대가 지나간 뒤에도 여전히 독립적인 사고와 창작으로 중국 정치의 근대화를 기획하고, 중국 정치 문화의 발전을 위하여 새로운 장을 써냈다.

'중국문제학'은 의심할 바 없이 당대문화사에 대한 당대 지식 엘리트의 가장 큰 공헌 가운데 하나이다. 아울러 그것의 수립과 발전 또한 20세기 '세기 병' 연구의 공백을 메웠다. 그것은 세상 사람들로 하여금 누구나 다 알고 있는 '미국 병', '영국 병', '일본 병', '인도 병', '한국 병' 말고도 '중국 병'이 존재한다는 것을 깨닫게 했다. 1993년 5월 31일자 《보간문적(報刊文摘)》은 중국사회과학원 철학연구소, 사회학연구소, 공안부, 중국정법대학 등의 연구자 13명이 정리한 당대 중국의 사회 병폐 열한 가지를 소개했다.

먼저 공직자의 부패—권력을 이용한 사리(私利) 도모, 뇌물 수수, 공금 횡령, 심각한 관료주의, 직무 소홀 등이다. 다음은 1970년대 이래 더욱더 창궐하는 집단 범죄로서 직접적으로 인민의 일상생활과 사회 치안을 위협하는 것이다. 세 번째는 빠른 속도로 증가하는 경제 범죄이다. 네 번째는 중국의 사회주의 시장경제 발전에 하나의 함정이 된 저질 위조품의 제조·판매이다. 다섯 번째로는 매우 빠른 속도로 증가하는 마약 범죄가 있다. 그 다음, 여섯 번째는 성매매 문제이다. 이와 더불어 나타나는 성병 문제가 일곱 번째 문제이고, 여덟 번째 문제로는 음란물의 범람 현상이 있다. 아홉 번째는 부녀와 아동의 합법적인 권익을 침범하는 적나라한 인신매매이며, 그 때문에 일어나는 열 번째 사회 문제는 곧 불법 혼인으로서 조혼·강제혼인·매매혼·중혼·축첩(蓄妾)·근친혼·금혼·부적당한 혼인 같은 문제가 있다. 열한 번째는, 한동안 시들해지고 신중해졌다가 지금은 보편적이고 공개적인 여러 가지 형태로 바뀌며 체계화된, 봉건미신이다.

중국의 현황을 잘 아는 사람들은 위의 열한 가지 질병이 중국 위기의 전부가 되기에는 한참 모자라다는 것을 금방 알 수 있다.

뿐만 아니라 연구자들은 "지금 중국의 국정은 사회 전환의 시기에 이르렀을 뿐 아니라 경제 발전의 초급 단계에 놓여 있으며 법제와 도덕행위 규범이 수립 중에 있다. 따라서 앞으로 상당히 긴 시간 동안 이런 사회병리의 '영양 성분'과 '발효제'는 증가할 것이기에, 이에 대해 확실한 인식이 없다면 증세는 끊임없이 깊어질 것이다. 그러므로 회유와 강압 등의 규제 수단 제정은 지금 가장 긴박하고 가장 번거롭고 가장 어려운 작업"이라고 한다. 여기서 말하는 '상당히 긴 시간'이란 초급 단계에만 한정되는 것이 아닐 터이다. 근대화의 여러 가지 고질병은 서양 선진국에서도 완치가 어렵다는 것이 확실한 증거이다.

나머지 문제는 '중국 병'('문화 위기'로부터 '생존위기'에 이르는 것)이 상당히 긴 시간 동안 근본적으로 치유되지 못한다면 희망은 어디에 있는가 하는 것이다. 너무 많은 비극 — 질식의 비극이 아니라 초조감으로 심한 고통에 시달리는 비극 — 을 목격했을 때, 중국인들은 수많은 시골 청년들이 도시와 시골의 엄청난 차이로 말미암아 절망하여 자살하는 것을 귀로 듣고 눈으로 보았다. 수많은 도시 청년들도 사회 양극화 현상이 갈수록 깊어지는 탓에 범죄의 길로 나아가고 괴멸의 수렁에 빠져들었다. 게다가 적지 않은 대학생·청년시인들도 세속의 허무함을 알아차리고 세상을 버리는 식의 비극을 눈으로 보고 귀로 들었을 때, 더욱 절박하게 자구(自救)의 방주(方舟)를 찾아야 하는 것 아닌가?

위기를 발견한 것은 자기 구원[自救]의 시작이지 완성은 아니다.

제4장 피난처를 찾아서

피난처[1]를 찾는 것은 영원한 문화 화두이다.

인류는 영원히 여러 가지 무거운 위기에 포위당해서 허덕이며, 위기 속에서 피난처를 찾는다. 피난처를 찾는 정서는 뿌리가 매우 깊어서 모든 민족은 처음부터 '용서를 구하는' 이야기를 가지고 있다. 천국에 관한 기독교의 복음, 대동세계에 관한 중화 민족의 이상, 내세에 관한 불교의 약속……. 19세기 말에 이르러 니체는 '신은 죽었다'라는 말로 유토피아의 종결을 선언했고, 20세기의 인재(人災: 두 차례의 세계대전, 1930년대 소련의 대숙청, 중국의 '문화대혁명')는 현대 유토피아의 환상을 하나하나 깨뜨렸지만 인류의 그 뿌리 깊은 생명 의식은 여전히 인류 종말의 신화를 거절하고 있다. 수많은 사상가들은 속세를 간파하고 피난처를 찾으려는 적극적 탐색 · 추구를 진행하고 있다. 인류 사회 주체를 이루는 서민 백성들은 세상의 풍운 속에서 소박하면서도 늘 푸른 정신의 정원을 더욱 고수하고 있으며, 평상심과 세속적 감정으로 '세기말 정서'를 해소하고 있다. 이렇게 세기말 정서의 또 다른 모습, 또 다른 주제 ― 온기, 향기, 희망, 자강불식(自强不息)이 생겼다.

---

1) 원문은 '방주(方舟)'―옮긴이.

1. '새로운 감정'[2])을 찾아서

1) '지식청년 문화'의 뿌리

모든 것은 '문화대혁명'에서 시작해야 한다.

극'좌' 사조의 근본적인 급소는 투쟁철학으로 인성론을 지워 없애고, '애증이 분명한 프롤레타리아 계급 감정'으로 '프티부르주아 계급 정서' (곧 감상·감정에 얽매이고, 따뜻한 정감을 주요 특징으로 하는 인정미)를 대체하는 데 있다. 비록 이 사조가 수많은 정치운동 중에서도 성공적으로 수천수만의 기관 간부, 문화인들을 통제하여 순응하게 했으나 천하를 통일하기는 어려웠다. 인성과 인정의 불씨는 차갑게 얼어붙은 세월에도 소멸되지 않았다. 사람들의 흥미는 이런 불씨가 어떻게 보존되어 신시기에 요원의 불길로 타오르는가 하는 것이었다.

'지식청년 문화'는 최고의 증거이다.

앞에서 서술한 바와 같이 '문화대혁명' 초기의 열광을 겪었고 '신앙의 위기'를 겪어온 지식청년들은 '문화대혁명'의 신화를 꿰뚫어보았다. 고된 생활은 많은 지식청년을 도시로 피하게 하거나 마음속의 환상 속으로 숨어들게 했다. 그래서 '동화시'가 탄생한 것이다. 정신적으로 '문화대혁명'이 만들어낸 황폐한 사막은 지식청년들을 '봉건주의, 부르주아, 수정주의'로 회귀하는 문예의 길로 나아가도록 강요했다. '문화대혁명'의 분서운동에서 소각을 모면한 문예서적들도 지식청년들 사이에 처음에는 조용히, 그러나 나중에는 공개적으로 유포되었다.

《적과 흑》·《부활》로부터 《쇠파리》·《강철은 어떻게 단련되었는가?》에 이르기까지, 《무지개》·《자야(子夜)》로부터 《청춘의 노래(靑春

---

2) 원문은 '감각(感覺)'―옮긴이.

之歌)》·《영춘화》에 이르기까지, 《외국민가 200수(外國民歌200首)》로부터 '문화대혁명' 이전에 출판한 《영화 주제가선(電影歌曲選)》에 이르기까지……. 이렇게 인간미를 가진 소설과 가곡집은 지식청년들에게 정신적 위안이 되었고 '지식청년 소설'[(예를 들면 《파동》과 '지식청년의 노래', 곧 〈남경 지식청년의 노래〉, 〈산서 지식청년의 고향 이별가(山西知靑離鄕歌)〉, 〈광주 지식청년가(廣州知靑歌)〉, 〈무산 지식청년가(巫山知靑歌)〉3) 등]의 정신적 뿌리가 되었다. 그래서 '문화대혁명'의 주류 문화와 전혀 어울리지 않는 '지식청년 문화'는 극'좌' 정치가 미치지 못하는 구석구석에서 활기차게 발전하기 시작했다.

'지식청년 문화'는 인성의 증명이다. 인성은 소멸될 수 없다는 증명이다.

'지식청년 문화' 속에서 비판적 현실주의와 모더니즘의 정서를 명백히 느낄 수 있다. 조진개의 소설 《파동》에는 현실 비판적인 분노와 비판적인 절망의 정서가 출렁인다. 뒷날 신시기 시단에 두각을 나타낸 지식청년 시인 망극도 이런 시를 썼다. "누군들 생활을 꽃바구니처럼 꾸미고 싶지 않으랴 / 하지만 / 아름다운 것은 깡그리 치워졌다" "그대의 눈은 가려졌다 / 그대의 가라앉은 분노의 목소리는 / 음산한 어둠 속에서 맞부딪친다! / 나를 풀어달라!"4)

하지만 조진개·망극처럼 사상가의 고통스러운 기질을 가진 지식청년은 소수에 지나지 않았다. 지식청년의 대다수는 아주 평범한 청년이었다. 그들은 원대한 이상을 추구할 뜻도 힘도 없었으며 그저 평안하게 일생을 보낼 것을 추구할 따름이었다. '문화대혁명'은 그들의 평온한 생활을 무너뜨렸는바, 그들은 한사코 마음속 깊이 평온한 정원을 다시 세우

---

3) 楊健, 《文化大革命中的地下文學》, 朝華出版社, 1993의 第五章 〈"知靑歌曲"的泛濫〉 참고.
4) 楊健, 위의 책, 164쪽에서 재인용.

려고 애썼다. '지식청년 문화'의 주요 정서는 바로 이런 세속적인 인정에 집착하는 것이다.

　이런 세속적인 인정에 집착하는 정서의 첫 번째 주제는 도시를 그리워하는 것이다. "어머니와 이별을 고했다 / 안녕, 고향이여 / ……아, 미래의 길은 얼마나 어려운가 / 곡절 많고도 길거니 / 생활의 발자취는 외진 타향에서 깊이 찍힌다"(〈남경 지식청년의 노래〉) "그대는 그대의 고향을 사랑하는가? / 꿈속에서 해방기념비의 종소리가 울리는 것을 보았다 / 가락산의 청송이여 / 우리들을 고향으로 달려가도록 부른다"[〈젊은 벗이여 그대는 어디에서 왔는가(年輕的朋友你來自何方)〉] "안녕, 친애하는 광주여 / 안녕, 사랑스런 처녀여 / 내일은 강물처럼 먼 곳으로 향해 달린다 / 다시 돌아가리라, 다시 돌아가리라, 고향으로 돌아가리라"(〈광주 지식청년가〉) "부모님이여, 괴로워 마시라, 슬퍼하지 마시라 / 내년 설날이 돌아올 때면 다시 고향에 돌아오리니"(〈산서 지식청년 고향 이별가〉) 도시를 그리워하는 것은 비단 옛 생활에 대한 그리움과 아쉬움만이 아니라 내쫓기는 데 대한 감상이다. 또한 혈육의 정과 우정 그리고 애정에 대한 무한한 그리움인 것이다. 비록 이런 '지식청년의 노래'에도 "청춘을 당에 바치리라 / 광활한 대지에서 붉은 마음을 연마하자"는 등의 유행 구호가 돋보이는 것도 있으나 곡의 주된 선율은 슬픔이었다. 바로 이런 선율이 수많은 지식청년들의 마음을 울렸으며 그들 사이에 널리 유행했다. 그리고 이런 선율은 지식청년들이 농촌으로 내려가는 토대를 흔들었다. 그래서 1979년의 지식청년 대도망에 사전 포석을 깔아주었다.

　세속적인 인정에 애착하는 정서의 두 번째 테마는 사랑이다. 애정은 본래 영원한 테마로서, 한창 젊음이 꽃피고 생활은 빈곤한 지식청년들의 정신적 지주가 되었다. 지식청년들은 〈모스크바 교외의 밤(莫斯科郊外的晚上)〉, 〈홍하곡(紅河谷)〉, 〈99 염양천(九九艷陽天)〉, 〈머나먼 곳에서(在那遙遠的地方)〉, 〈오포의 만남(敖包相會)〉 등의 가곡을 전해 불렀다.

이런 노래의 부드럽고 아름다운 정서가 혁명가의 그것과는 크게 다르다는 점 말고도 사람들을 매우 감동시키는데, 이는 이런 노래 대부분이 애정가요였기 때문이다. 지식청년들 사이에서 애정가요의 광범위한 유행은 사랑을 갈망하고 위로를 갈망하는 농후한 정서를 드러냈다. '혁명화'의 열광을 겪은 뒤 '프티부르주아 계급 정서'로 회귀했다는 진실은 그야말로 매우 슬퍼서 사람을 감동시킨다. '지식청년 소설' 가운데 사랑 이야기는 마음속 슬픔을 억제할 수 없을 만큼 감동을 주는데, 금욕의 고통을 맛볼 대로 맛본 정서와 아주 큰 관련이 있다.

공첩생의 《작은 강에서(在小河那邊)》, 《그 지나가 버린(那過去了的)》, 양효성의 《오늘 밤에 폭설이 온다(今夜有暴風雪)》, 《눈의 도시(雪城)》, 노귀의 《혈색황혼》, 진촌의 《나는 여기에서 생활했다(我曾在這里生活過)》, 효검(曉劍)·엄정정(嚴亭亭)의 《세계(世界)》는 비인도적인 시대 배경과 생활환경 속에서 전개되었기 때문에 가장 애틋한 사랑 이야기가 되었다.

한편, 비정상적인 시대에 사랑이 왜곡되는 현상은 별로 신기한 것이 아니라고 할 수 있다. '지식청년 가곡'에는 혁명가곡의 노래를 빌려다 음란하고 외설적인 가사를 넣고 만든 것이 적지 않은데, 이것이 바로 기형적인 성 심리의 상징이다. 지식청년 작가 교유는 《불량배들의 노래(孼障們的歌)》에서 이에 대해 집중 서술했다. 그 밖에 당대 '성 해방'의 조류도 지식청년들 사이에서 넘쳐났다. 성 충동은 하루하루를 그럭저럭 보내야 하는 무료함 속에서 커져가며 메마른 생활의 조미료가 되었다. 미혼 동거, 프리섹스, 인공유산은 지식청년들 사이에 상당히 보편적인 문제였다. "성 관계의 혼란, 성 도덕의 상실, 이는 그들의 '혁명 이상주의'에 대한 원시적인 도전이었고 금욕주의에 대한 보복이었으며 그들이 손해 보았다고 느끼는 욕망에 대한 자아 보상……"5)을 드러낸 것이다. 아울러 욕망과 향락이 난무하는 '세기말 정서'의 연장이고 만연이다.

　세속적 인정에 집착하는 정서의 세 번째 주제는 꿈속의 세계이다. 현실의 불결함은 수많은 영혼을 질식시켰다. 때문에 꿈속은 현실 도피의 '상아탑'이 되었다. 때문에 지식청년의 '동화시'는 뚜렷하고도 신기하게 사람을 매혹시켰다. "자라! 두 눈을 감고 / 세계는 우리와 무관하거니."(고성, 〈생명환상곡〉) "내가 흰 구름 위에 누워서 꿈을 꾸게 하라 / 나는 — 네가 — 그립다."[〈꿈의 섬(夢之島)〉)6] 이런 기묘한 생각을 《장자(莊子)》 〈소요유(逍遙游)〉의 당대판이라 부른다. 동란과 고난은 열혈청년을 우롱하여 소란자로 만들었다. 심지어 '문화대혁명'이 한창일 때에도 전 국민 모두가 이 열광적인 조류에 휩쓸려 들지는 않았다. 대립적인 두 파벌을 제외하고 제3의 세력에 해당하는 소란파들은 '문화대혁명' 중에는 사람들의 주목을 받지 못했으나 미묘한 의의가 있었다. 그들의 냉담·각성과 성실성은 열혈청년들의 열광과 충동·낭만과 선명하게 비교되었을 뿐만 아니라 후자가 받은 각종 고난과 시달림 때문에 더욱 그 탁월한 식견이 돋보였다.

　다만 지금까지도 관련 자료가 보이지 않고 지식청년들의 '동화시'만이 이 공백을 메워주었다는 것이 유감이다. '동화시'의 꿈과 '상아탑'이 인생의 특별한 의의를 증명했다. 곧 그것은 고난에 시달리는 사람들에게 진통제이고 수면제라는 것을.

　세속에 애착하는 정서의 네 번째 주제는 욕망이다. '문화대혁명'은 욕망을 금지했으나 그것이 소멸되지는 않았다. 욕망은 거짓으로 숨거나 또는 도전자의 기세로 널리 퍼져나갔다. 1972년에 지식청년들에게 알려진 장문의 시 〈결렬·전진(決裂·前進)〉은 혁명자와 타락자의 분열을 보여

---

5) 양효성이 한 말인데, 火木, 《光榮與夢想—中國知靑二十五年史》, 成都出版社, 1992, 192쪽에서 재인용.

6) 작자는 미상이다. 楊健, 《文化大革命中的地下文學》, 朝華出版社, 1993, 98쪽에서 재인용.

주자고 했는데, 도리어 욕망을 널리 부추기는 타락자의 사상 자료로 남았다.

"아, 톨스토이 / 고골리 / 뒤마 / 스탕달 / 발자크…… / 그들이 갈수록 그립다 / 아, 소렐 / 미슈킨 / 안나 카레니나 / 예프게니 오네긴…… / 나와 얼마나 많은 세월을 함께 보냈던가" — 그들의 정신적 뿌리는 19세기의 비판현실주의와 개성주의이다.

"이 머리 위에는 / '서단(西單) 제일' 이발사의 정성이 있다 / 이 캐시미어 목도리는 / 나를 더욱 돋보이게 할 수 있고 / 이 눈꽃 비단 연미복을 / 나는 귀여운 뒷섶을 잘라내어 / 그것을 내 중국식 겉옷의 옷깃에 둘러 / 고귀한 무늬를 드러냈다 / ……이 우아한 바지 주름은 / 칼날처럼 다려져 / 내가 인파 속에서 '가는 곳마다 당할 자가 없고' 나를 이길 자가 없게 한다" "노동자의 월급, 농민의 자유 / 학생의 생활, 프티부르주아의 사상" — 이것은 빈곤한 때의 '우아'한 생활방식이었다.

"유한한 생명을 무한한 향락 속에 투입시키고", "내 지금의 생활을 관계치 말고 / 고민의 철창에 들어가거나 / 아니면 죄악 속에서 죽어간다 / 내 모두가 추악한 것이 될 것이다 — / 하지만 유유자적하고 / 쾌락이 무진장한 / — 한 마리 큰 파리로!"[7] — 이것이 바로 혁명의 시대에도 사라지지지 않았던 향락주의·퇴폐주의의 인생 철학이다. 이 향락주의·퇴폐주의는 당시 주류 문화사조에 대한 반역과 도전일 뿐만 아니라 그 솔직함으로 위선자의 의기소침함을 비춰냈다.

상술한 지식청년 세속 정서의 시대 주제는 인류 문화사조 가운데 결코 희귀한 것이 아니다. 서양의 문예부흥 시대에, 중국의 5·4 시기에, 그들은 사람을 감동시키는 음악을 연주했다. 그들이 당대 중국의 '지식청년 문화' 가운데 다시 나타난 것은 인성과 암흑의 경쟁을 증명한 것에

---

7) 楊健, 《文化大革命中的地下文學》, 朝華出版社, 1993, 157~159쪽에서 재인용.

지나지 않는다. 그들의 재출현은 인성의 견고함과 강대함을 증명했다.

필자가 더욱 흥미를 느끼는 현상은 '지식청년 문화'가 한 알의 씨앗처럼 인성과 인류 정신유산의 유전적 비밀코드를 보존했을 뿐만 아니라, 그 씨앗이 신시기의 봄날에 이르러 더욱 눈부신 꽃을 피우고 더욱 알찬 열매를 맺은 일이다. 그래서 '지식청년 문화'가 세속적 인생에 애착하는 정서는 '감정을 따라가는' 신시기 문화사조의 기원을 열어놓았다.

2) '새로운 감정'이란 무엇인가?

인류는 영원히 이중의 곤혹에 직면하게 된다. 이성을 따라갈 것인가 아니면 감정을 따라갈 것인가?

인간은 당연히 감정의 동물이다. 모든 기본적인 욕구는 감정의 징표인 것이다. 하지만 감정과 감정의 마찰 그리고 감정의 흔들림은 모두 사람들이 이성에 의지하지 않을 수 없게 하고, 이성이 감정을 지도하고 제약하며 감정에 협조하는 권위를 가지지 않을 수 없게 한다. 문제는 이성이 권위를 얻은 다음 그 품격이 아주 쉽게 감정을 제압하고 왜곡하며 질식시키는 강력한 힘으로 이화(異化)된다는 것이다. 따라서 감정과 이성 사이에는 그치지 않는 투쟁이 전개된다.

인류 문명사를 되돌아보면 문화사조의 기복은 바로 감정과 이성의 징표인 것이다. 감정이 넘쳐 흐르고 욕망이 난무할 즈음에 바로 이성의 반발이 나타나게 된다. 이성이 모든 것에 군림하여 감정이 도저히 압제를 견뎌낼 수 없을 때 감정의 반전이 나타나게 된다. 인성 해방의 시대는 바로 감정이 범람하는 시대이다. 신성(神性)이 통치하는 시대는 이성 변질의 시대이다. 역사상 얼마 안 되는 태평성대에 감정과 이성이 저마다 자리를 가지고 평화적으로 공존하고 서로 보완하던 시기를 빼고는, 인류 문명사 대부분의 세월은 감정과 이성의 투쟁 속에서 불균형적으로 흘러간 것 같다.

'문화대혁명'이란 미신적인 '투쟁철학'이 이성의 경직과 인성의 질식을 가져온 재난이 아니란 말인가? 사람들이 정치의 강압 아래 '사적인 것을 때려 부수고 투쟁하자'고 했을 때, 사람들이 '노력분투'의 구호를 물욕을 억압하는 자학적인 철학으로 이화시켰을 때, 사람들 모두가 오직 오욕칠정(五慾七情)을 송두리째 없애야만 공산주의라는 천당으로 들어갈 수 있다고 믿고 있을 때, 모두의 감정은 바로 퇴화했고 무뎌졌으며 창조의 열정, 생명의 격정도 미신의 열광으로 이화되었고 사회의 발전도 정체되었다. 감정의 퇴화와 사회의 정체는 뜻밖에도 공생하며 빛과 그림자처럼 떨어지지 않았다.

하지만 '지식청년 문화'는 감정이라는 최후의 보루를 지켰다. 이 보루 위에서 인성의 꽃은 마침내 피어났다. 감정은 영혼의 군왕이 되었다. 이런 감정이 연옥의 혹독한 불 속에서 열반해서 새로 태어난 것임에 근거하여, 나는 이를 '새로운 감정'이라고 부르는 것이다.

'새로운 감정'은 인성 재생의 상징이다. '붉은 바다'의 열광 속에 꿈틀대며 그것은 산간벽지에서 희망의 오아시스를 보여주었다. 시대의 열광·난폭 등 변태적 정서와 선명한 비교를 이루는 것은 '프티부르주아'의 부드러움ㅡ 옛것을 그리는 것, 사랑에 사로잡히는 것, 꿈속 세계의 순결, 향수의 갈망 등이다. 모든 것은 너무 일상적이고 너무 평범하며 상당히 고귀하고 상당히 우아하다. 열광적인 혁명가가 어떻게 호풍환우하는지를 가리지 않은 채 '프티부르주아'들은 애지중지하는 '상아탑'을 나올 뜻이 없었다. 철학자들이 인생은 비극이고 세계는 허황함으로 가득 차 있다고 웅변적으로 논증하든 관계없이 '프티부르주아'의 자족적이고 작디작은 목표는 행복이라는 인생의 또 다른 진리를 제시하는 것으로 족하다. 이른바 "초가를 지어 마을에 살고 있으나 수레의 시끄러움도 없네", "바람 타고 돌아가려 해도 달 속의 궁궐은 높은 곳이라 추위를 견딜 수 없으리라. 춤을 추며 맑은 그림자 희롱한들 어찌 인간 세상 같으랴!"
라는 것이다. 설사 난세에 있다 하더라도, 설령 눈에 보이는 것은 온통
백성들의 고통과 재난이고 넓은 폐허뿐이라 하더라도 사람들은 마음속
에 넓은 정토를 만들어갈 수 있다. 이것이 바로 인성의 기적이다. 이것이
바로 감정의 오묘함이다.

신시기 문화사조가 다원화되는 동안에도 '새로운 감정'의 조류는 쇠
퇴하지 않고 줄곧 사람들의 주목을 받았다. 문화사조는 발전도 빠르고
쇠퇴도 빠르다. 그래서 '모두 자기식의 기풍으로 사나흘 시끄럽게 한다'
는 말이 생긴 것이다. 그러나 평화, 부드러움, 감상, 우아함을 기본 특징
으로 하는 '새로운 감정'은 크게 떠들어대지는 않았으나 쇠퇴하지도 않
았다. 1970년대 말부터 대륙에 흘러들기 시작한 대만·홍콩의 새로운
가요, 산문수필, 애정소설은 1990년대에 이르기까지 여전히 성행했는데,
'상흔문학'의 열풍과는 따로 '회고[懷舊]'·'심근'의 정토를 개척한 왕
증기도 문단과 독서계의 특별한 주목을 받았다. '신생대'는 '감정을 따라
가는' 것을 자기의 기치로 삼았다.

'새로운 감정'이 오랜 기간 성하고 쇠퇴하지 않는 것은 인성의 필연이
다. 10년 재난을 겪고서 민족의 원기는 크게 상하여 휴양이 필요했으며
편안하고 평화로운 문화적 분위기가 필요했던바, '새로운 감정'의 유행
은 마침 이런 분위기를 만들어낼 수 있었다. 10년 재난을 겪고서 민중은
설교나 텅 빈 말을 혐오하고 온정과 이해를 갈망했다. '새로운 감정'의
유행은 마침 이런 문화적 정서를 드러냈다.

중국이 '소강(小康)'을 향해 나아가는 생활의 거대한 변화 또한 '새로
운 감정'의 유행에 물질적인 기초를 제공했다. 카세트·텔레비전의 보
급, 커피숍·무도장의 출현은 '고소비(高消費)'를 가능하게 했으며 '관
광 열풍', '애완동물 열풍', '우표수집 열풍', '패션 열풍', '레저 열풍'이
여기저기서 불었다. 개혁개방이 가져온 물질생활의 변화는 필연적으로

조용한 관념 변혁 또는 감정 혁명을 일으킨다. 인생의 예술화는 이미 새로운 시대적 기풍이 되었으며 정밀하고 우아한 심미적 취미는 거칠고 단순한 생활 욕구를 대체하고 있는 중이다.

 '새로운 감정'이 오랜 기간 성하는 것은 사회 통속화의 필연이다. 어떤 측면에서 근대화는 바로 세속화라고 말할 수 있을 것이다. 서양이나 대만·홍콩 할 것 없이 근대화는 광범하게 전 사회의 생활수준을 높임으로써 대대적으로 그 거부감을 약화시켰으며, 세속적 향락 정서로 '투쟁 철학'을 대체하는 것이 근대화 소비사회의 전형적인 심리 상태가 되게 했다. 유토피아적 환상은 사람들이 세속적인 생활을 추구하게 했다. 당대사회에서 이상주의 추구는 이미 유행에 뒤떨어진 것이 되고 종교마저도 세속화되었다. 사람들은 더 이상 천당과 같은 신화를 믿지 않았고 더 이상 세상을 구하려는 충동을 품지 않았다. 이상주의자가 아무것도 할 것이 없는 시대이며 세속주의자가 좋았던 시대이다.

 인생의 의의를 애써 사색하는 것은 사상가의 숙명이다. 세속주의는 형이상학적 탐구를 할 뜻이 없고 인생을 예술화하고 감정화하는 것을 편애했다. 의미심장한 것은 인류 사상사에서 인생 의의를 애써 탐구하던 그런 철학자들이 결국에는 조물주의 수수께끼와 운명의 수수께끼를 풀지 못한 것 때문에 몹시 고통스러워했고 심리적 변태에까지 이르렀다는 것이다. 똑똑한 파우스트는 늙을 때까지 학문을 깊이 연구하였으나 결국에는 깨달았다. "결국에는 여전히 가련한 바보였다!" "나의 모든 환락은 깡그리 빼앗겨 / 그 어떤 확실한 진리가 있으리라고 꿈꾸지도 말라 / 사람을 가르칠 수 있다고 꿈꾸지 말라 / 사람들이 재빨리 잘못을 고치고 바른 길에 들어서게 할 수 있다고는" "하늘이 생동하는 자연을 창조한 이유는 / 사람들을 그 속에서 서식하게 하고자 함이었다!"[8]

---

8) Goethe, 董問樵 譯, *Faust*, 《浮士德》, 復旦大學出版社, 1982, 21, 22, 24쪽.

이런 인생 비극은 다시 상연되었고 마침내 문명의 전환점에 이르러 현대 철학자들은 깨달았다. "철학의 혼란에 **빠져드는** 것은 사람이 방 밖으로 나가고자 하나 어떻게 해야 할지를 모르는 것과 같다. 창문으로 나가려고 하지만 창문은 너무 높다. 굴뚝으로 나가려고 하지만 굴뚝은 너무 좁다. 하지만 몸을 한번 돌리기만 하면 방문이 계속 열려져 있었다는 것을 알게 될 것이다."9) 그래서 철학자들은 잇달아 형이상학의 미궁을 벗어나 일상생활로 회귀했다. 철학은 더 이상 난삽한 사변이 아니라 인생의 지혜를 직접 알리는 것이 되었다― "시대의 질병은 인류의 생활방식을 바꾸는 방법으로 치료해야 한다."10)

이런 철학이 생활세계로 되돌아오는 것은 현대인이 유토피아와 고별하고 통속적 인생에 회귀하는 과정과 일치하며 20세기의 독특한 문화적 성격을 드러낸다. 사상은 고통스럽다. 이론은 음울하다. 사는 것이 중요하다. 이리하여 '새로운 감정'의 소생과 유행은 중국 사람들이 근대로 나아가고 새로운 인생, 새로운 사유로 나아가는 절묘한 상징이 되었다.

물론 '문화대혁명'이란 황량한 사막을 막 기어 나온 중국 사람들, 그들의 목마른 정서는 '새로운 감정'을 '욕망 난무'의 소란스러움으로 아주 쉽게 이화시킬 수 있다. 사회 풍기의 부정과 사회 부패 현상의 만연 그리고 사회 분배의 불공정이 낳는 사회 문제는 '새로운 감정'을 적잖이 이화시켰다. 욕망의 난무는 새로운 위기가 되었다. 하지만 '새로운 감정'은 그 독특한 운치로 중국 문화가 근대로 나아가게 하였을 뿐만 아니라 민족혼을 다시 세우는 데 매우 독창적인 구실을 했다.

그러면 지금부터 '새로운 감정' 사조에 대해 살펴보자.

---

9) Norman Malcolm, 《回憶維特根斯坦》, 商務印書館, 1984, 45쪽에서 비트겐슈타인(L. Wittgenstein)의 말을 인용.

10) 비트겐슈타인의 말. 衣俊卿, 〈理性向生活世界的回歸〉, 《中國社會科學》 1994년 제2기에서 재인용.

3) '대만 · 홍콩 열풍'

역사적 배경 때문에 대만 · 홍콩은 대륙보다 일찍 경제 발전을 이룩했다. 이렇게 대만 · 홍콩 문화는 한 발 앞서 '새로운 감정'의 경계에 들어섰다. 폐쇄되었던 중국 대륙이 일단 대문을 열자 서양 문화와 대만 · 홍콩 지역의 문화는 바로 대륙에 불어 닥쳤다.

1970년대 말, 바야흐로 '상흔문학'이 힘차게 발전하고 있을 즈음에 등려군(鄧麗君)의 '퇴폐적인(?) 소리'는 시민과 대학생 사이에서 조용히 유행했다. 〈사랑의 적막(愛的寂寞)〉, 〈어느 날 그대 다시 오려나(何日君再來)〉 등 애절하고 구성진 곡은 사람들의 마음을 단번에 뒤흔들어놓았다. 사람들은 이런 우아하고 듣기 좋은 노래 속에서 새로운 세계를 발견했다. '사회주의 현실주의'적 영웅 세계나 고단한 비판적 현실주의 세계와는 다른, 꿈과 같고 시와 같은 부드러운 세계를 발견했다. 그래서 '새로운 감정'은 싹을 틔우고 자라났을 뿐만 아니라 신속하게 퍼져나갔다. 비록 등려군의 '퇴폐적인 소리'가 8억 인의(당시 인구는 아직 8억이었다) 투지를 무디게 한다고 질책하는 비판가들이 있었으나, 이런 비판은 등려군의 노랫소리가 일으킨 열풍 속에서 바로 묻혔다.

이에 대해 소설가 왕몽은 1980년에 발표한 중편소설 《나비(蝴蝶)》에서 의미심장한 묘사를 했다. "30년 동안 교육했고, 30년 동안 훈련했고, 30년 동안 '사회주의는 좋다', '젊은이들, 불타는 마음'을 불렀고 심지어 또 몇 년 동안 '모택동의 저작은 전사도 배워야 하고 간부도 배워야 한다'를 부른 뒤에도 〈사랑의 적막〉이란 노래 한 곡은 전국을 정복했다! ……일부러 꾸며낸 부자연스러운 노래였다. 감정을 꾸며낸 거짓된 노래였다. 천박하고 저속한 노래였다.……하지만 이 노래는 득의양양하게 수많은 경쟁자를 물리쳤는바 설사 금지되었다 하더라도 — 우리는 이런 미련한 짓을 되풀이하지는 않겠지? 하지만 누가 알겠는가? — 막을 수 없는 것이다."

그렇다. 나중에 등려군의 노래는 '조용히 유행'했을 뿐만 아니라 그녀는 바로 '인기 가수'가 되었으며 당의 신문에서도 이 스타 가수에 관한 보도를 했다. 뿐만 아니라 그녀가 대륙에 돌아와 '뿌리를 찾는다'는 소문이 나기도 했다. 대륙의 음악가들이 관념의 전환을 미처 하기도 전에, 아직 자신의 경음악 · 유행가를 창작해 내기도 전에, 등려군의 노랫소리는 대륙인들의 감정 세계의 공백을 메웠다. 얼마 지나지 않아 대륙에서도 〈눈물 흘리며 오빠를 찾네(妹妹探哥淚花流)〉, 〈자귀나무꽃(絨花)〉, 〈태양도에서(太陽島上)〉, 〈하얼빈의 여름(哈爾濱的夏天)〉 등 감상적이고 경쾌 · 우아하며 부드러운 유행가가 나타났다. 이곡일(李谷一)이 부른 〈향수(鄕戀)〉는 선풍적인 반응을 얻었다.

1980년에도 대만과 홍콩의 학원가요가 유행했다. 〈용의 계승자(龍的傳人)〉, 〈외할머니의 팽호만(外婆的澎湖灣)〉, 〈시골의 작은 길(鄕間的小路)〉, 〈봄날의 이야기(春天的故事)〉, 〈가랑비 속의 추억(小雨中回憶)〉, 〈올리브나무(橄欖樹)〉 등의 가요는 대륙 가요계와 청년들 사이에 열풍을 불러일으켰다. 그 가운데 〈용의 계승자〉에 중후한 기백이 넘치고 〈올리브나무〉에 감상적인 정서가 풍부한 것을 제외하고는, 절대다수의 노래는 대만 대학생들의 개인 감정을 토로하여, 경쾌하고 부드러운 정취가 솟구치는 감정의 결정이다. 아울러 이런 아름답고 참신하고 경쾌하며, 어떤 사상 주제가 없는 것 같지만 생활 정취로 넘치는 가요는 대륙 청년들이 새로운 인생 감정을 찾도록 창문을 열어놓은 것이다. 아련한 향수, 따뜻한 유년의 추억, 복잡한 속세를 멀리 떠나려는 갈망, 가뿐하고 자유로운 마음…… 이 모든 것은 등려군의 사랑 노래와 함께 허무맹랑한 듯하면서도 확실하게 진지함을 내뿜는 '상아탑'을 쌓았다.

이때부터 유행가는 자유롭고 따뜻하며 경쾌한 격조로 자신의 일대 진군을 시작했다. 장명민(張明敏), 비상(費翔), 소예(蘇芮), 담영린(譚咏麟),

장학우(張學友), 엽천문(葉倩文) 말고도 '소호대(小虎隊)'가 있는데 이들
은 대륙 '스타 추종족[追星族]'의 우상이었다.

  "감정을 따라가고 꿈의 손을 굳게 잡고, 발걸음은 갈수록 가볍고 갈
  수록 부드럽고 마음은 바람처럼 자유롭다.……완전히 다른 나를 발견
  한다."
  "조용히 남몰래 되풀이하다가 캐물었다. 평범하고 담담한 것이 비로소
  진짜라는 것을."
  "나는 청춘으로 내일과 도박을 할 테니, 당신은 진심으로 이 삶을 바꾸
  어보라. 세월은 인간 세상의 근심과 슬픔을 모르니 왜 한번 멋지게 가보지
  않겠는가!"

  이런 가요들은 골목골목에 두루 퍼져 마치 맑은 바람처럼 생활의 먼
지를 털어버렸으며 세기말의 안개를 걷어버렸다. '새로운 감정'은 일반
사람들이 평범하면서도 자유로운 인생을 추구하는 절묘한 상징이며 사
람들의 건강한 정서를 상징한다. 유행 음악이 엄숙한 음악에 충격을 준
것 때문에 예술가들이 가슴 아파할 때, 그들은 유행 음악의 시장이 광대
한 것 또한, '새로운 감정'이 성공적으로 '세기말 정서'를 막아냈다는 모
종의 상징임을 의식했을까?
  대만 가요가 한창 유행하고 있을 때 '무협 열풍'이 새롭게 불어왔다.
이는 홍콩 영화 〈소림사〉에서 비롯되었다. 뛰어난 재간을 지니고, 의협
심이 강하며, 포악한 자를 제거하고, 선량한 백성을 도와주며, 시대를 질
타하는 무림고수는 당대 대륙인이 녹림(綠林)을 알게 했다.
  홍콩 '신무협소설'의 대표작가인 양우생(梁羽生)·김용(金庸)의 소설
몇 십 부도 홍콩·대만을 30년 동안 풍미한 뒤 다시 대륙 사람들을 정복
했다. 그들의 작품은 낭만적인 기백을 내뿜었고, 사람을 매료시키는 이

야기들로써 '새로운 감정'의 몽환 세계를 구축했다. 사람들은 소설 속에 빠져 잠시나마 현실의 번뇌와 고민을 초월했다. 어떤 평론가는 신무협소설의 영웅주의 색채가 허무주의의 병적 정서를 치료하는 데 큰 도움이 된다고 했는데, 일리가 있는 말이다. 요즘 사람들이 '높고, 크고, 완전한' 당대 영웅을 혐오하면서 강호를 떠도는 전기적인 사나이의 생애를 편애한다는 것은 의미심장하다. 이 흥미 있는 문화 현상은 무엇을 나타내는가? 지식 엘리트들이 마음을 기울인 서양 현대의 문화사조보다 고전적인 낭만 기백이 민간에서는 더욱더 서민들의 갈채를 받았을 뿐만 아니라, 현실을 벗어나 자유로운 꿈의 세계로 뛰어드는 서민들의 문화 정서를 의미하고 있는 것 같다.

'경요(瓊瑤) 열풍'도 불었다. 1980년, 대만·홍콩 문단에서 18년을 풍미했던 경요의 애정소설이 대륙에 전해졌다. 그 해, 광주의 《양성만보(羊城晚報)》는 경요의 소설 《깊고 슬픈 이별(聚散兩依依)》을 연재했다. 그 뒤 경요의 소설은 수천·수백만 대륙 중고등학생들의 책가방 속으로 들어왔고 대학생들의 침대머리에 놓이게 되었다. 《안개비 부슬부슬(煙雨蒙蒙)》, 《석양은 몇 번이나 붉었던가!(幾度夕陽紅!)》, 《마음 가득히 맺힌 매듭(心有千千結)》, 《기러기는 숲 끝에 있다(雁兒在林梢)》, 《달빛은 흐릿하고 새들은 어렴풋하다(月朦朧鳥朦朧)》, 《물 저쪽에서(在水一方)》, 《깊숙한 정원(庭院深深)》……. 얼마나 사람을 매료시키는 책 이름인가. 얼마나 사람을 유혹하는 경지인가. 시적인 정취와 그림 같은 경지, 부드러운 정과 달콤한 마음으로 가득 차 넘치고 순정을 지향하면서도 현실의 번뇌를 벗어나려는 수많은 젊고 과년한 남녀들에게, 사랑의 아름다운 꿈과 반짝거리는 눈물을 가져다주었다. 어떤 평론가들은 경요 소설의 특징인 '정형화'를 비판했는데 예술적 견지에서 보면 일리가 있다. 하지만 왜 이런 '정형화'된 소설이 수천·수백만의 사람들을 압도했을까? '경요 열풍'의 배경에는 서민 문화 심리의 오묘한 비밀이 숨어 있다. 서민은 아름다운 꿈과 부드러운 정을 편애하며, 서민들이 좋아하는 것은 따스한 감정이지 심각한 사상이 아니라는 것이다.

'경요 열풍'과 거의 동시에 나타난 것으로는 '삼모(三毛) 열풍'이 있다. 삼모 — "공기처럼 자유로운 사람"이고 "습작은 바로 노는 것이다"라고 말하는 이 수필 작가는 세상을 떠도는 것을 즐거움으로 삼았다. 세상을 떠도는 인생 체험을 자유롭고 소박하고 활기차며 친근한 산문으로 승화시켜 한 권 한 권을 써냈으며, 마침내 맑은 바람을 일으켜 하루 종일 공부와 숙제, 설교에 지쳐서 위선을 증오하고 '성실'을 혐오하는 젊은 남녀들을 푹 빠지게 했다. 《사하라 이야기(撒哈拉的故事)》, 《슬피 우는 낙타(哭泣的駱駝)》, 《볏짚 허수아비 수기(稻草人手記)》, 《장마철은 다시 오지 않는다(雨季不再來)》, 《공부 땡땡이치기(逃學記)》…… 이런 작은 책들은 낭만을 갈망하는 젊은 남녀들의 정신적 낙원이 되었고, 이국적인 풍치와 평범한 사람들의 재미있는 이야기, 그런 진솔한 감정과 이해하기 쉬운 이치는 당대 청소년들에게 '새로운 감정'의 세계를 펼쳐보였다. 그런 자유롭고 진실하며 친근하고 간결한 특징은 적막한 정서를 위로하기에 충분하였다.

이렇게 유행가, 무협소설, 애정소설, 인생수필은 대륙에서 '대만·홍콩 열풍'을 이뤘다. 이 열풍은 통속성·대중성을 기본 특색으로 대륙의 문학 주류(사회문제문학과 탐색문학)의 유력한 도전자가 됐다. 뿐만 아니라 대륙의 '통속문학 열풍'을 재촉했다. 대만·홍콩 문예는 이렇게 거부할 수 없는 매력으로 대륙 문예 다원화라는 대합창에 가담하였으며, 대륙인들의 '새로운 감정'의 소생과 유행에 큰 역할을 하였다. 1980년대에 발전한 대륙의 유행가, 통속소설, 인생수필의 열풍 속에서 중국인들은 대만·홍콩 문화의 친근하고 아름다운 숨결을 느낄 수 있었다.

대륙 지식 엘리트에게 '대만·홍콩 열풍'은 재난일지도 모른다. 하지만 대륙의 서민 계층에게 '대만·홍콩 열풍'은 거대한 복음이었다. 어찌

되었든 중국인들로서는 이런 명백한 사실을 무시할 수 없다. 그것은 이 열풍이 대륙 서민의 '새로운 감정'이나 '현대 의식'을 배양하는 데, 그리고 대륙 민중의 새로운 '민족성' 창조에 매우 중요한 역할을 했다는 것이다.

4) '새로운 도가'의 대두

'대만 · 홍콩 열풍'이 불어오지 않았다고 하더라도 대륙의 '새로운 감정'은 과연 나타날 수 있었을까?

대답은 긍정적이다. 그 근거는 바로 '새로운 도가(道家)'의 부흥이다. 중국에서 도가문화의 역사는 길다. 어떤 학자는 "중국 철학사는 사실 도가사상을 기둥으로 하고 도가 · 유가 · 묵가 · 법가 등 여러 가지 사상이 같이 발전한 역사이지, 일부 학자들이 묘사한 것처럼 유학사상 위주의 역사는 절대 아니다"라고 했다. 그 이유는 "중국 철학의 중요한 개념과 범주는 대개 도가에서 나왔다"[11]는 것이다. 사실 철학사의 관점에서 보지 않더라도 도가사상은 중국 사회 사조의 주류이다.

사회 사조의 주류를 통치 계급의 사상이라고 이해한다면 '독존적 유가학술'은 중국 역대 왕조의 기본적 지도사상이었다. 인구의 절대다수를 차지하는 서민 계급의 눈으로 본다면 자유를 숭상하고 안정을 고수하며 더 나아가 세상사를 꿰뚫어보고 유희적 인생을 기본 성격으로 하는 도가정신이 사회 사조의 주류임을 인정하지 않을 수 없다.

서민의 처지에서 보면 '천하를 골고루 구제한다'는 것은 사대부들의 일이고 '예절로 돌아가는 것', '사대부는 속이 넓고 뜻이 깊지 않으면 안 된다'는 생활방식도 너무 피곤했다. 수천 · 수백 년 예교(禮敎)의 영향은,

---

11) 陳鼓應, 〈論道家在中國哲學史上的主干地位〉, 《哲學硏究》 1990년 제1기.

사람을 공손하게 대하고 양보하며 가정사를 처리할 때 효도와 공경을
소중히 여겨야 한다는 것을 알게 했을 뿐이다. 그들의 평범한 일생에서
번뇌를 유머로 바꾸고 무미건조함을 소탈함으로 바꾸는 인생 철학은,
'선을 행하는 경우라 해도 그것이 명성을 가져오는 정도가 되어서는 안
되며, 악을 행하는 경우라 해도 형벌을 받을 정도가 되어서는 안 되어,
적당한 선을 지키는 데에 마음을 쓰는'12) 처세 철학이었다. 또한 '부드
러운 것이 강한 것을 이긴다'는 인생의 지혜이고, '끝까지 비울 것이며
철저하게 조용함을 지켜라'13), '성인은 절대로 남과 다투는 일이 없다.
그러므로 세상에 그를 적으로 대하는 사람이 없다'14)는 도량이다.

비록 봉건전제의 폭정 아래에서 관리의 횡포로 말미암아, 유순한 백성
들이 절망 속에서도 용감하게 위험을 무릅쓰고 반항을 일으킨다고 하더
라도 어쨌든 그것은 비상 시기인 것이다. 일상생활에서 민중이 신봉하는
것은 '감정에 충실하고', '혼자서 자신의 도를 닦는' 도가철학이다. 바로
이 민중이 사회의 주체가 되었다. 인류 역사를 긴 강에 비유한다면 빛나
는 영웅이나 역사의 광풍노도를 일으킨 호걸이나 악마들은 수면의 파도
와 같고 서민들은 바로 물밑의 저류와 같다. 이렇게 본다면 소탈하고 자
유로운 인생의 지혜, 도가정신을 문화의 주류라 하지 않을 수 있겠는가?

도가정신은 자유의 상징으로서 고난을 풀어주는 서민의 정신적 지주
이다.

물론 도가정신이 정신의 아편으로 이화(異化)되는 것은 피하기 어렵
다. 이에 대해 사상가들은 매서운 비판을 가했다. 임어당(林語堂) 선생은
이렇게 말했다. "중국에서 가장 훌륭한 품성은 '간사한 것을 초월하는'
것이고", "그것의 가장 큰 결점은 이상주의와 행동주의가 서로 대항하는

---

12) 《莊子》, 〈養生主〉
13) 《老子》, 〈十六章〉
14) 《老子》, 〈二十二章〉

것이라 할 수 있다."[15) 하지만 무수한 이상주의자의 비극에 눈길을 돌린다면, '바보인 척 하는 것은 정말 어렵다[難得糊塗]'는 말이 왜 무수한 사람들이 명철보신(明哲保身)하는 주술이 되었는지 이해하기가 어렵지 않을 것이다.

'문화대혁명'이 지나간 뒤 정판교(鄭板橋)의 서예 작품인 〈난득호도(難得糊塗)〉가 크게 유행을 한 이유는 '문화대혁명'이 수많은 사람들의 진실한 열정을 우롱한 것과 아주 깊은 관련이 있다. 전면적 내전의 결과로 양쪽이 다 상처를 입었고, '소요파(逍遙派)'(정치 투쟁에 무심하고 마음 속에 만들어놓은 '상아탑'의 안일함에 빠진 사람들)만이 난세에도 목숨을 그럭저럭 부지하면서 명철보신으로 도가적 지혜의 영원함을 증명했다. 현실 생활은 도가정신의 지속에 끊임없는 양분을 제공한다.

'문화대혁명'의 악몽이 한창일 때 화가 황영옥(黃永玉)에게서 도가의 기개가 드러났다. 그는 나중에 이렇게 회상했다. "10년 재난 때에 내가 가장 솔직하지 못했던 점은 바로 '멍청함'에 능했다는 것이다. 반응이 없었고 표정이 없었다(다른 사람이 나의 마음속 움직임을 보지 못하게 했다)."[16) 이것이 바로 장자의 이른바 '마음을 청정하게 가다듬고[心齋]', '조용히 앉아 우리를 구속하는 일체를 잊어버리고[坐忘]', '슬픔과 기쁨이 들어오지 못하는[哀樂不能入]'[17) 경지가 아닌가?

작가 종박(宗璞)도 중편소설 《삼생석(三生石)》에서, '문화대혁명' 때 몇몇 박해를 받은 지식인들이 장자의 어록에 의지하여 굳세게 버티고 살아가는 감동적인 이미지를 부각했고 소설 속에 두 차례나 《장자》의 명언을 인용했다. "육신을 무너뜨리고 청명을 내쫓고 형체를 떠나며 지

---

15) 〈中國人〉, 沙蓮香 主編, 《中國民族性》(一), 中國人民大學出版社, 1989, 151쪽에서 재인용.

16) 黃永玉, 〈往事和散宜生詩集〉, 《讀書》 1983년 제5기.

17) 《莊子》, 〈人間世〉；〈大宗師〉；〈養生主〉 등을 참고.

식을 버리고 자유과 함께하는 것, 이것을 좌망(坐忘)이라고 한다."18) "선을 행하는 경우라 해도 그것이 명성을 가져오는 정도가 되어서는 안 되며, 악을 행하는 경우라 해도 형벌을 받을 정도가 되어서는 안 된다. 적당한 선을 지키는 데에 마음을 써라."19)

그들은 이것을 어찌할 도리가 없을 때 자기 위안으로 삼았다. 오랫동안 경건한 환골탈태 식 사상 개조의 고난에서 벗어나지 못할 때 난세에 몸을 온전히 지킬 수 있는 좋은 방법을 도가에서 찾을 수밖에 없었다. 황영옥에게 '좌망'이라는 방법은 '부드러운 것으로 강한 것을 극복하는' 무기이나, 《삼생석》의 지식인에게 '좌망'은 진통을 조절하는 정신적 모르핀이었다.

소년 시인 고성도 이런 시를 썼다. "좌초를 귀중한 작은 휴식으로 여기고 또 소견 없이 시세에 흔들리지 말라."20) 이 시 또한 《장자》〈양왕(讓王)〉의 '홀로 그의 뜻을 즐기고 세상에서 일을 하지 않는[獨樂其志, 不事于世]' 사상과 일맥상통하지 않는가?(고성은 신시기에 이름을 날린 뒤 자신의 향방을 언급할 때도 이렇게 말했다. "《장자》의 기개를 좋아한다."21)) 나이가 어리고 정말로 기백이 왕성할 때 소년들은 쉬고 싶다고 말하면서 '소요파'의 행렬에 들어서는데, 이는 소년들이 일찍 늙고 쇠약해지는 비극인 듯싶고 동란시대의 총명한 선택인 듯싶다.

'문화대혁명' 후기에 와서 이런 '관객의 마음'은 상당히 보편적이었다. 많은 사람들이 열광적인 참여자에서 냉담한 방관자가 된 것은 몽매에서 각성으로 나아가는 심리적 여정이었다. "세상 밖에 불변의 법은 없나니 이것에서 법이 법 아님을 알았고, 천하가 아직 명백히 끝난 것이 아니니

---

18) 《莊子》, 〈大宗師〉
19) 《莊子》, 〈養生主〉
20) 〈銘言〉, 《星星》 복간호 중 '공유(公劉) 문집'에서 재인용.
21) 顧城, 〈黑眼睛〉, 《詩話錄》, 人民文學出版社, 1986, 206쪽 참고.

분명히 알지 않아도 무방하지 않는가." — 이 말이 '문화대혁명' 후기에 조용히 유행한 것은 사실 '문화대혁명' 앞에 바치는 추도사라는 의미를 가진다. 정치는 순박한 사람들을 기만했고 사람들은 어쩔 수 없이 정치의 소용돌이를 멀리 떠나 평범한 인생으로 돌아설 수밖에 없었다. 지식청년들이 숨어서 '동화시'를 쓰고 있을 때 그들도 자기만의 '소요유'에 들어가지 않았던가?

'문화대혁명'이라는 짙은 어둠 속에서 도가의 지혜는 소극적인 저항의 빛을 뿌렸다.

신시기에 도가정신은 경박한 소란 속에서 찬란한 빛을 뿜었다. 도가정신의 계승자들이 문화의 폐허 속에서 고요한 미의 전당을 다시 세웠다.

우선 원로작가 왕증기는 '상흔문학'이 바야흐로 왕성하게 발전하고 있을 때 호감을 불러일으키는 참신한 작품 《수계(受戒)》를 발표했다. 옛것을 그리는 정이 넘쳐나는 《수계》가 문단에서 큰 화제를 비장하게 일으키리라고는 작가 자신조차도 상상하지 못했다. 《수계》의 연원을 언급할 때 그는 솔직하게 말했다. "나는 그것이 《변성(邊城)》을 닮았다고 생각한다."[22)

이리하여 그는 자신의 독특한 개성으로, 심종문(沈從文)을 대표로 하는, 자연을 숭상하고 생명을 숭상하는 문학 전통을 이루었다. 그는 심종문에게서 받은 영향을 말하면서 두 가지 점을 지적했다. 첫째는 애국이고 둘째는 순박함이다. 그는 "심종문 선생은 진정으로 순박한 작가이며 이런 '순박함'은 '인간'의 품성일 뿐만 아니라 '인간'의 경지이다"[23)라고 했다. 경박한 시대에 시류에 흔들리지 않고 전통 사대부들이 본디부터 편애했던 '순박한' 경지를 자기의 정신적 정원으로 삼았다. 또 이 '순박

---

22) 〈關于《受戒》〉, 《晚翠文談》, 浙江文藝出版社, 1988, 4쪽 참고.

23) 〈認識到的和沒有認識的自己〉, 《北京文學》 1989년 제1기.

한' 경지를 이용하여 '새로운 감정'을 찾는 사람들에게 정신적 낙원을 제공했다.

비록 왕증기 본인은 "나는 많은 책을 읽었고 한동안은 장자에 깊이 빠졌다. 그러나 내가 흥미를 느낀 것은 그 문장이지 그의 사상이 아니다", "나는 유가사상의 영향을 꽤 많이 받았다.……나는 공자가 매우 인정이 있는 사람이라고 느낀다.……'온유돈후함, 그것이 시경의 가르침이다[溫柔敦厚 詩之敎也]', 나는 이런 시교(詩敎) 속에서 컸다"24)고 말했다. 하지만 '담담함'을 추앙하고 명리에 무심하며 소탈하고 자유로운 이미지[《낚시하는 의사(釣魚的醫生)》의 왕담인(王淡人), 《감상가(鑑賞家)》의 계도민(季匋民) · 엽삼(葉三), 《이사(徙)》의 담벽어(談甓漁) · 고붕(高鵬) 등], 근대화의 떠들썩함 속에서 즐겁게 '꿈을 찾는' 작업을 추구하는 것 모두, '홀로 천지 정신과 왕래하고[獨與天地精神往來]'25) '비우는 것을 끝까지 하고 고요한 것을 착실하게 지키는[致虛極, 守靜篤]' 도가 정신과 왕증기의 천성적인 연계를 나타낸다.

다음은 청년 작가 가평요를 보자. 그는 자기 호를 '정허촌(靜虛村)'이라 지어 도가정신에 대한 애정을 확실하게 표시했다. 도시의 소란은 그를 괴롭혔다. 그는 1983년 음력설에, 순박한 미학자 종백화(宗白華) 선생의 책에서 "많게는 자연과 철리(哲理)에 접근하여 완벽하고 고상한 '시인 인격'을 양성한다"26)는 구절을 읽고 마음이 명랑해졌다. 이리하여 그는 '떠들썩하고 경망스러운 나날'27)을 포기하고 도시와 멀리 떨어진 고향 상주(商州)로 돌아왔으며 '상주 세계'라는 불후의 시리즈 작품을 쓰기 시작했다.

---

24) 〈認識到的和沒有認識的自己〉, 《北京文學》 1989년 제1기.
25) 《莊子》, 〈天下〉
26) 〈在商州山地〉, 《小月前本》集, 花城出版社, 1984, 1~2쪽 참고.
27) 위와 같음.

《상주초록(商州初錄)》의 출간은 문단에서 미담으로 전해진다. 상주 산골 사람들의 '순박함, 조용함……자연을 기본으로 하고 안팎이 늘 한결같은' 미덕은, 가평요가 야박한 세태와 순박하지 않은 인심을 비춰내는 귀감이 되었다. 상품경제의 대조류는 상주의 질박함과 안정을 깨뜨렸지만 가평요는 여전히 천구(天狗:《유성》), 오삼대[吳三大:《먼 산의 야정(遠山野情)》] 같은 인물로부터 경박한 세태를 초월하는 전통적 미덕을 발견하려고 열심히 노력했다. 경박함을 초탈하는 감정을 나타내기 위하여 가평요는 직접 노출되는 위험을 무릅쓰고, 글 속의 어떤 인물(예를 들면 《경박함》의 고찰인)이 경박함을 이해하면서도 그것을 비판하는 사상의 괴뢰(傀儡)로 만들었다.

문학적 목표 면에서 그 역시 여러 차례 표명했듯이, 공령(空靈)의 문학 전통을 마음속으로 흠모한다.[28] "문학을 다룸에는……하고 싶은 대로 하더라도……천지자연에 부합되고, 하늘을 향해 웃을 수도 있어야 한다"[29] 이런 문학관에는 도가의 '하늘을 본받고 참된 것을 받드는[法天貴眞]'[30] 이상이 침투되어 있다.

1984년, 청년작가 아성의 소설 《기왕》이 출간되자 그 순수한 도가적 경지로 말미암아 사람들의 입에 오르내렸다. 아성은 갖은 풍상을 겪은 지식청년인데, 유랑하면서 선종(禪宗)과 《장자》를 읽었다. 그는 장승지·양효성·정의 같은 지식청년 작가들처럼 역경 속에서 숭고함을 찾은 것이 아니라 인생의 소박한 진리를 깨달았다. "당시 인민들에게 필요

---

28) "중국의 몇 천 년 동안 문학에서 사마천(司馬遷), 도연명(陶淵明), 한유(韓愈), 백거이(白居易), 소식(蘇軾), 유종원(柳宗元), 조설근(曹雪芹), 포송령(蒲松齡) 등 이들의 경지가 각양각색이지만 자연, 사회, 인생, 심령의 공(空)과 영(靈)을 반영한 이것은 일맥상통하게 서로 계승하여왔다. 공과 영은 중국 문학의 큰 재산이다"(〈變革聲浪中的思索〉, 《十月》 1984년 제6기 참고).

29) 〈文學小傳〉, 《天狗》, 作家出版社, 1987, 속표지 참고.

30) 《莊子》, 〈漁父〉

했던 것은 노선과 계급의 문제가 아니며 또한 이데올로기의 문제가 아니었다. 어떻게 배를 불릴 수 있는가 하는 것이었다."[31] 이것은 의심할 바 없이 도가의 '검소하고 질박한 생활을 하게 하는[見素抱朴]'[32] '진인(眞人)'[33] 철학의 현대판이다.

《기왕》에는 왕일생(王一生)이 폐휴지를 줍는 노인에게 도가의 경지에 들어가는 법을 가르쳐주는 대목이 있다. "우리 중국 도가에서는 음양을 말하는데……상대방이 성하면 부드러움으로 그것을 변화시킨다. 하지만 변화시키는 동시에 극복해야 한다. 부드러움은 약한 것이 아니라 관용하는 것이고 받아들이는 것이며 포용하는 것이다." 그는 마침내 부드러운 바둑의 이치로써 현세의 고난을 씻어버리고 '바둑 속에 있으면 편안한' '참인생'으로 정치라는 탁류의 침식에 저항했다. 이것은 물론 소극적인 저항으로서 장지신의 항쟁처럼 장렬하지는 않다. 하지만 서민들은 장지신의 희생보다는 왕일생의 '참 인생'을 본능적으로 선택하였다. '참 인생'은 서민들에게는 고통 속에서 즐거움을 찾는 방도가 되었으며, '문화대혁명'과 같은 정치적 광기에 대한 효과적인 면역이 되었다.

왕증기·가평요의 도가정신에는 사대부적 기운도 있어 사람들에게 뛰어난 탈속적 미감을 주었다고 말한다면, 아성의 매력은 서민들의 일상적 기쁨을 전달한 데 있는 듯하다(이른바 "속인이 되지 않고서야 어디서 이런 즐거움과 재미를 알겠는가? 집과 가족을 잃고 평범하게 매일 농사를 지었으나 스스로 참 인생은 이 속에 있음을 알았으니 행운이자 복이다"). 1980년대 후기 세속 문화의 조류의 연원 가운데 하나는 바로 아성이 마음속으로 흠모한 '참 인생' 속에 있다.

지식청년 작가 마원(馬原)도 있다. 그는 중국 선봉소설의 대표작가로

---

31) 王明逸, 〈生活經歷和心理經歷(訪鍾阿城)〉, 《中國靑年》 1985년 제8기.
32) 《老子》, 〈十九章〉
33) 《莊子》, 〈大宗師〉에 체계적인 일련의 '진인(眞人)'에 관한 서술이 있다.

인정받고 있으며 그의 소설은 예측하기 어려운 인생의 본질을 생동하게 제시했다. 그는 자신의 인생 신앙과 문학관에 관하여 여러 차례 말했는데, "장자와 아인슈타인이 공유한 그 상대성 이론을 믿는다"[34]고 밝힌 적이 있다. 그는 " '혼돈(混沌)'을 발명한 중국인은 인류 역사 이래 가장 지혜로운 사람이다"[35]라고 했다. 세상사가 황당한 이유는 세인들이 너무 '한쪽으로 치우친 철학'[36]을 고집하는 데 원인이 있다. 마원의 '티베트 이야기'는 그가 인생을 탐험한 기록이고 '과학적 범신론'을 깨달은 결과라고 말한다면[예를 들면 《서해의 돛 없는 배(西海的無帆船)》, 《라사 생활의 세 종류 시간(拉薩生活的三種時間)》, 《허구(虛構)》 등], 그의 '문화대혁명 이야기'는 이 세대가 '결정론'의 사상적 의미를 간파했음을 이야기한다[예컨대 《0킬로미터(零公里處)》, 《대원과 그의 우화(大元和他的寓言)》, 《위아래 모두 평탄하다(上下都平坦)》, 《구사(舊死)》 등]. 마원이 도가의 '혼돈'관이나 상대성 이론으로 '문화대혁명'의 황당함을 들추어냈을 때, 도가사상은 지혜의 상징이 되었을 뿐만 아니라 '결정론'을 조롱하는 무기가 되었다.

지식청년 작가 이항육 또한 '심근' 과정에서 '노장(老莊)의 심오함'을 인정했고 중원 규범문화의 뿌리는 이미 고갈되어 죽었다고 여겼으며(이 주장은 확실히 편파적이다), 규범문화 이외의 '원시적이고 질박한 운치'가 있는 오월(吳越) 문화, 초(楚) 문화만이 현대적 활력으로 가득 차 있다고 했다.[37] 그의 작품 《마지막 어부》, 《산호 모래밭의 파도타기》, 《갈천강 위의 사람들(葛川江上的人家)》, 《선장(船長)》은 자연스럽고 질박하며 청신·담담한 산골의 분위기와 도가적 운치가 뛰어나고, 수수하면서도

34) 〈馬原寫自傳〉, 《作家》 1986년 제10기.
35) 《方法》, 《中篇小說選刊》 1987년 제1기.
36) 許振强·馬原, 〈關于《岡底斯的誘惑》的對話〉, 《當代作家評論》 1985년 제5기.
37) 李杭育, 〈理一理我們的'根'〉, 《作家》 1985년 제9기.

소탈한 인생의 찬가이다.

위에 서술한 작가들은 당대문단의 '새로운 도가'를 이루었다. 그들이 이에 대해 자각적인 인식이 있었는지는 확실치 않다. 중요한 것은 그들이 서로 다른 인생의 길을 거쳐 똑같은 인생 경지에 이르렀고, 그 경지가 자유라는 점에 있다. 생명을 숭상하고 담담함에 안주하는 것은 자유의 또 다른 이름이다. 이택후가 말한 것처럼 "고난의 세계와 생사를 어떻게 초월할 것인가 하는 것은 물질세계 속에서는 현실적으로 이룰 수 없기에 마침내는 어떤 정신, 인격이라는 목표 위에 발을 붙이게 된다. 존재의 형(形: 몸) - 신(神: 마음) 문제는 최종적으로 인격 독립과 정신 자유에 귀결되는바, 이는 장자 철학의 핵심이다."[38]

따라서 '문화대혁명'이라는 정치적 재난을 겪은 당대인들은 비로소 개성 자유의 귀중함을 충분히 깨닫게 되었다. 그리고 경제 발전이 절대 진리가 된 시대에 개성 자유의 중요함을 더욱 깊이 알게 되었다. 이리하여 꿈을 찾고 뿌리를 찾고 강과 호수로 향하고 산과 들로 나아갔다. 그리고 다시 소박함으로 향하고 가벼움을 향해 나아갔다. 그래서 새로운 인생 감정을 찾게 되었다. 어떤 사람은 '심근' 사조를 '복고'라고 질책하나 이는 장자 철학이 현대의 실존주의와도 일맥상통하고 있음을 모르는 것이다.[39]

왕증기의 도가정신은 스승인 심종문에게서 이어받은 것일 뿐만 아니라, 갖은 고초를 겪은 뒤의 순박한 마음에서 생겨난 것이다. 가평요·아성·마원·이항육 같은 청년작가들을 보면 도가정신은 장자와의

---

38) 〈漫述莊禪〉, 《李澤厚哲學美學文選》, 湖南人民出版社, 1985, 76~77쪽 참고.

39) 일본 학자 후쿠나가 미쓰지(福光永司)가 쓴 〈莊子: 古代中國的存在主義〉라는 논문이 있다. 중국 학자 유고감(劉笑敢)도 "장자와 사르트르의 자유관"을 논하면서, 장자와 사르트르의 자유관에는 다른 점도 같은 점도 있다고 했다. 가장 뚜렷하게 동일한 점은 "순수 개인의 자유"이다. 《中國社會科學》 1986년 제2기 참고.

우연한 만남에서 비롯했거나 밑바닥 인생의 절절한 체험에서 생겨났다. '문화대혁명'을 힘들게 지나온 사람들은 모두 사회 밑바닥에서 자유를 갈구하는 감정을 얻었는데, 어떤 의미에서는 고난이 그들을 도왔다고 하겠다.

왕증기는 사대부의 정신을 당대인의 면전에 재현했다. 그 따스한 감정, 스스로 즐거워하고 만족해하는 정취, 인생을 소중히 여기는 마음은 심종문의 가르침이다. 심종문이 자신의 사업을 폐명[廢名, 풍문병(馮文炳)]의 창작의 연속과 발전으로 보았고, 폐명은 또 자신의 독존을 온화하게 드러낸 지당노인(知堂老人) 주작인(周作人)을 정신적 스승으로 삼았다.[40]

왕증기는 따스한 문장 풍격으로 자신의 충직하고 온후한 인격과 예술 정취를 펼쳤을 뿐만 아니라, 중국 신문화운동의 시대 풍운 때문에 잊혀진 다른 한 갈래의 전통— 담담하고 낙관적이며 철학자의 지혜가 풍부한(투사의 격정이 아니라) 문화 전통을 부흥시켰다. 왕증기의 작품이 문단을 휩쓰는 것과 거의 동시에 '심종문 열풍', '주작인 열풍'도 잇달아 불었다. 그들의 문집은 1980년대에 재판에 재판을 거듭하였고 판본의 다양함과 수량의 거대함은 사람들의 경탄을 자아내기에 족하다. 그들과 관련된 연구논문과 전문서적도 자못 볼 만하다. 동시에 '임어당 열풍', '양실추 열풍', '풍자개(豊子愷) 열풍'도 여기저기서 불었다.

이런 산문가들은 저마다 장점이 다르지만 하나의 공통점이 있는데, 그것은 바로 낙천적이고 순박하며 자유롭고 소탈하다는 것이다. 1990년대 초 문단에서 '산문 열풍'이 분 것은 당대인의 생활이 소강(小康) 상태로 나아가는 한적한 마음과 관련이 있으며, 또한 주작인·심종문·임어당·양실추·풍자개 등 도가 기질을 가진 현대 사대부의 거대한 영향과 관련이 있다. 왜냐하면 그들의 영향으로 당대인의 생활정서는 비교적 세

---

40) 楊義, 第十一章 〈廢名和沈從文的文化情致〉, 《文化衝突與審美選擇》, 人民文學出版社, 1988을 참고.

심하고 우아하며 부드럽게 변했기 때문이다.

가평요·아성·마원·이항육은 더욱더 서민의 자유를 소중하게 생각했고 보통 사람들의 즐거움 속에서 인생의 참 정취를 깨닫게 되었으며, 이를 위하여 저속함을 피하지 않았다(저속함과 질박함은 때로 사람들을 혼란스럽게 한다). 가평요·이항육은 속어로 사람을 거칠게 묘사하는 능력이 뛰어났고 아성은 통속 관념의 진수와 기쁨을 진솔하게 언급했으며 마원 또한 '티베트 이야기'에서 속인의 자유로운 즐거움을 과장했다.

이런 '서민화', '세속화'의 추구는 1980년대의 문단과 사회의 주도적인 정서가 되었다. 어쩌면 엄숙한 생활이 너무 힘들게 느껴져서 속인의 자유로움을 한번 체험해 보고자 했을지도 모른다. 또 문화인의 옹색한 수입이 감히 당대 문화인으로서 우월한 인생을 바랄 수 없게 했기에 세속적 기풍으로 변해버렸을지도 모른다. 당대 문화인들은 고흐·고갱처럼 자연으로 나아가고 방랑을 즐거운 일로 여기거나 또는 문화 사업의 신성함을 알아차려 당대 인생 무대 위에서 '수공업자'의 노릇에 안주함으로써[41] '글을 팔거나' '재주를 파는' 데 의지하여 생활했다. 그러나 그것을 슬픔으로 여기지 않고 도리어 즐거움으로 여겼다. 1984년, 아성이 《기왕》을 쓴 이유를 "속된 생각인데 ─ 원고료로 담배 좀 사서 피우려고"[42]라고 진솔하게 말했을 때 사람들은 이를 문인의 타락으로 보았다.

그러나 1986년에 와서 유효파가 크게 '육욕(성과 돈)'으로 반이성을 논했을 때는 호소가 아니라 일종의 사조, 문화인 세속화(그 극단적 형태는 저속화이다)의 사조를 대표했다. 공공연히 원고료를 따지며 '상업의 바다로 뛰어들고[下海]', 여인이 유행 가운데 하나가 되는 이런 사조는 사람

---

41) 예를 들면 저명한 작가 이국문(李國文)은 1993년에 "문학은 시의적절한 수공 기술이며 동시대인에게 밥을 먹거나 차를 마신 후의 한가한 소일거리를 주는 것이다"라고 했다. 《作家報》 1993년 4월 17일자 한소혜(韓小蕙)의 글에서 재인용.

42) 阿城, 《一些話》, 《中篇小說選刊》 1984년 제6기.

들을 우쭐대게 했다. 문화인들이 '세속화'되고 싶을 때 그들은 저속한 쾌감을 찾았다. 저속한 쾌감은 경직된 이성의 극단적인 반역을 상징하고 당대 문화인의 경박한 정서를 나타냈다.

'새로운 감정'의 잘못된 점이 여기에 있을지도 모른다. 자유가 일단 욕망으로 이화되면 새로운 위기가 닥쳐온다. 욕망은 일시적 쾌감을 가져올 뿐이고 끝내는 감정 마비라는 고민에 침몰된다. '세기말 정서'의 증세는 피로와 무관심인데 정치 학습과 같은 것에 대한 무관심뿐만이 아니라 욕망이 지나간 뒤의 쓸쓸한 권태감을 느끼게 된다. 이렇게 되면 도가정신의 시적 의미도 완전히 없어진다.

그렇다. 도가는 다만 "끝까지 비우고 끝까지 조용함을 지키니……소박함 그것과 천하에 아름다움을 다툴 수 있는 것은 없다[虛靜恬淡, 寂寞無爲……素朴而天下莫能與之爭美]"[43]라는 측면에서만 자기 구원의 의의를 가지고 있다. 이 경지를 초월할 경우 타락이라는 악마로 이화될 가능성이 아주 크다. 예를 들면 '동화시인' 고성은 도가의 '하는 것이 없지만 하지 않음도 없다[無爲而無不爲]'[44]는 사상을 매우 좋아했는데, 일단 인생에 대해 절망하자 "나는 때로는 정말 참을 수 없다. 방화를 하고 싶다! 살인을 하고 싶다!" "중국의 진인(眞人)은 다른 시각으로 보면 악마이다[45]라고 미친 듯이 부르짖었다. 실제로 그는 아내를 살해하고 자살하는 막다른 길로 나아갔다.

'문화대혁명'을 겪은 사람들은 억압의 악몽에 대한 기억이 아주 깊으나 육체에 대한 욕망의 심연에 당연히 있어야 할 경계심이 결핍되어 있었다. 그리고 사람들에게 타락 또한 인성의 이화라는 것을 알려주었다.

---

43) 《莊子》, 〈天道〉

44) 《老子》, 〈四十八章〉

45) 趙毅衡, 《死亡詩學》에서 재인용. 虹影·趙毅衡, 《墓床》, 作家出版社, 1993, 396쪽 참고.

5) '신비문화 열풍'

1980년대에 신비문화가 부흥했다. 세계의 수수께끼, 운명의 수수께끼, 생명의 수수께끼에 대한 경외는 원래 인성의 기본적인 구성 요소였다. 이런 경외는 인간이 아주 미미한 존재임을 증명한다. 하지만 인류는 늘 '사람의 노력은 하늘을 이긴다[人定勝天]'는 망상을 고집하고 독선에 이르게 되어, 지상에서 큰 비극을 연출한 다음에야 비로소 신비를 경외할 필요를 깨닫는다.

신비를 경외하는 데는 두 개의 경지가 있다. 첫 번째는 미신의 경지로서, 운명의 놀림을 받을 대로 받은 사람들은 무당, 관상쟁이, 점쟁이에게 매달린다. 이런 경외의 마음은 이해할 수 있지만 평상심을 잃게 된다. 또하나는 바로 지혜의 경지이다. 고생을 겪을 대로 겪은 영혼은 새롭게 생명의 의의, 세계의 가치를 찾기 시작하는데, 이런 경외의 마음은 그 광대함과 경건함으로 말미암아 사람들을 감동시킨다.

청년학자 묵묵(默默)은 '문화대혁명' 때 우연히 러시아 작가 파우스토프스키(K. G. Paustovskiy, 1892~1968)의 수필집 《황금장미(Запотая роза)》를 접하게 되었고 책 속의 그 성스러운 정감에 깊이 감동했다. 〈우리 세대의 두려움과 사랑(我們這一代人的怕和愛)〉이란 글에서 그는 깊이 반성했다.

"이 세대는 일찍이 '하늘도 두려워하지 않고 땅도 두려워하지 않는 것'으로 유명했고, 권위를 두려워하지 않고 '희생'을 두려워하지 않고 천지가 뒤집히는 것을 두려워하지 않고 요괴와 악마를 두려워하지 않는다. 누구도 이 세대가 두려움을 배우리라고는 예상하지 못했다." "이런 두려움은 영원하고 신성한 것을 몸속에 감추고 있기에 허무한 두려움에 직면하는 것이 아니다." 거짓 이상주의가 '문화대혁명'의 재난 속에서 무너지고 있을 때 새로운 이상이 탄생했다 ─ "새로운 이상은 수난과 불행

에 대한 숭배여야 하고 두려움과 사랑을 아는 생활이며, 역사이성의 절
대명령보다 높아야 한다." 하지만 "역사이성은 거짓말에 지나지 않는
다!"46) 경외의 감정은 인간 세상에 대한 비분과 걱정, 역사 초월의 신성
에 대한 엄숙하고 경건한 감정을 뜻한다.

　같은 부류인 지식청년 작가 공첩생도, 지식청년들이 '사람의 노력은
하늘을 이긴다'는 망상 때문에 죽어간 비극에 대하여 심각하게 반성하
였다. "사람이 대자연의 신이 되고자 하는 망상은 아주 오래되었다." "문
제는 사람은 노예가 아닐뿐더러 신도 아니라는 것이다." " '사람의 노력
은 하늘을 이긴다'는 이 옛 교훈은 오늘날 우리가 이해할 수 있는 것이
아니다. 더군다나 우리에게는 그 뜻이 더욱 깊은 옛 교훈, '천인합일(天
人合一)'이 있다."47) 이 때문에 그는 중편소설 《큰 숲》을 썼으며 큰 숲
을 '천태만상이 농축'된, '고도로 추상적인 상징'이 되게 했다. 그것은 지
식청년들의 영웅적 꿈에 대한 환멸의 상징이며, 지식청년들이 곤경 속에
서 자연의 아름다움과 진실로 돌아가는 상징이고, 대자연의 신비를 경외
하는 데로 나아가는 의지의 표현이다.

　마원 또한 《깡디스의 유혹(岡底斯的誘惑)》을 발표한 뒤 평론가 이타
(李陀)의 "이 소설은 강렬한 형이상학적 역량을 가지고 있다. 작품 전반
에 걸쳐 절대의지에 대한 숭배가 침투되어 있다"라는 논평에 대해서 자
신의 '깊숙한 감정'을 끄집어냈다고 말했다. 마원은 자신의 인생 체험을
이야기했다.

　"때로 나는 최종 결론에 다다랐다고 강하게 느끼지만 끝내는 최종에
접근하지 못한다. 최종적으로 결론을 얻을 방법이 없다는 경험은 나로
하여금 더 이상 최종 도달을 바라지 않게 하는데……이것은 완전히 새

---

46) 默默, 〈我們這一代人的怕和愛〉, 《讀書》 1988년 제6기.
47) 孔捷生, 《林莽和人》, 《中篇小說選刊》 1985년 제2기.

롭고 순수한 개인적 경험이다.……그 중의 신비는 착오가 없음을 명백히 알면서도 뜻을 이룰 방법이 없다는 데서 온다." "신비는 분위기가 아니며 사람들이 만들어내거나 과장해 낼 수 있는 물건이 아니다. 신비는 추상적이면서도 확실한 존재로서 인류 이념 밖의 실체이다. 바로 인간의 정상적인 이해력을 뛰어넘었기 때문에 인간은 신비라는 이 짐작할 수 없는 괴물을 만들어냈다." 마원은 이 때문에 스스로를 가리켜서 '과학적 범신론자'라고 불렀을 뿐만 아니라, "나는 뉴턴과 아인슈타인의 방식으로 신을 신봉한다"[48]고 말했다.

청년 작가 사철생(史鐵生)도 자신의 인생체험을 통해 절대의지의 신비함을 깨달았다.

"인간은 자신의 운명을 완전히 장악하고자 하는데, 이는 우주의 모든 법칙을 다 알지 않고서는 불가능하다. 하지만 인간의 인식 능력은 언제나 유한하며 우주의 사물은 오히려 무한하니 유한한 것이 어찌 무한한 것을 다 알 수 있겠는가?" "이것이 바로 우연이고 운명이며 인간을 초월한 힘인 까닭에 때로는 당신을 아무런 방법도 없게 만든다."

하지만 타락하지 않으려면 당신은 분투해야 한다. 시시포스처럼 분투해야 한다. "자유는 당신이 얻겠다고 해서 얻을 수 있는 것이 아니다." 자유는 끊임없이 찾는 과정이다. "그렇다. 고난과 항쟁하는 것을 제외하고 항쟁 속에서 환락을 찾는 것을 제외하고 나면 무슨 별다른 것이 있겠는가?"[49] 사철생은 시시포스의 신화를 인정했으며 카뮈와 헤밍웨이의 분투철학을 인정했다. 그리고 최종적으로 신성한 기독교와 불교로 나아가게 된다(다음 절 '새로운 종교'를 참고하라).

가평요도 소설 〈연기(煙)〉에서 세상의 본질, 절대정신에 대한 신비적

---

48) 許振强·馬原, 〈關于《岡底斯的誘惑》的對話〉, 《當代作家評論》 1985년 제5기.
49) 史鐵生, 〈山頂上的傳說〉, 《十月》 1984년 제4기.

사고를 표현했다. "온 하늘 속 어디에나 깨달음이 빈둥거리고 있다. ……세상의 본질은 원래 이런 것인가? 모든 것이 다 깨달음이 작용한 것인가? 그것들은 이렇게 한데 모여서 공중에서 빈둥거리면서 땅 위의 서로 통하는 것을 찾아다니는 것이 아닌가?……아, 위대하고 신기한 깨달음이여, 이 불생불멸하고 시도 때도 없는 세계 창조의 씨앗이여. 이번 에는 인간의 몸에 달라붙어 인간이 되었고 다음번에는 나무에 달라붙어 나무가 된다. 이처럼 그치지 않는 반복이 인생에서 말하는 윤회와 환생 인가?"50)

깨달음51), 이 불교적 지혜는 순식간에 바뀌는 현대사회에서 당대 사람 들이 세계와 영원과 신비적 종교를 파악하려고 노력하는 발판이 되었다. 인생은 끝이 있고 운명은 변화무쌍하나 깨달음에 관한 신념은 지혜의 문을 열 수 있었다. 영원한 전당에 들어가 다시 세도(世道)의 창상(滄桑) 을 되돌아보면 당신은 조물의 신비에 깊은 감동을 받지 않을 수 없다. 영원한 것들은 급변하는 세상에서 보일락 말락 한다. 불교에서 그것은 깨달음이다. 노자·장자에서 그것은 말로 할 수 없는 '도(道)'이다. 플라 톤에게 그것은 영원한 이념이었다. 바로 이런 영원한 것들은 사람들이 두려움과 당혹을 면하게 해주며 환멸감의 엄습과 교란을 면하게 해준다.

작가 하사광(何士光)도 지난 일을 되돌아보며 부처의 지혜를 인정했다. "일어나야 할 일은 모두 일어나고 일어나지 말아야 할 것은 일어나지 않 는다면, 우리의 운명은 어떻게 되는가?" "우리가 품고 있는 이 마음은 대 관절 무엇인가?……그것은 어디에서 온 것인가? 무슨 힘이 이렇게 만들 었는가?" 이런 질문에 대해 "불교와 도교 및 여러 선현들은 어떤 것을 발견했는가? 원래 그들은 우리의 영혼을 이루는 것이 우주의 가장 본질

---

50) 賈平凹, 〈煙〉, 《上海文學》 1991년 제2기.
51) 원문은 '고뢰야식(古賴耶識)'—옮긴이.

적인 에너지라는 것을 발견했으며, 불교에서는 그것을 '참 깨달음[眞知]', '실상(實相)', '실체(實體)'라 이르고 도교에서는 그것을 '하나(一)', '도(道)' 또는 '기(氣)'라고 말한다. 이것이 하나의 일체이자 일체의 하나라는 것이다.……그래서 우리가 가지고 있는 이 마음은 본래 모든 우주 만물과 서로 연계되어 있고 막대한 에너지를 가지고 있기에, 우리가 만물의 존재를 연구할 수 있으며 우주의 모든 정보를 포용할 수 있다."[52]

이는 당연히 마음에 대한 신념이고 이 변화가 많은 세상에서 영원함을 장악하는 신념이다. 하지만 "인생의 길은……간단하고 단순명쾌하면서도 아득하고 사연이 많다." "우리의 능력은 너무나 모자라서 인과에 대한 탐구가 오히려 자신을 놀리는 것 같은 결과를 낳는다. 비록 말이나 행동이 하나하나 사리에 맞다 하더라도 여전히 허튼소리일 뿐이다.……모든 것이 다 존재하고 있고 모든 것이 다 드러날지라도 영원한 것은 아니다." "세상을 살아가고 있는 사람들은 결코 무엇을 소유할 수 없으며 가지고 있는 것은 경력에 지나지 않는다." 이렇게 말한다면 "우리가 그처럼 숭배한 이성은 어디에 다 있는가?" 어쩌면 "목적이란 없는 것이고 운동이 곧 일체이고……어디에 운명을 지키는 요충지 같은 것이 있는가?" "존재하는 것은 모두 자연적인 것인데, 정한 것과 정하지 않은 것이 어디 있단 말인가? 그러므로 자연으로부터 배우는 것이야말로 사람들의 유일한 선택이다." 그래서 "인연을 따라 본분을 지키면서 나아가고, 그 결과를 추측하지 말고 두려워하지 않는 것이" 곧 인생의 참 진리가 되었다.[53] 이성의 두려움과 당혹에 직면하여, 삶의 초조와 긴장에 직면하여 하사광은 불가와 도가로부터 자연스럽고 침착한 평상심을 찾았다. 이런 시각으로 인생을 보면 언제나 환희와 더불어 기묘한 감

---

52) 何士光, 〈黔靈留夢記〉, 《收穫》 1992년 제2기.
53) 何士光, 〈夏天的途程〉, 《鐘山》 1992년 제6기.

정을 느끼게 된다.

위에서 서술한 내용은 당대 작가들이 '새로운 감정'을 찾는 또 다른 길이다. 여기서는 경직된 이성을 버리는 것이 문제가 아니라 이성의 한계에 이르렀을 때 신의 영역에 속하는 신천지를 발견했다는 것이 중요하다.

작가들이 깊은 사색과 묵상을 통해 '새로운 감정'으로 나아갔다고 말한다면, 민중은 '기공 열풍'과 '종교 열풍'을 통해 '새로운 감정'을 찾은 것 같다.

1980년대 중반 이후 '기공 열풍'은 대륙을 습격했다. 기공은 중화 민족의 위대한 창조물로서 '영정치원, 오도수행(寧靜致遠, 悟道修行)'[54]이라는 철학적 사상을 응집했다. 또 병을 물리치고 몸을 건강하게 하며 수명을 연장하는 기이한 효과를 가지고 있다. '문화대혁명' 후기에 정치라는 못된 장난을 혐오하게 된 사람들은 낭떠러지에서 고삐를 조이고 방향을 돌려 수신양생(修身養生)의 술법에 의지했다. 냉수요법, 계혈침(鷄血針), 손을 흔드는 체조 등은 이미 '기공 열풍'의 부흥이라는 사회적 분위기를 만들었다.

1980년대 초, 물질생활 수준의 개선에 따라, '무협 열풍'이 일어나면서, 사람들은 새롭게 소림무공과 해등법사(海燈法師)를 발견했다. 기공대사(氣功大師) 엄신(嚴新)과 향공대사(香功大師) 전서생(田瑞生)의 잇따른 출현은, 공허하고 돈벌이 수단도 없으며 장수하려는 마음을 가진 사람들을 위해 속세의 번뇌를 떨쳐버리는 대문을 열어놓았다. 기공은 수천·수백만 사람들의 아침 과제가 되었으며 사람들이 현실을 도피하는 '상아탑'이 되었고 자아 위안의 법보(法寶)가 되었다. 그리고 동

---

54) 마음이 편안하고 고요해야 원대함을 이룰 수 있으며, 깨달음을 위하여 수행해야 한다— 옮긴이.

시에 새로운 '준종교(準宗敎)'가 되었다. 얼마나 많은 기공 신도들이 경건한 마음으로 도를 전하고 기공대사에게 엎드려 절했던가. 고요한 수행과 열광적인 부복(俯伏)은 그처럼 부조화스럽게 사람들의 마음속에서 통일되었다. '기공 열풍'은 경박함과 당혹함이라는 '세기말 정서'와 함께 선명한 대조를 이루었다. 또 의미심장한 상호보완으로 세기말 문화의 특별한 경관을 이루었다.

작가 가운로는 개혁이란 주제로 성공했다. 먼저 《삼천만(三千萬)》을, 나중에는 《새 별》, 《밤과 낮》, 《쇠망과 영광》 등의 작품을 썼다. 이런 작품들은 큰 뜻을 품고 천하의 일을 자기 소임으로 삼는 청년 작가의 불타는 영혼을 표현했다. 아울러 현실 개혁의 어려움은 끝내 작가를 핍박하여, 그가 사랑하는 '정치 신인'이 격앙을 거쳐 의기소침에 이르는 심리 노정을 쓰지 않을 수 없게 했다. 《새 별》에서 "나는 정치를 하고자 한다", "사회 개조의 권리를 쟁취하겠다"는 웅대한 뜻이 《쇠망과 영광》에 와서는 "나는 정치를 하지 않겠다", "그렇게 대단한 일이란 말인가. 비장한 척할 뿐이다! 이렇게 자신을 보니 평온하고 처량하다"는 탄식을 하게 되는바, 두 소설의 주인공인 이향남의 인생 노정은 확실히 전형적 의미를 가지고 있다.

마침내 가운로는 어쩔 수 없이 《경도 3부곡》〔《멸과 생(滅與生)》은 완성하지 못했다〕을 완성하려던 계획을 포기했고 방향을 바꾸어 '기공 열풍'을 썼다. 《대기공사(大氣功師)》, 《신세기(新世紀)》와 《인류 신비현상 해부(人類神秘現象破譯)》 같은 베스트셀러는 신비문화를 설명하고 번역한 것 말고도 작가의 웅장한 마음과 뜻을 담았다.

> 기공……그것이 제시하고 탐색해 낸 우주의 진리는 현존하는 모든 과학적, 철학적 학설과 관념을 타파할 것이다. 그것은 인류 역사상 위대한 혁명을 일으킬 것이다.……

새로운 우주-인생관을 세우고자 한다.

대기공은 숭고한 정신을 담아야 한다.

인류는 눈앞에 새로운 정신을 필요로 한다.

나는 말하고자 한다.

이 세계에 현존하는 재산관계는 신성하고 바꿀 수 없는 것이 아니다.

이 세계에 현존하는 경제·정치·사회질서는 불변의 진리가 아니다.

……

이 세계 사람들의 우주관은 그렇게 지혜로운 것이 절대 아니다.

우리는 현상을 무시하고 있다.

……일체는 다 초월해야 한다. 일체는 다 변해야 한다.55)

이렇게 정치상의 실의를 새로운 사유, 새로운 정신의 추구로 전환했다. 이슈는 변했으나 격정은 변하지 않았다. 수많은 민중에게 기공은 그저 에어로빅과 같은 심리적 위안이 될 따름이지만, 가운로의 새로운 발견은 다른 가치가 있었다. 세기말의 처량한 안개 속에서 이성의 추구와 탐색이 운명의 장난으로 곤경에 빠졌을 때, '새로운 감정'은 자신감을 확립하는 데 작지만 그 발판이 될 수 있음을 드러냈다.

기공이 그렇게 거대한 힘을 가지고 있는지는 말하기 어렵다. 어떤 사람은 기공을 연마하는 데 미쳐 목숨을 잃기도 했다. 또 어떤 사람이 기공을 배우는 이유는 남들에게 알릴 수 없는 생각을 위해서였다. 당대 작가 장자룽은 단편소설 〈대주천(大周天)〉56)을 썼는데, 기공대사 엄신이 기공에 대한 특강을 할 때, 벼락부자 한 사람이 기공을 펼치면서 여인들을 구경하고 또 사람들의 주머니를 노리는 요술로 사욕을 만족시킨다는 내용을 썼다. 이 소설은 '기공 구원'의 열정에 찬물을 뿌리며 경종을 울렸

55) 柯雲路, 《大氣功師》, 人民文學出版社, 1989, 9, 10, 27쪽.

56) 《春風》 1989년 제7기 참고. 《小說月報》 1989년 제9기에서 재인용.

다. 그렇다. 지금은 백 가지 병을 도맡아 치료할 비방이 없다. 세상에는 유토피아가 있을 수 없다. 얼마나 아름다운 유토피아적 환상들이 무정한 현실에 의해 격파되었던가!

다음, 민간의 '종교 열풍'을 보기로 하자. '현대 미신'이 파괴된 뒤 '종교 열풍'이 부흥했다. '문화대혁명' 때 무수히 파괴되었던 사원·교회는 중건되기 시작했고 수천수만의 신도들은 고해를 위하여 분향·염불을 하고 예배를 드렸다. 보도에 따르면 1987년 말, 전국의 기독교 신도는 이미 400만 명을 넘었다고 한다(중국적 전통에 기대어 사회적 토대가 더욱 넓은 불교·도교를 보탠다면 그 수는 정말 사람을 놀라게 할 것이다). 사람들이 종교에 입문하는 동기는 복잡하다. '감정적 필요'(왜 세속적 감정은 스스로 위로가 안 될까?), '당풍(黨風)과 사회적 기풍이 바르지 못한 것', '정신적 결핍' 등이 그 원인이다.

종교는 신도들이 입문한 뒤 숭고한 감정을 불러일으켜, 그들이 정신을 충실히 하고 법과 규율을 지키게 했을 뿐만 아니라 사회를 위하여 열심히 봉사하게 했다.[57] 비록 신문·방송매체는 늘 미신이 사람을 망치고 사악한 종교가 사람을 죽이는 비극을 보도했지만, 정상적인 종교활동이 사회에 가져다주는 이로움은 모두가 다 알고 있다. 그것은 그저 개인적 신앙 자유의 선택인 것 같지만 사람들의 마음을 정화하는 구실을 했다. 처량한 안개 속에서 일궈낸 숭고한 정원은 욕망이 난무하는 사회에서도 광풍과 공허감에 소멸되지 않으려는 양심의 불꽃을 피웠다.

---

57) 蔣志敏·徐祖根, 〈面對十字架的思考〉, 《瞭望》周刊 1989년 제5기.

6) '자유'58)의 여러 현상

'자유'. 이 두 글자는 세기말 중국 사회에서 가장 유행한 단어가 되었다. 삶에 지친 중국 사람들은 사상해방운동 중에 인생의 무거운 짐을 내던지고 홀가분하고 자유롭게 살려고 노력했다. 바로 이런 정서 속에서 자유롭게 사는 법이 나타났다.

먼저 '신생대'의 자유를 보기로 하자. '신생대'는 행운이었다. 그저 1960년대에 태어났다는 것만으로, '문화대혁명'은 그들의 마음에 열광과 고난에 관한 기억을 깊이 새기지 못했다. 그래서 지식청년 출신들이 눈물을 머금고 '상흔문학', '반성문학'을 쓰고 있을 때 '신생대'는 조용히 다른 느낌을 기록했다.

1980년대 초에 시인 한동(韓東)은 청춘의 활기를 내뿜으면서 유미주의 경향을 띤 〈여자 아이(女孩子)〉라는 제목의 시를 발표했다. 왕건(王健) 역시 〈미소〉라는 시에서 새로운 세대의 '새로운 감정'을 열심히 기록했다. "혹시 무엇을 잃어버렸을지도 모른다. / 하지만 나는 찾고 싶지 않다." "혹시 무엇을 얻었는지도 모른다. / 하지만 나는 모르고 있다."

손효강(孫曉剛)의 시 〈비접명쾌(飛碟明快)〉도 그처럼 명랑하고 참신하다. "태양에게 색깔 있는 작은 접시를 더 많이 보내주어라. / 우리는 명절을 보내고 있다. / ……고뇌도 민첩하게 바뀌게 된다."

손무군(孫武軍)의 시 〈탄생(誕生)〉은 개성 지상주의의 자존감과 자신감이 넘쳐난다. "나는 땅 위에 섰다 / 모든 금박의 제단보다 더 높을 수 있도록!"

이와 같은 호방한 감정은 장소파(張小波)의 〈꿈 많은 시절(多夢時節)〉에도 드러나 있다. "스무 살은 우리의 꿈 많은 시절 / ……정말 태양과

---

58) 원문은 '소쇄(瀟灑)'―옮긴이.

폭풍이 두 어깨에서 탄생하기를 희망한다…… / 누구나 모두 전설적인
설원의 영웅이 되려고 한다. / 깊고 얕은 발자국을 남겨 / 뒤따르는 사
람들이 깜짝 놀라도록……"59)

1983년, 지식청년 출신의 여성작가 철응(鐵凝)은 유명한 중편소설
《단추 없는 붉은 셔츠(沒有紐扣的紅襯衫)》를 발표했는데 자기 여동생
을 모델로 하여 16세의 안연(安然)이란 소녀의 이미지를 생생하게 그려
냈다. 안연은 "거리끼는 것이 없고……엄폐라는 것이 무엇인지 모르며"
"자기의 눈, 자기의 분석 능력에 따라" 세계를 볼 뿐만 아니라 다른 사람
의 논의에 개의치 않고 인간관계를 중시하려는 의지도 없다. 안연의 열
정·진심·분방함·자신감과 여덟 살 터울인 언니 안정(安靜)의 근신·
처세·당혹·맹종 사이에는 얼마나 뚜렷한 차이가 있는가. 소설 속의
이 차이에 대한 해석은 안연이 언니보다 8년 늦게 태어났다는 것이다.
철응이 안연을 마음에 들어하는 것은 상징적 의미를 가지고 있는 듯하
다. 지식청년 출신의 사람들마저도 운이 좋은 동생들에게서 새로운 감정
과 새로운 힘을 섭취하려고 한다.

1986년, 유서홍(劉西鴻)은 단편소설 〈당신은 나를 변화시킬 수 없다
(你不可改變我)〉를 발표했다. 이 제목은 바로 '신생대'의 자신감, 두려움
없고 제멋대로 하는 성격에 대한 노련한 개괄이다. 소설 속의 공령개(孔
令凱)는 '본능을 좋아하는' '괴상한 여자 아이'로 자신감에 넘쳐 자유롭
게 산다. 그는 사람들이 허용하기 어려운 단점을 어느 정도 가지고 있다.
예를 들면 담배를 피우고 다른 사람의 물건을 마음대로 뒤지며 학업을
포기하고 모델 일을 한다. 하지만 작가는 '당신은 나를 변화시키지 못한
다'는 그의 생활신조를 더욱 좋아했다 — "사람은 제때 자기 장점을 펼
쳐야 한다. 아름다움은 공령개의 장점이다." 그래서 학업을 중단하고 모

---

59) 상술한 시는 모두 老愚·馬朝陽 編, 《再見, 20世紀(當代中國大陸學院詩選
〈1979~1988〉)》, 北方文藝出版社, 1991에서 인용.

델 일을 하는 것은 바로 단점을 피하고 장점을 살리는 선택이었다—
"우리에게는 오직 청춘만이 있을 뿐이고 다른 것은 없다." 공령개의 이
말은 때를 놓치지 않고 쾌락을 즐기고 누가 무어라 해도 자기 식대로 하
는 '신생대'의 정신을 드러낸다.

같은 해인 1986년에 상해문화출판사는 《한 여대생의 수기(一個女大
學生的手記)》를 출판했다. 수기를 쓴 조명화는 상해교통대학 80학번이
었다. 그는 진실하고 청춘의 활기로 넘치는 인생수필을 써서 '대륙의 경
요'라고 불렀다. 그녀의 수기는 다섯 달 사이에 다섯 차례나 인쇄되었고
출판 부수가 모두 55만 부에 이르렀으며, 그 영향력은 산문 창작에 종사
하는 전문작가를 크게 뛰어넘었다. 1988년, 공인출판사는 조명화의 두
번째 수필집 《한 현대 여성의 영혼 독백(一位現代女性的靈魂獨白)》을
출판했는데 이것 역시 베스트셀러가 되었다. 그의 인격과 작품의 매력을
한번 느껴보자.

나는 '너 자신을 초월'하는 것이 다가오면 그것이 매우 자극적이라는 것
을 깊이 실감했다!

나는 될수록 '먼저 사람이 되고 그 다음에 문장을 만들려고 한다.' 이
'사람'은 반드시 '좋은 사람'이라고는 할 수 없고 그저 '산 사람[活人]'일
뿐이다. 이 산 사람은 각양각색의 '생'과 '활'의 시도를 하고 있으며 시도
하는 생활을 하고 있다.……

나의 글은 그 '산 사람'의 여러 가지 '불완전'한 감정 기복과 사유 충돌
의 모습이다.

나 자신은 예전에 규율을 잘 지키는 어린 처녀였고 나중에는 그 많은 자
아 정신의 질곡을 '배반'했으며 더욱 경직된 오늘의 '나'가 되었다.

나의 자유주의와 개인주의 정신 추세는……오, 아니, 아니야, 당연히 나
는 어떠한 '주의'에도 속하지 않는다고 말해야 한다. 나는 인류의 자연적
생명력만을 신봉할 따름이다.

일부 기본적인 과학 원리를 제외하고 이 세계에 대한 나의 태도는 일찍이 유행했던 그 한마디로 정의할 수 있다. "나는 믿지 않는다."[60]

이 선언에서 '초월', '자극', '시도', '불완전', '반역', '자유주의', '개인주의', '진실한 자연', '나는 믿지 않는다'는 이런 말은 '신생대'의 정서를 보여준다. 왜냐하면 활기가 넘치면서도 격식에 구애되지 않고 완벽을 추구하지 않으면서도, 진실하고 명랑하고 자아를 숭상하면서도 스스로 즐거움을 찾아 누리기 때문이다.

〈나와 동행할까?(與我同行麼?)〉는 이런 독특한 정서를 가장 잘 보여준다.

'의의'=어떤 것인가?

'놀다'는 자기가 하고 싶은 것을 하고 또 유쾌하게 하는 일이 아닌가? '책임'에 상대된다.

......

진실이란, 아주 좋은 것이다. 그러나 이런 진실이 우리에게 생활의 본질적인 것들, 평범하고 자질구레한 것들을 드러내 보일 때 나는 차라리 환상을 사랑하겠다. 당연히 아름다운 환상이고 환상적인 아름다움이다. 또 이런 '아름다움'이 그것의 창백함과 천박함을 드러낼 때 나는 다시 진실을 찾아간다.……생명, 이는 바로 선회하고 또 번창하는 윤회가 아니겠는가!

......

사랑한다면, 정말 사랑한다면 절대로 모든 것을 다 내주지 마라.……

......

나의 환상은 셀 수 없이 파멸되어 나는 한마디 입에 발린 말을 했다. "아, 내가 생각을 잘못했네."

나는 고상하고 우아한 이론에 쉽게 지친다.……

---

60) 〈大陸不至于再出個'瓊瑤'〉, 《一個現代女性的靈魂獨白》, 工人出版社, 1988, 184쪽 참고.

나는 마음의 '평형 득실'을 신봉한다.

······

나의 판단은 언제나 체험을 바탕으로 한다. 나는 편지에 씌어진 것을 많이 생각하지 않는다.

······

······나는 영원히 광범한 인류를 위하여 무슨 고상한 행동을 한다고 말하지 않는다. 나는 그저 나 자신, 내가 사랑할 만하고 또한 내가 확실히 사랑한 그런 사람들을 위할 뿐이다.[61]

참으로 진실하고 참으로 자유롭다. 이것이 바로 그들이다. 자아의 인생 체험에 충실하고 '신의 시대'와 '영웅의 시대'[62]가 끝난 뒤 '상대주의의 소양'을 키우려고 노력하고, "사용된 어휘는 더 이상 '좋다'와 '나쁘다', '맞다'와 '틀리다'가 아니라 '적당하다'와 '적당하지 않다'이며" " '변화' 속에서 생존한다."[63] 이런 인생 태도는 당연히 변화가 무상하여 예측할 수 없고 경박하고 불안하며, 그 속에는 사람을 근심하게 하는 원인이 배태되어 있다(개인의 체험을 사악한 충동이라고 한다면? 어떤 의미에서 범죄자는 개성이 지극히 강하고 생명력이 지극히 왕성한 사람이라고 말할 수 있다). 하지만 '홍위병 - 지식청년' 세대 사람들이 무조건적으로 일체를 희생하고 너무 일찍이 인생의 잔혹함을 맛보았고 너무 일찍 성숙하고 또 너무 일찍 노쇠한 역사적 비극과 견주어보면, '신생대'가 사는 방식은 어쩌면 인성에 더욱 부합하고 적극적인 의미가 훨씬 풍부하고 현대성을 가지고 있는지도 모른다.

이상은 자유의 형태로서, 곧 자신감을 가지고 건강하게 향상되는 것

---

61) 《一個現代女性的靈魂獨白》, 工人出版社, 1988, 10~28쪽.

62) 〈苯乙胺〉, 위의 책, 125쪽.

63) 〈我的這一個, 這一個, 她〉, 위의 책, 106쪽 참고.

이다.

안연(安然)·공령개(孔令凱)의 이야기는 다른 측면에서 자유와 자유에 대한 곤혹과 질책 속에서 전개되었다. 이 모델은 전형적 의미를 가지고 있는 것이 분명하다. 그것은 사람들에게 사상의 질곡을 빠져나온 사회에서 개성의 발전이 강대한 보수 세력과 충돌하는 것을 피하기 어려움을 알려준다. 안연·공령개는, 상대적으로 여유 있는 분위기에서 자아가 발전하며 그들 둘의 대립은 서로 사는 방법을 이해하지는 못하지만, 놀람과 또는 어찌할 방법이 없다는 눈으로 서로 개성의 발전을 용인한다. 그리고 그들은 개성을 발전시키기 위하여 세상을 놀라게 하는 길을 걸어갈 뜻이 없는 듯싶다. 다만 현실 속에서 개성을 억압하기 위하여 야단법석을 떨거나 개성을 발전시키기 위하여 위험을 무릅쓰는 사건 또한 계속되고 있을 뿐이다. 이 두 가지 인생의 격렬한 충돌은 사람과 사람의 투쟁이 '계급 투쟁'의 모델에서 걸어 나온 후 '인생관 논쟁'의 새로운 단계로 들어가게 했다. 그래서 또 다른 자유가 나타나게 된다. 그것은 바로 '유랑'이다.

중국의 '맹류(盲流) 현상'의 유래는 오래되었다. 주효양(朱曉陽)의 보고문학 〈맹류중국(盲流中國)〉에 따르면 1960년대 초에 수천 명의 '떠돌이'들이 서북지방으로 들어가 일자리를 찾았다고 한다. 1980년대에 와서 '직업을 바꾸고' '유랑하는' 현상은 더욱 흔한 일이 되었다. 갈수록 많은 사람들이 한 장의 벽돌이나 기와가 되는 것을 달가워하지 않고 자기 개성의 발전을 위하여 더욱 적합한 여건을 창조하려고 했다. 수백만을 헤아리는 농민들은 '2무(畝) 반[64]의 땅과 소 한 마리, 아내와 아이 그리고 뜨끈뜨끈한 온돌방'의 전통적 환상과 고별하고 곳곳에서 유랑하고 곳곳에서 일자리를 찾아 헤맸다. 수만을 헤아리는 지식인들은 '스스로 국가

---

64) 1무(畝)는 약 200평. 그러므로 2무 반은 약 500평 — 옮긴이.

정책을 실행'하기 위하여 해외로 나가 막노동을 할지언정 전공과 업무가 일치하는 국내 직장을 언제까지나 지키고 있는 것을 달가워하지 않았다. 수만 명의 대학생들도 '공작새가 동남으로 날아가는[孔雀東南飛]' 것과 같이 개혁개방의 최전방인 상해 · 포동(浦東) 지역이나 해남성 일대로 날아갔다.

이 모든 것은 무엇을 설명하는가? 신시기 사상해방의 분위기 속에서 인심의 경박함과 생명력의 조급한 움직임을 설명해 줄 뿐만 아니라, 한 세대로서 기백과 뜻이 있으며 다른 사람에게 좌지우지되는 것을 달가워하지 않는 사람들이 자기 운명을 장악하려고 노력하는 개성 의식을 설명해 준다. 주효양이 주목한 것과 마찬가지로 이런 '떠돌이'들은 "젊고 기력이 왕성하며 학력은 비교적 높으며, 모험 정신을 가지고 있어 현실에 안주하지 않고, 자신의 재능을 가장 크게 발휘할 수 있는 직장을 찾기를 강렬히 원하고 있다."

하지만 결과가 뜻대로 되지 않을 때도 있다 — "불안이라는 어두운 그림자가 떠돌이들의 머리 위에 드리워졌다. 사람들은 기를 쓰고 쇠사슬을 끊었으나 걸어갈 방법이 없었다. 어디서 잃어버린 '자아'를 찾아와야 하고 어느 항만에 접근해야 하는가? 침몰하지 않는 대륙은 어디에 있는가?" "떠돌이들은 어찌할 방법이 없는 탐구자들이다."[65] 이런 탐구가 막다른 길에 들어섰을 때 어떠한 일도 일어날 수 있었다. 주효양은 '떠돌이'들의 절망적 비극을 발표하지는 않았다. 그의 친구인 오문광(吳文光)(〈맹류중국〉에는 그가 '신강성이 놀기 좋다'고 해서 '떠돌아다닌' 사실이 씌여 있다)은 필치가 비범한 사실문학〈유랑북경(流浪北京)〉에서 1980년대 '떠돌이' 대학생의 감격적이고 눈물겨우며 슬프면서도 어쩔 수 없는 인생을 서술했다. 북경의 그 '아주 여유롭고 아주 자유로운 감정'을 위하

---

65) 朱曉陽, 〈盲流中國〉, 《中國作家》 1987년 제4기.

여, '자기가 좋아하는 일을 하기' 위하여, '대충 그럭저럭 살아가지' 않기 위하여, '다른 사람과는 완전히 차별화되기' 위하여, 그리고 예술과 자유를 위하여 그들은 '떠돌이'가 되는 것을 달가워했으며 아무 것도 없는 상황에서 기를 쓰고 분투하면서 운명과 내기를 했다.

그 결과 일부는 성공했고 일부는 실패했다. 실패자의 일부는 미쳤고 일부는 북경에 실망하여 외국으로 나갔다. '떠돌이'는 자유의 상징이다. 하지만 〈유랑북경〉은 처량한 의미로 가득 차 있다. 작품 전체의 주제는 '떠돌이' 주소양(朱小羊, 곧 주효양(朱曉陽)을 가리킨다. 〈유랑북경〉에서 주소양은 〈맹류중국〉의 작가라고 설명했다]의 격앙된 한마디 말로 온전히 드러났다 — "십 년 동안 칼 한 자루를 갈았는데 십 년 동안 인생도 망쳤다!"[66] 인구는 많고 경쟁은 치열하며 사회 모순이 너무나도 복잡한 나라에서 성공과 자유를 쟁취한다는 것은 얼마나 어려운 일인가! 망망한 인해(人海) 속에서 성공한 사람은 영원히 소수이다. 현실 세계에서 자유는 환상이다.

1988년에서 1990년 사이에 오문광은 자비로 드라마 〈유랑북경—최후의 몽상가〉를 촬영했다.

1992년 5월 24일, 《중국청년보》는 〈원명원 폐허 위의 예술마을(圓明園廢墟上的藝術村落)〉을 보도하여 처음으로 원명원 예술마을 유랑 예술가의 생활을 드러냈다. 1993년, 잡지 《종산(鍾山)》은 왕계방(汪繼芳)의 원명원 예술마을 현장 기록인 〈20세기 최후의 낭만(20世紀最後的浪漫)〉을 발표했다. 극도로 곤란하고 어려운 여건에서도 경건하게 예술, 성공, 술과 여인을 추구하는 그런 유랑 예술가들은 곧바로 사회가 주목하는 화제가 되었다. 전국 방방곡곡에서 온 예술가들은 철밥통과 따뜻한 집을 버리고, 심지어 '부자'가 되는 기회도 버리고 원명원의 폐허 위에 모여

---

66) 吳文光, 〈流浪北京〉, 《十月》 1994년 제2기.

창작에 몰두했다. 고흐는 그들의 우상이었고 자유는 그들의 이상이었다.

"우리는 무료하고 위험하고 난폭하고 멍청하다고 불릴지언정 다시는 기만당할 수 없다. 더 이상 낡은 방법으로 우리를 교육하려고 하지 마라. 어떠한 교조든지 만 개의 물음표를 달고 나서 부정되고 쓰레기 더미에 버려질 것이다." 화가 방력균(方力鈞)의 이 말은 반역적 정서로 가득 차 있다. 화가 진회동(陳淮東)의 하소연은 또 다른 느낌이다. "집에 있을 때 는 부모가 간섭하고 간부가 간섭해서 겉으로 보기에는 자유스럽지 못했 다. 지금 우리는 겉보기에는 자유롭다. 하지만 머릿속에는 말할 수 없는 고뇌가 있어 자유롭지 못하다. 먼저 돈이 없으니 자유롭지 못하고 사회 의 편견 또한 우리들에게 고뇌를 느끼게 한다." 어떤 화가는 예술마을에 서 나가버렸는데 적막함을 참지 못해서가 아니라 기아의 압박을 견뎌내 지 못해서였다.……낭만적 인생, 이는 거대한 대가를 치러야 했다.

자유를 위하여 방랑하는 것은 당대 중국 대륙 록 음악의 기본 테마 이다. 최건은 여러 차례 이 테마를 부르짖었다. 〈가진 것 하나도 없 네〉에서 그는 "나는 너에게 나의 목표를 주려고 한다 / 또 나의 자유 까지도 / ……오! 너는 언제 나를 따라가겠느냐"고 외쳤으나, 〈나감(出 走)〉에서는 "나는 팔짱을 끼고 오로지 앞으로 나아간다 / 나는 입을 벌리 고 오로지 큰 소리로 외친다"고 했다. 〈새 장정 길 위의 록(新長征路上 的搖滾)〉에서는 "머리를 파묻고 앞으로 나아간다 / 나 자신을 찾으러 / 걸어오고 / 걸어가며 / 근거지를 찾는다"고 외쳤으나, 〈빨리 내가 이 눈 덮인 땅에서 행패를 부리게 해다오(快讓我在這雪地上撒點野)〉에서는 "나는 상반신을 드러내고 나는 눈바람을 맞는다 / 도망쳐 나온 그 병원 의 길 위에서 달린다 / 나를 막지 마라 나는 옷도 필요 없다 / ……빨리 내가 이 눈 덮인 땅에서 야만을 제거하게 해다오."라고 했다. "자유, 이것 은 최건과 그의 록이 시작부터 힘껏 흠모하고 추구한 목표였다."[67) "최 건의 뒤를 이은 록 음악군은 조롱과 무심함으로 최건의 농후한 참여 의식과 정치 정서를 대체했지만"[68] 자유와 유랑이라는 주제는 여전히 변하지 않았다.

하용(何勇)은 〈머리 위의 혹(頭上的包)〉에서 "얼마나 생각했던가 / 나는 머리를 흐트러뜨리고라도 허리를 편 채 어디나 가고자 한다"며 부르짖었다. 왕용(王勇)은 〈왕생(往生)〉에서 이렇게 외쳤다― "행인은 멀리 가고 자정이 다가왔다 / 신선의 혼령만이 나와 같이할 뿐이다." 두유(竇唯)도 이런 기발한 생각을 했다― "굳어버린 여명을 지나 / 나의 비상하는 그림자는 사람들의 머리 위에서 떨어진다 / …… 머리 숙이니 인간 세상이요 / 머리 드니 하늘가라 / 눈을 감으면 천당이고 / 눈을 뜨면 황량하다."

이런 록 음악 스타들은 '눈꼴사나운 세상'을 위하여, 또는 '사상의 곤혹과 성의 억압'을 위하여, '생리적으로 쾌감을 느끼는 것을' 위하여, '좋은 음악'을 위하여 우후죽순처럼 나타났다. 1980년대 후반부터 1990년대 초반에 이르는 중국의 음악 분야, 심지어는 사회생활 속에서도 록 음악 열풍이 작렬하듯 일어났다. 그들은 자신감이 넘쳤고 열광적으로 록 음악 운동을 추진했다. 동시에 그들 가운데는 욕망에 빠져 절제하지 못하거나 심지어는 마약을 하는 타락자가 적지 않았다.[69] 자아를 높이 선양하고 자아를 실현하는 것과 방탕하게 행동하며 자살하는 것은 한 걸음 차이인 것 같다.

1986년의 '현대시 군체 대전'에는 무시무시한 자포자기의 심정을 엿볼 수 있는 시구와 선언이 쏟아졌다. "우리는 엉덩이를 세계로 향해 치켜들고"(묵묵, 〈함께 취하고 함께 깨어나다〉) "죽을 수 있으면 죽자"〔유만류

---

67) 趙健偉, 《崔健: 在一無所有中吶喊》, 北京師範大學出版社, 1992, 258쪽.

68) 栗憲廷, 〈當前中國藝術的'無聊感'—析玩世現實主義潮流〉, 《二十一世紀》 1992년 제9기.

69) 汪繼芳, 〈京城搖滾人〉, 《鐘山》 1993년 제4기.

(劉漫流), 〈죽을 수 있으면 죽자(可以死去就死去)〉] "너 자신을 차라"[여강(余剛), 〈가설은 없다(沒有假定性)〉] "총구를 자신에게 겨냥하라"[경불특(京不特), 〈조준(瞄準)〉] "진리는 바로 똥이다"(남작, 〈개똥철학을 논하다〉) "남자 하나를 찾아서 괴롭히자"[당아평, 〈흑색 돌(黑色石頭)〉] "시인은 탐험자, 편집광, 술주정뱅이, 망상병자, 현대 우화 제작자와 운명을 같이한다."[70] "한 톤의 쓰레기는 한 톤의 금보다 쓸모가 있다. 쓰레기는 더욱 직접적으로 세계와 사물의 참모습에 가깝기 때문이며, 화를 내고 울분을 털어놓고 짓밟는 데 유리하기 때문이다."[71] "자아 파괴로부터 대우주의 고요 속으로 들어갔다"[72]

시인들이 미친 듯이 마시고 늘 취해 있으며 욕망에 빠져 절제하지 못하고 되는 대로 교제하며 제멋대로 사는, 세상을 놀라게 하는 행위는 더 이상 뉴스가 될 수 없었다. 시신(詩神)은 이미 시인의 우상이 아니었고 알 수 없는 초조와 광적인 배설이 그것을 대신했다. 이런 초조와 배설은 진실한 것일지도 모르지만 거칠기 짝이 없었다. 이런 광기와 수음은 욕망의 증명이며 야수성과 멀지 않다. 고민을 참지 못하여 제멋대로 행동했으나 방종 속에서 자아를 구원했다고는 확신할 수 없다. 고민이 지나간 뒤는 방종이 남고 방종이 지나간 뒤에는 더욱 큰 공허감과 더욱 깊은 고민이 남았다. 이는 본디 생명의 정해진 이치이다. 위진남북조 시대의 문인들은 미치광이인 척하면서 화를 피했고, 지금의 시인들은 바로 광기 속에서 몰락과 타락의 쾌감을 체험했다. 이런 광기도 '자유'라고 부를 수 있을까?

절제하지 못하는 욕망이 시의 주제가 되고 저속함이 시의 격조가 되

---

70) 〈新傳統主義〉(宣言), 徐敬亞 · 孟浪 · 曹長春 · 呂貴品 編, 《中國現代主義詩群 大觀(1986～1988)》, 同濟大學出版社, 1988, 145쪽 참고.

71) 〈極端主義宣言〉, 위의 책, 152쪽 참고.

72) 〈野牛宣言〉, 위의 책, 273쪽 참고.

면 시의 명성도 크게 손상된다. 1986년은 새로운 시가의 열광적인 해였으나 '모더니즘 시의 대전'이 끝남에 따라 그것 또한 쇠퇴했다. 시인의 몰락과 시의 타락은 문학 청년들을 시에서 이탈하게 했다. '왕국진(汪國眞) 열풍'이 1990년에 나타난 것은 자연스러운 일이다. "왕국진의 시는 선을 권장하는 것이라고 말할 수 있다. 그것들은 예술의 심미적 가치를 가지고 있을 뿐만 아니라, 더욱 중요한 것은 사람들을 낙관적 진취로 이끌고 분발 향상하게 하는 사상적 매력을 가지고 있다."73)

그의 시는 시 분야 권위자에게 인정받지는 못했으나 문학 청년들 사이에는 아주 영향이 컸다. 왕국진의 시는 소박·우아하고 아름답기 때문이며, 더욱이 그의 인생관이 적극적이고 건강하기 때문이다. "생명을 헛되게 하지 마라!……당신이 평범하고 용렬하며 무능하다면 생명을 헛되이 하는 것이다. 당신이 비관적이고 절망적이며 타락한다면 생명을 더욱 헛되이 하는 것이다. 당신이 시간을 낭비하고 태만하며, 올바른 일에 종사하지 않고 빈둥거리며, 마음에 원망과 증오를 품고 쓸데없이 불평하는 것 모두가 생명을 헛되이 하는 것이다! 한 사람이 생명을 헛되게 하지 않으려면 반드시 무엇인가 할 일이 있어야 한다. 무엇을 한다는 것은 인생의 가장 높은 경지이다."74)

그래서 '생명을 사랑하자(熱愛生命)', '자기애(自愛)', '내일이 있기만 하다면(只要明天還在)', '당신의 행운을 기원한다(祝你好運)' 등은 그의 시 주제가 되었다. "인생, 원래 짧다 / 왜 아직도 괴로움을 키우는가"[〈당신이 즐겁지 않다면(假如你不够快樂)〉] "사람, 반드시 자신을 위대하게 만든다고 할 수 없다 / 하지만 꼭 될 수 있는 것은 / 자신을 숭고하게 만드는 것이다"[〈나는 보답을 바라지 않는다(我不期望回報)〉] "영원히 바뀌지 않

---

73) 彭俐, 〈詩壇王子汪國眞〉, 《汪國眞其人其詩》, 中國友誼出版公司, 1991, 23쪽 참고.

74) 彭俐, 위의 글, 34~35쪽 참고.

는 것은 / 언제나 사람들에게 부끄럽지 않은 / 진실함과 선량함이다"[〈영원한 마음(永恒的心)〉] "무엇이 결과가 되는지를 막론하고 / 언제나 따분함을 면하기 어렵다 / 유동하는 과정에는 / 영원한 즐거움이 있다"[〈하지만 나는 더욱 즐겁다(但是, 我更樂意)〉] "청춘이 아직 있다면 / 나는 쓸쓸해하지 않을 것이다 / 설사 어두운 밤이 모든 것을 삼킨다 하더라도 / 태양은 다시 새롭게 돌아올 것이다 / 생명이 아직 있다면 / 나는 쓸쓸해하지 않을 것이다 / 설사 망망한 사막에 빠진다 하더라도 / 아직 희망의 오아시스는 존재한다"[〈내일이 있기만 하다면〉] "기회, 자신에 의지하여 쟁취한다 / 운명, 자신에 의지하여 장악한다."[〈허락(許諾)〉]

이런 시구들은 낙관으로 가득 찬 정서를 띤 경쾌한 음악과도 같다. 왕국진의 시가 문학 청년들 사이에 유행한 것은 상당히 깊은 문화적 의미를 가지고 있다. 그것은 많은 시인·작가들이 모두 '세기말 정서'에 정복당하고 황당무계하고 냉담·저속하며 조롱하는 분위기에 포위되었을 때, 세상에는 아직도 정직하고 따스하면서 우아하고도 아름다운, 진실한 정토(淨土)가 있고 정원이 있음을 보여주었다. 황당무계·냉혹·저속·조롱은 어쩌면 심각하면서 더욱 현대적인 느낌이 풍부하고 또 인생의 더욱 핍진하고 냉혹한 참모습일지도 모른다. 하지만 앞서 말한 경지는, 여전히 천성적으로 아름다움을 사랑하고 선을 지향하는 사람들이 '세기말 정서'에 질식되는 액운을 면할 수 있게 했다. 다사다난한 20세기에도 선과 미의 '상아탑'을 쌓는 사람은 늘 있게 마련이다. 이 현상 또한 시대의 필요와 문화 정신을 표명했다.

'문화대혁명'이 지나가자마자 대만·홍콩의 유행가가 대륙을 휩쓴 것도 시대가 시의 의미를 필요로 하고 '상아탑'을 필요로 한 증거가 아니고 무엇인가?

1987년, 경박한 1986년이 막 지나간 때에 〈감정을 따라 가자(跟着感覺走)〉는 노래 한 곡이 삽시간에 유행하였다. "감정을 따라 가자. 꿈의 손

을 굳게 잡고, 발걸음은 갈수록 가벼워지고 갈수록 부드러워진다. 마음
은 바람처럼 자유로워 사랑은 어느 때라도 나를 붙잡는다."

1990년대 초, 동요하던 1989년이 가버리고 노래 〈자유롭게 나아가자
(瀟灑走一回)〉가 곳곳에 널리 퍼졌다. "천지는 유유자적하고 과객은 서
두르며 조수는 밀려오고 또 밀려간다. 사랑과 증오를 백발이 되도록 몇
사람이나 알 수 있을까? 세상은 번거롭고 정은 깊지만 만나고 헤어짐은
언제나 때가 있네. 반은 깨고 반은 취해서 꿈속에서나 당신을 따르리라.
나는 청춘으로 내일과 내기를 할 터이니 당신은 참마음으로 인생을 바
꾸라. 세월은 인간 세상에 근심과 슬픔이 얼마인지 모르는데 왜 자유롭
게 가지 않겠는가!"

이것은 많은 사람들이 살아가는 방법이다. 인생의 냉혹함을 몰라서가
아니며 인생의 허망함을 알지 못해서가 아니다. 그들은 고해(苦海)에 빠
질 생각은 없었고 차라리 절망 속에서 희망을 창조하는 것이 낫다고 여
겼다. 그 희망이 환상, 시원한 바람, 흐릿한 사랑, 따스하고 미묘한 체험
일지라도 말이다.

사상가는 영원히 고통스럽다. 로댕의 조각 〈생각하는 사람〉의 골똘히
사색하는 그 모습은 이에 대한 전형이다.

평민 백성들은 여러 가지 희로애락을 겪는 동안 오히려 활달한 마
음과 담담한 품격을 연마해 내어, 망망한 속세에서 스스로 그 낙을
찾아 즐기는 길을 개척해 냈다. 또는 난세에서 그럭저럭 목숨을 부지
하면서 '청산이 남아 있는데 땔나무 걱정을 하랴'는 정신으로 액운
의 무거운 타격을 감당했다. 또는 스스로 탁류에서 방주를 찾아 '풍
랑이 일든지 말든지 낚시 배에 온건히 앉아 있는' 태도로 번거로운
세상의 소란을 초탈했다.

이로써 사람들은 '문화대혁명'이 끝나고 나서, '노동자 · 농민 · 병사
와 서로 결합하고' '세계관을 개조해야 한다'는 구호가 이미 시대의 냉

대를 받았음에도, 왜 적지 않은 사상가들이 민중 속으로 들어갔으며, 민중의 삶을 통해 고민을 배척하고 절망에 대항하는 위대한 역량을 섭취했는가를 어렵지 않게 이해할 수 있다.

장승지는 천산의 깊은 곳으로 조금씩 들어가는, 황토고원 속으로 조금씩 들어가는 여정 속에서 인생의 기둥을 찾지 않았던가? 《만조(晩潮)》에서 보여준 "여러 번 오지 않겠는가?" 하는 태연함, 《아름다운 순간(美麗瞬間)》의 "인생에 이런 순간이 있다는 것은 쉽지 않은 것이다.……사람은 생활 속의 어려움을 기억해야 할 뿐만 아니라 체험한 아름다운 것을 기억해야 한다"고 한 깨달음, "대지는 하소연한 적이 없다. 그래서 전야(田野)는 고요하고, 이삭의 물결은 소리가 없고, 황혼은 침묵을 지킨다"고 노래한 《황혼 록(黃昏ROCK)》의 매력, 《응고된 화염(凝固火焰)》의 강인한 산맥에 대한 예찬, 또 《황금목장》의 "나도 더 이상 지식에 기만당하지 않겠다", "희망은 인간의 본질이다"란 선언, 이 모두는 장승지가 서북지방을 방랑하면서 얻은 수확이다.

이 혈기왕성한 대장부가 시대 변화의 타격을 견디고 세속화의 시대에서 이상적 순결을 지키며 '세기말 정서'의 차가운 안개 속에서 희망의 기치가 될 수 있었던 것은, 그의 개성이 특별했다는 것 말고도 서북지방의 그 암석처럼 강인하고 곧은 하층 민중들 속에서 조용하고 장엄한 감정 그리고 웅장하고 아름다운 체험을 얻었기 때문이다. 장승지의 의미는, 세속화의 대세가 작가들의 이상과 사명감을 말끔히 거두어 가는 시기에 이상은 정복할 수 없다는 참진리를 용감하게 증명했을 뿐만이 아니라, 자신의 인생 체험을 바탕으로 삼아 인민은 이상의 견실한 기둥이 되기에 충분하다는 것을 웅변적으로 증명했다는 데 있다.

장승지는 고독하지 않았다. 이항육은 갈천강(葛川江)의 늙은 어부에게서 거리낌 없고 소탈하며 낭만적인 순박한 영혼을 섭취했고, 아성은 폐휴지를 줍는 노인한테서 부드러움으로 강한 것을 극복하는 바둑의 도와 인생 이치를 깨달았으며, 정만융은 산골 사람들에게서 '생명의 뿌리'와 아울러 호방하고 너그럽고 낭만적인 순수한 영혼을 찾았다. 정의는 태항산(太行山)에서 불굴의 신념을 얻었다. 이 모든 것은 장승지의 마음과 통했다. 비록 이런 '심근파'들은 '심근 열풍'이 지나간 뒤, 여러 가지 원인으로 세속적으로 흘러가는 문단에서 물러났지만, 민간의 소탈한 생활방법에 대한 새로운 발견과 대대적인 선전은 결국 민중의 역량을 증명한 셈이었다.

보고문학 작가 맥천추(麥天樞)는 1989년 이후에 산서성의 외진 농촌으로 들어가 '위대한 문명이 생존하고 운행하는 사회 기초'를 고찰했다. 그 결과 "사회는 대량으로 자기의 심층적인 생활과 밀접한 관계가 있는 지식인을 배양해 내야만 그 정신의 원천에서 새롭게 이성적 작업을 시작할 수 있다"[75], "나는 존중하는 눈빛으로 여기 사람들의 행동거지와 희로애락을 관찰했다. 왜냐하면 나는 중국의 땅 위에서 다른 사회 계층은 모두 농촌 부자들의 정신적 의지에 기대어 근심 없이 편안하게 생활하고 있으며, 어떠한 사람이라도 정신적 단조로움을 벗어날 수 없다는 것을 알기 때문임"을 확인했다. 평범하고 진실하게 사는 그런 농민들로만 보지 마라 ─ "평소에 그들은 아무 소리도 하지 않고 눈부신 곳은 천하를 의논하는 극소수 사람들에게 남겨주지만, 사회 발전의 중요한 시기가 오면 자기들의 의지로써 천하를 도모한다.……"[76]

'국민성 개조' 대토론을 거치면서 작가들이 '국민의 저열한 근성'이라는 주제를 쓸 대로 다 쓴 뒤에도, '심근파'와 맥천추는 민중 속에서 정신적 지주를 찾았는데 이 현상은 의미심장하다. 나로드니키주의는 20세기 중국 문화의 중요한 사조였다. 이상주의자들은 모두 약속이나 한 듯이

---

75) 麥天樞, 〈仰望大地〉, 《山西文學》 1994년 제1기.
76) 麥天樞, 〈過年〉, 《中國作家》 1993년 제6기.

민중을 향해 나아갔고, 민중의 힘을 빌려 사회를 개조하는 꿈을 이루고
자 했으며, 민중으로부터 생존의 용기와 정신적 지주를 찾으려고 했다.
혁명전쟁 시기의 이상주의자들은 첫 번째 길을 선택했는데, 그들 눈에
비친 민중은 애증이 분명하고 부지런하고 용감하며 검소하여 존경할 만
한 군중이었다. '문화대혁명' 이후의 이상주의자들은 대다수가 두 번째
길을 선택했는데 그들은 민중에게서 건강한 정서와 자유로운 생활 방법
을 배웠다.

'신생대'가 개성 해방과 자유를 숭상하고 감정을 따라가며 정서가 고
정되지 않고 흔들리는 것은 원래 청춘의 진리이다. '지식청년'들이 새롭
게 민중을 향해 나아가고 전통문화로 나아가는 것이 처량하기는 해도,
어쨌든 사람들로 하여금 웅장하고 힘차며 넓고 큰 위대한 힘을 느끼게
했다.

또 다른 측면에서, 적극적이고 건강한 인생을 위한 '신생대'의 의기양
양함과 '지식청년'의 조용하고 침착함은 방법은 달라도 결과는 같았는
바, 모두 '세기말 정서'의 해독제가 되었다.

'자유 — 소쇄(瀟灑)'는 1980년대 후기 사회생활 가운데 가장 유행한
단어이다. 사전 《사해(辭海)》는 '소쇄(瀟灑)'를 "소탈하고 아무런 구속을
받지 않는다. 자유롭다"는 뜻으로 해석하고 있다. '자유'의 정서는 근대
화 과정에서 나타난 것으로 그 의의를 낮게 평가할 수 없다.

중국 사람은 줄곧 어렵게 살아왔다. 20세기 100년 가운데 전란이 49년
을 차지했다. 신중국이 성립된 뒤의 40여 년 동안 수많은 정치운동이 오
고 가면서 사람들을 시달리게 했고 30년을 그냥 흘려보냈다. 그리고
1970년대 말에 와서야 중국은 비로소 안정적인 신시기에 들어섰다. 수많
은 사람들의 꿈이 세기말에 와서야 비로소 현실로 바뀌기 시작했다! 때
문에 오랫동안 억압되었던 생명의 열정은 신시기에 들어 비로소 자유의
해방을 얻게 되었다.

자유— 조그마한 구속도 없는 정서는 바로 문화의 다원적 발전과 개성 자유의 절묘한 상징이 되었다. 어렵게 살고 고지식하게 살고 사소한 일에 얽매던 삶에서 벗어나 자유롭고 진실한 삶을 살게 된 것은 대단한 발전이다. '문화대혁명'과 같은 '적색 공포'가 하루아침에 붕괴되고 혁명의 가르침은 이미 뜬구름이 되었다. 아직도 구시대의 풍파를 겪은 늙은 이와 옛 풍습을 지키는 젊은이들이 적지 않고, 그들은 조그마한 변화라도 생기면 또 '좌'의 몽둥이를 크게 휘두르려고 한다. 하지만 그들이 이미 무대 뒤편으로 쫓겨났다는 것을 역사는 증명한다. 자유로운 생활방식과 자유로운 정서는 이미 막을 수 없는 시대적 대세가 되었다.

하지만 장기간 억압된 생명 열정의 석방은, 잠자고 있던 야수적 욕망을 일깨웠다. 수많은 사람들이 모든 문제를 '문화대혁명' 탓으로 돌리는 것은 인지상정이기는 하지만, 이 때문에 야수적으로 행동하고 몸을 제멋대로 굴리고 내키는 대로 일을 저지르는 비극을 불러왔다. 특히 방탕한 무리들이 '신은 죽었다', '타인은 지옥이다', '사람은 본래 악하다'는 현대 서양 사상(그것들 자체는 어느 정도 정확성과 심각성을 갖추고 있다)을 욕망 추구의 이론적 근거로 삼을 때, 이것은 대단히 두려운 일이다. 만약 사람이 죄를 짓는 이유가 교양 부족 때문이고, 본능적 충동에 따르기 때문이라고 한다면 죄를 지은 이후에는 철저하게 깨우치고 뼈저리게 뉘우칠 수 있다. 하지만 일정한 교육을 받은 사람들은 인생을 간파하고 있기에 의식적으로 온갖 나쁜 일을 저지르고 의식적으로 타락의 심연으로 나아가는데 이것이야말로 문명의 비애이자 인성의 비애이다.

'조금도 구속됨이 없다[毫無拘束]'는 것은 그야말로 사람이 따라잡을 수 없는 경지이다. 한 사람의 문화적 배경은 그 사람의 행위를 구속하고 있다. 풍속과 도덕은 사람의 의지를 구속하고, 법률의 권위는 사람의 욕망을 구속했다. 자유는 인류의 이상일 뿐이다. 그 사람이 자리 잡은 사회 관계가 그 사람의 운명을 결정히는데, 부자유는 절대적이고 자유는 상대적이다. 자유를 추구하는 사람들이 이 점을 소홀히 한다면 사회의 희생품이 될 가능성을 면하기 어렵다. 이런 비극은 생활 속에서 시시각각 대량으로 발생하고 있다.

세상에는 형형색색의 사람들이 있고, '자유'에 대한 천태만상의 이해가 있다. 일반적으로 '자유'에도 선악의 구분이 있는데, 천사에게 '자유'는 시정(詩情)이 충만한 것으로 건강과 향상의 상징이고 지자(智者)에게 '자유'는 기상이 넘치는 것으로 두려움 없음과 활달함의 증명이다. 하지만 욕망을 추구하는 사람들에게 '자유'는 도리어 악한 인성의 심연일 뿐이다. 절망에 빠진 사람들은 욕망을 추구하는 과정에서 광기의 격정을 체험하는 경우가 있다. 하지만 그 사람들 가운데서 심각하게 경거망동을 하는 사람은 영원히 소수이다. 사회의 운행과 역사의 전진을 지탱하는 사람들은 다수의 대중이다.

7) '왕삭(王朔) 현상' 비판

1980년대 말, 문단에 '왕삭 열풍'이 불었다.

왕삭은 1957년에 군 장교 가정에서 태어났다. 그 자신의 말을 빌리면 "처음부터 나는 뭇 사람보다 뛰어난 것이 아니었다."[77] 어려서부터 싸움도 하고 파출소에도 잡혀갔었다. 또 군에도 입대했는데 드러나는 스타일은 아니었다. 대학 입시에 도전했지만 실패했다. 장사도 했지만 성공하지 못했다. 궁지에 빠졌을 무렵, 소설을 쓴 것이 성공했다.

왕삭은 1978년에 첫 번째 소설을 발표하였으나 1986년에 이르러 중편소설 《반은 화염, 반은 해수(一半是火焰一半是海水)》를 발표한 뒤에야 비로소 문단의 주목을 받게 되었다. 이후로 그는 《고무인간》, 《고집쟁

---

77) 王朔 等, 《我是王朔》, 國際文化出版公司, 1992, 6쪽.

이(頑主)》,《진지함이라곤 조금도 없다(一點正經沒有)》,《노는 것이 좋다(玩的就是心跳)》,《절대 나를 사람으로 여기지 마라(千萬別把我當人)》 등을 잇달아 발표했다.

1988년 왕삭의 소설을 원작 삼아 만든 네 편의 영화 〈반은 화염, 반은 해수〉,〈고집쟁이〉,〈윤회(輪回)〉,〈크게 퍼뜨리다(大撒把)〉가 나와 '왕삭 열풍'을 고조시켰다. 1990년대 초 왕삭이 각본에 참여한 텔레비전 연속극 〈갈망(渴望)〉,〈편집부 이야기(編輯部的故事)〉,〈당신을 사랑하는 건 당연했다(愛你沒商量)〉가 일으킨 반응은 다시금 '왕삭 열풍'을 일으켰다. '왕삭 현상'은 1986~1992년 사이 중국 대륙 문단에서 가장 주목을 끄는 현상의 하나가 되었는바, 연구할 만한 가치가 크다.

문학적 성취라는 견지에서 보면 왕삭은 당대소설에 대해 자신만의 독특한 공헌을 했다. "그는 순수문학과 통속문학 사이의 중간 지대에서 자신만의 창작 루트를 개척했다. 그의 작품은 용맹하고 사납고 진솔하다." 그는 "소유욕을 추구하고 정처 없이 유랑하며 범죄를 시도하는 무직의 유랑 계층"[78]을 생생하게 그렸으며, 성공적으로 당대의 살아 있는 북경 방언을 소설 창작에 성공적으로 끌어들여 당대문단에서 '신 경파소설[新京味小說]'을 창조해냈다(일반적으로 이것을 두고 당대소설에 대한 왕삭의 독창적인 공헌이라고 한다).

하지만 '왕삭 열풍'의 의의는 이미 문학 측면을 훨씬 넘어섰다. 그가 모든 것을 조롱하는 어조로 인생, 정의, 전통, 숭고한 것을 저주하였을 때, 그가 인생에서 자신을 스스로 조롱하였을 때, 그는 시대 정서의 기치가 되었다. 이 기치에는 "절대 나를 사람으로 여기지 마라", "진지함이라곤 없다", "노는 것이 좋다"라고 씌어 있다. 경솔하고 초조한 시대에, 사람들은 너무 지치고 너무 억압을 받으면서 산다고 느끼는 시대에, 근대

---

78) 斯冬,〈他在通俗與純粹之間〉(王朔作品討論會綜述),《小說選刊》1987년 제4기.

화의 꿈이 아직은 요원한 시대에, 왕삭 식으로 세상을 얕보고 스스로를 비웃는 것은 무거움을 가볍게 만들고 고민을 유머러스하게 바꾸어놓는 효과를 가지고 있었다. 이것은 심리 조절 수법과도 비슷했다. '문화대혁명'의 광기를 겪고 그야말로 진지하고 남김 없이 쓴맛을 보았던 사람들은, 점차 코믹한 안목으로 세계를 보고 유머러스한 심경으로 인생을 조절하는 수완을 배웠다.

지식청년 문화 중에서 혁명 가곡을 '엽색 가요'로 바꾸는 시도, 시민 계층 사이에서 널리 유행한 정치적 농담, 새로운 속어 등은 이미 '문화대혁명' 후기에 현대 신화와 정치적 한의 정서를 해소하는 중요한 역량이 되었다. '문화대혁명'이 끝난 후 많은 작가들도 지혜로운 자의 눈으로 인생의 유머러스한 실정을 파헤치는 데 능숙하여, 오랫동안 정치에 시달렸던 문학에 활력을 불어넣었다.

예를 들면 왕몽같이 소년 볼셰비키의 마음을 깊이 간직한 작가는 온갖 풍상을 겪은 뒤의 기묘한 표현이 계속해서 이어지고, 기지 넘치고 익살스러운 특징으로 운치가 가득하고 진지한 문학의 길을 개척했다[《나비》와 같은 '반사문학(反思文學)'부터 《겨울의 화제(冬天的話題)》·《딱딱한 죽(堅硬的稀粥)》과 같은 '우언체(寓言體) 소설'에 이르기까지]. 또 예를 들면 유색랍(劉索拉)은 미국 블랙유머의 특징을 배워서 소설 《당신은 별다른 선택이 없다》를 써내 문단에 블랙유머의 붐을 일으켰다. 그리고 또 진촌(陳村)의 '장삼 시리즈(張三系列)', 진건공(陳建功)의 《녹로파 골목 9호》, 홍봉(洪峰)의 《장례(奔喪)》, 방방(方方)의 《흰 안개(白霧)》, 이효(李曉)의 《계속 훈련하다(繼續操練)》, 교유(李曉)의 《불량배들의 노래(孽障們的歌)》·《소장(少將)》, 가평요(賈平凹)의 《용권풍(龍卷風)》…… 이런 작품들은 '유머 열풍'이 대륙 당대문단에서 분위기를 형성하는데 중요한 구실을 했다. '왕삭 현상'의 출현은 그 전형적인 의미를 가지고 있는바, 조롱하고 스스로 비웃는 품격을 절정에 이르도록 했다. 뿐만 아니라 이로 말미암아 사람들에게 '불량배문학[痞子文學]'으로 인식됐다. 또한 통속성이 두드러졌기에, 세상을 깔보고 모든 것을 조롱하는 세기말 사람들의 구미에 더욱 맞았고, 사람들에게 더욱 잘 받아들여질 수 있었다. 학식이 풍부한 평론가부터 성정이 경솔한 대학생과 중고등학생, 인생의 사회 청년들에 이르기까지, 삽시간에 온 문단이 다투어 왕삭을 논하고 온 사회도 대대적으로 여기에 참여하기에 이르렀다.

비록 '왕삭 현상'을 비판하는 사람도 있었지만(1980년대 말, 이런 비판은 어느 정도 정치적 색채를 띠고 있었다) 이런 비판은 왕삭의 책이 크고 작은 골목의 난전과 서점에서 베스트셀러가 되는 것을 막지는 못했다. 왕삭은 '충격 효과를 상실한' 문단에서 크게 이름을 떨쳤는바, 그 영향은 유명한 순수문학 작가를 크게 앞섰다. 그래서 사람들을 감개무량하게 했다. 1980년대 초, '국민성 개조'라는 바른 기풍만이 문학을 이끌던 것으로부터 1980년대 말의 '노는 것이 좋다'는 불량 습성이 한동안 유행하기까지 사회 양상의 창상지변(滄桑之變)을 손꼽아보면 겨우 7, 8년에 지나지 않는가! 이런 변천은 심사숙고할 만하다.

문제는 왕삭이 명성과 실리 두 가지를 다 얻고 득의양양하면서 분별 없는 오만과 방자한 병적인 심리까지도 사회생활에 끌어들였다는 데 있다. 1993년 5월 22일 《문예보(文藝報)》는 요점만을 따서 〈왕삭의 불량배 창조 역사론(王朔的痞子創造歷史論)〉을 발표했다.[79] 그 가운데 왕삭이 도에 대해 논한 것이 있다. "개혁개방의 모든 동력은 불량배에게서 온다. 영업을 하고 장사를 하며 공장을 꾸리고 상점을 여는 불량배들의 광기가 사회 운행을 추진한다. 왜냐하면 중국의 경제는 그다지 완벽하지 못하기 때문이며 진정으로 성공하고 치부한 사람들은 모두가 불량배이기 때문이다."

---

79) 해당 글은 원래 홍콩 《鏡報》 1993년 제2기에 실렸던 것이다.

왕삭의 말은 중국 대륙이 근대화를 아직 실현하지 못한 원시 시기 현상을 진술하였는바, 스스로 그 이치에 이르는 것은 크게 비난할 것이 없지만 왕삭은 분명 기본적인 사실을 알지 못했다. 즉 서구 선진국이나 아시아의 네 마리 작은 용 할 것 없이 일단 경제 발전을 완성하면 역사의 조타수는 전문가들이 담당했다. 전문가 통치라는 현실은 중국 대륙의 정치, 경제생활에서도 이미 나타나지 않았는가? 역사적으로 보면 불량배는 전문가를 위해 길을 개척하는 구실을 하는 데 지나지 않는다. 이 점을 왕삭은 알지 못했을까, 아니면 알면서도 모르는 척 했을까? 잡지 《문예쟁명(文藝爭鳴)》 1993년 제1기에 발표한 〈왕삭의 자백(王朔自白)〉에서 '지식인에 관하여(關于知識分子)'란 단락은 아마 지금까지도 당대문단에서 유일하게, 불량배가 지식인을 훈계한 글일 것이다. 왕삭의 고견을 들어보자.

"현재 중국의 지식인들은 자기 위치를 제대로 찾지 못했다.……그들은 이미 존중을 받는 데 습관이 되었고 현재는 가진 것이 아무것도 없다. 체통이 서는 생활을 잃게 되자 사람도 따라서 옹졸해졌다." 이에 대해 그는 또 누구나 알고 있는 사실, 즉 육체노동과 정신노동의 역전이 가져온 지식인의 생존 위기와 인격의 값어치가 떨어진 비정상적인 현상을 진술했다. 하지만 다음 글은 왕삭의 웃음과 비애를 드러냈다.

내 작품의 주제는……바로 "비천한 자가 가장 총명하고 고귀한 자가 가장 미련하다"는 것이다. 왜냐하면 나는 어떤 대학도 다니지 못하였고 혁명의 기나긴 길에서 지식인의 천대를 받을 대로 받았고 이 울분을 삼키기 어렵다. 나처럼 이런 거친 사람은 줄곧 지식인이란 큰 산이 머리를 짓누르고 있다. 그 모든 기회를 이용하는 그들의 우월한 처지에 따라 전반적으로 사회의 가치 계통을 통제하고 그들의 가치관을 기준으로 삼는 것은, 우리와 같은 거친 사람들이 지탱하기엔 너무 힘들어, 오직 그들을 바꿔버려야만 비로소 우리가 팔자를 고치는 날이 오게 된다.

이 속에는 얼마나 많은 조소와 진실, 억압과 깨우침이 있는지 알 수 있다. 왕삭은 어쩌면 진실한지도 모른다. 하지만 이런 진실은 도리어 편협한 태도가 다분하여 가소롭기 짝이 없다. 원래 왕삭의 소설은 사람들에게 대범하다는 느낌을 줄 수 있었지만 그의 이 자백은 오히려 자신에게 비굴한 낙인을 찍어놓았다.

지식인에 대한 왕삭의 불만과 조롱에는 사회적 배경이 있다. '문화대혁명'이 지나간 후 지식인은 정치로부터 해방되었다. 하지만 많은 지식인은 여전히 역사와 현실이라는 두 가지의 무거운 압제 아래에서 머리를 들지 못했다. 역사의 공포스러운 기억은 그들이 감히 머리를 돌릴 수 없게 했다. 장현량의 소설 〈감옥의 밀어(土牢情話)〉는 구차한 지식인의 영혼을 고문하였고, 파금의 산문집 《수상록》은 "설마 내게 책임이 없는 것은 아니겠지! 설마 다른 사람들에게 책임이 없는 것은 아니겠지!"[80]라는 피눈물 어린 목소리를 냈으며, 왕몽의 《활동 변신 인형》과 방방의 《할아버지는 아버지의 마음속에 있다(祖父在父親心中)》는 노인 세대 지식인의 비극적 운명에 대해 반성했다(그렇다. 20세기를 돌아보면 5·4 시기 지식인들이 새로운 문화의 기원을 열어놓은 것 빼고는 지식인들이 언제 역사에서 항해사 노릇을 맡은 적이 있던가? 이 역할은 그들에게는 도의상 거절할 수 없는 사명이다).

다른 측면에서 문화의 모델 전환이 낳은 '육체노동과 정신노동의 역전', '문화 침체', '문화 사막', '문화인의 생존 위기'와 같은 지식인의 빈곤화 문제 또한 많은 사람들이 공포와 불안을 느끼고 불평을 늘어놓게 했다. 탕길부(湯吉夫)의 소설 《우리 학과에는 불평이 없다(本系無牢騷)》·《뉴스는 해마다 나온다(新聞年年有)》, 방방의 소설 《행운유수(行雲流水)》·《숨을 곳이 없다(無處遁逃)》, 이이(李洱)의 《지

---

80) 〈'探索集' 後記〉, 《隨想錄(合訂本)》, 三聯書店, 1987, 323쪽 참고.

도자는 죽었다(導師死了)》는 바로 이런 인생 풍경의 진지한 묘사이다. 지식인들은 어렵게 정치의 속박을 벗어난 뒤, 또 어쩔 수 없이 생활의 빈곤이라는 흙탕물 속에 빠져 들어갔다. 하지만 왕삭은 글을 써서 백만장자가 되었고 이로 인해 자만하고 우쭐해졌다. 왕삭 같은 불량배도 지식인에 대해 이러쿵저러쿵할 수 있으니 이는 지식인의 치욕일 뿐만 아니라 시대의 치욕이다.

'왕삭 현상'은 이렇게 세상을 얕보고 또 스스로를 조롱하고 욕망을 마음대로 풀어놓는 상징이 되었다. '왕삭 현상'은 '문화대혁명' 후기에 유행했던 신앙 위기의 악화를 상징하며 인문정신의 몰락을 상징한다. '왕삭 현상'의 주요 시장은 청년들이었다. 많은 청년들은 세속화의 대조류 속에서 방종, 저속, 조롱, 냉소를 시대적 풍조로 삼아 숭고한 자유를 무서운 방종으로 뒤바꿔놓았다. 사상해방과 개성 자유가 극단으로 치닫게 되자 욕망이 난무하는 무시무시함과 방자한 무리들의 가소로움이 드러났다.

1992년 이후 '왕삭 열풍'은 잦아들게 되었다. 1993년에 와서 상해의 평론가들이 그제야 인문정신을 새롭게 건설하기 위해 '왕삭 현상'을 비판하기 시작했다. 《상해문학》은 그 해 제6기에 왕효명 등이 나눈 대화록 〈광야의 폐허(曠野上的廢墟)〉를 발표했다. 그 가운데 이런 지적이 있다.

" '왕삭 현상'은……《유림외사(儒林外史)》와 그 이후의 견책소설(譴責小說), 아울러 1940년대 《포위된 도시(圍城)》를 포함한 이른바 풍자문학의 악성 반복이다"[서린(徐麟)]. "조롱하는 태도는 생존의 엄숙함과 냉혹함을 약화시켰다.……이는 단지 비하되고 무능한 생명의 표징으로 간주될 뿐이다."[장굉(張宏)] "이상주의와 비교하면 허무주의는 언제나 더욱 유력하게 보이는데 그것은 그 자체가 증명할 필요가 없기 때문이다.……그리고 이런 고급 아Q 식의 정신승리법 같은 효능 때문에 20세기 초 이래로 허무주의 정서는 중국에서 자꾸 발작하고 끊임없이 퍼져나간다. 주작인(周作人)의 허무주의는 비교적 심각한데, 오늘의 '모든 것을 조롱하는' 풍조는 훨씬 천박하여 더욱 퇴폐적인 무뢰한의 습성을 많이 가지고 있다. 허무주의도 예전 세대보다 못해졌다"(왕효명).

우려로 가득 찬 이런 비판은 또한 당대 지식인의 사명감과 인문정신의 영원함을 보여주었다!

2. '새로운 이성' 수호

1) '새로운 이성'이란 무엇인가?

'새로운 이성[新理性]'은 당대인의 정신적 지주 가운데 하나이다. 그렇다면 '새로운 이성'이란 무엇인가?

비록 이성은 "뜻이 매우 모호하고 외연 또한 아주 분명한 개념은 아니"[81]라고 하더라도 '문화대혁명'을 겪어온 사람들의 처지에서 볼 때 공통된 인식은, 이성이 당대 중국에서 갖는 의의는 "몽매와 미신을 반대하는 데 있으며"[82] 회의를 가지고 현실을 추궁하고 엄하게 비판으로써 이론을 검증하며 실사구시적 태도로써 미래를 지향하는데 있다는 것이었다. 그래서 대범하고 자유자재인 '새로운 감정'과 견주어보면 새로운 이성은 더욱더 학식에 힘입은 사상을 기초로 해야 한다. 아마 이것이 바로

---

81) 陳宣良, 《理性主義》, 四川人民出版社, 1988, 1쪽.
82) 위의 책, 4쪽.

'새로운 이성'을 따르는 것은 언제나 소수의 지식 엘리트이고, '새로운 감정'은 오히려 대중 속에서 더욱 유행하는 원인일지도 모른다.

그렇다면 '새로운 이성'은 어떻게 '새로운 감정'이 크게 일어나는 시대에 스스로 기치를 높이 들었는가? 이 문제에 대답하기 위해서는 우선 이성의 발전이라는 기나긴 역정을 돌아볼 필요가 있다.

우선 중국 사상의 발전사를 돌아보기로 하자. 유학은 줄곧 중국의 유명한 학설이었다. "예악이 무너진 시대"에 공자는 예교의 질서를 회복하기 위해 심혈을 기울여 인학(仁學)을 세웠다. 혈연의 바탕 위에 건립된 계급제도를 특징으로 하고 "극기복례(克己復禮)", "인자애인(仁者愛人)"을 목적으로 하는 이런 인문사상이 중국 문화 - 심리구조에 미친 영향은 아주 크다. 이택후는 그 전체적 특징을 '이성의 실천'이라고 했다.[83] 이에 대해 그는 진지하게 설명하고 있다.

　　이른바 '이성의 실천'이 먼저 가리키는 것은 '이성 정신' 또는 '이성 태도'이다.……신비한 열광이 아니라 냉정하고 현실적이고 합리적인 태도로써 사물과 전통을 해설하며 금욕 또는 육욕에 빠지는 식으로 감정 욕망을 억누르거나 방임하는 것이 아니라 이성으로 정욕을 인도 · 충족 · 절제하는 것이며, 다른 사람과 자기에 대한 허무주의나 이기주의가 아니라 인도와 인격의 추구 속에서 균형을 얻는 것이다.

　　이런 이성은 지나치게 현실 실천을 중시하는 특징을 가지고 있다. 즉 그것은 이론적으로 해결하기 어려운 철학 문제를 연구 · 토론하고 논쟁하는 것이 아닐 뿐만 아니라 이런 순수 사변의 추상을 진행할 필요가 없다고 여기는 것이다.……중요한 것은 현실 생활 속에서 어떻게 그것을 적절히 처리하는가이다. ……여기에는 고대 그리스의 태양신 정신과 디오니소스[酒神] 정신의 분열 · 대립과 충분한 발전(한층 더 발전한 사변 이성과 한층

---

83) 《李澤厚哲學美學文選》, 9쪽.

더 발전한 신비 관념)이 없고, 양자 통일이 이성의 실천 속에서 융합되는
것이다.[84]

이런 '이성 실천'의 치명상은 사변을 경시하여 비판정신이 결핍되는
데 있다. 그 결과 등급주의·전제주의의 도구가 되고 인도주의 학설은
오히려 반인도, 금욕주의의 교조로 전환되어, '대동세계(大同世界)'라는
유가의 꿈은 공중에서 가물가물하고 희미해지기에 이른다. 이 점은 공자
도 생각하지 못했을 것이다. 또한 유가가 왕충(王充)·이지(李贄)로부터
진독수·노신 등에 이르는 우수한 사상가들의 맹렬한 규탄을 받게 되는
과녁이 되게 했다. 유가정신이 20세기에 와서 또다시 몰락한 것은 그 심
각한 위기를 충분히 드러냈다.

서양 문화 사상의 끊임없는 충격 아래서 유가는 천수를 다하고 사라
지는 듯했으나 중국 대륙의 유가 전통이 거의 죽어갈 무렵에 대만의 '신
유가'는 오히려 당대의 유명한 학설이 되지 않았던가? 왜 싱가포르와 일
본에서는 유학 부흥의 열풍이 일어났는가? 유가의 "온화하고 어질며 공
손하고 검소하며 양보한다[溫良恭儉讓]"는 윤리관을 새롭게 제창하는
것에만 그친 것이 아니라 사람들의 이목을 사로잡는 유교자본주의 이론
이 나타난 이유는 무엇인가?[85] 무엇 때문에 근대화 과정에서 중국 사상
계도 새롭게 공자·유가를 제기하고 웅십력(熊十力), 양수명, 풍우란과

---

84) 〈孔子再評價〉, 위의 책, 20~22쪽.

85) 《參考消息》1993년 4월 5일자는 일본의 월간 《經理》1993년 3월호에 나카지
마 미네오(中島嶺雄)가 쓴 〈亞洲的繁榮與'儒教資本主義'〉란 글을 전재했다. 이
글에서 지적한 내용은 이렇다. "유교문화는 아시아의 경제력을 유지하고 있다."
"'유교자본주의'란 바로 '의(義)와 리(利)의 겸비'와 '부국' 양성이다." "유교의
의의와 유교문화는……노동과 생산, 매매와 교역의 윤리규범이다." "유교와 유
교문화는 직접적으로 경제의 발전을 가져오지 못한다.……하지만 경제가 발전
하기 시작한 사회에서 유교문화 전통을 가지고 있는 것이 경제와 사회 발전의
동력이 되었다."

같은 이들이 '신유가'에 관련된 화두를 제기하게 되었는가? — 이런 문화 현상은 마치 '이성의 실천'을 총체적 특징으로 하는 유가정신은 때가 지난 것이 아닐뿐더러 그것이 새로운 역사 조건 아래서 새로운 생명의 활력을 발산할 수도 있다고 말하는 것 같다.

중국 지식인의 '집단무의식'이라 할 유가문화 정신은 분명 당대 지식인의 인격을 세우는 데 큰 영향을 남길 것이다.

다시 서양의 이성 정신이 중국 당대 사상에 미친 거대한 영향을 살펴보기로 하자. 서양 열강의 튼튼한 배가 총포를 이용하여 중국의 굳게 닫힌 대문을 연 뒤로 서양 문화 사상도 잇달아 쏟아져 들어왔고, 그것은 제도 개혁으로 나라를 강하게 하려는 중국인들에게 새로운 시야를 열어 주었으며 새로운 사상적 무기를 제공하였다. 아편전쟁 이래 150여 년 동안의 중국 문화 사상사는, 기본적으로 서양 문화가 중국 사상 또는 사회 면모에 충격과 영향을 주었을 뿐 아니라 그것을 바꾼 역사라고 할 수 있다. 청나라 말기에서 중화민국 초기까지 서양의 여러 가지 문화 사상이 '받으면서 축적되었고[兼收并蓄]' 신중국 건립 전후에 이르러 공산당원들이 마르크스주의를 최고의 신앙으로 확립하였다. 개혁개방의 시대에 와서는 형형색색의 서양 문화 사상이 다시금 중국 사상계에 큰 영향을 주었다. 20세기 중국은 변화가 많았고, 사상 조류의 발전도 수많은 우여곡절을 겪었지만 기본적 형세는 서양 사상이 중국 문화에 충격을 준 것이다.

이렇게 큰 문화적 배경을 고려할 때 서양 사상이 본래 종교와 과학이 공존하고 이성과 비이성이 번갈아 등장하는 흐름을 지녔다고 하더라도, 배경이 다른 중국인들이 각기 다른 시기마다 흡수한 서양 사상 또한 확연하게 다른 경향성을 띤다는 것을 쉽게 알 수 있다(예를 들면 5·4 시기의 선택은 과학과 민주였고, 1920년대 이후에는 지식계가 크게 분화되어 어떤 이는 공산주의를 선택하였고 어떤 이는 무정부주의를 선택하였으며 또 어떤 이는 자유주의를 선택했다). 그러나 세기 초와 세기 말에 이성·계몽의 강력한 소리가 출현한 것은 서양의 이성주의 사상이 문화 모델 전환기의 중국에 지극히 중요한 의의를 가지고 있다는 것을 충분히 보여준 것이다.

5·4는 중국의 현대 지식인이 역사 무대에 등장한 시점이다. 5·4가 20세기 지식인에 미친 영향은 그처럼 깊은 것이어서 70~80년이 흐른 뒤에도 중국대륙·대만·홍콩 및 해외의 중국인 학자들이 여전히 5·4 문화 정신에 대해 해석하고 논쟁하기에 이르렀다. 이는 5·4가 이미 20세기의 가치가 되었고, 5·4 정신이 이미 20세기 인문정신의 상징이 되었으며, 그 주제는 바로 '과학과 민주' ― 전형적인 서양 이성주의 명제임을 충분히 보여주고 있다. 과학으로 몽매를 철저히 없애고 민주로 전제(專制)를 대체하는 것은 중국이 근대로 나아가는 데 반드시 거쳐야 할 길이다. '과학과 민주'는 20세기 사람들의 목표가 되었으며 20세기 지식 엘리트가 사회를 비판하고 정의를 추구하는 기준이 되었다.

중국 전통문화의 이성 실천, "씨족민주제에서 비롯한 인도 정신과 인격 이상, 현실을 중시하는 경세치용의 이성 태도, 낙관적이고 진취적이며 자기를 버리고 남을 위하는 실천 정신"[86]은 20세기 말에 와서도 여전히 세기말 정서의 해독제 구실을 하고 있다. 서양 문화의 '과학과 민주'는 20세기 말에 와서도 사명감으로 가득 찬 지식인들이 중국의 근대화를 위해 분투하도록 격려하고 있다.

인도주의적 마음, 과학주의적 두뇌, 이상주의적 정신은 그들 사이에도 조화하기 어려운 모순(예를 들면 인도주의의 목표는 선을 추구하는 것이고 과학주의는 진리를 추구하는 데 치중하여 진리와 선은 가끔 통일되기 어렵다)이 존재하지만, 그것들은 대체로 상호 보완하는 형태로 하나의 큰 깃발 아래 통일될 수 있는바 이 깃발에는 '새로운 이성'이란 큰 글자가 뚜렷하

---

86) 〈孔子再評價〉, 《李澤厚哲學美學文選》, 29쪽.

게 씌어져 있다.

'새로운 이성'이라고 하는 것은 전통적인 이성 실천과 완전히 별개의 것이 아니다. 또 인격 수양과 충실한 업무 태도만을 중시하는 것이 아니다. 또한 간단하게 서구화되거나 극단적으로 이성 실천을 부정하는 것도 아니다. 그것은 '문화대혁명'이라는 큰 재난을 겪은 뒤에도 여전히 불타오르는 햇불이며, 세기말 정서의 용해와 부식을 이겨낸 보물이다. 그것은 세기말의 지식 엘리트가 중국 근대화의 기나긴 과정을 진지하게 반성한 교훈이며, 동서 문화가 크게 충돌하고 융합하는 신시기에 새롭게 생존의 절정을 선택한 반석이다.

사람들이 모두 감정을 따라 가는 시대에 지식 엘리트는 '새로운 이성'을 선택했는데, 이 점은 중대한 문화적 의의를 지니고 있다. 그 의의는 근대화 과정에서 나타난 욕망이 난무하는 현상에 대해 뚜렷한 비판 의식을 유지했다는 점이다. 그것은 또한 사람들이 통속화·상품화의 대조류에 농락되어 이것저것 다 살필 수 없게 되고 영혼 분열의 분규에 휩쓸릴 때, 사회 진보를 위한 정치·경제·문화사업의 협조와 건강한 발전에 없어서는 안 될 역할을 했다. 이렇게 비판 의식과 건설 의식은 '새로운 이성'의 기본 정신이 되었다.

'감정을 따라가는 것'은 대다수 사람들의 궁극적인 선택이다. 따라서 이상할 것이 못 된다. 더욱이 '문화대혁명'이라는 인성을 전멸시킨 폭정이 끝난 뒤, 인성의 복귀 과정은 '새로운 감정'의 거센 앙양(昻揚)을 첫 번째 충격파로 맞이하게 된다. 그래서 또 사람들은, 이성은 무력하게 되었고, 세속화 대조류는 통제를 상실하였으며 지식 엘리트도 "입법자에서 해설자로 역할이 전환"되었다고 쉽게 착각한다.[87] 하지만 이 모든 공

---

87) 영국의 사회학자 보만(Z. Bauman)이 쓴 *Legislator and interpreters — On Modernity, Post-Modernity, Intellectuals*(Ithaca, N. Y.: Cornell University Press, 1987)라는 책이 있다. 이 책은 서양지식인이 현대의 입법자에서 해설자로 변하

포는 착각일 것이다.

20세기는 비이성이 크게 성행한 세기이고 일련의 대재난은 비이성이 유행하도록 적절한 분위기를 조성하였지만 이성이 종적을 감춘 것은 아니었다. 그렇다. 20세기에 이성주의는 전례 없는 도전에 직면하여, 전통적인 인문정신·과학이성은 강대한 도전 앞에서 현저히 수동적이었고 무력했다. 하지만 인류는 운명적으로 '감정만을 따라갈' 수 없었다. 고통, 방종, 울분을 털어놓는 것 — 이 모든 것은 사람들이 구원을 얻을 수 없게 했다. 방종의 뒤끝은 공허감이고 울분을 털어놓은 뒤끝은 피곤이었다. 감정은 가끔 사람을 기만하고, 사람들은 철저히 속은 뒤에 다시 이성으로 복귀하지 않을 수 없게 된다. 이것이 바로 이성이 운명적으로 근절되지 않는 원인이다.

또 다른 측면에서 보자면 역사적 풍운이 어떻게 변화하든지, 역사적 주제가 어떻게 변화하든지 언제나 지식 엘리트들은 세대를 이어가며 이성주의의 기치를 높이 들고 사회 진보를 위해 분투한다. 이것도 이성이 소멸되지 않는 원인이다. 비록 현대사회에서 루소 식의 '입법자'는 다시 나타날 것 같지는 않으나 니체 식의 '선각자'나 사르트르 식의 '사회 양심'은 대를 이을 사람이 적지 않을 것이다. 그들의 학설은 나라와 시대를 초월하여 전 세계에 광범위하게 유포될 것이다. 이런 의미에서 본다면 그들은 여전히 시대정신의 지도자 역할을 맡고 있는 것이 아닌가? 모든 시대는 정신적 지도자와 떨어질 수 없으며 정신적 지도자란 '입법자'와 비슷한 말이 아니고 무엇인가? 세상의 거대한 변화, 천태만상, 문화 테마, 사회 역할은 영원히 인류가 필요로 하는 것을 향하는데 전자는 정의·도리와 같은 것이고 후자는 사상가와 같은 것이다.

는 과정을 연구했다. 또 국가 권력과 지식인의 분리 그리고 상품성이 최고의 가치가 되었는데, 그것이 이런 변화의 역사적 원인이라는 점을 규명했다. 王寧, 〈知識分子: 從立法者到解釋者〉, 《讀書》 1992년 제12기 참고.

그래서 나는 이성은 인류가 영원히 필요로 하는 것임을 인정한다. 그것은 정의·도리의 원천이며 인류가 치명적인 재난을 면하게 하는 방책이다. 시대가 돌변하고 사회가 뒤바뀌는 시대에 그것은 격렬한 동요로 말미암아 당혹·환멸감에 한동안 시선이 가려지게 되지만 운명적으로 절대 근절되지 않는다.

이제 당대 '새로운 이성'의 맹아와 개화의 과정을 살펴보기로 하자.

2) '5·4' 정신의 회귀

'새로운 이성'은 '문화대혁명'의 광기 속에서 싹텄다. 수천수만의 선량한 사람들이 기만당하고 야심가들에 의해 광기의 회오리 속으로 끌려갈 때, 우라극·장지신 등은 우국우민의 양심과 확고한 이성에 의지하여 '문화대혁명'의 황당무계함을 간파했다. 하지만 그들의 논리는 아직 '과학과 민주'라는 주제에 접근하지 못한 듯하다.

그래서 〈공개하는 연애편지〉가 비로소 획기적인 문화 의의를 가지게 되었다. 지식 엘리트가 '문화대혁명' 속에서 진리를 탐색하는 여정을 충실하게 기록한 이 작품에 와서야 '과학과 민주'라는 주제는 시대의 소리를 냈다.

"비록 우리들이 폐쇄되고 억압되고 여러 가지 세력에 포위되었어도, 우리는 여전히 안간힘을 다해 눈을 크게 뜨고 세계의 동시대인들이 자연과학과 사회과학 영역에서 얻은 역사적 의미가 있는 발전을 관찰하고 발견할 것이다. 그 다음으로 우리는 인류가 몇 천 년 동안 쌓아온 지식·문명의 괴력과 능력을 계승하고 이용할 것이다. 이런 능력을 갖추지 않으면 우리는 끝내 약자가 될 것이고 멀리 나아갈 수 없다." "우리는 현실의 잔혹함을 두려워하지 않는다. 또 인심을 잃은 위대한 인물들의 칭찬을 바라지 않는다. 우리가 신뢰하는 것은 과학의 힘이기 때문이다." 거

의 전체 민족이 현대 미신에게 배신당할 때 소설 속의 이 몇몇 대학생들
은 과학에서 힘을 찾았다. 그들에게 과학을 깊이 연구하는 것은, 진리를
추구해야 하는 필요성만이 아니라 새로운 시대의 도래를 충분히 준비하
기 위해서이다.

"우리 세대에서 우리 시대에 손색없는 정치가, 사상가, 과학자와 예술
가가 나타날 것이다." 이 예언은 신시기 영재의 대두가 이미 증명하지
않았던가? 계속해서 읽어보자. "우리의 이상은 시민과 전사이다!" "진정
한 사람이라면 마땅히 자기의 이상, 자기의 생활, 자기의 길, 자기의 사
랑이 있어야 한다." "우리는 사랑을 존중하지 않는 이 현실 환경을 개조
하여 진리의 검을 잡는 전사가 되어야 한다." 과학을 사랑하지만 과학을
현실적 재난을 도피하는 상아탑으로 만들 뜻은 없으며, 지식이 사회를
개조하는 강대한 힘이 되도록 노력하고 뚜렷한 비판의식을 유지해야 한
다. 동시에 절망의 심연에 빠지지 않으며 숭고한 시민의식을 세우고 자
기의 운명과 조국의 미래를 긴밀히 연계시키기 위해 노력한다. 보라. 과
학의 두뇌와 시민정신은 이렇게 하나가 되고, "아는 것이 힘이다"라는
과학주의와 "먼저 천하의 근심을 걱정하고 후에 천하의 즐거움을 누린
다"는 인문정신은 이렇게 '새로운 이성'의 씨앗이 탄생하도록 다그쳤다.

'문화대혁명'이 끝난 뒤 '4인방'의 죄악을 청산하는 동시에 중화민족
은 다시 과학을 향해 진군하는 열풍을 일으켰다. 전국과학대회의 소집에
따라 지식인을 칭송하는 우수한 보고문학이 용솟음쳐 나왔다. 서지(徐
遲)의 《지질의 빛(地質之光)》·《골드바하 추측》·《생명의 나무는 늘
푸르다(生命之樹常綠)》, 황종영(黃宗英)의 《대안정(大雁情)》, 가암(柯岩)
의 《기이한 서간(奇異的書簡)》 등이 나왔다. '문화대혁명' 시기에 지식
인을 찬양한 유명한 필사본 《두 번째 악수(第二次握手)》는 출판되자마
자 베스트셀러가 되었다. 지식인을 노래한 소숙양의 유명한 희곡 〈단심
보(丹心譜)〉와 장편소설 《고토(故土)》는 세상에 나오자마자 선풍적인

반응을 일으켰다. 지식인은 무시당하고 모욕당하던 액운 속에서 울분을 참으면서 긴긴 세월을 지나왔고 1970년대 말에야 비로소 기를 펴게 되었다. 1977년 말, 대학입시제도가 복구되자 노동자·농민·병사만이 대학에 가는 시대는 끝났으며 청년 학생들이 대학교에 들어서게 되었다. 역사는 77학번 대학생이 시대의 총아로서 졸업 후에 바로 국가의 동량이 되었다는 것을 이미 증명했다.

이렇게 '지식을 존중하고 인재를 존중하는 것'이 신시기에 가장 유행하는 구호의 하나가 되었다. '지식인 정책'을 구체화하는 것 또한 오랫동안 구호가 되었다. '지식인은 노동자 계급의 일부'라는 구호는 실제 지식인의 지위를 영도 계급의 높이로 끌어올린 것이며, '네 가지 근대화의 관건은 과학기술의 근대화'라는 구호는 교육과 과학이 발전 전략의 중심이 되었음을 의미한다. 이렇게 해서 중화 민족은 문화를 괴멸시키던 큰 재난 속에서 되살아난 후 과학을 근대화의 돌파구로 선택했다. 학자 정학량(丁學良)은 서양 '정보 사회'의 기본 특징을 이렇게 소개했다.

"사회의 가장 중요한 문제는 이제 원료와 자금이 아니라 과학에 있다. 그리고 국가의 과학 능력을 그 사회의 잠재력과 역량의 결정적 요소가 되게 하는 것이다. 사회의 중심 직업은 이제 소농, 비숙련공, 반숙련공이 아니라 각 전문 지식과 기술에 종사하는 과학자이다. 사회는 그래서 교육에 일찍이 없던 중요성을 부여하고 구성원으로 하여금 여가 시간 대부분을 지식 계발과 갱신에 힘쓰도록 한다. 사회사상(社會思想) 방법론상의 특징은 이제 상식·인습·경험론이 아니라 추상 이론과 계통 분석에 따르며, 인류지식의 창조력으로 간단한 노동을 대체하여 가치를 창조한다. 사회는 과학 - 이론지식으로 통제 사회가 되고 변혁적 목적을 지도한다."[88]

---

88) 丁學良, 〈知識·知識分子在現代社會中的作用〉, 《讀書》 1983년 제11기.

여기서 강조해야 할 것은 과학주의가 사상해방·인문정신의 건설에 대한 결정적 의의를 지닌다는 것이다. 왜냐하면 사람들은 일반적으로 과학은 자연을 개조하고 사회를 개조하는 강대한 역량이라고 치우쳐 인식하기 때문이다. 그래서 의식적으로나 무의식적으로 과학정신이 전통 관념을 개조하고 인간의 영혼을 다시 주조한다는 거대한 문화적 의의를 소홀히 한다. 때문에 정학량은 그 글에서 특별히 사회과학의 역할을 언급하면서, 전면적이고 계통적인 개혁은 사회과학의 지도를 떠날 수 없다고 했다. 하지만 사실 사람들은 과학이란 이 어휘를 제기할 때 대다수가 그것을 자연과학으로만 이해한다. 이런 오해는 진정한 사회과학의 발달을 방해하였으며, 중국의 근대화를 위한 과정에서 불필요하게 힘든 길을 걸어야 하는 화근을 묻어놓았고, 또 인문정신이 세기말에 침체에 빠지는 위기를 불러왔다.

1970년대 말부터 1980년대 초에 이르러 과학의 테마는 두 가지 면에서 강화되었다. 하나는 과학 지식의 보급과 과학 방법의 확충이다. 수학자 왕재곤(王梓坤)의 '과학 방법 종횡담 시리즈'와 청년학자 왕통신(王通訊)·뇌정효(雷禎孝)의 '과학 방법 보급 시리즈'는 학문을 탐구하는 청년들 사이에 널리 전파되었고, 청년들을 위해 학문 탐구의 대문을 열어주었다. 다른 하나는 과학 방법, 과학철학, 과학사회학의 절실한 연구이며 깊이 있게 사상 계몽과 관념 변혁의 시대적 주제를 사고하는 것이다. 사상사 연구에 대해 말하면 이후의 흐름은 더욱 큰 역사적 의의를 가지고 있다. 바로 이 사조가 과학정신을(회의와 비판의 정신, 개척과 건설의 정신) 사람들의 마음속 깊이 침투시켰고 새로운 이성의 건설을 위해 든든한 기초를 닦아놓았다.

1981년, 문학가들이 한창 인성의 복귀를 외치고 철학자들이 진리 기준의 문제를 깊이 파고들어 연구·토론할 때, 과학철학자들은 다른 문을 열었다. 《백과지식》 편집부는 현대 과학기술의 발전과 마르크스주의 철학에 관한 토론회를 조직했다. 이 토론에서 나가창(羅嘉昌)은 현대 과학의 분석 방법으로 마르크스주의 철학의 정확화 문제를 제기하였으며, 아인슈타인이 말한 물리학에 따르면 어떤 개념이든지 선험적으로 정확한 점이 없다는 의견을 제시하였다. 아울러 그는 당대 서양 철학 주류의 영향을 소개했다.

그것은 "개념, 정의와 언어 서술의 모호함 때문에, 철학 추리와 변론의 논리 혼란으로 조성된 불필요한 오해와 쟁론을 피하게" 할 수 있을 뿐만 아니라 "철학의 현학화와 신학화(神學化)를 방지하고……일상생활과 철학 변론에 널리 퍼져 있는 순환논증, 동어반복, 동형의의, 이형동의 또는 등가법칙 등의 현상을 식별하는 데 도움이 될 수 있다"[89]는 것이다. 이 사상은 사상해방운동의 중요한 구성부분이다. 구인종도 "우리의 철학은 가끔 현대 자연과학과 어긋난다"는 문제를 제기하였으며, 폐쇄성과 주석성(注釋性)을 돌파하고, 마르크스주의 철학의 예견력을 제고할 것을 외쳤다. 뿐만 아니라 전통적인 결정론·반영론에 대한 현대 과학의 도전과 초월을 소개했다.[90]

위펑삼(魏宏森)은 시스템 이론·정보론·사이버네틱스에 힘입어 세계를 바꾸는 청사진을 제시하였고 과학자 사유방식의 새로운 사조를 소개했다.[91] 동시에 《자연변증법통신》과 《독서》도 전문가 좌담회를 열어 철학 및 사회과학에 대한 현대 과학기술의 도전을 마음껏 이야기했다. 회의에 참석한 전문가들은 수학, 자연과학, 철학, 사회과학의 상호 결합에 관한 인식의 일치를 보았다.

89) 羅嘉昌, 〈從現代科學看馬克思主義哲學的精確化問題〉, 《百科知識》 1981년 제11기.
90) 邱仁宗, 〈提高馬克思主義哲學的預見力 回答現代自然科學的挑戰〉, 《百科知識》 1981년 제9기.
91) 魏宏森, 〈系統論·信息論·控制論給科學提出了新課題〉, 《百科知識》 1981년 제9기.

이택후는 사회과학은 현대화되어야 한다고 하였고, 사회과학의 기본 개념이 매우 확실치 못하고 정확하지 못한 병폐를 분석철학으로 치료할 것을 주장했다.92)

허량영(許良英)은 과학의 발전이라는 측면에서 중대한 시대적 과제를 제기했다. "왜 사회주의 국가에서는 아직도 과학을 짓밟는 비극이 재연되고 있는가?" "근대화 실현을 위해서 왜 고도의 민주를 필요조건으로 삼아야 하는가?" 어떻게 "과학정신과 민주정신을 사람들의 마음에 깊이 침투시킬 것인가"?93)

김관도 · 유청봉도 1980년, 《귀양사범학보(貴陽師範學報)》에 〈중국 역사와 봉건사회의 구조: 초 안정 시스템(中國歷史與封建社會的結構: 一個超穩定系統)〉이란 글을[이 논문은 나중에 《흥성과 위기(興盛與危機)》란 책의 기본 틀이 되었다] 발표하였는데 시스템 이론으로 중국 역사를 연구한 유명한 성과이다. 김관도는 "시스템 이론 · 사이버네틱스는 역사 연구자의 도구가 될 수 있다"는 생각을 거듭 천명하였을 뿐만 아니라 역사에 대한 "전체 연구"로 전통적인 "단순 인과분석"과 "귀납법"을 뛰어넘었다.94)

동천상(童天湘)도 "사이버네틱스, 정보론, 시스템 이론으로 철학 문제를 다루어 연구 방식에 중대한 변혁을 일으킴으로써 철학 연구로 하여금 정량과 실험으로 나아가는 길을 열 것"95)을 주장했다. 동천상의 주장이 학술계 · 사상계에 미친 영향은 지극히 깊고 넓다. 그 주장은 학자들의 시야를 열어주었을 뿐만 아니라 그들이 직접 서양 현대 과학의 조류 속에서 지혜를 배워 훌륭한 성과를 거두게 했다. 1985년 문예이론 분야

---

92) 李澤厚, 〈社會科學要現代化〉, 《讀書》 1981년 제11기.
93) 許良英, 〈從科學史角度看〉, 《讀書》 1981년 제11기.
94) 金觀濤, 〈系統論 · 控制論可以成爲歷史硏究者的工具〉, 《讀書》 1981년 제11기.
95) 童天湘, 〈哲學也可以定量硏究與實驗硏究〉, 《讀書》 1981년 제11기.

의 "방법론 열풍"은 바로 "3론(三論)"(사이버네틱스, 정보론, 시스템 이론)으로부터 영양을 섭취하였고 문예 연구의 새로운 천지를 열어놓았다. 분석철학에 대한 철학계의 노력도 당대 철학의 면모를 바꾸었다.

1986년에 이르러 이택후는 비이성주의 사조의 소란 속에서 분석철학을 계속 제창하였으며, "우리가 긴박하게 필요로 하는 실용적이고 경험적인 이성을 과학적이고 엄격한 분석이성과 사변이성으로 변화시켜야 한다"고 했다. 왜냐하면 서양의 비이성은 "지나치게 발달한 이성(예를 들면 과학기술)에 대한 반항이기 때문이다. 하지만 우리가 현재 직면하고 있는 것은 중세기적인 비과학적 미신 맹종 같은 행위방식·사유방식에서 어떻게 벗어날 것인가 하는 것이고, 과학과 이성으로 그것들을 대체하는 것이다." 하물며 "서양에서 주도적 위치를 차지하는 것은 여전히 이성주의이다."[96] 비록 이렇게 해도 비이성주의의 만연을 막기는 어렵지만 그것은 청년 학자들에게 큰 영향을 주었다. 비판적인 안목으로 하나의 명제라도 자세히 살피고 중국의 사회과학이 사상의 속박을 벗어나 현대적 품격을 얻어 누리도록 노력하는 것은 학자들의 자각적인 목표가 되었다. 1980년대 청년 학자들의 대두는 전체적으로 중국 학술의 기풍을 바꾸었는데 이는 과학정신의 부흥과 관련이 있음이 분명하다.

하지만 과학이 전부는 아니다. 이 점도 학자들의 관심을 불러일으켰다. 이택후는 1981년에 이렇게 지적했다. "모든 철학이 수학과 자연과학의 방법을 응용할 수 있는지? 이 점을 나는 여전히 의심하고 있다. 철학 중에 과학적 철학이 있는데 이 부분은 가능하다. 하지만 철학의 이면에는 또 다른 일부가 포함되지 않았을까? 나는 철학을 과학에 시를 더한 것으로 본다. 철학 중의 일부는 어느 시대·사회·계급·사람들의 주관적이고 몽롱한 소원·정감·의향이자 요구이며 이런 것들은 확실히 시

---

96) 〈中國現在更需要理性〉(李澤厚答記者問), 《文藝報》 1987년 1월 3일.

에 접근해 있다.……실존주의 철학과 같은 것은 완전히 수학·자연과학으로 표시할 수 있는가? 이는 아직 연구가 필요하다. 아무튼 분석철학자들이 볼 때 실존주의 철학은 헛소리에 불과하다."[97]

그가 칸트를 연구하면서 '주체성 건립'이라는 사상을 제기하고, 인성의 복귀, 개체의 자유 선택이라는 사상 무기를 만든 이유는 과학의 한계에 대한 그의 인식과 관련이 있다. "인류 모든 개체 자아의 실천은 주동적으로 역사를 창조한 것으로 볼 수 있는데, 그 중에는 우연적 요소가 대량으로 존재한다. 이런 우연적 요소를 주의해서 연구해야만 개체로서 인간의 윤리학적 주체성을 강조하는 의미를 더욱 철저히 이해할 수 있게 된다."[98] 이택후가 분석철학을 주장하면서 실존주의에 주목하고 주체성 문제 연구에 주의를 돌린 것은, 그의 뛰어난 예지를 보여준 셈이다.

유청봉도《과학의 빛으로 자신을 비추어라(讓科學的光芒照亮自己)》의 서문에서 어느 서양 학자의 저서《미래와 충돌하다(和未來相撞)》를 인용, 다음과 같이 서술했다. "어떤 사람이든지, 즉 현대 과학자 가운데 가장 재능 있는 사람일지라도 과학이 우리를 어디로 끌고 갈지는 모른다." 따라서 20세기에 "환경오염과 핵무기는 과학이 반드시 자신에게 복지를 가져다준다는 사람들의 신앙을 동요시켰다.……과학기술이 일으킨 거대한 파도는 머리가 아찔하고 눈앞이 어질어질한 충격을 주었다."[99] 비이성주의가 20세기에 유행한 것은 이것과 관련이 있다. 그래서 위대한 아인슈타인은 이렇게 말했다.

" '이것이 무엇인가' 하는 지식은 '마땅히 무엇이다'에 직접적으로 통하는 대문을 열어주지 못한다. '이것이 무엇인가'에 관한 가장 명석하고 가장 완벽한 지식이 있을 수는 있다. 하지만 이로부터 우리 인류가 지향

---

97) 李澤厚, 〈社會科學要現代化〉, 《讀書》 1981년 제11기.

98) 〈康德哲學與建立主體性論綱〉, 《李澤厚哲學美學文選》, 160쪽 참고.

99) 劉青峰, 《讓科學的光芒照亮自己》, 四川人民出版社, 1983, 2~3쪽.

하는 목표가 마땅히 무엇이어야 하는가를 끌어내지 못한다. 객관적 지식은 우리가 어떤 목적에 이르기 위한 유력한 도구를 제공하였으나 최종 목표 자체와 그것에 닿으려는 갈망은 오히려 또 다른 원천에서 온다. ……따라서 우리는 여기서 우리 생활 속에 있는 순수이성적 생각의 극한과 마주치게 되었다."[100] 바로 이런 과학적 한계에 대한 뚜렷한 인식이야말로 아인슈타인의 사상을 넓고도 깊게 만들었다.

이렇게 해서 비로소 '정치체제 개혁'이라는 생각이 나타나게 되었고 비로소 "민주와 법제를 건전히 하자"는 외침이 나타났다. '문화대혁명'이라는 일대 동란이 민족의 영혼에 새겨놓은 거대한 상처는 민주와 법제를 건전히 하자는 역사적 명제가 갈수록 긴박감을 드러내게 했다. 역사적 비극을 깊이 반성하는 차원에서 당대 지식 엘리트들은 강한 사명감으로 중국의 정치 민주화를 추진하는 사업에 참여했다. 건전한 민주와 법제가 없으면 정치의 근대화가 없으며 근대화는 상상하기 힘들다.

지나치지 말아야 할 것은 중국의 사상가들이 민주라는 이상을 위해 분투할 때, 민족유신·사상계몽을 가장 중요한 임무로 강조했다는 것이다. 강유위의 《대동서(大同書)》는 '모든 사람은 평등하다[人人平等]'와 '유아독존을 금지한다[禁獨尊]'는 사상을 펼쳤다. 양계초의 《신민설(新民說)》은 '새로운 국가'는 반드시 '새로운 국민'에 우선한다는 것을 홍보하였고, 엄복은 '민지(民智)를 개발할 것'을 고취하였으며, 노신은 '국민성 개조'를 주장했다.

이택후도 근대사상사를 연구하면서 다음과 같은 주장을 밝혔다. "부르주아 계급의 민주 사조는 중국에서 뿌리를 내리지 못했다. 중국에서 깊이 뿌리를 내리고 있는 것은 봉건 통치 계급과 소생산자의 협소한 의식이다. 바로 이 양자가 결합하여 중국의 전진과 발전을 막는 거대한 사

---

100) 〈目標〉, 《愛因斯坦文集》第三卷, 商務印書館, 1979, 173~174쪽.

상적 장애를 낳았다."101) 때문에 "당장 반대해야 할 것은 여전히 봉건주
의여야 하며" "오늘날 더 이상 지도자의 의지와 절대 복종의 전쟁시대를
강조하지 않고 사회주의 민주가 앞당겨야 할 절박한 시대를 강조해야
한다. 개체의 권익과 요구를 중시하고 개성의 자유·독립·평등을 중시
하고 개체의 자동성(自動性)·창조성을 발휘하여, 그것이 더 이상 굴종
하는 도구와 수동적인 나사못이 되지 않게 해야 한다. 이 방면에서 전통
의 강력한 나태성을 철저하게 해소해야 하는데, 지금이 근대의 어느 시
기보다도 중요하다.……중국의 전통에는 적극적이고 진취적인 개체주
의가 부족한데, 예를 들면 모든 것을 개체 자신의 독립 분투나 모험정신
에 의지하는 것 등이다. 민주 문제도 마찬가지이다. 중국의 전통적 민주
는 '백성을 위하는 것'이 중심이지, 백성이 중심인 것은 아니다. 즉 훌륭
한 관리나 황제가 백성을 귀하게 여기는 것이지, 백성 자체가 고귀한 것
이 아니었다."102) 이택후의 이 말은 신시기 계몽사조를 설명하는 경전이
라 할 만하다. '문화대혁명' 후기부터 꿈틀거린 사상해방의 조류, 신시기
개성해방 대조류에 이르는 주제는 바로 개성과 민주사상의 몽매를 계발
하는 것이 아닌가?

1987년에 이르러 21세기를 전망하는 사고가 나타나면서 청년 학자들
은 인간 소질 향상 문제를 깊이 고민했다. 왕소강(王小强)은 "개혁의 최
대 어려움은 우리 자신에게서 온다"고 하였으며, 온원개(溫元凱)는 "전
민족의 관념을 근대화하는 것이 지극히 중요하다"고 하였다.

왕윤생(王潤生)은 '윤리 문화의 재건'을 희망했다. "나는 우리가 '선한
것으로 참[眞]을 상하게 하는' 전통을 내던지고 모든 가치와 이상을 '도

---

101) 李澤厚, 〈二十世紀初資産階級革命派思想論綱〉, 《中國近代思想史論》, 人民
出版社, 1979, 311쪽 참고.
102) 李澤厚, 〈啓蒙與救亡的雙重變奏〉, 《中國現代思想史論》, 東方出版社, 1987,
44~45쪽 참고.

구적 이성'과 실증 분석이라는 검사대 위에서 새롭게 반성할 것을 바란다. 또 전 사회가 '공평함을 중시하고 효율과 자유를 경시'하는 가치의 해로움을 똑똑히 알기를 바란다. 또 '효율에 치중하고 자유와 공평을 같이 살피는 것'을 가장 심층적인 저울추로 삼기를 바란다. 또 우리들이 사회 본위주의의 폐단을 새롭게 살피고 개인의 합법적인 권리와 자유를 존중하기를 바란다. 아울러 '고개 드는 새가 총을 맞는다'는 사회 분위기를 바꾸고, 우리의 사회가 영원히 진취적인 강자만을 위해 풍성한 선물을 준비하기를 바란다. 또 '대중을 진리로 삼고, 권위를 진리로 삼는' 도덕 선택 방식을 버리고 개인의 이성 정신을 바탕으로 하는 개방적인 도덕 선택 방식을 숭배하기를 바란다. 그리고 '친하고 소원함에는 차이가 있고 멀고 가까움에도 차이가 있다'는 도덕 상대주의의 괴상한 굴레에서 나와 자유·평등·박애를 내용으로 하는 인도주의 정신을 대대적으로 선양할 것을 바란다."

왕호영(王滬寧)은 "민주 정치는……적어도 네 개의 측면을 포함하여야 한다. 즉 정치이론의 민주화, 정치체제의 민주화, 정치 문화의 민주화와 주체정신의 민주화를 포함해야 한다. 여러 가지 민주 가운데 주체정신의 민주화는 가장 중요한 것이다"고 강조했다.[103] 이런 사고의 발판도 모두 사상 계몽, 관념 변혁, 인간의 근대화 위에 있다.

때문에 신시기 문학을 관통하는 기본 주제가 왜 '국민성 개조[改造國民性]'인가를 이해하기는 어렵지 않다. 1985년 청년 평론가 황자평·진평원·전리군은 〈'20세기 중국 문학'을 논함(論'二十世紀中國文學')〉이란 글에서 20세기 중국 문학의 기본 특징을 다음처럼 말했다. "문학이 자각적으로 '계몽'의 임무를 짊어졌고", " '정신에 관여하는 것'을 통해 '생활에 관여하는 것'이 문학의 자각적인 사명감이 되어……20세기 중

---

103) 王潤生, 〈今後13年: 1987~2000〉, 《中國靑年》 1987년 제1기.

국 문학은 국민의 정신을 개조하는 것을 큰 화두로 삼았다. 이로 인해 사상성은 줄곧 문학에 대한 가장 중요한 요구가 되었다."104)

상흔 - 반사문학들 가운데 나오는 아Q의 자손처럼 보이는 캐릭터들[고효성의 〈진환생이 시내로 들어가다〉에 나오는 진환생, 한소공의 《메아리》에 나오는 근만(根滿), 장복의 《물거품》에 나오는 "물거품", 진건공의 《녹로파 골목 9호》에 나오는 한덕래(韓德來), 오약증의 《비취 곰방대》에 나오는 채사야(蔡四爺), 고화(古華)의 《부용진(芙蓉鎭)》에 나오는 왕추사(王秋赦) 등]에서 파금의 《수상록》에 등장하는 "나는 분명히 10년 동안 노예였다!"105)는 통절한 반성까지, 유심무의 유명한 단편소설 〈담임선생님〉에서 "아이들을 구하라"는 외침부터 자유 · 낭만적인 영혼 · 국민 영혼에 대한 심근 문학의 추적에 이르기까지, 그리고 1986년에 와서 경솔한 조류가 지나간 다음 문학계는 다시 '계몽정신'과 '사명감'이라는 화두를 제기했다. 아울러 '사회 문제 보고문학'이 새롭게 출현하여 '문학이 사회를 뒤흔드는 힘을 잃었다'는 실망스러운 목소리들을 잠재우고, 1980년대 후반 문학사에 가장 찬란한 한 페이지를 기록했다. 1990년대 초에 와서 '왕삭 현상'이 세상을 놀라게 하고 '세기말 정서'가 절정에 닿았을 때, 상해의 평론가들은 인문정신을 예리한 무기로 삼아 인문정신의 사망이라는 비극을 비판했다. 이 모든 현상을 관통한 것은 계몽의 사명감이 아니란 말인가?

그렇다. 세속화가 널리 퍼짐에 따라, 시대 풍운의 변환에 따라 1980년대 말의 작가들의 인생관과 문학관에 큰 변화가 생겼다. 유심무는 "원래 사상 맥락의 파멸은 애석해할 것이 못 된다", "나는 모든 사람을 대변할 수 없다", "내 자신을 위해 기뻐하고 또 스스로를 비웃기를 좋아한다"고 솔직하게 말했다.106) 《화원가 5호(花園街五號)》의 작가 이국문(李國文)

---

104) 《文學評論》 1985년 제5기.
105) 巴金, 〈十年一夢〉, 《隨想錄(合訂本)》, 377쪽.
106) 〈劉心武的規箴〉, 《報刊文摘》 1993년 6월 10일.

도 '참여하는 문학'에서 "문학은 시기적절한 수공예로서 동시대인에게 식사 후 차 마시는 것 같은 여가를 주는 것이다"[107]라는 '한가로운 문학'으로 방향을 바꾸었다. 비록 무정한 현실은 이상주의의 격정을 품은 작가들을 핍박하여 사명감과 헤어지게 하고 대범한 인생, 냉소적인 심경으로 나아가게 했지만, 마침내 인문정신의 후계자들은 양지(良知)와 지혜, 그리고 비범한 의지로써 이상주의의 진지를 지켜냈다. 《상해문학》이 1993년에 내놓은 몇 개의 대화록 외에, 잡지 《독서》가 1994년에 내놓은 〈인문정신 사색 기록(人文精神尋思錄)〉도 사명감이 사라지지 않고 계몽정신은 소멸되지 않는다는 유력한 증거다.

장여륜(張汝倫)은 다음과 같이 도를 논했다. "금세기에 들어선 후 도구적 이성이 넘쳐나고 소비주의가 한창 떠들썩하여, 인문학 역시 사람들에게 근심 없는 생활을 열어주는 궁극적 역할을 상실하였으며, 스스로 실용화의 압력에 대처하지 않을 수 없게 되었다." 이는 세계적인 문제이다. 하지만 인문정신의 지탱이 없다면 앞으로 "인간의 도리가 사라질 것이며 정의와 시시비비가 사라질 것이며 진정한 의미의 인류 사회가 사라지게 된다." 진사화(陳思和)는 "5 · 4 전통이 우리에게 남겨준 것은 사명감과 정의감이다. 하지만 이는 단지 지식인의 행위 준칙일 뿐이어서, 우리는 여전히 지식인 자신의 것, 즉 지식 전통과 인문 전통을 포함한 우리의 것이 있어야 한다"고 강조했다. 왕효명은 역사적 교훈에 비춰 "당신은 개인의 현실 체험에서 출발하여 궁극적 가치를 추적할 수 있고", "당신이 추적할 수 있는 것은 이 가치에 대한 상세한 해석일 뿐, 그것은 절대로 궁극적 가치 자체와 동등한 것이 아니며", "당신은 개인적 신분으로 추적할 뿐이고 누구라도 이 추적권과 해석권을 독점할 수 없다"고 했다. 주학근(朱學勤)도 인문학자와 기술형 지식인의 차이를 다시

---

107) 韓小蕙, 〈李國文: 悟出一己的文學主張〉, 《作家報》 1993년 4월 17일에서 재인용.

밝혔으며, 인문학자가 기술형 지식인과 다른 근본적인 점은 바로 사회에 대한 관심에 있다고 했다.[108]

세속화의 대조류가 끊임없이 출렁이는 시대에 여전히 인문정신의 진지를 굳게 지키며, 안 될 것을 알면서도 하고야 마는 용기로 인문정신의 명맥을 유지하고 정의와 도리의 명맥을 유지하는—바로 이런 지식 엘리트들이 세기말의 차가운 안개 속에서 눈부신 페이지를 쓴 것이다! 이 현상은 100여 년의 풍상을 겪고, '강철 같은 어깨로 도의를 짊어지는 것'부터 '노동자·농민·병사와의 상호 결합'까지, 또 '자아비판'까지, 다시 '사명감'까지 이르는 이 기나긴 고난의 여정을 지난 뒤에야 5·4 정신이 다시 당대 사상가의 기치가 되었음을 보여주고 있다. 1980년대 초의 '국민성 개조'부터 1990년대 초의 '인문정신 재건'에 이르는 시기는 역사의 의도를 드러내주었다. 근대화의 꿈이 완성되지 않았지만 이성주의의 기치, 과학과 민주의 기치가 반드시 중국의 상공에서 높이 휘날릴 것이다!

5·4 정신은 바른 기풍으로 자리 잡아 전체 근대화 과정에서 지식 엘리트들이 그치지 않고 노력하도록 격려할 것이다. 또 역사운동으로서 5·4는 모든 역사운동과 마찬가지로 소홀히 할 수 없는 한계성을 지닌다는 것이다. 역사의 풍운을 꿰뚫고 5·4의 득실을 반성하는 것은 20세기 말 중국 사상계의 중요한 화두가 되었다.

1960년대, 대만 학계에서도 경제 발전 과정에서 격렬한 문화 논쟁이 일어났다. 이 논쟁은 동서 문화가 충돌한 것으로서, '5·4의 비판' 및 '5·4를 비판하는 것'이 큰 화제였다.

김요기(金耀基) 선생은 〈세계 문화의 부상(世界文化的浮現)〉이란 글에서 5·4의 교훈을 반성하였으며, '전반서화(全盤西化)'를 요구한 5·4 청

---

108) 張汝倫 等, 〈人文精神尋思錄〉, 《讀書》 1994년 제3기.

년들의 광기에 대해 냉정한 비판을 하였고, 극단적인 '외국 숭모[外慕, 즉 숭양(崇洋)]' 정서는 " '이치(理)'가 아니라 '기세(勢)'이며, 기세가 이 치를 가린 것"[109]이라고 했다. 또 세계화라는 인류 문화의 대조류 속에 서 "서양의 과학·민주·대량의 기술문명은 앞으로 중국에서 충분히 발전을 하고 뿌리를 내려서 중국 문화의 일부가 될 것이다. 중국의 인문 사상, 인생 철학 및 감당할 줄도 포기할 줄도 아는 생활 정서, 자연과 융 합하는 한가한 철학, 중국 회화, 중국 건축 등은 서양 문화 속으로 침투 되어 갈 것이다"[110]라고 말했다.

임육생(林毓生)도 1979년에 출판한 《중국 의식의 위기(中國意識的危 機)》라는 저서에서 5·4가 전반적으로 전통을 부정한 잘못을 반성했다. 그는 '전반서화'와 '전반적인 반전통(反傳統)' 그 자체는 바로 중국 전통 사상 방식의 또다른 표현이고, "그것은 신해혁명 이후 정치와 사회의 압 력 아래서, 중국 전통사상이 근본이라고 여기는 일원론적 사상 모델이 변화·발전한 것이다"[111]라고 했다. 바로 이런 사고를 바탕으로 하여 그 는 "중국 전통의 창조적 전화(轉化)"라는 유명한 명제를 내놓았다. 그의 저작은 1980년대 말의 중국 사상계에 깊은 영향을 주었다. 전통의 창조 적 전화는 청년 학자들이 자주 인용하는 명제가 되었다.

대만 학자들의 뒤를 이어 대륙 학자들도 5·4를 반성하는 시대적 과 제에 관심을 두기 시작했다. 이택후는 그 유명한 〈계몽과 구망(救亡)의 이중 변주〉라는 글에서 이렇게 말했다. "5·4와 같은 그런 격렬한 비판 과 전반적 서구화를 되풀이한다고 해서 문제가 해결될 수 있는가? 우리 는 오늘날 확실히 5·4를 계승해야 하지만 5·4를 반복하거나 혹은 5· 4 수준에서 머물 수는 없다. 전통에 대한 태도도 마찬가지이다. 5·4처

---

109) 金耀基, 《從傳統到現代》, 廣州文化出版社, 1989, 161, 181~182쪽.
110) 위와 같음.
111) 林毓生, 《中國傳統的創造性轉化》, 三聯書店, 1988, 156쪽.

럼 전통을 버릴 것이 아니라 전통으로 하여금 전환적 창조가 되게 해야
한다." 그는 당대에는 "적어도 두 개 측면의 전환적 창조가 있는데 한
측면은 사회체제의 구조적 측면이고", "두 번째 측면은 문화심리의 구조
적 측면이다"112)라고 했다. 다시 말하면 근대화 과정에서 전통을 개조해
야 할 뿐만 아니라 또 "반드시 전통을 계승해야 한다"113)는 것이다(이택
후는 특히 윤리주의 가운데 좋은 전통은 흡수할 것을 강조했다).

　1989년, 5·4 운동 70주년을 맞이하여 대륙의 사상계·학계는 새롭게
5·4를 평가하기 시작했다. 일부 학자는 5·4 전통의 과오 측면을 검토
했다. 예를 들면 감양(甘陽)은 이렇게 말했다. "근 100년 동안 중국 지식
인의 최대 교훈은 이것에 있을지도 모른다 — 지식인들은 늘 사회·민
족·인민·국가를 첫손에 꼽았지만, 지금까지 떳떳하게 '개인의 자유'
를 제1의 원칙으로 제기한 적이 없다." "이른바 '개인의 자유'를 첫 번째
원칙으로 한다는 것은 그것을 사회적 인간의 최고 원칙으로 삼아야 한
다는 뜻이 아니다. 그것은 최저의 원칙이다. 즉 최저 한도의 요구이고 가
장 기본적인 조건이다. '개인의 자유'를 보장한다고 해서 모든 것이 생긴
다고는 할 수 없다. 하지만 '개인의 자유'를 박탈하면 모든 것이 괴멸된
다. 이는 나치 독일과 문화대혁명 때의 중국이 그 좋은 본보기이다." 때
문에 "5·4 시대에 '민주'와 '과학'이라는 두 개 구호를 내세운 것은 문
제의 근본을 진정으로 파악한 것이 아니다. '개인의 자유'라는 이 첫 번
째 원칙을 우선하지 않고 무슨 과학을 논하고 무슨 민주를 논한단 말인
가? 우리는 '개인의 자유'가 없는 바탕 위에서 '민주'는 이른바 관료조직
에 지나지 않으며, '개인의 자유'가 없는 '과학'도 이른바 기술관료를 만
들어낼 수 있을 뿐"이라는 것을 마땅히 인식해야 한다.114)

---

112) 李澤厚, 《中國現代思想史論》, 42, 44, 46쪽.

113) 위의 책, 47쪽.

114) 甘陽, 〈自由的理念: 五四傳統之闕失面〉, 《讀書》 1989년 제5기.

전리군도 〈5·4 시기 '인간의 각성' 시론〉에서 이렇게 주장했다. "의심할 바 없이 5·4 시대의 가장 강한 소리는 '나는 나 자신이다. 누구도 나의 권리에 간섭하지 못한다'는 것으로, 이는 완벽하게 자각한 개성 의식과 주체 의식이다. 이론적으로, 5·4 시기에 나온 주체적 개성 자유의식의 또다른 표현은 바로 호적·주작인이 제기한 '개인 본위주의'이다." 이 이론은 "'삼강오륜'이라는 봉건적 윤리관을 부정하였을 뿐만 아니라 신해혁명 시기에 나온, '자신을 굽히는 것으로 뭇 사람에게 이익을 주는' 윤리관과 다르다. 바로 여기에서 5·4 신문화운동의 철저한 반봉건성이 드러났다."[115]

5·4 운동의 한계에 대한 감양의 연구와 5·4 정신에 대한 전리군의 재해석은 그 성격 면에서 강력한 힘을 가지고 있다. 그들의 생각은 신시기 사상해방과 개성 홍보 사조의 연속과 심화이다. 5·4 선구자들이 개성을 크게 홍보하는 동시에 수성(獸性)이 방자하게 됨을 경계한 전리군의 언급("5·4 시기의 개성주의는 서로를 연결하기도 하고 구속하기도 했다. 자유로운 자아 발전을 요구하면서도 자아 통제와 자아 책임을 요구하는 것이다."[116])은 욕망의 난무에 대한 인문학자의 경계심을 나타낸다.

또 다른 무리의 학자들은 5·4 선구자들이 남겨놓은 미완의 사업인 '5·4 정신'을 계속 고취했다. 조일범(趙一凡)은 5·4 선구자들이 남겨놓은 거대한 교훈에 대해 "시시각각 눈을 들어 세계를 보며 새로운 사상을 흡수하고 지식 갱신의 법칙을 생명선으로 여겨야 하고, 5·4 사상 및 혁명 전통의 제도화를 지식계의 습관으로 삼아야 한다", "5·4 이래 중국 지식인과 유학생은 70년 동안 애써 추구하는 바와 당혹함을 두루 겪었는데, 자신도 모르게 자신을 초월하거나 내버리기 어려운 특별한 전통

115) 錢理群, 〈試論五四時期 '人的覺醒'〉, 《文學評論》 1989년 제3기.
116) 위와 같음.

이 길러진 듯하다. '운명'이라고 볼 수 있다. 즉 용을 죽이는 것부터 용에게 잡아먹히게 되는 것까지, 또는 용사에서 제물이 되기까지, 각 세대가 예외가 없었는데, 청춘과 끓는 피로 자신의 연로하고 경직된 어머니 문화를 적시고 소생시켜야 한다"[117]고 했다. 조일범이 그것을 시시포스 신화에 비유한 것은 사람들에게 깊은 감동을 준다. 5·4의 과오에 대한 임육생 등의 반성에 대응하여 황만성(黃萬盛)은 5·4 반전통의 위대한 의의를 강조했다. "5·4 정신을 선양하고 유학 전통을 수호하고 긍정하는 것을 가치의 중심으로 삼으면서, 일부러 심오한 척하는 가짜 이성주의를 뒤엎어야 한다." "5·4가 제창하는 과학과 민주, 5·4가 주장하는 개성 해방과 자유 의식은 전통문화의 깊이 있는 전환을 요구하는 수준에 이르렀다. 이런 구체적인 계몽이라는 사상적 과제는 오늘날에도 여전히 중요한 의미가 있다."[118] 그렇다. 5·4는 이미 70여 년 전에 지나갔다. 하지만 그것은 중국의 지식인들이 잊을 수 없고 또 풀 수도 없는 업보, 끝나지 않는 화두가 된 것 같다. 때로(예를 들면 1950년대에서 1970년대에 이르는 중국 대륙) 그것은 '지식인과 민중의 관계'라는 화두로 떠올라 지식인들이 '세계관 개조'의 십자가를 지고 고난의 여정에서 먼 길을 고생스럽게 걷고 기어오르게 하는가 하면, 때로는(1960년대의 대만, 1980년대의 중국 대륙과 해외) 그것이 '문화 반성'과 '지식인의 역사적 사명'이라는 화두로 두드러져 나와 지식인들이 중국 근대화의 힘든 여정을 위해 통렬히 반성하게 하고 조바심 나게 하고 불안하게 했다.

이론적인 면에서 5·4가 얼마나 많은 결함이 있는지는 따지지 않더라도, 20세기 말 중국 근대화의 꿈이 여전히 이루어지지 않은 현실에 직면하여, 과학과 몽매의 승부가 아직 가려지지 않고, 새로운 '독서무용론(讀

---

117) 趙一凡, 〈海外祭五四〉, 《讀書》 1989년 제5기.
118) 黃萬盛, 〈論五四反傳統的性質與意義〉, 《光明日報》 1989년 4월 14일.

書無用論)'이 공공연히 유행하였다. '문화 사막', 세속화, 상품화의 대조류가 끊임없이 확대되는 현실에서, 또한 민주와 법제의 완성이 여전히 요원하고 반부패 투쟁이 여전히 어렵고 민중이 바르지 못한 당풍(黨風)을 극도로 증오하는 현실을 두고, '과학'과 '민주'가 중국의 대지 위에서 아직도 큰 감동과 호응의 힘을 가지고 있다는 것은 일종의 운명이다.

'과학'과 '민주'라는 유령은 중국 대지 위에서 100여 년을 배회하였으나 지금까지도 꿈을 이루지 못했는데, 이는 중화 민족의 비극인가 희극인가? 몇 번의 시련을 겪은 뒤 5·4의 영혼이 다시 중국 대륙에 돌아왔다는 것은 아무튼 새로운 희망의 시작이리라.

3) 지식인의 재각성

5·4 운동은 청년학생운동이다.

그 해, 양계초는 〈소년중국설(少年中國說)〉을 써서 날아오르는 중화의 희망을 청소년의 몸에 내맡겼다. 그 후 얼마 안 되어 빛나는 5·4가 있었다. 5·4는 우연한 학생운동인 것 같지만 역사는 그것이 20세기의 중국과 중국 지식인에 대해 지니고 있는 거대한 의의를 증명했다. 이런 의미로 보자면 19세기 말에 씌어진 이 웅장한 글 〈소년중국설〉은 20세기 학생운동의 위대한 예언인 것이다.

호적도 1919년의 강연에서 '소년중국의 정신'을 주장했다. 그가 보건대, 소년중국의 정신은 헛되고 보람 없는 무의식적인 생활을 반대하고 '퇴행적인 인생관'을 반대하고, '야심적 투기주의'를 반대하는 것이다. 그것은 "첫째, 비판정신이 있어야 하고", "둘째, 모험에 도전하는 진취적인 정신이 있어야 하며", "셋째, 사회 진보의 관념이 있어야"[119] 함을 뜻

---

119) 《胡適講演》, 中國廣播電視出版社, 1992, 407~408쪽.

한다. 이는 분명 양계초의 〈소년중국설〉에 대한 호응인데, 양계초의 외
침보다 더욱 구체적으로 소년중국의 사명을 규정한 것이다. 그로부터
70년도 넘는 시간이 흘렀지만, 호적의 말은 여전히 시의적절하다.

1919년의 '신문화운동'에서 1920년대의 '민중 속으로[到民間去] 운동'
까지, 또 항일전쟁 시기의 '구망(救亡)운동'에 이르기까지, 1976년의 '4·
5 운동'으로부터 1980년대의 '문학 신조(文學新潮)'에 이르기까지 모두
'소년중국 정신'이 이끈 운동이었다. '소년중국운동'은 역사의 수레바퀴
를 흔들었다. 이 운동의 지도 세력은 우수한 지식 엘리트들이었다.

그런데 왜 '소년중국운동'은 이상적인 열매를 맺지 못하였는가? 왜 시
간의 흐름, 역사는 늘 사람들에게 떠돌거나 심지어 순환한다는[120] 느낌
을 주는가?

세기말의 반성 중에서 지식인의 운명에 관한 자성은 끊임없는 화두가
되었다. 지식인은 1970년대 말의 고발, 1980년대 초의 참회[121]와 외침
을 겪은 후 1980년대 중기에 깊고 고통스러우나 탐색적인 반성으로 들
어갔다.

쉽게 볼 수 있는 명제는 '국민성 개조'인데 이는 반드시 지식인의 저열
한 근성을 개조하는 것부터 착수해야 한다는 것이다. 역사는 중국인들에
게 이렇게 알려주고 있기 때문이다 — "서양의 부르주아 계급 혁명은(영국
이나 프랑스 할 것 없이) 중산 계급의 대표가 국왕의 의회에서 시작한 것이
다. 근대 중국의 쉼 없는 혁신의 서막은 언제나 청년 학생들이 열었다."[122]

그렇다면 "어떤 본보기에 따라 중국인을 개조해야 우리 자신이, 즉 우

---

120) "뒤에 뒤를 잇는 냉담한 기계적인 순환은 중국 현대문화에 대해 유일무이한
통제적 비유를 형성한 것 같다."(趙一凡, 〈海外祭五四〉, 《讀書》 1989년 제5기)

121) 장현량(張賢亮)의 〈土牢情話〉가 《十月》 1981년 제1기에 발표되었다. 파금(巴
金)은 1981년 6월에 〈十年一夢〉을 썼고 거기에는 "나는 분명히 10년 동안 노예
였다!"는 비통한 소리가 있다.

122) 鄭也夫, 〈學運·少年·孔家店〉, 《讀書》 1989년 제5기.

리의 지식인 성격이 더욱 완벽해질 할 수 있는가?"123) — 이는 확실히 문제였다. 이 문제에 대한 당대학자들의 생각은 사람마다 달랐다.

'문화대혁명'은 세기말 지식인에게 가장 깊이 영향을 미친 역사적 사건이다. 지식인은 풍운을 질타하는 역량이었는데 언제부터 오합지졸로 변했는가? 독일의 어떤 학자는 이렇게 질문했다 — '문화대혁명' 중에 "지식인조차도 왜 아무런 역할을 하지 못했는가? 그들도 자신의 머리가 있는데 왜 한 사람에게 이끌려갔는가?"

이에 대해 시인 공유(公劉)의 반응은 이러했다. "이 질문은 '문화대혁명'이란 역사적 비극의 핵심을 물었다." 공유는 전통 문화심리의 억압을 받으며 외부의 압력을 참고 견디는 습관이 "아무것도 할 수 없는 중국 지식인의 무능력"124)을 만들었다고 답했다. 해외의 학자 뇌금경(雷金慶)은 한 걸음 더 나아가서 이렇게 지적했다. "중국에서 독립성을 논한다면 아마도 지식인만이 나약한 것이 아니라 다른 계급의 사람들도 나약한바, 이는 전체 사회구조와 관련이 있다."125)

영검(榮劍)의 분석은 한층 더 깊이가 있다. "중국 지식인이 오랜 세월 정신이 위축되고 강한 기운이 부족한 것은 주로 '좌(左)'의 사조가 생리적으로나 심리적으로 이중의 유린을 한 탓인데, 그것은 바로 빈곤과 세계관 개조로 나타났다." " '기아요법(飢餓療法)'126)은 지식인을 일반적인 생존 구걸자로 타락시켰고 힘든 노동(이른바 5·7도로127))은 강제적으로 지식인의 사상 권리를 박탈했다." "때문에 사회에 지식인을 무시하는 분

---

123) 趙圓, 《艱難的選擇》, 上海文藝出版社, 1986, 353쪽.

124) 公劉, 〈關于'文化大革命'與中國知識分子〉, 《文學報》 1988년 10월 6일.

125) 薛涌·雷金慶, 〈關于中國知識分子的一點憂慮〉, 《文匯月刊》 1988년 제7기.

126) 문자 그대로 굶는 치료법. 즉 프롤레타리아적 세계관으로 개조하기 위해 굶는 것 — 옮긴이.

127) 1966년 5월 7일, 모택동이 내린 지시에 따라 지식인들이 '5·7 간부학교'에서 노동을 통한 사상개조 학습을 받은 일을 가리키는 것 — 옮긴이.

위기가 생겨났고" 또한 "지식인 스스로 원죄 의식을 갖게 되었다."[128] 영검의 분석은 당대 지식인의 비극적 운명이 지닌 역사적 실정을 폭로한 것이다.

가슴 아프게 하는 현실은, 이 모든 것을 보편적으로 인식한다 하더라도 지식인의 '생존 위기'와 그에 따르는 정신적 위축 증세는 아직까지 철저한 치료를 받지 못했다는 것이다.

이렇게 해서 '지식인의 인격 독립'은 근대화 과정의 기본적인 화두가 되었다. 그것은 '개성 자유'와 '국민성 개조'라는 화두에서 파생한 것으로, 이들보다 더욱 절박한 현실적 의의를 가진다.

인격 독립은 우선 뚜렷한 의식을 의미한다. "현대 지식인의 가장 뚜렷한 특징은 바로 독립적인 인격이다. 학술적으로는 학문을 구하기 위해 생사를 걸고, 정치적으로는 외부의 정신 권력과 현실의 정치 세력을 따르지 않는다. 중국의 전통 지식인은 사상적으로 고대 성현을 따르고 정치적으로 입신양명에 열중하고 황제의 권력에 몸을 맡긴다. 그래서 종속적 인격을 형성한다." 하지만 "서양의 우수한 지식인들은 학술과 정치를 두고, 한쪽으로는 학술을 위해 학술을 하고 다른 한쪽으로는 여론으로 국가 정치에 참여하며, 이로써 양자 사이의 조화통일을 실현한다."[129]

상해의 청년학자 허기림의 이러한 언급은 장기간 심혈을 기울여 지식인 문제를 연구한 결과이다. 이 결론은 이상주의적 기대에서 왔을 뿐만 아니라 더욱이 그가 힘을 쏟은 근대 지식인의 운명에 대한 연구에서 비롯했다. 중국의 전통 지식인 중에는 학술을 '경세치용과 인생 개조를 위한 도구'로 생각하는 사람들이 아주 많아서, 그들의 정치적 기능이 극단

---

128) 榮劍, 〈中國知識分子的批判意識與中國知識分子的自我批判〉, 《理論信息報》 1988년 8월 15일.
129) 〈許紀霖談知識分子從傳統型走向現代型〉, 《文匯讀書周報》 1988년 6월 25일, 《文摘報》 1988년 7월 10일에서 재인용.

적으로 강화되었다는 것이다. 정치 권력을 축으로 하는 전통사회에서 지식인은 국사(國事)를 좌우하는 독립적 역량을 갖추기 어려울 뿐만 아니라, 늘 강권의 제약과 우롱을 받게 된다는 것을 발견했다.[130]

청년 학자 정야부(鄭也夫)도 "좁은 의미에서 지식인을 정의할 때, 없어서는 안 될 속성이 바로 이성과 비판정신이다. 이성은 신의 계시에 굴복하지 않고 또 권위에 굴복하지 않는 것이다. 이런 권위는 특정 신분의 사람이든 아니면 여론이나 사조가 어떠하든 전통적이든 반전통적이든 마찬가지다. 비판정신의 대상도 절대로 전통에만 한정되는 것이 아니고 반전통의 것도 마찬가지로 회의와 비판의 대상이 된다. 특히 당대 반전통사상은 일대 사조로 정착한 후 수많은 비이성적, 정감적 생리가 발산한 성분이 그 속으로 섞여 들어왔는데 그것도 물론 이성 정신의 비판 대상이 된다"[131]고 했다.

인격 독립은 정치 세력에서 독립하는 것을 의미할 뿐만 아니라, 문화 사조로부터 독립하는 것을 뜻한다. 한마디로 정의하면 현실은 영원히 합리적인가 하는 것인데, 영원히 현실의 오물과 결점을 비판하고 영원히 시류에 따라가지 않는 것이다. 이런 사고는 지식인의 사명감과 화합하기 어려운 모순이 있는 듯하지만, 사실은 수많은 역사적 비극과 피의 대가인 것이다. 곽말약(郭沫若)과 같이 그 시대의 흐름을 질타하던 문단의 거장도 만년에는 어색하게 시류에 영합하는 일을 하게 되었다.[132] 풍우란과 같은 걸출한 사상가도 '문화대혁명' 중에 한동안 자신의 신앙을 포기한 사실이 있는바, 이 문제를 아주 잘 설명해 주고 있다. 즉 선량한 소망,

---

130) 許紀霖, 〈在學術與政治間徘徊的近代中國知識分子〉, 《走向未來》 1987년 제2기 참고.

131) 鄭也夫, 〈理性地批判與選擇〉, 《讀書》 1989년 제4기.

132) 곽말약(郭沫若)이 '문화대혁명' 전에 가까운 제자에게 한 말, "가끔 어쩔 수 없이 장난삼아 하지 않을 수 없었다"에서 그 내심의 고민과 어쩔 수 없음을 충분히 엿볼 수 있다. 《傳記文學》 1992년 제3기 풍석강(馮錫剛)의 글 참고.

진실한 감동, 숭고한 이상, 박학한 학식은 풍운이 바뀌는 시대에 모두 기만당할 수 있음을 설명해 주고 있다. 오직 밝은 이성과 독립된 인격만이 자구적(自救的) 의의를 가진다.

　바로 이런 의미에서 학자들은 새롭게 '온화'한 문화 전통을 발견했다. 청년학자 이서뢰(李書磊)는 이런 견해를 발표했다. "우리 세대 청년들은 노신을 대표로 하는 신문화의 급진적 태도로부터 영향을 받았다.……게다가 우리는 중국 전통 구문화의 직접적인 압박을 받고 있었고……때문에 우리는 언제나 심기 안정이 어렵고 언제나 마음이 평온할 수……5·4 신문화운동 시기 동안 급진파가 우세하였으나 그 뒤의 사회 결과는 중국 구문화와 낡은 전통이 끊임없이 강화되고 범람하였으며 점차로 '문화대혁명'의 출현을 앞당기고 있었다.……사실 우리는 급진적인 방식으로 구문화를 개조하는 것이 실패했음을 인정하지 않을 수 없다. 나는 구문화 가운데 가장 무서운 것이 바로 문화적 내용이 아니라 그것의 유일한 전제(專制)적 존재 방식과 배타성일지도 모르며, 신문화의 전제로 구문화의 전제를 대체하는……이런 방식 자체가 바로 새로운 문화 내용의 부정과 배반이라는 것을 발견했다."

　때문에 그는 "신문화운동에서 장기간 무시되었던 다른 한 유파는 온화주의이다. 온화주의는 관용주의로서……어쩌면 온화주의만이 신문화에 최후 승리를 가져다줄지도 모른다"[133)]는 것을 발견했다. 이것은 이서뢰가 《지당서화(知堂書話)》를 읽고 난 후 적은 감상이다. 그렇다. 사상해방은 다원 문화의 평화적 공존을 의미하며 '백가쟁명, 백화제방'을 뜻하는바, 이 모든 것은 인격 독립을 전제로 하면서도 관용적 정서를 보장하는 것이 필요하다. 인격 독립은 있으나 관용적 정서가 부족한 것은 여전히 문화 전제주의의 그림자이다.

---

133) 李書磊, 〈溫和的意義〉, 《光明日報》 1988년 6월 14일.

1980년대 중기, 중국 대륙의 독서계에 조용히 '주작인 열풍'이 일기 시작했으며, 잇달아 '임어당 열풍'·'양실추 열풍'·'풍자개 열풍'도 일기 시작했다. 이는 사상해방·관용적 정서의 필연인 것이다. 1986년 미국 학자 반 룬(H. W. Van Loon)의 《관용(*Tolerance*)》이 출판되자 독서계에 '《관용》 열풍'이 불었는데, 이는 마침 1986년의 초조한 정서와 의미심장한 대비를 이루었다. 비록 관용적 정서는 초조한 정서보다는 1980년대 말에 사회의 특별한 주목을 받지 못한 것 같지만, 초조함의 대 사조가 지나간 후 1990년대 초의 문화계에 떠올랐다.

학자 진평원(陳平原)은 '학술을 위한 학술'이라는 화두를 새롭게 제기했다. "우선 학술을 위해 학술을 하는 것이고, 그 다음이 사람들의 정을 유지하는 것이다." "학자는 학과를 선택하고 과제를 선택할 때 현실의 제약을 받지 않을 수 없다. 하지만 일단 구체적 연구로 들어가면 자료를 수집하고 이론 틀을 설계하는 것부터 논문을 쓰기까지 모두 이성과 과학의 원칙에 따라야 하며, 정치적 견해나 현실적 필요에 따른 곡학아세를 최대한 피해야 한다." 하물며 "정치적 상황이란, 논문의 몇 곳에 옛것을 평론한다는 명목으로 현실을 풍자하는 말을 집어넣는다고 해서 바뀌지 않으며……연구에 정치와 학술이 합쳐지면 양자가 다치고, 멀리 떨어지면 양자가 이롭다." "위 두 세대 학자들 중에서 적지 않은 사람들은 정치 권위에 복종하고자 학문의 존엄을 버렸는데, 우리 세대가 정치 권위에 대항하고자 학문 독립을 희생하는 것을 원한다는 말인가? 만약 그렇다면 방법은 달라도 결과는 같은 것이다. 학문의 독립과 존엄을 애써 지키는 까닭은 그것이 정치보다 영구하고, 진리에 대한 인류의 중단 없는 노력을 대표하기 때문이다"[134]

학자 진사화(陳思和)도 역사의 비극을 반성하며 "지식인은 마땅히 지

---

134) 陳平原, 〈學者的人間情懷〉, 《讀書》 1993년 제5기.

식인의 언어체계가 있어야 한다.……상품경제 속에서 지식인은 '자신에게로 되돌아갈 것을 제창'해야 한다", "지식인 스스로 근심 없이 편안한 생활에 의지하는 전통"을 찾고 "우리 사회에 적응시킬 수 있는 인문과학의 시스템을 창조해야 한다"135)고 강조했다. 학자 조원(趙園)도 "'도를 밝힌다'거나 '세상을 구한다'는 따위의 과장된 사명감을 포기하고 학술문화의 가치와 자신감을 다시 세워야 한다"면서, "……고려해야 하는 것은 사회적 요구가 아니라 개인의 정신적 만족이다"라고 했다.136) 1993년 상해에서 소집된 '21세기의 새로운 공간(21世紀新空間)' 문화연구 토론회에서, 학자 역단(易丹)·여팽(呂澎)도 '유효한 행동'이라는 개념을 제기하였는데 '자신의 전원(田園)을 잘 가꾼다'는 계몽주의의 전통적 명제를 일깨우려는 뜻에서였다.137)

조바심의 사조가 물러간 후 더욱 온화한 색채를 띤 학술사조가 한창 떠오르고 있었다. 그것이 1990년대 학자들의 화두가 될 수 있을까?

문제는 아직도 '학문을 위한 학문'이 흔히 '두 귀로 세상일을 듣지 않고 오직 성현의 책만 읽는 길'로 나아갈 수 있다는 데 있다. 인격 독립은 '6경에 주를 다는[我注六經]' 길을 의미하는가? 이에 대해 전리군은 솔직하게 말했다 ─ "스콜라 문화[經院文化]에는 함정이 있다.……활력을 쉽게 잃는다는 것이다." "나의 문학 연구에는 두 가지 관심이 있다. 하나는 현실적 관심이고 하나는 형이상학적인 인간의 생존·인성에 대한 관심이다. 연구의 원초적 동력은 현실에서 오고, 사고와 탐색은 '초월'이라는 단계에 들어가야 하는 것이라고 할 수 있다."138)

---

135) 陳思和 等, 〈當代知識分子的價値規範〉, 《上海文學》 1993년 제7기.
136) 陳平原 等, 〈人文學者的命運及選擇〉, 《上海文學》 1993년 제9기 참고.
137) 袁幼鳴, 〈詩人何爲—'93中國'21世紀新空間'文化硏討會綜述〉, 《鐘山》 1994년 제2기 참고.
138) 陳平原 等, 위의 글.

이렇게 인격 독립과 사회 책임감의 모순이 생긴 것이다. 이 모순은 다사다난한 20세기 내내 지식 엘리트의 마음속에서 부딪쳤다. 분명한 사실은, 중국의 여러 가지 사회적 관계가 아직 합리적이지 못하고 '생존 위기'·'신앙 위기'가 아직도 많은 사람들(수많은 지식인을 포함)을 곤혹스럽게 하고 있을 때, 중국 지식인의 "겸하여 천하를 구한다[兼濟天下]"는 전통적인 문화 배경 아래서 '학문을 위한 학문'은 얼마나 큰 현실적 토대를 지니고 있는가 하는 점이다. 모든 시대에는 학술사업을 위해 끊임없이 추구하는 학자들이 있었으나, 20세기 가장 걸출한 학자도 현실의 도전을 무시하지는 못했다. 이런 의미에서 본다면 학술을 위한 학술이라는 목표가 큰 공감을 얻기 힘든 것은 문화적 운명이 아닐까?

더군다나 '지식인의 저열한 근성을 개조하는 일'은 아직 완성이 멀었다. 전리군은 "5·4 이후 중국의 사상문화사는 중국 지식인이 서로 잔인하게 학살한 역사"라는 사실에 느낀 바가 있었다. 그는 지식인을 계몽하기 위해서는 적어도 세 가지의 '저열한 근성'을 개조해야 한다고 했다.

> 첫째는 우두머리 사상이다. 즉 '유아독존[또는 유아독혁(唯我獨革)139)]'으로서 타자와 이단을 용인하지 못하고 권력을 남용하며 사람을 벌주고 시련을 주는 것을 낙으로 삼는다. 독단을 좋아하고, 하나로 통일하는 것을 좋아하고, 다원과 자유를 허용하지도 않는다.
>
> 둘째는 '이원론적 사유체계'다. 이것이 아니면 저것이고, 흰 것이 아니면 검은 것이고, 100퍼센트 옳지 않으면 바로 100퍼센트 잘못된 것이고, 혁명이 아니면 반혁명이다. 다른 의견, 다른 선택을 극단화하여 '사생결단'의 절대 대립만을 인정하고, '대립물의 상호 침투와 보완'의 개념을 알지 못하고 받아들이지 않는다.
>
> 셋째는 '죽이는 것을 즐기는' 경향인데, 곧 주작인이 말한 '반란의 무리

---

139) 나만이 혁명적이라는 생각 — 옮긴이.

를 죽이는 기호(嗜好)'이다. "인간의 생명을 귀중히 여기지 않고, 살인을 목
적으로 삼고 기회를 빌려서 잔혹하고 방탕함을 마음껏 탐하는 본성을 만
족시키는 것이다. 이것은 중국에서 뿌리 깊은 유전병이 되었는데 위로는
황제·장군으로부터 아래로는 학자·불량배에 이르기까지 아주 깊게 전
염되지 않은 사람이 없으며, 뒷날 중국 멸망의 화근은 여기에 있었다"고
주작인은 말했다.[140]

1986년 이래 중국 지식 분야는 이미 보편적으로 서양 지식사회학의
중요한 사상, 즉 독립적인 사상을 가지고 사회를 주목하며, 사명감이 풍
부하고 '사회적 양심을 짊어진 지식인'과 전문 기능 훈련을 받은 '정신
노동자'를 구분하고, '인문학자(intellectuals)'와 '과학자(intelligentsia)'를 구
별하는 것을 받아들였다.[141] 1987년 3월 12일의 《문적보(文摘報)》도 미
국 학자 맥클럽(F. Machlup)의 다섯 가지 유형의 지식(실용 지식, 학술 지식,
한담과 심심풀이 지식, 정신 지식, 불필요한 지식)에 관한 구분을 소개했다.
이 현상의 뒤에서 꿈틀거리고 있는 것이 바로 오래되어도 썩지 않는 인
문정신이 아니란 말인가?

어쨌든 한 세기의 풍상을 겪어온 중국 지식 엘리트의 인격 독립은 이
세기말에 다시 돌아왔다. '학문을 위한 학문'의 결과라 해도 좋고, '사회
양심이 되겠다는' 목표라 해도 좋은데, '세계관 개조'라는 침체기를 뛰어
넘어 새로운 사상의 절정에 올랐다.

그래서 1986년의 비이성이 열광적으로 맹위를 떨치고 있을 때, 지식
엘리트들은 이에 대해 당연히 지켜야 할 경계심을 유지했다. 유효파에
대한 이택후·장여윤 등의 비판과 작가의 사명감에 대한 이택후·유심
무등의 호소는 이성의 기치를 힘써 수호했다.

---

140) 錢理群,〈由'歷史'引出的'隱憂'〉,《上海文論》 1989년 제3기.
141) 趙一凡,〈白領·權力精英·新階級〉,《讀書》 1987년 제12기 참고.

1990년대 초 '왕삭 현상'이 한동안 사회적 파문을 일으킬 무렵, 왕효명·진사화·전리군·장여윤·심교생(沈喬生) 같은 지식 엘리트들은 그 온상을 향해 강한 비판을 전개하였는데 이런 비판은 이성의 힘을 다시 나타낸 것이다.

눈여겨볼 만한 현상은 1986년의 초조 불안이나 1990년대 초의 모든 보이는 것을 하찮게 여기는 기풍의 주요 시장은 '신생대'에 있다는 사실이다. '문화대혁명'을 겪은 지식 엘리트들은 엄숙한 태도로 학문 건설과 현실 비판이라는 이중의 사명을 짊어졌다. 하지만 문제는 공교롭게도 여기에 있다. 즉 '신생대'는 미래를 대표하지만 그들은 이미 '소년중국'의 격정과 기개를 상실한 듯싶다. 그들 가운데 일부는 미국 학자 밀스(C. W. Mills)가 《화이트 칼라(White Collar: The American Middle Classes)》란 책에서 묘사한 화이트 칼라들처럼, '문화 뿌리'의 단절 때문에 "의미를 잃은 세계에서 신앙을 갖지 않고 생활"(베버의 말)[142]한다. 동시에 그들은 월급쟁이들이 가지고 있는 사회적 지위가 없다('신생대'의 기치에는 "아무것도 가진 게 없다"고 쓰어져 있다). 따라서 그들은 물질 결핍과 정신 결핍의 이중 압박 속에서 화이트 칼라다운 만족감이 없다. 이때 우리는 인문정신이 어려운 처지에서 지속될 수 있을지를 걱정하지 않을 수 없다.

이것은 확실히 문제다.

근대화가 전부는 아니다─ 이 점은 이미 서양 사회의 근대화 과정 중에 나타난 새로운 난제들이 증명해 주었다.

그렇다면 '새로운 이성'이 갈 곳은 어디인가?

"하늘의 뜻은 알기 어렵다[天意從來高難問]."

심지어 이택후 같은 사상가도, 대만 학자 장훈(蔣勛)의 "당신은 이 민족의 '미의 역정'에 대해 아직 자신감이 가득합니까?"라는 질문에, "우리

---

142) 앞의 글에서 재인용.

는 그것이 불가능하다는 것을 알면서도 하는 것입니다!"[143])라고 한마디 했을 뿐이다.

그래서 당대학자 전리군 · 왕효명은 노신을 연구하던 중, 노신의 "절망 속 항쟁"이라는 화두에 대해 진지하게 동의했다.[144])

이 모든 것이 세기말 정서에 대한 중국인들의 무한한 격정을 더 불러일으키지 않겠는가?

'새로운 감정'의 기세가 '새로운 이성'에 견주어 훨씬 큰 것은 절대 우연이 아니다. 이것이 바로 세기말 중국 대륙의 사상 흐름의 기본 특징이다.

3. '새로운 종교'로

1) '새로운 종교'란 무엇인가?

17세기 당시의 계몽사상가들은 종교를 이성의 왕국에서 몰아냈다. 그들은 이성이 현대사회에 들어 전쟁, 핵무기, 환경오염의 유린으로 만신창이가 되었을 때 — 종교가 살그머니 20세기로 회귀하리라는 생각을 하지 못했을 것이다.

그렇다. 니체는 "신은 죽었다!"고 부르짖었다. '종교의 세속화'는 20세기의 작지 않은 문화사조가 되었다.

---

143) 〈"美的歷程轉向未來"〉(李澤厚 - 蔣勛對話錄), 《文學報》 1988년 5월 19일.

144) 錢理群, 《心靈的探尋》, 上海文藝出版社, 1988, 一書第三章; 王曉明, 〈現代中國最苦痛的靈魂〉, 《所羅門的瓶子》, 浙江文藝出版社, 1989 등 참고.

문제는 신이 정말 죽었는가 하는 것이다.

아인슈타인은 이런 말을 했다. "종교가 없으면 과학은 절름발이 같고, 과학이 없으면 종교는 소경 같다." 왜냐하면 "한 사람이 종교적 감화를 받았다는 것은 그가 힘을 다하여 스스로 욕망의 쇠사슬에서 해방되어 나왔다는 것이다. 종교의 감화를 받은 사람은 개인의 가치를 초월함으로써 자신이 견지하는 사상·감정·지향점에 혼신의 힘을 다한다. 나는 이런 개인 초월의 역량이 중요하다고 생각하며, 모든 것을 초월했다는 신념의 정도가 중요하다고 본다."[145] "우리는 우리가 통찰할 수 없는 것의 존재를 인식했고, 다만 가장 원시적인 형식만으로 가장 심오한 이성과 가장 찬란한 미를 느꼈다. 바로 이런 인식과 이런 정감이 진정한 종교적 감정을 이루는 것이다."[146]

이렇게 본다면, 종교란 심오한 이성과 확고한 신념을 뜻한다.

영국 사학자 토인비는 21세기를 전망하면서, 종교는 문명 사회를 유지하는 정신적 힘이라고 했다. "종교는 인생에 대한 태도를 가리키는 것인데, 이런 의미에서 인생에서 만나게 되는 갖가지 어려움을 이기도록 격려하는 신념이다." 그는 또 역사의 법칙 하나를 제시했다. "한 민족이 자기의 종교에 대해 신앙을 잃을 때마다 그들의 문명은 내부에서 오는 사회적 붕괴와 외부에서 오는 군사적 공격에 굴복하게 된다. 신앙의 상실로 붕괴된 문명은 장차 새로운 문명 ─ 다른 종교에서 생기를 획득한 문명으로 대체될 것이다."[147]

근대 과학은 종교의 뿌리를 흔들었다. 그러나 미국 학자 오크(H. Wouk)가 지적한 것처럼 "하느님의 존재를 믿는다는 것은 나중에 착오라고 증

---

145) 〈科學和宗教〉,《愛因斯坦文集》第三卷, 182~183, 181쪽.

146) 〈我的世界觀〉, 위의 책, 45쪽.

147) 〈二十一世紀への對話〉,《展望二十一世紀─湯因比與池田大作對話錄》, 國際 文化出版公司, 1985, 363~364쪽.

명될 수도 있겠지만, 이것을 두뇌가 단순한 사람들이 위안을 얻기 위한 수단으로 보지는 말라. 이는 수많은 시간 동안 인간들 가운데 가장 우수한 두뇌들이 약속처럼 선택한 숭고하고도 지혜로운 결과였다."[148] 이 현상은 확실히 예사롭지 않다.

중국 사상사의 기나긴 과정에서 종교적 주제도 문화 모델 전환과 '국민성 개조'의 일면이 되어 사상가들에 의해 주창되었다.

1902년, 양계초는 〈종교가와 철학자의 장단득실을 논함(論宗敎家與哲學家之長短得失)〉과 〈불교와 군치의 관계를 논함(論佛敎與群治之關係)〉이란 두 편의 글을 발표하여 종교의 장점 다섯 가지를 논증했다. "첫째, 종교사상이 없으면 통일이 없고", "둘째, 종교사상이 없으면 희망이 없으며", "셋째, 종교사상이 없으면 해탈이 없고", "넷째, 종교사상이 없으면 꺼리는 것이 없고", "다섯째, 종교사상이 없으면 영혼의 힘이 없다."

그는 또 "종교의 미신을 없앨 수는 있으나 종교의 도덕을 없애서는 안 된다"[149]고 단언하였으며, 나아가서 불교정신을 널리 알렸다. "불교의 신앙은 지혜로운 믿음이지 미신이 아니다." "불교의 신앙은 겸선(兼善)이지 독선이 아니다." "불교의 신앙은 입세(入世)지 염세가 아니다." "불교의 신앙은 무한이지 유한이 아니다." "불교의 신앙은 평등이지 차별이 아니다." "불교의 신앙은 자력이지 타력이 아니다."[150] 양계초는 종교의 힘을 빌려 중국을 개조하고 국민을 유신하고자 고심했다.

1921년, 주작인도 〈산중편지(山中雜信)〉에서 이렇게 썼다. "중국의 인심을 일신하자면 사실상 기독교가 아주 적합하다. 극소수의 사람들이 과학·예술이나 사회적 운동으로 종교적 요구를 대체할 수 있지만 대다수

148) 高駿千, 〈赫爾曼·沃克與猶太經學〉, 《讀書》 1981년 제9기에서 재인용.

149) 〈論宗敎家與哲學家之長短得失〉, 《梁啓超哲學思想論文選》, 北京大學出版社, 1984, 139~142쪽 참고.

150) 〈論佛敎與群治之關係〉, 위의 책, 144~148쪽 참고.

는 그렇지 못하다. 나는 과학을 하나의 신으로 수용함으로써 현재 중국의 야만적이고 잔인한 다신(多神) — 사실은 물질숭배 — 을 타도해야만 민중 지혜의 발달에 비로소 희망이 생긴다고 생각한다."(하지만 그가 깊이 의심한 것은 "우리 몽매한 국민은 오랫동안 미신이라는 어둠 속에서 살아왔다. 기왕에 지혜의 빛을 받지 못했는데, 이 새로운 종교를 수용하고자 하겠는가?" 하는 것이다)[151] '새로운 종교' — 주작인은 분명히 이 개념으로 그것과 낡은 미신을 구별하고자 했다. 새로운 종교는 칸트의 "종교와 도덕은 구분이 없다"[152]는 언급, 가장 심오한 이성에 관한 아인슈타인의 언급, 인생 태도에 관한 토인비의 언급과 서로 통한다.

하지만 역사적 원인 때문에 '새로운 종교'는 사상가의 구상 속에만 머물러 있었다.

그러나 그것은 소멸되지 않는 운명인 듯싶다. 그렇지 않다면 왜 '문화대혁명'과 '신앙 위기'라는 그림자 속에서 또다시 중요한 화두가 되었겠는가? 어떤 화제가 여러 차례 부침하면서도 사라지지 않는 것은 그것이 평범하지 않다는 것을 말한다.

'새로운 종교'는 당연히 '새로운 종교'로서 지닌 매력이 있다.

'감정을 따라가기'가 갈림길에 들어섰을 때 '새로운 종교'가 나타났다. 이성이 현실을 추궁하면서 큰 고통을 겪을 때 '새로운 종교'가 나타났다.

'세기말 정서'의 차가운 안개 속에서 '새로운 종교'는 인문사상을 다시 세우는 빛을 발산했다. 그것은 초조·혼돈 속에서 평안한 오아시스를 찾아냈다. 우수한 철학자들은 이 오아시스에서 조용히 인생의 의의를 사색하고 인류의 앞날과 운명에 주목하며, '신앙 위기'의 폐허 위에 인문 이상을 재건하려 노력했고, 욕망이 난무하는 현실에서 인간의 자아 반성

---

151) 周作人,《雨天的書》, 岳麓書社, 1987, 137~138쪽.

152) Arsenij Gulyga, *Immanuel Kant*,《康德傳》, 商務印書館, 1980, 221쪽.

과 자아 정토의 길을 개척하기 위해 노력했다.

'새로운 종교'는 '새로운 도덕'의 한 갈래로서 그것은 인생의 건강과 향상을 선도하고 정의 · 박애 · 평등 · 자유의 도리를 이끈다. 때문에 그 것은 예전의 '조신(造神) 운동'과도 구별된다. '새로운 종교'는 새로운 경 지로서 그것은 숭고함, 의미심장함, 평온함, 밝음을 의미하며 저속, 욕망, 광기, 혼란을 초월함을 뜻한다. 때문에 그것은 '신 만들기[造神]'의 허망 함이나 광기와 다르다.

이러한 인식을 근거 삼아 작가, 학자, 예술가들은 고난에 차고 성스러 운 경지를 향해 어려운 여정을 시작했다.

2) '새로운 종교'의 여정

1981년에 예평(禮平)은 중편소설 《저녁노을이 사라질 때(晚霞消失的 時候)》를 발표했는데, 이는 당대 작가들이 '새로운 종교'로 나아가는 서 막이었다.

그 시기 문학의 주된 흐름은 역사적 비극을 반성하고, '극좌' 사조와 봉건적 잔재가 만든 딱딱하고 황량해진 작가의 필치를 청산하는 것이었 다. 하지만 《저녁노을이 사라질 때》의 취지는 역사적 비극을 반성하 는 것임에도, 왜 사람들에게 평온하고 장엄한 미적 느낌을 줄까?

소설 제1장 '문명과 야만은 영원히 함께한다'에 나오는 두 청소년의 철학적 토론은 전체 인류 역사를 아울렀고, 반봉건의 외침 속에서 인류 의 비극적 운명을 사색하는 새로운 길을 열어놓았다. 이런 역사관으로 홍위병의 광기와 폭력을 반성함으로써 '반사문학'은 새로운 발견을 하 였다. 즉 '홍위병 운동'의 비극은 계급투쟁 이론을 잘못 이끈 결과일 뿐 만이 아니라 인간의 양지(良知)가 광기에 짓밟힌 결과인 것이다. 홍위병 들이 광기에서 당혹으로 나아간 여정과 선명한 대조를 이루는 것은, 갖은 시달림을 받은 인물 남산(南珊)이 완벽한 인격으로 폭력과 광기를 어떻게 방어하고 저항했는가 하는 점이다. 그녀의 그 확고한 인격은 어떤 신앙적 바탕 위에 형성되었던가? 그녀의 대답은 바로 '여호와는 자신의 마음속에 있다'는 것이다. 수많은 과학자, 문학가, 정치가들이 '문화대혁명'의 모욕을 참지 못하여 절망하고 자살할 때 남산은 종교에서 힘을 얻었다. 이로써 알 수 있는바, 자신조차도 인생 최후의 버팀목이 되기 어려울 때, 사랑의 종교가 절망을 내쫓을 수 있고 사람들에게 생존을 위한 강한 신념을 줄 수 있을 지도 모른다.

《저녁노을이 사라질 때》에 등장하는 홍위병 두목 이회평(李淮平)은 왜 종교의 길로 나아가게 되었던가? 바로 태산(泰山)에서 태산장로를 만났기 때문이다. 장로는 이회평에게 말한다.

"진선미에 대한 추구야말로 인간 정신생활의 전부다. 진실을 추구하는 것은 과학이고 아름다움을 추구하는 것은 예술이며 선을 추구하는 것이 바로 종교다.……세상의 종교는 서양에 예수와 알라가 있고 동양에는 석가모니와 천사(天師)153)가 있고 그 갈래가 많고 많으니 어찌 백 가지에 그치겠는가.……그러나 그 교의는 분분하지만 주요 취지는 결국 인간을 권도(勸導)하여 강자는 연민을, 부유한 자는 자비를 베풀 수 있게 함으로써 인생의 고통이 위로를 받을 수 있게 하고 영혼의 공허함이 의지하는 바 있게 하는 데 지나지 않는다.……옛 사람들은 내 마음이 곧 부처라고 말했다. 종교가 도덕을 근본으로 하고 있음을 알 수 있다. ……" 이 말은 종교철학을 담고 있지만, 1980년대 사상가·문학가들이 인도주의로 회귀를 주장하는 큰 흐름과 서로 통한다. 얼마나 흥미로운 문화 현상인가! 이로부터 귀중한 계시, 즉 새로운 종교의 창시는 역사 반성의 합리적인 결과라는 계시를 어렵지 않게 얻을 수 있다.

---

153) 동한(東漢) 시대의 도교 지도자였던 장도릉(張道陵)을 가리키는 존칭 — 옮긴이.

하지만 예평이 종교 문제를 건드렸다는 것과 1980년대 초에 이는 비교적 민감한 화제였다는 것만으로 그는 이해하기 어려운 비난을 받았다. "작가는 도덕의 계급성을 인정하지 않는다." "지상의 신이 인간으로 되돌려진 뒤 왜 다시 천상의 신을 찾아가려 하는가? 사상이 새로운 교조에서 해방되어 나온 뒤에 왜 또 낡은 교조로써 다시 사상을 속박하는가?"[154]

예평 본인은 이를 변호할 때 작품에 쉽게 드러나는 종교적 주제를 말살한 듯싶다. 그는 소설의 주제를 "자강불식(自强不息)의 사상"이라고 하면서 이렇게 말했다. "이 사상 속에서 우리가 본 것은 종교신앙의 신성(神性) 몰락이 아닐뿐더러 추상적인 도덕적 인성의 완성도 아니며, 욕망적 야수적 타락은 더더욱 아니다. 바로 한바탕의 큰 재난을 겪은 뒤, 과거와 역사를 결산하는 청년 세대가 자기의 미래에 대해 드러낸 강경하고도 낙관적인 마음의 소리이다. 그것은 마르크스주의의 어떤 관념과도 절대로 서로 어긋나지 않는다."[155]

예평이 걸음을 멈춘 곳에서 사철생(史鐵生)과 장승지는 계속하여 전진했다.

1984년 사철생은 중편소설 《산 정상의 전설(山頂上的傳說)》을 발표했다. 소설 속의 그 장애인은 힘들게 사색한다. "왜 반드시 살아가야 하는가?" "인간은 힘껏 앞을 향해 나가는데 오히려 제자리에서 움직이지 않은 것 같다. 고통은 그렇게 많고 기쁨은 그렇게 적은데 당신은 왜 그렇게 힘을 다해 앞으로 가는가?"

정답이 없다. 인생은 우연의 과정일 따름이다. "사람은 결과적으로 무엇을 얻는가? 하나의 과정만을 얻을 뿐이다." 그래서 《산 정상의 전설》

---

154) 若水, 〈南珊的哲學〉, 《文匯報》 1983년 9월 27~28일.
155) 禮平, 〈談談南珊〉, 《文匯報》 1985년 6월 24일.

은 시시포스의 신화를, 곧 항쟁은 절망하지 않기 위해 항쟁하는 것임을 인정했다. "신이 무엇인가? 사실 인간이 바로 자신의 신이다." "하느님은 원래 불공평하다. 하느님은 당신에게 힘든 길을 주었는데, 당신이 나아 갈 수 있다고 믿기 때문이다." 이 소설에서 종교적 분위기는 특별히 두드러지지는 않았으나 모든 것이 생동하고 있었다.

1985년 초 이상주의 노래를 부르던 장승지는 새로운 사조의 문학이 바야흐로 흥성하고 있는 흐름 속에서 《잔월(殘月)》을 발표했다. 작가는 한 시대의 곤혹, 즉 생활은 하루하루 좋아지고 있으나 신성한 생각은 어찌된 일인지 점점 빛이 바래간다는 곤혹을 예리하게 포착했다.

"마음속에 구주에 대한 생각이 있으면 아무리 고통스럽다 해도 위안을 찾을 수 있어.……요즈음에 흰 밀가루 빵을 먹고 괜찮게 살면서 장래성도 있으나 때로는 까닭 모르게 코가 시큰해진다." 이로써 장승지는 이상적 주제에서 종교적 주제로 전향했다. 종교 — 이는 이상의 상징이자 이상의 심화이다. 그 당시 사람들은 《북방의 강》의 이상주의적 격정을 이해하기 매우 어려웠으나, 종교 정서는 영원한 의의를 지닌다.

1986년 사철생은 단숨에 《나의 춤(我之舞)》, 《예배일(禮拜日)》이란 화려한 글을 썼다. 장기간 심사숙고를 한 다음 그가 찾아낸 답안은, 하느님은 이유를 숨겨놓았다는 것이다. 그래서 그는 "자유는 부자유한 가운데 쓴 마음이고, 철저한 불이해는 철저하게 이해할 수 없음에서 쓴 지혜이다", 모든 것이 다 운명이 정해놓은 길로 나아가기에 "꽃이 피고 지고, 또 꽃이 피고 지는, 만고의 세월은 유유하다"라는 깨달음을 얻었다. 1986년에 사철생이 쓴 〈사색과 반성(隨想與反省)〉에는 이런 구절이 있다.

　　우리에게 곤경이 없기를 바랄 수는 없으나, 우리는 곤경이 우리의 영혼을 왜곡할 수 없게는 할 수 있다.

중국 문학은 자기의 종교를 찾고 있는 중이다.

루소는 말했다 — "현재, 사람들은 늘 인류의 운명을 깊이 탐구하는 문제로 인류의 고난을 줄이고자 갈망하고 있다. 뿐만 아니라 간절하게 장래 인류의 아름다운 전망을 실현할 수 있는 사람은, 비록 그가 전통적 기독교를 받아들이지 않는다 하더라도 종교적 관점은 가지고 있는 사람이라고 말할 수 있기를 희망한다."

교조만이 나쁜 종교이고, 불확실한 것은 우주의 본질이다. 그러므로 루소는 이렇게 말했다 — "종교가 감정의 방식 안에만 존재하고, 어떤 신념 속에 존재하지 않는다면 과학은 그 사실에 간섭할 수 없다."

종교의 생명력이 강한 것은 사실이다.……인간의 앎과 바람이 완전히 충족되지 않는 한 종교는 소멸되지 않는다. 종교 정신을 교조적인 나쁜 종교와 구별하는 것이 낫다.[156]

1986년에 장승지는 비분강개한 장편소설 《황금목장(金牧場)》을 완성했다. 이것은 이상주의의 교향곡이자 종교 정신의 찬미가이다. 결사적으로 신앙을 수호하는 의민(義民)의 묘지 앞에서, 일본 가수의 슬프고 무거운 노래 속에서, 신강(新疆) 홍하탄(紅河灘)의 기억 속에서, 미국 흑인 민권투사들이 천국을 찾기 위한 격려의 말 속에서……종교 정신은 시공을 초월하고 민족을 초월한 영원한 이상이다.

"성지순례 이야기야말로 인류의 기적이다." "신의 계시와 영혼의 느낌을 부인하는 것은 잘못된 것이다." "기적은 확실히 있었고 인간이 신과의 마음속 비밀을 주고받는 커뮤니케이션은 확실히 있었다. 그리고 그러한 체험은 나의 인생을 하나하나 이어놓기 시작했다." 사철생이 독자적

---

156) 史鐵生, 〈隨想與反省〉, 《人民文學》 1986년 제10기.

인 명상을 통해 한 걸음 한 걸음씩 종교의 경지로 들어갔다고 말한다면, 장승지는 인심을 격동시키는 인생 체험에서 신성(神性)을 발견했다. 사철생은 기독교에 공감하였고, 장승지는 이슬람교에 공감했다. 하지만 그들의 작품은 사람들에게 장엄한 미적 체험을 가져다주었다.

뿐만 아니라 1986년은 조바심 정서가 더없이 열띤 해였다!

위에서 언급한 작품은 발표된 후《저녁노을이 사라질 때》처럼 그렇게 큰 비난과 논쟁을 일으키지 않았다. 이 현상 자체가 시대정신의 변화를 암시하는 것이 아닌가? 종교는 이미 민감한 문제가 아니었다.

1987년 사철생은 또《원죄·숙명(原罪·宿命)》을 써서 "인간은 어쨌든 하나의 신화는 믿어야 한다. 그렇지 않으면 살아갈 수 없고 가망이 없다"는 인생의 진리를 제시했다.

1988~1989년 사이에 장승지는《해소(海騷)》,《서성암살고(西省暗殺考)》등의 소설을 발표하였을 뿐만 아니라, 마침내 1990년에는 영웅사시(英雄史詩)《영혼사(心靈史)》를 완성하여, 혈기왕성하고 신앙에 충성하며 희생을 숭상하고 위험에 빠진 나라와 타인을 구하러 나서는 신자들을 위한 종교사를 썼다. "인심은 엄숙한 인도적 정신을 창조했다. 산간 벽지에서 아무것도 없이 가난하게 살 수 있으면서도 영혼 세계를 견지할 수 있는 인도적 정신은 암석 같이 단단한 인민을 창조해 냈다."[157] 이것이 바로 신앙의 기적이고, 이것이 바로 장승지가 세기말의 차가운 안개 속에서도 이상주의자들의 존경을 받는 원인이기도 했다.《영혼사》는 1991년 초에 출간하여 지식계에 빠르게 유포되었고 대단한 명성을 얻었다.

사철생은《상해문학》1991년 제1기에 산문〈나와 지단(我與地壇)〉을 발표했다. 인간은 결국 죽는데, 남는 문제는 어떻게 해결되는가? 인생에

---

157) 張承志,《心靈史》, 花城出版社, 1991, 9쪽.

는 영원히 차별이 있고 영원히 미진함이 남게 되며 모든 것은 인간이 결
정하는 것이 아니라 모두 운명에 따라 결정된다. 인간은 하느님이 내려
준 모든 것에 감사해야 하고, 충실하게 그리고 평온하게 살도록 노력해
야 하는 것이다.

바로 '왕삭 열풍'·'문학 쇠망론'이 크게 유행하던 1990년대 초에《영
혼사》와 〈나와 지단〉은 약속이나 한 듯이 같이 나왔다. 이것은 다음과
같은 감개(感慨)를 가져다주었다. 즉 "오늘날 소설의 난점은 진실한 감
정의 문제로서, 소설이 새롭게 영혼을 얻을 수 있는가 하는 문제이다.
……문학은 사람들을 신에 접근시킬 수 있다— 이러할 따름이다."158)
따라서 '문학 쇠망론'은 성립되기 어렵게 되었다. 이 때문에 1990년대 초
의 문단이 불량배의 천하로 몰락하지 않을 수 있었다.

사철생·장승지를 다른 작가들이 뒤따라왔다. 범소청(範小靑)의《상
서로운 구름(瑞雲)》(1988)은 소주 지역 평민들 속에 퍼진 불교문화의 두
터운 위력을 써냈는바, 채식을 하는 외할머니가 불경을 송독함으로써 충
실하고 두려움이 없으며 담담하고 선량하게 되었다. 뿐만 아니라 마음이
물처럼 평온하고 착하기가 부처님 같은 서운 처녀를 훈도해 냈는데, 서
운 처녀야말로 불교가 인심을 형상화한 최고의 이미지였다.

가평요의 〈연기(煙)〉(1991)는 불교의 '삼세윤회'·'고뢰야식(古賴耶
識)'159)의 지혜를 빌려서 우주 정신인 '무생무멸(無生無滅), 무시무공(無
時無空)'에 대한 깊은 깨달음을 표현하였는데, 희망의 힘으로 가득 찼고
또 인간에게 희망을 준 불교를 상징한 작품이다.

왕안억(王安憶)의 《유토피아 시편(烏托邦詩篇)》(1991)도, "나처럼 속
세에서 사는 아이들은 종교적 배경이 없고 신앙이 없으나 때로는 세속

---

158) 韓少功, 〈靈魂的聲音〉, 《小說界》 1992년 제1기.
159) 불교 용어. 세계의 본원을 말하는데, 철학의 절대정신에 해당한다— 옮긴이.

을 초월한 정경을 지향하게 되는" 인생 체험을 진실하게 기록하였고, 유명 작가가 된 다음에도 문학은 작가를 경험에서 해방시키지 못한다는 것을 발견했다. 게다가 또 대만의 이름난 작가와 유럽 문화의 영향을 받아서, "사람의 마음은 세계에 대한 소망을 품고 있어야 한다"는 것을 알게 되고 복음서 속에서 숭고한 정감의 정신 여정을 체험하게 되었다.

이런 작품들의 뒤를 이어 사철생이 쓴 《중편1 혹은 단편4(中篇1或短篇4)》(1991) · 《〈무허필기〉 비망록(〈務虛筆記〉備忘)》(1991) 같은 소설들, 장승지의 《서해고 이별(離別西海固160))》(1991) 같은 아름다운 글, 북촌(北村)의 장편소설 《세례의 강(施洗的河)》161)을 비롯하여, 당대 문단에는 종교를 주제로 한 작품들을 위한 오아시스가 생겼다.

물론 문학가뿐만이 아니었다.

화가 서군(敍群)은 1985년에 '장엄 · 숭고 · 냉담 · 엄숙 · 경건'을 그림의 목표로 정했다. 그의 작품 《절대원칙(絕對原則)》 시리즈, 《교회(敎堂)》 시리즈는 이런 목표를 드러냈다. 일련의 작품들을 통해 "종교이성, 더욱이 서양의 종교이성에 대한 그의 숭앙"을 금방 알 수 있었다.162) 1994년 4월에 그는 '서군, 신이상주의 예술 작품 제1회 전람회'를 개최했다. 소년선봉대의 기치와 선봉대 노래 그리고 관객에게 붉은 넥타이를 매어주는 의식, 《교회》 시리즈 유화, 베토벤의 〈9번 교향곡〉의 선율, 날아오르는 비둘기 무리와 "숭고함을 향해 경례한다! 이상을 향해 경례한다!"는 큰 족자……. 이 모든 것은 진실을 부르고 숭고를 부르며 정의감

---

160) 중국의 절대빈곤 지역인 영하성(寧夏省)의 서길(西吉), 해원(海原), 고원(高原). 장승지는 이 책에서 해당 지역에 거주하는 회족(回族)의 역사를 서술했다 ― 옮긴이.

161) 평론가 남범(南帆)은 일찍이 〈作家與信徒―北村印象〉이란 글에서 "그는 이미 主에 귀의하였고 현재는 신도이다", "신도라는 신분은 그의 일상생활이 더 이상 소란에 처하지 않게 했다"고 말했다. 《作家》 1993년 제10기 참고.

162) 高名潞 等, 《中國當代美術史(1985~1986)》, 上海人民出版社, 1991, 109, 114쪽.

을 부르는 흐름에 합류되어, 문학계에서 '새로운 이상'·'인문정신 재
건'을 외치는 흐름과 서로 호응했다.163)

　다시 학술계를 살펴보자. 당대 학자들 중에서 유소풍(劉小楓)이 새로
운 종교를 고취한 가장 유력한 인물이라는 것은 의심할 여지가 없다.
　유소풍은 학문 연구에서 종교로 나아갔다.

　유소풍은 독일의 낭만주의 미학을 연구하다가, 독일의 낭만미학은 시
를 인생의 가치 문제를 탐색·연구하는 중요한 경로로 여긴다는 것을
알았다. "근대 이래 경험주의·이성지상주의는 자연지식을 위해 지혜
의 기초를 찾는 것에만 골몰하였고 인생 의의에 따른 영혼의 근거는
묻지 않았다.……이것도 저것도 선택하기 어려운 고민, 영혼 승천의 미
칠 듯한 기쁨, 따뜻한 사랑, 경건한 참회, 신비적인 느낌 이 모두는 수학
적 사유와 3단 논리의 유도, 심지어 자연체계를 모방한 철학체계로는 감
명을 받을 수 없는 것이었다."164) "전체 생활세계 속에서 나타나는 경망
과 공리적 태도 및 그에 따르는 영혼의 상실에 맞서 낭만철학은 사랑의
역할을 강조하였고, 사랑은 낭만철학의 지극히 중요한 이론적 출발점이
되었다. 이는 이성지상주의가 지나치게 이성을 높이 끌어올리는 것과 첨
예하게 대립된다."165) "독일의 낭만정신은 시작부터 뚜렷이, 깊고 내향
적이고 함축적이면서도 또 너그럽고 듬직한 내재적 격정이 풍부하였고,
무겁기가 십자가를 짊어진 것처럼 침울한 기질을 드러냈다. 세계 역사는
폭력적이면서 저속하고 도덕이 부패하여 공리 추구 현상으로 가득 찼다.
인간은 경건한 느낌과 고대 그리스 식의 지혜를 상실하였다. 이 모든 것
은 낭만파 철학자들을 깊이 고민하게 했다. 그래서 그들은 할 수 없이

---

163) 樊星, 〈新理想主義之旗〉, 《芳草》 1994년 제7기 참고.
164) 劉小楓, 《詩化哲學》, 山東文藝出版社, 1986, 5, 8쪽.
165) 위와 같음.

플라톤의 시적 정취와 같은 이상세계로 전향하지 않을 수 없었고, 기독교 하느님의 나라로 전향하지 않을 수 없었다."166) "시화(詩化)된 철학은 마땅히 시와 마찬가지로 인간의 유한한 생명이 가장 필요로 하는 것들 — 조용한 사색, 정신 집중, 깨달음, 부드러움, 위안, 하늘의 뜻, 인덕, 최고의 경지 들을 밝혀야 한다고 했다."167)

계몽, 반봉건, '국민성 개조'가 대다수 학자들의 목표가 되었을 때, 경솔함과 초조함이 사회 전환 과정의 보편적 문화정서가 되었을 때, 모더니즘 문예사조가 세기말의 무한한 고민과 처량한 감정을 토로할 때, 유소풍은 부드럽고 평온하고 숭고한 낭만정신을 발견하였고 정신의 방주를 발견했다. 《시화철학(詩化哲學)》은 1985년에 완성, 1986년에 출판되어 앞서 언급한 장승지·사철생의 작품들과 집필·출간 시점이 비슷하다. 이 현상도 시대정신의 신비함을 암시하는 것이 아닌가? 고루한 인문정신은 세기말 정서의 범람에 대해 무관심할 수는 없는 것 같다. 결국 인문정신은 사철생, 장승지, 유소풍이 각자의 인생 목표를 통해 신에 가까이 접근하게 하였고, 신의 대변자가 되어 당대 문단, 당대 사상계에 나타나게 했다. 그들의 출현은 거대한 매력으로 오랫동안 깊이 잠든 종교적 정감을 깨웠다.

《시화철학》이 출판된 뒤, 유소풍은 1987년에 근 40만 자에 이르는 《구원과 소요(拯救與逍遙)》라는 책을 완성했다. 이 책은 비교문화 및 비교시학 연구 전문서로 출간 취지는 "중국의 전통문화 정신에 도대체 무엇이 부족한가?"를 탐구하는 데 있다.

"5·4 이래 동서 문화의 비교는 오랫동안 서양 정신문화의 유대-기독교 정신 전통을 소홀히 하거나 경시해 왔는데, 이는 틀림없이 심각한

---

166) 劉小楓, 《詩化哲學》, 山東文藝出版社, 1986, 12, 274쪽.
167) 위와 같음.

실수이다. 심연(深淵)과 구원의 주제는 서양 문화 가운데 윤리 - 종교 가
치에 관련되는 영구적인 주제로서, 출사(出仕)와 늙어 은퇴하는 것이 중
국 문화의 가치 선택에 관한 영구적인 주제인 것과 마찬가지다. 유대 -
기독교 문화의 정신 전통에서 보면 인류의 슬픈 우환은 인간은 타락시
킬 수도 있고 구제할 수도 있다. 인간의 자유의지는 타락과 구원의 주동
적 선택에만 있을 뿐이고, 인생의 잠재적 가능성은 광명이 암흑으로 변
하고 천사가 마귀로 변하는 변증법에 있다는 것이다."[168] "평범한 사람
은 모두 사랑과 증오, 선과 악, 타락과 구원, 희망과 절망이라는 생명의
의 분열에서 도피할 수 없다. 모든 사람은 개인과 개인, 남자와 여자, 인
류와 자연, 죄인과 하느님의 원시적인 대항에 직면하게 된다. 이런 분열
과 대항이 구성하는 생명 형식은 역사를 초월하고 개인을 초월하는 보
편 형식이다. 이런 형식은 생활세계의 가치와 의의의 절대보편성을 요구
하며 신의 은총 같은 사랑이 생명 존재에 왕림할 것을 요구하고 신성한
햇볕이 세계의 구석구석마다 밝게 비출 것을 요구한다."[169]

　사철생은 개인의 깨달음을 통해 하느님에게 접근하였고 장승지는 개
인의 체험을 통한 '철합인야(哲合忍耶, Jahrinya)'[170]에서 자기 정신의 귀
결을 찾았다. 그들에게 종교에 귀의함이 개인의 선택이고 자구적(自救
的) 의의를 갖는다고 말한다면, 유소풍은 '자구(自救)'를 '구세(救世)'로
변화시키려고 노력하였는데, 그는 깊고 넓은 학식과 수양으로 허무주의
에 항거할 필요와 절박성을 증명하였다. 그리고 '인문가치 과학'은 '가치
혼란과 상대주의'로 숨어들 우려를 낳을 수 있다는 것을 증명하였다. 이
로부터 힘을 다하여 '가치 진실의 절대 초험성(超驗性)'을 위해, 사랑의

---

168) 劉小楓,《拯救與逍遙》, 上海人民出版社, 1988, 3, 6쪽.

169) 위의 책, 19, 24~25쪽.

170) 고성으로 찬송한다는 뜻의 아랍어. 이슬람교의 한 교파. 교리적으로 이슬람
　　교의 수피주의에 속한다 ― 옮긴이.

종교가 신의 영토에 뿌리를 내리도록 분투했다.[171]

1988년부터 유소풍은 묵묵(默默)이라는 필명으로 《독서》에 10여 편의 《20세기 서양 기독교 신학 일별(20世紀西方基督敎神學一瞥)》(1989년까지)을 연달아 발표했다. 그 후 또 《기독교 문화 평론(基督敎文化評論)》(1, 2, 3권)을 책임 편집했다. 그의 노력은 널리 주목을 받았다. 이택후는 유소풍이 기독교 담론을 꺼낸 것은 "나의 이론에 대한 진정한 도전이다"[172]라고 했다. 또 다른 학자들도 유소풍의 업적을 높이 평가했다. 진가기(陳家琪)는 〈하느님의 대화에 관하여(關于上帝的對話)〉에서, 하광호(何光滬)는 〈이 세상에서 가장 필요한 것은 사랑이다(這個世界最需要愛)〉에서 "종교의 위기는 바로 인간의 위기이다"[173]라고 하였다. 때문에 유소풍은 하느님을 찾았고 새롭게 하느님을 발견하였는데 이는 "그가 진리—신성한 사랑을 찾은 것이다. 신성한 사랑은 모든 대화와 모든 생활이 진행되는 데 필요한 주춧돌이고 등대이며 목표이며 바로 이 세계가 가장 필요로 하는 것이다"[174]라고 했다.

1989년에는 하광호의 책임 편집으로 《종교와 세계》 총서가 사천인민출판사에서 나왔다. 이 14권의 총서는 세계의 종교철학자·문학 거장들의 종교 전문 저서를 뽑은 것인데, 그 중에는 틸리히(P. Tillich)의 《정치희망(Political Expectation)》, 엘리엇(T. S. Eliot)의 《기독교와 문화(Christianity and Culture)》, 이케다 다이사쿠(池田大作)의 《나의 불교관(我的佛敎觀)》, 토인비의 《한 역사학자의 종교관(一個歷史學家的宗敎觀)》 같은 명저를 포함하고 있다. 이런 저작들도 독서계에서 뜨거운 반응을 일으켰다.

1989년에 삼련서점은 《현대서양학술문고》 중에서 '종교역총(宗敎譯

---

171) 劉小楓, 《拯救與逍遙》, 上海人民出版社, 1988, 19, 24~25쪽.

172) 〈五四的是是非非—李澤厚先生答問錄〉, 《文匯報》 1989년 3월 28일.

173) 《讀書》 1989년 제3기.

174) 《讀書》 1989년 제6기.

叢)' 시리즈를 내놓았다. 세스토프 (L. I. Shestov)의 《욥의 저울 위에서(*H A BECAX ИOBA*)》, 니버(H. R. Niebuhr)의 《기독교 윤리 해석(基督敎倫理闡釋)》, 컹(H. Küng)의 《하느님은 살아 있는가?(*Existiert Gott?*)》, 몰트만(J. Moltmann)의 《희망의 신학(*Theologie der Hoffnung*)》 등 19편의 명저는 중국대륙의 독서계에서 뿌리를 내렸다.

위에서 언급한 두 시리즈의 번역총서는 '새로운 종교'가 중국 대륙 지식계에 전파되는 데에 선동적인 구실을 한 것이 틀림없다. '궁극적 관심'과 '정신의 정원'도 '근대화' 외에 사람들의 시선을 끄는 시대적 과제가 됐다.

주의해야 할 것은 유소풍, 하광호, 진가기, 이공명(李公明)[175] 등은 이성과 종교, 과학과 신앙, 진실과 선, 철학과 세기의 곤혹을 연구하는 바탕 위에서 '새로운 종교'에 공감하였으며, 이성적 사변을 '새로운 종교'로 밀고 나아갔다는 점이다. 그들의 저술은 이성적 사변의 결정체이다. 이 현상은 비록 이성이 20세기에 만신창이가 되었으나 그래도 질식하지는 않았다는 것을 충분히 보여주고 있다. 진실한 이성은 궁극적으로 사랑의 종교로 통하고 시공을 초월하고 문화를 초월한 큰 지혜로 통하게 된다. 이것이 바로 '새로운 종교'가 저속한 무리들의 광적인 숭배와 다른 점일 것이다.

듣건대, 대만은 경제가 발전하면서 많은 지식인들이 기독교에 귀의했다고 한다. 똑같은 흐름이 신세기의 중국 대륙 지식계에서도 나타날 수 있을까?

하지만 어떻게 말하든지 상관없이 마음속에 숭고한 정감과 진실한 희망을 품고 있다는 것은 언제나 아름다운 것이다. 그렇다. 인간은 반드시

---

175) 이공명은 〈向生存提問〉·〈懷着期望前行〉에서 틸리히의 《*Theology of Culture*》와 《*Political Expectation*》을 평가했다. 《讀書》 1991년 제10기와 1992년 제5기 참고.

액운 탓에 거꾸러지거나 '세기말 정서'에 의해 생존의 신념을 박탈당하는 것은 아니다!

4. 다원 선택의 곤혹

여기에 이르러, 지금의 중국 대륙인들이 '생존의 절정을 새롭게 선택'하는 대략적인 정경을 알게 되었다. 확실히 장관이다.

1970년대 말 이래 중국 대륙 문화사조의 총체적인 특징을 언급하면, 사람들은 다원화라고 생각한다. 다원화는 '문화대혁명'이라는 문화전제주의가 붕괴된 뒤 개성 부활과 사상해방의 필연이었다. 다원화는 세기말의 중국이 생기에 넘쳐 경제·문화 기적을 창조하는 활력의 근원인 동시에 선택의 곤혹을 의미한다.

역사는 언제나 '이성의 교활함'(헤겔의 말)으로 사람들을 우롱할 뿐만 아니라, 우롱 속에서 심오하고 난해한 진리를 암시한다.

1970년대 말, 1980년대 초에 사상해방의 성난 파도는 계몽주의의 물길을 따라 앞으로 세차게 나아갔다. '세상을 바로잡는' 정책, '국민성 개조'라는 화두, '과학을 배우는' 열풍의 대두……사람들의 의지가 넘치고 투지가 고양되었다. 하지만 누가 그 당시에, 작은 개울의 흐름에 불과한 세기말 정서가 몇 년이 지나지 않아 크나큰 파문을 이루리라고 생각이나 했겠는가? 계몽주의의 숙고와 사회 변혁의 격정은 비록 몇 번의 곡절을 겪었어도 여전히 '57족(族)'[176]과 '지식청년족' 출신 사상가들의 마음속에서 늘 감동적인 파도를 일으켰다. 하지만 '신앙 위기'가 불러일으킨 당

혹, 말일(末日)의 공포와 발산 욕망은 '아무것도 가진 게 없는' '신생대'
의 대두에 따라 번져가기 시작했고, 개혁의 어려움과 풍운의 변환도 '세
기말 정서'의 만연을 위한 적당한 토양을 제공했다.

계몽주의와 '세기말 정서'는 모두 사상해방의 산물이다. 모두가 인성
복귀의 상징이다. 모두가 시대정신의 필요에 따라 출현했다. 하지만 그
들 사이에도 조화될 수 없는 모순이 존재한다. 계몽주의의 새로운 이성
과 '세기말 정서'의 '새로운 감정'은 서로 충돌하였고 세기말의 문화경
관(文化景觀)이 되었다. 1985년의 '신조소설'은 1980년대 문학 발전의 방
향을 바꾸었고 새로운 항로를 개척했다. 1986년 들어 모더니즘 시인들이
이성을 비웃었던 것과 '유효파 현상', 그리고 1988~1992년 사이의 '왕
삭 열풍'은 모두 계몽주의를 향한 '세기말 정서'의 도전이었다. 1987년
문학계가 제기한 '문학이 무게를 잃은 문제'와 그에 따른 사명감에 관한
논의, 경제학계에서 제기된 '지구적[球籍]'에 관한 토론, 사상계가 제기
한 '지식인의 인격 독립'에 관한 토론 및 1993년에 '인문정신 재건'에 관
한 외침도 '세기말 정서'에 대한 계몽주의의 회답이다. 두 사조의 격돌은
사상사의 발전을 추동하였다. 즉 계몽주의의 이상적 색채는 '세기말 정
서'의 침식 아래서 1980년대의 찬란함을 잃었고, '세기말 정서'의 절망과
저속함도 계몽주의의 비판을 거쳐 일부 상쇄되었다.

역사는 이렇게 비틀거림 속에서 전진한다.

하지만 상호 충돌의 결과 우열을 가릴 수 없는 것은 아니었다. 사실
1980년대 전반기는 계몽주의가 주도적인 자리를 차지하였고, 1980년대
후반기에 와서는 '세기말 정서'가 갈수록 짙어졌다. 이는 계몽주의의 낭
만적 환상이 현실에 직면하여 여러 번 좌절된 것과 연관이 있으며(예를

176) 1957년 '반우파투쟁' 당시 '우파'로 분류되어 갖은 고초를 당하고 20여 년 동
안 창작을 할 수 없었던 작가들을 가리킨다. 개혁개방 이후 그들은 주로 개인
경험을 창작 소재로 삼았다. 왕몽, 장현량 등이 그 대표이다 — 옮긴이.

들면 계몽주의자는, 근대화는 '세속화' 발전과 더불어 나간다는 것을 예측한 적이 없다. 이것은 근대화 자체는 바로 계몽주의에 대한 부정임을 분명히 의미하고 있다), 또 '신생대'의 대두와도 관련이 있다. 그리고 '신생대'는 공교롭게도 뿌리를 상실하여, '세속화'의 분위기 속에서 성장하였다. 또 그들이 막을 수 없는 기세로 역사 무대에 등장하고 있을 뿐만 아니라 역사의 새로운 방향을 대표하고 있는 것이다.

다른 측면으로 계몽주의자들은 인생의 냉혹함에 직면하고 계몽주의의 좌절을 겪은 후에 억지로 '세기말 정서'를 인정했다. 어떤 이는 공개적으로 스스로 지녔던 이상의 괴멸을 선언하고 살아가는 철학을 바꾸었으며, 어떤 이는 자신의 인생은 실패라는 것을 미리 알았다고 탄식했다. 그래서 '은퇴'의 길로 나아갔고 모든 것을 이해했다. 이로써 계몽주의와 '세기말 정서' 사이에는 만리장성이 없다는 것을 알 수 있다. 시대의 변화는 나날이 새로워지고, 다원화 사조는 인생의 다원 선택을 위해 현실적 가능성을 제공하였을 뿐만 아니라, 또 시류에 좌우되는 뭇 사람들의 복잡한 성격을 만들어냈다. 그리고 '국민성'도 계몽주의와 '세기말 정서'의 협공으로 해괴망측하게 분열되었다. 모든 것이 어떤 사람의 주관적인 설계로 일어나는 것은 아니었다.

역사는 이렇게 '합력(合力)'의 작용 아래서 감쪽같이 전진한다.

그래서 선택의 곤혹에 직면하게 되었다. 어디가 견고한 초석인지? 어디가 정신의 정원인지? 그리하여 '정신적 유랑'이 있었고, '정신의 정원을 찾자'는 구호가 나오게 되었다.

사상해방은 창조의 활력을 가져왔고 또 경솔한 정서를 불러왔다.

개성 해방과 주체 확장은 영혼을 해방하였고, 또 여기저기 일어나는 새로운 사조 속에서 영혼을 헷갈리게 했다.

근대화의 가속에 따라 '정신 정원'의 문제는 나날이 두드러질 것이다. 일부 사상가들은 '신유가'의 기치를 세웠고, 또 다른 사상가들은 '새로운 종교'를 선양했다. 그래서 '정신 정원'의 종류도 하나에 그치지 않았다. 이것은 또 다른 곤혹이었다. '신유가'와 '새로운 종교'가 충돌하는 광경은 어떻게 바라볼 것인가?

더욱 절박한 문제는 아직도 '신유가'나 '새로운 종교'가 사상가의 설계에 그칠 뿐이고 민간문화·민간정서라는 조류는 아직도 '새로운 감정'의 용광로 속에서 제련되고 있다는 데 있다. 제련의 결과는 아직 알수 없을 뿐만 아니라, 분명히 보이는 것은 상당히 오랫동안(적어도 전체 '사회주의 사회 초급 단계'에서 근대화의 꿈이 아직 실현되기 전에는) 이런 제련의 과정은 완결되지 않는다는 것이다. 이를 이해하기는 어렵지 않다. 민중은 오랫동안 전쟁, 기아, 정치 동란과 빈곤한 생활에 시달렸고, 1980년대에 그들은 '소강(小康)'을 위해 분투하였으나 아직도 수천만 명이 빈곤에서 탈출하지 못했기 때문이다. 가장 기본적인 생존 욕망을 위해 그들은 죽을힘을 다해 몸부림치고 있으며, 한동안 계속해서 몸부림을 쳐야 한다. 사회 풍기의 혼란과 사회 분배의 불공정은 그들의 정서를 경솔하게 만들었고, 이 때문에 그들에게 '정신 정원'의 문제는 아직 먼 나라이야기인 것이다.

이런 견지에서 보면 '새로운 이성'이나 '새로운 종교'에 관한 연구·토론과 탐색은 조금 앞서 가는 느낌이다. 물질적 결핍과 정신적 억압의 쓴맛을 본 뒤의 민중이 '감정만을 따라 가는 것'은 이해할 만하다. 이로 말미암아 지불한 막대한 대가— 예를 들면 '인심의 각박', '문화적 사막의 확대', '정신 상태의 문제' 등— 는 중국 대륙의 근대화에 얼마나 큰 장애를 주고 있는지 예측하기 어려울 것이다.

이렇게 '새로운 감정', '새로운 이성', '새로운 종교'의 격돌 말고도 '엘리트문화'와 '대중문화'의 격돌이 있었다. 이런 격돌은 예전부터 있었는데 루소가 말한 '자연으로의 회귀'부터 모택동이 제기한 '지식인의 노동자화'에 이르기까지 모두 '엘리트 문화'와 '대중문화'의 거리를 좁히려는 데 뜻을 두었다. 그리고 서양 포스트모던 사회의 중요 상징 또한 '대중문화'와 '엘리트 문화'의 상호 침투, '저급 문화'와 '고급 문화'가 어느 정도 합류한 것인데, 중국 대륙 문화의 근대화 과정에서도 비슷한 추세가 나타났다(예를 들면 문화인들 사이에서 유행한 '저속 열풍'과 '저속 문학'이 '고급 문학'에 침투한 것). 하지만 이 모든 것은 '일정한 범주'에서 나타난 것일 뿐이다. 근본적으로 말하면 '엘리트 문화'와 '대중문화'의 경계는 사라질 수 없는 것으로, 그것 '둘이 합쳐 하나가 되는 것'은 불가능했다. 가치 취향으로나 아니면 사회 분업으로나 그것들은 하나로 융합될 수 없다. 그리고 '둘이 합쳐 하나로 될' 필요도 없었다.

문제는 20세기의 중국 지식 엘리트 모두가 근대화 사업에서 차지하는 민중의 중요성을 충분히 인식했다는 것이다. 지식 엘리트가 중국을 개조하려고 한다면 민중의 힘을 빌릴 수밖에 없다. '민중 속으로 나아가는 것'은 1920년대부터 1970년대에 이르기까지 수많은 사람들의 선택이었다. 1985년까지 내내 지속된 문학계의 '심근 열풍'과, 지식청년 작가들이 민간으로부터 민족혼을 재주조하는 힘을 섭취하려던 갈망은 1980년대 말에서 1990년대 초까지 계속 이어졌다.

여기에 맥천추와 같은 사상가들이 민간에 깊숙이 들어가서 민간사회의 윤리구조를 조사하고, 나아가 "위대한 문명이 생존하고 운행하는 사회 기초"를 분석했다. 더 나아가서 지식계의 약점이, "여러 해 동안 여기서 발생한 일 대다수가 뜻밖에 광대한 토지와는 거리를 두고 있고, 이 번화한 곳의 빛은 늘 횃불을 쥐고 있는 자신만을 비춘다. 스스로 자신을 둘러싸고 있는 시간이 너무 길기에, 동류(同類) — 동일 성격, 동일 직업 심지어는 '직업적 성격'이 같은 사람들이 사회와 인생에 대한 시각이 '모임'이 가능하다"고 여기는 데 있다고 반성했다.[177] 민중들은 어떤가?

177) 麥天樞, 〈仰望大地〉, 《山西文學》 1994년 제1기.

"평소에 그들은 아무 소리도 안 하고 있으면서 눈부신 곳은 천하를 의논하는 일부 극소수 사람들에게 남겨 주지만 사회 발전의 중요한 시기가 오면 자기들의 의지로써 천하를 도모한다.……"[178] 그렇다면 이런 거대한 간격과 대비가 여전히 지속되고 확대되는 상황에서, 지식 엘리트의 이성 청사진과 '정신 정원' 이미지는 단지 '자구(自救)'적 의의만 가지고 있는 것은 아닌가? 바꾸어 말하면 의식주와 '소강'을 위해 분투하는 민중이 '감정을 따라 나가는' 힘겨운 여정의 끝은 어디란 말인가?

역사는 말이 없다. 그것은 중국 대륙의 근대화 과정을 응시할 뿐이다.

만약 예측하기 어려운 사건들(수많은 역사 사건은 우연히 촉발되고 연출되었다!)을 더한다면, 만약 당대 중국 대륙의 정치·경제·문화 발전의 거대한 불균형 및 자원부족·인구폭발·문맹자 2억 명 이상인 국가 사정을 고려한다면, '새로운 이성'과 '새로운 종교'의 보급에 너무 큰 기대를 걸지 말아야 한다.

이것이 당대 인문학자들이 '자구'를 더욱 강조하는 원인일 것이다.

'세기와 접하는 현대문학 연구'를 전망하면서 왕부인(王富仁)은 이렇게 말했다. "현대문학 연구 내부에서 계몽주의 사조는 침체되어 갔다. ……학술화와 현실성의 모순은 심해졌고 이는 현대문학 연구자의 세계관과 인생관에 큰 영향을 주었다. 우리는 사회라는 허공에 매달려 점점 더 높이 올라간다.……현실 사회를 구성하는 것은 다른 사람들이다. 그들은 여전히 현실의 추구를 위해 수많은 이전투구를 해야 하고 몸에는 진흙이 가득 묻어 있다."[179]

진사화도 계몽주의의 허황함을 반성한 후 자신의 뜻을 조정했다. "5·4 전통을 개인 수호라는 일종의 절개로 축소하고자 한다. 어떤 정신적인

---

178) 麥天樞, 〈過年〉, 《中國作家》 1993년 제6기.

179) 王富仁, 〈現代文學硏究展望〉, 《天津社會科學》 1994년 제2기.

근거라도 치국평천하를 논할 때는 허망함을 면하기 어렵다. 하지만 개인의 입신양명에 쓰인다고 할 때는 마음이 진실하기만 하면 해낼 수 있는 것이다."[180]

왕효명도 궁극적 관심을 언급할 때 다음과 같이 지적했다. "적어도 중국에서 예로부터 오늘에 이르기까지 궁극적 가치에 대한 절대 다수의 설명은 공통점이 있다. 바로 설명하는 사람들이 사회의 대표나 정신적 지도자를 자처하고, 자신의 그런 관습이 절대 진리라고 하면서 다른 이들에게 강요하고, 심지어 이 때문에 무시무시한 사건을 수없이 일으키기도 한다. 때문에 오늘날 우리는 궁극적 관심에 대해 토론하는데, 나는 더더욱 그것의 개인성을 강조하기를 바란다. 구체적으로 말하면 첫째, 당신은 개인의 현실 체험에 따라 궁극적 가치를 따질 수 있을 뿐이다. 둘째, 당신이 캐낼 수 있는 것은 이 가치에 대한 상세한 설명일 뿐 그것이 절대로 궁극적 가치 그 자체인 것은 아니다. 셋째, 당신은 개인 신분으로서 따질 수 있을 뿐 누구도 이 따질 권리와 해석 권리를 독단할 수 없다. 바로 이런 의미에서 나는 인문학자가 학술 연구에서 최종적으로 표출해 내는 것은 당연히 그 개인의 생존 의미에 대한 체험과 사색이 우선이라고 믿는다."[181]

위에서 서술한 논의에서, 당시의 계몽주의자들이 풍랑의 시련을 겪은 후 말하고 싶지만 입을 닫아야 하는 처량함과 격정에서 빠져나온 뒤의 감회를 어렵지 않게 느낄 수 있었다. 자신의 일을 잘하라는 이런 인생 태도 역시 계몽주의미 대가 볼테르가 주창한 것이 아닌가?["자신의 정원을 잘 가꾸는 것이 중요하다." — 볼테르의 철학적 소설 《성실한 사람(老實人)》의 결말도 이런 것이 아닌가?]

---

180) 陳思和, 〈困惑中的斷想〉, 《天津社會科學》 1994년 제2기.
181) 張汝倫 等, 〈人文精神尋思錄〉, 《讀書》 1994년 제3기.

세기말의 차가운 안개 속에서 계몽주의 격정은 잠잠해졌다. 그러나 개성이라는 5·4의 영혼은 아직도 떠돌고 있다. 이 사실은 의미심장한 것이다.

20세기는 중국인들이 너무 많은 격정을 털어놓은 세기이다. 이 격정은 때로는 문화의 비약을 추진하였고(예를 들면 5·4 운동, 4·5 운동) 때로는 문화의 발전을 가로막았다(예를 들면 '문화대혁명'). 어쩌면 격정을 너무 많이 발산했기에 세기말의 고요함과 처량함이 생기지 않았을까? 이렇게 된 이상 '소년중국'의 제창은 시의에 맞지 않는 것이 아닐까?

한 세기의 혹독한 시련을 겪고 흥망성쇠를 거친 지금 어떤 역사 교훈을 명심해야 할 것인가?

헤겔의 말마따나 역사의 발전 과정에 '이성의 교활함'이 가득 차 있어 역사를 추진하는 것이 각 파벌의 협력인 이상, 지식 엘리트들은 유토피아의 꿈과 고별하고, 낭만주의적 환상을 버리고, 중국의 국정을 확실히 인식하고, 중국 역사가 흥망성쇠·순환윤회 속에서 점진하는 법칙을 확실히 인식하며, 착실하게 자기의 일을 잘하고 동시에 수천수백만 사람들의 실질적인 노력을 조용히 합침으로써 사회 개조와 역사 개조의 힘을 이룬다는 믿음을 가져야 한다.

그런데 헤겔은 이념과 열정은 역사 발전의 요소라고 했다. 열정이 부족한 민족이 위대한 사업을 할 수 있다는 것은 상상하기 어렵다. 생명의 열정은 영원히 타오른다. 사람들이 '세기말 정서'의 특징을 아울러 '슬픔'이나 '냉담'이라고 말할 때 그들이 가리키는 것은 '소년중국'의 부족한 열정이었다. 유토피아적 광기의 쓴맛을 볼대로 본 후 정치에 대한 사람들의 열정은 향락과 자극을 추구하는 것으로 옮겨갔다. 이렇게 해서 당대인의 이중 성격이 생겼다. 즉 경솔하면서도 냉담하고, 정서적으로는 불안하고, 영혼으로는 싸늘하면서 무감각한 것이다. 미래의 숨어 있는 우려는 바로 여기에 있을 것이다.

곤혹, 무거운 곤혹…….

비상, 힘겨운 비상…….

이런 각도에서 보면, '새로운 이성'과 '새로운 종교'는 민족의 심리 균형을 유지하는 없어서는 안 될 저울추이다. 지식 엘리트가 정신의 정원을 찾는 행위는 시대정신의 요구이기도 하다.

역사는 이렇게 갖가지 사조의 충격 밑에서 전진한다.

미래의 중국 문화는 어떤 그림일까? '새로운 이성'의 진지는 어떤 규모로 축소될 것인가? '새로운 감정'의 범람은 어떤 고조에 이를 것인가? '새로운 종교'의 노력은 또 어떻게 시대의 신앙적 버팀목이 될 수 있을까?

"하늘의 뜻은 알기 어렵다[天意從來高難問]."

분투의 과정은 영원히 매우 유혹적이다.

부록 — 1990년대의 사상 분열

신시기 문화사조가 다원화 구조 양상을 나타냈다는 것은 당대인들의 공통된 인식이다. 하지만 다원화는 다원적 사조가 천하를 평등하게 나누었음을 뜻하는 것일까? 이를 일률적으로 논하기는 어렵다. 사실 조건이 달라지면서 문화사조는 저마다 운명이 달라진다. 어떤 것은 한마디 외침에 뭇 사람들이 호응하고, 운 좋게도 금세 화제가 되었다. 어떤 것은 한동안 적막하고 갖은 어려움을 다 겪고 나서야 비로소 죽을 고비에서 간신히 살아났다. 전자는 1980년대의 계몽주의 사조이고, 후자는 중국 대륙의 '신유가'이다. 이런 눈으로 보면 1990년대의 문화사조도 주류와 지류, 인기 학파와 비인기 학파의 구별이 있다. 분량의 제한 때문에, 여기서는 영향력이 큰 몇 가지 사조와 그것들 사이의 상호관계에 대해서만 대략적인 윤곽을 그리겠다.

1. 포스트모더니즘 사조와 그 반응

1983년, 미국 노스캐롤라이나 주에 있는 듀크대학의 프레드릭 제임슨 (Frederic Jameson) 교수가 중국에 와서 강연을 했다. 제임슨은 당대 서양의 유명한 마르크스주의 비평가이다. "일반적으로 제임슨은 이론적으로 3대 공헌이 있다고 인정된다. 즉 마르크스주의에 대한 해석을 발전시켰고 포스트모더니즘 개념을 창립하였으며 '제3세계 문화' 이론을 제기했다."[1] 의미심장한 것은 그가 중국에서 한 강연을 통해 '포스트모더니즘

---

1) 王逢振, 《今日西方文學批評理論》, 漓江出版社, 1988, 3쪽.

의 대가'라는 명성을 얻은 것이다. 반면에 마르크스주의에 대한 그의 해석은 사람들에게 잘 알려지지 않았다. '포스트모더니즘'은 '새로운 사조'라는 의미가 매우 강하기에 서양의 새로운 사조를 추구하는 데 열중하는 경솔한 정서에 영합했다. 한쪽으로는, 1980년대 후반기 상품화·통속화 조류의 거센 파도가 포스트모더니즘 이론의 도입을 위해 적합한 기후를 제공했다.

그래서 《독서》 1986년 제3기에 당소병(唐小兵)의 취재기 〈포스트모더니즘: 상품화와 문화 확장(後現代主義: 商品化和文化擴張)〉이 발표되었을 때, '상품화와 문화 확장'은 중국 청년학자들이 포스트모더니즘의 가치를 접수하는 과정을 매우 적절하게 지적한 말이었다. 그 취재기에는 제임슨의 포스트모더니즘 문화관이 나와 있다. 즉 포스트모더니즘은 '다국적 자본주의' 시대에 자본이 자연과 무의식 영역에 확장되고 침투한 결과라고 했다.

"포스트모더니즘 가운데 광고 때문에……이미지를 중시하는 문화 때문에 무의식과 미학 영역에 완전히 자본의 논리가 침투됐다." "포스트모더니즘이 추앙하는 것은 '저속'하다고 배척된 문화 현상들로서 예를 들면 텔레비전 연속극, 《리더스 다이제스트》 문화, 광고 모델, 대중적 통속문학 및 살인 사건, 과학적 환상 등이다." "만약 모더니즘 시대의 사람이 이화(異化)를 느껴 표현이 필요하다면 심도를 잃어버리고 평면성을 추구하는 포스트모더니즘 사회에서 주체는 더욱 많이 널려 있다.……" "전 지구적인 새로운 포스트모더니즘 문화는 미국의 포스트모더니즘을 포함하는 것으로, 사실 미국이 세계에서 군사·경제의 주도적 지위를 차지한 새로운 흐름의 표현이며 이 흐름이 내재된 상부구조의 표현이다. 이런 의미에서 본다면 전체 계급 역사와 마찬가지로 문화의 다른 측면은 바로 피비린내, 억압과 착취, 죽음과 공포이다." 이런 논의들로부터 포스트모더니즘 문화에 대한 당대 한 미국 문화비평가의 비판의식을 어

렵지 않게 읽을 수 있다. 이런 비판의식은 중국 포스트모더니즘 해설자
의 처지와 비교된다.

나는 중국의 포스트모더니즘 해설자의 처지를 대체적으로 두 가지로
나눌 수 있다는 데 주의를 기울였다.

하나는 학술적으로 포스트모더니즘의 새로운 생각을 섭취하는 것으
로, 비판도 하고 이용도 한다. 예를 들면 조일범(趙一凡)의 〈포스트모더
니즘 탐색(後現代主義探幽)〉의 관점이다. "포스트모더니즘의 제기는, 우
리가 오랫동안 쌓아온 기초와 전략의 전부를 완전히 대체하려는 것이
절대 아니다. 이런 새 이론 자체의 모순적 성격은 이미 그 한계성을 노정
했다. 당연히 변화해야 할 발전형 이론 가운데 비교적 영향 있는 한 갈래
일 따름으로, 그것은 우리가 관념을 조정하고 틈새를 메우고 신구 두 세
대 학자들을 연합시키고, 되도록 빨리 본래의 모습을 지켜내면서도 진취
적인 발전 전략을 확립하는 데 유리할 수 있다."

이 글에서 조일범은 '포스트모더니즘 선각자 니버(H. R. Niebuhr)'의
'영혼 변증법', 후기 공업사회에 대한 마르쿠제(H. Marcuse)와 벨(D. Bell)
의 비판, 문명에 대한 수케닉(R. Sukenick)과 하버마스(J. Habermas)의 생
각을 소개하였고 지식구조를 조정하는 건설적인 구상을 제기했다.2)

또 예를 들면 왕영(王寧)은 〈중국 90년대 문학연구 중의 몇몇 이론 문
제(中國90年代文學硏究中的若干理論課題)〉에서, 다중적인 시각으로 포
스트모더니즘을 연구했다. "1. 포스트모더니즘 특유의 사유방식 또는 세
계관의 일종[버텐스(H. Bertens)], 2. 서양 세계에 국한되지 않고 이미 동양
국가에 파급된 국제적 범문화 현상과 문학운동의 일종(왕영), 3. 포스트
모던 분위기와 경제팽창시대 문학의 일종[뉴만(C. Newmann)], 4. 당대 정
보제도 하의 총체적 지식 상황의 일종[리오타르(J. F. Lyotard)], 5. 서사 품

---

2) 《外國文學評論》 1989년 제1기.

격 또는 화두의 일종[칼리네스쿠(M. Calinescu), 로지(D. Lodge)], 6. 모더니즘으로부터 포스트모더니즘에 이르는 문학 주류 변환의 일종[매케일(B. McHale)], 7. 문학사의 분기 개념 혹은 후기 자본주의적 문화 논리의 일종(프레드릭 제임슨), 8. 문학 비평과 문학 분석에 쓰이는 코드의 일종[포케마(D. W. Fokkema)], 9. 모더니즘 문학 등급제도에 맞서는 문학예술 사조의 일종[피들러(L. A. Fiedler)], 10. 문예부흥 이래 서양 문화에 존재하던 지성 반역(智性反叛)의 저류가 당대에 전면으로 부흥[하산(I. Hassan)], 11. 포스트모던의 표명 혹은 시학의 일종[허천(L. Hutcheon)], 12. 풍자를 특징으로 하는 수식의 한 갈래[월드(A. Wilde)] 등."[3] 나눈 것이 비록 지나치게 섬세하고, 일부는 교차되고 중복된 감이 있지만 그 학술적 의도는 한눈에 알 수 있다.

왕영은 또 〈계승과 단열: 후 신시기 문학으로 나아가다(繼承與斷裂: 走向後新時期文學)〉에서, "비록 포스트모더니즘 문학이 서양에서는 이미 쇠퇴·몰락하는 처지가 되었지만 동양 여러 나라에서는 막 일어나기 시작했을 뿐 아니라 다른 변화를 보인다"[4]라고 주의를 돌렸는데, 이는 그가 포스트모더니즘 사조의 서양-동양적 차이를 확실하게 인식하고 있음을 말한다. 하지만 왕영과 진효명(陳曉明)이 같이 쓴 〈포스트모더니즘과 중국 당대 선봉문학(後現代主義與中國當代先鋒文學)〉에는 "포스트모더니즘이란 개념에도 지리학·연대학(年代學)·사회학적인 경계가 있다.……중국 대륙에 포스트모더니즘 문학이 출현할 가능성이 없다"[5]는 말이 있다. 여기서 그들은 자신들의 의문을 드러낸 듯 하다('가짜 포스트모더니즘'에 대한 의문?).

다른 시각은 문화 관념상 포스트모더니즘은 계몽주의를 대체했다는

---

3) 《天津社會科學》 1992년 제5기.
4) 《文藝爭鳴》 1992년 제6기.
5) 《人民文學》 1989년 제6기.

것이다. 예를 들면 장이무(張頤武)는 이렇게 말했다. "해자(海子)의 죽음과 1989년 중국미술관의 총격 사건은 시대적 배경을 구성했다. 즉 신시기라는 화두의 합법적 종결은 정치 변동 때문만이 아니라 시대 자체가 변했기 때문이다. 계몽적·현대적이라는 화두의 원래 의미는 이미 고갈되었다. '후 신시기'는 상업화와 대중 전파매체의 지배 아래에서 다원적 화두가 형성된 시기이다.······엘리트 문화는 정치적 합법성을 잃었을 뿐만 아니라 문화적 합법성도 잃었다."

그래서 그는 "총체적 목표를 포기하고 계몽의 임무를 포기할 것"을 주장했다.6) 이에 상응하는 문학관으로는 "문학은 더 이상 사회 선봉의 노릇을 하지 말고, 앞으로 되도록 많이 현실적 화두 그리고 문화기제와 조화를 유지하고 일치를 지향한다. 문학은 만족이 되었고, 안락하고 편안한 안락의자가 되었으며, 대중문화의 일부가 되었다"7)는 견해가 있다. 이 측면에서 그는 왕국진의 시를 들었고 조계림(曹桂林)·주려(周勵) 같은 유학생 문학을 예로 들었다.

진효명도 〈역사 모델 전환과 포스트모더니즘의 흥기(歷史轉型與後現代主義的興起)〉라는 글에서 "1980년대 후기 중국 사회의 '중심화(中心化)' 가치체계는 창조적 기능을 잃었고, '일체화'의 사회질서는 심각한 파손의 상황에 처했다. 경제의 과열은 은닉된 문화적 모순을 격화시켰고, 시민사회가 점차 형성되었다.······한쪽은 크면서도 엄격한 제도체계이고 다른 한쪽은 임기응변의 일상생활이다.······빗나간 문명에는 끝없는 황당함과 시의(詩意)가 넘쳐나고······뭐라고 할 수 없는 희극적 정신이 가득 찼으며······중국 당대문학(특히 선봉파 문학)은 포스트모더니즘에 매우 가까워졌다"고 했다.

---

6) 袁幼鳴, 〈詩人何爲—'93中國'21世紀新空間'文化硏討會綜述〉, 《鐘山》 1994년 제2기에서 재인용.

7) 張頤武, 〈後新時期文學: 新的文化空間〉, 《文藝爭鳴》 1992년 제6기.

그러나 진효명은 서양의 포스트모더니즘과는 일정한 거리를 두려고 했다. 그는 "당대 중국의 포스트모더니즘에는 특수한 의미가 숨어 있다.……포스트모던 시대는 리오타르가 구상한 것처럼 '야사'로 가득 찬 시대가 아닐 뿐만 아니라 또 병렬법이나 반론, 이치에 어긋나는 서사만 있는 시대도 아니다. 포스트모던 시대에도 역사의 진실감이 있으며" '만생대(晩生代)' 작가들이 다룬 "끝없는 환각, 끝없는 단어의 유희, 억제할 수 없는 표현의 욕망, 알 수 없는 폭력 행위, 정원 상실에 따른 도주와 죽음"이 모두 당대 현실생활의 진실한 모습이라는 데 주목했다.8)

하나의 주의(主義)에 두 가지 관념—이런 현상은 사람들로 하여금 다시 한 번 사상 분열의 경지를 느끼게 하였다. 그리고 이를 받아들인 사람들은 각기 다른 안목이 생기고, 다른 사유맥락은 다른 경지로 통하게 된다. 문제는, 포스트모더니즘이 하나의 문화사조로서 세기말 중국에 어떤 복잡한 반응을 낳았는가? 그리고 중국의 포스트모더니즘은 어떤 특색을 드러냈는가? 하는 것이다.

문학계에서 1986~1988년의 '왕삭 열풍'은 영향이 컸다. 왕삭의 필치가 그려낸 그런 고집불통들은 '북경내기'의 말투로 정통적인 설교를 조소하고 인생의 고민을 해소했다. 그들의 '불량기'에서 민간사회에 허무주의와 향락주의가 동행하고 있다는 정보를 얻을 수 있다. 왕삭에게는 현대파의 절망이 없고 미칠 듯이 즐거운 세기말의 정서만 있을 뿐이다. 왕몽(王蒙)처럼 러시아 이상주의 영향을 깊이 받은 작가도 마침내 왕삭을 이해하였다. 왕몽이 '왕삭 현상'을 긍정하게 된 것은 '비상중국(非常中國)·비상시대(非常時代)의 현상'이었다. 왕몽은 '왕삭 현상'의 의의로 '사나운 표정을 하고 사람 위에 군림한 구원문학에 대한 반동'을 꼽으면서, "왕삭 같은 이가 몇 명 더 있었다면 '강청 동지를 수호하자'고

8) 작가가 1992년 무한(武漢)에서 열린 '중국 당대문학 국제학술연구토론회'에 제출한 논문 참고.

높이 외치면서 살인을 하거나 죽음을 당하는 홍위병이 줄어들 수 있었다. 왕삭의 의의는 홍위병 정신과 모범극[樣板劇]9)에 대한 반동이며", "(왕삭은) 가짜 숭고함의 가면을 찢어놓았다"10)고 여겼다.

이렇게 '숭고함'과 '불량기' 사이의 창작은 그저 '상업화'의 의미만 갖는 것이 아니라 모더니즘의 절망적 경계를 초월한 의식에서 나왔을지 모르지만, 매우 농후한 중국적 특색을 가지고 있다. 중국의 포스트모더니즘 작품에는 매우 깊고도 넓은 사상 배경이 있다. 그것은 바로 '문화대혁명'의 기억이다. '문화대혁명' 동안 옳고 그름이 뒤바뀌고 흑백이 뒤섞인 것이 그 원인이고, '문화대혁명' 후에는 세상을 비웃고 숭고함을 피하는 현상이 나온 게 그 결과이다.

다른 측면에서는, 현실생활에서 지금까지 끊이지 않는 '가짜 숭고함' 현상이 세상을 비웃는 왕삭에게 반(反) '가짜 숭고함'의 의미를 부여했다. '바른 기풍'과 '불량 기풍', '숭고'와 '저주', '세상을 놀리는 것'과 '세상을 풍자하는 것', '낙관'과 '자기 천대'……이 모든 것을 왕삭이 뒤섞어놓았다. 왕삭이 1980년대 말, 1990년대 초 중국 대륙에서 가장 인기 있는 작가가 된 것은 절대로 우연이 아니다. 왕삭이 세기말의 문화에 상당히 큰 영향을 끼쳤다는 것은 부인할 수 없는 사실이다. (하지만 왕삭 · 왕몽 등은 아마도 자기들이 쓴, 숭고함을 비웃고 꺼리는 작품과 글들이 1993년 '인문정신 대토론'을 일으킨 도화선이 되리라는 것을 예상하지도 못했을 것이다.)

예술계의 '행위예술' 대두도 포스트모더니즘의 정신을 보여주었다. 1989년에 발생한 중국미술관 총격 사건은 '행위예술가'의 행위 초월과 예술, 상상과 현실, 유희와 엄숙함에 따른 유명한 시도였다.

---

9) 문화대혁명의 고조기인 1960년대 말에 강청을 비롯한 4인방의 주도로 전국으로 전파된 8개의 혁명 가극. 당시 문화예술 방면에서 유일하게 공식적인 작품으로 인정되었다 — 옮긴이.

10) 王蒙, 〈躲避崇高〉, 《讀書》 1993년 제1기.

윤길남(尹吉男)은《독서》 1994년 제9기에다 〈돼지 교배에 관한 문화(有關配猪的文化搶答)〉를 발표하여, 예술가 서영(徐氷)이 계획한 퍼포먼스를 소개했다. 몸에 라틴 알파벳을 가득 찍은 수돼지와 몸에 한자를 가득 찍은 암돼지가 책 무더기 위에서 교배하는 이 행위는 '서양 문화가 중국 문화를 겁탈'하는 것으로 해석되었다. 근래 서양 문화가 중국 문화에 충격을 준 통사(痛史)·애사(哀史)·비장사(悲壯史)가 웃음거리로 '예술화'된 것인가? 이 퍼포먼스는 인간과 동물이 비슷하다는 것, 역사와 성행위가 서로 통한다는 것, 문화 가치에 관한 의문 등 온갖 생각을 떠올리게 한다.

장항항(張抗抗)은《종산(鍾山)》 1997년 제3기에다 〈눈을 감고 왕진을 읽다(閉上眼睛讀王晉)〉라는 보고문학을 발표하여 '행위예술가' 왕진(王晉)과 그의 퍼포먼스— 고궁 성벽 벽돌 위에 아름답게 그린 지폐 도안(이것은 전통이 해체된 것을 비유한다)부터, 노새를 새색시로 맞아들이는 퍼포먼스 등을 소개했다. ("어떤 사람은 왕진의 작품은 인간의 잠재의식 속에 있는 야수성에 대한 진실을 드러냈다고 하고, 어떤 사람은 왕진이 여권주의에 대한 반대 경향을 가지고 있다고 하며, 또 어떤 사람은 이 작품이 인류에 대한 대자연의 구원방식을 체현했다고 말한다. 그리고 또 어떤 사람은 이것이 현실에 대한 작가의 도피라고 했다. ……" "심지어 어떤 사람은 가족계획의 기본 정책을 읽어냈다고 했다." "왕진 자신은 무엇을 위해서 퍼포먼스를 한 것이 아니라고 말했다. 다만 이 작품이 사람들에게 무언가를 묻게 한다면 그는 목적을 이룬 것이다.")

이렇게 사상과 행위, 행위와 예술 사이의 경계가 분명하게 되었다. '행위예술'의 불확정성과 다의성도 서로를 해체하고, 계획자의 임의적인 평가태도 또한 '주체의 해체'에 관한 포스트모더니즘 이론가들의 논술을 인증했다('행위예술가'에는 물론 신기한 점이 있지만 행위와 예술 사이의 경계가 사라질 때 '예술'이 결국 예술이 될 수 있겠는가?).

사학계에서 역사를 새롭게 반성하는 것도 포스트모더니즘 역사관의 유행을 가져왔다. 예를 들면 "혁명과 고별하고, 정치를 떠나고, 주류와 소원해지고, 의식 형태를 약화"시키는 사조, 청나라 말기의 개량주의가 승리했더라면 중국은 아마도 급진적인 혁명을 면했을 것이고 대신 "중국의 근대화가 더 빨랐을 것"이라는 상상, "신해혁명 후 군벌 혼전이 나타난 이유는 바로 청조 황제를 뒤엎었기 때문"이라는 언급 등이다[11] (역사적으로는 확실히 우연한 사건이 넘친다. 하지만 이 명제가 후대 사람들의 가설이 진리라는 것을 뜻하지는 않는다).

더 넓은 일상생활 속에서 대중문화가 날마다 번영하는 것도 상품화·통속화라는 포스트모더니즘의 유행을 위한 적당한 분위기를 만들었다. 바로 광신년(曠新年)이 〈문화상상으로서의 '대중'(作爲文化想像的'大衆')〉에서 지적한 것처럼 "대중문화는……잡다하고 혼란하여 서로 적대적이면서 공모로 가득 찬 각기 다른 화두가 붙어 있다. 그것은 의식 형태의 몽매 상태이며 우리들에게 수많은 소리로 떠들썩하고 갈피를 잡을 수 없는 느낌을 준다."

"만약 1980년대 대중문화로서 홍콩이나 대만의 유행가·애정소설·무협소설이 '밀수입품'이라는 성질을 띠고 있다면, 1990년대 대중문화는 포스트모더니즘이 소비성과 오락성으로 계몽주의와 주류 화두에 도전하는 때에, 애매하면서도 당당하게 등장했다. 뿐만 아니라 전 국민적 유행인 가라오케에서 1990년대 거대한 문화의 모델 전환을 완성했다." "대중문화는 사회 서사를 위해 풍부한 재료를 제공했다. 부자, 화이트 칼러 계층, 샐러리맨 계층, 외지에서 직장을 찾으러 온 아가씨, 여성 노동자, 실직한 여공, 일용직 노동자……차이성으로 계급적 대항을 대체하여 부드러운 일상생활의 의식 형태를 형성했다." "텔레비전·신문을 주

---

11) 〈警惕反歷史主義思潮〉, 《報刊文摘》 1996년 5월 2일; 〈正確認識近代史上的革命與改良〉, 《報刊文摘》 1996년 3월 18일에서 재인용.

요 매체로 하는 대중문화는 우리에게 마음에서부터 몸까지 닿는 깊은 위안을 준다."12)

〈광주시 중학생 문화 탐색(廣州市初中學生文化探討)〉 보고서가 광주시 중학생의 문화특질을 평가할 때에도 "다원적 가치 관념", "실리를 추구하는 가치관", "홍콩·대만의 천박한 문화에 대한 긍정이 비교적 강한 것"과, "도덕과 관념과 취향이 서로 뒤엉킨"13) 현상들을 지적했다. 포스트모더니즘의 파티는 세기말 사람들의 신앙위기를 해소하였는바 그 공로를 무시할 수는 없다. 동시에 그것은 또 "주체의 방탕과 광기"14)를 불러오지 않았던가? 그것은 주체의 몰락과 통속화 경향을 가져오지 않았던가?

중국의 '포스트모더니티' 문화사조는 자기만의 특색이 있다. 즉 상품화·통속화 대조류의 고조는 사상해방운동의 뒤를 이은 후 다시 한 번 맹렬하게 '가짜 정직함'·'가짜 숭고함'의 '토대'에 충격을 주었고, '홍장 문학(紅墻文學)', '지식청년 문화'[텔레비전 연속극 〈업보(孼債)〉·〈연륜(年輪)〉부터 '지식청년 식당'15)·'지식청년의 낡은 사진'16)에 이르기까지], '모범극 재연'은 당대 중국인들이 '옛것을 그리는 심경'과 '역사 기억'의 깊은 뿌리를 밝혀 보였다. '경극 열풍', '《역(易)》경 열풍', '기공 열풍'은 '국수(國粹)'의 운명이 끊어지지 않았다는 상징이다. 오천명(吳天明), 장예모(張藝謀), 진개가(陳凱歌), 오자우(吳子牛), 장원(張元)이 연출한 영화가 세계로 나아간 것도 중국 영화나 중국의 서민 생활에 인류적 의의가

---

12) 《讀書》 1997년 제2기.

13) 《中國社會科學》 1990년 제5기.

14) Frederic Jameson, 《快感: 文化與政治》, 中國社會科學出版社, 1998, 136쪽.

15) 주로 지식청년 출신들이 '문혁' 당시의 분위기가 나게 꾸며서 운영하는 식당으로 종업원들도 당시 복장으로 서비스한다 ― 옮긴이.

16) 지식청년 출신들은 최근까지 '문혁' 당시 자신들의 사진을 모아서 출판하고 있다 ― 옮긴이.

풍부하다는 것을 의미하고 있다. '유학생 문학'은 당대 중국 학자들이 동서 문화의 협공 속에서 힘들게 싸우고 있다는 사실의 증명이다. '아르바이트 처녀 문학'은 당대 청년들이 도시 - 시골 문화의 충돌 속에서 몸부림치는 마음의 소리를 묘사한 것이다.

대충 살펴보면 문화의 오묘함을 깨달을 수 있다. 곧 중국의 대중문화가 거침과 천박함의 동의어만이 아니라는 것을 알 수 있다. 당대 중국인들의 생존, 당대 중국인들의 기억 속의 고난은 불가피하게 당대 대중문화 속에 깊은 낙인을 찍어놓았다. 어쩌면 이것이, 바로 '지식청년 문화 열풍'의 속사정이 '열광'이라는 두 글자로 개괄되어 나타난 증상인지도 모른다. 또 〈인생(活着)〉, 〈햇빛 쏟아지던 날들(陽光燦爛的日子)〉 같은 영화와 《반우파운동의 시말(反右派始末)》(엽영렬 지음)과 같은 역사 다큐, 《백록원(白鹿原)》 같은 소설의 운명이기도 하다. 또한 1990년대 중국 대륙의 대중문화가 홍콩·대만이나 서양 대중문화와는 다른 특징이다. 만약 이런 생각이 가능하다면, 포스트모더니즘 문화 현상이 나타났다고 하여 서둘러 엘리트 화두의 종결을 선포함으로써, 중국도 포스트모더니즘의 새로운 시대에 들어선 것처럼 생각하는 것은 너무 지나치지 않은가?

사실 대중문화가 맹렬히 돌진하고 포스트모더니즘 이론가들이 크게 포스트모더니티를 논할 때, 중국 대륙의 엘리트 문화도 대중문화에 대해 이성적 심판과 비판을 전개했다. 이런 심판과 비판은 두 가지 측면으로 나타났다.

하나는 문학가들이 나서서 수년 동안 큰 영향력을 미친 사상이론·사상예술 분야의 '인문정신 대토론'이다. 토론은 1993년, 바로 상품화·세속화 대조류가 다시 고조되고 '포스트모더니즘' 이론이 인기를 얻고 '왕삭 열풍'도 다시 나타나던 무렵에 일어나기 시작했다. 토론의 발기자와 참여자들은 세속화 대조류에 대한 비판과 인문정신의 가치 추구, 그리고 지식인의 사명을 숙고하는 것으로, 대중문화에 밀려 해체되기 어려운 엘리트 문화의 정신성 · 비판성을 드러냈다. 이 토론의 이론적 성과는 '민간사회' · '시민사회'에 관한 연구이다.

'인문정신 대토론'의 발기인 중 한 사람인 진사화가 1994년에 발표한 두 편의 식견 높은 글 〈민간의 부침(民間的沈浮)〉 · 〈민간의 환원(民間的還元)〉은, 문학사 연구의 새로운 형세를 개척하였고 동시에 민간 문화의 사회적 의의를 건드렸다. "민간은 국가의 상대적인 개념으로서 민간 문화 형태는 국가 권력 중심 통제 범위의 주변 구역에서 형성된 문화 공간을 가리킨다." "속박에서 완전히 자유로움은 그것의 가장 기본적인 미적 품격이며" 동시에 부분적으로 그것은 "나쁜 것들을 감싸주는" 형태도 있다.[17] 이런 사고는 나로드니키주의적 이상과는 다르며 포스트모더니즘 파티의 격조와도 다른데, '공공 공간'과 '일상생활'에 대한 현대 서양 마르크스주의의 연구에 근접한다.

허기림도 〈숭고함과 아름다움(崇高與優美)〉에서 시민사회의 "개인 이익과는 무관한 것에 더 이상 관심 두지 않는 형이상학적 '주의'"와 "개인의 실제 생활을 더욱 중시"하는 문화 특징을 논술하였다. 그리고 다음과 같이 지적했다. "시민적 정취는 반드시 '아름다운 것'은 아니며 그것은 아주 평범하고 아주 무미건조하고 심지어는 추한 풍속일 수도 있다." 그러므로 "화두의 전복도 새로운 화두의 탄생을 의미하는 것은 아니다. ……오늘날 나타난 것은 '아름다움'을 본뜬 천박한 문자이고 문화가 없는 평범한 서사다."[18] 이런 비판에서 그는 대중문화 번영 속에 숨어 있는 위기를 지적했다.

서우어(徐友漁)도 〈민간사회와 문화 문제(民間社會和文化問題)〉에서

---

17) 陳思和, 〈民間的浮沈〉, 《上海文學》 1994년 제1기.
18) 《上海文學》 1995년 제12기.

"마땅히 사회 비판과 문화 비판을 견지해야 한다"고 하였고, 나아가서 "사회와 생활환경의 차이는 지식인 정서와 문화 정세에 대한 다른 시각이 자라게 했다"는 지역 차별 현상을 드러냈다. "인문정신 토론 관점이라는 분야에도 지역 격차가 작용한다. 북경의 문화인은 쉽게 정치 의식 형태의 '좌적(左的)' 여독을 받을 수 있고, 상품경제가 더욱 발달한 남쪽 지방에서는 저속문화·배금주의의 추악한 현상을 더욱 많이 관찰할 수 있는 데다가 그 영향이 더욱 깊다." 때문에 "순수하게 정신·문화 가치의 견지에서 진행하는 비판은 언제나 기초가 튼튼하다."19) 현실에 대한 역사적 책임감이 있는 작가·학자들의 비판은 끊긴 적이 없다. 정치적으로 경직된 교조에 대해서든 통속화 중의 소란과 소동에 대해서든 가리지 않고 말이다.

두 번째는 작가 중에서 대중문화에 초연한 세 갈래 사조이다. 한 갈래는 하층 민중의 생존 곤경에 눈을 돌린 창작 사조로서 당대의 비판현실주의 사조라 할 수 있다. 양효성의 소설 《적자경(翟子卿)》·《격살(激殺)》, 산문집 《1993—한 작가의 잡감(1993——一個作家的雜感)》, 유성룡(劉醒龍)의 소설 《봉황금(鳳凰琴)》·《찻잎을 짊어지고 북경으로 가다(排擔茶葉上北京)》, 이패보(李佩甫)의 소설 《미소를 배우다(學習微笑)》, 필숙민(畢淑敏)의 소설 《붉은 처방(紅處方)》, 방방의 소설 《정수(定數)》, 이예(李銳)의 소설 《흑백(黑白)》, 귀자(鬼子)의 소설 《비에 젖은 강(被雨淋濕的河)》, 진건공의 소설 《중요한 갈래(要叉)》 등의 작품이 그것이다. 이런 작품은 민중의 분노를 타오르게 하거나 말로 전하기 어려운 비애를 털어놓기도 한다. 또는 말하고 싶으나 그럴 수 없는 처량함으로 가득차 있는데, 모두 미칠듯이 기뻐할 수 없는 인생을 그려냈다.

다른 한 갈래는 인생의 궁극적 의의·문화의 불후한 가치를 추구하는

---

19) 《上海文學》 1996년 제10기.

창작 사조이다. 사철생의 〈나와 지단〉·《수필13(隨筆十三)》, 소설 〈무
허필기(務虛筆記)〉, 장승지의 종교사 연구서인 《영혼사》, 여추우(余秋
雨)의 산문집 《문화고려(文化苦旅)》·《산거필기(山居筆記)》, 마려화(馬
麗華)의 산문집 《서행아리(西行阿里)》·《영혼은 바람처럼(靈魂像風)》,
한소공의 산문집 《세계(世界)》·《성이상적 미실(性而上的迷失)》, 장위
(張煒)의 산문집 《회의와 신뢰(懷疑與信賴)》, 육건동(陸鍵東)의 전기
《진인각의 최후 20년(陳寅恪最後二十年)》·산문집 《학자의 만년(學者
的晚年)》……. 모두 신앙을 추구하고 숭고함을 지키고 바른 기풍을 널
리 알리고 소란을 초월하는 당대인들이 지닌 양지(良知)의 증명이다. 이
작품들은 엄숙하고 경건하고 혹은 격렬하고 혹은 아름답고 혹은 소박하
며 혹은 의미심장하고 혹은 감상적인바, 모두 통속문화의 천박함과 속된
아름다움과 강렬하게 비교되었다. 그리하여 지혜의 매력과 사상의 빛을
드러냈다.

　그리고 또 한 갈래는 '예술을 위한 예술' 창작 사조로서 예술지상주의
자들이 추진한 것이다. 예를 들면 작가 노양(魯羊)은 '작가 평범화' 현상
을 반대하고, "사치스럽고 어수선하고 마찬가지로 영혼과는 무관한 가
면의 과시"를 경멸하면서, "문학 활동을 이상으로 삼고 심지어 행복의
원천으로 대할 것을" 주장했다.[20] 주문(朱文)도 "엄숙하고 열성적인 창
작가에 대해 말할 때, 창작 자체는 유효한 수양 수단이다. 당신의 시야를
쓸수록 맑고 깨끗해지며 당신의 시야를 쓸수록 더욱 투시력을 가질 수
있게 된다"[21]고 말했다. 한동은 이런 시각을 견지했다, "소설의 모든 책
임을 자신에게 집중하고", "자각적인 소설가는 반드시 소설에 대해 새로
운 것이 있어야 한다고 말하기보다는 더욱 개인화된 이해가 있어야 한

20) 〈對話錄: 文學和它所處的時代〉,《上海文學》 1993년 제10기.
21) 林舟,〈在期待之中期待—朱文訪談錄〉,《花城》 1996년 제4기.

다고 하는 것이 나을 것 같다." "반드시 자기 의견에 대한 고집과 움직이
지 않는 확고함이 있어야 한다." 이를 위해 그는 "중국 문인 식의 '세
상 비웃기'를 반대"했다.22) 진염(陳染)도 이렇게 말했다 — "나는 줄곧
주류 문학 바깥의 주변 위치에서 한 글자 한 글자 또박또박 창작하는 것
을 견지했다." "나의 창작은 선봉문학의 특징을 더욱 많이 체현해 냈다.
'독자들에게 이미 익숙해진 습관 파괴'·'과유불급과 텍스트의 질서 뒤
집기' 등이 그것이다."23)

　창작과 개성을 종교로 삼는 이런 작가들의 '개인화 창작'은, 1980년대
의 '선봉문학'이 1990년대에 들어와 더 연장·발전한 것이다. 그들은 현
실 비판 또는 인문 이상을 추구함에는 각기 전혀 다른 작가들이지만 개
인 입장을 굳게 지킨다는 점에서는 그들도 대중문화의 비판자가 되었다.
'예술지상'을 독실하게 믿는다는 점에서는 자기의 정교한 '상아탑'을 만
들기 시작했다. 그들의 특출한 성과는 '1990년대의 선봉문학은 실패했
다'는 평가를 무색하게 만든 것이다.

　위에서 서술한 사조는 1980년대 지식 엘리트 화두가 1990년대에 와서
연장되고 반향을 불러일으킨 것이라고 보아도 무방할 것이다. '인문정신
대토론'은 지식 엘리트의 사명감과 우려의 연장이고, 비판현실주의 문학
은 1980년대 비판현실주의 문학(예를 들면 '상흔문학', '반사문학', '개혁을
제재로 한 문학' 등)의 연장이며, 정신 가치 추구의 문학은 1980년대 이상
주의 사조와 문화반성 사조의 연속이다. '개인화 창작'은 1980년대 '선봉
문학'의 뒷부분이다. 1980년대와 1990년대 사이에 경계선을 그으려고 노
력할 때, 1990년대가 1980년대의 연속이라는 것을 잊어서는 안 된다. 그
리고 '후 신시기'는 바로 포스트모더니즘의 광란적 파티라고 하는 견해

22) 韓東, 〈小說的理解〉, 《作家》 1992년 제8기.
23) 陳染·蕭鋼, 〈另一扇開啓的門〉, 《花城》 1996년 제2기.

가 있는데, 그 견해 역시 사상의 중심을 향해 끊임없이 나아가는 1990년
대 중국 사상·문학계의 엘리트 화두가 지닌 편협함과 천박함을 뚜렷하
게 드러낸 것이다.

1980년대는 다원화의 시대이다. 1990년대 또한 다원화의 시대이다. 다
원문화사조의 기복이 여기저기서 일어나면서 서로간의 흔들림, 다원문
화 구조의 변동과 새로운 조직은, 사상사 전문가들의 연구 시야를 더욱
넓히고 안목을 더욱 깊이 할 것을 요구하고 있다. 1980년대 말에서 1990
년대 초 중국 문화계에서 진행된 '포스트모더니즘'에 관한 토론은 다원
화 문화 구조의 하나에 지나지 않는다. 그것이 세기말 중국 문화계에서
나타낸 복잡한 효과는 아직 좀더 두고 정리해야 한다. 즉 '중국의 포스트
모더니즘 문화'는 이내 구름과 연기처럼 금방 사라졌지만, 그래도 이미
당대인의 생활방식과 사유방식에 녹아 들어간 것은 아닌가?

2. 민족주의 사조의 의의

1992년 등소평은 남쪽 지방을 순시했다. 개혁개방은 다시 고조되었다.
1993년, 중국 사상계에 '인문정신 대토론'이 한창 진행되고 있을 때,
서양 사상계에서는 '중국을 저지하자'는 외침이 울리기 시작했다. 그 해,
미국 전략사상가 헌팅턴(S. P. Huntington)은 《문명의 충돌(The Clash of
Civilizations and the Remaking of World Order)》에서, 냉전이 끝난 뒤 "서양 문
화와 비서양 문화의 충돌 그리고 비서양 문화 끼리의 상호 대응은 새로
운 초점이 된다"고 했다. 이 사상가는 서양 국가들에 경종을 울리는 한
편, 한쪽으로는 "문화는 반드시 공존과 공영을 배워야 한다"고 호소했
다. 이 글은 대만의 《중국시보(中國時報)》에 재빨리 번역·게재되었고,
두 달 뒤에는 중국 대륙의 《참고소식(參考消息)》에 전문이 실렸다.[24] 이
글은 중국 사상계에 큰 반향을 불러일으켰다.

중국의 일반 국민들에게는 1993년 가을에 있었던 IOC 표결 결과가 큰 충격이었다. 북경이 2000년 올림픽 개최 예정지에서 탈락한 것이다. 이는 '올림픽 열풍'에 찬물을 부은 셈이었다. 이 사건의 자극으로 민족주의 정서가 다시 일어났다.

'문명충돌론'에 대한 사상계의 민감함은, 2000년 올림픽 개최가 좌절되면서부터 일기 시작한 민간의 민족주의 정서와 합쳐져 1990년대 민족주의 사조를 고조시켰다.

먼저 민간의 반응 — 이 가장 집중적으로 나타난 베스트셀러 《No라고 말할 수 있는 중국(中國可以說不)》을 보기로 하자.

《No라고 말할 수 있는 중국》은 청년 작가 송강(宋强), 장장장(張藏藏), 교변(喬邊) 등이 냉전 이후의 시대 정치와 정감 선택을 두고 한 사색을 쓴 것이다. 그들은 모두 '문화대혁명' 이후 성장한 '신생대'이고 모두 1980년대에 미국 문화의 유혹을 받았다. 하지만 1990년대 미국을 비롯한 서양 국가들이 '중국을 저지하는' 현상은 저자들의 "혐오·반감이 극에 이르게 하였다." 저자들은 '국제주의자'에서 재빨리 '민족주의자'로 전향하였다.[25]

나는 이 책의 사상사적 의의를 중시한다.

그것은 '신생대'와 '중국 의식'이 다시 고조되었음을 상징한다. '친미 정서'로부터 민족 자존심을 세우게 된 것은 큰 의의가 있는 전환이다. 즉 그것은 중국 민족주의 정감의 뿌리 깊음을 암시하였고, 상품화·세속화의 대조류 속에서 '신생대'의 우환 의식을 암시하였으며 아울러 민간 목소리의 강대한 힘을 암시하였다. 해당 저서의 '중국: 민간의 각성'이란 절에는 이런 문구가 있다. "민간의 각성은 중국의 근대화 과정 속

---

24) 《參考消息》 1993년 8월 20~26일자 참고.

25) 宋强 等, 《中國可以說不》, 中華工商聯合出版社, 1996, 2쪽.

에서 반드시 중국의 또 다른 목소리가 될 것이다."26) "지금 'No'라고 말
하는 우리의 목소리는 아직도 우렁차지 못하다. 하지만 시작은 된 것이
다."27) 왜소한 인물들이 감히 미국에 대해 아니라고 말할 뿐만 아니라
자기의 목소리가 국내, 심지어 서양을 떠들썩하게 했다는 이 사실 자체
는 아주 대단한 것이다. 이 책의 선풍적인 효과는 '중국 민간의 대일(對
日) 배상요구운동'28)과 마찬가지로 위대하다. 국제 무대에 등장한 중국
백성의 쾌거이다.

　다른 측면으로는, 민족주의 정서가 극단으로 발전할 때 나타난 잘못된
구호에 주의를 돌리지 않을 수 없다. 예를 들면 《No라고 말할 수 있는
중국》은 모택동의 말 "우리는 싸울 준비를 해야 한다"를 여러 번 되풀이
하고,29) "다음 세기에……중국의 성난 외침은 많아질 것이며 중국의 사
상·중국의 경영 능력은 세계에 큰 영향을 줄 것이다. 또한 인류의 미래
를 이끄는 유일한 동력이 될 것이다"30)라는 독단적 면모를 보이기도 한
다. 또 "편한 것을 즐기고 일하기를 싫어하는 것은 이 나라(미국)에 만연
된 기운이다"31)라는, 사실과 들어맞지 않는 말도 있다. 이런 유형의 정
서는 책의 주제("중국이 'No'라고 말하는 것은 대항을 추구하는 것이 아니라,
더욱 평등한 대화를 위해서이다."32))와도 맞지 않는다.

　그래서 이 책은 뚜렷한 결점을 남겨놓았다. 이에 대해 《오늘의 유명

---

26) 宋强 等,《中國可以說不》, 中華工商聯合出版社, 1996, 212, 215쪽.

27) 위와 같음.

28) 제2차 세계대전 때, 일본군에게 피해를 본 개인이 일본 정부에 배상을 요구하
　　는 민간 차원의 운동. 1990년대 초부터 집단소송 등의 형태로 시작되었는데,
　　2006년 4월에는 '중국민간대일배상연합회'가 북경에서 정식으로 결성되기도 했
　　다 — 옮긴이.

29) 宋强 等,《中國可以說不》, 中華工商聯合出版社, 1996, 41, 51, 129쪽과 표지.

30) 위와 같음.

31) 위와 같음.

32) 위와 같음.

인사(今日名流)》 1996년 제11기에 실린 좌담록 〈우리는 어떻게 'No'라고 말해야 하는가(我們應該怎樣說不)〉는 이성적인 분석을 담았다. 그 분석 내용은 ― 항간에 퍼져 있는 학술 수양의 부족, 이성의 결핍, 극단적인 사유 방식 등은 모두 조바심의 기운이 아직도 존재하고 있음을 나타낸다. 이러한 기운들은 《No라고 말할 수 있는 중국》이 베스트셀러는 될지언정 명저(名著)의 반열에 드는 것을 방해한 것이다.

《No라고 말할 수 있는 중국》은 중국 학자들에게 다음과 같은 문제를 남겨주었다 ― 과연 중국에서는 언제쯤에나 성숙한 베스트셀러가 나타날 수 있을 것인가?

이 문제는 아직까지도 의문으로 남아 있다.

이제 다시 학자들의 생각을 살펴보기로 하자.

생각은 이해하거나 아끼는 태도에서 나온다. 예를 들면 하청(河淸)은 〈민족주의와 세계주의(民族主義與世界主義)〉라는 글에서 서양 계몽운동 이래 '민족정신'과 '세계주의'라는 두 갈래 사조가 서로 얽히고 겨루는 역사를 그렸다. 이 글은 《독서》 1996년 제9기에 발표되었는데, 내용 가운데 헌팅턴의 사상은 언급되지 않았다. 하지만 글의 후반부에 나온 세기말 서양의 '비식민화'·'비서양화 사조'에 대한 소개를, 냉전 종식 후 서양 인문주의 사조가 한 걸음 더 다원화로 나아간 중요한 표지로 여긴다면, 중국의 민족주의 사조도 사실 이 새로운 사조와 서로 맞물린 것이다. 이것은 아주 흥미 있는 문화 현상인데, 서양의 '비서양화' 사조는 중국의 '반억제〔反遏制〕' 사조와 방법은 달라도 결과는 같았다.

"민족주의는 종족과 관련이 있으나 반드시 종족주의로 나아가는 것은 아니다. 민족주의는 다른 민족에 대한 적대를, 심지어 전쟁을 불러오기도 했다. 하지만 그것은 자기 민족의 역사와 문화 가치를 긍정하게 하며 자기 민족의 응집력을 다그치는 애국주의로 표현되기도 한다. 더욱이 20세기 후반에 민족주의(민족정신)는 '문화적 개성'이라는 이름으로 나타났는데, 그 가운데서 '종족'의 의미는 점차로 희석되고 사람들은 자기 '문화정신'을 높이 홍보하는 것으로써 스스로의 '민족정신'을 크게 선전했다." 이 논리의 중요성은 종족주의와 민족주의의 구별을 강조하였고 세기말 민족주의의 문화성을 강조했다는 데 있다. 그렇다. 문화정신을 널리 홍보하는 것을 특징으로 하는 민족주의는 파시스트 폭력을 상징으로 하는 종족주의와 쇄국·맹목적인 외국 배척을 수단으로 하는 봉건주의와는 완전히 다르다.

이런 시각에서 1980년대 후반, 중국의 사상·문화계에 퍼졌던 '신유가 열풍', '심근 열풍', '가짜 현대파' 논쟁 및 1990년대에 퍼졌던 '국학대가 열풍'[예를 들면 백화문예출판사의 《국학대사(國學大師)》 총서, 상해문예출판사의 《세기 회고·인물(世紀回眸·人物)》 시리즈, 상해원동출판사의 《중국 근현대 사상가 논도(中國近現代思想家論道)》 총서·《학술집림(學術集林)》 총서, 국제문화출판공사의 《대사명가·사상문화·명저(大師名家·思想文化·名著)》 시리즈, 중국방송TV출판사의 《20세기 중국 문화 논저 집요(20世紀中國文化論著輯要)》 총서, 화동사범대학출판사의 《20세기 국학(20世紀國學)》 총서 등]을 보면 그 속을 관통하는 것은 바로 문화 민족주의라는 실마리이다. 이는 1980년대부터 1990년대에 이르기까지 발전, 강대해지고 있으며 민족 영혼의 강대함과 견고함을 확연하게 나타냈다. 동시에 이 문화 민족주의와 정서 민족주의의 다른 점도 금방 알 수 있다. 민간의 정서는 변화폭이 클 수 있으며(예를 들면 국제주의에서 민족주의로 전향하고, '출국 열풍'이 '싸움을 준비하는' 분위기로 바뀌는 것), 엘리트의 사고는 예로부터 침착하였다(이것은 아마도 민간 화두와 엘리트 화두 사이의 차이를 줄이기 어렵다는 또 하나의 증명일 것이다).

석중(石中)도 〈중국의 민족주의와 중국의 미래(中國的民族主義和中國的未來)〉에서 이렇게 말했다. "이른바 1990년대 '중국의 민족주의'는 중국 지식계가 1980년대의 자학 열광으로부터 정상적이고 비교적 평화적이며 다원화된 정서로 돌아간 것에 지나지 않는다." 동시에 석중은 "서양에 대한 중국인의 인식이 더 깊어지고 이로 말미암아 서양의 후광 도 점차로 사라졌으며, 중국인의 자국 이익에 대한 의식이 점차 깨어났 다는 것이 표명됐다"고 했다. 아울러 "중국인은, 당연히 '중국 위협론'이 원래 견실한 토대가 있으며, 만약 '영원히 패권을 잡지 않는다'는 따위의 성명을 발표하는 것으로 그것을 없앨 수 있다고 여긴다면 정말로 너무 순진하다는 것을 알아야 한다. 또 그것에 대해 분노를 성토한다는 것도 큰 구실을 할 수 없다는 것을 알아야 한다.……중국인은 후발 강대국이 반드시 겪게 될 고난을 참는 준비를 해야 한다.……한쪽으로 자국의 이 익을 분명히 의식하고 다른 쪽으로는 냉정하고도 이성적인 방법으로 대 외관계, 즉 건설적인 민족주의와 감정적 충동적인 민족주의의 경계를 잘 처리할 수 있어야 한다"고도 했다.

석중의 글은 또 중국 미래 발전의 몇 가지 가능성을 전망하였으며 중 국의 민주화와 근대화의 성공을 기대했다. 이렇게 저자는 민족주의와 민 주주의를 결합하려 했다.[33] 1990년대의 민족주의를 1980년대 '역행 종족 주의'(민족문화 허무주의)와 미래의 근대화된 강대국 사이의 과도 단계로 여기는 생각은 변증법적 의미가 풍부하다.

장욱동(張旭東)은 〈민족주의와 당대 중국(民族主義與當代中國)〉에서 "민족주의의 보편적 관념 내부의 추상성과 모호성 및 그 외재화된 우연 성, 심지어 독단성은 거꾸로 우리가 민족주의의 구체적인 정경(情境), 문 제, 형태와 내용을 찾도록 핍박한다"고 했다.

그는 현대 서양 민족주의 이론가의 관점을 운용하여 현대성을 "민족 주의 문제를 이해하는 관건"으로 보고, "그래서 우리가 직면한 문제는 민족주의가 옳고 합법적인가가 아니며, 중국인이 민족주의를 논할 자격

---

33) 海外《華夏文摘》電子版, 1996년 12a기.

이 있는가 없는가 하는 것도 아니다. 누구의 민족주의가 더욱 깊이 있고 광범위한, 국민 의식과 정치 참여라는 바탕 위에 건립되었는가 하는 것이며, 누구의 민족주의가 더욱 풍부한 경제·사회·문화 자원을 가지고 있는가 하는 것이 중요한 요소이다. 내부에서 더욱 견고하고 부드러우면서도 강인하고, 외부에서는 개방성과 포용성이 비교적 많고 배타적 문화 또는 종족 자아 중심주의가 좀더 적어야 전 지구적인 경쟁에서 도의·이론·의식 형태·여론상의 우세와 헤게모니를 차지하는 것이다", "진정한 문제는 여기서 막 시작되었는데, 이는 바로 현대성이라는 보편적 조류에 힘입어 활성화된 당대 중국 사회가, 자기 역사의 구체성과 차이성에 따라 부르주아 계급 민족주의와는 다른 신형 국가를 창조해 낼 수 있는가 하는 점이다"[34]라고 했다. 이런 사고도 민족주의 화두의 현대성 문제를 두드러지게 표현했다.

민족주의 사조에 대한 비판과 부정도 사상사적 의의와 학술적 가치가 없는 것은 아니다. 예를 들면 여영시(余英時)의 글 〈미사일 밑에서의 선거(飛彈下的選擧)〉는 민족주의와 민주 사이의 모순에 주의를 기울였다. 여영시는 중국인의 잠재의식 중 서양에 대한 "흠모와 증오가 뒤엉킨" 정서부터 고찰을 시작하여, 러시아 민족주의와 독일 민족주의의 발전 모델을 참고하였다. 그에 따라 '신민족주의'의 모호성에 대해 의문을 제기했다 ― "'중국'……그것은 지리 명사인가? 정치 명사인가? 문화 명사인가? 아니면 종족 명사인가?" 당대 '신민족주의' 정서의 발산에 대해 여영시는 부정했다.[35] 이택후도 "흠모와 증오가 서로 엉킨 것은 낙후 국가의 전형적인 문화심리 현상이다. 흠모 정서가 우세를 차지할 때는 맹목적으로 숭상하고 증오 정서가 우세할 때는 맹목적으로 배척한다.……그러므

---

34) 《讀書》 1997년 제6기.

35) 《中國時報》 1996년 3월 29일.

로 나는 문화심리구조 문제에 대한 연구를 주장한다. 뿐만 아니라 오늘
날의 근대 자유주의로써 민족주의를 적당하게 용해하고 통제해야 한다"
고 했다.

두 가지 대립되는 관점을 비교할 때 내가 흥미를 느끼는 것은 간단한
시비 판단이 아니라 이 두 개의 관점이 계시하는 내용이다. 하나는, 어떤
사조에 직면하여 당대 학자들은, 이해 또는 물음에 통달한 이론적 시야
와 자각적인 현대 의식을 토대로 이성적 판별과 분석을 진행하여 독창
적인 결론을 얻어내고, 이로부터 당대 사상사와 학술사의 발전에 끊임없
이 새로운 사상과 새로운 사유 맥락을 제공할 수 있다는 것이다. 또 하나
는 1990년대 민족주의 문제에 관한 논쟁은 곧 1980년대 문화 반성의 연
속이고, 새로운 역사적 조건 아래서 당대 지식 엘리트 화두의 분화와 심
화라는 것이다. 1980년대 동서 문화 충돌 가운데 나타난 '계몽과 구원',
'전반서화(全盤西化)', '가짜 현대파', '지구적[球籍]' 같은 문제는,
1990년대 민족주의 담론 가운데 나타난 '현대성', '전 지구화', '자유주
의', '비서양화' 같은 새로운 화제·사유와 밀접히 연관되었다. 1980년
대와 1990년대의 문화정신은 이처럼 긴밀하고 다양하게 연결되었다.

1990년대의 민족주의를 언급하면서 1990년대 학술계의 '사이드 열풍'
을 언급하지 않을 수 없다.

《문학평론(文學評論)》 1990년 제1기에는 장경원(張京媛)이 사이드(E.
W. Said)의 《오리엔탈리즘(Orientalism)》을 소개한 글 〈저쪽과 이쪽(彼與
此)〉이 실렸다. 외국 문예이론을 평가한 것으로 추천되어 나온 글이지만,
거기에는 '오리엔탈리즘'('오리엔탈리즘'은 동방학, 사유방식, 문체 이 세 부
분으로 구성되었다)에 대한 사이드의 비판과 사고가 소개되었다. 서양에
서 자랐으나 동방인의 정감을 깊이 품고 있는 학자인 사이드는 '오리엔
탈리즘'이라는 화두 깊은 곳에 자리 잡고 있는 서구인의 문화적 패권을
폭로했다. 오리엔탈리즘적 시각에서는, 동방은 단지 서양 의식과 제국주

의 권력의 표현 방식일 뿐 동방을 인류 경험의 중요한 구성 부분으로 보
지 않았다.

장경원은 "《오리엔탈리즘》이란 책이 제기한 문제는 문화를 연구하는
모든 사람들이 만날 수 있는 것들이다. 즉 지식과 권력 사이의 화두는
무엇인가? 무엇이 다른 문화인가? 어떻게 다른 문화를 서술해 낼 것인
가? 현대 지식인의 배반 행위에 속하는 것은 무엇인가? 방법론상의 자아
의식은 우리를 의식 형태의 속박에서 벗어나게 할 수 있는가? 우리는 인
류 현실을 다른 문화·역사·전통·사회·종족으로 질서정연하게 갈
라낼 수 있고, 또 그 결과를 감당할 수 있는가?—이런 문제들은 아직 좀
더 연구를 해야 한다"고 했다. 장경원은 '오리엔탈리즘'을 소개함으로써
학계에 새로운 시야를 여는 하나의 열쇠 노릇을 하였다.

1993년, 장관(張寬)은 〈구미 사람들 눈에 비친 '우리와 다른 종족'(歐
美人眼中的'非我族類')〉이란 글에서 '오리엔탈리즘'과 '옥시덴탈리즘'
을 논했다. 즉 '옥시덴탈리즘'은 "중국 학술계가 서양 문명의 충격을 받
아 나온 경솔하고 맹목적인, 비이성적으로 서양 문화를 대하는 태도를
가리킨다. 그것은 서양 문화에 대한 중국 학자들의 일방적인 인정, 오해
와 고의적인 왜곡, 서양에 대한 정서화(情緖化)된 거절을 담고 있으며 또
중화 문명이 우세를 잃어버린 것에 대한 지식계의 불복과 자포자기적
정서를 아우른다." 그가 보건대, "만약 서양과 동양의 진정한 대화가 여
전히 불가능하다면, 만약 공정한 서술의 시기가 찾아들지 않았다면 각자
서로 자기 말을 하면 되는 것이다. 중국의 학자들은 제발 벌떼처럼 몰려
가서 '오리엔탈리즘'의 대합창에 가담하지 말아야 한다."[36] 장관이 볼
때는 '오리엔탈리즘'이나 '옥시덴탈리즘'을 뛰어넘는 열쇠는 '대화'에
있는 것이 아니라 '각자 자기 말을 하는'데 있다. 이것은 학술적 사색일

---

36) 《讀書》 1993년 제9기.

뿐만 아니라(하지만 당대 중국 학자들 중 서양 문화·사상의 영향을 받지 않았던 사람은 거의 없다) 또한 문화적 시각이다.

반소매(潘少梅)는 〈새로운 비평 경향(一種新的批評傾向)〉에서 좀더 깊이 사고했다. "연구해야 할 문제는, 중국에서는 서양 문화의 패권이 어떤 형식으로 존재하는가? 그런 문화적 압력은 중국에서 어느 정도 존재하는가? 그와 관련된 운행기제(運作機制)와 내화기제(內化機制)는 무엇인가? 그와 관련하여 존재하는 물질의 기초는 무엇인가?", 더욱 중요한 것은 "피압박자가 새로운 문화 공간을 어떻게 창조하는가?" 하는 점이다.37)

1996년에 이르러 유락(劉樂)도 〈이론과 역사·동양과 서양(理論與歷史·東方與西方)〉에서 "진정한 도전은, 중국 학자들이 현재 격렬한 변동 속에 놓인 전 지구적 문화구조 안에서 어떤 역할을 감당하거나 또는 어떤 역할을 감당하지 말아야 하는가? 언어를 초월하고 문화를 초월하는 학술과 전공 분야 연구 속에서 중국 학자들은 어떤 독창적인 공헌을 할 수 있는가?"38) 하는 데 있다고 명확히 지적했다.

장관, 반소매, 유락은 모두 해외 학자들이다. 그들은 '오리엔탈리즘'에서 자극을 얻어 중국 학자들이 새롭게 위치를 정립하는 주제를 반성하였는데, '문화민족주의'에 대한 해외의 반향이라고 할 수 있다. 그들은 중국학의 사유 맥락을 이끌었는데, 본질적으로는 그 당시 풍우란, 반광단(潘光旦), 진인각, 전종서(錢鍾書) 등이 외국 유학에서 돌아온 뒤 중국학에 몰두하고 중국 문제를 연구했던 사실과 일맥상통한다.

하지만 중국 대륙 학자들은 이와 다른 생각을 하고 있다. 손진(孫津)은 '오리엔탈리즘'을 제기하는 것이 혹시 "근대화 문명에 역행하는" 반동성

---

37) 앞의 책.
38) 《讀書》 1996년 제8기.

을 부를까봐 걱정이었다. 도동풍(陶東風)도 "그것은 민족화로 근대화를 억압하는 비극을 재연할 수 있다"고 우려하는 동시에 "타자에 대한 의존성은 어쩔 수 없는 일이다.……5·4 이후 중국 지식인은 '실어' 상태에 빠졌으며……이런 상태를 단번에 벗어날 수는 없는 것이다. 다만 개방을 견지하는 전제 아래서 신중하게 타자의 화두를 선택하는 것이다"[39] 라고 했다. 이런 걱정은 어쩌면 불필요할지도 모른다. 하지만 이런 생각은, 20세기의 중국 지식 엘리트들이 중국 문제를 연구하고 중국의 새로운 학술을 창조하고 중국의 새로운 문화를 건설하면서 거둔 불멸의 성과를 소홀히 했다['신유가'·'문화 심근 문학' 등을 비롯, 진인각·전목(錢穆) 등의 새로운 사학으로부터 전종서의 비교문화 연구에 이르기까지]. 손진 등이 '민족성'과 '민족화' 문제를 한데 섞어 논의한 것은(양자의 구별은 연구할 만한 가치가 매우 크다) 사실, 문화·학술·정치·경제문제를 부적절하게 동일시한 셈이다.

사실 중국의 20세기 신문화운동의 성과와 중국 정치의 민주화 및 경제 근대화 같은 험난한 여정은 한 마디로 논할 수가 없다. 중국 경제 근대화는 아직도 짧지 않은 여정을 더 가야 하지만, 당대의 중국 학계는 이미 중요한 의의가 있는 성과를 보여주고 있다. 중국 경제 근대화 발전 중에 나온 '온주(溫州) 모델'·'소남(蘇南) 모델'[40]·'광동(廣東) 모델'은 근대화의 가능성을 밝혀 보인 것이다. 경제가 이런데 하물며 학술은 더 말할 것이 있겠는가?

정서 민족주의의 구호에서 빠져나오고, '오리엔탈리즘' 또는 '옥시덴탈리즘'의 올가미에서 나와 세기의 문화다원주의적 세계 사조 속에서, "중국과 서양을 관통하는 배움"이라는 5·4 신문화운동의 전통을 바탕

---

39) 王一川 等, 〈邊緣·中心·東方·西方〉,《讀書》 1994년 제1기.

40) 1980년대 초, 소남지역은 상해 인근이라는 지역적 우세를 이용하여 크게 발전했다. 강소성의 향진기업(鄕鎭企業) 대부분이 소남지역에 몰려 있다─옮긴이.

삼아 착실하게 연구하는 것이 당대 학자들의 숭고한 사명이다. 당대 학자들은 당대 학술사·문화사·사상사에 자신의 발자국과 위대한 공적을 남겨야 한다.

나라 밖의 압력, 민간의 정서, 서양 학자의 우환, 세기말의 정치 다극화, 문화다원화의 대조류 — 이 모든 것의 힘은 1990년대 민족주의라는 화두의 부상을 촉진했다. 이 화두에 관하여 모든 사람은 자기만의 견해를 가지고 있다. 하지만 이 사조는 분명히 포스트모더니즘 사조보다 더욱 폭넓은 감화력을 가지고 있으며, 미래 중국 문화의 방향에 대해 더욱 큰 영향력을 가지고 있다. 왜냐하면 민족주의 감정은 20세기 중국인들의 가장 강렬한 감정이기 때문이다. 중국 근대화의 모습이 어떠하든지 민족주의 사조는 가라앉지 않을 것이다. 중국과 서구의 관계가 대항하든지 아니면 대화에 이르든지 중국의 민족주의 사조는 가라앉을 수 없다.

3. 결론: 사상 분열의 오묘함

1980년대 후반기에서 1990년대 초까지 한동안 휩쓸었던 포스트모더니즘 사조는 '서풍동점(西風東漸)'의 또 다른 사조였다.

1990년대의 민족주의 사조는 '중국 의식'의 또 다른 돌출이다.

두 갈래 사조는 크게 상관없는 듯 하지만 세기말의 사상·문화계에서 지속적인 반향을 일으켰다. 포스트모더니즘 사조의 함성과 민족주의 사조에서 나온 우환의 목소리는 서로 영향을 주어, 세기말 중국인의 불안한 마음을 확실하게 다시 드러내지 않았던가?

포스트모더니즘 사조가 '인문정신 대토론'을 일으켰다는 것은 계몽이라는 화두가 포스트모더니즘에 잠식당하지 않았다는 것을 증명한다. 이렇게 본다면 '계몽의 종결'이란 명제는 과장된 것인가? 오늘날의 서양에서도, 사회에 대한 사상가들의 비판과 사회적 의의에 대한 추궁은 여태

껏 멈추지 않는다. 이런 비판과 추궁이라는 화두는 18세기의 계몽 화두와는 서로 큰 차이가 있으나, 그 정신 면에서도 세상 사람들을 일깨우는 계몽의 의미가 있는 것이 아니란 말인가? 18세기에 이미 역사의 흔적이 된, 루소·몽테스키외·볼테르의 유산은 왜 늘 새롭게 논의되는가? 1980년대는 바람결에 사라졌으나 1980년대가 남겨놓은 많은 화제에 대해서 지금까지도 많은 사람들의 의견이 분분하지 않는가?('계몽'에서 '신유가'까지, '민주'에서 '세기말 회고'까지, '20세기 중국 문학'에서 '5·4에 대한 새로운 평가'까지 등) 어떻게 1980년대와 1990년대 사이에서 문화사조의 다중관계 — 서로 연관되면서도 서로 다르고, 서로 상극이면서도 서로 잘 어울리는 — 를 찾을 것인가 하는 이 문제는 '후 신시기'를 논의하는 것보다 더욱 의미가 있지 않겠는가?

민족주의 사조가 배외(排外)의 열광까지는 이르지 못했다. 정치가의 성실한 태도, 서구 문명에 대한 민중의 몰두('출국 열풍'부터 '외국 영화 수입'의 충격까지) 등이 쇄국의 시대로 돌아갈 수 없음을 암시했다. 이렇게 민족주의는 더욱더 그 문화적 의의를 뚜렷이 드러내게 되었다. 이것은 아마도 《No라고 말할 수 있는 중국》의 작가들이나 여영시·이택후 등도 예측하지 못하였을 것이다.

1990년대의 문화사조는 이로써 다시 한 번 문화·사상 분열의 기묘한 매력을 드러냈다. 또한 1990년대의 문화사조는 이로써 다시 한 번 '이성의 교활함'에 관한 헤겔의 논리를 증명했다.

21세기에 다시 오늘의 문화사조를 돌아본다면 사람들은 어떤 깨달음과 느낌을 얻을까?

1998년 9월 19일부터 24일까지 급히 씀.

후 기

1987년에 〈우리의 당대사를 쓴다(寫我們的當代史)〉라는 글을 쓸 때부터 당대사상사를 쓸 뜻을 세웠다. 이 사상사 가운데서 나는 동년배 세대 사람들이 몸소 겪은 시대 풍운을 기록하려고 했다. 나는 내가 수많은 속박에 매여 있다는 것을 알았다. 예를 들면 줄곧 중대한 사건과 멀리 떨어져 있었고, 경험이 부족하고, 지식의 부족과 풍운의 변환이 가져온 시대적 제한 등이다. 하지만 나는 당대사를 써야 한다는 열정에 불탔다. 나는 더욱 많은 자료를 준비하고 더욱 깊이 있게 문제를 연구할 여유도 없이, 먼저 당대사상사 관련 논문 몇 편을 시험적으로 쓰고, 30세를 넘긴 지 7년 되는 1994년의 어느 날에 펜을 들어 이 책을 썼다.

1월 10일부터 쓰기 시작해서 6월 16일에 끝냈으니 5개월이란 시간을 들인 셈이다. 그동안 해외로 연수를 가고 가족 방문차 귀국도 하고, 주마다 일곱 시간의 수업 때문에 중단하기도 하고, 또 많고 많은 자질구레한 일들 탓에 방해를 받았다. 거의 2개월 동안은 쓰지 못했다. 비록 이러했지만 매번 펜을 들 때마다 느낌은 언제나 즐거웠다. 책이 너무 조잡한 것이 불만스럽다면 그것은 당연히 나 자신의 능력이 미치지 못함을 탓해야 할 것이다.

나는 이것이 시작에 지나지 않는다는 것을 알고 있다. 역사의 의지는 가끔 예측하기 어렵다. 당대사의 발전에 영원한 끝은 없다. 당대사에는 끝없이 계속되는 새로운 이슈·새로운 화제가 있다. 그러므로 이 책을 계속 써 내려가야 한다. 몇 년 뒤에 나는 두 번째 글을 쓸 것이다. 바라건대 그때에는 조금 더 잘 썼으면 한다.

1994년 6월 16일 밤
화중사범대학(華中師大) 동구(東區)에서
지은이

보충 후기

이 책은 1994년에 초고를 완성했으나 여러 가지 원인으로 미루다가 오늘에서야 출간하게 되었다. 이 때문에 편집부에서 나더러 한 개 절을 보충하라고 했는데, 그것이 바로 이 책의 부록인 〈1990년대의 사상 분열(90年代的思想裂變)〉이다. 1994년부터 1999년에 이르는 동안에 연구할만한 사상·문화사적 현상이 나타났으나 내가 1997~1998년 사이에 미국을 방문했고 귀국후에는 박사학위 논문을 완성하느라고 필요한 보충을 미처 하지 못했다. 1990년대의 자유주의 사조, 1990년대의 당혹스러운 정서, 옛것을 그리는 1990년대의 사조에 관해서는 나중에 계속 쓸 것이다. 당대사의 발전은 종결이 있을 수 없으며 나의 당대 문화사 조사·연구도 이 책을 끝으로 마감되지는 않을 것이다.

왕선패(王先霈) 선생님께 깊은 감사를 드리며, 호북교육출판사 여러분들께도 감사를 드린다. 특히 이 책을 편집한 위천무(魏天無) 님께 감사를 드리는 바이다. 그분들의 전적인 도움이 없었더라면 이 책은 세상에 나오지 못했을 것이다.

나에게 일관적인 지지를 보내준 아내 유소연(劉素娟)에게 충심으로 감사를 전한다.

삼가 이 책을 새로운 세기에 바친다.

1999년 3월 16일
지은이